Minette Walters

DIE SCHANDMASKE

Minette Walters

Die Schandmaske

Roman

Aus dem Englischen
von Mechtild Sandberg-Ciletti

Goldmann Verlag

Die Originalausgabe erschien unter dem Titel
»The Scold's Bridle« bei Macmillan, London

Umwelthinweis:
Dieses Buch und der Schutzumschlag
wurden auf chlorfrei gebleichtem Papier gedruckt.
Die Einschrumpffolie (zum Schutz vor Verschmutzung)
ist aus umweltfreundlicher und recyclingfähiger
PE-Folie.

Der Goldmann Verlag
ist ein Unternehmen der Verlagsgruppe Bertelsmann

1. Auflage

Satz: Uhl + Massopust, Aalen
Druck: Pressedruck, Augsburg
Bindung: Großbuchbinderei Monheim
Printed in Germany
ISBN 3-442-30622-1

Für Jane, Lisanne, Maria
und Hope

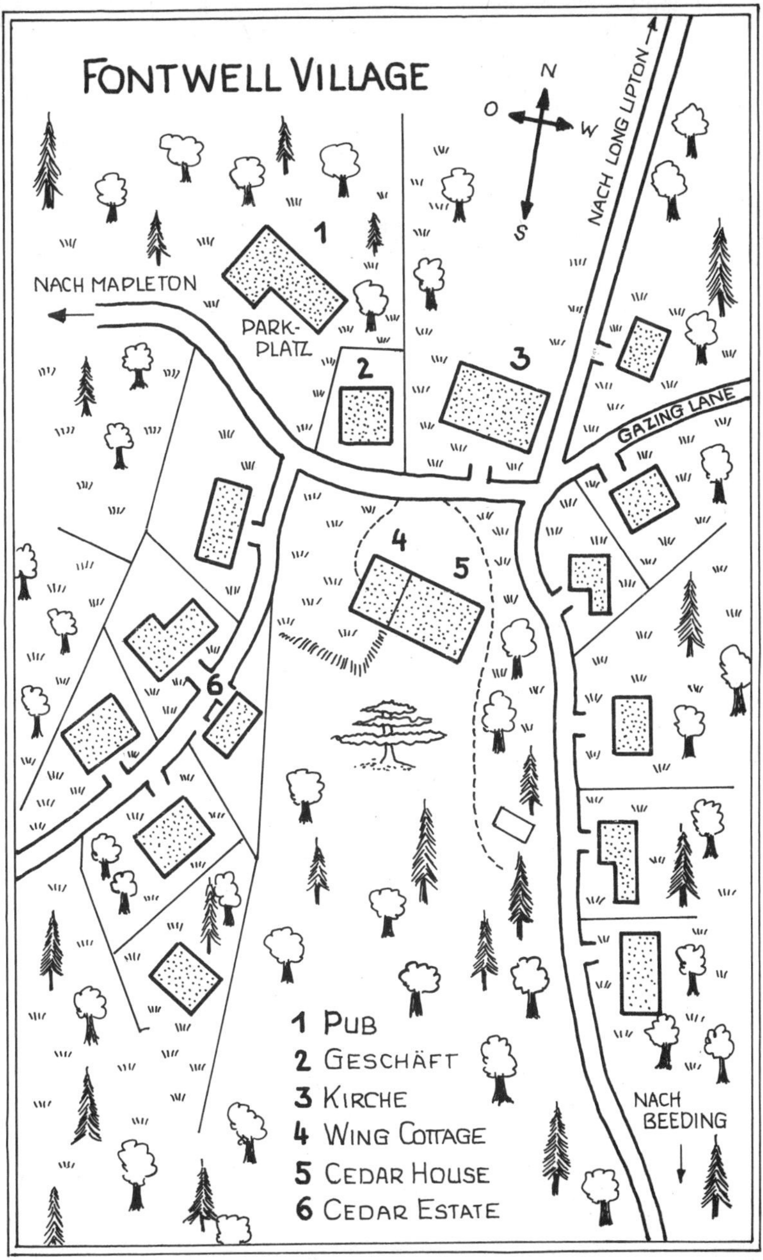

FONTWELL VILLAGE
N
O
W
S
NACH LONG LIPTON
NACH MAPLETON
PARK-
PLATZ
GAZING LANE
NACH
BEEDING
1 PUB
2 GESCHÄFT
3 KIRCHE
4 WING COTTAGE
5 CEDAR HOUSE
6 CEDAR ESTATE

So schaff ihr Kind aus Zorn, auf daß es lebe
Als widrig quälend Mißgeschick für sie!
Es grab' ihr Runzeln in die junge Stirn,
Mit unversiegten Tränen ätz' es Furchen
In ihre Wangen. Alle Muttersorg' und Wohltat
Erwidr' es ihr mit Spott und Hohngelächter,
Daß sie empfinde, wie es schärfer nage
Als Schlangenzahn, ein undankbares Kind
Zu haben!

Shakespeare, König Lear

»Zweiundvierzig!« kreischte Luunquoal los. »Ist das alles nach siebeneinhalb Millionen Jahren Denkarbeit?«
»Ich hab's sehr gründlich nachgeprüft«, sagte der Computer, »und das ist ganz bestimmt die Antwort. Das Problem ist, glaub ich, wenn ich mal ganz ehrlich zu euch sein darf, daß ihr selber wohl nie richtig gewußt habt, wie die Frage lautet... Wenn ihr erst mal genau wißt, wie die Frage wirklich lautet, dann werdet ihr auch wissen, was die Antwort bedeutet.«

Douglas Adams, Per Anhalter durch die Galaxis

Vielleicht sollte ich diese Tagebücher lieber einschließen. Jenny Spede hat sie schon wieder in den Fingern gehabt, und das ärgert mich. Sie hat wohl einmal beim Staubwischen versehentlich einen Band aufgeschlagen, und nun liest sie sie wie aus einer Art lüsterner Neugier. Was macht sie sich denn aus einer alten, von Arthritis verkrüppelten Frau, die sich für einen jungen Mann nackt auszieht? Lust aus zweiter Hand zweifellos, denn daß irgendeiner außer ihrem primitiven Mann sie je anders als mit Abscheu angesehen haben soll, spottet jeglicher Vorstellung.

Aber nein, Jenny kann es nicht sein. Sie ist zu faul, um so gründlich sauberzumachen, und zu dumm, um irgend etwas, das ich sage oder tue, interessant oder unterhaltsam zu finden. Die späteren Bände scheinen die meiste Aufmerksamkeit zu finden, aber im Moment kann ich nicht erkennen, warum. Mich interessieren nur Anfänge, denn zu Anfang gibt es soviel Hoffnung. Das Ende hat nichts, außer daß es zeigt, wie fehl am Platz diese Hoffnung war.

»In toter Stille tiefer Mitternacht... Wie ekel, schal und flach und unersprießlich scheint mir das ganze Treiben dieser Welt.«

Wer dann? James? Oder werde ich langsam senil und leide an Wahnvorstellungen? Gestern fand ich Howards Angebot offen auf meinem Schreibtisch, dabei hätte ich schwören können, es wieder in die Akte gesteckt zu haben. »O Urteil, du entflohst...«

Die Tabletten beunruhigen mich mehr. Daß genau zehn fehlen, so eine runde Zahl. Ich fürchte, Joanna ist zu ihren schrecklichen Gewohnheiten zurückgekehrt; schlimmer noch, ich frage mich, ob Ruth ihr nachschlägt. Der Apfel fällt nicht weit vom Stamm...

1

Dr. Sarah Blakeney stand neben der Badewanne und fragte sich, wie ein Mensch den Tod als Sieg bezeichnen konnte. Hier war kein Triumph, nicht der Hauch einer Ahnung, daß Mathilda sich ihrer irdischen Hülle entledigt hatte, um etwas Besseres zu gewinnen, nicht der kleinste Fingerzeig, daß sie ihren Frieden gefunden hatte. Bei den Toten bestand, anders als bei den Lebenden, keine Hoffnung auf Wiedererwachen. »Wollen Sie meine ehrliche Meinung hören?« sagte sie langsam, in Antwort auf die Frage des Polizeibeamten. »Mathilda Gillespie ist die letzte, der ich einen Selbstmord zugetraut hätte.«

Sie starrten zu der grotesken Gestalt hinunter, die steif und kalt im brackigen Wasser lag. Brennesseln und spätblühende Maßliebchen sprossen aus dem grauenvollen Gestell, das das blutleere Gesicht einschloß und dessen verrostete Gebißstange die tote Zunge im klaffenden Mund festklemmte. Ein paar Blütenblätter lagen, welk und eingerollt, auf den knochigen Schultern und den Rändern der Wanne, und ein brauner Bodensatz unter der Wasseroberfläche ließ vermuten, daß dort unten noch mehr Blätter sich gesammelt hatten, die sich voll Wasser gesogen hatten und gesunken waren. Auf dem Boden lag ein blutiges Stanley-Messer, anscheinend den leblosen Fingern entglitten, die schlaff über ihm hingen. Die Szene erinnerte an Marat in *seinem* Bad, aber sie war ungleich häßlicher und ungleich trauriger. Arme Mathilda, dachte Sarah, wie ihr das zuwider gewesen wäre.

Der Sergeant wies auf den gemarterten grauen Kopf. »Was um Himmels willen ist denn das?« Seine Stimme war rauh vor Widerwillen.

Sarah wartete einen Moment, bis sie sicher war, ihre Stimme unter Kontrolle zu haben. »Das ist ein altes primitives Unterdrükkungsinstrument«, sagte sie. »Man nennt es eine Schandmaske.

Im Mittelalter hat man damit zänkischen Frauen die Zunge in Zaum gelegt. Es befindet sich seit Jahren im Besitz von Mathildas Familie. Ich weiß, so sieht es grauenhaft aus, aber sie hatte es immer unten im Vestibül über einem Geranientopf. Als Dekoration war es sehr wirkungsvoll.« Sie drückte erschüttert eine Hand auf ihren Mund, und der Polizeibeamte tätschelte ihr unbeholfen die Schultern.

»Es waren weiße Geranien. Die Blüten schauten zwischen den Eisenstäben des Gestells hervor. Sie hat es immer ihr Laubgewinde genannt.« Sie räusperte sich. »Sie war eine feinsinnige Frau, müssen Sie wissen. Sehr stolz, sehr hochmütig, sehr intolerant und gewiß nicht umgänglich, aber für jemanden, der nie etwas anderes gelernt hatte, als Hausfrau zu sein, war sie brillant, und sie besaß einen köstlichen Humor. Trocken und beißend.«

»Laubgewinde«, wiederholte der Pathologe sinnend. »Wie in:
›Es neigt ein Weidenbaum sich übern Bach
und zeigt im klaren Strom sein graues Laub,
Mit welchem sie phantastisch Kränze wand
Von Hahnenfuß, Nesseln, Maßlieb, Kuckucksblumen.
Dort als sie aufklomm, um ihr Laubgewinde
An den gesenkten Ästen aufzuhängen ...‹
Hamlet«, erklärte er dem Polizeibeamten entschuldigend. »Ophelias Tod. Ich mußte das für die *O-Levels* lernen. Erstaunlich, woran man sich alles wieder erinnert, wenn man älter wird.« Er starrte auf die Badewanne. »Kannte Mrs. Gillespie *Hamlet*?«

Sarah nickte bedrückt. »Sie hat mir einmal erzählt, daß ihre ganze Bildung darauf basierte, Passagen aus Shakespeare auswendig zu lernen.«

»Nun, wir werden nicht viel Neues daraus lernen, daß wir hier rumstehen und die arme Person anstarren«, sagte der Polizeibeamte abrupt. »Es sei denn, Ophelia ist ermordet worden.«

Dr. Cameron schüttelte den Kopf. »Tod durch Ertrinken«,

sagte er nachdenklich, »in einem Moment geistiger Verwirrung.« Er sah Sarah an. »War Mrs. Gillespie depressiv?«

»Wenn sie es war, hat sie es mich nie merken lassen.«

Der Polizeibeamte, der sich in der Gegenwart des Todes entschieden unbehaglicher fühlte als die beiden Ärzte, führte Sarah in den Flur hinaus. »Vielen Dank, daß Sie sich die Zeit genommen haben, Dr. Blakeney. Es tut mir leid, daß wir Ihnen das zumuten mußten, aber als ihre Hausärztin haben Sie sie wahrscheinlich besser gekannt als die meisten.« Er seufzte. »Das sind immer die schlimmsten Fälle. Alte Menschen, die allein leben. Ausgestoßene der Gesellschaft. Manchmal vergehen Wochen, ehe sie gefunden werden.« Er verzog angeekelt den Mund. »Sehr unschön. Wir können von Glück sagen, denke ich, daß sie so bald gefunden wurde. Keine vierzig Stunden, meint Dr. Cameron. Samstag um Mitternacht nach seiner Schätzung.«

Sarah lehnte sich an die Wand und blickte über den Flur zu Mathildas Schlafzimmer, durch dessen offene Tür das Eichenbett mit den hochgetürmten Kissen zu sehen war. Da war noch ein merkwürdiger Hauch von Besitzerschaft, so als hätten sich ihre Dinge den Geist bewahrt, der ihrem Körper verlorengegangen war. »Sie war gar nicht so alt«, protestierte sie milde. »Fünfundsechzig. Heutzutage ist das nichts.«

»Sie sieht älter aus«, erwiderte er sachlich, »aber das ist wohl natürlich bei dem totalen Blutverlust.« Er warf einen Blick in sein Notizheft. »Eine Tochter, sagen Sie, die in London lebt, und eine Enkelin im Internat.«

»Das müßten doch Mr. und Mrs. Spede wissen.« Sie hatte sie bei ihrer Ankunft flüchtig in der Bibliothek gesehen. Mit grauen Gesichtern, die seltsam leer waren vom Schock, hatten sie sich an den Händen gehalten wie verängstigte Kinder. »Sie kommen seit Jahren zweimal die Woche. Er kümmert sich um den Garten, und sie macht sauber. Sie müssen mehr von ihr wissen als jeder andere.«

Er nickte. »Leider war vor lauter Hysterie bisher nichts aus ihnen herauszubekommen. Wir werden uns natürlich auch im Dorf umhören.« Er sah zum Schlafzimmer hinüber. »Auf ihrem Nachttisch steht eine leere Flasche, die Barbiturate enthalten hat, und daneben ein Glas, in dem noch ein Rest Whisky ist. Sieht aus, als hätte sie sich erst wappnen wollen. Whisky für den Mut. Dann die Schlaftabletten, dann in der Wanne das Messer. Sagen Sie immer noch, Sie hätten bei ihr nicht mit einem Selbstmord gerechnet?«

»Gott, ich weiß es nicht.« Nervös fuhr sich Sarah mit der Hand durch ihr kurzes dunkles Haar. »Ich hätte ihr keine Barbiturate verschrieben, wenn ich gefürchtet hätte, sie könnte sie mißbrauchen, aber in diesen Dingen kann man nie ganz sicher sein. Im übrigen nahm Mathilda sie seit Jahren, sie wurden früher allgemein verschrieben. Doch ja, nach allem, was ich über sie weiß, würde ich einen Selbstmord ausschließen, aber wir hatten eine reine Arzt-Patienten-Beziehung. Die Arthritis hat sie sehr gequält, und es gab Nächte, da konnte sie überhaupt nicht schlafen.« Sie runzelte die Stirn. »Wie dem auch sei, von den Tabletten können nicht mehr viele übrig gewesen sein. Sie hätte diese Woche ein neues Rezept bekommen.«

»Vielleicht hat sie sie gesammelt«, sagte er ruhig. »Hat sie Ihnen mal ihr Herz ausgeschüttet?«

»Ich bezweifle, daß sie irgend jemand ihr Herz ausgeschüttet hat. Sie war nicht der Typ. Sie war ein sehr verschlossener Mensch.« Sie zuckte die Achseln. »Und ich kannte sie erst – hm – ein Jahr etwa. Ich wohne in Long Upton, nicht hier in Fontwell, und bin ihr deshalb auch privat nicht begegnet.« Sie schüttelte den Kopf. »Nichts in ihrer Krankengeschichte weist auf Depressivität hin. Allerdings –« Sie brach ab.

»Allerdings was, Dr. Blakeney?«

»Wir haben das letztemal, als ich bei ihr war, über Freiheit gesprochen, und sie behauptete, Freiheit sei reine Illusion. In der modernen Gesellschaft gäbe es sie nicht. Sie zitierte mir Rousseau, den berühmten Schlachtruf der Studenten in den Sechzigerjahren. ›Der Mensch ist frei geboren, und überall ist er in Ketten.‹ Mathilda behauptete, es gäbe nur noch eine Freiheit, und das sei die Freiheit zu wählen, wie und wann man sterben wolle.« Ihr Gesicht war düster. »Aber solche Gespräche hatten wir immer, wenn ich sie besucht habe. Es gab keinen Anlaß zu der Vermutung, dies habe eine besondere Bedeutung.«

»Wann hat das Gespräch stattgefunden?«

Sarah seufzte tief. »Vor drei Wochen, bei meinem letzten monatlichen Besuch. Und das Schreckliche ist, daß ich auch noch gelacht habe. Sogar diese Freiheit gebe es nicht mehr, habe ich ihr erklärt, weil die Ärzte eine derart verdammte Angst vor Strafverfolgung haben, daß es ihnen nicht einfallen würde, einem Patienten die Wahl zu lassen.«

Der Polizeibeamte, ein großer Detective, der sich dem Rentenalter näherte, legte ihr tröstend die Hand auf den Arm. »Nun machen Sie sich mal keine Gedanken. Sie ist an den aufgeschnittenen Pulsadern gestorben, nicht an den Schlaftabletten. Und es spricht sowieso einiges dafür, daß wir es hier mit einem Mord zu tun haben.« Er schüttelte den Kopf. »Ich habe einige Selbstmorde gesehen, aber eine alte Frau, die sich in ihrer eigenen Badewanne zum Blumenarrangement stilisiert, ist mir noch nie untergekommen. Da steckt garantiert Geld dahinter. Wir leben alle zu lange, da werden die Jungen ungeduldig.« Sarah hatte den Eindruck, daß er aus Erfahrung sprach.

Dr. Cameron äußerte sich eine Stunde später skeptischer. »Wenn sie es nicht selbst getan hat«, sagte er, »dürfte es eine harte Nuß werden, das zu beweisen.« Sie hatten die Tote aus der Badewanne gehoben, und sie, noch immer mit dem schrecklichen Käfig um den Kopf, auf eine Plastikplane auf dem Boden gelegt. »Abgesehen von den Schnittwunden an den Handgelenken ist sie völlig unversehrt. Wir haben nur die üblichen Veränderungen.« Er wies auf die Leichenflecken über dem runzligen Gesäß und darum herum. »Eine gewisse Blutstauung, aber keine Blutergüsse. Arme Person. Sie hat sich überhaupt nicht gewehrt.«

Sergeant Cooper stemmte sich gegen den Pfosten der Badezimmertür, einerseits unfähig, sich dem Anblick des grauen toten Körpers zu entziehen, andererseits zutiefst abgestoßen von ihm. »Das konnte sie auch nicht, wenn sie betäubt war«, murmelte er.

Cameron zog seine Handschuhe aus. »Mal sehen, was ich im Labor noch für Sie herausfinden kann, aber ich würde Ihnen raten, nicht zuviel zu erwarten. Ich kann mir nicht vorstellen, daß Ihr Chef Lust hat, viel Zeit und Arbeit an diesen Fall zu verschwenden. Er ist mit das Eindeutigste, was ich gesehen habe. Offen gesagt, wenn sich bei der Obduktion nicht etwas ziemlich Ungewöhnliches zeigt, werde ich empfehlen, die Sache als Selbstmord zu behandeln.«

»Aber was sagt Ihnen Ihr Gefühl, Doktor? Meins sagt mir, daß es Mord war. Wegen der Brennesseln. Weshalb hätte sie sich vor ihrem Tod diesen Schmerz antun sollen?«

»Selbstbestrafung wahrscheinlich. Guter Gott, diese Handlungen haben keine Logik, mein Lieber. Selbstmörder sind wohl kaum bei Verstand, wenn sie sich das Leben nehmen. Trotzdem«, sagte er nachdenklich, »wundert es mich, daß sie keinen Brief hinterlassen hat. Dieser entsetzliche Kopfschmuck hat etwas so Theatralisches, daß ich eine Erklärung erwartet hätte.« Er begann, die Plastikplane um die Leiche zu schlagen. »Lesen Sie *Hamlet*«, sagte er. »Da wird sich, vermute ich, die Antwort finden.«

Mr. und Mrs. Spede geisterten wie zwei dicke kleine Gespenster in der Bibliothek herum, so unangenehm und verschlagen im Aussehen, daß Cooper sich fragte, ob sie ganz normal seien. Keiner von beiden schien fähig, seinem Blick zu begegnen, und jede Frage erforderte schweigende Absprache zwischen ihnen, bevor einer eine Antwort gab.

»Dr. Blakeney hat mir erzählt, daß Mrs. Gillespie eine Tochter hat, die in London lebt, und eine Enkelin im Internat«, sagte er. »Können Sie mir die Namen angeben und mir sagen, wo ich sie erreichen kann?«

»Sie hat ihre Papiere immer tadellos in Ordnung gehabt«, sagte

Mrs. Spede, nachdem sie von ihrem Mann die stillschweigende Erlaubnis zum Sprechen erhalten hatte. »Es steht alles in ihren Papieren.« Sie wies mit dem Kopf zum Schreibtisch und einem Aktenschrank aus Eichenholz. »Da drin irgendwo. Sehr ordentlich war sie. Sehr ordentlich, ja.«

»Kennen Sie denn nicht den Namen ihrer Tochter?«

»Mrs. Lascelles«, antwortete der Mann nach einer kleinen Pause. »Joanna.« Er zupfte an seiner Unterlippe, die herabhing, als würde ständig an ihr herumgezupft. Mit einem gereizten Stirnrunzeln schlug ihm seine Frau aufs Handgelenk, und er schob die ungehörige Hand in seine Tasche. Sie waren sehr kindlich, dachte Cooper und überlegte, ob Mrs. Gillespie sie aus Mitleid eingestellt hatte.

»Und der Name der Enkelin?«

»Miss Lascelles«, antwortete Mrs. Spede.

»Und wie heißt sie mit Vornamen?«

»Ruth.« Unter gesenkten Lidern hervor beriet sie sich mit ihrem Mann. »Sie sind beide gar nicht nett. Die Mrs. meckert immer an Mr. Spedes Gartenarbeit rum, und die Miss schimpft, daß Jenny nicht richtig saubermacht.«

»Jenny?« fragte er. »Wer ist Jenny?«

»Jenny ist Mrs. Spede.«

»Ach so«, sagte Cooper freundlich. »Sie haben sich bestimmt furchtbar erschrocken, als Sie Mrs. Gillespie in der Badewanne fanden?«

»O ja, o ja«, jammerte sie laut. »Es war furchtbar. Einfach furchtbar.« Ihre Stimme ging in Klagegeheul über.

Mit einem gewissen Widerstreben, da er einen noch heftigeren Ausbruch befürchtete, nahm Cooper den Plastikbeutel mit dem Stanley-Messer aus seiner Tasche und legte ihn auf seine breite Hand. »Ich möchte Sie nicht noch mehr aufregen, aber kennen Sie dieses Messer? Haben Sie es schon einmal gesehen?«

Ihre Lippen verzogen sich weinerlich, aber sie hörte mit ihrem Jammern auf, um ihrem Mann einen Stoß zu geben. »Es ist aus der

Küche«, sagte er. »Es hat immer in der Küchenschublade gelegen.« Er berührte den Griff unter dem Plastikschutz. »Ich hab ein ›H‹ reingekratzt. Für ›Haus‹. Auf dem, das ich im Schuppen hab, ist ein ›G‹ für ›Garten‹.«

Cooper sah sich das ungeschickt eingeritzte »H« an und steckte den Plastikbeutel wieder ein. »Ich danke Ihnen. Ich brauche das Gartenmesser zum Vergleich. Ich werde einen Beamten bitten, mit Ihnen hinauszugehen, wenn wir fertig sind.« Er lächelte freundlich. »Ich nehme an, Sie haben Schlüssel zum Haus«, sagte er dann. »Darf ich sie einmal sehen?«

Mrs. Spede zog sich eine Schnur über den Kopf, die sie um ihren Hals getragen hatte. Der Schlüssel daran hatte in der Spalte ihres Busens gelegen. »Nur ich«, sagte sie. »Jenny hat den Schlüssel gehabt. Mr. Spede hat für den Garten keinen gebraucht.« Sie gab Cooper den Schlüssel, und er hatte das Gefühl, ihre Körperwärme sickere in seine Hand. Der Schlüssel widerte ihn an, weil er feucht und schmierig von Schweiß war. Aber er hatte dabei ein schlechtes Gewissen, weil er sie beide zutiefst unsympathisch fand und wußte, daß er im Gegensatz zu Mrs. Gillespie sie nicht einmal eine halbe Stunde in seinem Haus hätte ertragen können.

Mathilda Gillespies nächste Nachbarn wohnten direkt nebenan, in einem Seitenflügel des Hauses. Früher einmal mußte das *Cedar House* ein in sich abgeschlossener Wohnsitz gewesen sein, jetzt aber wies ein diskretes Schild den Weg zur Haustür des *Wing Cottage* am Westende des Gebäudes. Ehe Cooper dort anklopfte, ging er auf dem Kiesweg zur hinteren Ecke und sah sich die Terrasse an, die mit Kästen voll dauernd blühender Stiefmütterchen säuberlich abgegrenzt war. Dahinter trennte eine akkurat gestutzte Buchsbaumhecke diesen Garten von den baumbestandenen Rasenflächen ab, die zum *Cedar House* gehörten. Er war plötzlich neidisch auf die Bewohner. Wie armselig sein eigener kleiner Kasten von einem Haus im Vergleich zu dieser Pracht war, aber es war auch seine Frau gewesen, die in eine moderne Siedlung gewollt hatte, nicht er. Er wäre mit bröckelndem Verputz und einer Aussicht glücklich gewesen; sie brauchte zu ihrem Glück modernen Komfort und Nachbarn, die einem direkt auf der Pelle saßen. Einem Polizeibeamten blieb nichts anderes übrig, als der Frau nachzugeben, die er liebte. Seine Arbeitszeiten waren chaotisch. Er konnte einer Frau, die dreißig Jahre lang seine häufige Abwesenheit mit unerschütterlicher guter Laune ertragen hatte, nicht zumuten, sich seiner Sehnsucht nach stiller Beschaulichkeit unterzuordnen.

Er hörte, wie sich die Tür hinter ihm öffnete, und drehte sich herum. Zur Begrüßung des korpulenten älteren Mannes, der auf ihn zukam, zog er seinen Dienstausweis heraus und sagte: »Sergeant Cooper, Kriminalpolizei Dorset, Sir.«

»Orloff. Duncan Orloff.« Der Mann strich sich beunruhigt mit einer Hand über sein breites, recht sympathisches Gesicht. »Wir haben Sie schon erwartet. Du meine Güte. Ich muß gestehen, nach einer Weile fällt es einigermaßen schwer, Jenny Spedes Geheul auszuhalten. Die arme Person. Sie ist eine gute Seele, solange alles seinen normalen Gang geht. Ich kann Ihnen nicht sagen, wie sie sich gebärdet hat, als sie Mathilda fand. Sie stürzte wie eine Wahnsinnige aus dem Haus und schrie zum Gotterbarmen. Und ihr Mann gleich mit. Mir war sofort klar, daß etwas Schlimmes passiert sein mußte, deshalb habe ich gleich die Polizei und den Rettungsdienst angerufen. Gott sei Dank sind sie sehr schnell gekommen und waren so schlau, eine Frau mitzubringen. Die Dame war ganz ausgezeichnet und hat die Spedes in Rekordzeit beruhigt. Du meine Güte, du meine Güte«, sagte er wieder, »wir führen hier so ein ruhiges Leben. Da ist man so etwas überhaupt nicht gewöhnt.«

»Niemand ist so etwas gewöhnt«, sagte Cooper. »Ich nehme an, man hat Ihnen gesagt, was geschehen ist.«

Orloff sah bekümmert aus. »Nur, daß Mathilda tot ist. Ich hatte die Spedes hier behalten, bis die Polizei kam – ich hielt es für das beste, sie waren ja wirklich beide einem Zusammenbruch nahe –, aber meine Frau habe ich natürlich erst herunterkommen lassen, als es sicher war – man weiß doch nie, bei solchen Geschichten – kurz und gut, die Beamten sagten mir, ich sollte abwarten, bis jemand vorbeikäme, um uns zu vernehmen. Aber kommen Sie doch am besten herein. Violet ist jetzt im Wohnzimmer. Sie fühlt sich nicht gerade glänzend, aber das kann man ihr ja nicht verübeln, nicht wahr? Offen gesagt, fühle ich mich auch nicht unbedingt topfit.« Er trat zur Seite, um Cooper ins Haus zu lassen. »Erste Tür rechts«, sagte er.

Er folgte Cooper in einen gemütlichen, etwas überladenen Raum mit einem Fernsehapparat in der Ecke und beugte sich über seine auf dem Sofa liegende Frau. »Es ist jemand von der Polizei hier«, sagte er und half ihr behutsam, sich aufzusetzen. Dann setzte er sich schwer und massig neben sie und wies Cooper einen Sessel zu. »Jenny schrie dauernd etwas von Blut«, erklärte er. »Von rotem Wasser und Blut. Mehr war nicht aus ihr herauszubekommen.«

Violet fröstelte. »Und von Jesus«, flüsterte sie. »Ich habe es genau gehört. Sie sagte, Mathilda wäre ›wie Jesus‹.« Sie hob eine Hand zu ihren blutlosen Lippen. »Tot wie Jesus in blutrotem Wasser.« Ihre Augen wurden feucht. »Was ist mit ihr? Ist sie *wirklich* tot?«

»Leider ja, Mrs. Orloff. Es ist bis jetzt nur eine grobe Schätzung, aber der Pathologe meint, daß sie am Samstag zwischen neun Uhr und Mitternacht gestorben ist.« Er sah von einem zum andern. »Waren Sie in diesen drei Stunden hier?«

»Wir waren den ganzen Abend hier«, antwortete Duncan. Er war offensichtlich hin und her gerissen zwischen seinem Anstandsgefühl, das ihm verbot, Fragen zu stellen, und einem überwältigenden Bedürfnis, eine völlig natürliche Neugier zu befriedigen. »Sie haben uns noch nicht gesagt, was eigentlich geschehen ist«, platzte er heraus. »Es ist viel, viel schlimmer, wenn man nicht weiß, was los ist. Wir haben uns die schrecklichsten Dinge vorgestellt.«

»Sie ist doch nicht etwa *gekreuzigt* worden?« fragte Violet mit zitternder Stimme. »Ich hab' gesagt, sie ist wahrscheinlich gekreuzigt worden, sonst hätte Jenny doch nicht gesagt, sie habe wie Jesus ausgesehen.«

»Und ich habe gesagt, daß jemand versucht hat, hinterher sauberzumachen«, warf Duncan ein, »und daß darum überall rotes Wasser ist. Man hört so was ja jeden Tag, daß alte Leute ihres Geldes wegen ermordet werden. Und sie tun ihnen grausame Dinge an, ehe sie sie töten.«

»O Gott, ich hoffe nur, sie ist nicht *vergewaltigt* worden«, sagte Violet. »Das könnte ich nicht ertragen.«

Cooper empfand Mitleid mit diesen beiden alten Leuten, die wie so viele ihrer Altersgenossen ihren Lebensabend in ständiger Angst zubrachten, weil die Medien ihnen weismachten, sie seien in Gefahr. Er wußte besser als jeder andere, daß, wie die Statistiken bewiesen, eine ganz andere Altersgruppe gewaltsamen Tod am meisten fürchten mußte, die der jungen Männer zwischen fünfzehn und fünfundzwanzig Jahren. Er hatte bei zu vielen Schlägereien eingreifen und zu oft Opfer von Messerstechereien und Prügeleien aus den Gossen vor den Kneipen auflesen müssen, um an der Statistik zu zweifeln.

»Sie ist in ihrer Badewanne gestorben«, erklärte er ruhig und sachlich. »Ihre Pulsadern waren aufgeschnitten. Im Moment neigt der Pathologe dazu, es für Selbstmord zu halten. Wir erkundigen uns eigentlich nur, um uns zu vergewissern, daß sie sich tatsächlich selbst das Leben genommen hat.«

»Aber Jesus ist doch nicht in der Badewanne gestorben«, sagte Violet verwirrt.

»Sie hatte ein Eisengestell um denKopf, so ein altes Folterinstrument, mit Blumen darin. Ich könnte mir vorstellen, daß Mrs. Spede das für eine Dornenkrone hielt.« Etwas anderes ergibt keinen Sinn, dachte er.

»Ich habe dieses Ding *gehaßt*. Ich weiß *nicht*, was Mathilda immer damit hatte.« Violet hatte, wie Cooper bemerkte, die Gewohnheit, Wörter, die sie für wichtig hielt, besonders zu betonen. »Dann muß es Selbstmord gewesen sein. Sie hat es immer aufgesetzt, wenn ihre Arthritis besonders schlimm war. Das hat sie vom *Schmerz* abgelenkt, wissen Sie. Und sie hat immer gesagt, wenn es mal so schlimm werden würde, daß sie es nicht mehr aushalten könnte, würde sie sich umbringen.« Sie richtete ihren tränenfeuchten Blick auf ihren Mann. »Warum hat sie uns nicht gerufen? *Irgendwas* hätten wir bestimmt tun können, um ihr zu helfen.«

»Hätten Sie sie denn gehört?« fragte Cooper.

»O ja. Besonders wenn sie im Bad war. Sie hätte an die Rohre klopfen können. *Das* hätten wir bestimmt gehört.«

Cooper richtete seine Aufmerksamkeit auf Duncan Orloff. »Haben Sie an diesem Abend überhaupt etwas gehört?«

Duncan dachte lange über die Frage nach. »Unser Leben ist sehr ereignislos«, sagte er entschuldigend. »Ich kann nur sagen, wenn wir etwas gehört hätten, dann hätten wir etwas unternommen.« Er breitete hilflos seine Hände aus. »Wie heute morgen, als Jenny zu schreien anfing. Am Samstag war nichts dergleichen.«

»Und doch vermuteten Sie, sie sei von einer Bande ermordet worden. Sie benutzten den Plural.«

»Es ist schwierig, klar zu denken, wenn jemand wie wahnsinnig schreit«, erwiderte er mit einem Kopfschütteln des Selbstvorwurfs. »Und um ganz ehrlich zu sein, ich war gar nicht sicher, ob nicht die Spedes selbst etwas angerichtet hatten. Sie sind nicht gerade die Hellsten, wie Sie vermutlich schon gemerkt haben. Natürlich wäre es keine Absicht gewesen. Sie sind töricht; nicht gefährlich. Ich nahm an, es hätte einen Unglücksfall gegeben.« Er spreizte seine Hände auf seinen dicken Knien. »Ich habe mir die ganze Zeit Gedanken gemacht, ob ich nicht hätte hinüberlaufen sollen, um etwas zu tun. Ob ich sie nicht vielleicht hätte retten können. Aber wenn sie schon am Samstag gestorben ist...?« In fragendem Ton brach er ab.

Cooper schüttelte den Kopf. »Sie hätten nichts für sie tun können. Wie war es am Tag? Haben Sie da etwas gehört?«

»Am Samstag, meinen Sie?« Er schüttelte den Kopf. »Nein, nichts. Ganz gewiß nichts Ungewöhnliches.« Er sah Violet wie ratsuchend an. »Wir hören es, wenn es nebenan läutet. Es fällt uns jedesmal auf, weil Mathilda so selten Besuch bekommt, aber sonst« – er zuckte die Achseln, – »hier passiert so wenig, Sergeant, und ich muß gestehen, wir sehen sehr viel fern.«

»Und Sie haben sich am Sonntag nicht gewundert, wo sie ist?«

Violet tupfte sich die Augen. »Ach Gott«, flüsterte sie, »hätten wir sie dann noch retten können? Wie *grauenvoll*, Duncan.«

»Nein«, sagte Cooper entschieden, »sie war ohne Zweifel am Sonntag morgen um drei bereits tot.«

»Wir waren befreundet, wissen Sie«, sagte Violet. »Duncan und ich kannten sie seit fünfzig Jahren. Sie hat uns das Haus hier verkauft, als Duncan vor fünf Jahren in den Ruhestand gegangen ist. Das heißt nicht, daß man es *leicht* mit ihr hatte. Zu Menschen, die sie nicht mochte, konnte sie sehr grausam sein. Bei Mathilda mußte man darauf achten, sie nicht zu *bedrängen*. Wir haben das natürlich nie getan, aber es gab genug andere, die es getan haben.«

Cooper leckte seine Bleistiftspitze. »Wer zum Beispiel?«

Violet senkte ihre Stimme. »Joanna und Ruth, ihre Tochter und ihre Enkelin. Sie haben sie *nie* in Ruhe gelassen. Ständig haben sie gejammert und geschimpft und Geld von ihr verlangt. Und der Pfarrer war entsetzlich aufdringlich.« Sie warf einen schuldbewußten Blick auf ihren Mann. »Ich weiß, du magst solchen Klatsch nicht, Duncan, aber der Pfarrer hat ständig versucht, ihr mit Geschichten von all denen, die schlechter dran waren als sie, ein schlechtes Gewissen zu machen. Sie war *Atheistin*, müssen Sie wissen, und immer sehr grob zu Mr. Matthews, wenn er kam. Sie nannte ihn einen alten Blutsauger. Sie hat es ihm sogar ins Gesicht gesagt.«

»Hat ihm das was ausgemacht?«

Duncan lachte polternd. »Es war ein Spiel«, erklärte er. »Sie konnte sehr großzügig sein, wenn er sie bei guter Laune erwischte. Einmal hat sie ihm hundert Pfund für ein Alkoholikerheim gegeben und gesagt, sie hätte es nur ihrem Stoffwechsel zu verdanken, daß sie da nicht selbst schon gelandet sei. Sie trank, um die Schmerzen zu vergessen. Sagte sie jedenfalls.«

»Aber nicht übermäßig«, warf Violet ein. »Sie war nie *betrunken*. Sie war viel zu sehr Dame, um sich zu betrinken.« Sie putzte sich geräuschvoll die Nase.

»Wissen Sie sonst noch jemanden, der sie bedrängt hat?« fragte Cooper nach einer kleinen Pause.

Duncan zuckte die Achseln. »Jack Blakeney, der Mann ihrer Ärztin, war sehr viel da. Aber von ihm fühlte sie sich nicht bedrängt. Sie hat ihn gemocht. Ich habe sie manchmal mit ihm im Garten lachen gehört.« Er schwieg nachdenklich. »Sie hatte sehr wenige Freunde, Sergeant. Wie Violet schon sagte, man hatte es nicht leicht mit ihr. Entweder man mochte sie oder man verabscheute sie. Das werden Sie bald erfahren, wenn Sie vorhaben, noch andere zu befragen.«

»Und Sie haben sie gemocht?«

Seine Augen wurden plötzlich feucht. »Ja«, sagte er kurz. »Sie war früher einmal eine schöne Frau, eine sehr schöne Frau.« Er tätschelte seiner Frau die Hand. »Wir waren alle einmal schön, vor langer, langer Zeit. Das Alter bietet wenig zur Entschädigung, Sergeant, außer vielleicht der Weisheit, Zufriedenheit zu erkennen und anzunehmen«. Er versank ein Weilchen in Gedanken. »Es heißt ja immer, sich die Pulsadern aufzuschneiden sei eine friedvolle Art, in den Tod zu gehen. Ich kann mir allerdings kaum vorstellen, woher jemand das wissen will. Was glauben Sie, hat sie gelitten?«

»Die Frage kann ich leider nicht beantworten, Mr. Orloff«, sagte Cooper aufrichtig.

Der Blick der tränenfeuchten Augen begegnete einen Moment dem seinen, und er sah eine tiefe, verstörte Traurigkeit in ihnen. Sie sprachen von einer Liebe, die, so ahnte Cooper irgendwie, Duncan Orloff für seine Frau nie empfunden hatte. Er wollte etwas Tröstliches sagen, aber was hätte er sagen können, das nicht alles noch schlimmer gemacht hätte? Er bezweifelte, daß Violet Bescheid wußte, und nicht zum erstenmal fragte er sich, warum Liebe viel häufiger grausam als gütig war.

Ich habe Duncan heute nachmittag beobachtet, wie er die Hecke geschnitten hat, und konnte mich kaum an den gutaussehenden Mann erinnern, der er einmal war. Wäre ich eine barmherzige Frau gewesen, so hätte ich ihn vor vierzig Jahren geheiratet und ihn vor sich selbst und Violet gerettet. Sie hat aus meinem Romeo einen Falstaff mit Trauerblick gemacht, der blinzelnd seine Leidenschaft bekennt, wenn niemand schaut. Ach, schmölze doch sein allzu festes Fleisch. Mit Zwanzig hatte er den Körper von Michelangelos David, jetzt gleicht er einer ganzen Familiengruppe von Henry Moore.

Jack entzückt mich immer wieder. Wie jammerschade, daß ich ihm oder einem wie ihm nicht begegnet bin, »als mein Verstand noch grün«. Ich lernte lediglich überleben; Jack hätte mich, denke ich, lieben gelehrt. Ich habe ihn gefragt, warum er und Sarah keine Kinder haben, und er antwortete: »Weil ich nie den Drang hatte, Gott zu spielen.« Ich sagte ihm, an der Fortpflanzung sei nichts Göttliches, und es sei eine unerhörte Arroganz von ihm, derart über Sarahs Tauglichkeit als Mutter zu bestimmen. »Der Pfarrer würde sagen, Sie spielen den Teufel, Jack. Die Art wird nicht überleben, wenn nicht Menschen wie Sie sich fortpflanzen.«

Aber er ist kein gefügiger Mann. Wenn er es wäre, würde er mir weit weniger gefallen. »Sie spielen seit Jahren Gott, Mathilda. Hat Ihnen das auch nur das geringste Vergnügen bereitet oder Sie zufrieden gemacht?«

Nein, und das kann ich ehrlich sagen. Ich werde so nackt sterben wie ich geboren wurde ...

2

Eine Woche später stellte die Sprechstundenhilfe einen Anruf zu Sarah durch. »Ein Sergeant Cooper möchte Sie sprechen. Ich habe ihm gesagt, daß Sie gerade eine Patientin da haben, aber er läßt sich nicht abwimmeln. Können Sie mit ihm sprechen?« Es war Montag, und Sarah machte Nachmittagsdienst in Fontwell.

Sie sah die schwangere Frau, die wie ein Opfertier auf ihrem Untersuchungstisch lag, mit einem entschuldigenden Lächeln an und legte ihre Hand über die Sprechmuschel des Hörers. »Kann ich rasch diesen Anruf erledigen, Mrs. Graham? Er ist ziemlich wichtig. Ich verspreche Ihnen, daß ich schnell mache.«

»Bitte, bitte. Mir tut die Ruhe gut. Die kriegt man selten, wenn man das dritte erwartet.«

Sarah lächelte sie an: »Verbinden Sie mich, Jane. Ja, Sergeant, was kann ich für Sie tun?«

»Wir haben jetzt die Ergebnisse der Obduktion von Mrs. Gillespie. Es würde mich interessieren, was Sie davon halten.«

»Ja?«

Sie hörte, wie er mit irgendwelchen Papieren raschelte. »Unmittelbare Todesursache: Blutverlust. Man hat Spuren von Barbituraten in ihrem Körper gefunden, aber nicht ausreichend, um tödlich zu wirken. Auch in dem Whiskyglas wurden Spuren gefunden, was wohl darauf schließen läßt, daß sie die Tabletten aufgelöst hat, bevor sie sie genommen hat. Etwas Alkohol. Keine Blutergüsse. Verletzungen an der Zunge durch die rostige Gebißstange dieser Schandmaske. Keinerlei Spuren unter ihren Fingernägeln. Einige Brennesselpusteln an ihren Schläfen und Wangen, und leichte Hautabschürfungen durch das Eisengestell an ihrem Kopf, die beim Aufsetzen dieses Dings und beim Reinstecken der Nesseln und der Blumen entstanden sein dürften. Keinerlei Anhaltspunkte dafür, daß sie sich irgendwie gewehrt hat. Das Gestell war nicht an ihrem Kopf festgemacht, sie hätte es jederzeit leicht abnehmen können, wenn sie gewollt hätte. Die Verletzungen an den Handgelenken entsprechen genau der Klinge des Messers, das auf dem Boden im Badezimmer gefunden wurde; die am linken Handgelenk wurde mit einem abwärts verlaufenden, mit der rechten Hand ausgeführten Schnitt verursacht, die am rechten mit einem abwärts verlaufenden Schnitt der linken. Das Messer hat im Wasser gelegen, ist wahrscheinlich nach einem der Schnitte hineingefallen, aber auf dem Griff, eins Komma drei Zentimeter vom Klingenansatz entfernt, war ein Zeigefingerabdruck, der von Mrs. Gillespie stammt. Schlußfolgerung: Selbstmord.« Er machte eine Pause. »Sind Sie noch da?« fragte er dann.

»Ja.«

»Und was meinen Sie?«

»Daß ich mich letzte Woche getäuscht habe.«

»Aber geben Ihnen denn nicht die Tabletten im Whisky zu denken?«

»Mathilda hat es gehaßt, Tabletten zu schlucken«, erwiderte sie in entschuldigendem Ton. »Sie hat sie immer zuerst zerbröselt oder in Flüssigkeit aufgelöst. Sie hatte eine krankhaft Angst davor zu ersticken.«

»Aber Ihre erste Reaktion, als Sie sie gesehen haben, war doch, daß Sie ihr einen Selbstmord am allerwenigsten zugetraut hätten. Und jetzt haben Sie es sich anders überlegt.« Es klang wie eine Anklage.

»Was soll ich denn sagen, Sergeant? Mein inneres Gefühl ist das gleiche.« Sarah warf einen Blick auf ihre Patientin, die unruhig zu werden begann. »Ich hätte nicht erwartet, daß sie Hand an sich legt, aber Gefühle sind ein schlechter Ersatz für wissenschaftliche Beweise.«

»Nicht immer.«

Sie wartete, doch er sprach nicht weiter. »Gibt es sonst noch etwas, Sergeant? Sie wissen, ich habe eine Patientin da.«

»Nein«, antwortete er, und seine Stimme klang mutlos. »Sonst nichts. Der Anruf war reine Höflichkeit. Sei werden vielleicht bei der Leichenschau aussagen müssen, aber das ist dann nur noch eine Formsache. Wir haben eine Vertagung beantragt, um noch ein, zwei Einzelheiten überprüfen zu können, aber im Augenblick sieht es ganz so aus, als sei Mrs. Gillespie von eigener Hand gestorben.«

Sarah warf Mrs. Graham einen aufmunternden Blick zu. *Ich bin gleich fertig*, sagte sie lautlos. »Aber Sie glauben nicht so recht daran.«

»Ich habe mein Handwerk gelernt, als das Leben noch einfach war, Dr. Blakeney, und wir auf das geachtet haben, was unser Gefühl uns sagte.« Er lachte hohl. »Heutzutage wird man dafür schief angesehen, und die Wissenschaft ist das A und O. Aber wissenschaftliche Daten sind nur so zuverlässig wie der Mensch, der sie interpretiert, und ich möchte doch zu gern wissen, wie es kommt, daß Mrs. Gillespie nicht eine Nesselpustel an den Händen hatte. Dr. Cameron meinte zuerst, sie müßte Handschuhe angehabt haben, aber im ganzen Haus war kein Handschuh mit Brennnesselsaft daran zu finden. Darum vermutet er jetzt, das Wasser müßte die Reaktion neutralisiert haben. Ich mag solche Unsicherheiten nicht. Mein Gefühl sagt mir, daß Mrs. Gillespie ermordet worden ist, aber ich bin nur ein kleiner Indianer, und der Häuptling hat befohlen, die Sache fallenzulassen. Ich hatte gehofft, Sie würden mir ein bißchen Munition liefern.«

»Tut mir leid«, sagte Sarah hilflos. Sie verabschiedete sich kurz und legte mit einem nachdenklichen Ausdruck in ihren dunklen Augen den Hörer auf.

»Das ging wohl um die alte Mrs. Gillespie«, sagte Mrs. Graham nüchtern. Sie war eine Frau vom Land, für die Geburt und Tod wenig Geheimnisvolles hatten. Beide ereigneten sich, nicht immer gelegen, und das Warum und Wieso war großenteils belanglos. Hinterher damit fertig zu werden, darauf kam es an. »Im Dorf wird von nichts andrem geredet. Eine scheußliche Art, sich das

Leben zu nehmen, finden Sie nicht auch?« Sie schauderte theatralisch. »Sich die Pulsadern aufzuschneiden und dann zuzuschauen, wie das eigene Blut ins Wasser tropft. Das könnte ich nie.«

»Nein«, stimmte Sarah zu, während sie sich die Hände rieb, um sie zu wärmen. »Sie meinen also, das Kind hat sich schon gesenkt?«

»Hm, jetzt wird's nicht mehr lang dauern.« Doch so leicht war Mrs. Graham nicht abzulenken. Sie hatte genug von dem Telefongespräch mitbekommen, um neugierig zu werden. »Ist es wahr, daß sie einen Käfig auf dem Kopf hatte? Jenny Spede kriegt sich gar nicht mehr ein deswegen. Einen Käfig mit Dornenzweigen und Rosen, hat sie gesagt. Sie redet nur noch von Mrs. Gillespies Dornenkrone.«

Sarah fand nichts dabei, ihr reinen Wein einzuschenken. Die meisten Details waren sowieso schon bekannt, und die Wahrheit war wahrscheinlich weniger schädlich als die Horrorgeschichten, die von Mathildas Putzfrau verbreitet wurden. »Es war ein altes Familienstück, eine Schandmaske, wie sie früher gebraucht wurde, um geschwätzigen Frauen den Mund zu stopfen.« Sie legte ihre Hände auf den Leib der Frau und tastete nach dem Kopf des Kindes. »Und es steckten keine Dornenzweige und Rosen darin, überhaupt nichts mit Dornen. Nur ein paar Wildblumen.« Von den Brennesseln sagte sie absichtlich nichts. Die, dachte sie, sind wirklich beunruhigend. »Es war mehr erbarmungswürdig als beängstigend.« Ihre tastenden Finger entspannten sich. »Sie haben recht. Es wird nicht mehr lang dauern. Sie müssen Ihre Daten durcheinandergebracht haben.«

»Das passiert mir jedesmal, Doktor«, sagte die Frau unerschüttert. »Ich kann Ihnen auf die Minute sagen, wann eine Kuh soweit ist, aber wenn's um mich selbst geht« – sie lachte –, »ich hab' nicht die Zeit, es mir in den Kalender einzutragen.« Sarah griff ihr unter die Arme, um ihr beim Aufsetzen zu helfen. »So, so, ein Ding, um Frauen den Mund zu stopfen, hm?«

Sarah nickte. »Sie waren bis vor zwei oder drei Jahrhunderten in Gebrauch, und sie wurden nicht nur zänkischen Weibern übergestülpt. Jede Frau konnte so ein Ding verpaßt bekommen. Jede Frau, die die männliche Autorität herausforderte, ob im Haus oder in der Öffentlichkeit.«

»Und was glauben Sie, warum sie's getan hat?«

»Ich weiß es nicht. Vielleicht hatte sie das Leben satt.« Sarah lächelte. »Sie hatte nicht Ihre Energie, Mrs. Graham.«

»Oh, daß sie sich das Leben genommen hat, das kann ich verstehen. Ich hab's immer sinnlos gefunden, um das Leben zu kämpfen, wenn es den Kampf nicht wert ist.« Sie knöpfte ihre Bluse zu. »Ich meine, warum hat sie sich diese Schandmaske auf den Kopf gesetzt?«

Sarah schüttelte den Kopf. »Das weiß ich auch nicht.«

»Sie war eine bösartige alte Frau«, sagte Mrs. Graham unumwunden. »Sie hat praktisch ihr ganzes Leben hier verbracht, sie kannte mich und meine Eltern ihr Leben lang, aber sie hat keinen von uns auch nur einmal gegrüßt. Wir waren zu gewöhnlich. Pachtbauern mit Kuhmist an den Schuhen. Mit dem alten Wittingham, diesem faulen Kerl, dem der Hof meines Vaters gehört, mit dem hat sie gesprochen. Der hat seit dem Tag seiner Geburt nie einen Finger gerührt, sondern lebt einzig von seinen Pachtzinsen und Geldanlagen, und deshalb war er akzeptabel. Aber die Arbeiter, einfache Leute wie wir« – sie schüttelte den Kopf –, »die wurden mit Verachtung gestraft.« Sie lachte über Sarahs Gesicht. »Jetzt sind Sie schockiert, was? Aber ich nehm nun mal kein Blatt vor den Mund. Sie sollten sich Mrs. Gillespies Tod nicht so zu Herzen nehmen. Kein Mensch hat sie gemocht, und das hatte sie sich ganz allein selbst zuzuschreiben, glauben Sie mir. Wir sind bestimmt keine unfreundlichen Menschen hier, aber irgendwo hört's einfach auf, und wenn eine Frau sich den Mantel abwischt, weil man aus Versehen mit ihr zusammengestoßen ist – also, dann reicht's wirklich.« Sie schwang ihre Beine zum Boden und stand auf.

»Ich bin nicht besonders fromm, aber es gibt ein paar Dinge, an die ich glaube, und dazu gehört die Reue. Ob es nun an Gott liegt oder einfach am Alter, meiner Meinung nach kommt bei jedem von uns am Ende die Reue. Wenige sterben, ohne ihre Fehler einzusehen, darum ist der Tod ja so friedvoll. Und es spielt im Grund auch keine Rolle, wen man um Verzeihung bittet – einen Priester, Gott oder die Angehörigen –, man hat es getan und man fühlt sich besser.« Sie schob ihre Füße in ihre Schuhe. »Ich würde sagen, Mrs. Gillespie wollte nur für ihre böse Zunge um Verzeihung bitten. Drum hat sie sich die Schandmaske aufgesetzt.«

Mathilda Gillespie wurde drei Tage später auf dem Dorffriedhof von Fontwell an der Seite ihres Vaters, Sir William Cavendish, MP, begraben. Die Leichenschau war noch nicht abgehalten worden, aber daß mit einem Spruch auf Selbstmord zu rechnen war, war mittlerweile allgemein bekannt, wenn nicht dank Polly Graham, so dank simpler Schlußfolgerung aus der Tatsache, daß die Polizei die Siegel an der Haustür entfernte und alle Beamten abgezogen wurden.

Die Trauergemeinde war klein. Polly Graham hatte nicht gelogen, als sie gesagt hatte, daß niemand Mathilda Gillespie gemocht hatte. Nur wenige nahmen sich die Zeit und die Mühe, von einer alten Frau Abschied zu nehmen, die einzig für ihre Unfreundlichkeit bekannt gewesen war. Der Pfarrer tat unter diesen schwierigen Umständen sein Bestes, dennoch war allgemeine Erleichterung spürbar, als die Trauergäste sich vom offenen Grab abwandten, um zu gehen.

Jack Blakeney, widerwilliger Begleiter seiner Frau, die es für ihre Pflicht gehalten hatte zu erscheinen, murmelte Sarah ins Ohr: »Lauter Pharisäer, die brav ihre Spießerpflicht tun. Hast du die Gesichter gesehen, als der Pfarrer von ›unserer allgemein beliebten Freundin und Nachbarin‹ sprach? Sie haben sie alle gehaßt wie die Pest.«

Sie hob warnend die Hand. »Nicht so laut. Man kann dich hören.«

»Na und?« Sie gingen am Ende des kleinen Zugs, und sein Blick, der geschulte Blick des Malers, flog über die gesenkten Köpfe der Leute vor ihnen. »Die Blonde ist vermutlich die Tochter, Joanna.«

Sarah hörte den bemühten Ton beiläufigen Interesses und lächelte sarkastisch. »Vermutlich«, stimmte sie zu, »und die Jüngere ist vermutlich die Enkelin.«

Joanna stand jetzt neben dem Pfarrer. Die weichen grauen Augen wirkten übergroß in dem feingeschnittenen Gesicht, und ihr Haar schimmerte golden im Sommerlicht. Eine schöne Frau, dachte Sarah und schaffte es wie immer, in ihrer Bewunderung völlig unpersönlich zu bleiben. Selten richtete sie ihren Groll auf die Objekte der schwach verhohlenen Begierde ihres Mannes, denn sie sah sie als eben das: Objekte. Wollust war in Jacks Leben wie alles außer seiner Malerei etwas Flüchtiges. Eine Flamme, die so schnell wieder erlosch, wie sie hochgeschossen war. Die Zeiten, als sie noch zuversichtlich geglaubt hatte, daß er, bei all seiner Empfänglichkeit für weibliche Reize, niemals ihre Ehe aufs Spiel setzen würde, waren lang vorbei, und sie hatte kaum noch Illusionen über ihre eigene Rolle. Sie sorgte für den Wohlstand, der es Jack Blakeney, dem aufstrebenden Maler, erlaubte, ein angenehmes Leben zu führen und seinen sehr prosaischen Leidenschaften zu frönen, aber, wie Polly Graham gesagt hatte – *irgendwo hört's einfach auf.*

Sie gaben dem Pfarrer die Hand. »Es war freundlich von Ihnen beiden zu kommen. Kennen Sie Mathildas Tochter?« Reverend Matthews wandte sich der blonden Frau zu. »Joanna Lascelles, Dr. Sarah Blakeney und Jack Blakeney. Sarah war die Hausärztin Ihrer Mutter, Joanna. Sie ist letztes Jahr in die Praxis eingetreten, als Dr. Hendry in den Ruhestand ging. Sie und Jack wohnen in Long Upton in *The Mill*, Geoffrey Freelings altem Haus.«

Joanna begrüßte sie und wandte sich an das junge Mädchen, das neben ihr stand. »Das ist meine Tochter Ruth. Wir sind Ihnen beide sehr dankbar für alles, was Sie für meine Mutter getan haben, Dr. Blakeney.«

Das Mädchen war ungefähr siebzehn oder achtzehn, so dunkel wie ihre Mutter blond war, und sie sah alles andere als dankbar aus. Sarah hatte nur einen Eindruck von heftigem und bitterem Schmerz. »Wissen Sie, warum meine Großmutter sich das Leben genommen hat?« fragte sie leise. »Niemand sonst scheint es zu wissen.« Ihr Gesicht war finster.

»Ruth, bitte«, sagte ihre Mutter seufzend. »Ist denn nicht alles schon schwierig genug?« Das Thema schien nicht neu zu sein.

Nach dem Alter der Tochter zu urteilen, mußte sich Joanna den Vierzigern nähern, dachte Sarah, aber in ihrem schwarzen Mantel sah sie nur sehr jung und sehr verletzlich aus. Sarah merkte, wie Jacks Interesse aufflammte, und verspürte einen zornigen Impuls, hier, vor allen Leuten, auf ihn loszugehen und ihn abzukanzeln. Was glaubte er denn, wie weit ihre Geduld reichte? Wie lange, bildete er sich ein, würde sie seine gleichgültige Mißachtung ihres gequälten Stolzes noch hinnehmen? Sie unterdrückte den Impuls natürlich. Sie war zu sehr Gefangene ihrer Erziehung und der Verhaltensnormen ihres Berufs, um etwas anderes zu tun. *Aber bei Gott, eines Tages* – sagtè sie sich. Statt dessen wandte sie sich dem jungen Mädchen zu. »Ich wünschte, ich könnte Ihnen darauf antworten, Ruth, aber ich kann es nicht. Als ich Ihre Großmutter das letztemal sah, ging es ihr gut. Natürlich hatte sie Schmerzen, aber nicht in einem Maß, das sie nicht gewöhnt war oder mit dem sie nicht hätte umgehen können.«

Ruth warf ihrer Mutter einen trotzigen Blick zu. »Dann muß irgendwas passiert sein, das sie aus dem Gleichgewicht geworfen hat. Kein Mensch bringt sich wegen nichts um.«

»War sie leicht aus dem Gleichgewicht zu werfen?« fragte Sarah. »Den Eindruck hat sie mir nie gemacht.« Sie lächelte leicht. »Ihre Großmutter war eine Frau, die sich nicht kleinkriegen ließ. Ich habe sie dafür bewundert.«

»Warum hat sie sich dann das Leben genommen?«

»Vielleicht weil sie den Tod nicht gefürchtet hat. Selbstmord muß nicht immer etwas Negatives sein. In manchen Fällen ist er ein positiver Ausdruck eigener Wahl. Ich werde jetzt und so sterben. ›Sein oder Nichtsein.‹ Für Mathilda wäre ›Nichtsein‹ eine überlegte Entscheidung gewesen.«

Ruth begann zu weinen. »*Hamlet* war ihr Lieblingsstück.« Sie war groß wie ihre Mutter, aber ihrem Gesicht, das von Kälte und Schmerz verkrampft war, fehlte die aparte Schönheit der anderen. Die Tränen machten Ruth häßlich, während sie, ein Schimmer nur auf langen Wimpern, bei ihrer Mutter die zerbrechliche Schönheit betonten.

Joanna richtete sich auf und sah von Sarah zu Jack. »Würden Sie noch zum Tee mitkommen? Wir sind so wenige.«

Sarah entschuldigte sich. »Es tut mir leid, ich kann nicht. Ich habe um halb fünf in Mapleton Sprechstunde.«

Jack nahm an. »Danke, das ist sehr nett.«

Schweigen trat ein. »Wie kommst du nach Hause?« fragte Sarah, während sie in ihrer Tasche nach den Wagenschlüsseln kramte.

»Ich laß mich mitnehmen«, antwortete er. »Irgend jemand fährt bestimmt in meine Richtung.«

Gegen Ende der Sprechstunde kam einer von Sarahs Kollegen vorbei. Sie waren zu dritt in einer Praxis, die in Dorset, teils an der Küste, teils landeinwärts, ein Gebiet von mehreren Meilen zu betreuen hatte, Dörfer, verstreut liegende Weiler und Höfe. Die meisten Dörfer hatten kleine abgeschlossene Praxisräume, die entweder direkt in den Häusern der Ärzte oder von Patienten gemietet waren. Die Partner versorgten das Gebiet in turnusmäßigem Wechsel. Mapleton war Robin Hewitts Heimatdorf, aber wie Sarah war er fast ebensoviel unterwegs, wie er zu Haus war. Sie waren bisher der logischen Konsequenz ausgewichen, ihre Kräfte in einer einzigen modernen Klinik in dem zentral gelegenen Dorf zu vereinen, aber es war zweifelhaft, ob sie das noch viel länger würden tun können. Das zutreffende Argument, daß die meisten ihrer Patienten alt seien oder keine Transportmöglichkeiten hätten, geriet immer stärker unter den Druck der kommerziellen Zwänge, die jetzt innerhalb des Gesundheitswesens herrschten.

»Du siehst müde aus«, sagte Robin, als er sich auf dem Stuhl neben ihrem Schreibtisch niederließ.

»Ich bin auch müde.«

»Ärger?«

»Nur das Übliche.«

»Zu Hause, hm? Schmeiß ihn raus.«

Sie lachte. »Und wie wär's, wenn ich zu dir ganz lässig sagte, du sollst Mary rausschmeißen?«

»Da besteht ein kleiner Unterschied, mein Schatz. Mary ist ein Engel, Jack ist keiner.« Aber die Vorstellung war nicht ohne Verlockung. Nach achtzehn Jahren Ehe war Marys unerschütterliche Selbstzufriedenheit soviel weniger anziehend als Sarahs zweiflerische Suche nach der Wahrheit.

»Dagegen kann ich nichts sagen.« Sie machte sich ein paar letzte Notizen, dann schob sie die Papiere müde von sich.

»Was hat er diesmal getan?«

»Nichts, soviel ich weiß.«

Klingt wahr, dachte Robin. Jack Blakeney machte eine Tugend daraus, nichts zu tun, während seine Frau eine Tugend daraus machte, ihn in seinem Müßiggang zu unterstützen. Wieso diese Ehe immer noch hielt, war ihm ein Rätsel. Sie hatten keine Kinder, keine Verpflichtungen, keinerlei Bindungen, Sarah war eine selbständige Frau mit eigenem Einkommen, und sie bezahlte die Hypothek auf das Haus. Sie brauchte nur einen Schlosser kommen zu lassen, um den Mistkerl für immer auszusperren.

Sie musterte ihn erheitert. »Warum lächelst du so?«

Ohne mit der Wimper zu zucken, schaltete er seine hübsche kleine Phantasie von einer Sarah, die allein im Haus war, ab und sagte: »Bob Hughes war heute bei mir. Er war sehr enttäuscht, daß ich Sprechstunde machte und nicht du.« Er ahmte gar nicht schlecht den gutturalen Dialekt des alten Mannes nach. »›Wo ist denn heut die hübsche junge Frau Doktor?‹ sagte er. ›Ich möcht, daß sie das macht!‹«

»Was denn?«

Robin grinste. »Daß du das Furunkel an seinem Hintern untersuchst. Dieser alte Lustmolch. Wenn du tatsächlich dagewesen wärst, hätte er dir wahrscheinlich noch eins präsentiert, vermutlich unter den Hoden. Dann hättest du ihn da abtasten dürfen, und er wäre in Ekstase gefallen.«

Ihre Augen blitzten. »Und das Ganze kostenlos. Wo Sexmassagen doch so teuer sind.«

»Das ist ja ekelhaft. Soll das heißen, daß er so was schon mal versucht hat?«

Sie lachte. »Nein, natürlich nicht. Er kommt immer nur, um ein bißchen zu schwatzen. Er meinte wahrscheinlich, er müßte dir irgendwas bieten. Der arme alte Kerl. Du hast ihm bestimmt richtig die Meinung gegeigt.«

»Stimmt. Du bist viel zu entgegenkommend.«

»Aber manche von ihnen sind doch so einsam. Wir leben in einer schrecklichen Welt, Robin. Keiner hat mehr Zeit zuzuhören.« Sie spielte mit ihrem Füller. »Ich war heute auf der Beerdigung von Mathilda Gillespie, und ihre Enkelin fragte mich, warum sie sich das Leben genommen hat. Ich sagte ihr, ich wisse es nicht, und das geht mir seitdem ständig im Kopf herum. Ich *müßte* es wissen. Sie war meine Patientin. Wenn ich mir die Mühe gemacht hätte, ein bißchen mehr auf sie einzugehen, wüßte ich es.« Sie warf ihm einen Blick zu. »Meinst du nicht?«

Er schüttelte den Kopf. »Auf den Weg solltest du dich lieber nicht begeben, Sarah. Das ist eine Sackgasse. Schau mal, du warst ein Mensch unter vielen, die sie kannte und mit denen sie gesprochen hat, mich eingeschlossen. Die Verantwortung für diese alte Frau lag nicht allein bei dir. Ich würde sogar sagen, daß du überhaupt keine Verantwortung für sie hattest, es sei denn im medizinischen Bereich, und nichts, was du ihr verschrieben hast, hat zu ihrem Tod beigetragen. Sie ist am Blutverlust gestorben.«

»Aber wo zieht man die Grenze zwischen Beruf und Freundschaft? Wir haben viel miteinander gelacht. Ich glaube, ich war einer der wenigen Menschen, die ihren Humor schätzten, wahrscheinlich weil er mit dem von Jack soviel Ähnlichkeit hatte. Bissig, oft grausam, aber witzig und geistreich. Sie war eine moderne Dorothy Parker.«

»Nun werd bloß nicht sentimental! Mathilda Gillespie war eine alte Hexe erster Güte, und bild dir ja nicht ein, sie hätte dich als gleichgestellt betrachtet. Jahrelang, bis zu dem Tag, an dem sie das *Wing Cottage* verkaufte, weil sie Geld brauchte, mußten Ärzte, Anwälte und Buchhalter das Haus durch den Lieferanteneingang betreten. Hugh Hendry war oft genug fuchsteufelswild darüber. Er sagte, sie sei die unhöflichste Person, der er je begegnet sei. Er konnte sie nicht ausstehen.«

Sarah lachte geringschätzig. »Wahrscheinlich weil sie ihn Doktor Dolittle nannte. Ganz offen. Ich hab sie mal gefragt, ob sie damit seine Berufseinstellung beschreiben wollte, und sie sagte: ›Nicht allein. Er hat mit Tieren mehr gemein als mit Menschen. Er war ein Esel.‹«

Robin lachte. »Ja, Hugh war wirklich der faulste und unfähigste Arzt, der mir je untergekommen ist. Ich hab irgendwann mal vorgeschlagen, wir sollten seine Qualifikationen überprüfen, weil ich nicht glaubte, daß er überhaupt welche hatte, aber so was ist natürlich ein bißchen schwierig, wenn der Betreffende der Seniorpartner ist. Uns blieb nichts andres übrig, als in den sauren Apfel zu beißen und auf seinen Ruhestand zu warten.« Er neigte seinen Kopf leicht zur Seite. »Und wie hat sie dich genannt, wenn sie ihn Doktor Dolittle nannte?«

Sie drückte einen Moment ihren Füller an ihre Lippen und starrte an ihm vorbei ins Leere. Ihr Blick war tief beunruhigt. »Sie war ganz besessen von dieser verdammten Schandmaske. Es war richtig ungesund, wenn ich's mir jetzt überlege. Einmal wollte sie mich unbedingt überreden, sie aufzusetzen, damit ich am eigenen Leib spüre, wie sich das anfühlt.«

»Und hast du sie aufgesetzt?«

»Nein.« Sie schwieg einen Moment nachdenklich. »Aber sie selbst hat sie oft aufgesetzt, um sich von ihren Schmerzen abzulenken – als Pendant gewissermaßen. Darum sprach ich eben von krankhafter Besessenheit. Sie trug das Ding wie zur Strafe, wie ein härenes Hemd. Und als ich den ganzen Mist absetzte, den Henry ihr verschrieben hatte, und die Schmerzen wenigstens soweit eindämmen konnte, daß sie halbwegs erträglich wurden, fing sie an, mich im Scherz ihre kleine Schandmaske zu nennen.« Als sie sein verständnisloses Gesicht sah, fügte sie hinzu: »Weil ich die Arthritis gebändigt hatte wie früher die Schandmasken die Schandmäuler.«

»Und was willst du damit sagen?«

»Ich glaube, sie wollte mir etwas mitteilen.«

Robin schüttelte den Kopf. »Wieso? Weil sie das Ding aufhatte, als sie starb? Es war ein Symbol, sonst nichts.«

»Wofür?«

»Für die Illusion des Lebens. Wir sind alle Gefangene. Vielleicht war es ihr letzter bissiger Witz. Mir ist auf ewig das Maul gestopft, etwas in der Art.« Er zuckte die Achseln. »Hast du mit der Polizei darüber gesprochen?«

»Nein. Ich war so entsetzt, als ich sie sah, daß mir das überhaupt nicht eingefallen ist.« Sie hob hilflos die Hände. »Und der Pathologe und der Polizeibeamte wurden sofort hellhörig, als ich erzählte, wie sie die Geranien genannt hat, die sie immer in dem gräßlichen Ding stehen hatte. Ihr Laubgewinde. Das stammt aus der Rede über Ophelias Tod. Na ja, und angesichts des Wassers und der Brennesseln dachte ich, sie hätten wahrscheinlich recht. Aber jetzt bin ich da nicht mehr so sicher.« Schweigend starrte sie auf ihren Schreibtisch hinunter.

Robin beobachtete sie einige Sekunden lang. »Nimm an, sie wollte tatsächlich sagen, daß ihr nun das Maul auf ewig gestopft sei. Das hat eine doppelte Bedeutung, das ist dir wohl klar.«

»Ja«, antwortete Sarah bedrückt, »daß vielleicht ein anderer es ihr gestopft hat. Aber das ergibt keinen Sinn. Ich meine, wenn

Mathilda wußte, daß sie ermordet werden sollte, hätte sie doch nicht Zeit damit verschwendet, unten im Vestibül erst die Schandmaske aufzusetzen. Sie hätte doch nur zur Tür laufen und um Hilfe zu schreien brauchen. Das ganze Dorf hätte sie gehört. Und der Mörder hätte sie sowieso abgenommen.«

»Vielleicht wollte ja der Mörder sagen, daß ihr nun für immer das Maul gestopft ist.«

»Das ist doch genauso unsinnig. Weshalb hätte er darauf hinweisen sollen, daß es Mord ist, nachdem er sich solche Mühe gegeben hatte, einen Selbstmord vorzutäuschen?« Sie rieb sich die müden Augen. »Ohne die Schandmaske hätte es ausgesehen wie eine klare Sache. Und wozu die Blumen, Herrgott noch mal? Was sollten die uns sagen?«

»Du mußt auf jeden Fall mit der Polizei sprechen«, erklärte Robin mit plötzlicher Entschiedenheit und griff nach dem Telefon. »Sarah, wer hat sonst noch gewußt, daß sie dich manchmal ihre kleine Schandmaske nannte? Dir muß doch klar sein, daß die Botschaft für dich bestimmt ist.«

»Welche Botschaft?«

»Das weiß ich nicht. Eine Drohung vielleicht. Sie sind die nächste, Dr. Blakeney.«

Sie lachte hohl. »Ich sehe es mehr als Unterschrift.« Sie zog mit der Fingerspitze einen Strich auf der Schreibtischplatte. »Wie das Zeichen des Zorro.«

»Lieber Gott.« Robin legte wieder auf. »Vielleicht ist es gescheiter, nichts zu sagen. Schau mal, es war offensichtlich Selbstmord – du hast selbst gesagt, sie war wie besessen von dem verdammten Ding.«

»Aber ich hatte sie gern.«

»Du hast jeden gern, Sarah. Darauf brauchst du nicht stolz zu sein.«

»Du redest wie Jack.« Sie zog sich das Telefon heran, wählte die Nummer der Polizeidienststelle Learmouth und verlangte Sergeant Cooper.

Robin beobachtete sie mit düsterer Resignation – sie hatte keine Ahnung, wie die Leute sich die Mäuler zerreißen würden, wenn sie je von Mathildas Spitznamen für sie erfahren sollten – und fragte sich, warum sie es ausgerechnet ihm vor allen anderen erzählt hatte. Er hatte das dunkle Gefühl, von ihr benutzt worden zu sein. Als Testperson, um die Reaktion der Leute abschätzen zu können? Oder als Beichtvater?

Sergeant Cooper war bereits gegangen, und der gelangweilte Beamte am anderen Ende erklärte sich lediglich bereit, Sarahs Bitte um ein Gespräch an ihn weiterzuleiten, wenn er am folgenden Morgen zum Dienst kam. Es war ja nicht dringend. Der Fall war abgeschlossen.

Wie ich die Arthritis verabscheue und die grausame Untätigkeit, die sie mir auferlegt. Ich habe heute einen Geist gesehen, konnte aber nichts gegen ihn tun. Ich hätte ihn niederschlagen und in die Hölle zurückschicken sollen, aus der er gekommen ist, statt dessen konnte ich ihn nur mit Worten geißeln. Hat Joanna ihn zurückgeholt, mich zu quälen? Es würde passen. Sie führt etwas im Schilde, seit sie diesen elenden Brief gefunden hat. »Undankbarkeit, du marmorherz'ger Teufel, abscheulicher, wenn du dich zeigst im Kinde, als Meeresungeheuer.«

Aber ausgerechnet James zu benutzen! Das werde ich ihr niemals verzeihen. Oder benutzt vielleicht er sie? Vierzig Jahre haben ihn nicht verändert. Welch widerwärtigen Vergnügungen er in Hongkong nachgegangen sein muß, wo sich, wie ich gelesen habe, die Knaben als Mädchen verkleiden und den Päderasten den Kitzel vorgetäuschter Normalität verschaffen, wenn sie sich und ihre ekelhafte Abartigkeit vor einem naiven Publikum produzieren. Er sieht krank aus. Tja, sein Tod wäre eine elegante Lösung.

Ich bin hier einen »höchst schmutzigen Handel« eingegangen. Alle reden heute so zungenfertig vom Kreislauf des Mißbrauchs, aber ach, wieviel komplexer sind diese Kreisläufe als die simple Gewalt der Eltern am Kind. Alles befällt den, der sich paart…

3

Jack arbeitete in seinem Atelier, als er endlich gegen elf Uhr Sarahs Schlüssel im Schloß hörte. Er sah auf, als sie an seiner offenen Tür vorüberging. »Wo bist du gewesen?«

Sie war sehr müde. »Bei den Hewitts. Sie haben mich zum Abendessen eingeladen. Hast du gegessen?« Sie kam nicht herein, sondern blieb an der Tür stehen.

Er nickte zerstreut. Essen gehörte nicht zu den Prioritäten in Jacks Leben. Er wies mit dem Kopf auf die Leinwand auf der Staffelei. »Wie findest du es?«

Wieviel einfacher wäre es, dachte sie, wenn ich ein Brett vor dem Kopf hätte und wirklich nichts davon verstünde, was er in seiner Arbeit anstrebt. Wieviel einfacher, wenn sie widerspruchslos akzeptieren könnte, was ein oder zwei Kritiker gesagt hatten; daß seine Arbeit prätentiöser Mist sei und schlechte Kunst.

»Joanna Lascelles, nehme ich an.«

Aber nicht eine Joanna Lascelles, die jeder erkannt hätte, höchstens vielleicht im Schwarz der Trauerkleidung und im Goldton ihres Haars. Für Jack waren Form und Farbe Mittel, um Emotionen darzustellen, und dieses Gemälde war schon jetzt, in seinem frühesten Stadium, von einer außergewöhnlichen Turbulenz. Wochenlang würde er daran weiterarbeiten, Schicht um Schicht auflegen in dem Bemühen, durch das Medium der Ölfarben die Komplexität der menschlichen Persönlichkeit zu gestalten und abzubilden. Sarah, die seine Farbchiffren beinahe so gut verstand wie er selbst, konnte viel von dem deuten, was er bereits eingearbeitet hatte. Schmerz (um ihre Mutter?), Geringschätzung (für ihre Tochter?) und, nur allzu vorhersehbar, Sinnlichkeit (für ihn?).

Jack beobachtete ihr Gesicht. »Sie ist eine interessante Frau«, sagte er.

»Offensichtlich.«

Er kniff ärgerlich die Augen zusammen. »Fang jetzt bloß nicht an«, murmelte er. »Ich bin nicht in Stimmung.«

Sie zuckte die Achseln. »Ich auch nicht. Ich geh schlafen.«

»Ich mach mich morgen an den Einband«, versprach er unwirsch. Er hielt sich mit dem Entwerfen von Bucheinbänden einigermaßen über Wasser, aber die Aufträge waren dünn gesät, da er selten die Termine einhielt. Die vom Kommerz diktierten Normen machten ihn wütend.

»Ich bin nicht deine Mutter, Jack«, sagte sie kühl. »Was du morgen tust, ist deine Sache.«

Aber er suchte Streit, wahrscheinlich, dachte Sarah, weil Joanna ihm geschmeichelt hatte. »Du kannst es einfach nicht lassen, was? Nein, du bist nicht meine Mutter, aber langsam hörst du dich genau so an.«

»Das ist merkwürdig«, entgegnete sie ironisch. »Ich dachte immer, du bist mit ihr nicht ausgekommen, weil sie dir dauernd Vorschriften gemacht hat. Jetzt wirfst du mich mit ihr in einen Topf, obwohl ich genau das Gegenteil tue und deine Entscheidungen allein dir überlasse. Du bist ein Kind, Jack. Du brauchst in deinem Leben immer eine Frau, der du die Schuld an allem geben kannst, was bei dir schiefgeht.«

»Ach, geht's hier wieder mal um Kinder?« zischte er. »Verdammt noch mal, Sarah, du hast gewußt, was Sache ist, bevor wir geheiratet haben, und du warst einverstanden. Die Karriere ist alles, weißt du noch? Und es hat sich nichts geändert. Jedenfalls für mich nicht. Ich kann nichts dafür, wenn deine Hormone Torschlußpanik kriegen. Wir hatten eine Abmachung. Keine Kinder.«

Sie musterte ihn neugierig. Joanna, dachte sie, war offenbar weniger entgegenkommend gewesen, als er gehofft hatte. Nun gut! »Die Abmachung war, daß ich dich unterstützen würde, bis du Fuß gefaßt hast, Jack. Danach war alles offen. Wir haben nur leider nicht bedacht, und das mache ich mir zum Vorwurf, weil ich mich allein auf mein künstlerisches Urteil verließ, daß du vielleicht *nie* Fuß fassen würdest. In so einem Fall ist die Abmachung, denke ich, null und nichtig. Bis jetzt habe ich dich sechs Jahre unterstützt, zwei Jahre vor unserer Heirat und vier danach, und die Entscheidung zu heiraten war so sehr deine wie meine. Soweit ich mich erinnere, feierten wir damals gerade deinen ersten größeren Verkauf. Deinen einzigen größeren Verkauf«, fügte sie hinzu. »Das stimmt doch, nicht wahr? Ich kann mich nicht erinnern, daß du seitdem ein Bild verkauft hast.«

»Bosheit steht dir nicht, Sarah.«

»Nein«, stimmte sie zu. »So wenig wie es dir steht, dich wie ein verwöhnter Fratz aufzuführen. Du sagst, es hat sich nichts geändert, aber da täuschst du dich. Alles hat sich geändert. Früher habe ich dich bewundert. Jetzt verachte ich dich. Ich fand dich amüsant. Jetzt langweilst du mich. Ich liebte dich. Jetzt tust du mir nur leid.« Sie lächelte entschuldigend. »Ich war auch fest überzeugt, daß du es schaffen würdest. Jetzt glaube ich das nicht mehr. Und das liegt nicht daran, daß ich von deiner Malerei weniger halte; ich halte weniger von *dir*. Du hast weder das Engagement noch die Disziplin, ein Großer zu werden, Jack, weil du dauernd vergißt, daß Genie nur ein Prozent Inspiration ist und neunundneunzig Prozent harte Arbeit. Ich bin nicht deshalb eine gute Ärztin, weil ich ein besonderes Talent zur Diagnose habe, sondern weil ich mir die Finger wund arbeite. Du bist nicht deshalb ein schlechter Maler, weil es dir am Talent fehlt, sondern weil du ganz einfach zu faul und zu hochmütig bist, dich wie wir anderen auch auf die Knie runterzulassen und dir deinen Ruf zu verdienen.«

Das dunkle Gesicht verzog sich zu einem spöttischen Lächeln. »Ah, da steckt wohl Hewitt dahinter? Ein gemütliches kleines Abendessen mit Cock Robin und Gemahlin, und dann kriegt Jack den Marsch geblasen. Mensch, das ist vielleicht eine schleimige Kröte. Der wär doch im Nu in deinem Bett, wenn nicht die süße kleine Mary und die lieben Kinderchen seine Tür bewachen würden.«

»Mach dich nicht lächerlich«, sagte sie kalt. »Das hast du einzig und allein dir selbst zuzuschreiben. Bei mir war an dem Tag Schluß, an dem ich Sally Bennedict zu einem Schwangerschaftsabbruch ins Krankenhaus überweisen mußte. Den Mord an deinen außerehelichen Kindern empfehlen zu müssen, noch dazu, um einem egoistischen Flittchen wie Sally Bennedict aus der Patsche zu helfen, das geht mir denn doch etwas zu weit, Jack. Sie hat das Ironische der Situation weidlich genossen, das kannst du mir glauben.«

Er starrte sie mit einem Ausdruck des Entsetzens an, und sie sah, daß sie ihn ausnahmsweise einmal getroffen hatte. Er hat es nicht gewußt, dachte sie. Das sprach immerhin für ihn. »Du hättest es mir sagen sollen«, sagte er lahm.

Sie lachte mit echter Erheiterung. »Warum denn? Du warst nicht mein Patient, Jack. Sally war meine Patientin. Und sie hatte nicht die geringste Absicht, dein kleines Überraschungsei auszutragen und sich ihre Chancen bei der Royal Shakespeare Company zu verderben. Man kann nicht die Julia spielen, wenn man im sechsten Monat schwanger ist, Jack, und so weit wäre sie bei Beginn der Spielzeit gewesen. Ich habe natürlich meine ärztliche Pflicht getan und ihr vorgeschlagen, es mit dir zu besprechen, zu einer Beratungsstelle zu gehen, aber genausogut hätte ich an eine Wand reden können. Ich glaube, Krebs wäre ihr lieber gewesen als eine Schwangerschaft.« Ihr Lächeln war verzerrt. »Und mal ganz offen, wie du reagieren würdest, war uns beiden klar. Es war das einzige Mal in meiner Praxis, daß ich sicher war, das arme Kind würde, falls es geboren werden sollte, von beiden Eltern zurückgewiesen werden. Also habe ich sie ans Krankenhaus überwiesen, und da wurde die Sache im Handumdrehen erledigt.«

Er zog den Pinsel ziellos zwischen den Farben auf seiner Palette herum. »War das der Grund für den plötzlichen Umzug hier herunter?«

»*Ein* Grund, ja. Ich hatte das ungute Gefühl, Sally würde die erste von vielen sein.«

»Und der andere Grund?«

»Ich dachte, dir würde das ländlich sittliche Dorset nicht gefallen. Ich hoffte, du würdest in London bleiben.«

»Du hättest mit mir reden sollen«, sagte er wieder. »Zarte Hinweise sind bei mir verschwendet.«

»Das stimmt.«

Er legte die Palette und den Pinsel auf einen Hocker und wischte sich die Hände an einem mit Terpentin getränkten Küchentuch ab. »Und warum hast du mir diese Gnadenfrist von einem Jahr eingeräumt? Aus Barmherzigkeit? Oder aus Boshaftigkeit? Hast du dir vorgestellt, es wäre ein größerer Spaß, mich hier fallenzulassen statt in London, wo ich immerhin ein Bett gehabt hätte?«

»Es war weder das eine noch das andere«, entgegnete sie. »Hoffnung war's, fehl am Platz wie immer.« Sie blickte auf die Leinwand.

Er sah es. »Ich habe mit ihr Tee getrunken. Mehr nicht.«

»Ich glaube dir.«

»Warum bist du dann so böse? Ich mache auch keine Szene, weil du bei Robin gegessen hast.«

»Ich bin nicht böse, Jack. Es langweilt mich einfach. Es langweilt mich, das Publikum zu sein, das du so dringend brauchst. Manchmal glaube ich, daß du mich nur deshalb geheiratet hast; nicht weil du Sicherheit wolltest, sondern weil du die Emotionen eines anderen brauchst, um deine Kreativität zu stimulieren.« Sie lachte bitter. »Dann hättest du aber keine Ärztin heiraten sollen. Wir werden in dieser Hinsicht bei unserer Arbeit genug gefordert; da brauchen wir das zu Hause nicht auch noch.«

Er musterte sie scharf. »Und jetzt ist es wohl soweit? Ich bekomme den Marschbefehl, oder? Pack deine Sachen, Jack, und laß dich hier nie wieder blicken.«

Sie lächelte das Mona-Lisa-Lächeln, das ihn als erstes betört hatte. Er meinte vorhersagen zu können, was sie sagen würde: *Es ist dein Leben, entscheide selbst.* Sarahs Stärke und Schwäche lagen in ihrer Überzeugung, jeder Mensch sei so selbstsicher und zielbewußt wie sie selbst.

»Ja«, sagte sie. »Das wär's. Ich hatte mir vorgenommen, endgültig Schluß zu machen, wenn du je wieder mit Sally anfangen würdest. Ich möchte die Scheidung.«

Seine Augen wurden schmal. »Wenn es hier um Sally ginge, hättest du mir vor zwei Wochen das Ultimatum gestellt. Ich habe damals kein Geheimnis daraus gemacht, was ich vorhatte.«

»Ich weiß«, sagte sie müde, den Blick wieder auf das Bild gerichtet. »Selbst für den Verrat brauchst du jetzt Publikum.«

Er war weg, als sie am nächsten Morgen herunterkam. Auf dem Küchentisch lag ein Brief.

> »Schick die Scheidungspapiere an Keith Smollett. Du kannst Dir ja einen anderen Anwalt suchen. Ich werde halbe-halbe verlangen, gewöhn Dich also nicht zu sehr an das Haus. Das Atelier räume ich aus, sobald ich was andres gefunden habe. Wenn Du mich nicht sehen willst, solltest Du die Schlösser nicht austauschen. Ich lasse den Schlüssel da, wenn ich meine Sachen geholt habe.«

Sarah las den Brief zweimal durch und warf ihn in den Müll.

Jane Marriott, die Sprechstundenhilfe in der Praxis in Fontwell, sah auf, als Sarah die Tür zum leeren Wartezimmer öffnete. Sarah machte montags nachmittags und freitags vormittags in Fontwell Dienst, und da sie mehr auf ihre Patienten einging als ihre männlichen Kollegen, hatte sie großen Zulauf. »Es sind ein paar Nachrichten für Sie da«, sagte Jane. »Ich hab sie Ihnen auf den Schreibtisch gelegt.«

»Danke.« Vor Janes Empfangstisch blieb sie stehen. »Wer ist der erste?«

»Mr. Drew. Um dreiviertel neun. Danach wird's bis halb zwölf ziemlich hektisch, und hinterher warten leider noch zwei Hausbesuche. Aber ich hab den Leuten gesagt, daß Sie erst um die Mittagszeit kommen können.«

»Okay.«

Jane, eine pensionierte Lehrerin in den Sechzigern, musterte Sarah mit mütterlicher Besorgnis. »Sie haben wohl wieder mal nicht gefrühstückt, hm?«

Sarah lächelte. »Ich frühstücke nie. Seit ich aus der Schule bin nicht mehr.«

»Sie sehen abgespannt aus. Sie arbeiten zuviel, meine Liebe. Sie müssen lernen, mit Ihren Kräften hauszuhalten.«

Sarah stützte ihre Ellbogen auf den Empfangstisch und legte ihr Kinn auf ihre gefalteten Hände. »Sagen Sie, Jane, wenn es den Himmel gibt, wo genau ist er?« Sie sah aus wie eine der Achtjährigen, die Jane früher unterrichtet hatte, fragend, ein wenig zaghaft, aber zuversichtlich, daß Mrs. Marriott die Antwort wissen würde.

»Du lieber Gott! So eine Frage hat mir keiner mehr gestellt, seit ich als Lehrerin aufgehört habe.« Sie steckte den Wasserkocher ein und löffelte Kaffeepulver in zwei Tassen. »Ich habe den Kindern immer erklärt, er sei in den Herzen, die man zurückläßt. Je mehr Menschen es gäbe, die sie liebten, desto mehr Herzen würden sich die Erinnerung an sie bewahren. Ich wollte sie damit eigentlich nur dazu bringen, nett miteinander umzugehen.« Sie lachte leise. »Aber ich dachte immer, Sie seien eine Ungläubige, Sarah. Woher dieses plötzliche Interesse am Jenseits?«

»Ich war gestern auf Mrs. Gillespies Beerdigung. Es war deprimierend. Seitdem frage ich mich dauernd, wozu das alles.«

»Ach, du meine Güte. Ewige Wahrheiten um halb neun Uhr morgens.« Sie stellte Sarah eine Tasse mit dampfendem Kaffee hin. »Welchen Sinn Mathilda Gillespies Leben hatte, wird sich vielleicht erst nach Generationen herausstellen. Sie steht in einer Familienkette. Wer kann sagen, welche Bedeutung diese Familie vielleicht in kommenden Jahren gewinnen wird.«

»Das ist gleich noch deprimierender«, sagte Sarah bedrückt.

»Das heißt, daß man Kinder haben muß, um dem eigenen Leben Sinn zu geben.«

»Unsinn. Ich habe keine Kinder, aber ich habe deswegen nicht das Gefühl, weniger wert zu sein. Unser Leben ist das, was wir daraus machen.« Sie sah Sarah nicht an, während sie sprach, und Sarah hatte den Eindruck, daß ihre Worte nur leere Hülsen waren. »Mathilda hat aus ihrem leider wenig gemacht«, fuhr Jane fort. »Sie hat es nie verwunden, daß ihr Mann sie verlassen hat, und war darüber verbittert. Ich vermute, sie glaubte, die Leute lachten sie hinter ihrem Rücken aus. Was natürlich auch viele von uns getan haben«, bekannte sie aufrichtig.

»Ich dachte, sie sei Witwe gewesen.« Wie wenig sie im Grund über die Frau wußte.

Jane schüttelte den Kopf. »James hat sie verlassen, und wenn er noch lebt, ist er jetzt ihr Witwer. Die beiden haben sich nie scheiden lassen.«

»Und was ist aus ihm geworden?«

»Er ist nach Hongkong gegangen. Zu einer Bank.«

»Woher wissen Sie das?«

»Paul und ich haben ungefähr zehn Jahre, nachdem James und Mathilda sich getrennt hatten, eine Reise in den Fernen Osten gemacht und ihn zufällig in einem Hotel in Hongkong getroffen. Wir waren früher gut mit ihm bekannt, weil er und Paul zusammen im Krieg waren.« Sie lächelte eigenartig. »Er lebte wie Gott in Frankreich und kümmerte sich überhaupt nicht um seine Frau und seine Tochter.«

»Wovon haben die beiden gelebt?«

»Oh, Mathilda hatte von ihrem Vater genug geerbt. Ich habe mir manchmal gedacht, daß das im Grund ihr Unglück war. Sie wäre eine völlig andere Frau geworden, wenn sie ihren Kopf hätte gebrauchen müssen, um sich über Wasser zu halten. Es ist nicht gut für den Charakter, wenn einem alles in den Schoß fällt.«

Das war zweifellos richtig, wenn man Jack als Maßstab nehmen konnte. Halbe-halbe, dachte sie wütend. Da hast du dich aber gewaltig geschnitten, mein Lieber. »Und wann hat er sie verlassen?«

»Ach, das ist eine Ewigkeit her. Vielleicht anderthalb Jahre nach der Hochzeit. Jedenfalls vor mehr als dreißig Jahren. Ein oder zwei Jahre lang hat er uns noch geschrieben, dann ist die Verbindung abgerissen. Ehrlich gesagt, wir fanden ihn ziemlich unangenehm. Als wir ihn in Hongkong trafen, hatte er stark zu trinken angefangen, und er wurde immer sehr aggressiv, wenn er betrunken war. Wir waren beide eher erleichtert, als keine Briefe mehr kamen. Danach haben wir nie wieder von ihm gehört.«

»Wußte Mathilda, daß er Ihnen geschrieben hatte?« fragte Sarah neugierig.

»Das kann ich wirklich nicht sagen. Wir waren inzwischen nach Southampton gezogen und hatten mit ihr wenig zu tun. Gemeinsame Freunde erzählten ab und zu einmal von ihr, sonst jedoch hatten wir keinerlei Verbindung. Wir sind erst vor fünf Jahren hierher zurückgekommen, als Paul krank wurde, und ich fand, daß die frische Luft in Dorset auf jeden Fall besser für ihn wäre als der Dreck in Southampton.«

Paul Marriott litt an einem chronischen Emphysem, und Jane machte sich große Sorgen um ihn. »Das war das Beste, was Sie tun konnten«, erklärte Sarah. »Er hat mir selbst gesagt, daß es ihm viel besser geht, seit er wieder hier ist.« Sie wußte aus Erfahrung, daß Jane das Thema jetzt, da sie es angeschnitten hatte, so leicht nicht mehr fallenlassen würde, und versuchte deshalb, sie abzulenken. »Haben Sie Mathilda eigentlich gut gekannt?«

Jane überlegte einen Moment. »Wir sind zusammen aufgewachsen – mein Vater war hier viele Jahre lang Arzt, und Paul war eine Zeitlang der politische Vertreter ihres Vaters – Sir William war unser Parlamentsabgeordneter –, aber ich glaube, ich habe Mathilda überhaupt nicht gekannt. Das lag wohl daran, daß ich sie nie gemocht habe.« Sie machte ein reumütiges Gesicht. »Es ist schlimm, das von einer Toten zu sagen, aber ich will nicht heucheln. Sie war wirklich die unangenehmste Frau, die mir je begegnet ist. Ich konnte verstehen, daß James sie verließ. Das einzige Geheimnis war, weshalb er sie überhaupt geheiratet hatte.«

»Geld«, sagte Sarah mit Nachdruck.

»Ja, das wird es wohl gewesen sein«, stimmte Jane zu. »Er war typischer armer Landadel, hatte nichts als seinen Namen, und Mathilda war schön, genau wie Joanna. Es war eine Katastrophe. James kam sehr schnell dahinter, daß es auf der Welt Dinge gibt, die schlimmer sind als Armut. Und sich von einem zänkischen Weib wie Mathilda herumkommandieren zu lassen, war eines davon. Er hat sie gehaßt.«

Eine der Nachrichten, die Sarah auf ihrem Schreibtisch erwarteten, war von Ruth Lascelles, ein kurzes Briefchen, das sie vermutlich am Abend zuvor eingeworfen hatte. Sie hatte für ein Mädchen von siebzehn oder achtzehn eine erstaunlich kindliche Schrift. »Liebe Dr. Blakeney, könnten Sie mich bitte morgen (Freitag) im Haus meiner Großmutter aufsuchen. Ich bin nicht krank, aber ich würde gerne mit Ihnen sprechen. Ich muß Sonntag abend wieder in der Schule sein. Ich danke Ihnen im voraus, Ihre Ruth Lascelles.«

Außerdem lag ein Zettel da, der besagte, daß Sergeant Cooper angerufen hatte. »Sergeant Cooper hat heute morgen gehört, daß Sie gestern angerufen haben. Meldet sich später am Tag bei Ihnen.«

Es war fast drei Uhr, als Sarah endlich Zeit für den Besuch im *Cedar House* fand. Sie fuhr die kurze kiesbestreute Auffahrt hinauf und parkte vor den Fenstern des Eßzimmers, die auf der linken Seite des Hauses zur Straße hinausgingen. Das Haus war ein georgianischer Bau aus gelb-grauem Stein, mit tiefen Fenstern und hohen Räumen. Viel zu groß für Mathilda, hatte Sarah immer gefunden, und sehr unpraktisch für eine Frau, die an schlechten Tagen so gut wie bewegungsunfähig war. Einziges Zugeständnis an ihre schlechte körperliche Verfassung war der Einbau eines

Treppenlifts gewesen, der ihr zu jeder Zeit Zugang zum oberen Stockwerk erlaubte. Sarah hatte ihr einmal vorgeschlagen, zu verkaufen und in einen ebenerdigen Bungalow zu ziehen, worauf Mathilda geantwortet hatte, daß ihr so etwas nicht im Traum einfiele. »Meine liebe Sarah, nur die kleinen Leute wohnen in Bungalows, darum heißen sie immer *Mon Repos* oder *Dunroamin.* Ganz gleich, was man tut, man darf sich nie unter sein Niveau begeben.«

Ruth kam aus dem Haus, als sie ihre Wagentür öffnete. »Gehen wir ins Sommerhaus«, sagte sie abrupt und eilte, ohne auf eine Antwort zu warten, um die Hausecke davon, den mageren, nur mit T-Shirt und Leggings bekleideten Körper im schneidenden Nordwind gekrümmt, der herbstliche Blätter über den Weg fegte.

Sarah, älter und anfälliger für die Kälte, nahm ihre lange Barbour-Jacke vom Rücksitz und folgte. Aus einem Augenwinkel sah sie flüchtig Joanna, die sie aus den dunklen Tiefen des Eßzimmers beobachtete. Hatte Ruth ihrer Mutter gesagt, daß sie Sarah um einen Besuch gebeten hatte, fragte sich Sarah, als sie hinter dem jungen Mädchen über den Rasen ging. Warum diese Geheimniskrämerei? Das Sommerhaus war gut zweihundert Meter von Joannas gespitzten Ohren entfernt.

Ruth war dabei, sich eine Zigarette anzuzünden, als Sarah in das Häuschen mit seinen Art-deko-Möbeln trat, Relikte aus einer früheren – glücklicheren? – Zeit. »Sie halten mir jetzt bestimmt als erstes einen Vortrag«, sagte sie mit finsterer Miene, zog die Tür zu und ließ sich auf einen Stuhl fallen.

»Worüber?« Sarah nahm sich ebenfalls einen Stuhl und zog ihre Jacke über ihrer Brust zusammen. Es war bitterkalt, selbst bei geschlossenen Türen.

»Weil ich rauche.«

Sarah zuckte die Achseln. »Es ist nicht meine Art, Vorträge zu halten.«

Ruth starrte sie skeptisch an. »Ihr Mann hat erzählt, daß meine Großmutter Sie manchmal ihre kleine Schandmaske genannt hat.

Das hätte sie doch bestimmt nicht getan, wenn Sie sie nicht wegen ihrer Meckerei angemacht hätten.«

Sarah sah durch das Fenster zum langen Schatten der mächtigen libanesischen Zeder hinaus, die dem Haus seinen Namen gegeben hatte. Noch während sie hinsah, trieb der böige Wind eine Wolke über die Sonne und löschte den Schatten aus. »So war unsere Beziehung nicht«, sagte sie, sich wieder dem jungen Mädchen zuwendend. »Ich war gern mit Ihrer Großmutter zusammen. Ich kann mich nicht erinnern, daß es je einen Anlaß gegeben hat, ihr irgendwelche Vorhaltungen zu machen.«

»Also, *mir* hätte es nicht gefallen, als Schandmaske bezeichnet zu werden.«

Sarah lächelte. »Ich fand es schmeichelhaft. Ich glaube, es war als Kompliment gemeint.«

»Das bezweifle ich«, sagte Ruth kurz. »Sie wissen wohl, daß sie meiner Mutter das Ding immer aufgesetzt hat, als sie noch klein war?« Sie rauchte nervös, mit kurzen, hastigen Zügen, und stieß den Rauch durch die Nase aus. Als sie Sarahs Ungläubigkeit sah, fügte sie hinzu: »Sie können es mir glauben. Großmutter hat's mir mal erzählt. Sie haßte es, wenn man weinte, drum hat sie meiner Mutter jedesmal, wenn die als Kind geheult hat, dieses Ding aufgesetzt und sie dann in einen Schrank gesperrt. So hat's ihr Vater mit ihr auch gemacht. Deshalb fand sie es ganz in Ordnung.«

Sarah wartete, aber Ruth schwieg. »Das war grausam«, murmelte sie.

»Ja. Aber Großmutter war stärker als Mama, und außerdem konnte man damals, als Großmutter noch klein war, mit Kindern machen, was man wollte. Zur Strafe die Schandmaske aufgesetzt zu kriegen, war auch nicht viel anders als mit dem Gürtel versohlt zu werden. Aber für meine Mutter war es grauenhaft.« Sie trat ihre Zigarette aus. »Es war kein Mensch da, der sie beschützt hat. Großmutter konnte jederzeit mit ihr tun, was sie wollte.«

Sarah überlegte, was das Mädchen ihr sagen wollte. »Diesem

Problem begegnet man leider immer häufiger. Männer unter Druck lassen ihre Wut an ihren Frauen aus. Frauen unter Druck lassen ihre Wut an ihren Kindern aus. Und nichts ist belastender für eine Frau, als alles allein ausbaden zu müssen.«

»Wollen Sie etwa entschuldigen, was meine Großmutter getan hat?« Ruths Blick war argwöhnisch.

»Keineswegs. Ich versuche vielleicht, es zu verstehen. Viele Kinder in der Situation, in der Ihre Mutter war, sind seelischer Mißhandlung ausgesetzt, und das ist oft genauso schlimm wie körperliche Mißhandlung, schon allein deshalb, weil die Wunden nicht zu sehen sind und keiner außerhalb der Familie etwas davon ahnt.« Sie zuckte die Achseln. »Aber das Resultat ist das gleiche. Das Kind ist genauso unterdrückt und genauso geschädigt. Kaum jemand hat die Kraft, ständige Kritik von einem Menschen, von dem er abhängig ist, heil zu überstehen. Entweder man duckt sich oder man kämpft. Einen Mittelweg gibt es nicht.«

Ruth sah zornig aus. »Meine Mutter hat beides abbekommen, seelische und körperliche Mißhandlung. Sie haben keine Ahnung, wie gemein meine Großmutter zu ihr war.«

»Das tut mir leid«, sagte Sarah hilflos. »Aber wenn es stimmt, daß auch Mathilda als Kind brutal bestraft worden ist, dann ist sie ebenso ein Opfer wie Ihre Mutter. Aber das ist Ihnen wahrscheinlich kein Trost.«

Ruth zündete sich eine frische Zigarette an. »Oh, verstehen Sie mich nicht falsch«, sagte sie und verzog ironisch den Mund. »Ich habe meine Großmutter geliebt. Sie hatte wenigstens Charakter. Der fehlt meiner Mutter völlig. Manchmal hasse ich sie. Die meiste Zeit verachte ich sie.« Sie blickte stirnrunzelnd zu Boden und stieß mit einer Schuhspitze den Staub auf. »Ich glaube, daß sie Großmutter umgebracht hat, und ich weiß nicht, was ich jetzt tun soll. Einerseits nehm ich es ihr furchtbar übel und andererseits wieder nicht.«

Sarah ging nicht gleich auf die Bemerkung ein, weil sie gar nicht wußte, was sie darauf sagen sollte. Was für eine Beschuldigung war das? Eine echte Mordanklage? Oder der boshafte Seitenhieb eines verwöhnten Kindes auf eine ungeliebte Mutter? »Die Polizei ist überzeugt, daß es Selbstmord war, Ruth«, sagte sie schließlich. »Der Fall ist abgeschlossen. Soviel ich weiß, steht überhaupt nicht zur Debatte, ob eine fremde Person am Tod Ihrer Großmutter Anteil gehabt hat.«

»Ich meine ja auch gar nicht, daß meine Mutter es wirklich getan hat«, erwiderte sie. »Daß sie das Messer genommen und es getan hat. Ich meine, daß sie Großmutter zum Selbstmord getrieben hat. Das ist genauso schlimm.« Ihre Augen glänzten verdächtig, als sie den Kopf hob. »Finden Sie nicht auch, Doktor Blakeney?«

»Vielleicht. Wenn so etwas möglich ist. Nach dem, was Sie mir über die Beziehung Ihrer Mutter zu Mathilda erzählt haben, erscheint es unwahrscheinlich. Es wäre plausibler andersherum – daß Mathilda Ihre Mutter in den Selbstmord getrieben hätte.« Sie lächelte entschuldigend. »Trotzdem, so etwas kommt äußerst selten vor, und wenn ein Mensch im Selbstmord die einzige Möglichkeit sieht, eine schwierige Beziehung zu lösen, dann müßte bei ihm seit langem eine ernste seelische Störung vorliegen.«

Aber so leicht ließ sich Ruth nicht beirren. »Sie verstehen nicht«, entgegnete sie. »Die beiden haben einander in nichts nachgestanden. Da war eine so gemein wie die andere, nur auf unterschiedliche Art. Großmutter hat immer gesagt, was sie dachte, und meine Mutter hat gestichelt. Es war furchtbar, mit den beiden zusammenzusein.« Ihre Lippen wurden schmal und verkniffen. »Das war das einzige Gute daran, daß sie mich aufs Internat geschickt haben. Meine Mutter ist wieder nach London gezogen, und ich konnte mir aussuchen, ob ich die Ferien hier verbringen wollte oder bei meiner Mutter. Ich war nicht mehr der Fußball für die beiden.«

Wie wenig Sarah über diese drei Frauen wußte. Wo zum Beispiel war Mr. Lascelles? Hatte er wie James Gillespie die Flucht ergriffen? Oder nannte sich Joanna nur Lascelles, um ihrer Tochter einen Namen zu geben? »Wie lang haben Sie und Ihre Mutter hier gelebt, ehe Sie aufs Internat kamen?«

»Von der Zeit, als ich noch ein Baby war, bis zu meinem elften Lebensjahr. Mein Vater ist gestorben, und wir saßen ohne einen Penny da. Mama mußte auf Knien nach Hause kriechen, sonst wären wir verhungert. Jedenfalls hat sie's mir so erzählt. Aber *ich* glaube, sie war einfach zu hochmütig und zu faul, um irgendeine einfache Arbeit anzunehmen. Sie hat sich lieber von Großmutter beschimpfen lassen, als sich die Hände schmutzig zu machen.« Sie schlang ihre Arme um sich und wiegte sich sachte hin und her. »Mein Vater war Jude«, sagte sie mit verächtlichem Unterton.

Sarah war schockiert. »Warum sagen Sie das in diesem Ton?«

»So hat Großmutter immer von ihm gesprochen. ›Dieser Jude‹, hat sie immer gesagt. Sie war Antisemitin. Wußten Sie das nicht?«

Sarah schüttelte den Kopf.

»Dann haben Sie sie nicht sehr gut gekannt.« Ruth seufzte. »Er war Musiker, Baßgitarrist. Er hat mit einem Studio zusammengearbeitet. Er hat die Hintergrundbegleitung gemacht, wenn die Gruppen nicht gut genug waren, um sie selber zu machen, und er hatte auch eine eigene Band, mit der er manchmal aufgetreten ist. Er ist 1978 an einer Überdosis gestorben. Ich kann mich überhaupt nicht an ihn erinnern, aber Großmutter hat mir immer mit Wonne erzählt, was für ein wertloser Mensch er war. Er hieß Steven, Steven Lascelles.« Sie schwieg.

»Wie hat Ihre Mutter ihn kennengelernt?«

»Auf einer Party in London. Sie sollte sich eigentlich einen Märchenprinzen angeln, statt dessen hat sie sich den Gitarristen geangelt. Großmutter hatte keine Ahnung davon, bis meine Mutter ihr eröffnete, daß sie schwanger war, und dann war natürlich die Hölle los. Ich meine, stellen Sie sich das doch mal vor! Mama von einem jüdischen Rockgitarristen geschwängert, der auch noch auf Heroin war!« Sie lachte ironisch. »Das war eine schöne Rache!« Ihre Arme färbten sich langsam blau vor Kälte, aber sie schien es nicht zu merken. »Na kurz und gut, sie haben geheiratet, und sie ist zu ihm gezogen. Dann kam ich auf die Welt, und sechs Monate später war er tot, nachdem er ihr ganzes Geld für Heroin ausgegeben hatte. Er hatte monatelang keine Miete mehr bezahlt. Meine Mutter war Witwe – sie war noch keine dreiundzwanzig –, hatte ein kleines Kind, kein Geld und kein Dach über dem Kopf.«

»Dann war es für sie wahrscheinlich die einzige Möglichkeit, hierher zurückzukommen.«

Ruth schnitt ein Gesicht. »*Sie* hätten es bestimmt nicht getan, wenn Sie gewußt hätten, daß Ihnen Ihr Fehler ewig vorgehalten würde.«

Wahrscheinlich nicht, dachte Sarah. Sie fragte sich, ob Joanna Steven Lascelles geliebt hatte oder ob sie sich, wie Ruth unterstellt hatte, nur aus Rache mit ihm eingelassen hatte. »Hinterher ist man immer klüger«, sagte sie nur.

Ruth fuhr fort, als hätte sie ihre Bemerkung nicht gehört. »Großmutter wollte mir unbedingt einen andren Namen geben – was Englischeres, verstehen Sie, um das Jüdische in mir auszuradieren. Eine Zeitlang hat sie mich Elizabeth genannt, aber als Mutter dann drohte, mit mir wegzugehen, hat Großmutter klein beigegeben. Aber sonst hat meine Mutter sich praktisch alles von Großmutter gefallen lassen. Nur die Schandmaske durfte sie mir nicht aufsetzen, wenn ich geweint hab.« Ihre Augen blitzten voller Verachtung. »Sie war echt schwach. Dabei war's überhaupt keine Kunst, sich gegen Großmutter zu wehren. Ich hab's immer getan, und wir haben uns prima verstanden.«

Sarah hatte keine Lust, sich in die Streitigkeiten einer Mutter und einer Tochter hineinziehen zu lassen, die sie kaum kannte. Sie blickte zu den langen Schatten hinaus, die jetzt, da die Sonne hinter einer Wolke hervorgekommen war, wieder auf dem Rasen lagen. »Warum haben Sie mich gebeten, hierherzukommen, Ruth?«

»Ich weiß nicht, was ich tun soll. Ich dachte, Sie könnten es mir sagen.«

Sarah betrachtete das dünne, ziemlich boshafte Gesicht und

fragte sich, ob Joanna wußte, wie stark die Abneigung ihrer Tochter gegen sie war. »Tun Sie gar nichts. Ich kann mir offen gesagt nicht vorstellen, was Ihre Mutter gesagt oder getan haben könnte, um Mathilda zum Selbstmord zu treiben, und selbst wenn es da etwas gäbe, wäre es keine strafbare Handlung.«

»Das sollte es aber sein«, entgegnete Ruth scharf. »Als sie das letztemal hier war, hat sie einen Brief gefunden. Sie hat Großmutter gedroht, sie würde ihn veröffentlichen, wenn Großmutter nicht auf der Stelle ihr Testament ändern und aus dem Haus ausziehen würde. Darum hat sich Großmutter umgebracht. Sie hat nämlich alles mir hinterlassen. Sie *wollte* alles mir hinterlassen.« Jetzt beherrschte eindeutig Bosheit die unreifen Züge.

O Gott, dachte Sarah. *Was wollten Sie mir sagen, Mathilda?* »Haben Sie diesen Brief gesehen?«

»Nein, aber Großmutter hat mir geschrieben, was drin stand. Sie hat geschrieben, sie wolle nicht, daß ich es von meiner Mutter erfahre. Also, Sie sehen's doch, meine Mutter hat sie dazu getrieben. Großmutter hätte alles getan, um zu vermeiden, daß in aller Öffentlichkeit ihre schmutzige Wäsche gewaschen wird.« Ihre Stimme war rauh.

»Haben Sie den Brief noch, den sie Ihnen geschrieben hat?«

Ruth sah sie finster an. »Ich hab ihn zerrissen. Aber der war sowieso nicht wichtig. Wichtig ist der, den meine Mutter gefunden hat. Sie wird ihn bestimmt dazu benutzen, Großmutters Testament anzufechten.«

»Dann sollten Sie sich einen Anwalt suchen, denke ich«, sagte Sarah mit Entschiedenheit und machte Anstalten, aufzustehen. »Ich war nur die Ärztin Ihrer Großmutter. Ich kann mich nicht in einen Streit zwischen Ihnen und Ihrer Mutter einmischen, Ruth, und ich bin sicher, das hätte Mathilda auch nicht gewollt.«

»Doch! Doch!« rief Ruth erregt. »Sie hätte es gewollt. In ihrem Brief hat sie geschrieben, wenn ihr was zustoßen sollte, dann solle ich mich an Sie wenden. Sie schrieb, Sie wüßten am besten, was zu tun sei.«

»Das kann nicht sein. Ihre Großmutter hat sich mir nicht anvertraut. Alles, was ich über Ihre Familie weiß, ist das, was Sie mir heute erzählt haben.«

Ruth umklammerte ihre Hand. Ihre Finger waren eiskalt. »Der Brief war von Großmutters Onkel, Gerald Cavendish. Er hatte ihn an seinen Anwalt geschrieben. Es war ein Testament, und darin hieß es, daß sein ganzes Vermögen an seine Tochter übergehen soll.«

Sarah spürte das Zittern der eiskalten Hand an der ihren. »Und weiter?« sagte sie.

»Das Haus und das ganze Geld haben ihm gehört. Er war der ältere Bruder.«

Sarah runzelte die Stirn. »Was wollen Sie damit sagen? Daß Mathilda nie ein Recht darauf hatte? Es tut mir leid, Ruth, wirklich, aber mir ist das alles völlig unverständlich. Sie müssen sich einen Anwalt suchen und mit ihm sprechen. Ich habe keine Ahnung, wie Ihre rechtliche Situation aussieht.« Dann sprach sie aus, was ihr im Kopf herumging. »Aber merkwürdig ist das mit dem Testament. Ja. Hätte seine Tochter denn nicht automatisch geerbt?«

»Es hat ja kein Mensch gewußt, daß sie seine Tochter ist«, sagte Ruth verzweifelt. »Keiner außer Großmutter, und sie hat allen erzählt, James Gillespie wäre der Vater. Es ist meine Mutter, Dr. Blakeney. Großmutter ist von ihrem Onkel gefickt worden. Das ist doch wirklich krank, oder?«

Heute kam Joanna mich besuchen. Fast das ganze Mittagessen lang fixierte sie mich mit diesem eigenartigen, höchst unangenehmen Blick, den sie an sich hat – ich mußte an einen Terrier denken, den Vater einmal hatte. Er wurde bösartig, nachdem er geschlagen worden war, und mußte eingeschläfert werden. Seine Augen funkelten genauso boshaft, als er Vater in die Hand biß und sie bis auf den Knochen aufriß –, dann kramte sie fast den ganzen Nachmittag in der Bibliothek herum. Sie behauptete, sie suche das Buch über Blumenarrangements, das meiner Mutter gehört hat, aber sie log natürlich. Ich erinnere mich genau, daß ich ihr das mitgegeben habe, als sie wieder nach London zog. Aber ich habe nichts gesagt.

Sie sah ziemlich nuttig aus, finde ich jedenfalls – viel zuviel Make-up für eine Fahrt aufs Land, und ihr Rock war lächerlich kurz für eine Frau ihres Alters. Ich vermute, irgendein Mann hat sie hergefahren und durfte sich dann im Pub amüsieren. Sex ist für Joanna nichts andres als ein Zahlungsmittel für geleistete Dienste.

O Mathilda, Mathilda! Soviel Heuchelei!

Ich würde gern wissen, ob diesen Männern klar ist, wie herzlich wenig ihr an ihnen liegt. Nicht weil sie sie verachtet, denke ich, sondern schlicht und einfach weil ihr die Gefühle anderer völlig gleichgültig sind. Ich hätte auf Hugh Hendry hören und darauf bestehen sollen, daß sie einen Psychiater aufsucht. Sie ist wirklich verrückt, aber das war Gerald ja auch. »Der Kreis hat sich geschlossen.«

Als sie aus der Bibliothek kam, trug sie sein idiotisches Testament wie eine heilige Reliquie vor sich her und beschimpfte mich auf absolut kindische und absurde Art, ich hätte ihr ihr Erbe gestohlen. Es würde mich interessieren, wer ihr davon erzählt hat …

4

Als Sarah an diesem Abend nach Hause kam, lief sie sofort in Jacks Atelier. Zu ihrer Erleichterung war alles unverändert. Ohne die Leinwand auf der Staffelei eines Blickes zu würdigen, ging sie zu den an den Wänden gestapelten Gemälden und begann, sie in fieberhafter Eile durchzusehen. Die, welche sie kannte, ließ sie stehen; die anderen reihte sei nebeneinander auf, ihre Vorderseiten in den Raum blickend. Insgesamt entdeckte sie drei Bilder, die sie ihres Wissens nie gesehen hatte. Sie trat zurück und betrachtete sie aufmerksam, um herauszubekommen, wen sie darstellten. Genauer gesagt, sie versuchte, ein bestimmtes zu isolieren.

Sie hoffte ernsthaft, sie würde es nicht finden. Aber sie fand es natürlich. Es schrie ihr entgegen, ein starkes und leidenschaftliches Porträt von Bitterkeit, beißendem Witz und Unterdrückung, und die ganze Persönlichkeit war eingeschlossen in einem rostigen Metallgestell, das nur zu deutlich die Schandmaske war. Der Schock war so ungeheuer, daß es ihr in einem jähen Anfall von Panik alle Luft aus der Lunge preßte. Sie ließ sich auf Jacks Hocker fallen und schloß die Augen vor der höhnischen Wut von Mathildas Bild. *Was hatte er getan?*

Das Läuten der Türglocke ließ sie in die Höhe fahren wie eine Marionette. Einen Moment stand sie wie erstarrt mit entsetzensgeweiteten Augen, dann ergriff sie, ohne sich über den Grund im klaren zu sein, das Bild, drehte es um und schob es zu den anderen an der Wand.

Sergeant Cooper hatte den Eindruck, daß es Sarah Blakeney nicht gutging. Sie war sehr blaß, als sie ihm öffnete, aber sie lächelte freundlich, als sie ihn einließ, und als sie es sich in der Küche bequem gemacht hatten, hatte ihr Gesicht wieder etwas Farbe bekommen.

»Sie haben gestern abend angerufen«, sagte er, »und mir ausrichten lassen, Sie hätten noch einige Informationen über Mrs. Gillespie.«

»Ja.« Ihre Gedanken rasten. *Sie hat gesagt, du wüßtest am besten, was zu tun ist.* Aber ich weiß es nicht! ICH WEISS ES NICHT! »Ich habe mir den Kopf darüber zerbrochen, warum sie die Schandmaske aufhatte«, begann sie langsam. »Und ich bin zu dem Schluß gekommen, daß sie mir damit etwas sagen wollte. Ich muß allerdings gleich dazu sagen, daß ich keine Ahnung habe, was es sein könnte.« So klar wie möglich wiederholte sie, was sie am Abend zuvor Robin Hewitt über den Spitznamen erzählt hatte, den Mathilda ihr gegeben hatte. »Aber wahrscheinlich geht da nur meine Phantasie mit mir durch«, endete sie kleinlaut.

Der Sergeant runzelte nachdenklich die Stirn. »Sie muß gewußt haben, daß Sie eine Verbindung herstellen würden. Könnte es sein, daß es eine Anklage gegen Sie war?«

Sarah zeigte unerwartete Erleichterung. »Daran hab ich überhaupt nicht gedacht«, bekannte sie. »Sie meinen, ein Klaps auf die Finger, um mich zurechtzustutzen? Ärzte vermögen nichts gegen eine unglückliche Seele, Sarah. Etwas in der Art?«

Ihre Erleichterung verwunderte ihn. »Möglich wär's«, stimmte er zu. »Wer wußte sonst noch von diesem Spitznamen, Dr. Blakeney?«

Sie faltete ihre Hände in ihrem Schoß. »Das weiß ich nicht. Das kommt darauf an, wem sie davon erzählt hat.«

»Sie haben es niemandem erzählt?«

Sie schüttelte den Kopf. »Nein.«

»Wirklich keinem Menschen? Auch Ihren Kollegen nicht oder Ihrem Mann?«

»Nein.« Sie zwang sich zu einem kleinen Lachen. »Ich war mir nicht ganz sicher, ob er als Kompliment gemeint war. Ich habe es immer so aufgefaßt, weil es sonst unsere Beziehung belastet hätte, aber es kann natürlich sein, daß sie damit sagen wollte, ich sei genau so eine Folter wie dieses Ding.«

Er nickte gedankenvoll. »Wenn sie sich tatsächlich selbst das Leben genommen hat, werden wir beide, Sie und ich, uns wahrscheinlich ein Leben lang über die Bedeutung dieses Arrangements den Kopf zerbrechen.« Er beobachtete scharf Sarahs Gesicht. »Wenn aber ein anderer sie getötet hat und dieser andere wußte, daß sie Sie ihre ›kleine Schandmaske‹ genannt hat, dann scheint mir die Botschaft sehr direkt zu sein. Nämlich, ich habe dies *für* Sie getan, Dr. Blakeney, oder *Ihretwegen.* Würden Sie dem zustimmen?«

»Nein«, entgegnete sie mit flüchtig aufblitzendem Zorn. »Nein, bestimmt nicht. Sie können nicht einfach solche Vermutungen anstellen. Im übrigen hatte ich den Eindruck, daß der Spruch des Coroner bereits feststeht. Ich wollte Ihnen das alles lediglich deshalb erzählen, weil es mich beunruhigt hat, aber wahrscheinlich lese ich da Dinge hinein, die gar nicht Mathildas Absicht waren. Ich denke, der Pathologe hat recht, und sie wollte sich lediglich wie Ophelia ausstaffieren.«

Er lächelte freundlich. »Und vielleicht waren Sie ja auch nicht die einzige, der sie diesen Spitznamen gegeben hat.«

»Ja, richtig.« Sie zupfte ein loses Haar von ihrer Jacke. »Darf ich Sie was fragen?«

»Aber bitte.«

»Spricht sich der Pathologe mit absoluter Entschiedenheit für Selbstmord aus, oder gibt es noch Zweifel?«

»Kaum«, antwortete Cooper. »Es gefällt ihm nicht, daß kein Abschiedsbrief da ist, besonders im Hinblick auf die ziemlich dramatische Inszenierung ihres Todes, und das Blumenarrangement macht ihm zu schaffen.«

»Weil die Nesseln sie gebrannt hätten?«

»Nein. Wenn sie entschlossen war, sich auf diese Weise umzubringen, hätten ein paar Nesselstiche sie nicht gestört.« Er klopfte mit seinem Bleistift auf den Tisch. »Ich habe ihn überredet, ein paar Experimente zu machen. Es ist ihm nicht gelungen, das Arrangement, das sie sich ausgedacht hatte, ohne fremde Hilfe nachzuahmen.« Er öffnete sein Heft und skizzierte rasch. »Sie werden sich erinnern, daß die Maßliebchen aufrecht in den Kopfreif gesteckt waren, der übrigens so verrostet ist, daß er nicht festgezogen werden kann, und die Nesseln abwärts hingen, so daß sie auf ihrem Haar und ihren Wangen gewissermaßen einen Schleier bildeten. Die Pflanzen waren abwechselnd eingesteckt, ein Maßliebchen aufwärts, eine Nessel abwärts, ganz symmetrisch rundherum. Aber ohne Hilfe schafft man das nicht. Man kann das Arrangement auf der einen Seite mit einer Hand halten, aber sobald die Finger nicht mehr ausreichen, fallen die Pflanzen raus. Erst wenn man mit dem Arrangement ungefähr zu drei Vierteln um den Kopf herum ist, wird die Lücke zwischen Kopf und Reif so eng, daß die restlichen Pflanzen, die man einsteckt, von selbst halten. Wir sind bei dem Experiment natürlich von Mrs. Gillespies Kopfumfang ausgegangen. Verstehen Sie, worauf ich hinaus will?« Er sah sie an.

Sie runzelte die Stirn. »Ja, ich denke schon. Aber könnte sie den Zwischenraum nicht mit Papiertüchern oder Watte ausgestopft haben, als sie die Pflanzen einsteckte?«

»Sicher. Aber wenn sie das getan hätte, hätten wir sie finden müssen. Sie hätten Rostspuren haben müssen. Wir haben das Haus von oben bis unten durchsucht. Aber wir haben nichts dergleichen gefunden. Was ist also aus der Polsterung geworden?«

Sarah schloß die Augen und stellte sich das Badezimmer vor. »Auf der Seifenschale lag ein Schwamm«, sagte sie, sich erinnernd. »Vielleicht hat sie den genommen und ihn dann im Badewasser ausgewaschen.«

»Ja, an dem Schwamm wurden Rostpartikel gefunden«, gab er zu, »aber die schwammen überall in der Wanne. Der Schwamm kann sie aufgenommen haben, als er sich mit Wasser vollgesogen hat.« Er verzog frustriert den Mund. »Oder aber er kann, wie Sie sagen, als Polsterung benutzt worden sein. Wir wissen es nicht, aber mir macht folgendes Kopfzerbrechen: Wenn sie es selbst getan hat, muß sie dabei an ihrem Toilettentisch gesessen haben. Nur dort haben wir eine Spur Brennesselsaft entdeckt.«

Er machte eine vage Handbewegung. »Wir stellen es uns etwa so vor: Sie legte die Pflanzen auf den Toilettentisch, setzte sich vor den Spiegel und fing an, die Blumen und die Nesseln unter den Kopfreif der Schandmaske zu stecken, die sie aufgesetzt hatte. Aber sie hätte erst, als sie schon halb herum war, gemerkt, daß sie eine Polsterung brauchte. Wäre es da nicht das Natürlichste gewesen, sich ein paar Kleenextücher oder einen Wattebausch zu nehmen? Sie hatte beides direkt vor sich. Warum sollte sie dann ins Bad gehen und den Schwamm holen?« Er schwieg einen Moment. »Wenn aber eine andere Person sie getötet und die Pflanzen erst angebracht hat, als sie schon in der Wanne lag, wäre es natürlich am praktischsten gewesen, den Schwamm zu benutzen. Diese Möglichkeit ist weit logischer und würde auch erklären, warum Mrs. Gillespie an den Händen und Fingern keine Nesselpusteln hatte.«

»Sie sagten eben, daß der pathologische Befund Nesselausschlag an ihren Wangen und Schläfen ausgewiesen hat«, bemerkte Sarah. »Aber ihre Haut hätte auf die Stiche nur reagiert, wenn sie noch am Leben gewesen wäre.«

»Es war nur ein leichter Ausschlag«, erläuterte er. »Ich denke mir, der Mörder hat nicht erst gewartet, bis sie tot war – man verschwendet doch wohl lieber keine Zeit, wenn man jemanden umbringt. Er – oder vielleicht auch sie – hat die Nesseln in den Reif gesteckt, als sie im Sterben lag.«

Sarah nickte. »Das klingt plausibel«, sagte sie. »Nur –« Sie brach ab.

»Was nur, Dr. Blakeney?«

»Weshalb hätte jemand sie töten sollen?«

Er zuckte die Achseln. »Ihre Tochter und ihre Enkelin hatten beide starke Motive. Dem Testament zufolge soll der Nachlaß gleichmäßig zwischen ihnen aufgeteilt werden. Mrs. Lascelles bekommt das Geld und Miss Lascelles das Haus.«

»Wußten sie das?«

Er nickte. »Mrs. Lascelles auf jeden Fall. Sie hat uns gezeigt, wo das Testament lag – Mrs. Gillespie war offenbar sehr ordentlich, sie hat alle ihre Papiere und Korrespondenz in Ordnern in einem Aktenschrank in der Bibliothek. Ob auch *Miss* Lascelles den genauen Inhalt des Testaments kannte, weiß ich nicht. Sie behauptet, ihre Großmutter hätte ihr das gesamte Vermögen vermachen wollen, und ist jetzt ziemlich wütend, weil sie hörte, daß sie nur das Haus bekommen soll.« Sein Gesicht nahm einen leicht ironischen Ausdruck an. »Sie ist eine habgierige junge Person. Es gibt bestimmt nicht viele Siebzehnjährige, die über so einen unverhofften Gewinn die Nase rümpfen würden.«

Sarah lächelte fein. »Sie haben wahrscheinlich schon nachgeprüft, wo die beiden sich in der Nacht aufhielten, in der Mathilda gestorben ist.«

Er nickte wieder. »Mrs. Lascelles war mit einem Freund in einem Konzert in London; Miss Lascelles war dreißig Meilen entfernt von hier in ihrem Internat, von einer argusäugigen Direktorin überwacht.«

»Womit sie aus dem Rennen sind.«

»Vielleicht, vielleicht auch nicht. Ich gebe nicht viel auf Alibis, und es muß jemand gewesen sein, der freien Zugang zum Haus hatte.« Er runzelte die Stirn. »Abgesehen von Mrs. Spede und Mrs. Gillespie selbst waren die beiden Damen Lascelles die einzigen, die Hausschlüssel hatten.«

»Sie wollen unbedingt einen Mord daraus machen«, protestierte Sarah leise.

Er fuhr fort, als hätte sie nichts gesagt. »Wir haben alle Leute im Dorf befragt. Mrs. Spede war zur fraglichen Zeit mit ihrem Mann im Pub, und Freunde scheint Mrs. Gillespie im Dorf keine gehabt zu haben, niemanden, der ihr so nahestand, daß er sie an einem Samstag abend um neun besucht hätte.« Er zuckte die Achseln. »Im übrigen haben uns ihre Nachbarn, Mr. und Mrs. Orloff, gesagt, sie hätten es gehört, wenn jemand bei Mrs. Gillespie geläutet hätte. Als Mrs. Gillespie ihnen *Wing Cottage* verkaufte, ließ sie einfach die Klingel aus der Küche, die jetzt zum Haus der Orloffs gehört, in den Flur davor verlegen. Ich hab's ausprobiert. Sie hätten es gar nicht überhören können, wenn an dem Abend jemand geläutet hätte.«

Sarah suchte seinen Blick. »Damit scheint dann aber doch ziemlich klar zu sein, daß es Selbstmord gewesen sein muß.«

»Mir nicht, Dr. Blakeney. Zuerst einmal werde ich diese beiden Alibis genau unter die Lupe nehmen. Und wenn Mrs. Gillespie von einer Person getötet wurde, die sie kannte, dann kann diese Person auch ans Fenster oder an die Hintertür geklopft haben, um eingelassen zu werden, und die Orloffs hätten nichts gehört.« Er klappte sein Heft zu und steckte es ein. »Wir kriegen den Mörder. Früher oder später. Wahrscheinlich über die Fingerabdrücke.«

»Dann wollen Sie also weiterermitteln? Ich dachte, Ihr Chef hätte entschieden, die Sache fallenzulassen.«

»Wir haben in diesem Haus eine Anzahl von Fingerabdrücken sichergestellt, die weder von Mrs. Gillespie noch von einer der drei Frauen stammen, die Schlüssel zum Haus hatten. Wir werden alle Dorfbewohner und Fremde wie Sie, die sie kannten, bitten, uns ihre Fingerabdrücke zu Vergleichszwecken zur Verfügung zu stellen. Ich habe den Chef überredet, feststellen zu lassen, wer sonst noch in dem Haus war, ehe er den Schlußstrich unter diesen Fall zieht.«

»Sie scheinen Mrs. Gillespies Tod sehr persönlich zu nehmen.«

»Bei der Polizei geht's zu wie in jeder anderen Firma, Doktor. Je höher man steigt, desto besser sieht am Ende die Pension aus.« Sein liebenswürdiges Gesicht wurde plötzlich zynisch. »Aber Beförderung hat weniger mit Tüchtigkeit zu tun, als mit einem Talent zur Selbstdarstellung, und bisher hat sich immer irgendein anderer mit meinen Lorbeeren geschmückt. O ja, Sie haben recht, ich nehme Mrs. Gillespies Tod persönlich. Es ist mein Fall.«

Sarah fand das auf eine traurige Art erheiternd. Wie hätte sich wohl Mathilda dazu gestellt, daß ein Polizeibeamter von ihrem

Tod zu profitieren hoffte? Immer vorausgesetzt natürlich, er konnte beweisen, daß es Mord war, und dann den Mörder überführen. Sarah hätte sich besser gefühlt, wenn sie nicht so überzeugt gewesen wäre, daß ihm beides gelingen würde.

»Keith? Sarah hier, Sarah Blakeney. Hat Jack sich zufällig bei dir gemeldet?« Sie spielte mit dem Telefonkabel. Draußen hörte sie Coopers Wagen davonfahren. Zu viele Schatten in diesem Flur, dachte sie.

»In letzter Zeit nicht«, antwortete Keith Smolletts freundliche Stimme. »Hast du das denn erwartet?«

Es hatte keinen Sinn, um den heißen Brei herumzuschleichen. »Wir hatten Krach. Ich habe ihm gesagt, daß ich die Scheidung will, und daraufhin ist er wütend abgezogen. Er hat mir einen Brief hinterlassen, in dem er schrieb, ich könnte ihn über dich erreichen.«

»Ach, du meine Güte! Aber ich kann euch doch nicht beide vertreten, Sarah. Jack wird sich schon einen anderen Anwalt suchen müssen.«

»Er hat sich für dich entschieden. *Ich* muß mir jemand anderen suchen.«

»Kommt nicht in Frage«, erwiderte Keith fröhlich. »Meine Mandantin bist *du*, Süße. Alles, was ich für diesen Faulpelz getan habe, habe ich nur getan, weil er dein Mann ist.«

Er und Sarah waren seit Studientagen befreundet, und es hatte einmal eine Zeit gegeben, bevor Jack auf der Bildfläche erschien, als Keith selbst an Sarah interessiert gewesen war. Jetzt war er glücklich verheiratet, hatte drei kräftige junge Söhne und dachte nur noch an sie, wenn sie ihn anrief, was selten genug vorkam.

»Ja, hm, das ist im Moment Nebensache. Das Wichtige ist, daß ich ihn dringend sprechen muß. Er wird sich bestimmt bei dir melden. Würdest du mir Bescheid geben, wo ich ihn erreichen kann, sobald er es tut. Es ist wirklich wichtig.« Sie sah zur Treppe hinüber, ihr Gesicht ein blaß schimmerndes Oval im Widerschein des Lichts aus der Küche. Viel zu viele Schatten.

»In Ordnung.«

»Ach, und noch etwas. Die Polizei ermittelt hier in einem möglichen Mordfall, und ich würde gern wissen, wie ich mich da verhalten soll.« Sie hörte, wie er scharf die Luft einsog. »Nein, nein, ich habe damit nichts zu tun, aber ich glaube, mir ist etwas anvertraut worden, was ich eigentlich weitergeben sollte. Die Polizei scheint von der Tatsache keine Kenntnis zu haben, aber es ist eine unheimlich heikle Geschichte, und ich habe sie auch nur aus zweiter Hand, und wenn sie für den Fall selbst nicht von Belang ist, begehe ich vielleicht einen Vertrauensbruch, der für einige Menschen schlimme Folgen haben wird.« Sie hielt inne. *Warum hatte Ruth ihr und nicht Cooper von dem Brief erzählt? Oder hatte sie mit Cooper auch darüber gesprochen?* »Habe ich mich verständlich ausgedrückt?«

»Nicht sehr. Ich würde dir raten, der Polizei nichts zu verheimlichen, es sei denn, es handelt sich um vertrauliche medizinische Daten über einen Patienten.«

»Die Person, die mit mir gesprochen hat, ist kein Patient.«

»Dann gibt's doch für dich kein Problem.«

»Aber vielleicht zerstöre ich das Leben mehrerer Menschen, wenn ich rede«, sagte sie zweifelnd. »Es geht hier um ethische Grundsätze, Keith.«

»Nein, geht es nicht. Außerhalb der Kirche und dem Elfenbeinturm gibt es keine ethischen Grundsätze. Es geht hier um die große böse Welt, in der sogar Ärzte ins Gefängnis wandern, wenn sie die Polizei in ihren Ermittlungen behindern. Du hast überhaupt keine Chance, mein Kind, wenn sich herausstellt, daß du Informationen zurückgehalten hast, die einen Mörder hätten überführen können.«

»Aber ich bin ja nicht mal sicher, daß es wirklich Mord ist! Es sieht aus wie Selbstmord.«

»Wieso schnappt dir dann fast die Stimme über? Du hörst dich an wie Maria Callas an einem schlechten Abend. Ich mag mit meinem Urteil ein wenig vorschnell sein, aber ich habe den Eindruck, du bist zu hundert Prozent sicher, daß es sich um einen Mord handelt, und zu neunundneunzig Prozent, daß du weißt, wer's war. Red mit der Polizei.«

Sie schwieg so lange, daß er schon glaubte, die Verbindung wäre unterbrochen. »Mit den neunundneunzig Prozent irrst du dich«, sagte sie schließlich. »Ich habe tatsächlich keinen Schimmer, wer es gewesen sein könnte.« Mit einem gedämpften »Tschüs« legte sie auf.

Das Telefon begann zu läuten, noch ehe sie die Hand vom Hörer genommen hatte, aber sie war so durcheinander, daß sie ein paar Sekunden brauchte, ehe sie den Mut fand abzuheben.

Am folgenden Morgen, Samstag, fuhr ein Rechtsanwalt mit Mathildas Testament in der Aktentasche von Poole nach Fontwell. Er hatte am Abend zuvor im *Cedar House* angerufen, um sein Kommen anzukündigen und die Bombe platzen zu lassen, daß nämlich alle früheren Testamente Mathilda Gillespies durch das neue, das sie zwei Tage vor ihrem Tod in seiner Kanzlei unterzeichnet hatte, unwirksam geworden seien. Mrs. Gillespie habe ihn angewiesen, ihre Tochter und ihre Enkelin so bald wie möglich nach ihrer Beerdigung persönlich davon zu unterrichten, und dies im Beisein von Dr. Sarah Blakeney, wohnhaft in *Mill House*, Long Upton, zu tun. Dr. Blakeney passe es morgen vormittag. Ob Mrs. und Miss Lascelles elf Uhr genehm sei?

Die Atmosphäre in Mathildas Wohnzimmer war eisig. Joanna stand, ihrer Tochter und Sarah den Rücken gekehrt, an der Fenstertür und starrte in den Garten hinaus. Ruth rauchte pausenlos und durchbohrte die beiden anderen Frauen mit finsteren Blicken. Niemand sprach. Sarah, die diesen Raum voll bunt zusammengewürfelter, aber sehr schöner Antiquitäten – georgianische Eckschränkchen, verblichene alte Chintzbezüge auf dem viktorianischen Sofa, niederländische Aquarelle des 19. Jahrhunderts, eine Louis-XVI.-Uhr auf dem Kaminsims – immer geliebt hatte, fand dieses Wiedersehen mit ihm deprimierend.

Das Knirschen von Autoreifen draußen auf dem Kies zerriß die Spannung. »Ich geh schon«, sagte Ruth und sprang auf.

»Ich weiß gar nicht mehr, wie er heißt«, bemerkte Joanna, sich umdrehend. »Dougall, Douglas?«

»Duggan«, sagte Sarah.

»Dann kennen Sie ihn?«

»Nein. Ich habe mir seinen Namen aufgeschrieben, als er gestern abend angerufen hat.« Sie zog einen Zettel aus ihrer Tasche. »Paul Duggan, von der Kanzlei Duggan, Smith und Drew in Poole.«

Joanna lauschte ins Vestibül hinaus, wo ihre Tochter jemanden begrüßte. »Meine Mutter hatte anscheinend großes Vertrauen zu Ihnen, Dr. Blakeney. Wie kommt das? Sie können sie doch höchstens – wie lange? ein Jahr gekannt haben.« Ihr Gesicht war unbewegt – darauf trainiert, dachte Sarah, zur Erhaltung des jugendlichen Aussehens –, doch in ihrem Blick lag tiefer Argwohn.

Sarah lächelte freundlich. Sie war in eine sehr undankbare Position gedrängt worden, und es gefiel ihr herzlich wenig. Joanna tat ihr in vieler Hinsicht leid, und ihre Erinnerung an Mathilda begann sich zunehmend zu trüben. Die Beziehung, die sie als unbeschwert gesehen hatte, nahm nun nachträglich bedrückende Züge an, und sie ärgerte sich über die Anmaßung der alten Frau, die meinte, noch nach ihrem Tod ihre Ärztin manipulieren zu können. Sarah hatte nicht das geringste Verlangen, in einem erbitterten Rechtsstreit zwischen Joanna und ihrer Tochter die Vermittlerrolle zu übernehmen. Die Sache ging sie einfach nichts an.

»Ich tappe genauso im dunkeln wie Sie, Mrs. Lascelles, und bin wahrscheinlich genauso verärgert«, erwiderte sie aufrichtig. »Ich müßte dringend für die kommende Woche einkaufen und mich um Haus und Garten kümmern. Ich bin lediglich hier, weil Mr. Duggan gesagt hat, wenn ich nicht käme, würde er diese Besprechung auf einen Tag verschieben müssen, an dem es mir paßt. Da ich dachte, daß das für Sie und Ruth noch unangenehmer wäre, habe ich gleich dem heutigen Termin zugestimmt.«

Joanna wollte gerade etwas antworten, als die Tür sich öffnete, und Ruth hereinkam. Ihr folgte ein lächelnder Mann mittleren Alters, der einen Videorecorder und obenauf eine Aktentasche trug.

»Mr. Duggan«, sagte Ruth kurz und ließ sich wieder in ihren Sessel fallen. »Er möchte den Fernseher benutzen. Ob ihr's glaubt oder nicht, Großmutter hat ein verdammtes Video-Testament gemacht.«

»Das ist nicht ganz zutreffend, Miss Lascelles«, sagte der Mann und bückte sich, um den Recorder neben das Fernsehgerät auf den Boden zu stellen. Dann richtete er sich auf und bot Joanna, in der er offenbar Mathildas Tochter erkannte, die Hand. »Guten Tag, Mrs. Lascelles.« Er ging weiter zu Sarah, die aufgestanden war, und gab ihr ebenfalls die Hand. »Dr. Blakeney.« Dann wies er auf die Sessel. »Bitte nehmen Sie Platz. Uns allen ist unsere Zeit kostbar, darum möchte ich davon nicht mehr in Anspruch nehmen, als nötig. Ich bin in meiner Eigenschaft als einer der gemeinschaftlichen Testamentsvollstrecker von Mrs. Mathilda Beryl Gillespie hier. Kopien des schriftlichen Testaments werde ich Ihnen gleich aushändigen, und Sie werden sich dann vergewissern können, daß dieses Testament in der Tat alle früheren Testamente von Mrs. Gillespie außer Kraft setzt. Der andere gemeinschaftliche Testamentsvollstrecker ist Mr. John Hapgood, derzeit Leiter der Filiale von Barclays Bank in der Hills Road in Poole. Wir handeln natürlich beide im Namen unserer Firmen. Sollte also einer von uns seine Tätigkeit bei der betreffenden Firma beenden, so wird an seiner Stelle ein anderer Testamentsvollstrecker bestellt werden.« Er machte eine kurze Pause. »Ist das soweit klar?« Er blickte sie der Reihe nach an.

»Gut. Wenn Sie sich jetzt bitte einen Moment gedulden würden, ich werde nur den Videorecorder an den Fernsehapparat anschließen.«

Wie ein Zauberkünstler zog er ein Kabel aus seiner Tasche und schob den einen Stecker in den Fernseher, den anderen in das

Videogerät. »Und jetzt brauchen wir noch einen Stromanschluß«, murmelte er, während er ein Elektrokabel hinten aus dem Videorecorder zog. »Wenn ich mich recht erinnere, ist rechts vom Kamin eine Steckdose. – Ah ja, da haben wir sie schon. Wunderbar. Und für den Fall, daß Sie sich wundern sollten, warum ich mich so gut auskenne, darf ich sagen, daß Mrs. Gillespie mich in ihr Haus gebeten hatte, um eine Bestandsliste aller im Haus befindlichen Gegenstände aufzunehmen.« Er strahlte sie alle an. »Einzig um möglichen Streitereien nach der Verlesung des Testaments vorzubeugen.«

Sarah merkte plötzlich, daß sie seit seinem Eintreten mit offenem Mund dagestanden hatte. Sie schloß ihn ganz bewußt und sah Duggan zu, wie er den Fernsehapparat einstellte, dann seine Aktentasche öffnete und ihr eine Videokassette entnahm, die er in den Recorder schob, ehe er zurücktrat, um nun Mathilda Gillespie für sich selbst sprechen zu lassen. Man könnte eine Stecknadel fallen hören, dachte sie, als Mathildas Gesicht auf dem Bildschirm erschien. Selbst Ruth saß wie versteinert, ihre Zigarette vorübergehend vergessen zwischen ihren Fingern.

Die vertraute Stimme mit ihrem schneidenden *upper-class*-Tonfall klang klar und selbstsicher aus dem Lautsprecher.

»Tja, meine Lieben –« Mathildas Lippen wurden schmal, als sie geringschätzig den Mund verzog – »ihr werdet sicher neugierig sein, warum ich es mir nicht nehmen ließ, euch auf diese Weise zusammenzubringen. Joanna verwünscht mich jetzt sicher im stillen, Ruth wird mir wieder einmal grollen, und Sarah, vermute ich, wird langsam wünschen, sie wäre mir nie begegnet.« Mathilda Gillespie lachte trocken. »Ich bin mittlerweile taub für deine Verwünschungen, Joanna, wenn es also ein Bewußtsein nach dem Tode gibt, was ich bezweifle, werden sie mich nicht erschüttern. Und deine Klagen und Beschwerden, Ruth, sind in letzter Zeit so eintönig geworden, daß sie mich einfach langweilen. Auch sie werden mich nicht erschüttern.« Ihre Stimme wurde eine Spur weicher. »Die Irritation allerdings, die Sarah zweifellos darüber empfindet, daß ich sie so eigenmächtig in die Angelegenheiten meiner Familie hineinziehe, bekümmert mich. Ich kann dazu nur sagen, daß ich Ihre Freundschaft und Ihre Charakterstärke in der Zeit, in der wir einander kannten, hochgeschätzt habe, Sarah, und niemanden sonst kenne, der auch nur halbwegs imstande wäre, die Last zu übernehmen, die ich Ihnen zumuten werde.«

Sie schwieg einen Moment, um einen Blick in die Notizen auf ihrem Schoß zu werfen. Auf Sarah, der ihre unkritische Zuneigung zu Mathilda jetzt im Angesicht der allgemeinen Ablehnung, die alle, die sie gekannt hatten, dieser Frau entgegenbrachten, naiv erschien, wirkte Mathildas Blick ungewohnt grausam. Wo, dachte sie, ist ihr Humor geblieben?

»Ich möchte ein für allemal klarstellen, daß Joanna nicht die Tochter James Gillespies ist, sondern die Tochter meines Onkels, Gerald Cavendish. Er war der ältere Bruder meines Vaters, und –« sie suchte nach den rechten Worten – »und das Verhältnis zwischen uns begann ungefähr vier Jahre, nachdem er meinem Vater und mir nach dem Tod meiner Mutter angeboten hatte, zu ihm ins *Cedar House* zu ziehen. Mein Vater hatte keine eigenen Mittel, da das Familienvermögen an den ältesten Sohn, Gerald, übergegangen war. Das Vermögen meiner Mutter fiel bei ihrem Tod wieder an ihre eigene Familie, abgesehen von einem kleinen Erbe für mich, das von Treuhändern verwaltet wurde. Ohne Geralds Einladung, zu ihm zu ziehen, hätten mein Vater und ich ohne ein Dach über dem Kopf dagestanden. Soweit war ich ihm dankbar. In jeder anderen Hinsicht habe ich diesen Mann verachtet und verabscheut.« Sie lächelte kalt. »Ich war ein Kind von dreizehn Jahren, als er mich das erstemal vergewaltigte.«

Sarah war entsetzt – nicht nur über das, was Mathilda sagte, sondern auch darüber, wie sie es sagte. Das war nicht die Mathilda, die *sie* kannte. Warum gab sie sich so hart, so eiskalt berechnend?

»Er war ein Säufer und ein Ungeheuer, genau wie mein Vater, und ich habe sie beide gehaßt. Gemeinsam machten sie jede

Chance, die ich vielleicht gehabt hätte, eine glückliche und dauerhafte Beziehung einzugehen, zunichte. Ich weiß bis heute nicht, ob mein Vater wußte, was Gerald tat, aber für mich gibt es keinen Zweifel, daß er, wenn er es gewußt hätte, nichts dagegen unternommen hätte, weil er viel zuviel Angst gehabt hätte, daß Gerald uns dann an die Luft setzen würde. Mein Vater war ein äußerst fauler Mensch, der sich erst von der Familie seiner Frau aushalten ließ und dann von seinem Bruder. Nur ein einziges Mal in seinem Leben hat er ernsthaft gearbeitet, als er sich um einen Sitz im Parlament bewarb, und da auch nur, weil er sich von der Parlamentszugehörigkeit die Erhebung in den Adelsstand versprach. Sobald man ihn gewählt hatte, wurde er natürlich wieder das, was er in Wirklichkeit war – ein absolut nichtswürdiger Mensch.«

Wieder machte sie eine Pause, das Gesicht voll bitterer Erinnerung.

»Zwölf Jahre lang wurde ich immer wieder von meinem Onkel mißbraucht, bis ich schließlich in meiner Verzweiflung mit meinem Vater sprach. Ich kann keine angemessene Erklärung dafür geben, warum ich so lange brauchte; ich kann nur sagen, daß ich in ständiger Angst vor beiden lebte. Ich war eine Gefangene, in finanzieller und in gesellschaftlicher Hinsicht, und ich war, wie viele meiner Generation, in der Überzeugung erzogen worden, die natürliche Autorität in der Familie gehöre den Männern. Ich danke Gott, daß diese Zeiten zu Ende gehen, denn ich weiß heute, daß Autorität nur denen gebührt, die sich die Achtung erwerben, sie auszuüben, egal, ob Männer oder Frauen.« Sie schwieg einen Moment.

»Mein Vater gab natürlich mir die Schuld an allem, was geschehen war, nannte mich eine widerwärtige Hure und lehnte es ab, irgend etwas zu unternehmen. Wie mir von vornherein klargewesen war, zog er es vor, den Status quo auf meine Kosten aufrechtzuerhalten. Aber er war angreifbar. Er war ja jetzt Parlamentsmitglied. In meiner Verzweiflung drohte ich ihm damit, an die Konservative Partei und an die Zeitungen zu schreiben und die

Öffentlichkeit darüber aufzuklären, was für eine Familie die Cavendishs in Wirklichkeit waren. Daraufhin kam es zu einem Kompromiß. Ich durfte James Gillespie heiraten, der Interesse an mir bekundet hatte, und dafür verpflichtete ich mich, Schweigen zu bewahren. Unter diesen Bedingungen versuchten wir, unser Leben weiterzuführen; mein Vater allerdings, der vielleicht fürchtete, ich würde mein Wort brechen, bestand auf meiner sofortigen Verheiratung mit James. Er besorgte ihm einen Posten im Finanzministerium und schob uns in eine Wohnung in London ab.«

Diesmal folgte eine längere Pause, in der sie ihre Brille zurechtrückte und zum nächsten Blatt ihrer Notizen griff. »Leider war ich zu diesem Zeitpunkt bereits schwanger, und als weniger als fünf Monate nach der Hochzeit Joanna zur Welt kam, begriff selbst James, der gewiß nicht einer der Intelligentesten war, daß sie unmöglich sein Kind sein konnte. Danach wurde das Leben sehr schwierig. Er hegte, nicht ganz unverständlich, einen tiefen Groll gegen uns beide, der, wenn er zuviel getrunken hatte, sich in Gewaltausbrüchen äußerte. Anderthalb Jahre setzten wir dieses unglückliche Zusammenleben fort, bis James mir eines Tages eröffnete, er habe eine Stellung im Ausland angenommen und werde schon am nächsten Tag abreisen. Ohne uns. Ich habe sein Weggehen niemals bedauert, und es hat mich nie im geringsten gekümmert, was aus ihm geworden sein mochte. Er war ein sehr unangenehmer Zeitgenosse.« Der Blick der alten Augen war arrogant und voller Verachtung, doch Sarah zumindest hatte das Gefühl, daß etwas unausgesprochen geblieben war. Mathilda, dachte sie, war nicht ganz ehrlich.

»Es ist müßig, sich jetzt all der Schwierigkeiten in den Monaten nach seiner Abreise zu erinnern. Es genügt wohl, wenn ich sage, daß das Geld knapp war. Joanna hat nach Stevens Tod Ähnliches durchgemacht. Allerdings mit einem Unterschied: Mein Vater lehnte es ab, mir zu helfen – er war inzwischen in den Adelsstand erhoben worden, und es war genug Zeit vergangen, um die Wirkung meiner Drohungen abzuschwächen. Ich hingegen habe dir geholfen, Joanna, auch wenn du es mir nie gedankt hast. Als ich schließlich damit rechnen mußte, aus der Wohnung geworfen zu werden, schrieb ich in letzter Not an Gerald und bat ihn um Unterhalt für seine Tochter. Er hatte, vermute ich, bis zu diesem Moment keine Ahnung von Joannas Existenz gehabt –« sie lächelte zynisch – »und mein Brief veranlaßte ihn zu der einzigen ehrenhaften Handlung seines Lebens. Er brachte sich mit einer Überdosis Schlaftabletten um. Schade ist nur, daß er nicht den Anstand besaß, es schon früher zu tun.« Ihre Stimme war scharf vor Haß. »Man deklarierte es als Tod durch Unglücksfall, aber ich kann nicht glauben, daß zwischen den beiden Ereignissen, dem Erhalt meines Briefs und seinem Tod, kein Zusammenhang bestand, besonders nicht in Anbetracht des Schreibens, das er seinem Anwalt schickte und mit dem er Joanna zur Erbin seines gesamten Vermögens einsetzte.«

Sie griff zum offenbar letzten Blatt ihrer Aufzeichnungen. »Ich komme jetzt zu den Gründen, die mich veranlaßt haben, diesen Film zu machen. Zuerst Joanna. Du hast mir mit öffentlicher Bloßstellung gedroht, wenn ich mich weigern sollte, das *Cedar House* unverzüglich zu räumen und das gesamte Vermögen dir zu überlassen. Ich weiß nicht, wer dich auf den Gedanken brachte, nach dem Brief deines Vaters zu suchen. Ich habe allerdings meine Vermutungen.« Sie lächelte bitter. »Aber du warst falsch informiert über deine Rechte. Geralds albernes Testament macht die letztwillige Treuhandverfügung seines Vaters nicht ungültig. Mit dieser Verfügung räumte sein Vater ihm ein lebenslanges Nießbrauchrecht am Familienvermögen ein, das danach an seinen nächsten männlichen Verwandten, nämlich meinen Vater, übergehen sollte. Mit seinem Tod übertrug Gerald lediglich seinem Bruder und den Erben seines Bruders eine dauernde Anwartschaft auf das Vermögen der Cavendishs. Und das wußte er auch ganz genau. Bilde dir nur ja nicht ein, dieses erbärmliche Testament sei mehr gewesen als der Sühneversuch eines Schwächlings für begangene Sünden. Vielleicht war er naiv genug zu glauben, mein

Vater würde die Verpflichtung anerkennen, vielleicht glaubte er auch nur, Gott würde weniger hart mit ihm verfahren, wenn er sich bereit zeigte, Buße zu tun. So oder so war er ein Narr. Immerhin war er klug genug, mir eine Abschrift des Kodizils zu schicken. Ich konnte damit meinen Vater unter Druck setzen, indem ich ihm drohte, damit vor Gericht zu gehen und die Treuhandverfügung anzufechten. Mein Vater erklärte sich daraufhin bereit, zeit seines Lebens für dich und mich zu sorgen, und mir – dazu war er befugt – bei seinem Tod das Vermögen zu vermachen. Wie du weißt, starb er keine zwei Jahre später, und ich bin mit dir wieder ins *Cedar House* gezogen.« Ihre Augen, die unverwandt in die Kamera blickten, schienen ihre Tochter zu suchen. »Du hättest mir nicht drohen sollen, Joanna. Du hattest keinen Grund dazu, während ich allen Grund hatte, meinem Vater zu drohen. Ich habe dir auf die eine oder andere Weise einige sehr großzügige Summen zukommen lassen und bin der Meinung, daß ich damit alle meine Verpflichtungen dir gegenüber abgegolten habe. Solltest du mich nicht schon verklagt haben, wenn du diese Aufnahme siehst, so rate ich dir, dein Geld nach meinem Tod nicht daran zu verschwenden. Du kannst es mir glauben, ich habe dir mehr gegeben, als dir rechtmäßig zusteht.

Nun zu Ruth.« Sie räusperte sich. »Dein Verhalten seit deinem siebzehnten Geburtstag hat mich entsetzt. Ich kann weder eine Erklärung noch eine Entschuldigung dafür finden. Ich habe dir immer gesagt, daß du nach meinem Tod erben würdest. Ich sprach vom *Cedar House,* aber du hast, ohne daß ich dir dazu irgendeinen Anlaß gegeben hätte, angenommen, auch das Inventar und das Geld würden dir zufallen. Diese Vermutung war falsch. Ich hatte stets die Absicht, die wertvolleren Stücke und das Geld Joanna zu hinterlassen, und das Haus dir. Ich nahm an, Joanna würde London nicht verlassen wollen, und du hättest dann die Wahl gehabt, entweder zu verkaufen oder weiterhin hier zu leben. Aber ich bin sicher, du hättest verkauft, weil das Haus nach Genehmigung der Anlage einen großen Teil seines Charmes verloren hätte. Das, was vom Grundstück geblieben wäre, hätte dir niemals gereicht, denn du bist so habgierig wie deine Mutter. Zum Abschluß kann ich nur sagen, was ich schon Joanna gesagt habe: Ich war dir gegenüber immer sehr großzügig und bin der Meinung, daß ich meine Verpflichtungen dir gegenüber abgegolten habe. Vielleicht ist die Inzucht schuld daran, ich habe jedenfalls erkannt, daß keine von euch beiden eines anständigen oder großzügigen Gedankens fähig ist.« Die Augen hinter den Brillengläsern verengten sich. »Ich hinterlasse daher alles, was ich besitze, Dr. Sarah Blakeney, die, da bin ich ganz sicher, mit diesem unerwarteten Geschenk weise umgehen wird. Soweit ich überhaupt fähig bin, einem Menschen Zuneigung entgegenzubringen, gilt sie ihr.« Sie stieß plötzlich ein leises Lachen aus. »Seien Sie mir nicht böse, Sarah. Ich muß gestorben sein, ohne es mir anders überlegt zu haben, sonst sähen Sie sich jetzt diese Aufnahme nicht an. Behalten Sie mich also um unserer Freundschaft willen im Gedächtnis, nicht um der Last willen, die ich Ihnen aufgebürdet habe. Joanna und Ruth werden Sie hassen, wie sie mich gehaßt haben, und werden Sie aller nur erdenklichen Gemeinheiten bezichtigen, wie sie das mit mir getan haben. Aber ›was geschehn ist, kann man nicht ungeschehn machen‹, nehmen Sie es darum mit meinem Segen und verwenden Sie es in meinem Andenken für eine lohnende Aufgabe. Leben Sie wohl, meine Liebe.«

»Wenn die Leiden kommen, so kommen sie wie einz'le Späher nicht, nein in Geschwadern.« Ich fürchte, Ruths Verhalten wird zum Zwang, aber ich wage nicht, sie deswegen zur Rede zu stellen. Ich habe Angst vor ihrer Reaktion. Ich würde ihr zutrauen, daß sie gegen eine alte Frau, die sie ärgerlich macht oder frustriert, zur Waffe greift. Ich sehe es in ihrem Blick, ein Wissen, daß ich tot mehr wert bin für sie als lebendig.

Es ist schon wahr: »Wer stirbt, zahlt alle Schulden.«

Wenn ich wüßte, wohin sie jeden Tag verschwindet, wäre das eine Hilfe, aber sie belügt mich, so wie sie mich in allem belügt. Könnte es Schizophrenie sein? Das richtige Alter dafür hätte sie. Ich hoffe, die Schule wird im nächsten Trimester etwas unternehmen. Ich habe nicht die Kraft für weitere Szenen, und ich werde mir nicht etwas vorwerfen lassen, was nie meine Schuld war. Weiß Gott, in dieser ganzen Geschichte gab es immer nur ein Opfer, und das war die kleine Mathilda Cavendish. Ich wollte, ich könnte mich an sie erinnern, an dieses liebevolle und liebenswerte Kind, doch es ist mir entglitten wie die Erinnerungen an meine Mutter. Zwei Vergessene, ungeliebt, mißhandelt, vernachlässigt.

Gott sei bedankt für Sarah. Sie überzeugt mich, daß ich ein Mensch bin, an dem man, wie an Shakespeares tragischem alten Mann, »mehr sündigt, als er sündigte«.

5

Paul Duggan schaltete das Fernsehgerät aus und sagte in die Stille: »Diese Videoaufnahme besitzt natürlich keine Rechtskraft, darum sprach ich vorhin von Mrs. Gillespies *schriftlichem* Testament.« Er griff in sein Aktenköfferchen und entnahm ihm mehrere Bündel Papiere. »Das hier sind nur Fotokopien. Das Original kann jederzeit in unserer Kanzlei in der Hill Street eingesehen werden.« Er reichte jeder der Frauen eine Kopie. »Mrs. Gillespie meinte, Sie würden versuchen, diese Verfügung anzufechten, Mrs. Lascelles. Ich kann Ihnen nur raten, sich mit einem Anwalt zu besprechen, ehe Sie das tun. Was Sie betrifft, Dr. Blakeney« – er wandte sich an Sarah –, »so möchten Mr. Hapgood und ich ein baldiges Gespräch vorschlagen, um Einzelheiten zu klären. Wir können Ihnen nächste Woche drei Vormittage anbieten: Dienstag, Mittwoch oder Donnerstag. Vorzugsweise in meiner Kanzlei, wir kommen, wenn nötig, aber auch nach Long Upton. Ich muß Sie allerdings darauf aufmerksam machen, daß die Testamentsvollstrecker berechtigt sind, Spesen zu berechnen.« Er strahlte Sarah aufmunternd an, während er auf eine Antwort wartete. Die schwelende Feindseligkeit im Raum schien ihn gar nicht zu berühren.

Sarah versuchte erst einmal, ihre fünf Sinne wieder zusammenzubekommen. »Kann ich bei all dem auch ein Wörtchen mitreden?«

»Was betreffend, Dr. Blakeney?«

»Das Testament betreffend.«

»Sie meinen, ob Sie die Erbschaft ausschlagen können?«

»Richtig.«

»Es gibt eine Alternativ-Verfügung, die Sie auf der letzten Seite des Dokuments finden.« Joanna und Ruth raschelten mit ihren Kopien. »Wenn Sie aus irgendeinem Grund die Erbschaft nicht annehmen, sollen wir, gemäß Mrs. Gillespies Weisung, ihren gesamten Besitz verkaufen und den Erlös dem Seton-Heim für alte und kranke Esel zukommen lassen. Sie hat gesagt, wenn Sie ihr Geld nicht haben wollen, sollte es wenistens verdienten Eseln zugute kommen.«

Er beobachtete Sarah scharf, und sie hatte den Eindruck, daß er doch nicht ganz so gelassen war, wie er sich gab. Er erwartete, daß diese Bemerkung sie an etwas erinnern würde. »Dienstag, Mittwoch oder Donnerstag, Dr. Blakeney? Ich möchte darauf hinweisen, daß ein baldiges Gespräch wichtig ist. Es ist ja beispielsweise die Zukunft von Mrs. und Miss Lascelles zu bedenken. Mrs. Gillespie war klar, daß sie sich zur Testamentseröffnung im *Cedar House* aufhalten würden, und wollte nicht, daß wir, die Testamentsvollstrecker, die sofortige Räumung des Besitzes von ihnen verlangten. Einzig aus diesem Grund und ohne die Absicht, jemanden zu beleidigen –« er lächelte die beiden Frauen liebenswürdig an –, »wurde die Bestandsaufnahme veranlaßt. Ich bin sicher, keinem von uns liegt an einem Streit darüber, was zur Zeit von Mrs. Gillespies Tod im Haus war und was nicht.«

»Das ist ja echt toll«, sagte Ruth scharf. »Jetzt beschuldigen Sie uns auch noch des Diebstahls.«

»Keineswegs, Miss Lascelles. Das ist das übliche Verfahren, glauben Sie mir.«

Ihr Mund bekam einen häßlichen Zug. »Wieso ist unsere Zukunft hier überhaupt noch von Belang? Ich dachte, wir hätten aufgehört zu existieren.« Sie ließ ihren Zigarettenstummel absichtlich auf den Perserteppich fallen und zerrieb ihn unter ihrem Absatz.

»Soweit ich unterrichtet bin, Miss Lascelles, haben Sie am Internat noch zwei Trimester bis zu Ihrer Abschlußprüfung. Bisher hat Ihre Großmutter das Schulgeld bezahlt. Ihr Testament enthält jedoch keine Verfügung hinsichtlich weiterer Zuwendungen für Ihre Ausbildung. Ob Sie in Southcliffe bleiben können oder nicht, hängt unter diesen Umständen also vielleicht ganz von Dr. Blakeney ab.«

Joanna hob den Kopf. »Oder von mir«, sagte sie kühl. »Ich bin schließlich ihre Mutter.«

Es blieb einen Moment still, dann lachte Ruth bitter. »Mein Gott, mach dich doch nicht lächerlich. Kein Wunder, daß Großmutter dir ihr Geld nicht hinterlassen wollte. Womit willst du denn das Internat bezahlen, liebste Mutter? Du bekommst in Zukunft kein Geld mehr, weißt du, und du glaubst doch nicht im Ernst, daß deine reizenden kleinen Blumenarrangements dir viertausend pro Trimester einbringen werden, oder?«

Joanna lächelte dünn. »Wenn ich das Testament anfechte, wird ja wohl vorläufig erst einmal alles weiter seinen normalen Gang gehen.« Sie warf Paul Duggan einen fragenden Blick zu. »Können Sie Dr. Blakeney das Geld geben, wenn ich ebenfalls Ansprüche darauf erhebe?«

»Nein«, antwortete er, »aber im Fall eines Rechtsstreits werden auch Sie nichts bekommen. Sie bringen mich in eine schwierige Lage, Mrs. Lascelles. Ich war der Anwalt Ihrer Mutter, nicht der Ihre. Ich kann nur sagen, daß hier Termine einzuhalten sind, und ich würde Ihnen dringend raten, unverzüglich mit einem Anwalt zu sprechen. Es wird nicht, wie Sie es formuliert haben, alles weiter seinen normalen Gang gehen.«

»Mit anderen Worten, Ruth und ich verlieren auf jeden Fall?«

»Nicht unbedingt.«

Sie runzelte die Stirn. »Ich verstehe nicht recht.«

Ruth sprang aus dem Sofa und rannte wütend zum Fenster. »Herrgott noch mal, bist du denn völlig vernagelt? Wenn du schön brav bist, Mutter, kriegt Dr. Blakeney vielleicht so ein schlechtes Gewissen, daß sie uns weiterhin finanziert. So ist es doch, stimmt's?« Sie starrte Duggan herausfordernd an. »Großmutter hat ihrer Ärztin den Schwarzen Peter zugeschoben. Die soll jetzt versuchen, was Ordentliches aus den Cavendishs zu machen.« Ihre Lippen kräuselten sich verächtlich. »Wenn das kein schlechter Witz ist! Dabei hat sie mich auch noch vorgewarnt. Sprich mit Dr. Blakeney. Sie weiß am besten, was zu tun ist. So was Unfaires!« Sie stampfte mit dem Fuß auf. »Eine Gemeinheit ist das!«

Joanna war nachdenklich. »Ist das richtig, Mr. Duggan?«

»Strenggenommen nicht, nein. Ihre Mutter hat zwar Dr. Blakeney so eingeschätzt, daß diese zumindest einen Teil der Verfügungen, die sie für Sie und Ihre Tochter getroffen hat, anerkennen würde, aber ich muß betonen, daß Dr. Blakeney dazu nicht verpflichtet ist. Das Testament besagt nichts dergleichen. Sie kann die Wünsche Ihrer Mutter ganz nach eigener Entscheidung interpretieren, und wenn sie der Auffassung ist, daß es eine lohnende Aufgabe wäre, zu Mrs. Gillespies Andenken hier im Dorf ein Krankenhaus zu bauen, ohne Sie oder Ihre Tochter zu berücksichtigen, so ist das völlig Rechtens.«

Wieder trat ein längeres Schweigen ein. Als Sarah von intensivem Studium des Teppichmusters aufblickte, sah sie, daß aller Augen auf sie gerichtet waren. Unaufhörlich gingen ihr Ruths Worte im Kopf herum: *Wenn das kein schlechter Witz ist!* »Donnerstag«, sagte sie seufzend. »Ich komme am Donnerstag zu Ihnen in die Kanzlei. Wahrscheinlich mit meinem Anwalt. Ich muß sagen, mir ist das alles sehr unangenehm, Mr. Duggan.«

»Arme Dr. Blakeney«, sagte Joanna mit einem verkniffenen Lächeln. »Mir scheint, Ihnen wird allmählich klar, was für eine grausame Person meine Mutter war. Von dem Tag an, als sie Gerald verführte, hatte sie den Daumen auf dem Beutel der Cavendishs, und sie hat ihn über fünfzig Jahre lang mit Hilfe von Drohungen und Erpressung darauf behalten.« Ein Ausdruck des Mitleids flog über ihr seltsam unbewegtes Gesicht. »Und jetzt hat sie Sie dazu auserkoren, ihre tyrannische Herrschaft zu übernehmen. Der Diktator ist tot.« Sie verneigte sich ironisch. »Lang lebe der Diktator.«

Sarah blieb neben Paul Duggans Wagen stehen, während der Anwalt den Videorecorder im Kofferraum verstaute. »Hat die Polizei diesen Film gesehen?« fragte sie ihn, als er sich aufrichtete.

»Noch nicht. Ich habe in ungefähr einer halben Stunde einen Termin mit einem Sergeant Cooper. Dem werde ich dann eine Kopie geben.«

»Hätten Sie der Polizei den Film nicht gleich vorführen sollen? Mathilda machte mir nicht den Eindruck einer Frau, die kurz vor einem Selbstmord stand. ›Ich muß gestorben sein, ohne es mir anders überlegt zu haben...‹ Das hätte sie sicher nicht gesagt, wenn sie vorgehabt hätte, sich zwei Tage später das Leben zu nehmen.«

»Ich bin ganz Ihrer Meinung.« Sein rundes Gesicht strahlte, und sie runzelte irritiert die Stirn.

»Sie nehmen das alles sehr locker«, sagte sie spitz. »Ich kann für Sie nur hoffen, Sergeant Cooper versteht, warum Sie die Vorführung des Films verzögert haben. Ich jedenfalls verstehe es nicht. Mathilda ist seit zwei Wochen tot, und die Polizei rackert sich ab, um herauszufinden, ob es wirklich Selbstmord war oder vielleicht Mord.«

»Es ist nicht meine Schuld, Dr. Blakeney«, erwiderte er liebenswürdig. »Der Film hat so lange bei der Firma gelegen, die ihn hergestellt hat. Es sollte noch Musik unterlegt werden. Mrs. Gillespie wollte Verdi im Hintergrund.« Er lachte glucksend. »*Dies Irae* – der Tag des Zorns. Ganz passend, finden Sie nicht?« Er wartete auf eine Reaktion von ihr, doch sie war nicht in der Stimmung, auf seinen Ton einzugehen.

»Kurz und gut«, fuhr er fort, »sie wollte sich den fertigen Film dann ansehen, und man sagte ihr, es würde etwa einen Monat dauern. Diese Geschichten brauchen anscheinend viel Zeit. Die Filmleute waren ganz aus dem Häuschen, als sie von mir hörten, daß Mrs. Gillespie tot ist. Das alles gibt Ihrem Argument, daß sie nicht vorhatte, sich das Leben zu nehmen, zusätzliches Gewicht.« Er zuckte die Achseln. »Ich war nicht dabei, als sie den Film machte, darum wußte ich nicht, was er enthielt. Ich glaubte, es sei lediglich eine letzte Botschaft an ihre Familie. Ich habe ihn gestern abend zum erstenmal gesehen und daraufhin sofort einen Termin bei der Polizei vereinbart.« Er sah auf seine Uhr. »Zu dem ich zu spät kommen werde, wenn ich mich nicht beeile. Ich sehe Sie dann also am Donnerstag.«

Mit einem schrecklichen Gefühl der Unsicherheit im Magen sah Sarah ihm nach, als er davonfuhr. Sie hätte es ahnen, sich ein wenig vorbereiten müssen. *Sprich mit Dr. Blakeney. Sie weiß am besten, was zu tun ist.* Und Jack? Hatte *er* es gewußt?

Sie fühlte sich plötzlich sehr einsam.

Sarah war dabei, das Laub zusammenzurechen, als an diesem Nachmittag Sergeant Cooper kam. Er ging durch das Gras zu ihr und sah ihr eine Weile schweigend zu. »Harte Arbeit«, murmelte er dann teilnahmsvoll.

»Ja.« Sie lehnte den Rechen an einen Baum und schob ihre Hände in die Taschen ihrer Barbourjacke. »Gehen wir lieber rein. Da ist es wärmer.«

»Machen Sie sich meinetwegen keine Sorgen«, sagte er. »Ich bleib genauso gern draußen und rauch eine.« Er zog eine zerdrückte Packung Silk Cut unter seinem Mantel hervor und zündete sich mit unverhohlenem Genuß eine Zigarette an. »Gräßliche Angewohnheit«, bemerkte er beinahe verschämt. »Eines Tages werd ich's schon noch aufgeben.«

Sarah zog erheitert eine Augenbraue hoch. »Wieso haben Raucher immer so ein schrecklich schlechtes Gewissen?«

»Die Zigaretten verraten, wie willensschwach wir sind«, antwortete er trübe. »Andere Leute geben das Rauchen auf, aber wir schaffen es nicht. Ich hab ehrlich gesagt nie verstanden, warum die Gesellschaft uns wie Aussätzige behandelt. Den Raucher muß ich erst noch kennenlernen, der nach einer Zigarette zuviel seine Frau geprügelt oder ein Kind totgefahren hat. Aber ich könnte Ihnen hundert Betrunkene zeigen, die so was getan haben. Meiner Meinung nach ist der Alkohol eine weit gefährlichere Droge als das Nikotin.«

Sie führte ihn zu einer Bank am Weg. »Die moralische Mehrheit wird bestimmt eines Tages auch die Trinker verurteilen«, sagte sie. »Dann wird die ganze Welt in langen Unterhosen durch die Gegend joggen, Vollwertkost essen und Karottensaft trinken und vor Gesundheit aus den Nähten platzen.«

Er lachte. »Das müßte Ihnen als Ärztin doch recht sein.«

»Dann hab ich nichts mehr zu tun.« Sie lehnte sich zurück. »Außerdem hab ich sowieso meine Schwierigkeiten mit der moralischen Mehrheit. Mir sind freidenkende Individualisten tausendmal lieber als politisch korrekte Massen, die tun, was ihnen gesagt wird, weil irgendein anderer darüber entschieden hat, was gesellschaftlich akzeptabel ist.«

»Ist das der Grund, weshalb Sie Mrs. Gillespie mochten?«

»Wahrscheinlich.«

»Erzählen Sie mir von ihr.«

»Ich kann dem, was ich Ihnen schon gesagt habe, im Grunde kaum was hinzufügen. Sie war ganz bestimmt die ungewöhnlichste Person, die mir je begegnet ist. Absolut zynisch. Sie hatte vor nichts und niemandem Achtung. Sie glaubte nicht an Gott und Vergeltung. Sie verabscheute die Menschen im allgemeinen und die Leute von Fontwell im besonderen und blickte auf jeden, ob tot oder lebendig, herab. Die einzige Ausnahme war Shakespeare, den sie für ein alle überragendes Genie hielt.«

»Und Sie haben sie *gemocht*?«

Sarah lachte. »Vermutlich hat mir das Anarchische daran gefallen. Sie hat immer ausgesprochen, was die meisten von uns höchstens denken. Besser kann ich es nicht erklären. Ich habe mich immer darauf gefreut, sie zu sehen.«

»Die Sympathie muß gegenseitig gewesen sein, sonst hätte sie Ihnen nicht ihr Geld hinterlassen.«

Sarah antwotete nicht gleich. »Ich hatte keine Ahnung, was sie vorhatte«, sagte sie dann. Sie schob beide Hände in ihr Haar und lupfte es ein wenig. »Für mich ist es ein scheußlicher Schock. Ich habe das Gefühl, manipuliert zu werden, und das mag ich gar nicht.«

Er nickte. »Duggan zufolge hatte Mrs. Gillespie beide Testamentsvollstrecker angewiesen, die Sache geheimzuhalten.« Er starrte auf das glühende Ende seiner Zigarette. »Wobei wir allerdings nicht sicher sein können, daß nicht sie selbst jemanden eingeweiht hat.«

»Wenn sie das getan hätte«, sagte Sarah, »wäre sie wahrscheinlich noch am Leben. Immer vorausgesetzt natürlich, daß sie ermordet wurde.«

»Sie meinen, wer immer sie getötet hat, wußte nicht, daß Sie erben würden, sondern glaubte, er selbst würde kassieren können?«

Sie nickte. »So etwa.«

»Dann müßten es die Tochter oder die Enkelin gewesen sein.«

»Das kommt darauf an, was in dem vorherigen Testament festgelegt war. Vielleicht hat sie ja noch andere Personen bedacht. Es ist schon für geringere Beträge gemordet worden als das Vermögen, das Joanna und Ruth erwartet haben.«

»Aber das würde heißen, daß sie ihres Geldes wegen getötet wurde. Und es würde heißen, daß weder Sie noch eine von Ihnen abhängige Person sie getötet hat.«

»Richtig«, antwortete sie sachlich.

»Haben Sie sie getötet, Dr. Blankeney?«

»Ich hätte es anders angefangen, Sergeant. Ich hätte mir Zeit gelassen.« Sie lachte ein wenig. Etwas gezwungen, fand er. »Es bestand ja keine Eile. Ich habe keine drückenden Schulden, und ich hätte vermieden, daß ihr Tod so kurz nach der Testamentsänderung zu meinen Gunsten eingetreten wäre.« Sie beugte sich vor und faltete ihre Hände zwischen ihren Knien. »Und es hätte nach einem natürlichen Tod ausgesehen. Als Arzt ist man sehr im Vorteil, wenn es darum geht, den perfekten Mord zu begehen. Eine längere Krankheit, gefolgt von einem sanften Tod. Bestimmt nichts so Dramatisches und Traumatisches wie aufgeschnittene Pulsadern und Folterinstrumente.«

»Das könnte auch ein Bluff sein«, sagte er milde. »Wie Sie sagen, wer würde eine Ärztin verdächtigen, daß sie gerade mal zwei Tage, nachdem ihr eine alte Dame eine Dreiviertelmillion Pfund überschrieben hat, etwas derart Drastisches tun würde?«

Sarah starrte ihn entsetzt an. »Eine Dreiviertelmillion?« wiederholte sie langsam. »Soviel Geld hatte sie?«

»Mehr oder weniger. Wahrscheinlich mehr. Es ist eine konservative Schätzung. Duggan hat das Haus samt Inventar auf etwa vierhunderttausend veranschlagt, aber die antiken Uhren allein sind für mehr als hunderttausend versichert, und dieser Betrag basiert auf einer Schätzung, die zehn Jahre zurückliegt. Ich möcht nicht wissen, was diese Uhren heute wert sind. Dann kommen noch die antiken Möbel dazu, ihr Schmuck und natürlich Mrs. Lascelles Londoner Wohnung, ganz abgesehen von den Wertpapieren. Sie sind eine reiche Frau, Dr. Blakeney.«

Sarah senkte ihren Kopf in ihre Hände. »Mein Gott!« stöhnte sie. »Sie meinen, nicht einmal die Wohnung gehört Joanna?«

»Nein. Sie ist Teil von Mrs. Gillespies Nachlaß. Es wäre viel gescheiter gewesen, die alte Dame hätte sie ihrer Tochter in jährlichen Raten schrittweise überschrieben, um die Erbschaftssteuer zu umgehen. So aber bekommt das Finanzamt beinahe soviel geschenkt wie Sie.« In seiner Stimme war ein mitfühlender Ton. »Und Sie werden entscheiden müssen, was verkauft werden soll, damit die Rechnung bezahlt werden kann. Ich fürchte, Sie werden sich bei den Damen Lascelles nicht sehr beliebt machen.«

»Das dürfte die Untertreibung des Jahres sein«, sagte Sarah bedrückt. »Was hat Mathilda sich nur gedacht?«

»Die meisten Leute würden es als ein Geschenk des Himmels ansehen.«

»Sie auch?«

»Natürlich, aber ich lebe auch in einem sehr gewöhnlichen Haus, ich habe drei erwachsene Kinder, die mich bei jeder Gelegenheit um Geld angehen, und ich träume davon, vorzeitig in den Ruhestand zu gehen und mit meiner Frau eine Weltreise zu machen.« Er sah sich im Garten um. »An Ihrer Stelle würde ich wahrscheinlich ähnlich reagieren wie Sie. Sie nagen ja nicht gerade am Hungertuch, und Ihr Gewissen wird Ihnen verbieten, das Geld für sich selbst auszugeben. Sie hatte wirklich recht, als sie sagte, sie bürde Ihnen eine Last auf.«

Sarah sah ihn nachdenklich an. »Heißt das, daß Sie nicht glauben, daß ich sie ermordet habe?«

Sein Gesicht zeigte Erheiterung. »Wahrscheinlich.«

»Welch ein Segen«, sagte sie trocken. »Das hat mich wirklich beunruhigt.«

»Anders sieht es mit von Ihnen abhängigen Personen aus. Die würden von Mrs. Gillespies Tod ebenso profitieren wie Sie.«

Sie machte ein erstauntes Gesicht. »Von mir ist niemand abhängig.«

»Sie haben einen Ehemann, Dr. Blakeney. Wie ich höre, ist er von Ihnen finanziell abhängig.«

Sie scharrte mit der Spitze ihres Gummistiefels im Laub. »Nicht mehr. Wir sind getrennt. Ich weiß im Augenblick nicht einmal, wo er sich aufhält.«

Cooper nahm sein Heft heraus und warf einen Blick hinein. »Dann muß die Trennung aber ziemlich neu sein. Mrs. Lascelles hat uns gesagt, daß er vor zwei Tagen auf der Beerdigung war, danach zum Tee ins *Cedar House* gekommen ist und sie dann gebeten hat, ihn hierher zu fahren, was sie auch tat.« Er hielt inne und sah sie an. »Wann hat diese Trennung also begonnen?«

»Er ist an demselben Abend irgendwann gegangen. Ich habe am nächsten Morgen eine Nachricht von ihm gefunden.«

»War das seine Idee oder Ihre?«

»Meine. Ich habe ihm gesagt, daß ich mich scheiden lassen möchte.«

»Aha.« Er betrachtete sie nachdenklich. »Gab es einen Grund, ihm das gerade an dem Abend zu sagen?«

Sie seufzte. »Ich war deprimiert von der Beerdigung und landete mit meinen Gedanken bei der uralten Frage nach dem Sinn des Lebens. Ich fragte mich, was wohl der Sinn *ihres* Lebens gewesen sei. Und plötzlich wurde mir bewußt, daß mein eigenes Leben beinahe ebenso sinnlos ist.« Sie drehte den Kopf und sah ihn an. »Sie finden das wahrscheinlich absurd. Ich bin schließlich Ärztin, und man wählt eine solche Tätigkeit nicht, wenn man sich nicht irgendwie dazu berufen fühlt. Es ist wie mit der Entscheidung, zur Polizei zu gehen. Wir wählen diese Arbeit, weil wir glauben, etwas ändern zu können.« Sie lachte dumpf. »Was für eine arrogante Vorstellung. Wir bilden uns ein zu wissen, was wir tun, und in Wirklichkeit haben wir kaum eine Ahnung. So sehe ich das jedenfalls. Wir Ärzte bemühen uns gewissenhaft, Leben zu retten, weil das Gesetz das von uns verlangt, und wir spucken große Töne über Lebensqualität. Aber was ist denn Lebensqualität? Ich habe Mathildas Schmerzen mit hochentwickelten Drogen in Schach gehalten, aber ihr Leben war schrecklich. Nicht wegen der Schmerzen, sondern weil sie einsam, bitter, zutiefst frustriert und sehr unglücklich war.« Sie zuckte die Achseln. »Während ich an Mathildas Grab stand, habe ich versucht, mein Leben und das meines Mannes einmal ganz ehrlich und ohne Sentimentalität zu betrachten, und dabei ist mir klargeworden, daß man die gleichen Adjektive auf uns anwenden könnte. Wir waren beide einsam, beide bitter, beide frustriert und beide unglücklich. Darum habe ich die Scheidung vorgeschlagen, und er ist gegangen.« Sie lächelte bitter. »So einfach war das.«

Sie tat ihm leid. Nichts war je so einfach, und er hatte den Eindruck, daß sie wie beim Poker zu bluffen versucht und verloren hatte. »Kannte er Mrs. Lascelles schon vor der Beerdigung?«

»Soviel ich weiß, nicht, nein. Ich kannte sie jedenfalls nicht und kann mir daher nicht vorstellen, wo er sie hätte kennenlernen sollen.«

»Aber er kannte Mrs. Gillespie?«

Sie ließ ihren Blick durch den Garten schweifen, während sie

Zeit zu gewinnen versuchte. »Wenn ja, dann nicht durch mich. Er hat nie etwas davon gesagt, daß er sie kenne.«

Sergeant Coopers Interesse an dem abwesenden Jack Blakeney wuchs. »Warum ist er zu der Beerdigung gegangen?«

»Weil ich ihn darum gebeten hatte.« Sie richtete sich auf. »Ich hasse Beerdigungen, aber ich habe immer das Gefühl, daß ich nicht kneifen darf. Es erscheint mir so herzlos, einem Patienten, kaum daß er tot ist, den Rücken zu kehren. Jack war da immer sehr hilfsbereit.« Sie lachte plötzlich. »Ehrlich gesagt, ich glaube, er gefällt sich in seinem schwarzen Mantel. Er sieht gern diabolisch aus.«

Diabolisch. Cooper dachte über das Wort nach. Duncan Orloff hatte gesagt, Mathilda Gillespie habe Blakeney gemocht. Mrs. Lascelles hatte ihn als einen »merkwürdigen Menschen« beschrieben, »der sehr wenig sprach und dann darum bat, nach Haus gefahren zu werden«. Ruth hatte ihn »einschüchternd« gefunden. Der Pfarrer hatte eine Menge über ihn zu sagen gehabt, als Cooper ihn über die verschiedenen Trauergäste befragt hatte. »Jack Blakeney? Er ist Maler, aber leider nicht sehr erfolgreich, der arme Kerl. Wenn Sarah nicht wäre, würde er wahrscheinlich verhungern. Aber ich muß sagen, mir gefallen seine Arbeiten. Ich würde sofort ein Bild kaufen, wenn er etwas billiger würde, aber er kennt seinen Wert oder behauptet es jedenfalls, und er lehnt es ab, sich unter Preis zu verkaufen. Ob er Mathilda kannte? Ja, er muß sie gekannt haben. Ich habe ihn einmal mit seinem Skizzenblock unter dem Arm aus ihrem Haus kommen sehen. Sie wäre für einen Maler seiner Art genau das richtige Sujet gewesen. Er hätte ihr nicht widerstehen können.«

Cooper packte den Stier bei den Hörnern. »Pfarrer Matthews hat mir erzählt, daß Ihr Mann Mrs. Gillespie porträtiert hat. Da muß er sie doch recht gut gekannt haben.« Er zündete sich eine frische Zigarette an und beobachtete Sarah durch die Rauchwolken.

Sie schwieg lange, den Blick auf eine ferne Wiese gerichtet, auf der Kühe weideten. »Am liebsten würde ich jetzt sagen, daß ich ohne meinen Anwalt keine weiteren Fragen mehr beantworte«, sagte sie schließlich, »aber ich habe das unangenehme Gefühl, daß Sie das verdächtig finden würden.«

Als er darauf nichts erwiderte, sah sie ihn an. In dem sympathischen Gesicht war keine Spur von Mitgefühl, nur die geduldige Zuversicht, daß sie ihm Auskunft geben würde, ob mit oder ohne Anwalt.

Sie seufzte. »Ich könnte mit Leichtigkeit bestreiten, daß es so ein Porträt gibt. Die Bilder stehen alle im Atelier, und Sie würden das Mathildas nie im Leben erkennen. Jack malt keine Gesichter. Er malt Persönlichkeiten. Und man muß seine Farbchiffren verstehen und die Art und Weise, wie er die Dynamik von Form und Perspektive einsetzt, um seine Bilder deuten zu können.«

»Aber Sie bestreiten nicht, daß das Porträt existiert?« meinte er.

»Nur weil Jack es nicht bestreiten wird, und ich nicht besonders scharf darauf bin, mich der Falschaussage schuldig zu machen.« Sie lächelte, und ihre Augen leuchteten auf. »Es ist ein glänzendes Bild. Wahrscheinlich das beste, das er je gemacht hat. Ich habe es gestern entdeckt, kurz bevor Sie kamen.« Ihr Gesicht wurde wehmütig. »Ich wußte, daß es da sein mußte. Ruth hatte eine Bemerkung gemacht, die mich darauf brachte. Sie sagte, Jack habe ihr erzählt, daß Mathilda mich ihre ›kleine Schandmaske‹ genannt hat.« Sie seufzte wieder. »Das hätte er nicht wissen können, wenn Mathilda es ihm nicht gesagt hätte. Denn ich habe es ihm nie erzählt.«

»Darf ich mir das Bild ansehen?«

Sie ignorierte die Frage. »Er hätte sie nicht getötet, Sergeant, jedenfalls nicht für Geld. Jack hat für Materialismus nichts als Verachtung übrig. Für ihn ist Geld nur ein Maßstab seines Genies. Das ist der Grund, warum er nichts verkauft. Er bewertet seine Kunst um einiges höher als alle anderen.« Sie lächelte über sein ungläubiges Stirnrunzeln. »In gewisser Hinsicht macht das sogar Sinn, aber es ist irritierend, weil es so dünkelhaft ist. Die Argumentation läuft etwa folgendermaßen: Der Durchschnittsprolo ist unfähig, Genialität zu erkennen, darum hat er kein Interesse daran, ein Bild zu kaufen, ganz gleich, zu welchem Preis. Ein Renaissancemensch hingegen erkennt das Genie und ist auch bereit, eine stattliche Summe dafür zu bezahlen. Folglich: Wenn man ein Genie ist, setzt man einen hohen Preis an und wartet, bis der Richtige kommt und einen entdeckt.«

»Verzeihen Sie, Dr. Blakeney, aber das ist doch Blödsinn.« Er war wirklich ärgerlich. »Der Mann muß ja kolossal eingebildet sein. Hat denn überhaupt schon jemand gesagt, er sei ein Genie?«

»Über van Gogh hat das bis nach seinem Tod auch keiner gesagt.« Wie kommt es, dachte sie, daß Jacks gesundes Selbstbewußtsein die Leute immer so in Rage bringt? Weil in einer unsicheren Welt seine Sicherheit bedrohlich war? »Es spielt hier gar keine Rolle«, sagte sie ruhig, »ob Jack ein guter, ein schlechter oder ein mittelmäßiger Maler ist. Ich halte ihn für gut, aber das ist eine ganz persönliche Meinung. Der springende Punkt ist, daß er Mathilda niemals des Geldes wegen getötet hätte – wenn er überhaupt gewußt hat, daß sie mich zu ihrer Erbin eingesetzt hat, was ich bezweifle. Weshalb hätte sie es ihm sagen sollen und nicht mir?«

»Nur daß er dachte, Sie würden sich von ihm scheiden lassen und ihn auf dem trocknen sitzen lassen.«

»Na, das wäre doch wohl kaum ein Grund gewesen. Da wäre ich ja ganz allein in den Genuß des Geldes gekommen, richtig? Wie hätte er an die Erbschaft rankommen sollen, wenn wir geschieden gewesen wären?« *Ich werde auf halbe-halbe gehen ...* Sie schob den Gedanken von sich. »Außerdem hatte er vor zwei Wochen, als Mathilda gestorben ist, noch keine Ahnung, daß ich mich scheiden lassen will. Ich wußte es ja selbst noch nicht.«

Cooper nahm das mit Vorbehalt auf. »So etwas geschieht nicht aus heiterem Himmel, Dr. Blakeney. Er muß doch gemerkt haben, daß mit Ihrer Ehe etwas nicht mehr stimmte.«

»Sie unterschätzen Jacks Egozentrik«, entgegnete sie mit bitterer Ironie. »Er ist viel zu selbstbezogen, um die Unzufriedenheit eines anderen wahrzunehmen, es sei denn, er malt die betreffende Person gerade. Sie können es mir ruhig glauben, meine Entscheidung kam wirklich aus heiterem Himmel. Jedenfalls für ihn.«

Er paffte nachdenklich an seiner Zigarette. »Glauben Sie, daß er überhaupt noch einmal zurückkommt?«

»Oh, sicher. Er wird auf jeden Fall seine Bilder holen wollen.«

»Gut. Einige der Fingerabdrücke, die wir gesichert haben, könnten von ihm sein. Es wäre eine Hilfe, wenn wir sie eliminieren könnten. Dasselbe gilt natürlich für Ihre Abdrücke. Am Mittwoch morgen kommt ein Fingerabdruck-Team von uns nach Fontwell. Ich denke, Sie haben nichts dagegen, die Ihren abzugeben? Sie werden später vernichtet.« Er nahm ihr Schweigen als Zustimmung. »Sie sagten, Sie wissen nicht, wo Ihr Mann sich aufhält, aber fällt Ihnen vielleicht jemand ein, mit dem er in Verbindung stehen könnte?«

»Nur mein Anwalt. Er hat mir versprochen, mir Bescheid zu geben, sobald er etwas hört.«

Cooper ließ seinen Zigarettenstummel ins feuchte Gras fallen und stand auf. Er zog den Gürtel seines Trenchcoats fester. »Keine Freunde oder Bekannten, an die er sich gewendet haben könnte?«

»Ich habe es überall versucht. Er hat sich bei niemandem gemeldet.«

»Würden Sie dann so freundlich sein und mir Name und Telefonnummer Ihres Anwalts aufschreiben, während ich mir dieses Bild ansehe.« Er lächelte. »Nach allem, was Sie gesagt haben, bin ich gespannt, ob ich etwas damit anfangen kann.«

Sarah war beeindruckt davon, mit welcher Sorgfalt er sich dem Bild zu nähern versuchte. Lange Zeit stand er da und sagte gar nichts. Dann frage er sie, ob Jack auch von ihr ein Porträt gemacht habe. Sie holte es aus dem Wohnzimmer und stellte es neben das von Mathilda. Er verfiel von neuem in schweigende Betrachtung.

»Tja«, sagte er schließlich, »Sie haben ganz recht. Ich hätte nie erkannt, daß das ein Porträt von Mrs. Gillespie ist. Ebensowenig hätte ich erkannt, daß dieses andere Bild Sie darstellen soll. Ich kann schon verstehen, warum niemand ihn als Genie betrachtet.«

Sarah war verwundert über ihre Enttäuschung. Aber was hatte sie denn erwartet? Er war ein einfacher Polizeibeamter vom Lande, kein Renaissancemensch. Sie zwang sich zu dem höflichen Lächeln, das ihre Standardreaktion auf die häufig abfälligen Bemerkungen anderer über Jacks Bilder war, und fragte sich nicht zum erstenmal, wieso sie der einzige Mensch war, der fähig zu sein schien, sie zu würdigen. Es war ja nicht so, als wäre sie vor Liebe blind – im Gegenteil –, und doch war in ihren Augen das Porträt Mathildas von außergewöhnlicher Kraft und genialem Ausdruck. Jack hatte Schicht auf Schicht gearbeitet, um dem Inneren des Gemäldes einen aus der Tiefe durchscheinenden goldenen Glanz zu geben – Mathildas Witz und Humor, dachte sie, der durch das komplexe Gewebe von Blau- und Grautönen, ihre Grausamkeit und ihr Zynismus, hindurchschimmerte. Und darum herum die Brauntöne der Verzweiflung und Unterdrükkung und das Rostrot von Eisen, Jacks Chiffre für Rückgrat und eisernen Willen, hier jedoch in Form der Schandmaske gestaltet.

Sie zuckte die Achseln. Vielleicht war es ja auch ein Glück, daß Sergeant Cooper das nicht sehen konnte. »Wie ich schon sagte, er malt die Persönlichkeit, nicht das Gesicht.«

»Wann hat er das von Ihnen gemacht?«

»Vor sechs Jahren.«

»Und hat sich Ihre Persönlichkeit in sechs Jahren verändert?«

»Das glaube ich eigentlich nicht. Die Persönlichkeit ändert sich kaum, Sergeant, das ist der Grund, weshalb Jack sie mit Vorliebe malt. Man ist, was man ist. Ein großzügiger Mensch bleibt großzügig. Ein Tyrann bleibt ein Tyrann. Man kann die Kanten ein wenig abschleifen, aber der Kern läßt sich nicht verändern. Einmal gemalt, sollte die Persönlichkeit für immer erkennbar sein.«

Er rieb sich die Hände, als freue er sich auf einen Kampf.

»Dann lassen Sie mich mal sehen, ob ich hinter sein System kommen kann. In dem Bild von Ihnen ist viel Grün, und Ihre auffallendsten Wesensmerkmale sind Mitgefühl – nein«, verbesserte er sich sofort, »Einfühlungsvermögen – Sie leben sich in die Gefühle anderer ein, ohne sie zu bewerten. Also, Einfühlungsvermögen, Ehrgefühl – Sie sind eine ehrenhafte Frau, sonst würden Sie sich wegen dieser Erbschaft nicht so schlecht fühlen –, Ehrlichkeit – die meisten Leute hätten auf die Frage nach diesem Bild gelogen –, und Sie sind nett.« Er sah sie an. »Gilt Nettsein als Wesensmerkmal oder ist das Wischiwaschi?«

Sie lachte. »Viel zuviel Wischiwaschi. Außerdem lassen Sie die unerfreulichen Seiten außer acht. Für Jack hat jeder seine hellen und seine dunklen Seiten.«

»Gut.« Er richtete seinen Blick wieder auf das Porträt. »Sie sind eine sehr eigensinnige Frau, die genug Selbstvertrauen besitzt, um erwiesenen Tatsachen zu trotzen, sonst hätten Sie Mrs. Gillespie nicht gemocht. Dazu gehört, daß Sie auch naiv sind, sonst würden Ihre Ansichten nicht so weit von denen aller anderen abweichen. Sie neigen zu vorschnellen Entschlüssen, sonst würden Sie die Trennung von Ihrem Mann nicht bedauern, und das wiederum läßt darauf schließen, daß Sie einen tiefsitzenden Hang haben, sich hoffnungslosen Fällen zu verschreiben. Wahrscheinlich sind Sie deshalb Ärztin geworden und wahrscheinlich hatten Sie deshalb diese alte Hexe auf dem ungewöhnlichen Bild neben dem Ihren so gern. Na, wie schlage ich mich für einen Prolo?«

Sie lachte überrascht. »Ich finde nicht, daß Sie ein Prolo sind«, antwortete sie. »Jack wäre hingerissen von Ihnen. Der Renaissancemensch in seinem ganzen Glanz. Sie sind gut, nicht wahr?«

»Was verlangt er für seine Bilder?«

»Er hat bisher überhaupt erst eines verkauft. Es war ein Porträt einer seiner Geliebten. Er bekam zehntausend Pfund dafür. Der Mann, der es gekauft hat, war ein Galerist aus der Bond Street. Er sagte, Jack sei der aufregendste Künstler, der ihm je begegnet sei. Wir dachten, wir hätten es geschafft, aber drei Monate später war der arme Mann tot, und seitdem hat nie wieder jemand Interesse gezeigt.«

»Das ist nicht wahr. Pfarrer Matthews hat mir gesagt, er würde auf der Stelle ein Bild kaufen, wenn sie nicht so teuer wären. Ich übrigens auch. Hat er schon mal ein Ehepaar porträtiert? Für ein Bild von mir und meinem alten Mädchen über dem Kamin würde ich bis auf zweitausend gehen.« Er betrachtete Mathildas Porträt aufmerksam. »Ich nehme an, das Gold steht für das einzige versöhnliche Moment, ihren Humor. Meine Frau ist die reinste Lachtaube. Sie wäre durch und durch Gold. Das würde ich liebend gern sehen.«

»Und welche Farbe hätten *Sie*?« fragte plötzlich Jack in belustigtem Ton hinter ihnen.

Sarah erschrak, doch Cooper sah ihn nur einen Moment lang nachdenklich an. »Wenn ich mal annehme, daß ich diese Bilder richtig gedeutet habe, Sir, würde ich sagen, eine Mischung aus Blau- und dunklen Rottönen für dickköpfigen Zynismus gepaart mit Realismus, wie bei Ihrer Frau und Mrs. Gillespie; etwas Grün, das, wie ich vermute, für Anständigkeit und Ehrgefühl steht, weil es bei Mrs. Gillespies Porträt völlig fehlt, und« – er lächelte – »eine Riesenmenge Schwarz.«

»Warum Schwarz?«

»Weil ich im dunklen tappe«, antwortete Cooper mit plumpem Humor und zog seinen Dienstausweis heraus. »Sergeant Cooper, Sir, von der Polizeidienststelle Learmouth. Ich ermittle in der Sache Mathilda Gillespie. Vielleicht möchten Sie mir erklären, warum sie Ihnen mit der Schandmaske auf dem Kopf gesessen hat? Angesichts der Umstände ihres Todes interessiert mich das brennend.«

Die Arthritis ist grausam. Sie macht einen so verletzlich. Wäre ich eine weniger zynische Frau, so würde ich sagen, Sarah besitzt heilende Kräfte, wobei ich allerdings gestehen muß, daß ich glaube, nach Hendry, diesem alten Idioten, konnte nur etwas Besseres kommen. Er war zu faul, sich auf seinem Gebiet auf dem laufenden zu halten. Sarah hat mir erzählt, daß man riesige Fortschritte gemacht hat, von denen er offensichtlich keine Ahnung hatte. Ich hätte fast Lust, eine Klage anzustrengen, wenn nicht in meinem Namen, so in Joannas. Eindeutig war er derjenige, der sie auf den Weg in die Sucht geführt hat.

Sarah fragte mich heute, wie es mir ginge, und ich antwortete mit einer Zeile aus dem Lear*: »Ich gedeih, ich wachse! Nun, Götter, schirmt Bastarde!« Sie nahm natürlich an, ich spräche von mir selbst, lachte und sagte: »Ein Biest vielleicht, Mathilda, aber niemals ein Bastard. Der einzige Bastard, den ich kenne, ist Jack.« Ich fragte sie, was er getan habe, um sich so einen Namen zu verdienen. »Er betrachtet meine Liebe als etwas Selbstverständliches«, sagte sie, »und bietet seine jedem an, der dumm genug ist, ihm zu schmeicheln.«*

Wie unvollkommen menschliche Beziehungen sind. Das ist nicht der Jack, den ich kenne. Er hütet seine Liebe so eifersüchtig wie seine Kunst. Ich glaube, Sarah sieht da »durch einen Spiegel ein dunkles Bild«. Sie glaubt, er streunt, aber nur, vermute ich, weil sie seine Wirkung auf Frauen als Richtschnur für ihr Urteil über ihn nimmt. Seine leidenschaftlichen Gefühle machen ihr angst, weil sie jenseits ihrer Kontrolle sind, und sie weniger klar sieht, als sie glaubt, worauf er sie richtet.

Ich liebe diesen Mann. Er ermutigt mich, »der Verdammnis die Stirn zu bieten«, denn was ist das Leben anderes als Rebellion gegen den Tod...

6

Violet Orloff stand reglos in der Küche des *Wing Cottage* und lauschte dem heftigen Streit, der im Vestibül des *Cedar House* losgebrochen war. Ihr Gesicht zeigte das Schuldbewußtsein des Lauschers an der Wand, der zwischen Gehen und Bleiben schwankt, doch da sie, im Gegensatz zu den meisten Lauschern, Entdeckung nicht fürchten mußte, gewann die Neugier die Oberhand. Sie nahm ein Glas aus der Geschirrspülmaschine, hielt es mit der Öffnung an die Wand und drückte ihr Ohr an seinen Boden. Augenblicklich kamen die Stimmen näher. Vielleicht war es ein Glück für sie, daß sie sich selbst nicht sehen konnte. Die Art, wie sie dastand, um zu lauschen, hatte etwas Unanständiges und Verstohlenes, und ihr Gesicht trug den Ausdruck eines Spanners, der durch ein Fenster späht, um eine nackte Frau zu beobachten. Lüstern. Erwartungsvoll.

»... du etwa, ich weiß nicht, was du in London treibst? Eine beschissene Nutte bist du, und das hat Granny auch gewußt. Das alles ist nur deine Schuld, verdammt noch mal, und jetzt willst du's wohl mit ihm treiben, um mich auszumanövrieren.«

»Untersteh dich, so mit mir zu sprechen. Ich habe gute Lust, dich in Zukunft einfach links liegenzulassen. Glaubst du, es interessiert mich auch nur im geringsten, ob du studieren kannst oder nicht?«

»Ja, das ist typisch. Eifersucht, nichts als gemeine Eifersucht! Du kannst es einfach nicht ertragen, daß ich was tu, was du nicht getan hast.«

»Ich warne dich, Ruth. Ich höre mir das nicht länger an.«

»Und warum nicht? Weil's die Wahrheit ist und die Wahrheit weh tut?« Die Stimme des Mädchens war tränenerstickt. »Warum kannst du dich nicht wenigstens ab und zu wie eine Mutter verhalten? Granny war mir mehr Mutter, als du's bist. Du hast mich immer nur gehaßt. Aber ich hab schließlich nicht darum gebeten, geboren zu werden!«

»Das ist doch kindisch.«

»Du haßt mich, weil mein Vater mich geliebt hat.«

»Mach dich nicht lächerlich.«

»Doch, es ist wahr. Granny hat's mir gesagt. Sie hat gesagt, Steven hat mich angebetet und immer sein Engelchen genannt, und du bist jedesmal stinkwütend geworden. Sie hat gesagt, wenn ihr euch hättet scheiden lassen, du und mein Vater, dann wäre er nicht gestorben.«

Joannas Stimme war eisig. »Und du hast ihr natürlich geglaubt, weil du genau das hören wolltest. Du bist genau wie deine Großmutter, Ruth. Ich dachte, nach ihrem Tod wäre endlich Schluß mit all dem, aber da habe ich mich offensichtlich gründlich getäuscht. Du hast das ganze Gift von ihr geerbt!«

»Na, wunderbar! Hau einfach ab, wie du das immer tust. Wann schaust du endlich mal einem Problem ins Auge, Mutter, anstatt so zu tun, als existierte es nicht? Granny hat immer gesagt, das sei das einzige, was du wirklich drauf hättest, jede Unannehmlichkeit unter den Teppich zu kehren und weiterzumachen, als wäre nichts gewesen. Herrgott noch mal!« Ihre Stimme schwoll an. »Du hast doch gehört, was der Polizist gesagt hat.« Als hätte sie nun endlich die ungeteilte Aufmerksamkeit ihrer Mutter, wurde sie wieder ruhiger. »Die Polizei vermutet, daß Granny ermordet worden ist. Also, was soll ich ihnen erzählen?«

»Die Wahrheit.«

Ruth lachte schrill. »Sehr schön. Ich erzähl ihnen also, wofür du dein Geld ausgibst, ja? Ich erzähl ihnen, daß Granny und Dr. Hendry dich für völlig wahnsinnig gehalten haben und daran dachten, dich in eine Anstalt einzuliefern, ja? Na, dann kann ich auch gleich richtig ehrlich sein und ihnen erzählen« – ihre Stimme brach –, »wie du mich umbringen wolltest. Oder soll ich lieber den Mund halten, weil wir sonst mit einer Testamentsanfechtung nicht die geringste Chance haben? Das Gesetz läßt nämlich nicht zu, daß man vom Mord an der eigenen Mutter profitiert, falls du das nicht wissen solltest.«

Es blieb so lange still, daß Violet Orloff sich fragte, ob die beiden in einen anderen Teil des Hauses gegangen waren.

»Das ist ganz allein deine Sache, Ruth. Ich habe nicht die geringsten Bedenken, ihnen zu sagen, daß du an dem Tag, an dem deine Großmutter starb, hier im Haus warst. Du hättest nicht ihre Ohrringe stehlen sollen, du dummes Luder. Und ebensowenig all die anderen Sachen, von denen du deine gierigen Finger nicht lassen konntest. Du hast sie so gut gekannt wie ich. Hast du im Ernst geglaubt, sie würde es nicht merken?« Joannas Stimme troff vor Sarkasmus. »Sie hat eine Liste gemacht und sie in ihrer Nachttischschublade hinterlegt. Wenn ich sie nicht vernichtet hätte, säßest du jetzt schon in einer Zelle. Du hältst ja mit deiner Panik über dieses absurde Testament überhaupt nicht hinter dem Berg. Da wird es der Polizei leichtfallen zu glauben, daß du, wenn du schon vor Diebstahl nicht zurückgeschreckt bist, auch vor Mord nicht zurückschrecken würdest. Ich würde also vorschlagen, daß wir beide schön den Mund halten.«

Danach wurde eine Tür zugeknallt, so heftig, daß Violet die Erschütterung in ihrer Küche spürte.

Jack saß auf seinem Hocker und rieb sich das unrasierte Kinn, während er unter halbgeschlossenen Lidern hervor den Polizeibeamten anblinzelte. Diabolisch, dachte Cooper, paßt gut zu ihm. Er war sehr dunkel, mit blitzenden Augen in einem scharf geschnittenen Gesicht, aber für einen Dracula hatte er zu viele Lachfältchen. Wenn dieser Mann ein Teufel war, dann ein lustiger. Er erinnerte Cooper an einen unverbesserlichen irischen Gauner, den er im Lauf von zwanzig Jahren unzählige Male verhaftet hatte. Er hatte das gleiche »Nehmt-mich-gefälligst-wie-ich-bin« im Gesicht, einen Ausdruck derart beunruhigender Herausforderung, daß man ihn unmöglich ignorieren konnte. Er fragte sich mit plötzlicher Neugier, ob dieser gleiche Blick auch aus Mathilda Gillespies Augen geschaut hatte. In dem Video war es ihm nicht aufgefallen, aber die Kamera log ja immer. Täte sie es nicht, würde sich kein Mensch fotografieren lassen.

»Ich mach's«, sagte Jack abrupt.

Cooper runzelte die Stirn. »Was, Mr. Blakeney?«

»Ich male Sie und Ihre Frau. Für zweitausend Pfund. Aber ich knüpfe Sie am nächsten Laternenpfahl auf, wenn Sie verraten, was Sie zahlen.« Er streckte beide Arme zur Decke hinauf, um die Muskeln seines Rückens zu entspannen. »Zweitausend von Ihnen sind immer soviel wert wie zehntausend von Leuten wie Mathilda. Vielleicht ist ein gleitendes Honorar gar keine so üble Idee. Der Wert des Gemäldes sollte sich nach der Größe des Lochs richten, das es dem Modell in der Tasche macht, und nicht nach meiner willkürlichen Einschätzung.« Er zog leicht spöttisch die Augenbrauen hoch. »Welches Recht habe ich, armen Pfarrern und Polizeibeamten Schönheit vorzuenthalten? Da bist du doch sicher meiner Meinung, nicht, Sarah?«

Sie schüttelte den Kopf. »Warum mußt du immer so beleidigend sein?«

»Dem Mann gefällt meine Arbeit, also biete ich ihm ein subventioniertes Porträt von ihm und seiner Ehefrau in Blau, Dunkelrot, Grün und Gold an. Was ist daran beleidigend? Ich würde es ein Kompliment nennen.« Er betrachtete Cooper mit Erheiterung. »Rot steht übrigens für die Libido. Je stärker die Sinnlichkeit, desto tiefer das Rot. Aber vergessen Sie nicht, ich male Sie so, wie ich Sie sehe, nicht wie Sie selbst sich sehen. Ihrer Frau werden vielleicht alle Illusionen zerstört werden, wenn ich Sie tiefrot male und sie blaßlila.«

Cooper lachte. »Oder umgekehrt.«

Jacks Augen blitzten. »Genau. Ich schmeichle nicht. Wenn Ihnen das klar ist, können wir ins Geschäft kommen.«

»Und vermutlich brauchen Sie im Moment das Geld, Sir. Verlangen Sie vielleicht zufällig Barzahlung im voraus?«

Jack lächelte. »Selbstverständlich. Bei diesem Preis können Sie kaum was andres erwarten.«

»Und welche Garantie hätte ich, daß das Porträt jemals fertiggestellt werden würde?«

»Mein Wort. Als Ehremann.«

»Ich bin Polizeibeamter, Mr. Blakeney. Ich traue so leicht dem Wort von niemandem.« Er wandte sich an Sarah. »Sie sind eine ehrliche Frau, Dr. Blakeney. Ist Ihr Mann ein Ehrenmann?«

Sie sah Jack an. »Das ist eine sehr unfaire Frage.«

»Ich finde sie ganz in Ordnung«, sagte Jack. »Es geht hier immerhin um zweitausend Pfund. Der Sergeant hat jedes Recht, sich abzusichern. Antworte ihm.«

Sarah zuckte die Achseln. »Na, schön. Wenn Sie mich fragen, ob er Ihr Geld einstecken und abhauen wird – nein, das wird er nicht tun. Er wird Ihnen Ihr Bild malen, und er wird seine Sache gut machen.«

»Aber?« hakte Jack nach.

»Du bist kein Ehrenmann. Du bist viel zu gedankenlos und rücksichtslos. Du respektierst keine Meinung außer deiner eigenen, du bist illoyal und unsensibel. Kurz und gut« – sie lächelte verzerrt –, »du bist in allem außer deiner Kunst ein Scheißkerl.«

Jack stieß mit einem Finger nach Cooper. »Also, habe ich einen Auftrag, Sergeant, oder wollten Sie nur die Gefühle meiner Frau ein bißchen aufrühren, um sie dazu zu bringen, daß sie über mich die Katze aus dem Sack läßt?«

Cooper zog einen Stuhl heran und bot ihn Sarah an. Als sie mit einem Kopfschütteln ablehnte, ließ er sich mit einem Seufzer der Erleichterung selbst darauf nieder. Er wurde allmählich zu alt, um zu stehen, wenn eine Sitzgelegenheit vorhanden war. »Ich will ganz ehrlich mit Ihnen sein, Sir, ich kann Ihnen im Augenblick keinen Auftrag geben.«

»Ich hab's gewußt«, sagte Jack verächtlich. »Sie sind genau wie dieser Schleimer, dieser Matthews.« Er ahmte den walisischen Singsang des Pfarrers nach. »Im Ernst, Jack, ich bewundere Ihre

Arbeit, ganz ehrlich, aber ich bin, wie Sie wissen, ein armer Mann.« Er knallte seine Faust in seine Handfläche. »Daraufhin habe ich ihm eines meiner frühen Bilder für zweitausend angeboten, und der Mistkerl wollte mich auf lumpige dreihundert runterhandeln. Da lachen doch die Hühner«, knurrte er. »Der verdient schon mit ein paar lausigen Predigten mehr.« Er sah den Sergeant zornig an. »Wieso wollen Sie immer alles umsonst haben? Sie würden doch auch keine Gehaltskürzung hinnehmen, oder?« Er warf einen raschen Blick auf Sarah. »So wenig wie meine Frau sich mit der Hälfte des Honorars zufriedengeben würde. Aber Sie werden eben vom Staat bezahlt, während ich mich allein durchwursteln muß.«

Es lag Cooper auf der Zunge zu sagen, daß Blakeney ja seinen Weg selbst gewählt und niemand ihn gezwungen hatte, ihn einzuschlagen. Aber er verkniff es sich. Er hatte mit seinen Kindern zu viele bittere Auseinandersetzungen über eben dieses Thema ausgefochten und kein Verlangen, sie mit einem Fremden wieder aufzuwärmen. Im übrigen hatte der Mann ihn mißverstanden. Absichtlich, vermutete er.

»Ich bin *im Augenblick* nicht in der Lage, Ihnen einen Auftrag zu erteilen, Sir«, sagte er mit sorgfältiger Betonung, »weil Sie sehr eng mit einer Frau zu tun hatten, die möglicherweise ermordet worden ist. Gäbe ich Ihnen jetzt Geld, ganz gleich, aus welchem Grund, so würde sich das auf Ihre Chancen vor Gericht, falls Sie das Pech haben sollten, dort erscheinen zu müssen, äußerst nachteilig auswirken. Wenn die Ermittlungen abgeschlossen sind, sieht die Sache völlig anders aus.«

Jack betrachtete ihn plötzlich mit einer Art mitleidiger Nachsicht. »Wenn *ich Ihnen* zweitausend Pfund zahlen würde, wäre das vielleicht zutreffend. Aber doch nicht anders herum. Sie denken doch nur an Ihre eigene Position, nicht an meine.«

Cooper lachte wieder. »Nehmen Sie mir das übel? Es ist wahrscheinlich eitler Optimismus, aber ich habe die Hoffnung auf eine Beförderung noch nicht ganz aufgegeben, und Schwarzgeldzahlungen an Mordverdächtige kämen bei meinem Chef ganz groß an. Die Zukunft sieht wesentlich heller aus, wenn man den Inspector schafft.«

Jack musterte ihn mehrere Sekunden lang sehr aufmerksam, dann verschränkte er die Arme über seinem schäbigen alten Pullover. Er begann sich langsam für diesen rundlichen, recht untypischen Polizeibeamten mit dem gemütlichen Lächeln zu erwärmen. »Na gut. Wie also lautete gleich wieder Ihre Frage? Warum hat Mathilda mir mit der Schandmaske auf dem Kopf gesessen?« Er betrachtete das Porträt. »Weil sie behauptete, sie stelle den Kern ihrer Persönlichkeit dar. Und sie hatte recht.« Mit zusammengekniffenen Augen schien er zurückzublicken. »Ich denke, am einfachsten könnte man sie beschreiben, wenn man sagt, daß sie unterdrückt war, aber die Unterdrückung wirkte nach zwei Seiten.« Er lächelte schwach. »Vielleicht ist das immer so. Sie wurde als Kind mißhandelt und hat später, weil sie unfähig war, Liebe zu fühlen oder zu geben, die Mißhandlungen weitergegeben. Und das Symbol ihrer Mißhandlung, sowohl der selbsterfahrenen als auch der an anderen vollzogenen, war die Schandmaske. Sie wurde ihr aufgeschnallt, und sie wiederum schnallte sie ihrer Tochter auf.« Sein Blick flog zu Sarah. »Das Ironische ist, daß die Schandmaske auch ein Symbol ihrer Liebe war, glaube ich, oder der Feuerpausen, die in Mathildas Leben Augenblicke der Liebe darstellten. Sie nannte Sarah ihre ›kleine Schandmaske‹ und meinte es als Kompliment. Sie sagte, Sarah sei der einzige Mensch, den sie kenne, der ihr ohne Vorurteil begegnet sei und sie so genommen habe, wie sie ist.« Er lächelte warm. »Ich versuchte, ihr zu erklären, daß das kaum etwas Lobenswertes sei – Sarah hat viele Schwächen, aber ihre schlimmste ist meiner Ansicht nach ihre naive Bereitschaft, jeden so zu akzeptieren, wie er oder sie sich selbst sieht –, aber Mathilda erlaubte einem nicht, auch nur ein Wort gegen sie zu sagen. Und das ist alles, was ich weiß«, schloß er aufrichtig.

Cooper hatte insgeheim den Verdacht, daß Jack Blakeney wahrscheinlich einer der am wenigsten aufrichtigen Männer war, die er je kennengelernt hatte, aber er spielte das Spiel mit, aus eigenen unaufrichtigen Gründen. »Das ist mir eine große Hilfe, Sir. Ich selbst habe Mrs. Gillespie ja nicht gekannt, und es ist wichtig für mich, mir ein Bild von ihr machen zu können. Würden Sie sagen, daß ihr ein Selbstmord zuzutrauen war?«

»Aber absolut. Und ich würde ihr auch das Stanley-Messer zutrauen. Sie genoß dramatische Abgänge ebensosehr wie große Auftritte. Vielleicht sogar noch mehr. Wenn sie uns drei jetzt sieht, wie wir uns über ihren Tod den Kopf zerbrechen, wird sie wahrscheinlich juchzen vor Wonne. Als sie noch lebte, wurde über sie geredet, weil sie so ein Biest war, aber das ist nichts im Vergleich dazu, wie jetzt, wo sie tot ist, über sie geredet wird. Sie würde jeden Moment genießen wie einen spannenden Roman«.

Cooper wandte sich stirnrunzelnd an Sarah. »Sind Sie auch dieser Meinung, Dr. Blakeney?«

»Es entbehrt nicht einer gewissen absurden Logik. Sie war tatsächlich so.« Sarah überlegte einen Moment. »Aber sie glaubte nicht an ein Leben nach dem Tod, oder höchstens an die Würmervariante, was heißt, daß wir alle Kannibalen sind.« Sie lächelte über Coopers Ausdruck des Widerwillens. »Ein Mensch stirbt und wird von den Würmern gefressen, die Würmer werden von den Vögeln gefressen, die Vögel von den Katzen, die Katzen defäkieren aufs Gemüse, und wir essen das Gemüse. Oder eine Variation, die Ihnen beser gefällt.« Sie lächelte wieder. »Tut mir leid, aber das war Mathildas Ansicht über den Tod. Weshalb hätte sie ihren letzten großen Abgang vergeuden sollen? Ich glaube wirklich, sie hätte ihn so lange wie möglich hinausgezögert und dabei so vielen Menschen wie möglich die Hölle heiß gemacht. Nehmen Sie zum Beispiel den Videofilm. Weshalb wollte sie Musikuntermalung, wenn er erst nach ihrem Tod gezeigt werden sollte? Sie wollte ihn selbst ansehen, und wenn jemand sie dabei überrascht hätte, um so besser. Sie wollte ihn als Stock benutzen, um damit Joanna und Ruth zu prügeln. Habe ich recht, Jack?«

»Wahrscheinlich. Du hast ja meistens recht.« Er sprach ohne Ironie. »Von welchem Videofilm sprechen wir?«

Sie hatte vergessen, daß er den Film nicht gesehen hatte. »Von Mathildas postumer Botschaft an ihre Familie«, erklärte sie mit einem Kopfschütteln. »Du wärst bestimmt hingerissen gewesen. Sie sah ungefähr aus wie Cruella De Vil in ›Einhunderteins Dalmatiner‹. Zwei breite schwarzgefärbte Strähnen rechts und links im weißen Haar, scharfe Nase und schmaler Mund. Prächtig zu malen.« Sie zog die Brauen zusammen. »Warum hast du mir nicht gesagt, daß du sie kanntest?«

»Du hättest dich nur eingemischt.«

»Wie denn?«

»Du hättest schon einen Weg gefunden«, gab er zurück. »Ich kann sie nicht malen, wenn du mir deine Interpretationen von ihnen ins Ohr blökst.« Er sprach in künstlichem Falsett. »Aber ich mag sie, Jack. Sie ist wirklich sehr nett. Sie ist nicht halb so schlimm wie alle behaupten. Sie hat ein ganz weiches Herz.«

»So rede ich nie«, sagte Sarah wegwerfend.

»Du solltest dir ab und zu mal zuhören. Die dunkle Seite der Menschen macht dir angst, darum verschließt du einfach die Augen vor ihr.«

»Ist das schlimm?«

Er zuckte die Achseln. »Nicht, wenn man ohne Leidenschaft existieren möchte.«

Sie betrachtete ihn einen Moment lang gedankenvoll. »Wenn Leidenschaft Konfrontation heißt, dann ja, dann ziehe ich eine Existenz ohne Leidenschaft vor. Ich habe sämtliche Ehekräche meiner Eltern mitgemacht, bis sie sich endlich scheiden ließen. Ich würde einiges auf mich nehmen, um diese Erfahrung nicht wiederholen zu müssen.«

Die Augen in seinem müden Gesicht glitzerten. »Dann hast du vielleicht vor deiner eigenen dunklen Seite Angst. Schwelt da vielleicht ein Feuer, das darauf lauert, ungezügelt hochzuschießen? Sitzt da ein Schrei der Frustration, der dein wackliges Kartenhaus zum Einsturz bringen würde? Dann bete lieber um sanfte Winde, mein Engel, sonst wirst du nämlich feststellen, daß du in einem Wolkenkuckucksheim lebst.«

Sie antwortete nicht, und es wurde still im Raum. Cooper, der von Faszination gebannt auf seinem Stuhl saß, ging der Gedanke durch den Kopf, daß Jack Blakeney ein schrecklicher Mann war. Verschlang er jeden so wie er seine Frau verschlang? *Ein Schrei der Frustration, der dein wackliges Kartenhaus zum Einsturz bringen würde.* Cooper unterdrückte seinen eigenen Schrei seit Jahren, den Schrei eines Menschen, der im harten Bemühen um Rechtschaffenheit und Pflichtbewußtsein gefangen war. Warum konnte Jack Blakeney nicht auch so sein?

Er räusperte sich. »Hat Mrs. Gillespie Ihnen einmal etwas über ihr Testament gesagt, Sir?«

Jack, der Sarah aufmerksam beobachtet hatte, wandte sich dem Polizeibeamten zu. »Nicht direkt. Sie hat mich einmal gefragt, was ich tun würde, wenn ich ihr Geld hätte.«

»Und was haben Sie gesagt?«

»Daß ich es ausgeben würde.«

»Ihre Frau hat mir erzählt, daß Sie den Materialismus verachten.«

»Ganz recht, darum würde ich es ausgeben, um meinen geistigen Horizont zu erweitern.«

»Wie denn?«

»Ich würde alles für Drogen, Sex und Alkohol verpulvern.«

»Klingt mir aber sehr materialistisch, Sir. Den Sinnen zu frönen, hat nichts Geistiges an sich.«

»Das kommt darauf an, wem man folgt. Wenn man Stoiker ist wie Sarah, erlangt man geistige Entwicklung nur durch Pflichterfüllung und Verantwortungsübernahme. Wenn man Epikureer ist wie ich – wobei ich sagen muß, daß der arme alte Epikur mich wahrscheinlich nicht als Anhänger betrachten würde –, erlangt man sie durch Befriedigung der Begierde.« Er zog amüsiert eine Augenbraue hoch. »Leider werden wir modernen Epikureer schief angesehen. Ein Mensch, der es ablehnt, seine Verantwortung anzuerkennen und es vorzieht, aus dem Quell der Freuden zu schöpfen, hat etwas ungemein Verächtliches.« Er ließ Cooper nicht aus den Augen. »Aber das kommt nur daher, daß die Gesellschaft aus Schafen besteht und Schafe für die Gehirnwäsche der Werbung sehr empfänglich sind. Sie glauben vielleicht nicht gerade, daß das strahlende Weiß der Wäsche einer Frau ein Symbol ihres Erfolgs ist, aber sie glauben fest, daß ihre Küchen ebenso keimfrei, ihr Lächeln ebenso strahlend, ihre Kinder ebenso wohlerzogen, ihre Ehemänner ebenso fleißig und ihre Anständigkeit ebenso offenkundig sein sollten. Bei den Männern ist es das Bier. Da will man ihnen einreden, sie seien echte Männer, aber in Wirklichkeit wird ihnen damit eingeredet, daß sie saubere Pullis tragen, sich regelmäßig rasieren, mindestens drei Freunde haben müssen und sich niemals in der Kneipe einen antrinken und lokkere Sprüche machen dürfen.« Sein grimmiges Gesicht verzog sich zu einem Lächeln. »Mein Problem ist, daß ich tausendmal lieber hackevoll bin und eine sechzehnjährige Jungfrau bumse, besonders wenn ich ihr vorher erst ganz langsam die Turnhose runterziehen muß.«

Du lieber Gott, dachte Cooper erschrocken. Kann dieser Mistkerl auch noch Gedanken lesen? Er tat so, als schriebe er etwas in sein Heft. »Haben Sie das alles Mrs. Gillespie genauso drastisch dargelegt oder haben Sie sich bei ihr mit der Bemerkung begnügt, daß Sie ihr Geld ausgeben würden, wenn Sie es hätten?«

Jack sah zu Sarah, doch die war in die Betrachtung von Mathildas Porträt vertieft und blickte nicht auf. »Sie hatte eine phantastische Haut für ihr Alter. Ich denke, ich habe gesagt, ich wäre lieber hackevoll und würde eine Oma bumsen.«

Cooper, der viel korrekter war, als er sich klarmachte, hob schockiert den Kopf. »Und was hat sie gesagt?«

Jack amüsierte sich. »Sie hat mich gefragt, ob ich sie nackt malen würde. Ich hab ja gesagt, und da hat sie sich ausgezogen. Falls es für Sie von Interesse sein sollte, das einzige, was Mathilda anhatte, als ich meine Skizzen von ihr machte, war die Schandmaske.« Er lächelte, während sein wacher Blick den des Polizeibeamten suchte. »Finden Sie das aufregend, Sergeant?«

»O ja, in der Tat«, gab Cooper ruhig zurück. »Lag sie zufällig auch in der Badewanne?«

»Nein. Sie war quicklebendig und lag in ihrer ganzen Pracht auf dem Bett.« Er stand auf und ging zu einer Kommode in der Ecke. »Und sie sah phantastisch aus.« Aus der untersten Schublade nahm er einen Skizzenblock. »Bitte.« Er warf den Block durch den Raum, Cooper zu Füßen. »Bedienen Sie sich. Lauter Skizzen von Mathilda. Einer Individualistin reinsten Wassers.«

Cooper hob den Block auf und blätterte darin. Die Skizzen zeigten in der Tat Mathilda Gillespie, nackt auf ihrem Bett, aber eine ganz andere Mathilda Gillespie als die tragische Tote in der Badewanne oder die verbitterte alte Frau mit dem grausamen Mund aus dem Videofilm. Er legte den Block neben sich auf den Boden. »Haben Sie mit ihr geschlafen, Mr. Blakeney?«

»Nein. Sie hat mich nie dazu aufgefordert.«

»Hätten Sie es getan, wenn sie Sie aufgefordert hätte?« Die Frage war heraus, noch ehe Cooper überlegen konnte, ob sie klug war.

Jacks Miene war unergründlich. »Ist das für Ihren Fall von Belang?«

»Mich interessiert Ihr Charakter, Mr. Blakeney.«

»Ich verstehe. Und was würde meine Bereitschaft, mit einer alten Frau zu schlafen, Ihnen über mich sagen? Daß ich pervers bin? Oder mitfühlend bis zur Selbstverleugnung?«

Cooper lachte kurz. »Ich würde sagen, es wäre ein Hinweis darauf, daß Sie mal zum Augenarzt gehen sollten. Selbst im Dunkeln dürfte Mrs. Gillespie wohl kaum mit einer sechzehnjährigen Jungfrau zu verwechseln gewesen sein.« Er holte seine Zigaretten heraus. »Stört es Sie?«

»Nein. Bitte.« Er stieß mit dem Fuß den Papierkorb durchs Zimmer.

Cooper zündete an. »Mrs. Gillespie hat Ihrer Frau eine Dreiviertelmillion Pfund hinterlassen, Mr. Blakeney. Wußten Sie das?«

»Ja.«

Das hatte Cooper nicht erwartet. »Mrs. Gillespie hat Ihnen also gesagt, was sie plante?«

»Nein.« Jack setzte sich wieder auf den Hocker. »Ich habe gerade zwei reizende Stunden im *Cedar House* verbracht.« Er starrte Sarah mit unbewegtem Gesicht an. »Joanna und Ruth leiden unter der irrigen Annahme, ich hätte Einfluß auf meine Frau und haben sich deshalb größte Mühe gegeben, ihren Charme spielen zu lassen.«

Cooper kratzte sich am Kinn und fragte sich, warum Sarah Blakeney sich das alles gefallen ließ. Der Mann spielte mit ihr wie die Katze mit der Maus. Das Rätselhafte war nicht, weshalb sie sich so plötzlich zur Scheidung von ihm entschlossen hatte, sondern weshalb sie ihn so lang ertragen hatte. Und doch war da zugleich ein Gefühl, als hinge die Herausforderung irgendwie in der Luft. Die Katze bleibt ja nur interessiert, solange die Maus das Spiel mitmacht, und Cooper hatte den deutlichen Eindruck, daß Jack Blakeney seine Frau als Spielverderberin ansah.

»Wußten Sie es vorher schon?«

»Nein.«

»Überrascht es Sie?«

»Nein.«

»Dann kommt es öfters vor, daß Patienten Ihrer Frau Geld hinterlassen?«

»Soviel ich weiß, nicht.« Er grinste den Sergeant an. »Wenn ja, dann hat sie mir nie was davon erzählt.«

»Wieso sind Sie dann nicht überrascht?«

»Nennen Sie mir einen guten Grund, warum ich es sein sollte. Wenn Sie mir erzählt hätten, daß Mathilda ihr Geld dem Polizeifonds oder einem Spiritistenverein hinterlassen habe, hätte mich das genausowenig überrascht. Es war ihr Geld, sie konnte damit tun, was ihr beliebte. Natürlich bin ich froh, daß gerade die Frau« – er versah das Wort mit beleidigender Betonung – »das große Los gezogen hat. Das macht mir einiges wesentlich leichter. Ich geb gern zu, daß ich im Moment etwas knapp bei Kasse bin.«

Sarah musterte ihn von Kopf bis Fuß mit zornigem Blick. »Mein Gott, Jack, wenn du wüßtest, wie nah ich dran bin, dir in deinen selbstgefälligen Bauch zu schlagen.«

»Ah«, murmelte er, »endlich Leidenschaft.« Er stand auf und trat mit ausgebreiteten Armen vor sie hin. »Bitte, tu dir keinen Zwang an.«

Zu seiner Überraschung kam sie der Aufforderung nach. Aber sie schlug ihn nicht in den Bauch, sondern stieß ihm das Knie zwischen die Beine. »Das nächstemal«, sagte sie zähneknirschend, »schlag ich dir Mathildas Bild über den Schädel. Und das wäre wirklich jammerschade, weil es wahrscheinlich dein bisher bestes ist.«

»Verdammt noch mal, Sarah, das tut sauweh!« brüllte er, die Hände an seinen Hoden, und ließ sich auf den Hocker fallen. »Ich wollte Leidenschaft, nicht Kastration.«

Sarahs Augen verengten sich. »Es sollte weh tun, du Idiot. Glaub ja nicht, daß du an Mathildas Geld rankommst. Und von meinem kriegst du bestimmt nichts, wenn ich es verhindern kann. Halbe-halbe? Vergiß es! Eher verkauf ich alles und vermach das Geld einem Katzenasyl!«

Er schob seine Finger in eine Tasche seiner Levi's und zog ein gefaltetes Blatt Papier heraus. »Mein Vertrag mit Mathilda«, sagte er und hielt es ihr mit einer Hand hin, während er sich mit der anderen vorsichtig massierte. »Die alte Schachtel ist abgekratzt, bevor sie mich bezahlt hatte. Ich denke, jetzt schulden mir die Testamentsvollstrecker zehntausend, und die Erbin bekommt das Bild. Mensch, Sarah, mir ist richtig schlecht. Ich glaub, du hast mich ernstlich verletzt.«

Sie ignorierte ihn, um zu lesen, was auf dem Papier stand. »Das sieht koscher aus«, sagte sie.

»Es *ist* koscher. Keith hat es aufgesetzt.«

»Das hat er mir nie erzählt.«

»Weshalb hätte er das tun sollen? Es hat mit dir nichts zu tun. Ich hoffe nur, ich habe einen rechtlichen Anspruch gegen den Nachlaß. Bei meinem Glück ist der Vertrag wahrscheinlich ungültig, weil sie tot ist.«

Sarah reichte das Papier an Cooper weiter. »Was meinen Sie? Es wäre eine Schande, wenn Jack recht hätte. Es ist sein zweiter größerer Verkauf.«

Sie freut sich auch noch für den Schweinehund, dachte Cooper ungläubig. Die beiden waren wirklich ein merkwürdiges Paar. Er zuckte die Achseln. »Ich bin zwar kein Fachmann, aber soviel ich weiß, müssen alle Schulden immer aus dem Nachlaß bezahlt werden. Wenn Sie ihr einen neuen Teppich geliefert hätten, für den sie noch nicht bezahlt hatte, würde die Rechnung sicher anerkannt werden. Ich kann mir nicht vorstellen, warum das bei einem Gemälde anders sein sollte, noch dazu bei einem Porträt der Toten selbst. Das kann man ja wohl kaum an jemanden sonst verkaufen?« Er richtete seinen Blick auf das Bild. »Wobei natürlich zu bedenken ist, daß es Ihnen vielleicht schwerfallen dürfte zu beweisen, daß das Mrs. Gillespie ist.«

»Wo müßte ich das denn beweisen? Vor Gericht?«

»Möglicherweise.«

Seine Augen glänzten, als er mit einem Fingerschnalzen den Vertrag zurückverlangte. »Ich verlasse mich auf dich, Sarah«, sagte er, während er das Papier wieder einsteckte.

»Inwiefern?«

»Na, daß du den Testamentsvollstreckern verbietest zu zahlen natürlich. Sag einfach, du glaubst nicht, daß das Mathilda ist. Eine Schlacht vor Gericht brächte genau die Publicity, die ich gebrauchen kann.«

»Ach, hör doch auf! Ich weiß, daß es Mathilda ist. Wenn der Vertrag auch für ihren Nachlaß bindend ist, dann müssen sie zahlen.«

Aber er hörte ihr gar nicht mehr zu. Er warf Farben, Pinsel, Flaschen mit Terpentin und Leinöl in eine große Tasche und nahm dann das Bild von Joanna Lascelles von der Staffelei. »Ich muß los. Das restliche Zeug kann ich jetzt nicht mitnehmen, weil ich noch kein Atelier gefunden habe, aber ich werd versuchen, es im Lauf der Woche zu holen. Ist das okay? Ich wollte mir eigentlich nur ein paar Klamotten holen. Ich hab im Auto übernachtet, und die Montur hier riecht schon ein bißchen.« Mit der Tasche über der Schulter und dem Bild in der Hand ging er zur Tür.

»Einen Moment noch, Mr. Blakeney.« Cooper stand auf und trat ihm in den Weg. »Ich bin noch nicht ganz fertig mit Ihnen. Wo waren Sie an dem Abend, an dem Mrs. Gillespie starb?«

Jack warf einen Blick auf Sarah. »Ich war in Stratford«, antwortete er kühl. »Bei einer Schauspielerin namens Sally Bennedict.«

Cooper blickte nicht auf, leckte nur die Spitze seines Bleistifts und kritzelte den Namen in sein Heft. »Und wie kann ich die Dame erreichen?«

»Über die Royal Shakespeare Company. Sie spielt in einer ihrer Inszenierungen die Julia.«

»Danke. Da Sie ein wichtiger Zeuge sind, muß ich Sie darauf aufmerksam machen, daß Sie sich, wenn Sie vorhaben, weiterhin im Auto zu schlafen, jeden Tag auf der Polizeidienststelle melden müssen. Wenn Sie das nicht tun, zwingen Sie mich, einen Haftbefehl zu beantragen. Wir brauchen ferner Ihre Fingerabdrücke, damit wir sie von den anderen, die wir im *Cedar House* gesichert haben, aussondern können. Am Mittwoch morgen ist eines unserer Teams im Gemeindehaus von Fontwell. Wenn Sie nicht kommen können, muß ich Sie auf die Dienststelle vorladen lassen.«

»Ich werde kommen.«

»Und wo sind Sie in der Zwischenzeit zu erreichen, Sir?«

»Bei Mrs. Joanna Lascelles im *Cedar House.*« Er stieß die Tür zum Flur mit dem Fuß auf und zwängte sich durch den Spalt. Nach den Schrammen und Kratzern im Lack zu urteilen, pflegte er das häufiger zu tun.

»Jack!« rief Sarah.

Er drehte sich zu ihr um und zog fragend die Augenbrauen hoch.

Sie wies mit dem Kopf auf das Bild von Mathilda Gillespie. »Gratuliere!«

Er antwortete mit einem seltsam intimen Lächeln, ehe er die Tür hinter sich zufallen ließ.

Die beiden im Atelier lauschten dem Klang seiner Schritte auf der Treppe, als er nach oben ging, um seine Kleider zu holen. »Er ist schon eine Nummer für sich, nicht?« bemerkte Cooper, nachdenklich an seiner Zigarette ziehend.

»Ein Individualist reinsten Wassers«, sagte Sarah, bewußt seine Worte über Mathilda wiederholend. »Das Leben mit ihm ist schwierig.«

»Das sehe ich.« Er bückte sich, um seine Zigarette am Rand des Papierkorbs auszudrücken. »Aber ohne ihn auch, könnte ich mir vorstellen? Er läßt eine ziemliche Leere zurück.«

Sarah wandte sich von ihm ab, um zum Fenster hinauszusehen. Sie konnte natürlich gar nichts erkennen – es war mittlerweile sehr dunkel geworden –, aber Cooper konnte im Glas so deutlich wie in einem Spiegel ihr Bild sehen. Er hätte besser daran getan, dachte er, seinen Mund zu halten, aber die Blakeneys hatten eine Offenheit, die ansteckend war.

»Er ist nicht immer so«, sagte Sarah. »Solche Freimütigkeit ist selten bei ihm, aber ich bin mir nicht sicher, ob sie Ihnen oder mir galt.« Sie schwieg, als ihr bewußt wurde, daß sie ihre Gedanken laut aussprach.

»Ihnen natürlich.«

Sie hörten, wie die Haustür geöffnet und wieder geschlossen wurde. »Warum ›natürlich‹?«

»Ich habe ihn nicht verletzt.«

Ihre Blicke trafen sich im Glas gespiegelt.

»Das Leben hat schon seine Tücken, nicht wahr, Sergeant?«

Joanna wird allmählich unersättlich in ihren finanziellen Forderungen. Sie behauptet, es sei meine Schuld, daß sie unfähig ist, eine Arbeit zu finden; meine Schuld, daß ihr Leben so leer ist; meine Schuld, daß sie Steven heiraten mußte; und auch meine Schuld, daß sie ein Kind auf dem Hals hatte, das sie nicht wollte. Ich habe es mir versagt, sie darauf hinzuweisen, daß sie gar nicht schnell genug mit dem Juden ins Bett kriechen konnte und daß es die Pille schon Jahre vor ihrer Schwangerschaft gab. Ich war versucht, ihr aufzuzählen, durch welche Höllen ich gegangen bin – Mißbrauch und Vergewaltigung, Ehe mit einem Trinker und Perversen, eine zweite Schwangerschaft, als ich kaum die erste verkraftet hatte, der Mut, den es brauchte, um sich aus einem Abgrund der Hoffnungslosigkeit herauszukämpfen, wie sie ihn sich nicht vorstellen kann. Ich habe es natürlich nicht getan. Sie erschreckt mich mit ihrer eisigen Abneigung gegen mich und Ruth schon genug. Mir graut bei dem Gedanken, wie sie reagieren würde, wenn sie je erfahren sollte, daß Gerald ihr Vater war.

Sie behauptet, ich sei geizig. Nun, vielleicht bin ich das. Geld ist mir immer ein guter Freund gewesen, und ich hüte es, wie andere ihre Geheimnisse hüten. Ich mußte ja weiß Gott meine ganze Schläue ausspielen, um es zu erwerben. Nicht wir sind unseren Kindern etwas schuldig, sondern sie uns. Das einzige, was ich am Sterben bedauere, ist, daß ich Sarahs Gesicht nicht sehen werde, wenn sie erfährt, was ich ihr hinterlassen habe. Das wäre, glaube ich, sehr amüsant.

Der alte Howard hat mir heute Hamlet *zitiert: »Wir gehen ein kleines Fleckchen zu gewinnen, das keinen Vorteil als den Namen bringt.« Ich lachte – er kann manchmal ein höchst amüsanter alter Kerl sein – und antwortete aus dem* Kaufmann von Venedig*: »Wer wohl zufrieden ist, ist wohl bezahlt …«*

7

Violet Orloff ging zu ihrem Mann, der im Wohnzimmer saß und sich im Fernsehen die Frühabendnachrichten ansah. Sie drehte die Lautstärke herunter und stellte sich mitten vor den Bildschirm.

»Ich wollte mir das ansehen«, sagte er mit mildem Vorwurf.

Sie achtete nicht darauf. »Diese gräßlichen Frauen von nebenan haben sich gegenseitig angekeift wie die Fischweiber, und ich konnte jedes Wort verstehen. Wir hätten damals doch auf den Gutachter hören und auf einer schalldichten Zwischenwand bestehen sollen. Wie soll denn das werden, wenn das Haus an Hippies oder an eine Familie mit kleinen Kindern verkauft wird? Da werden wir hier ja wahnsinnig von dem Krach.«

»Abwarten«, sagte Duncan und faltete die feisten Hände über seinem ausladenden Bauch. Er konnte nicht verstehen, wieso das Alter, das ihm heitere Gelassenheit gebracht hatte, Violet nichts als aggressive Frustration beschert hatte. Er fühlte sich schuldig deswegen. Er wußte, er hätte nie mit ihr hierher zurückkehren sollen, wo sie Wand an Wand mit Mathilda hatten leben müssen. Es war, als hätte man ein Gänseblümchen neben eine Orchidee gepflanzt.

Sie schüttelte unwirsch den Kopf. »Manchmal kannst du einen wirklich wütend machen. Wenn wir abwarten, wird es zu spät sein, um etwas zu unternehmen. Ich finde, wir sollten verlangen, daß etwas getan wird, *bevor* das Grundstück verkauft wird.«

»Hast du vergessen«, erinnerte er sie freundlich, »daß wir uns das Haus nur leisten konnten, weil eben kein Schallschutz vorhanden war und Mathilda um fünftausend Pfund herunterging, als der Gutachter sie darauf aufmerksam machte? Wir können gar nichts verlangen.«

Aber Violet war nicht gekommen, um über Forderungen zu

diskutieren. »Wie die Fischweiber«, sagte sie wieder. »Wie die Fischweiber haben sie gekeift. Die Polizei vermutet jetzt offenbar, daß Mathilda *ermordet* wurde. Und weißt du, wie Ruth ihre Mutter genannt hat? Eine Nutte. Sie hat gesagt, sie wüßte, daß ihre Mutter in London eine Nutte ist. Sogar schlimmer noch. Sie hat gesagt, Joanna sei« – sie senkte die Stimme zu einem Flüstern und hauchte mit übertriebenen Mundbewegungen: – »eine *beschissene* Nutte.«

»Du meine Güte«, sagte Duncan Orloff, aus seiner heiteren Gelassenheit aufgeschreckt.

»Genau. Und Mathilda hat Joanna für wahnsinnig gehalten, und sie wollte Ruth umbringen, und sie schmeißt ihr Geld für irgendwas raus, wofür sie's nicht rausschmeißen sollte, und – jetzt kommt das Schlimmste – Ruth war an dem Abend, an dem Mathilda gestorben ist, im Haus und hat Mathildas Ohrringe gestohlen. *Und*«, fügte sie mit besonderer Betonung, als hätte sie nicht schon mehrmals »und« gesagt, hinzu: »Ruth hat auch schon andere Sachen gestohlen. Sie haben der Polizei von all dem anscheinend keinen Ton gesagt. Ich finde, wir sollten es melden.«

Er sah sie mit leichter Beunruhigung an. »Ist das wirklich unsere Sache, meine Liebe? Schließlich müssen wir weiterhin hier leben. Noch mehr Unerfreulichkeiten wären mir ein Greuel.« Was Duncan heitere Gelassenheit nannte, bezeichneten andere als Apathie, und der Wirbel, der vor zwei Wochen durch Jenny Spedes schrille Schreie aufgerührt worden war, war äußerst störend gewesen.

Sie sah ihn mit ihren kleinen Augen scharf an. »Du hast die ganze Zeit gewußt, daß es Mord war, stimmt's? *Und* du weißt, wer's getan hat.«

»Mach dich nicht lächerlich«, sagte er mit einem Anflug von Zorn in der Stimme.

Sie stampfte ärgerlich mit dem Fuß auf den Boden. »Warum mußt du mich immer wie ein Kind behandeln? Glaubst du denn, ich hätte es nicht *gewußt*? Ich weiß es seit vierzig Jahren, du naiver Kerl. Arme Violet. Nur zweite Wahl. Immer nur zweite Wahl. Was hat sie dir erzählt, Duncan?« Ihre Augen verengten sich zu Schlitzen. »Sie hat dir *irgendwas* erzählt. Ich weiß es.«

»Du hast wieder getrunken«, sagte er kalt.

»Mathilda hast du es nie vorgeworfen, wenn sie getrunken hat, aber *sie* war ja auch vollkommen. Sogar betrunken war Mathilda noch vollkommen.« Sie taumelte ein wenig. »Wirst du nun melden, was ich gehört habe? Oder muß ich es tun? Wenn Joanna oder Ruth sie ermordet haben, verdienen sie nicht, ungestraft davonzukommen. Du erklärst mir jetzt hoffentlich nicht, es sei dir egal. Ich *weiß*, daß es dir nicht egal ist.«

Natürlich war es ihm nicht egal – nur Violet gegenüber empfand er nichts als betäubende Gleichgültigkeit –, aber besaß sie denn keine Spur von Selbsterhaltungstrieb? »Ich glaube nicht, daß Mathilda zum Spaß getötet wurde«, sagte er, ihr einen Moment in die Augen sehend. »Ich rate dir deshalb dringend, vorsichtig zu sein mit dem, was du sagst, und wie du es sagst. Insgesamt denke ich, es wäre besser, du überließest es mir.« Er griff an ihr vorbei, um den Fernsehapparat wieder lauter zu drehen. »Jetzt kommt die Wettervorhersage«, erklärte er und winkte sie ernst zur Seite, als wären die atmosphärischen Entwicklungen über dem Vereinigten Königreich für einen dicken alten Mann, der sich nur aus seinem Sessel erhob, wenn es absolut unvermeidbar war, von irgendeinem Interesse.

Ruth öffnete Jack mit mürrischem Gesicht. »Ich hatte gehofft, Sie würden nicht wiederkommen«, sagte sie unverblümt. »Sie kriegt immer, was sie will.«

Er lächelte sie heiter an. »Und ich auch.«

»Weiß Ihre Frau, daß Sie hier sind?«

Er drängte sich an ihr vorbei ins Vestibül, lehnte das Bild von Joanna an die Wand und stellte seine Reisetasche auf den Boden. »Geht Sie das was an?«

Sie zuckte die Achseln. »Sie hat doch das Geld. Wir zahlen alle drauf, wenn Sie und meine Mutter ihr Ärger machen. Sie müssen wirklich verrückt sein.«

Er war belustigt. »Erwarten Sie von mir, daß ich Sarahs Hintern küsse, damit Sie den Rest Ihrer Tage in Freuden leben können? Vergessen Sie's, Kleine. Hintern küsse ich nur im eigenen Interesse.«

»Nennen Sie mich nicht Kleine«, fuhr sie ihn an.

Seine Augen zogen sich zusammen. »Dann messen Sie mich nicht an Ihren eigenen Normen. Ich kann Ihnen nur einen guten Rat geben, Ruth, lernen Sie, etwas subtiler zu werden. Nichts ist abschreckender, als eine Frau, die gleich mit der Tür ins Haus fällt.«

Sie war eben doch noch ein Kind, auch wenn sie nach außen erwachsen wirkte. Ihre Augen füllten sich mit Tränen. »Ich hasse Sie.«

Er musterte sie einen Moment lang neugierig, dann ging er, um Joanna zu suchen.

Keiner konnte Joanna mangelnde Subtilität vorwerfen. Sie war eine Frau des *understatement*, in Worten, in Taten und auch in ihrer Kleidung. Mit einem Buch auf ihrem Schoß saß sie im dämmrig beleuchteten Wohnzimmer, das Gesicht unbewegt, vom Glanz ihres Haares wie von einer Gloriole umgeben. Ihr Blick flog in Jacks Richtung, als er ins Zimmer trat, aber sie sagte nichts, wies nur mit kurzer Geste zum Sofa. Er zog es vor, am Kamin stehenzubleiben und sie zu betrachten. Eis kam ihm bei ihrem Anblick in den Sinn. Kalt. Funkelnd. Statisch.

»Was denken Sie?« fragte sie nach einigen Sekunden des Schweigens.

»Daß Mathilda recht hatte mit dem, was sie über Sie sagte.«

Ihre grauen Augen waren ohne Ausdruck. »In welcher Hinsicht?«

»Sie sagte, Sie seien ein Rätsel.«

Sie lächelte schwach, erwiderte aber nichts.

»Ich habe sie gemocht, wissen Sie«, fuhr Jack nach einer kleinen Pause fort.

»Natürlich. Sie hat Frauen verachtet, aber zu Männern hat sie aufgesehen.«

Daran, dachte Jack, war viel Wahres. »Aber Sarah hat sie offensichtlich gern gehabt.«

»Glauben Sie?«

»Sie hat ihr eine Dreiviertelmillion Pfund hinterlassen. Ich würde sagen, das ist ein ziemlich klares Zeichen dafür, daß sie sie gemocht hat.«

Joanna lehnte ihren Kopf nach rückwärts und betrachtete ihn mit unangenehm durchdringendem Blick. »Ich nahm an, Sie hätten Mutter besser gekannt. Sie hat niemanden *gemocht*. Und warum ihr ein so schlichtes Motiv zuschreiben? Sie hätte ein Vermächtnis von einer Dreiviertelmillion Pfund nur unter dem Gesichtspunkt der Macht betrachtet, die sie sich damit erkaufen konnte, keinesfalls als sentimentales Geschenk an jemanden, der ein bißchen nett zu ihr war. Mutter hat niemals gewollt, daß dieses Testament ihr letztes ist. Es war eine Inszenierung für Ruth und mich. Wir sollten es finden. Geld kann man ebenso wirksam als Machtmittel einsetzen, wenn man damit droht, es zurückzuhalten.«

Jack rieb sich nachdenklich das Kinn. Sarah hatte etwas sehr Ähnliches gesagt. »Aber warum gerade Sarah? Warum hat sie es nicht einfach einem Hundeheim hinterlassen? Das hätte den gleichen Zweck erfüllt.«

»Ja, darüber habe ich mir auch meine Gedanken gemacht.« Ihr Blick glitt zum Fenster. »Vielleicht mochte sie Ihre Frau noch weniger als mich. Glauben Sie, Ruth und ich hätten stillgehalten, wenn wir diesen Videofilm gesehen hätten, als meine Mutter noch am Leben war?« Sie strich mit einer Hand in rhythmischer Bewegung ihren Arm hinauf und hinunter, während sie sprach. Es hatte etwas außerordentlich Sinnliches, aber sie schien sich dessen gar nicht bewußt zu sein. Sie drehte ihren Kopf, um Jack wieder anzusehen. Ihre Augen wirkten gläsern. »Ihre Frau wäre in eine unhaltbare Situation geraten.«

»Was hätten Sie denn unternommen?« fragte Jack neugierig.

Joanna lächelte. »Gar nicht viel. Ihre Frau hätte innerhalb von sechs Monaten alle ihre Patienten verloren, wenn sich herumgesprochen hätte, daß sie eine reiche Patientin beschwatzt hatte, ihr ihr gesamtes Vermögen zu vermachen. Sie wird sie übrigens auch so verlieren.«

»Warum?«

»Meine Mutter ist unter verdächtigen Umständen gestorben, und Ihre Frau ist die einzige, die von ihrem Tod profitiert.«

»Sarah hat Mathilda nicht getötet.«

Joanna lächelte in sich hinein. »Erzählen Sie das den Leuten von Fontwell.« Sie stand auf und strich glättend über ihr schwarzes Kleid. »Ich bin bereit.«

Er runzelte die Stirn. »Wofür?«

»Sex«, antwortete sie sachlich. »Darum sind Sie doch hergekommen, nicht? Wir gehen in Mutters Zimmer. Ich möchte, daß Sie es mit mir genauso machen wie mit ihr.« Ihr seltsamer Blick ruhte auf ihm. »Sie werden es mit mir weit mehr genießen. Meine Mutter hatte für Sex nichts übrig, aber ich denke, das haben Sie schon selbst gemerkt. Sie hat es nie zum Vergnügen getan, immer nur aus Berechnung. Ein Mann beim Sexualakt war ihr ekelhaft. Wie die Hunde, sagte sie immer.«

Jack fand die Bemerkung hochinteressant. »Aber Sie sagten doch, sie hätte zu Männern aufgesehen.«

Joanna lächelte. »Nur weil sie wußte, wie man sie manipuliert.«

Die Nachricht, daß Mathilda Gillespie Dr. Blakeney eine Dreiviertelmillion Pfund hinterlassen hatte, ging wie ein Lauffeuer durch das Dorf. Es nahm seinen Anfang am Sonntag nach dem Morgengottesdienst, aber wer genau es angezündet hatte, blieb ein Geheimnis. Es gab jedoch keinen Zweifel daran, daß Violet

Orloff diejenige war, die am Rande anmerkte, daß Jack Blakeney ins *Cedar House* gezogen war. Sein Wagen hatte die ganze Nacht in der Einfahrt gestanden, und es sah aus, als würde er dort bis auf weiteres bleiben. Der Tratsch begann.

Jane Marriott bemühte sich, ein harmloses Gesicht zu machen, als Sarah am Mittwoch zur Mittagszeit überraschend in die Praxis kam. »Ich habe Sie gar nicht erwartet«, sagte sie. »Müssen Sie nicht nach Beeding?«

»Ich mußte im Gemeindehaus meine Fingerabdrücke abgeben.«

»Kaffee?«

»Sie haben es ja sicher schon gehört.«

Jane schaltete den Wasserkochtopf ein. »Was? Das von der Erbschaft oder das von Jack?«

Sarah lachte ohne Heiterkeit. »Das erleichtert das Leben ungemein. Ich habe gerade eine Stunde lang in der Schlange vor dem Gemeindehaus gestanden und mir plumpe Anspielungen von Leuten angehört, die man schon vor Jahren als hirntot hätte diagnostizieren müssen. Soll ich Ihnen mal erzählen, was man derzeit allem Anschein nach glaubt? Jack hat mich verlassen und ist zu Joanna gezogen, weil er genauso entsetzt ist wie alle anderen, daß ich meine Position als Mathildas Ärztin dazu benutzt habe, sie zu überreden, ihre Pflicht gegenüber ihrer Familie zu meinen Gunsten zu vergessen. Es handelt sich dabei, wohlgemerkt, um denselben Jack Blakeney, den noch in der letzten Woche alle von Herzen verabscheut haben, weil er sich von seiner armen Frau aushalten ließ.«

»Ach Gott«, sagte Jane.

»Als nächstes werden sie sagen, ich hätte die alte Hexe umgebracht, bevor sie ihr Testament wieder ändern konnte.«

»Worauf Sie sich verlassen können«, sagte Jane nüchtern. »Es hat keinen Sinn, den Kopf in den Sand zu stecken.«

»Das kann doch nicht Ihr Ernst sein.«

Jane reichte ihr eine Tasse schwarzen Kaffee. »O doch. Erst heute morgen haben zwei hier im Wartezimmer sich darüber ausgelassen. Es hört sich ungefähr so an: Keiner der Einheimischen hatte einen Anlaß, Mathilda in den letzten zwölf Monaten mehr als gewöhnlich zu verabscheuen, folglich ist es unwahrscheinlich, daß einer von ihnen sie ermordet hat. Es muß daher jemand gewesen sein, der neu im Dorf ist, und Sie sind die einzige Neue mit einemMotiv, die Zugang zu ihr hatte. Ihr Mann, der um sich und Mrs. Lascelles fürchtet, ist ins *Cedar House* gezogen, um sie zu beschützen. Ruth ist im Internat sicher. Und schließlich wäre auch noch zu fragen, wieso Victor Sturgis unter so sonderbaren Umständen gestorben ist.«

Sarah starrte sie ungläubig an. »Es ist tatsächlich Ihr Ernst.«

»Leider ja.«

»Heißt das, daß ich auch Victor getötet haben soll?«

Jane nickte.

»Wie denn? Indem ich ihn mit seiner eigenen Zahnprothese erstickt habe?«

»Das scheint die allgemeine Theorie zu sein.« Jane begann plötzlich zu kichern. »O Gott, das ist doch überhaupt nicht zum Lachen. Der arme alte Kerl, es war schon schlimm genug, daß er die Prothese verschluckt hat, aber die Vorstellung, wie Sie mit einem Dreiundneunzigjährigen ringen, um ihm sein künstliches Gebiß in die Kehle zu rammen –« sie brach ab, um sich die Augen zu wischen – »unmöglich. Die Welt ist voll von sehr dummen und sehr neidischen Menschen, Sarah. Sie mißgönnen Ihnen Ihr Glück.«

Sarah sah sie an. »Finden Sie denn, daß ich Glück habe?«

»Aber ja. Das ist doch wie ein Gewinn im Lotto.«

»Was würden Sie mit dem Geld tun, wenn Mathilda es Ihnen hinterlassen hätte?«

»Reisen. Mir die Welt anschauen, ehe sie im Dreck versinkt.«

»Das scheint die bevorzugte Wahl zu sein. Es muß etwas damit zu tun haben, daß wir auf einer Insel leben. Alle wollen runter.«

Sie rührte ihren Kaffee um und leckte dann zerstreut ihren Löffel ab.

Jane konnte ihre Neugier nicht zügeln. »Und was werden Sie damit anfangen?«

Sarah seufzte. »Ich werd's wahrscheinlich brauchen, um einen guten Anwalt zu bezahlen.«

Am selben Abend fuhr Sergeant Cooper auf dem Heimweg im *Mill House* vorbei. Sarah bot ihm ein Glas Wein an, das er annahm. »Wir haben einen Brief über Sie bekommen«, sagte er, während sie einschenkte.

Sie reichte ihm das Glas. »Von wem?«

»Ohne Unterschrift.«

»Und was steht drin?«

»Daß Sie einen alten Mann namens Victor Sturgis wegen seines Walnußschreibtischs ermordet haben.«

Sarah zog ein Gesicht. »Er hat mir tatsächlich einen Schreibtisch hinterlassen, und er ist auch wirklich schön. Die Leiterin des Pflegeheims sagte mir nach seinem Tod, er habe gewünscht, daß ich ihn bekomme. Ich war sehr gerührt.« Sie zog müde die Augenbrauen hoch. »Stand auch drin, wie ich ihn getötet habe?«

»Sie haben ihn erwürgt. Man hat Sie dabei beobachtet.«

»So könnte man es sehen. Ich habe versucht, ihm seine Zahnprothese aus der Kehle zu holen. Der arme alte Mann hatte sie verschluckt, als er in seinem Sessel eingeschlafen war.« Sie seufzte. »Aber er war schon tot, ehe ich anfing. Ich hatte vor, es mit Mund-zu-Mund-Beatmung zu versuchen, wenn es mir gelingen sollte, seine Atemwege freizumachen. Ja, von Ferne könnte es vielleicht so ausgesehen haben, als hätte ich ihn erwürgt.«

Cooper nickte. Er hatte die Geschichte bereits überprüft. »Wir haben einige Briefe bekommen, und nicht alle befassen sich mit Ihnen.« Er zog einen Umschlag aus seiner Tasche und reichte ihn ihr. »Das hier ist der interessanteste. Mal sehen, was Sie davon halten.«

»Darf ich den Brief anfassen?« fragte sie zweifelnd. »Wegen der Fingerabdrücke, meine ich.«

»Das an sich ist schon interessant. Der Verfasser hatte offensichtlich Handschuhe an.«

Sie nahm den Brief aus dem Umschlag und breitete ihn auf dem Tisch aus. Der Text war in Blockschrift geschrieben.

RUTH LASCELLES WAR AN DEM TAG, AN DEM MRS. GILLESPIE GESTORBEN IST, IM CEDAR HOUSE. SIE HAT EIN PAAR OHRRINGE GESTOHLEN. JOANNA WEISS DAVON. JOANNA LASCELLES IST IN LONDON PROSTITUIERTE. FRAGEN SIE SIE, WOFÜR SIE IHR GELD AUSGIBT. FRAGEN SIE SIE, WARUM SIE IHRE TOCHTER UMBRINGEN WOLLTE. FRAGEN SIE SIE, WARUM MRS. GILLESPIE SIE FÜR VERRÜCKT GEHALTEN HAT.

Sarah drehte den Umschlag herum. Der Brief war in Learmouth aufgegeben worden. »Sie wissen nicht, wer ihn geschrieben hat?«

»Nein.«

»Das muß doch gelogen sein. Sie haben mir selbst gesagt, daß Ruth an dem Tag im Internat war, unter dem wachsamen Auge der Schulleiterin.«

Er schien amüsiert. »Ich habe Ihnen auch gesagt, daß ich von Alibis nicht allzuviel halte. Wenn die junge Dame heimlich verschwinden wollte, hat sie das sicher geschafft. So wachsam kann eine Schulleiterin gar nicht sein.«

»Aber Southcliffe ist dreißig Meilen von hier«, wandte Sarah ein. »Ohne Auto hätte sie nicht hierherkommen können.«

Er wechselte das Thema. »Wie steht es mit dieser Behauptung über Joannas Verrücktheit. Hat Mrs. Gillespie irgendwann mal zu Ihnen gesagt, ihre Tochter sei verrückt?«

Sie überlegte einen Moment. »›Verrückt‹ ist ein relativer Begriff. Aus dem Zusammenhang gerissen, sagt es gar nichts.«

Er ließ sich nicht beirren. »Mrs. Gillespie hat also etwas in dieser Richtung zu Ihnen gesagt?«

Sarah antwortete nicht.

»Nun kommen Sie schon, Dr. Blakeney. Joanna ist nicht Ihre Patientin, Sie begehen also keinen Vertrauensbruch. Und ich kann dazu sagen, daß *sie* im Moment überhaupt keine Rücksicht auf Sie nimmt. Ihrer Ansicht nach mußten Sie die alte Dame schnellstens töten, bevor diese Zeit hatte, das Testament wieder zu ändern. Das posaunt sie überall herum.«

Sarah drehte ihr Weinglas in den Fingern. »Das einzige, was Mathilda in dieser Hinsicht je gesagt hat, war, daß ihre Tochter sehr labil sei. Sie sagte, es sei nicht Joannas Schuld, sondern die Folge einer Inkompatibilität zwischen Mathildas Genen und denen von Joannas Vater. Ich habe ihr damals erklärt, das sei großer Quatsch, ich wußte ja nicht, daß Joannas Vater Mathildas Onkel war. Ich denke mir, sie machte sich Sorgen wegen rezessiver Erbanlagen, aber wir haben das Thema nicht weiterverfolgt. Ich kann also nichts Sicheres sagen.«

»Mit anderen Worten, Inzucht.«

Sarah zuckte leicht die Achseln. »Vermutlich.«

»Ist Mrs. Lascelles Ihnen sympathisch?«

»Ich kenne sie kaum.«

»Ihr Mann scheint sich recht gut mit ihr zu verstehen.«

»Das war unter der Gürtellinie, Sergeant.«

»Ich verstehe nicht, warum Sie sie verteidigen. Sie versucht doch offensichtlich, Sie fertigzumachen.«

»Ist das nicht verständlich?« Sie stützte ihr Kinn auf ihre offene Hand. »Wie würden Sie sich denn fühlen, wenn Sie innerhalb weniger Wochen erführen, daß Sie das Produkt einer inzestuösen Beziehung sind, daß Ihr Vater sich mit einer Überdosis Schlaftabletten das Leben genommen hat, daß Ihre Mutter eines gewaltsamen Todes gestorben ist, entweder von eigener oder von fremder Hand, und daß Ihnen auch noch die finanzielle Sicherheit, auf die Sie sich immer verlassen konnten, genommen und einer wildfremden Person geschenkt wurde? Sie erscheint mir unter den gegebenen Umständen bemerkenswert vernünftig.«

Er trank einen Schluck aus seinem Glas. »Wissen Sie etwas darüber, daß sie als Prostituierte arbeitet?«

»Nein.«

»Oder wofür sie ihr Geld ausgibt?«

»Nein.«

»Könnten Sie sich was vorstellen?«

»Das ist nicht meine Sache. Warum fragen Sie nicht sie?«

»Das hab ich getan. Sie sagte, ich solle mich um meine eigenen Angelegenheiten kümmern.«

Sarah lachte leicht. »Das hätte ich auch getan.«

Er starrte sie an. »Hat Ihnen schon mal jemand gesagt, daß Sie zu gut sind, um wahr zu sein, Dr. Blakeney?« In seiner Stimme schwang ein Hauch von Sarkasmus.

Sie hielt seinem Blick stand, sagte aber nichts.

»Frauen in Ihrer Situation setzen sich ins Auto ihres Ehemanns und fahren der Rivalin die Haustür ein oder zerlegen deren Mobiliar mit der Kettensäge. Mindestens sind sie bitter und wütend. Warum sind Sie das nicht?«

»Ich bin damit beschäftigt, mein Kartenhaus abzusichern«, antwortete sie rätselhaft. »Trinken Sie noch etwas.« Sie schenkte erst sich selbst nach, dann ihm. »Der Wein ist nicht schlecht. Ein australischer Shiraz, ganz preiswert.«

Er hatte den Eindruck, daß von den beiden Frauen Joanna Lascelles die weniger rätselhafte war. »Würden Sie sagen, daß Sie und Mrs. Gillespie befreundet waren?« fragte er.

»Natürlich.«

»Und warum ›natürlich‹?«

»Ich bezeichne jeden, den ich gut kenne, als Freund.«

»Auch Mrs. Lascelles?«

»Nein. Ich bin ihr ja nur zweimal begegnet.«

»Das sollte man nicht meinen, wenn man Ihnen zuhört.«

Sie lächelte. »Ich fühle mich ihr verbunden, Sergeant, genau wie ich mich Ruth und Jack verbunden fühle. Ihnen ist mit keinem von uns so recht wohl. Joanna oder Ruth könnten es getan haben, wenn sie nicht wußten, daß das Testament geändert worden war. Jack oder ich könnten es getan haben, wenn wir es wußten. Auf den ersten Blick kommt Joanna am ehesten als Täterin in Frage, darum stellen Sie mir die vielen Fragen über sie. Ich vermute, Sie haben sie gründlich darüber befragt, wann sie zum erstenmal hörte, wer ihr Vater war; Sie werden also wissen, daß sie ihrer Mutter mit Aufdeckung drohte.« Sie sah ihn fragend an, und er nickte. »Worauf, wie Sie vermuten, Mathilda in die Offensive ging und erklärte, noch eine solche Drohung, und ich enterbe dich. In ihrer Wut oder Verzweiflung pumpte Joanna ihre Mutter mit Barbituraten voll und schnitt ihr dann die Pulsadern auf, ohne zu wissen, daß Mathilda das Testament bereits geändert hatte.«

»Wie kommen Sie auf die Idee, mir könnte bei diesem Szenario nicht wohl sein?«

»Sie selbst haben mir gesagt, daß Joanna an dem fraglichen Abend in London war.«

Er zuckte die Achseln. »Ihr Alibi ist sehr wacklig. Das Konzert war um halb zehn zu Ende. Sie hatte also Zeit genug, hierherzufahren und ihre Mutter zu töten. Der Pathologe sagt, der Tod sei zwischen einundzwanzig Uhr am Samstag abend und drei Uhr am Sonntag morgen eingetreten.«

»Was ist seiner Meinung nach wahrscheinlicher?«

»Vor Mitternacht«, gab Cooper zu.

»Dann würde ihr Verteidiger Ihre Beweisführung in der Luft zerreißen. Im übrigen hätte Mathilda es bestimmt nicht für nötig gehalten, ihrer Tochter etwas vorzumachen. Sie hätte ihr rundheraus gesagt, daß sie das Testament geändert hatte.«

»Vielleicht hat Mrs. Lascelles ihr nicht geglaubt.«

Sarah tat den Einwand mit einem Lächeln ab. »Mathilda hat immer die Wahrheit gesagt. Deshalb haben ja alle sie so gehaßt.«

»Vielleicht hatte Mrs. Lascelles nur den Verdacht, daß ihre Mutter das Testament ändern könnte.«

»Das hätte keinen Unterschied gemacht. Joanna wollte ja sowieso mit Hilfe des Kodiziles ihres Vaters gerichtlich gegen ihre

Mutter vorgehen. Da wäre es piepegal gewesen, wem Mathilda das Geld hinterlassen hatte, jedenfalls wenn Joanna hätte beweisen können, daß ihr das Geld von Anfang an nicht zustand.«

»Vielleicht ist Mathilda Gillespie nicht des Geldes wegen getötet worden. Man fragt sich doch, welche Bedeutung die Schandmaske hat. Vielleicht wollte Mrs. Lascelles sich an ihr rächen.«

Aber Sarah schüttelte den Kopf. »Sie hat ihre Mutter kaum je gesehen. Soweit ich mich erinnere, erwähnte Mathilda, daß sie in den letzten zwölf Monaten ein einziges Mal zu Besuch gekommen war. Das müßte schon eine außergewöhnliche Wut sein, die sich über eine so lange Zeit der Abkühlung hinweg auf dem Siedepunkt hält.«

»Nicht wenn Mrs. Lascelles labil ist«, murmelte Cooper.

»Mathilda wurde nicht in einem Anfall rasender Wut getötet«, sagte Sarah bedächtig. »Alles, bis zu den Pflanzen, wurde mit größter Sorgfalt arrangiert. Sie haben selbst gesagt, es sei schwierig gewesen, das Gesteck ohne fremde Hilfe anzubringen.«

Cooper leerte sein Glas und stand auf. »Mrs. Lascelles arbeitet in London als selbständige Floristin. Sie ist auf Brautsträuße und Kränze spezialisiert. Ich kann mir nicht vorstellen, daß ein Gesteck aus ein paar Maßliebchen und Brennesseln ein Problem für sie wäre.« Er ging zur Tür. »Gute Nacht, Dr. Blakeney. Danke, ich finde schon selbst hinaus.«

Sarah starrte in ihr Weinglas und lauschte dem Geräusch seiner Schritte im Flur. Sie hätte am liebsten laut geschrien, hatte aber Angst, es zu tun. Ihr Kartenhaus war ihr niemals so wacklig erschienen.

In jeder Bewegung, die Joanna machte, war eine aufreizende Sinnlichkeit, und Jack vermutete, daß sie schon früher als Modell gearbeitet hatte, wahrscheinlich für Fotos. Für Geld oder zur Selbstbestätigung? Er vermutete letzteres. Sie war unglaublich eitel.

Sie war wie besessen von Mathildas Schlafzimmer und Mathildas Bett und bemühte sich krampfhaft, die Haltung ihrer Mutter vor den aufgetürmten Kissen nachzuahmen. Dennoch hätte der Gegensatz zwischen den beiden Frauen nicht größer sein können. Mathildas Sexualität war vorsichtig und zurückhaltend gewesen, vor allem wohl, weil sie kein Interesse an ihr hatte; Joannas war mechanisch und aufdringlich, so als könnten dieselben visuellen Reize alle Männer bei jeder Gelegenheit auf dieselbe Weise in Erregung versetzen. Es war Jack unmöglich festzustellen, ob sie aus Verachtung gegen ihn oder aus Verachtung für die Männer im allgemeinen diese Nummer abzog.

»Ist Ihre Frau prüde?« fragte sie abrupt, nachdem er eine lange Zeit schweigend gezeichnet hatte.

»Warum fragen Sie?«

»Weil das, was ich tue, Sie schockiert.«

Er war erheitert. »Sarah hat eine sehr unverklemmte und gesunde Libido. Was Sie tun, schockiert mich kein bißchen, es beleidigt mich. Es paßt mir nicht, als ein Mann eingeordnet zu werden, den man mit billigem pornographischen Posieren auf Touren bringen kann.«

Sie blickte von ihm weg zum Fenster, auf eine merkwürdige Weise in sich selbst vertieft. Der Blick ihrer hellen Augen war in die Ferne gerichtet. »Dann sagen Sie mir, was Sarah tut, um Sie aufzuregen«, sagte sie schließlich.

Er musterte sie einen Moment mit unergründlicher Miene. »Sie interessiert sich dafür, was ich mit meiner Arbeit zu erreichen versuche. Das finde ich aufregend.«

»Davon rede ich nicht. Ich rede von Sex.«

»Ach so«, erwiderte er entschuldigend. »Dann reden wir aneinander vorbei. *Ich* sprach von Liebe.«

»Ach, wie reizend.« Sie lachte kurz auf. »Sie müßten sie eigentlich hassen, Jack. Sie hat bestimmt einen anderen, sonst hätte sie Sie nicht an die Luft gesetzt.«

»Haß durchdringt alles«, entgegnete er ruhig. »Er läßt keinen Raum für etwas anderes.« Mit einer trägen Bewegung warf er ihr ein abgerissenes Blatt seines Skizzenblocks zu. Es fiel neben dem Bett zu Boden. »Lesen Sie das«, forderte er sie auf. »Falls es Sie interessiert, es ist meine Einschätzung Ihres Charakters nach drei Sitzungen. Ich zeichne bei der Arbeit meine Eindrücke auf.«

Mit einem auffallenden Mangel an Neugier – die meisten Frauen, dachte er, hätten eifrig zugegriffen – hob sie das Blatt auf und warf einen flüchtigen Blick auf beide Seiten. »Es ist nichts drauf.«

»Eben.«

»Das ist billig.«

»Ja«, stimmte er zu, »aber Sie haben mir nichts zu malen gegeben.« Er reichte ihr den Block. »Ich mache keine Akte im Playboy-Stil, aber das ist das einzige, was Sie mir bisher geboten haben, abgesehen von der öden Dauervorführung eines Elektrakomplexes oder, genauer gesagt, eines halben Elektrakomplexes. Anhänglichkeit an einen Vater ist nicht vorhanden, nur eine zwanghafte Feindseligkeit gegen eine Mutter. Sie haben, seit ich hier bin, von nichts anderem geredet.« Er zuckte die Achseln. »Nicht einmal Ihre Tochter kommt in Ihrem Stück vor. Sie haben das arme Kind nicht ein einzigesmal erwähnt, seit sie wieder in der Schule ist.«

Joanna stand vom Bett auf, zog ihren Morgenrock über und ging zum Fenster. »Sie verstehen gar nichts«, sagte sie.

»Ich verstehe genau«, murmelte er. »Einen Schwindler kann man nicht beschwindeln, Joanna.«

Sie runzelte die Stirn. »Wovon reden Sie?«

»Von einer der größten Egozentrikerinnen, die mir je untergekommen ist, und ich kann das beurteilen, das dürfen Sie mir glauben. Sie können vielleicht dem Rest der Welt weismachen, daß Mathilda Ihnen Unrecht getan hat, aber mir nicht. Sie haben sie ihr Leben lang aufs Kreuz gelegt, obwohl Sie wahrscheinlich erst vor kurzem erkannt haben, wieso Ihnen das so glänzend gelang.«

Sie sagte nichts.

»Ich würde vermuten, daß Ihre Kindheit ein einziger endloser Wutanfall war, dem Mathilda mit der Schandmaske beizukommen versuchte. Hab ich recht?« Er hielt inne. »Und weiter? Vermutlich waren Sie intelligent genug, um sich was auszudenken, was Sie daran hinderte, das Ding weiterzubenutzen.«

Ihr Ton war eisig. »Ich hatte Todesangst vor dem verdammten Ding. Ich hab jedesmal Krämpfe bekommen, wenn sie damit ankam.«

»Ein Kinderspiel«, sagte er amüsiert. »Ich hab als Kind auch damit gearbeitet, wenn es mir in den Kram paßte. Also, wie alt waren Sie, als Sie auf den Trichter kamen?«

Ihr Blick war eigentümlich starr, doch er spürte die wachsende Erregung dahinter. »Nur wenn sie mir die Schandmaske aufgesetzt hat, hat sie mir jemals ein bißchen Wärme gegeben. Sie legte dann die Arme um mich und rieb ihre Wange an dem Eisengestell. ›Mein armer Schatz‹, sagte sie immer. ›Mami tut das nur für Joanna.‹« Sie wandte sich wieder dem Fenster zu. »Das habe ich gehaßt. Es hat mir das Gefühl gegeben, daß sie mich nur lieben konnte, wenn ich am häßlichsten war.« Sie schwieg einen Moment. »In einer Hinsicht haben Sie recht. Erst als ich erfuhr, daß Gerald mein Vater war, habe ich begriffen, warum meine Mutter vor mir Angst hatte. Sie dachte, ich wäre verrückt. Das war mir vorher nie bewußt geworden.«

»Haben Sie sie denn nie gefragt, warum sie Angst hatte?«

»Diese Frage würden Sie nicht stellen, wenn Sie meine Mutter richtig gekannt hätten.« Das Glas beschlug unter ihrem Atem. »Sie hatte so viele Geheimnisse in ihrem Leben, daß ich sehr schnell gelernt habe, sie nie etwas zu fragen. Ich mußte mir eine Biographie ausdenken, als ich aufs Internat kam, weil ich so wenig über meine eigene wußte.« Sie wischte ungeduldig die Fensterscheibe ab und wandte sich wieder ins Zimmer. »Sind Sie jetzt fertig? Ich habe zu tun.«

Er war gespannt, wie lange er sie diesmal würde zurückhalten können, bis ihre Sucht sie ins Badezimmer trieb. Sie war unter der

Anspannung der Abstinenz immer weit interessanter, als wenn sie etwas genommen hatte. »Southcliffe?« fragte er. »Dieselbe Schule, auf der Ruth jetzt ist?«

Sie lachte bitter. »Wohl kaum. Damals war meine Mutter nicht so großzügig mit ihrem Geld. Ich kam auf ein billiges Internat, wo es nicht um geistige Bildung ging, sondern um den letzten Schliff für den Heiratsmarkt. Meine Mutter wollte mich unbedingt mit einem Blaublütigen verheiratet sehen. Wahrscheinlich«, fuhr sie zynisch fort, »weil sie hoffte, so ein Edeltrottel wäre durch Inzucht selbst so verpfuscht, daß ihm mein Irrsinn gar nicht auffallen würde.« Sie blickte zur Tür. »Für Ruth wurde weit mehr Geld ausgegeben als für mich, aber nicht weil meine Mutter sie gern hatte, das können Sie mir glauben.« Sie verzog abschätzig den Mund. »Das wurde alles nur getan, um nach meinem kleinen *faux pas* mit Steven das jüdische Blut in ihr zu unterdrücken.«

»Haben Sie ihn geliebt?«

»Ich habe nie einen Menschen geliebt.«

»Sie lieben sich selbst«, sagte er.

Aber Joanna war schon gegangen. Er hörte, wie sie im Badezimmer fieberhaft in ihrer Toilettentasche kramte. Was suchte sie? Tranquilizer? Kokain? Was auch immer es war, sie spritzte es sich nicht. Ihre Haut war makellos und schön wie ihr Gesicht.

Sarah Blakeney hat mir erzählt, daß ihr Mann Maler ist. Ein Maler menschlicher Persönlichkeiten. Ich dachte mir schon, daß er so etwas sein würde. Ich selbst hätte so etwas gewählt. Die Malerei oder die Literatur.

»Ich weiß auch von euren Malereien Bescheid, recht gut. Gott hat euch ein Gesicht gegeben, und ihr macht euch ein andres.« Witzig eigentlich, das könnte für Sarah geschrieben sein. Sie gibt sich als eine freimütige und offene Person mit starken, entschiedenen Ansichten und ohne innere Widersprüche, aber in vieler Hinsicht ist sie sehr unsicher. Sie haßt jede Konfrontation, zieht Übereinstimmung Uneinigkeit vor und beschwichtigt, wo sie kann. Ich habe sie gefragt, wovor sie Angst hat, und sie sagte: »Man hat mir Anpassung beigebracht. Das ist der Fluch der Frauen. Die Eltern wollen nicht mit einer alten Jungfer dasitzen, darum lehren sie ihre Töchter, zu allem ja und amen zu sagen – außer zum Sex.«

Die Zeiten haben sich also nicht geändert …

8

Sarah wartete schon vor der Filiale der Barclay's Bank in der Hills Street, als Keith Smollett kam. Sie hatte ihren Mantelkragen hochgeklappt und sah im grauen Novemberlicht blaß und abgespannt aus. Er umarmte sie herzlich und gab ihr einen Kuß auf die kalte Wange. »Für eine Frau, die gerade das große Los gezogen hat, bist du keine tolle Reklame«, bemerkte er mit einem forschenden Blick in ihr Gesicht. »Wo liegt denn das Problem?«

»Es gibt kein Problem«, antwortete sie kurz. »Ich bin nur der Meinung, daß im Leben mehr zählt als Geld.«

»Sprechen wir vielleicht von Jack?« fragte er. Sie fand sein teilnahmsvolles Lächeln aufreizend.

»Nein, tun wir nicht«, gab sie schnippisch zurück. »Wieso glaubt nur jeder, daß mein Seelenfrieden von einem seichten, hinterhältigen Stinktier abhängt, dessen einziger Ehrgeiz im Leben darin besteht, jede Frau zu schwängern, die ihm über den Weg läuft?«

»Aha!«

»Was soll das nun wieder heißen?« fragte sie scharf.

»Nichts, nur aha.« Er zog ihren Arm durch den seinen. »Im Moment sieht wohl alles ziemlich schwarz aus, hm?« Er wies zur Straße. »Welche Richtung ist Duggans Kanzlei?«

»Den Berg rauf. Nein, es sieht im Moment nicht ziemlich schwarz aus. Es sieht im Moment ziemlich hell aus. Ich habe mich seit Jahren nicht mehr so ruhig und gelassen gefühlt.« Ihr freudloses Gesicht widersprach ihren Worten. Sie ließ sich von ihm die Straße hinaufführen.

»Und so einsam?«

»Jack ist ein Schwein.«

Keith lachte. »Erzähl mir was Neues.«

»Er lebt mit Mathilda Gillespies Tochter zusammen.«

Keith ging langsamer und betrachtete sie neugierig. »Und Mathilda Gillespie ist die nette alte Dame, die dir ihre Kohle hinterlassen hat?«

Sarah nickte.

»Wieso lebt er mit ihrer Tochter zusammen?«

»Das kommt drauf an, wem du zuhörst. Entweder weil er ein schlechtes Gewissen hat, daß ich, seine habgierige Ehefrau, die arme Joanna um ihr Erbe gebracht habe, oder weil er sie und sich vor meinen mörderischen Attacken mit einem Stanley-Messer schützen will. Kein Mensch scheint an den nächstliegenden Grund zu denken.«

»Und der wäre?«

»Gemeine Feld-Wald-und-Wiesen-Begierde. Joanna Lascelles ist eine sehr schöne Frau.« Sie wies zu einer Tür zehn Meter voraus. »Das ist Duggans Kanzlei.«

Er blieb stehen. »Moment mal, hab ich das richtig verstanden? Behaupten die Leute, du hättest die Alte ihres Geldes wegen umgebracht?«

»Das ist eine der Theorien«, antwortete sie trocken. »Meine Patienten fliehen in Scharen.« Ihr kamen die Tränen. »Es ist grauenvoll, wenn du es genau wissen willst. Manche gehen sogar auf die andere Straßenseite, wenn sie mich sehen.« Sie schneuzte sich energisch. »Und meine Partner sind darüber auch nicht gerade glücklich. Bei ihnen sind die Wartezimmer überfüllt, bei mir sind sie gähnend leer. Wenn das so weitergeht, kann ich mir eine andere Arbeit suchen.«

»Das ist ja absurd«, sagte er zornig.

»Nicht absurder als Mathildas Einfall, einer Wildfremden ihr ganzes Vermögen zu vermachen.«

»Ich habe gestern mit Duggan telefoniert. Er sagte, Mrs. Gillespie habe dich offensichtlich sehr gern gehabt.«

»Ich hab dich auch sehr gern, Keith, aber ich habe nicht die Absicht, dir mein Geld zu hinterlassen.« Sie zuckte die Achseln. »Es hätte mich wahrscheinlich nicht überrascht, wenn sie mir hundert Pfund vermacht hätte oder auch ihre Schandmaske, aber daß sie mir ihr ganzes Vermögen hinterläßt, das ist völlig unverständlich. Ich habe nichts getan, womit ich das verdient hätte, außer daß ich ab und zu über ihre Witze gelacht und ihr ein paar Schmerztabletten verschrieben habe.«

»Vielleicht war das schon genug«, meinte er.

Sie schüttelte den Kopf. »Kein Mensch enterbt seine Familie zugunsten einer oberflächlichen Bekannten, die einmal im Monat eine halbe Stunde vorbeischaut. Das ist der komplette Irrsinn. Alte Männer, die in ein junges Mädchen vernarrt sind, tun so was vielleicht, aber nicht eine abgebrühte alte Frau wie Mathilda. Und wenn sie schon so was tun wollte, warum hat sie ihr Geld dann nicht Jack vererbt? Wenn man ihm glaubt, kannte er sie so gut, daß sie sich mit Vergnügen von ihm nackt malen ließ.«

Keith war übermäßig gereizt, als er die Tür zur Kanzlei Duggan, Smith und Drew aufstieß und Sarah den Vortritt ließ. Er fand es irgendwie zutiefst anstößig, daß Jack Blakeney eine kranke alte Frau überredet haben sollte, sich für ihn auszuziehen. Und warum war die Frau darauf eingegangen? Das alles ging über seinen Horizont. Aber was an Blakeney attraktiv sein sollte, hatte er sowieso noch nie begriffen. Ihm waren konventionelle Leute lieber, die amüsante Geschichtchen erzählten, selbst für ihre Drinks bezahlten und sich nicht danebenbenahmen. Er tröstete sich mit dem Gedanken, daß die Geschichte nicht wahr sein konnte. Doch tief im Innern wußte er, daß sie wahr sein mußte. Denn das Irre war ja, daß die Frauen sich tatsächlich für Jack Blakeney auszogen.

Die Besprechung zog sich endlos hin, nachdem man einmal in den Sumpf der technischen Details der Pflichtteilgesetzgebung von 1975 geraten war, derzufolge, wie Duggan Mathilda vorgewarnt hatte, Joanna als abhängige Angehörige möglicherweise berechtigt war, Anspruch auf angemessenen Unterhalt zu erheben. »Sie hat nicht auf meinen Rat gehört«, sagte er, »und gab mir Anweisung, das Testament aufzusetzen, mit dem sie ihr gesamtes Vermögen zur Zeit ihres Todes Ihnen vermachte. Aber meiner Meinung nach hätte Mrs. Lascelles, da ihr bisher von ihrer Mutter Unterhalt bezahlt wurde und die Wohnung nicht ihr Eigentum ist, vor Gericht mit einer Unterhaltsklage eine gute Chance. Die Zahlung mit einer Pauschalsumme, ohne Anerkennung irgendeiner Rechtspflicht natürlich, wäre deshalb der Erwägung wert. Ich schlage vor, wir fragen Ihren Anwalt, was er dazu meint.«

Sarah hob den Kopf. »Sie sind ein klein wenig voreilig. Ich habe noch nicht gesagt, daß ich bereit bin, die Erbschaft anzunehmen.«

Er konnte sehr direkt sein, wenn er wollte. »Warum sollten Sie es nicht tun?«

»Weil es um mein Überleben geht.«

»Da kann ich nicht folgen.«

»Wahrscheinlich weil bei Ihnen nicht seit drei Wochen ständig ein Streifenwagen vor der Tür steht. Mathilda ist unter sehr mysteriösen Umständen gestorben, und ich bin die einzige, die von ihrem Tod profitiert. Das macht mich doch sehr angreifbar, finden Sie nicht?«

»Aber doch nicht, wenn Sie von dem Vermächtnis nichts wußten.«

»Und wie beweise ich, daß ich nichts wußte, Mr. Duggan?«

Er lächelte auf seine liebenswürdige Art. »Lassen Sie es mich anders formulieren, Dr. Blakeney: Wenn Sie die Erbschaft ausschlagen, wie soll das beweisen, daß Sie sie nicht ermordet haben? Werden dann nicht einfach alle sagen, Sie hätten es mit der Angst zu tun bekommen, weil Ihr Versuch, einen Selbstmord vorzutäuschen, nicht gelungen ist?« Er schwieg einen Moment, fuhr aber fort, als sie nichts sagte. »Und kein Mensch wird Ihnen für Ihren hochherzigen Entschluß Beifall zollen, weil das Geld dann nicht an Mrs. Lascelles oder ihre Tochter fällt, sondern an ein paar alte Esel. Wenn Sie hingegen die Erbschaft annehmen, haben die beiden wenigstens eine Chance auf eine Abfindung.«

Sarah starrte an ihm vorbei zum Fenster hinaus. »Warum hat sie das nur getan?«

»Sie sagte, sie habe Sie gern.«

»Haben Sie das denn überhaupt nicht in Frage gestellt? Ich meine, gehört es zu Ihrem Alltag, daß plötzlich reiche alte Damen auftauchen und aus heiterem Himmel erklären, sie möchten ein neues, geheimes Testament machen, von dem ihre Angehörigen keinesfalls erfahren dürfen? Hätten Sie nicht versuchen sollen, ihr das auszureden? Es war vielleicht nur eine spontane Laune, und jetzt sitzen wir damit da. Die Leute behaupten, ich hätte psychischen Druck ausgeübt.«

Er drehte seinen Stift in seinen Fingern. »Es war keine spontane Laune. Sie trat zum erstenmal vor ungefähr drei Monaten mit dem Vorschlag an mich heran. Gewiß, ich habe versucht, es ihr auszureden. Ich habe sie darauf hingewiesen, daß ein Familienvermögen im allgemeinen am besten in der Familie bleibt, ganz gleich, was man gegen seine Kinder haben mag. Ich habe ihr – ohne den geringsten Erfolg – gesagt, sie sollte das Cavendish-Vermögen nicht als ihr Eigentum betrachten, sondern als etwas, das ihr anvertraut wurde, um an nachfolgende Generationen weitergegeben zu werden.« Er zuckte die Achseln. »Sie wollte nichts davon hören. Daraufhin habe ich versucht, sie dazu zu bewegen, die Sache zuerst mit Ihnen zu besprechen, aber auch davon wollte sie nichts wissen. Sie beharrte steif und fest darauf, daß Sie erben, aber vorher nichts davon wissen sollten. Zu Ihrer Kenntnisnahme – ich habe das übrigens auch der Polizei gesagt –, ich war überzeugt, daß von psychischem Druck oder unzulässiger Beeinflussung keine Rede sein konnte.«

Sarah war entsetzt. *»Drei Monate«*, wiederholte sie benommen. »Haben Sie das der Polizei auch erzählt?«

Er nickte. »Dort glaubte man ebenfalls, es habe sich um eine plötzliche Laune gehandelt.«

»Ich hätte vielleicht noch beweisen können, daß ich von dem Testament nichts wußte, wenn sie es zwei Tage vor ihrem Tod gemacht hätte«, sagte Sarah. »Aber wenn sie es schon drei Monate vorher geplant hat, kann ich nie im Leben beweisen, daß ich nichts davon wußte.«

John Hapgood, der Banker, räusperte sich. »Ich habe den Eindruck, Dr. Blakeney, daß Sie sich auf den falschen Punkt konzentrieren. Mrs. Gillespie ist an einem Samstag abend gestorben, wenn ich mich recht erinnere. Wo waren Sie an dem Abend und was haben Sie getan? Wir wollen doch erst einmal sehen, ob Sie überhaupt beweisen müssen, daß Sie nichts von dem Testament wußten.«

»Ich war zu Hause. Ich hatte Nachtdienst. Ich hab nachgesehen, als ich von dem Testament hörte.«

»Und mußten Sie raus?«

»Nein. Ich bekam nur einen Anruf um kurz vor acht. Es war nichts Ernstes und ließ sich am Telefon erledigen.«

»War Ihr Mann bei Ihnen?«

»Nein, er war an dem Wochenende in Stratford. Ich war allein.« Sie lächelte schwach. »Ich bin nicht ganz dumm, Mr. Hapgood. Wenn ich ein Alibi hätte, hätte ich es längst präsentiert.«

»Dann, denke ich, müssen Sie einfach mehr Vertrauen zur Polizei haben, Dr. Blakeney. Trotz allem, was man in den Zeitungen liest, ist sie wahrscheinlich immer noch die beste der Welt.«

Sie musterte ihn amüsiert. »Sie mögen ja recht haben, Mr. Hapgood, aber ich habe leider überhaupt kein Vertrauen in meine Fähigkeit zu beweisen, daß ich Mathilda nicht getötet habe, und ich habe das ungute Gefühl, daß die Polizei das weiß.« Sie hielt ihre Hand in die Höhe und hakte einen Punkt nach dem anderen an ihren Fingern ab. »Ich hatte ein Motiv, ich hatte die Gelegenheit und ich lieferte zumindest die Hälfte der Mittel.« Ihre Augen glitzerten. »Falls Sie es nicht wissen sollten, sie wurde mit Schlaftabletten, die ich verschrieben hatte, betäubt, ehe ihre Pulsadern aufgeschnitten wurden. Hinzu kommt, daß ich ein Jahr lang in der Pathologie gearbeitet habe, weil ich daran dachte, in die Gerichtsmedizin zu gehen, ehe ich mich dafür entschied, Allgemeinärztin zu werden. Ich weiß also sehr genau, wie man einen Selbstmord vortäuschen kann. So, und jetzt sagen Sie mir ein gutes Argument, das ich zu meiner Verteidigung vorbringen kann, wenn die Polizei beschließt, mich zu verhaften.«

Er stützte sein Kinn auf seine aneinandergelegten Hände. »Hm, das ist ein interessantes Problem.« Seine buschigen weißen Augenbrauen schoben sich zusammen. »Was haben Sie an dem betreffenden Samstag getan?«

»Das Übliche. Hausarbeit, Gartenarbeit. Ich glaube, ich war fast den ganzen Nachmittag draußen und habe die Rosen geschnitten.«

»Hat jemand Sie gesehen?«

»Das ist doch völlig egal«, gab sie gereizt zurück. »Mathilda ist irgendwann am Abend oder in der Nacht getötet worden, und im Dunklen habe ich bestimmt nicht im Garten gearbeitet.«

»Aber was haben Sie denn getan?«

Jack verflucht. Mich in Selbstmitleid gesuhlt. »Ich habe eines der Gästezimmer gestrichen.«

»Nachdem Sie den ganzen Nachmittag im Garten gearbeitet hatten?«

»Jemand mußte es ja tun«, sagte sie kurz.

Einen Moment war es still.

»Sie sind offensichtlich ein workaholic«, sagte Mr. Hapgood lahm. Sie erinnerte ihn an seine Frau, immer auf Achse, immer ruhelos, ohne sich eine Pause zu gönnen, um mal darüber nachzudenken, was sie eigentlich tat.

Sarah lächelte. »Das sind die meisten Frauen. Wir können die Verantwortung zu Hause nicht einfach abschütteln, weil wir einen Beruf ausüben wollen. Wir haben von beiden Welten den schlechtesten Teil abbekommen, als wir uns aufmachten, die männlichen Bastionen zu erobern.« Sie drückte ihre Finger auf ihre müden Augen. »Aber das alles ist für diese Besprechung hier ohne Belang. Soweit ich sehen kann, hat Mathilda mich in eine unmögliche Situation gebracht. Ganz gleich, was ich tue, ich werde die Schuldgefühle wegen ihrer Tochter und ihrer Enkelin niemals loswerden. Gibt es denn keine Möglichkeit für mich, der ganzen Sache aus dem Weg zu gehen und es den beiden zu überlassen, sich um das Geld zu streiten?«

»Sie könnten es ihnen in Form einer Schenkung zurückgeben«, sagte Duggan, »wenn es Ihnen erst einmal gehört. Aber das würde enorme Steuern kosten.« Er lächelte entschuldigend. »Es stünde auch in absolutem Widerspruch zu Mrs. Gillespies Wünschen. Sie wollte nicht, daß Mrs. Lascelles oder ihre Tochter erben.«

Keith griff nach seinem Aktenkoffer. »Ist Dr. Blakeneys Entscheidung eilig«, fragte er, »oder darf ich vorschlagen, wir lassen die ganze Sache noch ein oder zwei Wochen auf sich beruhen, bis die Polizei den Fall geklärt hat? Ich kann mich des Gefühls nicht erwehren, daß Dr. Blakeney eine Entscheidung leichter fallen wird, wenn erst einmal die Leichenschau stattgefunden hat.«

Man trennte sich mit dieser Vereinbarung, auch wenn es für Sarah nichts weiter war als der Aufschub einer bereits getroffenen Wahl.

Keith und Sarah aßen in einem kleinen Restaurant am Fuß des Hügels zu Mittag. »War das Theater, oder hast du wirklich Angst davor, verhaftet zu werden?« fragte Keith, wobei er sie über den Rand seines Glases beobachtete.

Sie zuckte die Achseln. »Spielt das eine Rolle?«

Wie tief die Trennung von Jack sie getroffen hat, dachte er. Er hatte ihre Bitterkeit nie zuvor kennengelernt.

»Natürlich spielt es eine Rolle«, erwiderte er ein wenig scharf. »Wenn du beunruhigt bist, schlage ich vor, ich fahre jetzt gleich mit dir zur Polizei, und wir klären das. Wozu willst du dich wegen etwas quälen, was vielleicht nie geschehen wird?«

Sie lächelte dünn. »Es war Theater«, sagte sie. »Ich hatte es satt, sie über mich reden zu hören, als wäre ich nicht vorhanden. Ich hätte so tot sein können wie Mathilda. Es ist nur das Geld, das sie interessiert.«

Ungerecht, dachte er. Beide Männer hatten großes Verständnis für die schwierige Situation gezeigt, in der Sarah sich befand, aber sie war entschlossen, in jedem einen Feind zu sehen. *Auch in ihm?* Unmöglich, das zu sagen. Er drehte sein Glas, so daß das kühle Licht der Wandleuchten durch den roten Wein schimmerte.

»Möchtest du Jack zurückhaben? Bist du deshalb so zornig? Oder bist du nur eifersüchtig, weil er eine andere gefunden hat?«

»Kann man *nur* eifersüchtig sein?«

»Du weißt, was ich meine.«

Sie lächelte wieder, bitter diesmal. »Aber nein, ich weiß es nicht, Keith. Ich bin seit Jahren eifersüchtig. Eifersüchtig auf seine Malerei, eifersüchtig auf seine Frauen, eifersüchtig auf seine Begabung, eifersüchtig auf ihn und seine Fähigkeit, jeden Menschen, der ihm begegnet, zu faszinieren. Was ich jetzt empfinde ist ganz anders als die Eifersucht von früher. Vielleicht ist sie noch da, aber dann ist sie von soviel anderen Emotionen überlagert, daß es schwer ist, sie zu erkennen.«

Keith sah sie stirnrunzelnd an. »Was meinst du mit seiner Fähigkeit, jeden Menschen zu faszinieren? Ich kann den Kerl nicht ausstehen, konnte es noch nie.«

»Aber er beschäftigt dich. Du denkst an ihn. Hauptsächlich mit Ärger und Zorn, nehme ich an, aber dennoch. Wie viele andere Männer beschäftigen dich so wie Jack? Der Polizeibeamte, der mir ständig auf den Fersen ist, hat es ganz gut ausgedrückt: Er sagte, ›Er läßt eine ziemliche Leere zurück‹.« Sie sah Keith an. »Das ist eine der besten Beschreibungen von ihm, die ich je gehört habe, weil sie zutrifft. Im Augenblick lebe ich in einer Leere, und es macht mir überhaupt keinen Spaß. Zum erstenmal in meinem Leben weiß ich nicht, was ich tun soll, und das macht mir angst.«

»Dann zieh einen Schlußstrich und mach die Trennung amtlich. Entschließ dich zu einem neuen Anfang. Ungewißheit macht immer angst. Gewißheit nicht.«

Mit einem Seufzer schob sie ihren Teller zur Seite. »Du redest wie meine Mutter. Sie hat für jede Gelegenheit ein Sprüchlein parat, und das macht mich wahnsinnig. Versuch doch mal einem zum Tode Verurteilten zu sagen, daß Gewißheit keine Angst macht. Ich bezweifle, daß er dir zustimmen würde.«

Keith bat um die Rechnung. »Auf die Gefahr hin, daß ich wieder ins Fettnäpfchen trete, schlage ich vor, du machst einen langen Spaziergang am Meer und läßt dir die Flausen aus dem Kopf blasen. Deine Gefühle trüben dein Urteil, Sarah. Vergiß zwei Dinge nicht: erstens, *du* hast Jack gesagt, daß er gehen soll; und zweitens, du hattest gute Gründe, das zu tun. Ganz gleich, wie einsam und zurückgewiesen du dich jetzt fühlst, ganz gleich, wie eifersüchtig du bist, diese Gefühle dürfen keinen Einfluß haben auf das, worauf es ankommt, nämlich daß ihr beide, du und Jack, als Mann und Frau nicht miteinander zurechtkommt. Ich kann dir nur einen Rat geben, such dir einen anständigen Mann, der zu dir steht, wenn du ihn brauchst.«

Sie lachte plötzlich. »Das ist ziemlich aussichtslos. Die anständigen Männer sind alle schon vergeben.«

»Und wer ist daran schuld? Du hattest deine Chance, aber du hast sie nicht ergriffen.« Er reichte der Kellnerin eine Kreditkarte, sah ihr einen Moment nach, als sie davonging, und richtete seinen Blick dann wieder auf Sarah. »Du wirst wahrscheinlich nie wissen, wie weh du mir getan hast, es sei denn, das, was du jetzt fühlst, ist meinem Schmerz von damals ähnlich.«

Sie antwortete nicht gleich. »Ach, und wer ist jetzt sentimental?« sagte sie dann, aber er glaubte zu sehen, daß ihre Augen wieder feucht wurden. »Du hast vergessen, daß du mich erst wirklich begehrenswert fandest, als du mich verloren hattest, und da war es zu spät.«

Und das Schlimme war, daß er wußte, daß sie recht hatte.

Die Haustür wurde auf Keiths Läuten nur einen Spalt geöffnet. Er lächelte freundlich. »Mrs. Lascelles?«

Sie krauste ein wenig die Stirn. »Ja.«

»Ich bin der Anwalt von Jack Blakeney. Mir wurde gesagt, daß er hier wohnt.«

Sie antwortete nicht.

»Darf ich hereinkommen? Ich würde ihn gern sprechen und bin extra aus London hierhergefahren.«

»Er ist im Moment nicht da.«

»Wissen Sie, wo ich ihn erreichen kann? Es ist wichtig.«

Sie zuckte gleichgültig die Achseln. »Sagen Sie mir Ihren Namen. Dann richte ich ihm aus, daß Sie hier waren.«

»Keith Smollett.«

Sie schloß die Tür.

Violet Orloff, die im Schutz der Hausecke stand, winkte ihm, als er zu seinem Wagen zurückging. »Ich hoffe, Sie werden nicht glauben, ich wolle mich *einmischen*«, sagte sie atemlos, »aber ich habe zufällig gehört, was Sie gesagt haben. Sie ist augenblicklich in einer eigenartigen Stimmung, redet mit keinem Menschen, und wenn Sie extra aus London hergekommen sind...« Sie ließ den Satz in der Luft hängen.

Keith nickte. »Ja, das stimmt. Wenn Sie mir also sagen könnten, wo Jack zu erreichen ist, wäre ich sehr dankbar.«

Sie warf einen nervösen Blick zu Joannas Tür, dann wies sie mit hastiger Bewegung zu dem Weg, der um die andere Ecke des Hauses herumführte. »Im Garten«, flüsterte sie. »Im Sommerhaus. Er benutzt es als Atelier.« Sie schüttelte den Kopf. »Aber sagen Sie *ihr* nicht, daß ich es Ihnen verraten habe. Ich dachte immer, Mathilda hätte eine böse Zunge, aber *Joanna* –« sie verdrehte die Augen zum Himmel. »Sie nennt Mr. Blakeney einen Homosexuellen.« Sie scheuchte ihn vorwärts wie ein Huhn. »Schnell jetzt, sonst sieht sie uns noch miteinander sprechen, und Duncan würde furchtbar wütend werden. Er ist so ängstlich, wissen Sie.«

Etwas verwundert über ihr exzentrisches Verhalten, nickte Keith dankend und folgte demselben Weg, den Sarah mit Ruth genommen hatte. Trotz der Kälte standen die Türen des Sommerhauses offen, und er konnte eine Frau einen Cole-Porter-Song singen hören, als er näher kam. Die Stimme war unverwechselbar, voll und tief, unvergeßlich, nur von einem Klavier begleitet.

Every time we say goodbye, I die a little,
Every time we say goodbye, I wonder why a little,
Why the gods above me, who must be in the know,
Think so little of me they allow you to go...

An der Tür blieb Keith stehen. »Seit wann bist du ein Cleo-Laine-Fan, Jack? Ich dachte, Sarah sei der *aficionado*.« Er hielt den Recorder an und nahm die Kassette heraus, um das handgeschriebene Etikett auf der Vorderseite zu lesen. »Aha. Wenn ich mich nicht sehr irre, ist das die Kassette, die ich ihr aufgenommen habe, bevor ihr geheiratet habt. Weiß sie, daß du sie hast?«

Jack musterte ihn mit zusammengekniffenen Augen. Er wollte ihm schon sagen, er solle seine Krallen einfahren, wie er das immer tat, wenn Keith mit seinen unweigerlich kritischen Bemerkungen ankam, aber dann ließ er es sein. Ausnahmsweise einmal freute er sich, den aufgeblasenen Wichtigtuer zu sehen. Ja, gestand er sich selbst ein, er war so verdammt froh, ihn zu sehen, daß er bereit war, mit den Gewohnheiten der letzten sechs Jahre zu brechen und ihn als Freund zu begrüßen und nicht als ehegefährdendes Schreckgespenst. Er steckte seinen Pinsel in ein Terpentinglas und wischte sich die Hände an seinem Pullover ab, ehe er Keith als Friedenszeichen seine große, farbenverschmierte Hand bot. »Ich nehme an, Sarah hat dich geschickt.«

Keith tat so, als sähe er die Hand nicht, musterte statt dessen den Schlafsack, der zu einem Haufen zusammengeschoben in der Ecke lag, und zog sich einen Sessel heran. »Nein«, antwortete er und setzte sich. »Wir haben uns in Poole getrennt. Sie weiß nicht, daß ich hier bin. Ich bin hergekommen, weil ich versuchen wollte, mal vernünftig mit dir zu reden.« Er betrachtete das Porträt. »Mrs. Lascelles, nehme ich an.«

Jack verschränkte die Arme. »Was meinst du?«

»Über sie oder ihr Porträt?«

»Beide.«

»Von ihr habe ich knapp fünfzehn Zentimeter durch den Türspalt gesehen.« Er neigte den Kopf zur Seite, während er weiter das Bild betrachtete. »Du bist mit den Rottönen ziemlich verschwenderisch umgegangen. Ist sie eine Nymphomanin? Oder ist da vielleicht bei dir der Wunsch der Vater des Gedankens?«

Jack ließ sich vorsichtig in den Sessel gegenüber nieder – die Kälte und die harten Bodendielen strapazierten seinen Rücken gewaltig – und überlegte, ob er Keith gleich eins auf die Nase geben oder ihn erst vorwarnen sollte. »Nicht immer«, sagte er, die Frage ernsthaft beantwortend, »nur wenn sie bekifft ist.«

Keith mußte das erst einmal schlucken, dann sagte er: »Hast du mit der Polizei darüber gesprochen?«

»Worüber?«

»Daß sie Drogen nimmt.«

»Nein.«

»Dann ist es, denke ich, für alle Beteiligten das beste, wenn du mir nie etwas davon gesagt hast und ich es nie gehört habe.«

»Warum?«

»Weil ich auf der Seite von Gesetz und Ordnung stehe und nicht wie du über die Freiheit verfüge, zu tun, was ich will.«

»Mach jetzt nicht deinen Beruf für fehlende Freiheit verantwortlich, Smollett«, knurrte Jack. »Du hast ihn selbst gewählt.« Er wies mit dem Kopf zum Haus. »Sie braucht Hilfe, aber die Person, die ihr am ehesten helfen könnte, will sie nicht sehen. Sarah, mit anderen Worten. Was könnte ihr ein Polizeibeamter nützen?«

»Er könnte verhindern, daß sie noch jemanden umbringt.«

Nachdenklich rieb sich Jack das unrasierte Kinn. »Ach, du meinst, wenn sie verworfen genug ist, um Drogen zu nehmen, ist sie automatisch auch verworfen genug, ihre Mutter umzubringen. Das ist doch Quatsch, und das weißt du auch.«

»Es wäre auf jeden Fall ein weit stichhaltigeres Motiv als das, das man Sarah untergejubelt hat. Es kostet einen Haufen Geld, eine Sucht zu befriedigen, ganz zu schweigen von den Persönlichkeitsveränderungen, die Drogen hervorrufen. Wenn sie die alte Dame nicht des Geldes wegen getötet hat, dann vielleicht in einem plötzlichen blinden Wutanfall.«

»Und du hättest nicht die geringsten Skrupel, einem Verteidiger diesen Blödsinn einzublasen, wie?« murmelte Jack.

»Überhaupt keine, schon gar nicht, wenn es um Sarahs Kopf gehen sollte.« Keith drehte die Kassette einen Moment in seinen Händen, dann legte er sie neben den Recorder. »Du weißt ja wohl, daß sie sich scheußlich quält, weil ihr die Patienten davonlaufen und sie Angst hat verhaftet zu werden, während du hier eine drogenabhängige Nymphomanin anschmachtest. Wo ist deine Loyalität, Mann?«

Waren das Sarahs Worte? Jack hoffte es nicht. »Anschmachten« war ein Wort, das seines Wissens nicht zu ihrem Vokabular gehörte. Sie besaß zuviel Selbstachtung. Er gähnte tief und herzhaft. »Will Sarah mich zurückhaben? Bist du deshalb hier? Ich geb gern zu, daß ich langsam genug davon habe, mir hier in diesem Schuppen die Eier abzufrieren.«

Keith atmete einmal tief durch die Nase. »Ich *weiß* nicht, was sie will«, sagte er und ballte im Schoß seine Hände. »Ich bin hergekommen, weil ich die absurde Vorstellung hatte, wir beide könnten uns wie Erwachsene über diese verfahrene Situation unterhalten. Ich hätte wissen müssen, daß das unmöglich ist.«

Jack blickte zu den geballten Fäusten hinunter und bezweifelte, daß Keith je dazu provoziert werden könnte, sie zu gebrauchen. »Hat sie dir gesagt, warum sie die Scheidung will?«

»Nicht genau.«

Er faltete seine Hände hinter seinem Kopf und blickte zur Decke hinauf. »Bei ihr war's aus, als sie für meine Geliebte einen Schwangerschaftsabbruch arrangieren mußte. Seitdem ist es nur noch bergab gegangen.«

Keith war entsetzt. Das erklärte Sarahs Bitterkeit nur allzu gut. Mit einem Kopfschütteln stand er auf und ging zur Tür. Er sah in den Garten hinaus. »Wenn ich nicht so sicher wäre, daß ich verliere, würde ich dir eine Tracht Prügel anbieten. Du bist ein Dreckskerl, Jack. Mein Gott«, sagte er, als ihm langsam die ganze Tragweite dessen, was Jack gesagt hat, bewußt wurde. »Du hattest die unglaubliche Unverfrorenheit, Sarah zu zwingen, *dein* Kind zu töten. Das ist so krank, daß ich es überhaupt nicht fassen kann. Sie ist deine Frau, Herrgott noch mal, und nicht irgendeine schmierige Engelmacherin, die Mord en gros für Geld betreibt. Kein Wunder, daß Sarah die Scheidung will. Hast du eigentlich überhaupt kein Zartgefühl?«

»Offensichtlich nicht«, gab Jack unbewegt zurück.

»Ich habe ihr gesagt, sie soll dich nicht heiraten.« Er drehte sich herum. »Ich hab gewußt, daß die Ehe nicht halten würde, ich hab ihr gesagt, was sie zu erwarten hatte, was für ein Mensch du bist, wie viele Frauen du benutzt und weggeworfen hattest. Aber das, nein! Niemals. Wie konntest du nur so was tun?« Er weinte beinahe. »Verdammt noch mal, ich hätte nicht einmal das Kind aufgegeben, aber der eigenen Frau die Verantwortung für seinen Tod aufzuzwingen ...! Du bist krank. Weißt du das? Du bist ein kranker Mann.«

»So gesehen, muß ich dir direkt zustimmen.«

»Wenn es nach mir geht, bekommst du aus dieser Scheidung nicht einen Penny«, sagte er wütend. »Dir ist doch klar, daß ich ihr das erzählen und dafür sorgen werde, daß sie es vor Gericht verwendet?«

»Ich verlasse mich drauf.«

Keith msuterte ihn argwöhnisch. »Was soll das denn heißen?«

»Das heißt, Smollett, daß ich von dir erwarte, daß du jedes Wort dieses Gesprächs wiederholst.« Sein Gesicht war unergründlich. »So, und jetzt tu mir einen Gefallen und hau ab, bevor ich was tue, was ich hinterher vielleicht bedaure. Die Wahl ihrer Freunde ist selbstverständlich allein Sarahs Sache, aber ich muß zugeben, daß ich nie verstanden habe, warum sie immer herrschsüchtige kleine Männer anzieht, die sie für schwach halten.« Er nahm die Kassette, schob sie wieder in den Recorder und drückte auf »Play«. Diesmal erklangen die melancholischen Töne von Richard Rodney Bennetts »I never went away«.

No matter where I travelled to,
I never went away from you...
I never went away...

Jack schloß die Augen. »Hau ab jetzt«, murmelte er, »bevor ich dir beide Arme ausreiße. Und vergiß nicht, den Schlafsack zu erwähnen.«

Duncan und Violet sind wirklich ein absurdes Paar. Sie waren den ganzen Nachmittag im Garten, Duncan hat geschlafen wie ein Murmeltier, und Violet hat ihn ohne Punkt und Komma vollgequasselt. Sie erinnert mich immer an einen hektischen kleinen Vogel. Dauernd dreht sie den Kopf hin und her, als hätte sie Angst vor Raubvögeln. Vor lauter Kopfgewackel kam sie natürlich nicht dazu, Duncan überhaupt anzusehen und hat deshalb nicht gemerkt, daß er ihr gar nicht zuhörte. Ich muß sagen, ich kann's ihm nicht verübeln. Sie war schon als Kind ein hirnloses Geschöpf, und das Alter hat nichts gebessert. Ich bin mir immer noch nicht klar, ob es ein guter oder ein schlechter Gedanke war, ihnen das Wing Cottage *anzubieten, als Violet schrieb, ihr größter Wunsch wäre es, ihren Lebensabend in Fontwell zu verbringen. »Wir sehnen uns so sehr danach, endlich heimzukehren.« Entsetzlich, diese Rührseligkeit. Das Geld konnte ich natürlich gut gebrauchen – Joannas Wohnung hat ein Heidengeld gekostet, und Ruths Ausbildung verschlingt auch Unmengen –, aber insgesamt ist man ohne Nachbarn doch besser dran. So eine nachbarliche Beziehung kann allzu leicht in eine Art künstliche Intimität ausarten. Letzte Woche hat Violett sich vergessen und mich »Darling« genannt, und als ich sie darauf aufmerksam machte, wurde sie völlig hysterisch, schlug sich mit den Händen auf die Brust und stimmte das reinste Klagegeheul an. Unangenehm, wirklich. Ich habe den Verdacht, sie wird langsam senil.*

Duncan ist da natürlich von ganz anderem Schlag. Der Witz ist noch vorhanden, wenn auch infolge mangelnder Übung etwas schwerfällig geworden. Kein Wunder, daß er sich nach vierzig Jahren an Violets Brett vor dem Kopf abgestumpft hat. Ich frage mich manchmal, an wieviel aus der Vergangenheit sie sich noch erinnern. Ich habe Angst, daß Violet eines Tages Joanna oder

Ruth mit ihrem Geplapper überfallen und Katzen aus dem Sack lassen wird, die lieber drin bleiben sollten. Wir haben zu viele gemeinsame Geheimnisse.

Ich habe vor kurzem in meinen alten Tagebüchern gelesen und ein wenig zu meinem Ärger entdeckt, daß ich Violet in der Woche vor ihrer Hochzeit gesagt habe, ihre Ehe würde niemals halten. Wenn die arme Maus auch nur einen Funken Humor hätte, könnte sie mir jetzt mit Recht vorhalten, daß wer zuletzt lacht, am besten lacht …

9

Joanna zeigte kaum Überraschung, als sie am folgenden Tag gegen Mittag von Sarah Besuch bekam. Mit einem äußerst dünnen Lächeln trat sie zurück und bat Sarah einzutreten: »Ich habe gerade die Zeitung gelesen«, sagte sie, als hätte Sarah ihr eine entsprechende Frage gestellt. Sie ging ins Wohnzimmer voraus. »Bitte, setzen Sie sich doch. Wenn Sie zu Jack wollen, er ist draußen.«

Es war ein ganz anderer Empfang als der, den sie seinem Bericht vom vergangenen Abend zufolge Keith bereitet hatte, und Sarah hätte gern gewußt, warum. Sie bezweifelte, daß es etwas mit der Drogensucht zu tun hatte, von der Keith gesprochen hatte, hielt es für wahrscheinlicher, daß Joannas Motiv schlichte Neugier war. Sie war schließlich Mathildas Tochter, und Mathilda war von einer unersättlichen Neugier gewesen.

Sie schüttelte den Kopf. »Nein, ich wollte zu Ihnen.«

Joanna setzte sich, ohne etwas zu sagen.

»Ich habe dieses Zimmer immer gemocht«, bemerkte Sarah. »Ich fand es so gemütlich. Ihre Mutter hat immer dort drüben gesessen« – sie wies auf einen hochlehnigen Sessel vor der Fenstertür –, »und wenn die Sonne schien, glänzte ihr Haar wie gesponnenes Silber. Sie sehen ihr sehr ähnlich, aber das wissen Sie sicher.«

Joanna fixierte sie mit seltsam ausdruckslosem Blick.

»Meinen Sie, es würde helfen, wenn wir beide miteinander über sie sprechen?«

Wieder gab Joanna keine Antwort, und auf Sarah, die sich in der Annahme, daß Joanna bereitwillig auf ein Gespräch eingehen würde, auf diese Zusammenkunft vorbereitet hatte, wirkte ihr Schweigen wie eine Mauer. »Ich hoffte«, sagte sie, »wir könnten vielleicht irgendwie eine gemeinsame Basis finden.« Sie hielt kurz inne, aber es kam keine Reaktion. »Mir ist es nämlich, offen gesagt, gar nicht sympathisch, einfach alles den Anwälten zu überlassen. Wenn wir das tun, können wir das Geld ebensogut gleich verbrennen.« Sie versuchte es mit einem Lächeln. »Sie werden die Knochen bis auf das letzte Fitzelchen Fleisch abnagen und uns das nackte Skelett übriglassen. Wollen Sie es so haben?«

Joanna wandte ihr Gesicht zum Fenster und sah sinnend in den Garten hinaus. »Sind Sie nicht wütend, daß Ihr Mann hier bei mir ist, Dr. Blakeney?«

Erleichtert, daß das Eis gebrochen war, wenn auch auf andere Art, als sie es gewünscht hätte, sagte Sarah: »Ob ja oder nein, ist doch hier kaum relevant. Wenn wir jetzt mit Jack anfangen, kommen wir nicht weiter. Es passiert mir bei Unterhaltungen leider immer wieder, daß das ganze Gespräch sich plötzlich nur noch um Jack dreht, und es wäre mir lieber, wenn wir ihn hier raushalten könnten.«

»Glauben Sie, daß er mit meiner Mutter geschlafen hat?«

Sarah seufzte insgeheim. »Ist Ihnen das wichtig?«

»Ja.«

»Gut, dann nein, das glaube ich nicht. Er mag viele Fehler haben, aber er nützt niemals die Schwäche anderer aus.«

»Vielleicht hat sie ihn dazu aufgefordert.«

»Das bezweifle ich. Dazu hatte Mathilda zuviel Würde.«

Mit einem Stirnrunzeln wandte sich Joanna ihr wieder zu. »Sie wissen wohl, daß sie sich nackt von ihm malen ließ. Ich habe eine seiner Skizzen in ihrem Schreibtisch gefunden. Da blieb nichts der Phantasie überlassen, das können Sie mir glauben. Nennen Sie das Würde? Sie war alt genug, um seine Mutter zu sein.«

»Das kommt auf die Betrachtungsweise an. Wenn Sie weibliche Nacktheit als an sich entwürdigend und bewußt provokativ empfinden, dann, denke ich, könnten Sie wohl sagen, daß sich Mathilda würdelos verhalten hat.« Sie zuckte die Achseln. »Aber das ist eine gefährliche Philosophie, die ins finsterste Mittelalter und zu einer intoleranten Religion gehört. Wenn Sie andererseits den nackten Körper, ob weiblich oder männlich, als eine der Schöpfungen der Natur sehen und daher als ebenso wunderbar wie alles andere auf diesem Planeten, dann kann ich nichts Schamloses darin erblicken, ihn von einem Maler abbilden zu lassen.«

»Sie hat es nur getan, weil sie wußte, daß es ihn erregen würde.« Sie sprach die Worte mit Überzeugung, und Sarah fragte sich, ob es klug war, dieses Gespräch fortzusetzen – Joannas Vorurteil gegen ihre Mutter saß zu tief, um vernünftiges Argumentieren möglich zu machen. Aber das Beleidigende der Behauptung ärgerte sie doch so sehr, daß sie sich gedrängt fühlte, Jack zu verteidigen, und wenn nur, weil sie selbst oft genug dieser engstirnigen Dummheit begegnet war.

»Jack hat viel zu viele nackte Frauen gesehen, um Nacktheit an sich erregend zu finden«, entgegnete sie leicht wegwerfend. »Nacktheit ist nur erotisch, wenn man es wünscht. Genausogut könnten Sie sagen, daß ich jedesmal Herzklopfen bekomme, wenn sich ein männlicher Patient vor mir auszieht.«

»Das ist was andres. Sie sind Ärztin.«

Sarah schüttelte den Kopf. »Es ist nichts andres, aber ich will mich darüber nicht mit Ihnen streiten. Das wäre Zeitverschwendung für uns beide.« Sie fuhr sich mit den Fingern durch ihr Haar. »Im übrigen war Ihre Mutter durch die Arthritis und die damit verbundenen Schmerzen viel zu sehr behindert, um sich Geschlechtsverkehr mit einem potenten Mann zu wünschen, der dreißig Jahre jünger war als sie. Es ist wichtig, die Proportionen im Auge zu behalten, Mrs. Lascelles. Es wäre vielleicht anders gewesen, wenn sie ihr Leben lang sexuell aktiv gewesen wäre oder auch nur ein großes Faible für Männer gehabt hätte, aber beides trifft für Ihre Mutter nicht zu. Sie hat einmal zu mir gesagt, heute gäbe es nur deshalb so viele Scheidungen, weil Beziehungen, die auf Sex gegründet sind, von vornherein zum Scheitern verurteilt seien. Die Freuden des Orgasmus seien zu flüchtig, um für die verbleibenden Stunden der Langeweile und der Enttäuschung zu entschädigen.«

Joanna richtete ihre Aufmerksamkeit wieder auf den Garten. »Warum hat sie sich dann ausgezogen?« Die Frage schien ihr tatsächlich sehr wichtig zu sein. Weil sie eifersüchtig war, oder weil es für sie nötig war, Mathilda weiterhin verachten zu können?

»Ich vermute, sie fand ganz einfach nichts dabei und interessierte sich genug für die Kunst um der Kunst willen, um Jack zu helfen, die unkonventionelle Seite ihres Wesens zu erkunden. Ich kann mir nicht vorstellen, daß sie es aus anderem Grund getan hat.«

Joanna ließ sich das einen Moment schweigend durch den Kopf gehen. »Mögen Sie sie jetzt, wo sie tot ist, immer noch?«

Sarah faltete ihre Hände zwischen ihren Knien und blickte zum Teppich hinunter. »Ich weiß es nicht«, antwortete sie aufrichtig. »Ich bin so verärgert über das Testament, daß ich sie im Moment nicht objektiv sehen kann.«

»Dann schlagen Sie doch die Erbschaft aus. Überlassen Sie sie Ruth und mir.«

»Ich wollte, es wäre so einfach, glauben Sie mir. Aber wenn ich sie ausschlage, müssen Sie sich mit dem Eselasyl darum streiten, und ich sehe wirklich nicht, inwiefern das Ihre Chancen vergrößern sollte, es sei denn, Sie können nachweisen, daß es nie Mathildas Absicht war, dieses Testament bestehen zu lassen.« Sie blickte auf und sah, daß Joanna sie aufmerksam beobachtete.

»Sie sind eine merkwürdige Frau, Dr. Blakeney«, sagte Joanna langsam. »Ihnen muß doch klar sein, daß es für mich zu diesem Zweck das Einfachste wäre zu beweisen, daß meine Mutter ermordet wurde, und daß Sie die Täterin sind. Ich meine, es paßt doch alles so schön. Sie wußten, daß das Testament lediglich eine Drohung war, um Ruth und mich zur Räson zu bringen, und da haben Sie meine Mutter umgebracht, ehe sie es ändern konnte. Wenn Sie verurteilt werden, wird kein Gericht der Welt den Nachlaß den Eseln zusprechen.«

Sarah nickte. »Und wenn Sie meinen Mann dazu bringen können auszusagen, daß ich von der Existenz des Testaments wußte, haben Sie es geschafft.« Sie zog fragend eine Augenbraue hoch. »Aber ich nehme an, Sie kommen langsam dahinter, daß Jack weder so entgegenkommend noch so unredlich ist. Und daran würde sich auch nichts ändern, wenn es Ihnen gelänge, ihn in Ihr Bett zu kriegen. Ich kenne ihn seit sechs Jahren, und eines kann ich mit Sicherheit von ihm sagen – er läßt sich nicht kaufen. Er schätzt sich selbst viel zu hoch, um für irgend jemanden zu lügen, ganz gleich, wie sehr man ihn unter Druck setzt.«

Joanna lachte kurz. »Sie scheinen ja sehr sicher zu sein, daß ich nicht mit ihm geschlafen habe.«

Sie tat Sarah leid. »Mein Anwalt hat mich gestern abend angerufen und mir erzählt, daß Jack in Ihrem Sommerhaus kampiert. Aber ich war auch so sicher. Sie sind im Augenblick sehr verletzlich, und ich kenne meinen Mann gut genug, um zu wissen, daß er das nicht ausnützen würde.«

»Das klingt ja, als bewunderten Sie ihn.«

»Ich könnte ihn nie so sehr bewundern, wie er selbst sich bewundert«, gab Sarah trocken zurück. »Ich hoffe, es ist bitter kalt da draußen. Ich habe jahrelang für seine Kunst gelitten.«

»Ich habe ihm einen Paraffinofen gebracht«, sagte Joanna stirnrunzelnd. Die Erinnerung ärgerte sie offensichtlich.

Sarah hätte am liebsten gelacht. »Und – war er dankbar?«

»Nein. Er hat gesagt, ich soll ihn vor der Tür stehenlassen.« Sie starrte zum Fenster hinaus. »Er ist ein schwieriger Mensch.«

»Ja, das ist er«, stimmte Sarah zu. »Er kommt gar nicht auf den Gedanken, daß andere Menschen ein zartes Ich haben, das ab und zu Streicheleinheiten braucht. Das heißt, daß man einfach auf seine Liebe vertrauen muß, wenn man eine Beziehung mit ihm will.« Sie lachte leise. »Und das Vertrauen hat die gemeine Angewohnheit, einen genau in dem Moment zu verlassen, wenn man es am meisten braucht.«

Joanna sagte lange Zeit gar nichts. »Haben Sie mit meiner Mutter auch so gesprochen?« fragte sie dann.

»Wie?«

Joanna suchte nach den richtigen Worten. »So – ungezwungen.«

»Wie meinen Sie das?«

»Ich meine« – ein gequälter Ausdruck trat in ihre Augen –, »hatten Sie keine Angst vor ihr?«

Sarah sah auf ihre Hände hinunter. »Ich brauchte keine Angst vor ihr zu haben, Mrs. Lascelles. Sie konnte mir nichts anhaben, da sie ja nicht meine Mutter war. Es gab keine kindlichen Bindungen, die sie hätte ausbeuten können; keine gemeinsamen Familiengeheimnisse, die mich für ihre Sticheleien anfällig gemacht hätten; keine Schwächen aus der Kindheit, auf die sie jederzeit hätte zurückgreifen können, um mich kleinzumachen. Hätte sie dergleichen versucht, so wäre ich gegangen. Ich habe das jahrelang mit meiner eigenen Mutter durchgemacht. Von einer Fremden hätte ich so was nie hingekommen.«

»Ich habe sie nicht getötet, falls Sie gekommen sein sollten, um das herauszufinden.«

»Ich bin gekommen, weil ich sehen wollte, ob sich eine Brücke schlagen läßt.«

»Zu Ihrem Nutzen oder zu meinem?«

»Zum beiderseitigen, hoffte ich.«

Joannas Lächeln war entschuldigend. »Aber ich habe durch einen freundschaftlichen Umgang mit Ihnen nichts zu gewinnen, Dr. Blakeney. Das hieße ja, daß ich zugebe, daß meine Mutter recht hatte, und das kann ich nicht, wenn ich das Testament gerichtlich anfechten will.«

»Ich hatte gehofft, Sie davon zu überzeugen, daß es Alternativen gibt.«

»Die alle von Ihrer Mildtätigkeit abhängen.«

Sarah seufzte. »Ist das so schlimm?«

»Aber ja. Ich habe vierzig Jahre für mein Erbe verbüßt. Sie ein einziges. Warum sollte ich bei Ihnen betteln gehen müssen?«

Ja, warum eigentlich? Sollte eine Gerechtigkeit darin liegen, konnte Sarah sie nicht erkennen. »Hat es Sinn, daß ich noch einmal herkomme?«

»Nein. Es würde alles nur schlimmer machen.«

Sarah lächelte trübe. »Kann es denn noch schlimmer werden?«

»O ja«, antwortete Joanna mit einem verzerrten kleinen Lächeln. »Ich könnte anfangen, Sie zu mögen.« Sie winkte nachlässig in Richtung zur Tür. »Sie finden ja hinaus.«

Sergeant Cooper stand mit nachdenklicher Miene bei Sarahs Auto, als sie aus dem Haus kam. »War das klug, Dr. Blakeney?« fragte er, als sie näher kam.

»War was klug?«

»Sich in die Höhle der Löwin zu wagen.«

Sie betrachtete ihn mit freundlicher Erheiterung. »Ob klug oder nicht, Sergeant, es war auf jeden Fall heilsam. Meine Befürchtungen sind zerstreut worden.«

Er machte ein erfreutes Gesicht. »Dann haben Sie sich mit Ihrem Mann ausgesprochen?«

Sie schüttelte den Kopf. »Jack ist eine lebenslängliche Strafe, keine Beunruhigung.« Ihre dunklen Augen blitzten mutwillig. »Vielleicht hätte ich genauer zuhören sollen, als meine Mutter ihre Prophezeiungen für unsere Zukunft machte.«

»›Schnell gefreit, lange bereut‹?« fragte er.

»Eher nach dem Motto ›Wer mit dem Teufel speist, braucht einen langen Löffel‹. Worauf ich natürlich sagte: ›Der Teufel hat die schönsten Lieder‹.« Sie machte ein wehmütiges Gesicht. »Aber versuchen Sie mal ›Hey, Jude‹ und ›Twentyfour hours from Tulsa‹ zu vergessen. Sie haben genau wie Jack die unschöne Angewohnheit, einem im Gedächtnis zu bleiben.«

Er lachte. »Ich hab's mehr mit ›White Christmas‹, aber ich weiß, was Sie meinen.« Er schaute zum Haus. »Wenn also nicht Ihr Mann Ihnen Ihre Ruhe wiedergegeben hat, dann muß es Mrs. Lascelles gewesen sein. Heißt das, daß sie sich entschlossen hat, das Testament zu akzeptieren?«

Wieder schüttelte Sarah den Kopf. »Nein. Sie hat mich überzeugt, daß sie ihre Mutter nicht getötet hat.«

»Und wie hat sie das geschafft?« fragte er skeptisch.

»Weibliche Intuition, Sergeant. Sie würden es wahrscheinlich Naivität nennen.«

»Das stimmt.« Er tätschelte ihr den Arm wie ein alter Onkel. »Sie müssen sich diese Gönnerhaftigkeit wirklich abgewöhnen, Dr. Blakeney. Dann sehen Sie die Dinge in einem anderen Licht.«

»Gönnerhaftigkeit?« wiederholte Sarah verblüfft.

»Wir können es auch anders nennen. Intellektuellen Dünkel oder Selbstgerechtigkeit vielleicht. Sie verstecken sich gern unter dem Mantel der Naivität, aber Naivität klingt ja auch so viel weniger bedrohlich. Sie sind eine Frau mit sehr festen Ansichten, Dr. Blakeney, und Sie mischen sich, ohne zu überlegen, in Dinge ein, von denen andere lieber die Finger lassen, aber Sie tun es nicht aus Naivität, sondern in der festen Überzeugung, daß Sie es am besten wissen. Ich ermittle hier in einem Mordfall.« Er lächelte grimmig. »Ich will gar nicht behaupten, daß ich Mrs. Gillespie gemocht hätte. Ich neige eher dazu, die allgemeine Meinung von ihr zu übernehmen, daß sie nämlich eine bösartige alte Hexe war, die sich ihre Befriedigung damit verschaffte, andere zu verletzen. Aber das gibt noch lange keinem das Recht, sie zu töten. Worauf ich jedoch hinaus will, ist etwas andres: Die Person, die sie getötet hat, ist schlau. Mrs. Gillespie hat sich rundherum Feinde geschaffen; sie war eine Tyrannin; sie war grausam; sie ist auf den Gefühlen anderer herumgetrampelt. Und doch ist ihr jemand so nahe gekommen, daß er ihr diesen teuflischen Kopfschmuck aufsetzen und sie betäubt in die Badewanne legen konnte, um ihr dann die Pulsadern aufzuschneiden. Und diese Person, wer immer sie auch sein mag, wird Sie bestimmt nicht wissen lassen, daß sie es getan hat. Sie wird Ihnen ganz im Gegenteil weismachen, daß sie es nicht getan hat, und ihre absurde Idee, Sie könnten nach einem simplen Gespräch intuitiv sagen, wer schuldig ist und wer nicht, beruht auf intellektueller Überheblichkeit schlimmster Art. Wenn es so verdammt einfach wäre, Mörder vom Rest der Gesellschaft zu unterscheiden, glauben Sie dann nicht, daß wir sie inzwischen alle längst eingesperrt hätten und Mord nur noch in den Geschichtsbüchern vorkäme?«

»Ach, du lieber Gott«, sagte sie, »da scheine ich einen wunden Punkt getroffen zu haben. Tut mir leid.«

Er seufzte frustriert. »Schon wieder sind Sie gönnerhaft.«

Sie öffnete die Autotür. »Vielleicht ist es besser, ich fahre jetzt, sonst lasse ich mich womöglich dazu hinreißen, die Beleidigung zurückzugeben.«

Er war erheitert. »So was prallt an mir ab«, erklärte er freundlich. »Ich bin schon von Profis beleidigt worden.«

»Das wundert mich nicht.« Sie setzte sich ans Steuer. »Ich bin bestimmt nicht die einzige, der die Galle hochkommt, wenn Sie auf Ihre polizeiliche Allwissenheit pochen. Sie wissen noch nicht mal mit Sicherheit, ob Mathilda ermordet worden ist, aber wir sollen uns gefälligst alle vor Angst in die Hose machen. Für wen spielt es schon eine Rolle, wenn ich bereit bin, mich überzeugen zu lassen, daß Mrs. Lascelles ihre Mutter nicht getötet hat?«

»Für Sie könnte es eine große Rolle spielen«, sagte er milde. »Es könnte Ihren Tod bedeuten.«

»Wieso?« fragte sie verächtlich.

»Haben Sie ein Testament gemacht, Dr. Blakeney?«

»Ja.«

»Zugunsten Ihres Mannes?«

Sie nickte.

»Wenn Sie also morgen sterben, bekommt er alles, auch das, was Sie von Mrs. Gillespie geerbt haben.«

Sie ließ den Wagen an. »Wollen Sie unterstellen, daß Jack vorhat, mich zu ermorden?«

»Nicht unbedingt.« Er machte ein nachdenkliches Gesicht. »Mich interessiert mehr die Tatsache, daß er – potentiell – ein sehr erstrebenswerter Ehemann ist. Immer vorausgesetzt natürlich, Sie sterben, ehe Sie Ihr Testament ändern können. Das ist doch eine Erwägung wert, finden Sie nicht?«

Durch das offene Fenster warf Sarah ihm einen empörten Blick zu. »Und Sie behaupten, Mathilda sei bösartig gewesen?« Zornig legte sie den Gang ein, daß es krachte. »Im Vergleich zu Ihnen war sie so harmlos wie Julia verglichen mit Jago. Und wenn Sie die Analogie nicht verstehen, würde ich vorschlagen, Sie sehen mal bei Shakespeare nach.« Mit einem Ruck ließ sie die Kupplung los und brauste ab, daß ihm die Kieselsteinchen um die Beine flogen.

»Sind Sie beschäftigt, Mr. Blakeney, oder haben Sie ein paar Minuten Zeit für mich?« Cooper lehnte sich an den Türpfosten des Sommerhauses und zündete sich eine Zigarette an.

Jack gönnte ihm nur einen kurzen Blick, dann wandte er sich wieder seiner Arbeit zu. »Wenn ich sage, daß ich beschäftigt bin, gehen Sie dann weg?«

»Nein.«

Mit einem Achselzucken klemmte sich Jack den Pinsel zwischen die Zähne, nahm aus dem Glas auf der Staffelei einen gröberen und gab damit der weichen Farbe, die er soeben aufgetragen hatte, Struktur. Cooper rauchte seine Zigarette und sah ihm zu.

»Okay«, sagte Jack schließlich, steckte den Pinsel ins Terpentinglas und drehte sich nach Cooper um. »Was gibt's?«

»Wer war Jago?«

Jack grinste. »Sie sind doch nicht hergekommen, um mich das zu fragen.«

»Da haben Sie recht, aber ich möcht's trotzdem wissen.«

»Er ist eine Figur aus *Othello*. Ein Machiavelli, der die Gefühle anderer manipulierte, um sie zu zerstören.«

»War Othello der schwarze Bursche?«

Jack nickte. »Jago trieb ihn in eine derart blinde Eifersucht hinein, daß er erst seine Frau Desdemona tötete und sich dann selbst das Leben nahm, als er erfuhr, daß alles, was Jago über sie gesagt hatte, gelogen war. Es ist eine Geschichte von blinder Leidenschaft und verratenem Vertrauen. Sie sollten sie lesen.«

»Vielleicht werd ich das tun. Wie hat Jago es angestellt, Othello eifersüchtig zu machen?«

»Er nutzte Othellos innere Unsicherheit aus, indem er ihm weismachte, Desdemona hätte eine Liebesbeziehung zu einem jüngeren, attraktiveren Mann. Othello glaubte ihm, weil er genau das am meisten fürchtete.« Jack streckte seine langen Beine aus. »Ehe Othello sich in sein Schwert stürzte, bezeichnete er sich als einen, ›der nicht klug, doch zu sehr liebte‹ Der Ausspruch wird heute von Leuten, die zwar das Zitat kennen, aber nicht die Geschichte, falsch angewendet. Sie beziehen das ›nicht klug‹ auf die Wahl der Gefährtin. Tatsächlich aber spricht Othello von seiner Torheit, der Frau nicht vertraut zu haben, die er so sehr liebte. Er konnte einfach nicht glauben, daß auch sie ihn liebte.«

Cooper trat seinen Zigarettenstummel aus. »Eine ganz aktuelle Geschichte also«, murmelte er mit einem Blick auf den Schlafsack. »Ihre Frau liebt im Moment auch nicht allzu klug, aber Sie geben ihr auch wenig Anlaß zu was andrem. Finden Sie nicht, daß Sie ein bißchen grausam sind, Sir?«

Der Mann wurde Jack immer sympathischer. »Nicht halb so grausam wie ich sein sollte. Warum haben Sie mich nach Jago gefragt?«

»Ihre Frau hat ihn erwähnt. Sie hat mich mit Jago in einen Topf geworfen und meinte, im Vergleich zu mir sei Mrs. Gillespie eine Julia gewesen.« Er lächelte auf seine liebenswürdige Art. »Allerdings nachdem ich ihr gesagt hatte, daß Sie eine sehr erstrebenswerte Partie für eine andere abgeben würden, wenn sie vorzeitig sterben sollte.« Er nahm sich eine frische Zigarette, betrachtete sie einen Moment und steckte sie wieder in die Packung. »Aber ich sehe nicht, was Mrs. Gillespie mit Julia gemein haben soll. Mir käme da eher König Lear in den Sinn, wenn ich recht habe und er derjenige war, der von seiner Tochter hintergangen wurde.«

»Seinen Töchtern«, korrigierte Jack. »Zwei haben ihn hintergangen und verstoßen. Die dritte versuchte, ihn zu retten.« Er sah Cooper nachdenklich an. »Sie haben also Joanna auf dem Kieker, oder? Wenn ich Ihre Überlegungen richtig verstanden habe, hat Joanna ihre Mutter getötet, um zu erben, entdeckte dann zu ihrem Entsetzen, daß Mathilda inzwischen ihr Testament geändert hatte, und machte mir dann sofort schöne Augen, um mich Sarah, die sie bei nächster Gelegenheit um die Ecke zu bringen gedenkt, abspenstig zu machen und als Ehemann heimzuführen.« Er lachte. »Oder vielleicht glauben Sie ja auch, daß wir beide unter einer Decke steckten. Das ist wirklich eine tolle Verschwörungstheorie.«

»Es sind schon seltsamere Dinge vorgekommen.«

Jack lockerte seine steifen Schultern. »Mir persönlich gefällt Joannas Interpretation besser. Sie ist vernünftiger.«

»Mrs. Lascelles beschuldigt Ihre Frau.«

»Ich weiß. Eine saubere kleine Theorie. Sie hat nur einen Makel – Sarah hätte so was nie getan. Aber man kann es Joanna nicht übelnehmen, daß sie das nicht sieht. Sie ist ja blind vor Eifersucht.«

Cooper runzelte die Stirn. »Eifersucht Ihretwegen?«

»Lieber Gott, nein.« Jack lachte wieder. »Sie mag mich ja nicht mal besonders. Sie hält mich für homosexuell, weil sie sich meine mangelnde Begeisterung für sie anders nicht erklären kann. Sie ist natürlich ihrer Mutter wegen eifersüchtig. Sie war es ganz zufrieden, ihre Mutter zu hassen und von ihr gehaßt zu werden, bis sie entdeckte, daß sie eine Nebenbuhlerin hatte. Eifersucht hat weit mehr mit Besitz als mit Liebe zu tun.«

»Wollen Sie damit sagen, daß sie von der Beziehung Ihrer Frau zu Mrs. Gillespie schon vor dem Tod von Mrs. Gillespie wußte?«

»Nein. Wäre das der Fall gewesen, so hätte sie wahrscheinlich etwas dagegen unternommen.« Die Augen nachdenklich zusammengekniffen, rieb er sich das stoppelige Kinn. »Aber dazu ist es jetzt zu spät, und das kann die Eifersucht nur schlimmer machen. Sie wird anfangen, die Fehler ihrer Mutter zu vergessen, sich Phantasievorstellungen über die Beziehung Sarahs zu ihrer Mutter machen und sich mit Gedanken über ihre eigenen verpaßten Gelegenheiten quälen. Seien wir doch mal ehrlich, wir alle möchten glauben, daß unsere Mütter uns lieben. Es ist doch angeblich die einzige Beziehung, auf die man sich verlassen kann.«

Nun zündete sich Cooper doch eine zweite Zigarette an. Den Blick nachdenklich auf ihr glühendes Ende gerichtet, sagte er: »Sie behaupten also, Mrs. Lascelles sei eifersüchtig auf Ihre Frau, weil diese eine gute Beziehung zu Mrs. Gillespie hatte. Warum ist sie dann nicht auf ihre eigene Tochter eifersüchtig? Die junge Dame hat uns selbst erzählt, daß sie sich mit ihrer Großmutter glänzend verstanden hat.«

»Glauben Sie ihr das?«

»Es gibt keine Beweise für das Gegenteil. Die Hausmutter in ihrem Internat hat uns erzählt, daß Mrs. Gillespie regelmäßig geschrieben hat und bei ihren Besuchen immer sehr liebevoll wirkte. Weit liebevoller und mehr um Ruths Wohl besorgt offenbar als Mrs. Lascelles, die sich nur selten blicken läßt und kaum Interesse an den Leistungen und am Befinden ihrer Tochter zeigt.«

»Das alles sagt mir nur, daß Mathilda eine großartige Heuchlerin war. Man darf ihren Snobismus nicht ignorieren, sonst bekommt man ein verzerrtes Bild. Southcliffe ist ein sehr teures Mädcheninternat. In so einer Umgebung hätte Mathilda sich niemals eine Blöße gegeben. Sie hat immer von den ›Leuten ihrer Kreise‹ gesprochen und bedauert, daß es in Fontwell keine davon gab.«

Cooper schüttelte skeptisch den Kopf. »Das deckt sich aber nicht mit dem, was Sie mir früher gesagt haben. Sie haben sie als Individualistin reinsten Wassers bezeichnet. Jetzt erzählen Sie mir, daß sie sich bei den besseren Leuten angebiedert hat, weil sie unbedingt dazugehören wollte.«

»Durchaus nicht. Sie war eine Cavendish und außerordentlich stolz auf diese Tatsache. Hier sind jahrelang bedeutende und einflußreiche Leute ein und aus gegangen. Ihr Vater, Sir William Cavendish, war nach einer Amtszeit als Parlamentsabgeordneter in den Adelsstand erhoben worden. Sie gehörte bereits zu den

›besseren Leuten‹, wie Sie es formulieren, und hatte es nicht nötig, sich anzubiedern.« Er schloß einen Moment die Augen in dem Bemühen, sich zu erinnern. »Nein, das, was sie trotz allen elitären Gehabes, mit dem sie in der Öffentlichkeit die Leute in die Schranken zu weisen pflegte, außergewöhnlich machte, war, daß sie innerlich von Widersprüchen geschüttelt wurde. Vielleicht hatte der Mißbrauch durch ihren Onkel damit zu tun, aber der wahre Grund ist meiner Ansicht nach, daß sie in die falsche Generation hineingeboren wurde und ein verfehltes Leben führte. Sie besaß intellektuelle Fähigkeiten, die es ihr erlaubt hätten, aus sich zu machen, was sie nur wollte, aber aufgrund ihrer gesellschaftlichen Konditionierung ließ sie es sich gefallen, in eine Rolle gepreßt zu werden, für die sie nicht geeignet war, die der Ehefrau und Mutter. Im Grunde ist es tragisch. Fast ihr ganzes Leben lang lag sie im Krieg mit sich selbst und hat darüber ihre Tochter und ihre Enkelin zu seelischen Krüppeln gemacht. Sie konnte es nicht ertragen, daß sie erfolgreich rebellierten, während ihr das nicht gelungen war.«

»Hat sie Ihnen das alles erzählt?«

»Nicht direkt. Ich entnahm es Dingen, die sie mir sagte, und habe es dann in das Porträt einfließen lassen. Aber es ist alles wahr. Sie wollte von mir eine vollständige Erklärung des Bilds, bis zur letzten Farbnuance und zum letzten Pinselstrich, und die habe ich ihr gegeben. Sie entsprach etwa dem, was ich Ihnen gerade erläutert habe, und am Ende sagte sie, es sei nur eines falsch daran, und es sei falsch, weil es fehle.« Er dachte nach. »Vermutlich hatte es etwas mit dem Mißbrauch durch ihren Onkel zu tun. Davon wußte ich nichts. Ich wußte nur von den Mißhandlungen ihres Vaters mit der Schandmaske.«

Aber Coopers Interesse galt etwas andrem, etwas, das er ein wenig früher gesagt hatte. »Mrs. Lascelles Rebellion kann man aber doch weiß Gott nicht als erfolgreich bezeichnen. Sie hat sich mit einem charakterlosen Heroinsüchtigen eingelassen, der sie nach seinem Tod ohne einen Penny zurückließ.« Sein Blick hing immer noch an dem Porträt.

Jacks dunkles Gesicht verzog sich zu einem neuerlichen Lächeln. »Sie müssen ein sehr behütetes Leben geführt haben, wenn Sie glauben, Rebellion hätte etwas mit Glücklichwerden zu tun. Bei der Rebellion geht es um Wut und Widerstand und das Bestreben, einer verhaßten Autoritätsfigur größtmögliches Leid anzutun.« Spöttisch zog er eine Augenbraue hoch. »In dieser Hinsicht, würde ich sagen, konnte Joanna einen durchschlagenden Erfolg verbuchen. Wenn Sie ihren Ehemann schon als charakterlos bezeichnen, was glauben Sie dann, haben die Leute aus Mathildas Kreisen damals über ihn gesagt? Vergessen Sie nicht, sie war eine sehr stolze Frau.«

Cooper zog tief an seiner Zigarette und blickte zum Haus hinauf. »Ihre Frau war gerade bei Mrs. Lascelles. Wußten Sie das?«

Jack schüttelte den Kopf.

»Ich hab sie getroffen, als sie ging. Sie hat gesagt, sie sei überzeugt, daß Mrs. Lascelles ihre Mutter nicht getötet hat. Glauben Sie, daß sie recht hat?«

»Wahrscheinlich.«

»Aber mir haben Sie eben erklärt, daß es Mrs. Lascelles darum ging, dem Objekt ihres Hasses größtmögliches Leid zuzufügen. Ist nicht der Tod das Schlimmste, was man einem Menschen zufügen kann?«

»Ich sprach von einer Zeit, die vielleicht zwanzig Jahre zurückliegt. Sie sprechen von heute. Rebellion ist eine Sache der Jugend, Sergeant, nicht der Älteren. Gegen die Älteren rebelliert man, weil sie diejenigen sind, die ihren Prinzipien untreu werden.«

»Und wie sieht Ruths Rebellion aus?«

Jack musterte ihn mit trägem Blick. »Warum fragen Sie das nicht sie selbst?«

»Weil sie nicht hier ist«, antwortete Cooper logisch. »Sie dagegen *sind* hier.«

»Dann fragen Sie ihre Mutter. Sie werden dafür bezahlt, sich einzumischen«, spottete er, »ich nicht.«

Cooper strahlte ihn an. »Sie gefallen mir, Mr. Blakeney, Gott weiß, warum. Und Ihre Frau gefällt mir auch, wenn Sie das interessieren sollte. Sie sind beide offen und direkt und schauen mir in die Augen, wenn Sie mit mir reden. Das tut gut, ob Sie's glauben oder nicht, weil ich hier nämlich versuche, die Arbeit zu tun, die die Leute von mir erwarten, für die ich aber von vielen wüst beschimpft werde. Also, so wie die Dinge liegen, könnten Sie oder Ihre Frau oder auch Sie beide gemeinsam die arme Alte da oben umgebracht haben, und wenn ich Sie verhaften muß, dann tu ich das auch und laß mich von meiner Sympathie für Sie nicht dran hindern. Ich bin nämlich ein altmodischer Mensch, der davon überzeugt ist, daß das Zusammenleben in einer Gesellschaft nur funktioniert, wenn es durch Regeln und Vorschriften gestützt wird, die mehr Freiheit geben als sie nehmen. Mrs. Lascelles und ihre Tochter andererseits mag ich gar nicht, und wenn ich der Typ wäre, der Leute verhaftet, die er nicht mag, hätte ich sie schon vor zwei Wochen eingebuchtet. Sie sind beide gleich böswillig. Die eine richtet ihre Böswilligkeit gegen Ihre Frau, die andere gegen ihre eigene Mutter, aber keine von beiden hat bis jetzt irgendwas gesagt, wofür sich das Zuhören gelohnt hätte. Ihre Beschuldigungen sind völlig vage und ohne Substanz. Ruth behauptet, ihre Mutter sei eine Hure ohne Prinzipien, und Mrs. Lascelles behauptet, Ihre Frau sei eine Mörderin. Aber wenn ich sie auffordere, ihre Beschuldigungen zu beweisen, können sie es nicht.« Er warf seinen Zigarettenstummel auf den Rasen. »Das Verrückte ist, daß Sie und Ihre Frau über diese beiden Frauen und ihre Beziehungen zu Mrs. Gillespie allem Anschein nach mehr wissen als die beiden selbst, aber aus einer Art unangebrachter Nächstenliebe wollen Sie nicht darüber sprechen. Vielleicht gilt es unter betuchten Intellektuellen als politisch nicht korrekt, der dunklen Seite des Lebens nachzuspüren, aber eines können Sie mir glauben, ohne zusätzliches Material wird Mrs. Gillespies Tod ein ungelöstes Geheimnis bleiben, und die einzige, die darunter leiden wird, ist Ihre Frau, weil sie die einzige ist, die ein offenkundiges Motiv hatte, Mathilda Gillespie zu töten. Wenn sie mit der Ermordung ihrer Patientin nichts zu tun hat, kann ihre Unschuld nur durch die Überführung des wahren Täters nachgewiesen werden. So, und jetzt sagen Sie mir mal ehrlich, ob Sie Ihre Frau so geringachten, daß Sie bereit sind untätig zuzusehen, wie ihr gutes Ansehen in den Schmutz gezogen wird, nur weil Sie keine Lust haben, der Polizei zu helfen.«

»Mein Gott!« rief Jack mit echter Begeisterung. »Sie müssen mich unbedingt Ihr Porträt malen lassen. Zweitausend. Darauf hatten wir uns doch geeinigt, stimmt's?«

»Sie haben meine Frage nicht beantwortet«, entgegnete Cooper geduldig.

Jack griff nach seinem Skizzenblock und blätterte zu einem leeren Blatt. »Bleiben Sie einen Moment so stehen«, murmelte er, während er ein Stück Kohle nahm und mit schnellen Strichen zu zeichnen begann. »Das war ein toller Vortrag. Ist Ihre Frau auch so grundanständig und ehrenhaft wie Sie?«

»Sie machen sich über mich lustig.«

»Nein, bestimmt nicht.« Jack warf mit zusammengekniffenen Augen einen kurzen Blick auf ihn, ehe er weiterzeichnete. »Ich habe das Gefühl, daß die Beziehung zwischen der Polizei und der Gesellschaft dabei ist zu kippen. Die Polizei vergißt, daß sie nur auf Einladung da ist; und die Gesellschaft vergißt, daß sie, da sie über die Gesetze zu ihrer Regulierung entscheidet, die Verantwortung trägt, sie zu unterstützen. Sie sollten gegenseitig füreinander eintreten; statt dessen ist die Beziehung beiderseitig von Mißtrauen und Antagonismus geprägt.« Er sah Cooper mit einem entwaffnenden Lächeln an. »Ich bin hellauf begeistert, einen Polizeibeamten vor mir zu haben, der meine Ansicht zu teilen scheint. Und um auf Ihre letzte Frage zu antworten – nein, ich achte Sarah nicht so gering, daß ich zulassen würde, daß ihr Ansehen geschädigt wird. Ist denn damit wirklich zu rechnen?«

»Sie sind nicht viel unter die Leute gekommen, seit Sie hier eingezogen sind.«

»Das ist immer so, wenn ich arbeite.«

»Dann ist es vielleicht an der Zeit, daß Sie hier weggehen. In Fontwell wird nämlich bereits über Ihre Frau zu Gericht gesessen. Sie ist schließlich die ›Neue‹ im Ort, und Sie haben ihr keinen Gefallen damit getan, daß Sie sich bei der Opposition eingenistet haben. Sie hat bereits eine ganze Anzahl Patienten verloren.«

Jack hielt den Block auf Armeslänge von sich ab, um die Zeichnung zu begutachten. »Ja«, sagte er, »ich weiß jetzt schon, es wird ein Genuß werden, Sie zu malen.« Er begann, seine Reisetasche zu packen. »Es ist sowieso viel zu kalt hier, und von Joanna hab ich genug, um sie zu Hause fertigzumachen. Nimmt Sarah mich denn zurück?«

»Ich würde vorschlagen, Sie fragen sie selbst. Ich werde nicht dafür bezahlt, mich in häusliche Zwistigkeiten einzumischen.«

Jack hob zur Bestätigung einen Finger. »Okay«, sagte er, »das einzige, was ich über Ruth weiß, ist das, was Mathilda mir erzählt hat. Für die Richtigkeit der Information kann ich nicht garantieren, Sie müssen das selbst überprüfen. Mathilda hatte immer um die fünfzig Pfund Bargeld in einer abgesperrten Kassette in ihrem Nachttisch. Als sie sie eines Tages öffnete, weil ich etwas für sie einkaufen sollte, war die Kassette leer. Ich meinte, sie hätte das Geld vielleicht schon ausgegeben und es nur vergessen. Darauf sagte sie, nein, so was passiert einem, wenn man eine Enkelin hat, die stiehlt.« Er zuckte die Achseln. »Ich kann nichts mit Gewißheit sagen. Vielleicht wollte sie mit der Bemerkung über Ruth nur ihre eigene Vergeßlichkeit vertuschen. Sie hat sich nicht näher darüber ausgelassen, und ich habe nicht gefragt. Das ist alles, was ich Ihnen erzählen kann.«

»Was für eine schreckliche Familie«, sagte Cooper. »Kein Wunder, daß sie ihr Geld einer Fremden hinterlassen hat.«

»Da scheiden sich die Geister«, entgegnete Jack. Er stand auf und streckte sich ausgiebig. »Sie sind Mathildas Geschöpfe. Sie hatte keinen Anlaß, Sarah den Schwarzen Peter zuzuschieben.«

Heute habe ich einen entsetzlichen Schrecken bekommen. Ich kam völlig unvorbereitet in die Praxis, und da saß Jane Marriott am Empfang. Wieso hat mir niemand erzählt, daß sie wieder hier sind? Vorgewarnt wäre ich gewappnet gewesen. Jane, die natürlich genau wußte, daß unsere Wege sich kreuzen würden, war die Gelassenheit selbst. »Guten Morgen, Mathilda«, sagte sie. »Du siehst gut aus.« Mir blieben die Worte im Hals stecken. Doktor Dolittle, dieser alte Esel, wieherte mir schließlich die freudige Nachricht ins Gesicht, daß Jane und Paul nach dem Tod ihres Mieters wieder ins Rossett House gezogen sind. Paul ist, wie ich hörte, invalide – chronisches Emphysem. Ihm werden die Ruhe und der Frieden in Fontwell nach den Strapazen Southamptons sicher guttun. Aber was mache ich mit Jane? Wird sie reden? Schlimmer noch, wird sie mich verraten?

»Und wohnt kein Mitleid droben in den Wolken, das in die Tiefe meines Jammers schaut?«

Mir wäre nicht so verzweifelt zumute, wenn Ruth nicht in die Schule zurückgekehrt wäre. Das Haus ist leer ohne sie. Es gibt zu viele Geister hier, und die meisten finden keine Ruhe. Gerald und mein Vater verfolgen mich erbarmungslos. Es gibt Momente, nicht viele, da bedauere ich ihren Tod. Aber meine ganze Hoffnung ruht auf Ruth. Sie ist klug für ihre Alter. Die Cavendishs werden doch noch etwas Gutes hervorbringen, ich bin sicher. Wenn nicht, ist alles, was ich getan habe, vergeudet.

»Leise, kein Flüstern, es ist schon spät! Mathilda Gillespie spricht ihr Gebet.« Ich habe in letzter Zeit so entsetzliche Kopfschmerzen. Vielleicht war nie Joanna die Verrückte, sondern nur ich…

10

Ruth, die man aus der Chemiestunde geholt hatte, trat in das Zimmer, das die Hausmutter Sergeant Cooper zur Verfügung gestellt hatte, und blieb an die Tür gelehnt stehen. »Warum mußten Sie hierherkommen?« fragte sie. »Das ist peinlich. Ich hab Ihnen alles gesagt, was ich weiß.« Sie trug keine Schuluniform und sah mit den zurückgekämmten Haaren, die zu einem strengen Knoten gedreht waren, älter aus als siebzehn.

Cooper konnte verstehen, daß sein Besuch ihr Verlegenheit bereitete. In jeder Schule saß man wie in einem Goldfischglas, und ganz besonders in einem Internat. »Polizeiermittlungen lassen sich meistens nicht fein säuberlich abwickeln. Da gibt es zu viele lose Fäden«, erklärte er entschuldigend. Er wies zu einem Stuhl. »Setzen Sie sich bitte, Miss Lascelles.«

Unwillig kam sie seiner Aufforderung nach, und er erhaschte einen kurzen Blick auf die schlaksige Halbwüchsige, die sich hinter der Hülle äußerer Blasiertheit verbarg. Er ließ sich auf dem Stuhl ihr gegenüber nieder und musterte sie ernst, aber nicht unfreundlich.

»Vor zwei Tagen haben wir einen Brief über Sie bekommen«, begann er. »Es war ein anonymer Brief. Darin hieß es, Sie seien an dem Tag, an dem Ihre Großmutter gestorben ist, im *Cedar House* gewesen und Sie hätten ein Paar Ohrringe gestohlen. Ist davon etwas wahr, Miss Lascelles?«

Ihre Augen weiteten sich, aber sie antwortete nicht.

»Seither«, fuhr er freundlich fort, »habe ich aus zuverlässiger Quelle erfahren, daß Ihre Großmutter Sie für eine Diebin hielt. Sie beschuldigte Sie, ihr Geld gestohlen zu haben. Haben Sie das getan?«

Sie wurde blaß. »Ich möchte einen Anwalt.«

»Warum?«

»Ich hab' das Recht darauf.«

Mit einem Nicken stand er auf. »In Ordnung. Haben Sie einen eigenen Anwalt? Wenn ja, können Sie Ihrer Hausmutter die Nummer geben und sie bitten, ihn anzurufen. Wenn nicht, wird sie sicher gern den Anwalt anrufen, mit dem die Schule zusammenarbeitet. Die Kosten wird man vermutlich mit dem Schulgeld abrechnen.« Er ging zur Tür. »Vielleicht ist sie auch bereit, selbst an der Besprechung teilzunehmen, um Ihre Interessen zu wahren. Ich habe weder gegen das eine noch gegen das andere etwas einzuwenden.«

»Nein«, rief sie scharf. »Ich will einen Pflichtanwalt.«

»Was für einen Pflichtanwalt?« Er fand ihre Durchsichtigkeit merkwürdig rührend.

»So einen Anwalt, den die Polizei stellt.«

Er ließ sich das schweigend durch den Kopf gehen. »Sprechen Sie von den Pflichtanwälten, die in Polizeidienststellen jederzeit auf Abruf bereit sind, um solche Leute zu betreuen, die keinen eigenen Rechtsvertreter haben?«

Sie nickte.

»Das ist beim besten Willen ausgeschlossen, Miss Lascelles«, sagte er mit echtem Bedauern, wie es schien. »Die Zeiten sind hart, wir stecken mitten in einer Rezession, und Sie sind eine privilegierte junge Frau, die von Leuten umgeben ist, die nur zu bereit sind, darauf zu achten, daß Ihre Rechte nicht verletzt werden. Wir werden Ihre Hausmutter bitten, sich mit einem Anwalt in Verbindung zu setzen. Sie wird das bestimmt sofort tun. Abgesehen von allem anderen, wird es ihr ein Anliegen sein, keinerlei Unannehmlichkeiten nach außen dringen zu lassen. Sie muß schließlich an den Ruf der Schule denken.«

»So was Gemeines!« zischte sie. »Dann beantworte ich auch keine Fragen.«

Er spielte den Verwunderten. »Darf ich das so verstehen, daß Sie nun doch keinen Anwalt wollen?«

»Nein. Ja.« Sie schlang beide Arme fest um ihren Oberkörper. »Aber ich sag kein Wort.«

Cooper kehrte zu seinem Stuhl zurück. »Das ist Ihr gutes Recht. Aber wenn ich von Ihnen keine Auskunft bekomme, muß ich mich anderswo umhören. Meiner Erfahrung nach beschränken sich Diebe nicht darauf, von nur einer Person zu stehlen. Ich bin gespannt, was passiert, wenn ich Ihre Mitschülerinnen, die mit Ihnen in einem Haus wohnen, zusammenrufe und sie frage, ob ihnen im Lauf des letzten Jahres etwas abhanden gekommen ist. Sie werden natürlich sofort begreifen, was das zu bedeuten hat, weil sie wissen, daß meine einzige Verbindung zur Schule Sie sind.«

»Das ist Erpressung.«

»Das ist normale polizeiliche Arbeitsweise, Miss Lascelles. Wenn ein Beamter seine Informationen nicht auf dem einen Weg bekommt, muß er es auf einem anderen versuchen.«

Sie starrte ihn finster an. »Ich hab sie nicht getötet.«

»Habe ich das denn behauptet?«

Sie schien sich die Antwort nicht versagen zu können. »Nein, aber Sie denken es. Wenn ich dort war, muß ich sie auch getötet haben.«

»Sie ist wahrscheinlich am Abend gestorben, zwischen neun Uhr und Mitternacht. Waren Sie zu dieser Zeit im Haus?«

Sie sah erleichtert aus. »Nein. Ich bin um fünf wieder weg. Ich mußte rechtzeitig zu einem Physikvortrag wieder hier sein. Physik gehört zu meinen Leistungskursen.«

Er nahm sein Heft heraus. »Wann hat der Vortrag angefangen?«

»Um halb acht.«

»Und Sie waren rechtzeitig zum Beginn wieder hier?«

»Ja.«

»Wie haben Sie das geschafft? Sie sind doch bestimmt nicht dreißig Meilen in zweieinhalb Stunden gelaufen.«

»Ich hab mir ein Fahrrad geliehen.«

Er sah sie skeptisch an. »Um welche Zeit kamen Sie bei Ihrer Großmutter an, Miss Lascelles?«

»Ich weiß nicht genau. Vielleicht um halb vier.«

»Und wann haben Sie die Schule verlassen?«

»Nach dem Mittagessen.«

»Aha«, sagte er gewichtig, »Sie sind also erst dreißig Meilen in der einen Richtung geradelt, sagen wir zwei Stunden, haben dann anderthalb Stunden bei Ihrer Großmutter Rast gemacht, und sind die dreißig Meilen wieder zurückgeradelt. Sie scheinen sehr fit zu sein. Würden Sie mir den Namen der Person nennen, von der Sie das Fahrrad geliehen haben?« Er leckte die Spitze seines Bleistifts und zückte ihn zum Schreiben.

»Ich weiß nicht, wem das Rad gehört hat. Ich hab's mir einfach genommen.«

Er machte sich eine Notiz. »Nennen wir doch das Kind beim Namen und hören wir auf, uns was vorzumachen. Sie haben das Rad gestohlen. Wie die Ohrringe und die fünfzig Pfund.«

»Ich hab's wieder zurückgebracht. Das ist kein Diebstahl.«

»Wohin zurück?«

»In den Fahrradschuppen.«

»Gut, dann können Sie es mir ja zeigen.«

»Ich weiß nicht. Ich hab einfach das beste genommen, das ich finden konnte. Wieso ist es so wichtig, was für ein Rad es war?«

»Weil Sie sich jetzt noch einmal draufsetzen werden, und ich den ganzen Weg bis Fontwell hinter Ihnen herfahren werde.« Seine Miene zeigte Erheiterung. »Ich glaube Ihnen nämlich nicht, daß Sie es schaffen, dreißig Meilen in zwei Stunden mit dem Rad zu fahren, Miss Lascelles, aber ich lasse mich von Ihnen gern eines Besseren belehren. Dann können Sie anderthalb Stunden Rast machen, ehe wir wieder zurückfahren.«

»Das können Sie nicht. Das ist –« sie suchte nach einem Wort – »Schikane.«

»Und ob ich kann. Man nennt das eine Rekonstruktion. Sie haben soeben zugegeben, daß Sie sich am Tag des Verbrechens am

Tatort befunden haben, Sie sind eine Angehörige des Opfers und hatten jederzeit Zugang zum Haus, und Sie glaubten, Sie würden vom Opfer erben. Das alles trägt dazu bei, daß Sie zum engsten Kreis der Verdächtigen gehören. Entweder beweisen Sie mir, daß Sie tatsächlich geradelt sind, oder Sie sagen mir jetzt, wie Sie wirklich nach Fontwell gekommen sind. Es hat Sie jemand hingefahren, stimmt's?«

Sie schwieg trotzig, den Kopf gesenkt. »Ich bin getrampt«, sagte sie plötzlich. »Ich wollt's Ihnen nicht sagen, weil die hier in der Schule einen Anfall kriegen würden, wenn Sie das hören.«

»War Ihre Großmutter am Leben, als sie um fünf Uhr wieder abgefahren sind?«

Der plötzliche Richtungswechsel schien sie zu verblüffen. »Muß sie ja wohl, da ich sie nicht getötet habe.«

»Sie haben also mit ihr gesprochen?«

Ruth musterte ihn argwöhnisch. »Ja«, murmelte sie. »Ich hatte meinen Schlüssel in der Schule vergessen und mußte läuten.«

»Dann hat sie doch sicher gefragt, wie Sie nach Fontwell gekommen sind. Sie hat ja offensichtlich nicht mit Ihrem Besuch gerechnet, sonst hätten Sie nicht trampen müssen.«

»Ich hab gesagt, eine Freundin hätte mich mitgenommen.«

»Aber das war nicht die Wahrheit, nicht wahr? Eins verstehe ich nicht – Sie wußten, daß Sie wieder zurück mußten. Es war November. Da wird es früh dunkel. Da ist Trampen gefährlich. Warum haben Sie nicht Ihre Großmutter gebeten, Sie zurückzufahren? Sie hatte ein Auto, und Sie haben uns doch erzählt, wie gut sie beide sich verstanden haben. Sie hätte das doch sicher ohne weiteres getan. Warum sind Sie lieber in der Dunkelheit per Anhalter gefahren, obwohl das gefährlich ist?«

»Ich hab einfach nicht daran gedacht.«

Er seufzte. »Von wo aus sind Sie getrampt, Miss Lascelles? Direkt von Fontwell aus, oder sind Sie die Gazing Lane entlang bis zur Hauptstraße gegangen? Das sind immerhin drei Meilen. Wenn Sie von Fontwell aus getrampt sind, wird es uns sicher gelingen, die Person ausfindig zu machen, die Sie mitgenommen hat.«

»Ich bin die Gazing Lane raufgegangen«, erklärte sie, wie er erwartet hatte.

»Und was für Schuhe hatten Sie an?«

»Turnschuhe.«

»Na, dann wird sich ja in jeder Naht und jedem Fältchen getrockneter Schmutz von der Gazing Lane finden lassen. Es hat an dem Nachmittag fast ununterbrochen geregnet. Da kann sich die Spurensicherung richtig austoben. Ihre Schuhe werden Sie rechtfertigen, wenn Sie die Wahrheit sagen. Und wenn nicht ...« Er lächelte grimmig. »Wenn nicht, dann werde ich Ihnen das Leben zur Hölle machen, Miss Lascelles. Ich werde, wenn nötig, jedes einzelne Mädchen hier in der Schule, danach fragen, mit wem Sie Umgang haben, wer Sie gedeckt hat, wenn Sie unerlaubt ausgerückt sind, was Sie stehlen und warum Sie es stehlen. Und wenn ich fertig bin, und Sie dann auch nur noch einen Funken Glaubwürdigkeit besitzen, fange ich noch einmal von vorn an. Ist das klar? Also, wer hat Sie zu Ihrer Großmutter gefahren?«

Sie begann zu weinen. »Das hat mit Großmutters Tod überhaupt nichts zu tun.«

»Was können Sie dann verlieren, wenn Sie mir die Wahrheit sagen?«

»Sie schmeißen mich hier raus.«

»Sie werden Sie noch viel schneller rausschmeißen, wenn ich erklären muß, warum ich Ihre Kleidung zur erkennungsdienstlichen Untersuchung mitnehme.«

Sie schlug die Hände vor ihr Gesicht. »Mein Freund«, murmelte sie.

»Name?« fragte er ohne Erbarmen.

»Dave – Dave Hughes.«

»Adresse?«

Sie schüttelte den Kopf. »Die kann ich Ihnen nicht sagen. Er würde mich umbringen.«

Cooper blickte stirnrunzelnd auf den gesenkten Kopf. »Woher kennen Sie ihn?«

Sie hob ihr tränennasses Gesicht. »Er hat hier in der Schule die Auffahrt asphaltiert.« Sie las Mißbilligung in seinem Blick und verteidigte sich hastig. »So ist es nicht.«

»Wie ist es nicht?«

»Ich bin kein Flittchen. Wir lieben uns.«

Ihre sexuelle Moral war das letzte, was ihn beschäftigte, ihr jedoch schien die Frage danach vor allem anderen zu schaffen zu machen. Sie tat ihm leid. Sie hatte sich selbst beschuldigt, dachte er, als sie ihre Mutter eine Hure genannt hatte. »Hat er ein Haus?«

»Nein. Er wohnt in einem besetzten Haus.«

»Aber er muß doch ein Telefon haben, sonst könnten Sie ihn ja nicht erreichen.«

»Er hat ein Handy.«

»Würden Sie mir die Nummer geben.«

Sie sah ihn angstvoll an. »Ich kann nicht. Er wäre stinksauer.«

Das kann ich mir vorstellen, dachte Cooper und überlegte, in was für schmutzigen Geschäften Hughes seine Hände haben könnte. Drogen? Sex mit Minderjährigen? Pornographie? Schulausschluß war das geringste von Ruths Problemen, wenn etwas davon zutraf. Er fragte nicht mehr nach Adresse und Telefonnummer, sondern sagte statt dessen: »Erzählen Sie mir von ihm. Wie lange kennen Sie ihn schon? Wie alt ist er?«

Er mußte die Geschichte mit viel Geduld und gutem Zureden aus ihr herauslocken, und während sie sprach und sich selbst zuhörte, sah er seine schlimmsten Befürchtungen bestätigt. Dies war keine Geschichte von Romeo und Julia, die sich in unschuldiger Liebe gegen den Haß der Eltern auflehnen, es war vielmehr ein deprimierender Bericht von schnellem Sex in einem weißen Ford Transit. Ungeschminkt erzählt, fehlte ihm selbst jeglicher Hauch von Erotik, der das Ganze vielleicht erträglich gemacht hätte, und Cooper fühlte sich, während Ruth erzählte, so unbehaglich wie sie. Er gab sich alle Mühe, es ihr leichtzumachen, aber ihre Verlegenheit war ansteckend, und die meiste Zeit konnten sie einander nicht ansehen.

Die Sache lief seit sechs Monaten, seit die Auffahrt asphaltiert worden war, und der Anfang war banal genug. Eine Schule voller Mädchen; Dave mit einem Blick für die wahrscheinlichste; sie geschmeichelt von seiner offenkundigen Aufmerksamkeit, um so mehr, als den anderen Mädchen auffiel, daß er nur Augen für sie hatte; sehnsüchtiges Bedauern, als die Auffahrt fertig war, und die Arbeiter wieder abzogen; danach eine scheinbare Zufallsbegegnung, als sie allein spazierenging; er mit allen Wassern der Straße gewaschen und neunundzwanzig; sie eine einsame Siebzehnjährige mit romantischen Träumen. Er respektiere sie, er liebe sie, werde ewig auf sie warten, aber (wie groß steht das Wort »aber« in den Leben der Menschen, dachte Cooper) schon innerhalb einer Woche nahm er sie hinten in seinem Transit. Wenn sie das Beschämende einer schmutzigen Decke auf einer alten Zeltplane vergessen konnte, dann konnte sie sich des Spaßes und der Aufregung erinnern. Sie war nachts um zwei aus einem Fenster im Erdgeschoß geklettert, um von ihrem Geliebten mit offenen Armen aufgenommen zu werden. In dem geparkten Lieferwagen hatten sie bei Kerzenlicht geraucht, getrunken, geredet. Ja gut, er war vielleicht nicht besonders gebildet oder wortgewandt, aber das machte nichts. Und wenn das, was dann geschah, nicht zu ihrem Plan gehört hatte, dann machte das auch nichts, weil sie ja im Grund genommen (ihre Augen straften ihre Worte Lügen) genauso gern mit ihm hatte schlafen wollen wie er mit ihr.

Warum? hätte Cooper gern gefragt. Warum sie sich so geringschätzte. Warum sie als einziges Mädchen an der Schule auf diesen Kerl hereingefallen war. Warum sie eine Beziehung zu einem ungebildeten Arbeiter wünschen sollte. Warum sie schließlich so naiv war zu glauben, daß er mehr wollte als kostenlosen Sex mit einem sauberen, unberührten jungen Mädchen. Er fragte sie das natürlich nicht. So grausam war er nicht.

Damit hätte die Geschichte vielleicht ein Ende gehabt, hätte sie ihn nicht durch reines Mißgeschick (Coopers Interpretation, nicht die ihre) eines Tages in ihren Ferien wiedergetroffen. Seit der Nacht im Lieferwagen hatte sie nicht mehr von ihm gehört, und Hoffnung war Niedergeschlagenheit gewichen. Sie verbrachte die Ostertage bei ihrer Großmutter in Fontwell (sie sei immer nach Fontwell gefahren, erzählte sie Cooper, weil sie sich mit ihrer Großmutter besser verstand) und fuhr mit dem Bus nach Bournemouth zum Einkaufen. Und plötzlich stand Dave vor ihr und freute sich unheimlich, sie zu sehen, wenn er natürlich auch sauer war, weil sie seinen Brief nicht beantwortet hatte. (Cooper konnte sich die rührende Szene lebhaft vorstellen. Welchen Brief? Na den, der bei der Post verlorengegangen war, natürlich.) Worauf sie einander hinten im Ford in die Arme gefallen waren, ehe Dave sie nach Hause gefahren und begriffen hatte (das war wieder Cooper, der zwischen den Zeilen las), daß aus Ruth vielleicht noch ein bißchen mehr rauszuholen war als eine schnelle Nummer, wenn ihm danach war.

»In diesen Ferien ist er überall mit mir rumgefahren. Es war ganz toll. Ich hab nie vorher soviel Spaß gehabt.« Aber ihre Stimme war tonlos, als fehlte selbst der Erinnerung der Glanz.

Sie war zu klug, um ihrer Großmutter zu erzählen, was sie trieb – nicht einmal in ihren kühnsten Träumen wäre sie auf den Gedanken gekommen, daß Mathilda ihren Umgang mit Dave gutheißen würde. Statt dessen erfand sie wie ein Ehepartner, der fremdging, Ausreden für ihre Abwesenheiten.

»Und Ihre Großmutter hat Ihnen geglaubt?«

»Ich glaube, ihre Arthritis war zu der Zeit echt schlimm. Ich hab immer gesagt, ich müßte irgendwohin, aber am Abend hatte sie schon vergessen, was ich gesagt hatte.«

»Hat Dave Sie mit zu sich nach Hause genommen?«

»Einmal. Aber da hat's mir nicht besonders gefallen.«

»Hat er Sie angestiftet, von Ihrer Großmutter zu stehlen? Oder kamen Sie von selbst auf die Idee?«

»So war es doch gar nicht«, entgegnete sie unglücklich. »Wir hatten kein Geld mehr. Da hab ich mir eben einmal was aus ihrer Tasche geliehen.«

»Und dann konnten Sie es nicht zurückgeben?«

»Nein.« Sie schwieg.

»Was haben Sie getan?«

»Im Haus lag soviel Zeug rum. Schmuck. Juwelen. Silber. Das meiste davon hat sie nicht mal gemocht. Und sie war so knickrig. Sie hätte mir viel mehr Taschengeld geben können, aber das wollte sie nicht.«

»Und da haben Sie ihre Sachen gestohlen und Dave hat sie verhökert?«

Sie antwortete nicht.

»Was war denn mit Daves Arbeit bei der Asphaltfirma?«

»Es war keine Arbeit da.« Sie zuckte die Achseln. »Das war doch nicht seine Schuld. Er hätte gearbeitet, wenn er gekonnt hätte.«

Glaubte sie das wirklich? »Also haben Sie weiterhin Ihre Großmutter bestohlen, das ganze Sommertrimester und die ganzen Sommerferien hindurch?«

»Ich hab nicht gestohlen. Ich sollte das doch sowieso alles mal kriegen.«

Dave hatte sie gut indoktriniert – oder sprach da Ruth selbst? »Aber Sie haben es nicht bekommen.«

»Diese Ärztin hat überhaupt kein Recht drauf. Sie ist ja nicht mal eine Verwandte.«

»Daves Adresse bitte, Miss Lascelles.«

»Ich kann nicht«, sagte sie mit echter Furcht. »Er bringt mich um.«

Er war mit seiner Geduld am Ende. »Na, seien wir doch mal ehrlich, das wäre kein großer Verlust, ganz gleich, wie man es ansieht. Ihre Mutter wird Ihnen nicht nachtrauern, und für den Rest der Gesellschaft sind Sie eine Zahl in der Statistik. Wieder so ein junges Ding, das sich von einem Mann benutzen und ausnutzen ließ.« Er schüttelte voller Verachtung den Kopf. »Das Deprimierendste an der ganzen Geschichte ist für mich, wieviel Geld an Ihre Ausbildung verschwendet worden ist.« Er sah sich in dem Zimmer um. »Meine Kinder hätten weiß Gott was darum gegeben, Ihre Möglichkeiten zu haben, aber sie sind natürlich auch um einiges intelligenter als Sie.« Er wartete einen Moment, dann klappte er sein Heft zu und stand mit einem Seufzer auf. »Sie zwingen mich, es Ihnen um so schwerer zu machen. Ich werde mich an Ihre Schulleiterin wenden.«

Ruth schien in sich hineinzukriechen. »Sie weiß nichts.«

»Sie weiß ganz sicher den Namen der Firma, die die Auffahrt asphaltiert hat. Ich werde ihn auf diesem Weg ausfindig machen.«

Sie wischte sich die feuchte Nase mit dem Ärmel ab. »Aber – bitte, verstehen Sie doch, ich muß studieren.«

»Wozu?« fragte er. »Damit Sie und Ihr sauberer Freund vertrauensselige Studenten ausnehmen können? Was macht er für Geschäfte? Mit Drogen?«

Jetzt weinte sie richtig. »Ich weiß doch nicht, wie ich sonst von ihm wegkommen soll. Ich hab ihm erzählt, ich geh an die Uni nach Exeter, aber das tu ich in Wirklichkeit nicht. Ich bewerb mich an Universitäten im Norden, weil die am weitesten weg sind.«

Es griff Cooper ans Herz. Sie glaubte wirklich, daß ihre einzige Chance darin bestand, wegzulaufen. Er fragte sich, was Dave Hughes ihr angetan hatte, daß sie solche Angst vor ihm hatte. War er vielleicht ungeduldig geworden und hatte Mrs. Gillespie getötet, um dafür zu sorgen, daß Ruth schneller an ihr Erbe herankam? Er setzte sich wieder.

»Sie haben Ihren Vater nie gekannt, nicht wahr? Da ist es wohl natürlich, daß Sie jemanden gesucht haben, der seinen Platz einnehmen konnte. Aber an eine Universität zu flüchten löst gar nichts, Miss Lascelles. Sie werden vielleicht ein, zwei Semester Ruhe haben, bevor Dave Sie aufstöbert, aber bestimmt nicht länger. Wie wollten Sie Ihren Aufenthaltsort denn geheimhalten? Wollten Sie bei Ihrer Schule darum bitten, daß sie niemandem Ihren Studienort verraten? Und bei IhrerMutter und Ihren Freunden ebenfalls? Früher oder später würde ein glaubhafter Anruf kommen, und irgendeiner würde die Information herausgeben.«

Sie schien vor seinen Augen zu schrumpfen. »Dann kann ich überhaupt nichts tun.«

Er beugte sich vor. »Sie können mir zunächst einmal sagen, wo ich ihn finde.«

»Verhaften Sie ihn dann?«

»Weswegen?«

»Weil er Großmutter bestohlen hat. Dann müssen Sie mich auch verhaften.«

Er zuckte die Achseln. »Darüber muß ich erst mit den Testamentsvollstreckern Ihrer Großmutter sprechen. Die werden vielleicht entscheiden, daß es besser ist, schlafende Hunde nicht zu wecken.«

»Dann wollen Sie ihn nur nach dem Tag fragen, an dem Großmutter gestorben ist?«

»Ja«, antwortete er in der Annahme, daß sie das hören wollte.

Sie schüttelte den Kopf. »Er ist so gemein, wenn er wütend ist.« Wieder begann sie zu weinen. »Wenn Sie ihn nicht ins Gefängnis bringen, kann ich Ihnen nicht sagen, wo er ist. Sie haben ja keine Ahnung, wie er ist. Er bestraft mich.«

»Wie denn?«

Aber sie schüttelte nur wieder den Kopf, heftiger diesmal. »Das kann ich Ihnen nicht sagen.«

»Sie sind hier geschützt.«

»Er hat gesagt, er würde herkommen und mitten in der Schule Krawall schlagen, wenn ich was tu, was ihm nicht paßt. Und dann werfen sie mich hier raus.«

Cooper war verwirrt. »Wenn Sie vor dem Schulausschluß solche Angst haben, warum haben Sie sich dann überhaupt mit diesem Burschen eingelassen? Sie wären doch auf der Stelle hinausgeworfen worden, wenn Sie dabei erwischt worden wären.«

»Damals hab ich noch nicht gewußt, wie gern ich studieren würde«, flüsterte sie.

Er nickte. »Es gibt da ein altes Wort: Das Wasser fehlt einem erst, wenn es versiegt.« Er lächelte mit einer gewissen Wärme. »Aber wir sind alle so, daß wir manche Dinge für selbstverständlich nehmen, da sind Sie nicht die einzige. Wie wär's damit: Extreme Leiden verlangen extreme Mittel. Ich schlage vor, Sie sprechen mit der Schulleiterin, machen reinen Tisch, geben sich gewissermaßen in ihre Hand, ehe sie von mir oder Hughes die Wahrheit erfährt. Vielleicht hat sie Verständnis. Man kann nie wissen.«

»Sie wird höchstens toben.«

»Haben Sie denn eine Wahl?«

»Ich könnte mich umbringen«, sagte sie mit erstickter, kleiner Stimme.

»Aber wer wird sich denn gleich den Kopf abhacken, wenn er Kopfschmerzen hat?« sagte er gütig. »Wo bleibt da der Kampfgeist?« Er schlug sich mit den Händen auf die Knie. »Seien Sie mutig, Kind. Geben Sie mir Daves Adresse und sprechen Sie dann mit der Schulleiterin.«

Ihre Lippen zitterten. »Gehen Sie mit mir zu ihr?«

Auch das noch, dachte er. Hatte er nicht seinen eigenen Kindern oft genug die Hand halten müssen? »Meinetwegen«, sagte er, »aber wenn Sie mich nicht dabeihaben will, muß ich gehen. Ich habe hier keine Funktion, verstehen Sie.«

»Palace Road dreiundzwanzig, Bournemouth«, flüsterte sie. »Daß ich gestohlen habe, hat Ihnen meine Mutter gesagt, stimmt's?« Sie wirkte tief verzweifelt, als wäre ihr bewußt, daß für sie kein Mensch mehr da war.

»Nein«, antwortete Cooper voll Mitgefühl. »Ihre Mutter hat mir leider gar nichts gesagt.«

Als Sarah später an diesem Freitag nachmittag nach Hause kam, empfing sie ein unerwarteter Anblick: Die Wagen Jacks und Coopers standen traulich vereint in ihrer Einfahrt. Im ersten Moment wäre sei am liebsten umgekehrt und wieder davongefahren. Sie hatte jetzt nicht den Nerv für eine Konfrontation und noch weniger dafür, ein zweites mal vor Cooper ihre Seele zu entblößen, während Jack die restlichen Bande zu ihr durchschnitt. Aber sogleich dachte sie anders. Verdammt noch mal – sie schlug mit der Faust aufs Lenkrad – es war schließlich *ihr* Haus. Sie würde doch nicht stundenlang in der Gegend herumkutschieren, nur um ihrem Mann, diesem Flegel, und einem selbstgerechten Polizisten aus dem Weg zu gehen.

Leise öffnete sie die Haustür. Wenn es ihr gelang, sich auf Zehenspitzen am Atelier vorbeizuschleichen, konnte sie sich in die Küche verziehen, ehe die beiden merkten, daß sie da war. Doch als sie ihre Stimmen durch den Flur schallen hörte, war ihr klar, daß sie die Küche vor ihr in Besitz genommen hatten. Seufzend wappnete sie sich mit ihrer Würde wie mit einer Rüstung und ging hinein.

Jack, Sergeant Cooper und Ruth Lascelles sahen mit unterschiedlichen Nuancen von Erschrecken und Verlegenheit von ihren Weingläsern auf.

»Hallo«, sagte Sarah in das Schweigen hinein. »Du hast also den 83er Cheval Blanc ohne Schwierigkeiten gefunden.«

»Trink ein Glas«, sagte Jack und nahm ein sauberes Glas aus dem Schrank. »Der Wein ist gut.«

»Das sollte er auch sein«, versetzte sie. »Es ist ein St. Emilion, ein Premier Grand Cru Classé, und er hat mich ein kleines Vermögen gekostet.«

»Sei nicht so pingelig, Weib. Man muß gelagerte Weine von Zeit zu Zeit probieren, sonst sitzt du am Ende mit einem Sammelobjekt da, das völlig ungenießbar ist.« Er füllte das Glas und schob es ihr mit einem mutwilligen Lächeln über den Tisch. Sie verspürte eine Welle tiefer Zuneigung zu dem unverschämten Mistkerl – Liebe, dachte sie, ist doch wirklich die hartnäckigste aller Krankheiten –, verbarg ihr Gefühl jedoch hinter einem finsteren Blick. »Wir drei sind einhellig zu folgendem Urteil gelangt«, fuhr er vergnügt fort: »Farbe dunkles Rubinrot, viel Körper, exotisches

Bukett – Johannisbeere, Zigarrenkiste und ein Hauch von Kräutern und Gewürzen.«

»Das ist ein Spitzenjahrgang, du Idiot. Den soll man mit Verstand genießen, nicht nachmittags um fünf am Küchentisch runterkippen. Du hast ihn bestimmt nicht atmen lassen, sondern ihn eingeschenkt wie Limonade.«

Cooper räusperte sich. »Tut mir wirklich leid, Dr. Blakeney. Wir haben extra gesagt, daß uns Tee lieber wäre.«

»Sie hinterhältige Ratte«, sagte Jack mit unerschütterlich guter Laune. »Gesabbert haben Sie, als ich Ihnen die Flasche unter die Nase gehalten habe. Nun komm schon, Sarah, trink auch einen Schluck. Wir lechzen alle nach dem zweiten Glas, dachten aber, es wäre taktvoller, auf dich zu warten, ehe wir die nächste Flasche aufmachen.«

»Wenn du das getan hättest, hättest du nichts zu lachen gehabt, mein Lieber.« Sie stellte ihre Handtasche auf den Boden und schlüpfte aus ihrem Mantel. »Also gut, gib her. Aber ich kann dir jetzt schon sagen, daß er nicht genießbar ist. Er braucht mindestens noch drei Jahre.« Sie setzte sich auf den freien Stuhl, zog das Glas zu sich heran und schwenkte es, mit einer Hand bedeckt, leicht herum, um das Bukett freizusetzen. Dann sog sie mit Kennermiene das Aroma ein. »Wer hat Zigarrenkiste gerochen?«

»Ich«, sagte Cooper nervös.

»Gut. Im Buch steht, das Bukett sollte etwas von rauchigem Eichen- und Zedernholz haben. Johannisbeere?«

»Auch ich«, sagte Cooper.

»Haben Sie schon öfters Weinproben gemacht?« Er schüttelte den Kopf. »Dann sollten Sie damit anfangen. Sie haben offensichtlich eine Nase dafür.«

»Ruth und ich haben die Kräuter und Gewürze entdeckt«, sagte Jack. »Und – wie lautet dein Urteil?«

Sarah kostete einen Schluck. »Köstlich«, sagte sie, »aber eine zweite Flasche machst du bestimmt nicht auf. Im Buch steht, er braucht noch drei Jahre, und ich halte mich an das Buch. Wenn du nachfüllen willst, kannst du eine Flasche aus der Weinkiste nehmen. Was tut ihr überhaupt alle hier?« Ihr Blick flog zu Ruth. »Sollten Sie nicht in der Schule sein?«

Unbehagliches Schweigen antwortete ihr.

»Ruth ist von der Schule geflogen«, sagte Jack. »Wir wollten dich eigentlich fragen, ob sie hier bei uns wohnen kann, bis sich eine dauerhafte Lösung findet.«

Sarah trank noch einen Schluck Wein und sah ihn dann leicht spöttisch an. »Bei *uns*?« fragte sie. »Heißt das, daß du die Absicht hast, mir deine Gesellschaft wieder zuzumuten?«

Das dunkle Gesicht wurde weich. »Das kommt darauf an, mein Engel.«

»Ob ich bereit bin, dich wiederaufzunehmen?«

»Nein. Ob ich zu meinen oder deinen Bedingungen zurückkomme.«

»Zu meinen«, sagte sie unumwunden, »oder gar nicht.«

Er lächelte kaum wahrnehmbar. »Ein Jammer«, murmelte er.

Sarah ließ ihren Blick noch einen Moment auf ihm ruhen, dann richtete sie ihre Aufmerksamkeit auf Ruth. »Und warum sind Sie geflogen?«

Ruth, die ihren Kopf gesenkt gehalten hatte, seit Sarah gekommen war, sah Cooper von unten herauf an. »Der Sergeant weiß es. Er kann es Ihnen sagen.«

»Ich würde es aber lieber von Ihnen selbst hören.«

»Ich habe gegen die Vorschriften verstoßen.« Sie blickte wieder auf ihre Hände hinunter.

»Gegen alle oder nur gegen eine im besonderen?«

»Ich habe ohne Genehmigung die Schule verlassen.«

»Die Zeiten haben sich offenbar nicht geändert. Eine Freundin von mir ist geflogen, weil sie heimlich die Feuerleiter runterkletterte, um mit ein paar Jungs zu reden, die unten standen. Sie wurde damals nur erwischt, weil wir anderen kichernd aus den Fenstern hingen. Wir machten so einen Krach, daß die Hausmutter uns hörte und meine Freundin auf der Stelle feuerte. Sie ist jetzt Prozeßanwältin. Eine sehr gute.«

»Ich hab mit jemandem geschlafen«, flüsterte Ruth, »und die Hausmutter hat gesagt, ich wäre ein schlechter Einfluß für die anderen. Sie hat gesagt, ich wäre eine liederliche Person.«

Sarah warf Cooper mit hochgezogenen Brauen einen fragenden Blick zu. Der nickte. »Tja, vielleicht haben sich die Zeiten ja doch geändert«, sagte sie sachlich. »Ich kann mir nicht vorstellen, daß von uns eine den Mut gehabt hätte, etwas so Riskantes zu tun, zumal sie uns eingebleut hatten, daß der zukünftige Ehemann immer merkt, ob ein Mädchen noch unberührt ist oder nicht.« Sie lachte. »Mit Knutschflecken und Zungenküssen kannten wir uns bestens aus, aber sonst hatten wir von Tuten und Blasen keine Ahnung. Wir waren überzeugt, wir würden grün im Gesicht werden oder am ganzen Körper einen Ausschlag bekommen, wenn wir einen Mann nicht spätestens beim Hals bremsten. Wir waren ganz schön verblüfft, als wir dahinterkamen, daß das alles nichts als Lüge war.« Sie trank wieder von ihrem Wein. »Hat sich's wenigstens gelohnt, dafür aus der Schule geworfen zu werden?«

»Nein.« Ruth weinte. »Ich weiß nicht, was ich tun soll. Ich will doch studieren.«

»Das Vernünftigste ist zweifellos, wenn Sie zu Ihrer Mutter gehen. Sie muß Ihnen eben eine andere Schule suchen.« Warum hatte Cooper das Mädchen überhaupt hergebracht? *Oder hatte etwa Jack sie hergebracht?*

Jetzt mischte sich Cooper doch ein. »Es ist zu befürchten, daß der Freund versuchen wird, sich zu rächen, wenn ich erst mit ihm gesprochen habe, und im *Cedar House* wird er natürlich als erstes nach Ruth suchen. Es ist eine Zumutung, ich weiß, aber mir fiel auf Anhieb keine andere Lösung ein, so wie man an der Schule mit Ruth umgesprungen ist.« Er sah empört aus. »Sie sagten ihr, sie solle ihren Koffer packen, sie würden inzwischen ein Taxi anrufen. Daraufhin hab ich gesagt, sie sollen das Taxi vergessen, ich würde Ruth mitnehmen. Ich hab so was wirklich noch nie erlebt. Man hätte meinen können, sie hätte ein Kapitalverbrechen begangen. Dabei hätten sie doch nie davon erfahren, wenn ich Ruth nicht überredet hätte, reinen Tisch zu machen. Ich fühle mich verantwortlich, ja, wirklich, aber ich hab natürlich geglaubt, sie würden es ihr zugute halten, daß sie ehrlich war, und es bei einer Verwarnung bewenden lassen. So hätte ich das jedenfalls gemacht.«

»Weiß Ihre Mutter Bescheid?« fragte Sarah Ruth.

»Ja, ich hab angerufen.«

»Ist es ihr recht, daß Sie hier sind?«

»Ich weiß nicht. Sie hat nur gesagt, sie hätte schon von Miss Harris gehört, und hat aufgelegt. Sie war wütend.« Ruth hielt ihren Kopf gesenkt und wischte sich immer wieder die Augen mit einem Taschentuch.

Sarah sah Jack mit leicht ironischem Blick an. »Dann wirst du es ihr wohl beibringen müssen. Ich stehe da im Moment nicht in hoher Gunst, und ich kann mir nicht vorstellen, daß sie sehr erfreut sein wird, es zu hören.«

»Ich hab's schon versucht. Bei mir hat sie auch sofort aufgelegt.«

Es lag Sarah auf der Zunge zu fragen, warum, aber sie verkniff es sich. Wie sie Jack kannte, würde die Antwort alle Fragen offenlassen. Was sie mehr verwunderte, war die Geschwindigkeit, mit der die Ereignisse, wie die Kugel in einem Flipperautomaten, einen so unvorhersehbaren Verlauf genommen hatten. Heute morgen noch hatte sie nichts weiter vor sich gehabt als ein einsames Wochenende – und jetzt?

»Also, irgend jemand muß es ihr sagen«, erklärte sie ungeduldig, sich zunächst einmal auf die eine Tatsache konzentrierend, mit der sie sich konkret auseinandersetzen konnte. Sie sah Cooper an. »Am besten sagen Sie es ihr. Ich bin gern bereit, Ruth hier aufzunehmen, aber nur wenn ihre Mutter weiß, wo sie ist.«

Cooper sah unglücklich aus. »Vielleicht wäre es besser, wir

würden den Sozialdienst einschalten«, sagte er. »Eine dritte Partei gewissermaßen.«

Sarahs Augen verengten sich. »Ich bin an sich eine hilfsbereite Frau, aber ich mag es gar nicht, wenn meine Gutmütigkeit ausgenutzt wird. Umsonst ist der Tod, Sergeant, und ich möchte Sie daran erinnern, daß Sie soeben einen sehr teuren Wein von mir getrunken haben, der, konservativ geschätzt, pro Glas um einiges mehr als sieben Pfund kostet. Mit anderen Worten, Sie sind mir was schuldig. Sie werden also Ihre Verantwortung und die Zukunft dieses Kindes nicht auf eine überarbeitete, schlechtbezahlte Sozialarbeiterin abwälzen, die als einzige Lösung Ruths Unterbringung in einem Heim voll gestörter Jugendlicher vorschlagen wird.«

Cooper fühlte sich sichtlich immer unwohler.

»Und weil Sie den altmodischen Moralkodex, der noch heute an Mädcheninternaten herrscht, falsch eingeschätzt haben, sind Sie außerdem schuld daran, daß Ruth kurz vor der wichtigsten Prüfung ihres Lebens ausgeschlossen wurde. Aber in einer Welt, in der noch immer die Frau den Männern die einzige zuverlässige Möglichkeit bietet, sich zu reproduzieren, sollte man wohl verlangen dürfen, daß die Männer diesen Frauen die Chance zu einer Ausbildung lassen, die ihnen die lebenslange Verurteilung zur Kindererziehung erträglich macht. Den ganzen Tag dazusitzen und eine leere Wand anzustarren, ist eines; die inneren Kräfte, das Wissen und das Vertrauen zu besitzen, aus dieser Wand einen Quell dauerhafter Anregung zu machen, ist etwas ganz anderes. Und dabei spreche ich noch nicht einmal von dem positiven Einfluß, den gebildete und intelligente Frauen auf nachfolgende Generationen haben. Ruth möchte studieren. Dazu muß sie aber erst ihre Reifeprüfung ablegen. Joanna muß deshalb unbedingt ohne Verzug eine andere Schule für sie finden. Und das heißt, daß jemand –« sie piekste mit dem Finger nach ihm – »nämlich Sie, ihr erklären muß, daß Ruth hier ist, daß sie aus gutem Grund hier ist, und daß Joanna herkommen und die Angelegenheit mit ihr durchsprechen muß, ehe Ruth jede Chance verliert, ihre Ausbildung weiterzuführen.« Sie richtete ihren Blick auf das junge Mädchen. »Und wenn Sie es jetzt wagen, mir zu sagen, Ruth, daß Sie Ihre Zukunft aufgegeben haben, drehe ich Sie durch die erste Mangel, die ich finden kann, und ich kann Ihnen versprechen, angenehm wird das nicht werden.«

Darauf folgte ein langes Schweigen.

Schließlich sagte Jack: »Sie sehen wohl allmählich, was Sarahs Bedingungen bedeuten. Für menschliche Schwächen ist da kein Platz. Gewiß, die qualvollen Unvollkommenheiten, an denen die meisten von uns leiden – als da sind Unzulänglichkeit, Mangel an Vertrauen, Unentschlossenheit –, werden unterschwellig und in seitenweise Kleingedrucktem angesprochen, aber das sind Grauzonen, die sie mit unerträglicher Geduld behandelt. Und eins können Sie mir glauben, wenn Sie sich das von ihr gefallen lassen, tun Sie es auf eigene Gefahr.« Er sah Cooper mit einem warmen Lächeln an. »Sie haben mein ganzes Mitgefühl, Sergeant, aber Sarah hat wie immer recht. Jemand muß mit Joanna sprechen, und Sie sind derjenige, bei dem die höchsten Schulden aufgelaufen sind. Denn es ist ja wahr, daß Sie an Ruths Schulausschluß schuld sind und daß Sie ein Glas Wein getrunken haben, das mehr als sieben Pfund kostet.«

Cooper schüttelte den Kopf. »Ich kann nur hoffen, daß Miss Lascelles es mit Ihnen beiden überhaupt aushält. Ich könnt's jedenfalls nicht, das weiß ich. Ich würde die Wände hochgehen.«

Die Wendung »mit Ihnen beiden« blieb von Sarah nicht unbemerkt. »Wie kommt es, daß Sie über meine häuslichen Verhältnisse mehr wissen als ich, Sergeant?« fragte sie beiläufig.

Er lachte freundlich und stand auf. »Weil ich niemals nie sage, Dr. Blakeney.« Er zwinkerte ihr zu. »Wie jemand einmal zu mir gesagt hat, das Leben ist voller Tücken. Es schleicht sich von hinten an und packt einen immer dann, wenn man es am wenigsten erwartet.«

Sarah merkte, wie Ruth zu zittern begann, als sie die Tür zum Gästezimmer öffnete und Licht machte. »Was ist denn?« fragte sie.

»Das Zimmer ist unten«, stieß Ruth hervor. »Wenn Dave kommt, kann er leicht rein.«

»Tja, das war Geoffrey Freelings Entscheidung, nicht meine. Er hat das Haus auf den Kopf gestellt, weil er meinte, die Aufenthaltsräume sollten den besten Blick haben. Wir wollen das wieder ändern, aber es braucht Zeit.« Sie öffnete eine Verbindungstür. »Es hat ein eigenes Bad.« Als sie sich nach Ruth umdrehte, sah sie das angstvoll verkrampfte Gesicht. »Sie haben Angst, nicht? Möchten Sie lieber oben in meinem Zimmer schlafen?«

Ruth brach in Tränen aus. »Es tut mir alles so leid«, stammelte sie weinend. »Ich weiß nicht, was ich tun soll. Dave bringt mich um. In der Schule war ich sicher. Da wär er nie reingekommen.«

Sarah nahm Ruth in den Arm und hielt sie einen Moment fest. »Kommen Sie mit nach oben«, sagte sie freundlich. »Bei mir sind Sie sicher. Jack kann hier unten schlafen.«

Und recht geschieht ihm, dachte sie. Ausnahmsweise erwischte es mal den Richtigen. Sie hatte sich mit Gedanken an Kastration getragen, war jedoch bereit, sich auf den Kompromiß eines kalten Betts und einer kleinlauten Entschuldigung einzulassen. Es war ein sehr fauler Kompromiß. Tatsächlich war sie so froh, daß er zurück war, daß sie am liebsten Freudentänze aufgeführt hätte.

Joanna ist letzte Woche in die Wohnung in London gezogen, und zum erstenmal seit ihrem fehlgeschlagenen Versuch mit der Ehe bin ich allein im Haus. In gewisser Weise ist es ein Sieg, aber ich verspüre keinen Triumph. Ich fürchte, der ganze Aufwand hat sich nicht gelohnt. Ich bin einsam.

In gewisser Weise, denke ich, brauchen Joanna und ich uns gegenseitig. Das Einverständnis, das zwischen uns besteht, ist nicht zu leugnen. Natürlich kommen wir nicht miteinander aus, aber das ist weitgehend belanglos angesichts der Tatsache, daß wir auch sonst mit niemandem auskommen. Es lag doch ein gewisser Trost darin, tagtäglich die Tretmühle zu Klischees erstarrter Beleidigungen zu bedienen, die so abgedroschen und ausgelaugt waren, daß sie größtenteils gar nicht zur Kenntnis genommen wurden. Mir fehlen die kleinen Dinge. Ihre Art, Spede wegen des Gartens zuzusetzen, wie sie dem armen Kerl immer die Leviten las, wenn er ein Unkräutchen übersehen hatte. Ihre bissigen Bemerkungen über meine Kochkünste. Und sonderbarerweise auch ihre Gewohnheit, endlos zu schweigen, die mich stets so ärgerte. Vielleicht hat Gemeinschaft eben doch weniger mit Gespräch zu tun als mit dem tröstlichen Gefühl, einen anderen Menschen um sich zu wissen, ganz gleich wie selbstbezogen dieser andere sein mag.

Ich habe die schreckliche Befürchtung, daß ich uns beide geschwächt habe, indem ich sie aus dem Nest geworfen habe. Solange wir zusammen waren, bremste wenigstens eine die schlimmsten Exzesse der anderen. Und jetzt? Der Weg zur Hölle ist mit guten Vorsätzen gepflastert …

11

Erst spät am folgenden Nachmittag, einem Samstag, meinte Cooper hinreichend Informationen zu haben, um sich Dave Hughes vorzuknöpfen. Er sah kaum eine Chance, ihn wegen Diebstahls unter Anklage zu stellen, doch im Zusammenhang mit Mathilda Gillespies Tod gab es Anlaß zu ein wenig Optimusmus. Als Ruth von dem weißen Ford Transit erzählt hatte, hatte sich bei ihm die Erinnerung geregt, und eine sorgfältige Durchsicht aller Zeugenaussagen, die in den Tagen nach der Entdeckung der Leiche aufgenommen worden waren, hatte einen Hinweis zutage gefördert. Der Wirt des *Three Pigeons*, Henry Peel, hatte auf die Frage, ob ihm am vorangegangenen Samstag etwas Ungewöhnliches aufgefallen sei, gesagt:

> Ich kann natürlich nicht beschwören, daß es was mit Mrs. Gillespie zu tun hatte, aber an dem Samstag stand nachmittags und abends ein weißer Ford Transit bei uns auf dem Vorplatz. Soweit ich gesehen hab, saß ein junger Mann drin. Das erstemal ist er ungefähr zehn Minuten geblieben, dann ist er weggefahren, in Richtung zur Kirche, und hat jemanden mitgenommen. Am selben Abend habe ich ihn wiedergesehen. Ich habe meine Frau darauf aufmerksam gemacht und gesagt, da stellt so ein Kerl dauernd sein Auto auf unserem Vorplatz ab, aber ins Pub kommt er nicht. Die Zulassungsnummer kann ich Ihnen nicht geben.«

Darunter hatte einer der Beamten eine kurze Notiz geschrieben:

> »Mrs. Peel widerspricht. Sie behauptet, ihr Mann habe das mit einem anderen Tag verwechselt, als zweimal am selben Tag weiße Lieferwagen auf dem Vorplatz standen. Aber ihrer Erinnerung nach waren es

verschiedene Wagen. Drei von unseren Stammgästen fahren weiße Lieferwagen, sagte sie. «

Cooper besprach das Problem mit seinem Chief Inspector. »Ich muß Hughes vernehmen, Charlie. Soll ich ein Team mitnehmen, oder was? Dem Mädchen zufolge wohnt er in einem besetzten Haus, er wird also sicher nicht allein sein, und ich hab eigentlich keine Lust zu versuchen, ihn aus einer Meute Hausbesetzer rauszuholen. Vorausgesetzt, sie lassen mich überhaupt rein. Das ist schon ein Witz, was?« brummte er. »Ein fremdes Haus, und diese Leute können es einfach besetzen mit allem, was dazugehört. Der arme Kerl, dem es gehört, kann es nur zurückbekommen, wenn er ein Heidengeld für eine Räumungsklage hinlegt, und bis dahin ist die Bude wahrscheinlich ein einziger Schweinestall.«

Charlie Jones' plattgedrücktes Gesicht mit der ewigen Trauermiene erinnerte Cooper immer an das eines traurigen Pekinesen. Tatsächlich jedoch war er eher ein Terrier, der selten lockerließ, wenn er sich einmal festgebissen hatte.

»Können wir ihn aufgrund dessen, was Miss Lascelles Ihnen gesagt hat, wegen Diebstahls belangen?«

»Wir könnten es versuchen, aber er wäre innerhalb von zwei Stunden wieder auf freiem Fuß. Er ist in Bournemouth bekannt. Dreimal haben sie ihn sich vorgenommen, und jedesmal mußten sie ihn wieder laufenlassen. Die Beschuldigungen waren ähnlich wie in diesem Fall: Anstiftung Jugendlicher zum Diebstahl. Eine clevere Masche.« Er wirkte frustriert. »Die Kinder bestehlen nur ihre Familien, und bisher haben die Eltern die Zusammenarbeit mit uns abgelehnt, wenn sie hörten, daß eine Strafverfolgung Hughes' auch eine ihrer Töchter nach sich zieht.«

»Wieso wurde er dann überhaupt festgenommen?«

»Weil drei wütende Väter ihn unabhängig voneinander beschuldigt hatten, ihre Töchter zum Diebstahl gezwungen zu haben, und Anzeige erstatten wollten. Aber als die Mädchen vernommen wurden, erzählten sie was ganz anderes, bestritten die

Nötigung und behaupteten steif und fest, sie hätten von sich aus gestohlen. Eine schöne Geschichte ist das. Man kann ihm ohne die Mädchen nichts anhaben, und die Väter lassen nicht zu, daß wir ihren Töchtern was anhaben.« Er lächelte zynisch. »Zuviel unerfreuliche Publicity.«

»Aus was für Kreisen kommen die Mädchen?«

»Wohlhabender Mittelstand. Sie sind alle über sechzehn, wir können also auch wegen Unzucht mit Minderjährigen nichts machen. Ich bin sicher, daß diese drei und Miss Lascelles lediglich die Spitze eines sehr großen Eisbergs sind. Ich hab den Eindruck, er hat in dem Verfahren eine gewisse Kunstfertigkeit entwickelt.«

»Nötigt er sie denn tatsächlich?«

Cooper zuckte die Achseln. »Miss Lascelles hat nur gesagt, er tue fürchterliche Dinge, wenn er wütend sei. Er drohte ihr, in der Schule eine Riesenszene zu machen, wenn sie ihm nicht gehorche, aber auf der Fahrt zu Dr. Blakeney, als diese besondere Drohung ihre Wirkung verloren hatte, weil sie ja bereits aus der Schule ausgeschlossen war, fragte ich sie nochmals nach den ›fürchterlichen Dingen, und da brach sie nur in Tränen aus und sagte kein Wort.« Er zupfte sich nachdenklich an der Nase. »Er muß eine Form der Nötigung anwenden, sonst hätte sie nicht solche Todesangst, er könnte sie finden. Ich hab mir schon überlegt, ob er Videos von ihnen macht, aber als ich in Bournemouth anfragte, ob man entsprechende Geräte bei ihm gefunden habe, sagten sie nein. Ich hab wirklich keine Ahnung, Charlie. Er hat die Mädchen irgendwie in der Hand, und meiner Ansicht nach macht er den Druck mit Angst. Aber wie genau er es anstellt, weiß ich nicht.«

Der Chief Inspector runzelte die Stirn. »Aber wieso haben sie keine Angst, ihn zu nennen?«

»Vermutlich weil er ihnen erlaubt hat, das zu tun, wenn sie geschnappt werden. Schauen Sie, er weiß bestimmt, wie leicht es für uns wäre, ihm auf die Spur zu kommen. Hätte Miss Lascelles mir keine Auskunft gegeben, hätte ich nur die Schulleiterin nach der Asphaltfirma zu fragen und auf diesem Weg weiterzuforschen brauchen. Ich denke, er arbeitet ungefähr nach folgendem Verfahren: Man nimmt ein junges Mädchen aus gutem Haus aufs Korn, bei dem damit zu rechnen ist, daß die Eltern alles tun werden, um es zu schützen, gewinnt die Kleine für sich und stellt dann mit Hilfe irgendeiner Drohung sicher, daß sie auch sich selbst beschuldigen wird, wenn man gefaßt wird. So kann er praktisch sicher sein, daß keine Klage gegen ihn erhoben wird, und wenn doch, so reißt er das Mädchen mit hinein. Vielleicht besteht darin seine ganze Drohung.«

Der Chief Inspector hatte seine Zweifel. »Verdienen kann er damit nicht viel. Wie lange dauert es denn, ehe Eltern merken, was läuft?«

»Sie werden staunen. Eines der Mädchen hat sich monatelang die Kreditkarte der Mutter ausgeliehen, bevor der Vater sich über die Beträge zu wundern begann, die seine Frau ausgab. Es war eine Gemeinschaftskarte. Die Ausgaben wurden jeden Monat automatisch vom gemeinschaftlichen Girokonto abgebucht. Keinem der beiden Eltern fiel auf, daß die Ausgaben pro Monat sich um fünfhundert Pfund und mehr erhöht hatten. Oder wenn doch, so glaubten sie, der andere wäre dafür verantwortlich. Wir leben heute in einer anderen Welt, Charlie. Beide Eltern arbeiten und verdienen gut, und es flog soviel Geld herum, daß die Diebstähle der Tochter gar nicht auffielen. Als die Eltern dann doch stutzig wurden und der Sache nachgingen, stellten sie fest, daß ihre Kleine Silber und Schmuck verkauft hatte, den ihre Mutter nie trug, dazu ein paar wertvolle Erstausgaben ihres Vaters und eine 500-Pfund-Kamera, von der der Vater glaubte, er hätte sie im Zug liegen gelassen. Ich würde sagen, daß Hughes mit der Masche ganz gut fährt, besonders wenn er mehrere Mädchen zugleich laufen hat.«

»Ja, du lieber Gott! Was hat denn dann Ruth Lascelles alles gestohlen?«

Cooper zog einen Zettel aus seiner Tasche. »Sie hat eine Liste der Gegenstände aufgestellt, an die sie sich erinnern kann. Hier ist sie.« Er legte das Papier auf den Schreibtisch. »Das gleiche Muster wie bei dem anderen Mädchen. Schmuckstücke, von denen ihre Großmutter gar nicht mehr wußte, daß sie sie besaß. Eine silberne Bürstengarnitur aus dem Gästezimmer, die nie benutzt wurde. Porzellanfiguren und Porzellangeschirr, die in Schränken aufbewahrt wurden, weil Mrs. Gillespie sie nicht mochte, und einige Erstausgaben aus der Bibliothek. Sie hat mir gesagt, daß Hughes ihr genau erklärt hat, was sie nehmen sollte. Wertgegenstände, deren Verschwinden nicht auffallen würde.«

»Und auch Geld?«

»Zwanzig Pfund aus der Handtasche ihrer Großmutter, fünfzig Pfund aus einer Geldkassette und ein paar Wochen später fünfhundert Pfund vom Bankkonto der alten Dame. Sie marschierte eiskalt zur Bank und legte dort einen gefälschten Scheck und eine gefälschte Vollmacht ihrer Großmutter vor. Sie meinte, Mrs. Gillespie hätte es gar nicht gemerkt. Aber das stimmt nicht. Sie erwähnte einmal Jack Blakeney gegenüber die fehlenden fünfzig Pfund, und als ich heute morgen mit den Leuten von ihrer Bank sprach, erzählten sie mir, sie habe wegen der ausgezahlten fünfhundert Pfund nachgefragt, und man habe ihr mitgeteilt, daß Ruth das Geld auf ihre Anweisung hin abgehoben hatte.« Er kratzte sich das Kinn. »Worauf sie zugestanden haben soll, daß ihr bei der Abrechnung ein Fehler unterlaufen sei. Sie hat danach nichts weiter unternommen.«

»Wann genau war das?«

Cooper warf wieder einen Blick in seine Aufzeichnungen. »Der Scheck wurde in der letzten Oktoberwoche eingelöst, und Mrs. Gillespie hat die Bank angerufen, sobald sie den Kontoauszug erhalten hatte. Das war in der ersten Novemberwoche.«

»Also nicht lange vor ihrem Tod und *nachdem* sie sich entschlossen hatte, ihr Testament zu ändern. Hm, das ist wirklich eine verdammt knifflige Sache. Ich werde einfach nicht schlau daraus.« Er überlegte einen Moment. »Wann hat Ruth die fünfzig Pfund gestohlen?«

»Anfang September, bevor sie zur Schule zurückgekehrt ist. Sie hat sich offenbar eingebildet, sie könnte sich von Hughes loskaufen. Zu mir hat sie gesagt: ›Ich dachte, er würde mich in Ruhe lassen, wenn ich ihm Geld gebe.‹«

»Du meine Güte«, sagte Charlie Jones kopfschüttelnd. »Die Dummen sterben wirklich nicht aus. Haben Sie sie gefragt, ob Hughes sie dazu angestiftet hat, die fünfhundert von der Bank zu holen?«

»Ja, natürlich. Und ihre Antwort war: ›Nein, nein, das Geld hab ich ganz allein gestohlen, weil ich es eben wollte.‹ Und dann ging die Flennerei wieder los.« Er machte ein schuldbewußtes Gesicht. »Ich hab die ganze Sache jetzt Dr. Blakeney in den Schoß gelegt. Ich hab ihr heute morgen per Telefon kurz erklärt, was für ein Kerl dieser Hughes ist, und hab sie gebeten, mal nachzuforschen, warum keines dieser Mädchen ihn belasten will. Vielleicht kommt was dabei raus, aber ich verlaß mich nicht drauf.«

»Was ist mit der Mutter? Würde Ruth mit ihr sprechen?«

Cooper schüttelte den Kopf. »Dann müßte man die Mutter erst mal dazu bewegen, mit *Ruth* zu sprechen. Also, ich find das völlig unnatürlich, wenn Sie mich fragen. Ich war gestern abend bei ihr, um ihr zu sagen, daß die Blakeneys ihre Tochter aufgenommen haben, und sie hat mich angeschaut, als wär ich gerade aus der Kloake geklettert. Das einzige, was sie interessierte, war, ob ich glaube, Ruths Schulausschluß könnte bedeuten, daß sie ihre Großmutter getötet hat. Ich sagte, nein, unseres Wissens gäbe es keine Statistik, die Schuleschwänzen und sexuelle Promiskuität mit Mord in Zusammenhang bringt; es gäbe aber eine große Anzahl von Statistiken, die einen Zusammenhang zwischen solchen Verhaltensmustern und mangelnder elterlicher Fürsorge herstellen. Daraufhin schickte sie mich zum Teufel.« Er lachte vergnügt bei der Erinnerung.

Charlie Jones ließ ein erheitertes Brummen hören. »Mich interessiert im Augenblick vor allem Freund Hughes. Befassen wir uns also noch einmal mit ihm. Haben die Kollegen in Bournemouth versucht, die drei Familien zusammenzubringen, um dadurch den Mädchen den Rücken zu stärken?«

»Ja, zweimal. Beide Male nichts zu machen. Die Eltern haben sich Anwälte genommen, und keiner tut einen Mucks.«

Charlie Jones spitzte nachdenklich die Lippen. »Solche Geschichten hat's schon früher gegeben, wissen Sie. George Joseph Smith hat was Ähnliches vor hundert Jahren praktiziert. Er schrieb hübschen Dienstmädchen glänzende Zeugnisse und suchte ihnen Stellungen in wohlhabenden Häusern. Kaum hatten sie da angefangen, begannen sie auch schon, ihre Arbeitgeber zu beklauen und die gestohlene Ware treu und brav bei George abzuliefern, der sie versilberte. Er war auch so ein Kerl, der eine ungewöhnliche Anziehungskraft auf Frauen ausübte.«

»George Smith?« sagte Cooper überrascht. »Ich dachte, der hätte die Frauen immer um die Ecke gebracht. War er nicht der, der seine Ehefrauen in der Badewanne ertränkt hat?«

»Richtig. Damit fing er an, als er merkte, wie leicht es war, sie nach der Heirat zu beschwatzen, ihr Testament zu seinen Gunsten zu ändern. Interessant eigentlich, wenn man bedenkt, wie Mrs. Gillespie ums Leben gekommen ist.« Er schwieg einen Moment. »Ich habe vor nicht allzu langer Zeit ein Buch über Smith gelesen. Der Autor beschrieb ihn als einen professionellen und buchstäblichen *Ladykiller.* Würde mich interessieren, ob man das gleiche von Hughes sagen kann.« Er trommelte mit den Fingerknöcheln auf die Schreibtischplatte. »Holen wir ihn uns mal zur Vernehmung.«

»Wie? Nehm ich einen Haftbefehl mit?«

Charlie Jones griff zum Telefon. »Nein. Ich werde den Kollegen in Bournemouth sagen, sie sollen ihn morgen vormittag holen und auf Eis legen, bis wir beide kommen.«

»Morgen ist Sonntag, Charlie.«

»Dann ist er, wenn wir Glück haben, richtig verkatert. Ich möchte sein Gesicht sehen, wenn ich ihm eröffne, daß wir Grund zu der Annahme haben, er habe Mrs. Gillespie getötet.«

Cooper war skeptisch. »Haben wir das denn? Die Aussage des Wirts ist nicht stichhaltig, solange seine Frau behauptet, er hätte die Tage verwechselt.«

Der Chief Inspector grinste zähnebleckend, und aus dem traurigen Pekinesen wurde ein Dobermann. »Aber wir wissen, daß er an dem Nachmittag in Fontwell war, weil Ruth es uns gesagt hat, und alles übrige werde ich einfach mit ein bißchen Kreativität handhaben. Er hat Mrs. Gillespies Enkelin zum Stehlen genötigt. Er ist amtsbekannt dafür, daß er Frauen rücksichtslos ausbeutet, und er ist wahrscheinlich süchtig, da seine Ausgaben sein Einkommen weit überschreiten. Wenn es nicht so wäre, müßte er nicht in einem besetzten Haus leben. Ich denke mir sein Psychogramm ungefähr so: ein gefährlich labiler, psychopathischer Drogenabhängiger, dessen Frauenhaß in der letzten Zeit eine dramatische Wandlung erfahren hat, die dazu geführt hat, daß er Frauen nicht mehr nur aufs brutalste manipuliert und ausbeutet, sondern vernichtet. Er kommt ganz sicher aus zerrütteten Verhältnissen, hat kaum Schulbildung und wird bei den meisten seiner Handlungen von der kindlichen Furcht vor dem Vater bestimmt.«

Coopers Gesicht wurde noch skeptischer. »Sie haben zu viele Bücher gelesen, Charlie.«

Jones lachte. »Aber das weiß Hughes nicht. Also versuchen wir mal, sein Charisma ein bißchen anzukratzen. Wär doch gelacht, wenn wir den Burschen nicht dran hindern können, anderer Leute kleine Mädchen dazu auszunutzen, die Schmutzarbeit für ihn zu erledigen.«

»Ich versuche, einen Mord aufzuklären«, protestierte Cooper. »Das ist das einzige, worum es mir im Moment geht.«

»Ja, aber Sie müssen mich erst noch davon überzeugen, daß es wirklich Mord war, alter Junge.«

Ruth schlich sich leise die Treppe hinunter und blieb auf einer Seite der offenen Tür zum Atelier stehen. In ihrem kleinen Taschenspiegel beobachtete sie Jack. Sie konnte ihn nicht besonders gut sehen. Er saß mit dem Rücken zum Fenster und arbeitete an einem Porträt, aber da die Staffelei genau zwischen ihm und der Tür stand, verdeckte die große Leinwand alles bis auf seine Beine. Aus dem Schlafzimmerfenster hatte sie beobachtet, daß Sarah vor etwa zwei Stunden weggefahren war; daher wußte sie, daß sie allein im Haus waren. Würde Jack es merken, wenn sie sich an der Tür vorbeischob? Zehn Minuten wartete sie voll banger Unschlüssigkeit und wagte nicht, einen Schritt zu tun.

»Wenn Sie etwas zu essen suchen«, brummte er schließlich, die Stille durchbrechend, »schlage ich vor, Sie versuchen Ihr Glück in der Küche. Wenn Sie mit jemandem reden wollen, schlage ich vor, Sie kommen rein, und wenn Sie was klauen wollen, schlage ich vor, Sie nehmen Sarahs Verlobungsring, der meiner Großmutter gehört hat und vor vier Jahren auf zweitausend Pfund geschätzt wurde. Er liegt in der linken Schublade ihres Toilettentischs.« Er neigte sich zur Seite, so daß sie in ihrem Spiegel sein Gesicht sehen konnte. »Kommen Sie ruhig raus aus Ihrem Versteck. Ich fresse Sie nicht.« Er nickte kurz, als sie um die Ecke kam. »Sarah hat mir strikte Anweisung gegeben, teilnahmsvoll, geduldig und hilfsbereit zu sein. Ich will mein Bestes tun, aber ich warne Sie im voraus – ich kann Leute nicht ausstehen, die in Taschentücher schniefen und auf Zehenspitzen rumschleichen.«

Ruths Gesicht wurde noch blasser als es sowieso schon war. »Kann ich mir eine Tasse Kaffee machen?« Sie sah ausgesprochen unattraktiv aus. Das feuchte Haar klebte ihr am Kopf, ihr Gesicht war verquollen und fleckig vom Weinen. »Ich möchte Ihnen nicht zur Last fallen.«

Jack verschwand wieder hinter seinem Gemälde. Sie sollte die Gereiztheit in seinem Blick nicht sehen. Anderer Leute Selbstmitleid ging ihm entsetzlich auf die Nerven. »Wenn Sie mir auch eine machen, klar. Schwarz und ohne Zucker, bitte. Der Kaffee steht neben dem Wassertopf, Zucker ist in der Dose, auf der ›Zucker‹ steht, Milch ist im Kühlschrank und das Mittagessen steht im Backofen. Es ist in einer halben Stunde fertig. Wenn Sie also nicht gerade kurz vor dem Verhungern sind, würde ich Ihnen raten, das Frühstück ausfallen zu lassen und bis dahin zu warten.«

»Kommt Ihre Frau zum Mittagessen nach Hause?«

»Das bezweifle ich. Bei Polly Graham haben die Wehen angefangen, und da sie zu Hause entbinden möchte, kann Sarah noch Stunden dort sein.«

Ruth stand einen Moment unschlüssig herum, dann machte sie Anstalten, zur Küche zu gehen, blieb aber gleich wieder stehen. »Hat meine Mutter angerufen?« platzte sie heraus.

»Haben Sie das erwartet?«

»Ich hab gedacht –« Sie brach ab.

»Denken Sie lieber an meinen Kaffee. Wenn Sie nichts davon gesagt hätten, hätte ich wahrscheinlich gar keinen gewollt, aber nun haben Sie's eben mal gesagt. Also machen Sie Dampf, junge Frau. Wir sind hier nicht in einem Hotel, und ich bin nicht gerade in Jubelstimmung, nachdem man mich ins Gästezimmer verfrachtet hat.«

Sie lief den Flur hinunter in die Küche. Als sie fünf Minuten später mit einem Tablett, auf dem zwei Tassen standen, zurückkehrte, zitterten ihre Hände so stark, daß das Porzellan klirrte. Jack schien es nicht zu bemerken, doch er nahm ihr das Tablett ab und stellte es auf einen Tisch am Fenster.

»Setzen Sie sich«, sagte er und wies auf einen Stuhl, während er seinen Hocker drehte, um sie ansehen zu können. »Wovor haben Sie Angst? Vor mir, vor Ihrem Freund, vor den Männern im allgemeinen, vor der Polizei oder davor, was mit Ihnen geschehen wird?«

Sie schreckte vor ihm zurück, als hätte er sie geschlagen.

»Vor mir also.« Er rückte den Hocker ein Stück zurück, um ihr mehr Raum zu lassen. »Warum haben Sie Angst vor mir, Ruth?«

Sie bewegte nervös ihre Hände in ihrem Schoß. »Ich – Sie –« Ihre Augen waren angstgeweitet. »Hab ich ja gar nicht.«

»Sie fühlen sich in meiner Gegenwart völlig sicher und wohl?«

»Ja«, flüsterte sie.

»Sie haben eine merkwürdige Art, es zu zeigen.« Er griff nach seinem Kaffee. »Wie alt waren Sie, als Ihr Vater gestorben ist?«

»Ich war noch ein Baby.«

»Und seitdem haben Sie mit Ihrer Mutter und Ihrer Großmutter zusammengelebt und später mit einer Horde Frauen im Internat.« Er trank einen Schluck. »Dieser Hughes war Ihr erster Freund, hab ich recht?«

Sie nickte.

»Er ist also Ihre einzige Erfahrung mit Männern?«

Sie starrte auf ihre Hände hinunter.

»Ja oder nein?« fragte er ungeduldig.

»Ja«, flüsterte sie wieder.

»Dann brauchen Sie eine Runde Nachhilfeunterricht, was Männer angeht. Man muß sich nur drei Dinge merken: Erstens, die meisten Männer brauchen eine Frau, die ihnen sagt, was sie tun sollen. Sogar im Bett wird's besser, wenn die Frauen die Richtung angeben. Zweitens, im Vergleich mit den Frauen sind die meisten Männer unzulänglich. Sie sind weniger scharfsichtig, besitzen wenig oder keine Intuition, sind schlechtere Menschenkenner und daher anfälliger für Kritik. Aggression macht ihnen große Angst, eben weil sie keine Angst haben dürfen, und sie sind, kurz gesagt, das weit empfindlichere der beiden Geschlechter. Drittens, jeder Mann, der diesem Muster nicht entspricht, sollte gemieden werden. Er kann dann nämlich nur ein ungebildeter Angeber und Brutalo sein, mit einem so dürftigen Intellekt, daß er sich Autorität nur verschaffen kann, indem er jeden, der dumm genug ist, es sich gefallen zu lassen, niedermacht. Und ihm wird das eine fehlen, das bei allen anständigen Männern im Überfluß vorhanden ist, nämlich eine tiefe und unversiegbare Bewunderung für die Frauen.« Er nahm ihre Kaffeetasse und hielt sie ihr unter die Nase, so daß sie zugreifen mußte. »Ich behaupte nicht, ein Musterexemplar zu sein, aber ich bin ganz gewiß kein hirnloser Brutalo, und ganz unter uns gesagt, ich habe meine leicht reizbare Ehefrau verdammt gern. Ich gebe zu, daß mein Verhalten leicht falsch gedeutet werden konnte, aber lassen Sie sich von mir sagen, daß ich nur aus einem Grund ins *Cedar House* gezogen bin, nämlich um Ihre Mutter zu malen. Die Verlockung, zwei Generationen einer Familie im Gemälde festzuhalten, war unwiderstehlich.« Er betrachtete sie nachdenklich. Beinahe so unwiderstehlich, dachte er, wie die Verlockung, auch noch die dritte Generation im Bild festzuhalten. »Und wenn meine äußerst verärgerte Frau sich nicht gerade diesen Moment ausgesucht hätte, um mich an die Luft zu setzen« – er zuckte die Achseln –, »dann hätte ich mich nicht im Sommerhaus Ihrer Mutter zu Tode zu frieren brauchen. Beruhigt Sie das alles nun, oder werden Sie weiterhin zu schlottern anfangen wie ein Wackelpudding, wenn Sie mich nur sehen?«

Sie starrte ihn mit verzweifeltem Blick an. Sie ist doch schön, dachte er. Aber es war eine tragische Schönheit. Wie die ihrer Mutter. Wie die Mathildas.

»Ich bin schwanger«, sagte sie schließlich, und Tränen rannen ihr aus den Augen.

Einen Moment war es sehr still.

»Ich dachte – ich hoffte – meine Mutter –« Sie wischte sich die Augen mit einem durchnäßten Papiertuch. »Ich weiß nicht, was – ich sollte lieber gehen –, ich hätte es Ihnen nicht sagen sollen.«

Tief in seinem Innern schämte sich Jack. War das Selbstmitleid eines Kindes unter untragbarer Belastung wirklich so verächtlich, daß er grausam darauf herumhacken mußte? Er beugte sich vor und ergriff ihre Hand, zog sie vom Stuhl in seine Arme, hielt sie fest und strich ihr über das Haar, wie ihr Vater es getan hätte, wäre er am Leben geblieben. Er ließ sie eine lange Weile weinen, ehe er zu sprechen begann.

»Ihre Großmutter hat einmal zu mir gesagt, die Menschheit sei zum Tode verurteilt, wenn sie nicht lerne zu kommunizieren. Sie war eine kluge alte Frau. Wir reden viel, aber wir kommunizieren selten.« Er hielt sie ein Stück von sich ab, so daß er ihr ins Gesicht sehen konnte. »Ich bin froh, daß Sie es mir gesagt haben. Ich fühle mich geehrt von Ihrem Vertrauen. Die meisten hätten gewartet, bis Sarah zurückgekommen wäre.«

»Ich wollte –«

Er unterbrach sie mit einem leisen Lachen und ließ sie los, so daß sie sich wieder auf ihren Stuhl setzen konnte. »Lassen Sie mir die Illusion. Lassen Sie mich nur einmal glauben, daß jemand meinte, man könnte mit mir ebenso gut reden wie mit Sarah. Es stimmt natürlich nicht. Es gibt niemanden auf der Welt, der so gut zuhören kann wie meine Frau und der so vernünftige Ratschläge geben kann. Sie wird sich um Sie kümmern, das verspreche ich Ihnen.«

Ruth putzte sich die Nase. »Sie wird bestimmt böse auf mich sein.«

»Glauben Sie?«

»Sie haben doch gesagt, daß sie reizbar ist.«

»Das ist sie auch. Aber so schlimm ist das nicht. Man zieht den Kopf ein, bis die letzte Vase zerschmettert ist.«

Sie tupfte sich nervös die Augen. »Die letzte Vase? Wirft sie denn –«

»Nein, nein«, unterbrach er beschwichtigend. »Das war nur eine Redewendung. Sarah ist ein guter Mensch. Sie bringt verletzte Tauben mit nach Hause, schient ihnen die Flügel und sieht mit tiefer Teilnahme zu, wie sie langsam und unter schrecklichen Qualen verenden. Das lernt man im Medizinstudium, wissen Sie.«

»Das ist ja furchtbar«, rief sie erschrocken.

»Es war nur ein Scherz«, bekannte er reuig. »Sarah ist die vernünftigste Ärztin, die ich kenne. Sie wird Ihnen helfen, sich zu entscheiden, was Sie tun wollen, und dann alles für Sie tun. Sie wird Sie nicht zwingen, das Kind zu bekommen, und sie wird Sie auch nicht zwingen, es nicht zu bekommen.«

Die Tränen begannen wieder zu fließen. »Ich will es nicht.« Sie ballte ihre Hände. »Ist das unrecht?«

»Nein, das glaube ich nicht«, sagte er aufrichtig. »Ich an Ihrer Stelle würde es auch nicht wollen.«

»Aber ich hab's doch gemacht. Es war meine Schuld.«

»Kinder machen kann man nur zu zweit, Ruth, und ich kann mir nicht vorstellen, daß Ihr Freund über ein schreiendes Baby sehr begeistert wäre. Es ist Ihre Entscheidung, nicht seine. Sperma ist billig, und das meiste wird im Waschbecken runtergespült. Gebärmütter und ihre Föten sind eine teure Angelegenheit. Sarah hat recht, wenn sie von lebenslanger Verurteilung spricht.«

»Aber ist es denn nicht lebendig? Begehe ich nicht einen Mord?«

Er war ein Mann. Wie hätte er auch nur im entferntesten die Qualen verstehen sollen, die Frauen leiden, weil ihnen durch einen biologischen Zufall die Macht über Leben und Tod gegeben ist? Er konnte nur ehrlich mit ihr sein. »Das weiß ich nicht, aber ich würde sagen, im Moment ist es nur lebendig, weil Sie lebendig sind. Es hat kein eigenes Leben als Individuum.«

»Aber es könnte ein eigenes Leben haben – wenn ich es zuließe.«

»Natürlich. Aber so gesehen hat jedes Ei, das eine Frau produziert und jedes Samenfädchen, das ein Mann produziert, ein Potential zu eigenem Leben, und niemand beschuldigt junge Männer des Mordes, wenn sie ihren Samen hinter dem Fahrradschuppen auf die Erde vergießen. Ich denke, für jeden von uns hat das eigene Leben Priorität vor dem potentiellen Leben, das in uns ist. Ich will keinesfalls behaupten, daß es eine leichte Entscheidung ist, daß es da nur Schwarz oder Weiß gibt, aber ich glaube, daß Sie selbst in diesem Moment wichtiger sind als ein Leben, das nur erwachen kann, wenn Sie bereit sind, dafür zu bezahlen, in emotionaler, körperlicher, sozialer und finanzieller Hinsicht. Und Sie werden diese Kosten ganz allein tragen, Ruth, denn die Wahrscheinlichkeit, daß Hughes etwas dazu beitragen wird, ist gleich null.«

»Er wird sowieso sagen, daß es nicht von ihm ist.«

Jack nickte. »Ja, manche Männer tun so was leider. Sie haben es leicht. Es ist ja nicht ihr Körper, den es erwischt hat –«

Sie schlug die Hände vor ihr Gesicht. »Sie verstehen nicht.« Sie legte ihre Arme um ihren gesenkten Kopf. Um sich zu schützen? Um sich zu verstecken? Es kann einer von den anderen gewesen sein. Ich mußte – er hat mich gezwungen – o Gott, ich wollte –« Sie fuhr nicht fort, krümmte sich nur zusammen und schluchzte.

Jack fühlte sich völlig hilflos. Ihre Qual war so heftig, daß sie ihn überschwemmte. Er konnte nur in Gemeinplätzen denken – es gibt Schlimmeres ... auf die Nacht folgt immer der Tag –, doch was halfen Gemeinplätze einem Menschen, der sein Leben in Scherben vor sich liegen sah? Unbeholfen legte er ihr seine Hand auf den Kopf. Es war eine instinktive Geste des Trosts, ein Echo priesterlicher Segnung. »Erzählen Sie mir alles«, sagte er. »Vielleicht ist es nicht so schlimm, wie Sie glauben.«

Aber es war noch schlimmer. Was sie ihm im Ton tiefsten Entsetzens berichtete, erschütterte die Grundfesten seines eigenen Menschseins. Er war so schockiert, daß ihm regelrecht schlecht wurde.

Sarah fand ihn im Garten, als sie um halb vier, nachdem sie Polly Graham von einer gesunden kleinen Tochter entbunden hatte, nach Hause kam. Er hackte hingebungsvoll die Erde zwischen zwei Rosenbüschen auf und streute Dünger um die Wurzeln.

»Wir haben fast Dezember«, sagte sie. »Da ruht doch alles. Du verschwendest deine Zeit.«

»Ich weiß.« Er blickte auf, und sie glaubte Tränenspuren in seinen Augen zu sehen. »Ich mußte mich einfach irgendwie körperlich betätigen.«

»Wo ist Ruth?«

»Sie schläft. Sie hatte Kopfschmerzen. Ich hab ihr etwas Codein gegeben und sie ins Bett gepackt.« Mit dem Rücken seiner erdigen

Hand strich er sich das Haar aus der Stirn. »Bist du für heute fertig?«

Sie nickte. »Was ist denn passiert?«

Er lehnte sich auf die Hacke und starrte zu den Feldern hinaus. Im langsam schwindenden Licht lag es wie Dunst über dem Land, auf dem Kühe weideten und kahle Bäume ihre Äste in dunklem Filigran zum Himmel hoben. »Das ist das England, für das Männer und Frauen sterben«, sagte er rauh.

Mit einem leichten Stirnrunzeln sah sie ihn an.

An seinen Wimpern hingen Tränen. »Kennst du dieses Gedicht von Rupert Brooke? ›*The Soldier*‹.

›If I should die, think only this of me:
That there's some corner of a foreign field
That is forever England. There shall be
In that rich earth a richer dust concealed;
A dust whom England bore, shaped, made aware...‹«

Er schwieg. Als er wieder sprach, zitterte seine Stimme. »Es ist schön, nicht, Sarah? England ist doch schön.«

Sie wischte ihm die Tränen vom Gesicht. »Du weinst«, sagte sie. »Ich habe dich noch nie weinen sehen. Was ist passiert, Jack?«

Er schien sie nicht zu hören. »Rupert Brooke ist 1915 gefallen. Ein Opfer des Krieges. Er war erst achtundzwanzig, jünger als du und ich, und er hat mit den Millionen anderer, gleich, aus welchem Land, sein Leben für die Kinder anderer Menschen gegeben. Und soll ich dir sagen, was mir das Herz bricht?« Sein düsterer Blick entfernte sich von ihr, um in eine Hölle einzutauchen, die nur er sehen konnte. »Daß ein Mann, der dieses vollkommene Gedicht über sein Heimatland geschrieben hat, sich für das Gesindel geopfert hat, das England heute hervorbringt.«

»Niemand ist nur schlecht oder nur gut, Jack. Wir sind einfach Menschen. Das arme Kind wollte geliebt werden.«

Mit müder Bewegung rieb er sich das Kinn. »Ich spreche nicht von Ruth, Sarah. Ich spreche von den Männern, die über sie hergefallen sind. Ich spreche von diesem Vieh, diesem Hughes, der sie zum Gehorsam zwang, indem er sie mit einer ganzen Bande von Kerlen der gemeinsten Art in einen Lieferwagen einsperrte, wo einer nach dem anderen sie vergewaltigte, fünf Stunden lang, um ihren Willen zu brechen.« Er richtete seinen Blick wieder auf die Felder. »Offenbar weigerte sie sich, als Hughes von ihr verlangte, sie solle ihre Großmutter bestehlen. Sie sagte, das wolle sie nicht tun. Daraufhin sperrte er sie mit seinen Kumpeln in den Lieferwagen, und die gaben ihr eine Kostprobe dessen, was ihr in Zukunft blühen würde, falls sie je wieder den Gehorsam verweigern sollte. Ich mußte ihr in die Hand versprechen, daß ich keinem Menschen außer dir davon erzählen würde. Sie ist halb wahnsinnig vor Angst, daß die Kerle sie finden und es wieder tun werden. Als ich ihr sagte, wir müßten die Polizei unterrichten, hat sie fast durchgedreht. Hughes hat ihr eingebleut, wenn sie je geschnappt werden sollte, brauchte sie nur zu sagen, die Idee zu den Diebstählen stamme allein von ihr. Wenn sie sich daran halte und von den Vergewaltigungen nichts verrate, würde er sie in Zukunft in Ruhe lassen.« Seine Lippen wurden schmal. »Sollte sie aber reden, so würde er ihr seine Leute auf den Hals hetzen und sie bestrafen, ganz gleich, wie lange er auf die richtige Gelegenheit würde warten müssen. Die Polizei könne sie genausowenig retten wie eine Heirat. Er würde auch Jahre warten, wenn nötig, aber für jedes Jahr der Verzögerung würde er die Strafaktion an ihr um eine Stunde verlängern. Sie müßte schon eine außergewöhnliche Person sein, um angesichts einer solchen Bedrohung mit der Polizei zu sprechen.«

Sarah war sprachlos vor Entsetzen. »Kein Wunder, daß sie Angst hatte, unten zu schlafen«, sagte sie schließlich.

»Ich habe den Eindruck, daß sie seit Wochen kaum geschlafen hat. Ich konnte sie nur dazu bringen, das Codein zu nehmen, indem ich ihr immer wieder versprach, daß ich nicht aus dem Haus gehen würde. Sie hat Todesangst vor einem Überraschungsangriff, und sie hat Todesangst vor den Fragen der Polizei.«

»Aber der Sergeant weiß, daß da irgendwas ist«, warnte Sarah. »Er hat mich heute morgen angerufen und gebeten zu versuchen, mehr herauszubekommen. Sein Wort dafür war Nötigung. Hughes muß mit Nötigung arbeiten, sagte er, aber wir können kaum etwas unternehmen, solange wir nicht wissen, welcher Art die Nötigung ist. Ruth ist nicht die einzige, der das passiert ist. Sie wissen von mindestens drei anderen jungen Mädchen und sind überzeugt, daß das nur die Spitze des Eisbergs ist. Keines der Mädchen redet.«

»Sie ist schwanger«, sagte Jack. »Ich habe ihr gesagt, du würdest ihr helfen. Verflucht!« Er schleuderte die Hacke wie eine Lanze über die Wiese und brüllte: ICH KÖNNTE IHN UMBRINGEN, DIESES GOTTVERDAMMTE SCHWEIN!«

Sarah legte ihm beschwichtigend die Hand auf den Arm. »Wie weit ist sie?«

»Ich weiß nicht«, antwortete er, sich die Augen reibend. »Ich habe sie nicht danach gefragt. Ich wollte, du wärst hier gewesen. Ich hab mein Bestes getan, aber ich habe mich wie ein Trottel benommen. Sie hätte eine Frau gebraucht, nicht so einen unsensiblen Trampel, der ihr erzählt, was für sympathische Wesen Männer sind. Mein Gott, ich habe ihr einen Vortrag über die Anständigkeit der Männer gehalten.«

Sie beruhigte ihn, als seine Stimme wieder anzuschwellen begann. »Sie hätte nicht mit dir gesprochen, wenn sie sich mit dir nicht wohl gefühlt hätte. Seit wann schläft sie?«

Er sah auf seine Uhr. »Seit zwei Stunden ungefähr.«

»Okay, wir lassen sie jetzt erst mal schlafen. Dann gehe ich zu ihr.« Sie schob ihren Arm unter den seinen. »Du hast bestimmt nicht gegessen?«

»Nein.«

Sie zog ihn mit zum Haus. »Dann komm jetzt. Auf leeren Magen sieht alles immer viel schlimmer aus.«

»Aber was sollen wir tun, Sarah?«

»Was für Ruth am besten ist.«

»Und zum Teufel mit den anderen jungen Dingern, die in Zukunft in die Mache genommen werden?«

»Wir können nur schrittweite vorgehen, Jack.« Sie sah tief beunruhigt aus.

Es ist unerträglich. Nicht auszuhalten. Ruth weint schon wieder, und es macht mich wahnsinnig. Ich kann es einfach nicht aushalten. Ich möchte das Unglückskind packen und schütteln, bis ihm die Zähne klappern, es schlagen und prügeln – alles könnte ich tun, nur um diesem Gequengel ein Ende zu bereiten. Meine Wut legt sich nie. Selbst wenn das Kind still ist, merke ich, wie ich darauf warte, daß es von neuem anfängt.

Es ist so ungerecht, da ich doch mit Joanna schon das gleiche durchgemacht habe. Wenn sie nur ein wenig Interesse an ihrer Tochter zeigen würde, dann wäre es nicht so schlimm, aber sie gibt sich die größte Mühe, so zu tun, als wäre sie gar nicht vorhanden. Heute morgen wollte ich in meiner Verzweiflung Ruth die Schandmaske aufsetzen, aber Joanna fiel bei ihrem Anblick sofort in Krämpfe. Ich rief wieder Hugh Hendry, und diesmal war er wenigstens so vernünftig, Beruhigungsmittel zu verschreiben. Er sagte, sie sei völlig überreizt.

Wollte Gott, es hätte zu meiner Zeit Valium gegeben. Wie immer mußte ich allein fertig werden …

12

Sergeant Cooper hatte, später an diesem Abend, kaum seinen Wagen in der Einfahrt zum *Mill House* angehalten, als Jack die Tür auf der Mitfahrerseite aufriß und ins Auto sprang. »Tun Sie mir einen Gefallen, Sergeant, fahren Sie langsam und möglichst leise rückwärts wieder raus und dann ein Stück die Straße runter. So ein, zwei Meilen.« Er nickte beifällig, als Cooper den Rückwärtsgang einlegte. »Und rufen Sie das nächstemal vorher an, wenn Sie kommen.«

Anscheinend unerschüttert von diesem einigermaßen respektlosen Verhalten einem Polizeibeamten gegenüber, manövrierte Cooper den Wagen rückwärts zum Tor hinaus, langsam und mit vorsichtigen Bewegungen des Lenkrads, um das Knirschen des Kieses möglichst zu vermeiden.

»Traut sie mir nicht?« fragte er, als er in den ersten Gang schaltete und in Richtung Fontwell losfuhr.

»Es geht nicht um Sie persönlich. Es geht um die Polizei. Ungefähr eine halbe Meile von hier, auf der rechten Seite, ist eine Parkbucht. Halten Sie da. Ich gehe dann zu Fuß zurück.«

»Hat sie was gesagt?«

Als Jack nicht antwortete, warf Cooper ihm einen prüfenden Blick von der Seite zu. Sein Gesicht im Widerschein der Autoscheinwerfer wirkte erschöpft, aber es war zu dunkel, um seinen Ausdruck zu erkennen.

»Das Gesetz verpflichtet Sie, der Polizei bei ihren Ermittlungen zu helfen, Mr. Blakeney.«

»Ich heiße Jack«, sagte er. »Und Sie, Sergeant?«

»Dreimal dürfen Sie raten«, erwiderte Cooper trocken. »Thomas. Der gute alte Tommy Cooper.«

Jack lächelte. »Gemein.«

»Das kann man sagen. Die Leute erwarten von mir, daß ich komisch bin. Wo ist jetzt diese Parkbucht?«

»Vielleicht noch hundert Meter.« Jack spähte durch die Windschutzscheibe. »Jetzt kommt sie. Auf der rechten Seite.«

Cooper fuhr auf die andere Straßenseite und hielt den Wagen an. »Nur fünf Minuten«, sagte er und legte Jack eine Hand auf den Arm, während er Motor und Scheinwerfer ausschaltete. »Ich muß Ihnen wirklich ein paar Fragen stellen.«

Jack ließ den Türgriff los. »Meinetwegen, aber ich warne Sie gleich, ich kann Ihnen wirklich nichts sagen, außer daß Ruth Todesangst hat und am liebsten überhaupt nichts mehr mit der Polizei zu tun haben würde.«

»Da wird sie vielleicht keine Wahl haben. Es kann sein, daß wir ein Strafverfahren einleiten.«

»Weswegen? Weil sie eine Familienangehörige bestohlen hat, die den Diebstahl der paar Kleinigkeiten nicht einmal angezeigt hat? Deswegen können Sie Ruth nicht belangen, Tommy. Im übrigen würde Sarah als Erbin darauf bestehen, daß das Verfahren eingestellt wird. Ihre Situation ist auch so schon heikel genug. Sie möchte sich bestimmt nicht nachsagen lassen, daß sie das Kind, dem sie praktisch sein Erbe weggenommen hat, nun auch noch strafrechtlich verfolgen läßt.«

Cooper seufzte. »Nennen Sie mich Cooper«, sagte er. »Das tun die meisten. Tommy ist eher eine Peinlichkeit als ein Name.« Er nahm sich eine Zigarette. »Warum nennen Sie Miss Lascelles ein Kind? Sie ist eine junge Frau, Jack. Siebzehn Jahre alt und vor dem Gesetz voll verantwortlich für ihr Handeln. Wenn es ein Verfahren gibt, wird sie wie eine Erwachsene behandelt werden. Sie sollten zusehen, daß Sie sich nicht Ihr Urteil von Ihren Gefühlen trüben lassen. Im übrigen geht es hier nicht um Kleinigkeiten. Sie hat ihrer Großmutter vor einem Monat fünfhundert Pfund gestohlen. Ohne mit der Wimper zu zucken. Und am Tag des Mordes hat sie Ohrringe im Wert von zweitausend Pfund mitgehen lassen.«

»Hat Mathilda den Diebstahl des Geldes angezeigt?«

»Nein«, bekannte Cooper.

»Dann wird Sarah es gewiß erst recht nicht tun.«

Cooper seufzte wieder. »Ich nehme an, Sie haben mit einem Anwalt gesprochen, und der hat Ihnen geraten, den Mund zu halten und sich nicht darum zu kümmern, was Hughes anderen antut.« Er riß ein Streichholz an und hielt es an das Ende seiner Zigarette. Im Schein der Flamme musterte er Jack. Zorn war in jede Linie des dunklen Gesichts eingeschrieben, in das aggressiv vorgeschobene Kinn, in die aufeinandergepreßten Lippen und in die zusammengekniffenen Augen. Es schien ihn ungeheure Anstrengung zu kosten, sich zurückzuhalten. Mit einem Schnippen des Daumennagels löschte Cooper das Streichholz, und das Wageninnere versank wieder in Dunkelheit. Nur die rote Glut des brennenden Tabaks blieb. »Hughes arbeitet nach einem festen Muster«, sagte er. »Das habe ich heute morgen schon Ihrer Frau erklärt, als ich mit ihr telefoniert habe. Im wesentlichen –«

»Sie hat es mir erzählt«, unterbrach Jack. »Ich weiß, was er tut.«

»Okay«, erwiderte Cooper ruhig, »dann wissen Sie auch, wie wichtig es ist, ihm das Handwerk zu legen. Es gibt garantiert noch andere wie Ruth, und das, was er tut, um sie zur Arbeit für ihn zu zwingen, wird mit der Zeit immer extremere Formen annehmen, glauben Sie mir. Das liegt in der Natur solcher Leute.« Er zog an seiner Zigarette. »Er zwingt sie doch dazu, nicht wahr?«

»Sie sind der Polizist, Cooper. Nehmen Sie das Schwein fest und fragen Sie ihn.«

»Genau das haben wir vor. Morgen. Aber wir haben ein weit besseres Blatt in der Hand, wenn wir wissen, *wonach* wir zu fragen haben. Im Moment tappen wir im dunkeln.«

Jack sagte nichts.

»Ich könnte mir einen Haftbefehl für Miss Lascelles ausstellen lassen und sie auf die Dienststelle bringen. Wie würde sie auf die psychologischen Daumenschrauben reagieren, was meinen Sie?

Es ist Ihnen vielleicht nicht aufgefallen, aber sie unterscheidet sich von den anderen jungen Mädchen, die Hughes benutzt hat. Sie hat keine Eltern, auf deren Schutz sie sich verlassen kann.«

»Sarah und ich werden sie schützen«, sagte Jack kurz. »Wir vertreten im Moment Elternstelle an ihr.«

»Aber Sie haben keinen rechtlichen Status. Wir könnten auf der Anwesenheit der Mutter bei der Vernehmung bestehen, und falls es Sie interessieren sollte, das einzige, was Mrs. Lascelles gestern abend wissen wollte, war, ob der Schulausschluß ihrer Tochter etwas mit der Ermordung von Mrs. Gillespie zu tun hat. Sie würde Ruth für uns knacken, wenn sie glaubte, es würde ihr helfen, an das Geld der alten Dame zu kommen.«

Jack lachte dünn. »Nichts als Schaumschlägerei, Cooper. Sie sind ein viel zu netter Kerl, um so was zu tun, das wissen wir doch beide. Ihr Gewissen würde Ihnen Ihr Leben lang keine Ruhe mehr lassen, wenn Sie dem, was dem armen Kind angetan wurde, noch eins draufsetzen würden.«

»Dann ist es also schlimm.«

»Das könnte man sagen.«

»Sie müssen es mir sagen, Jack. Wir werden Hughes nichts anhaben können, wenn Sie mir nicht reinen Wein einschenken.«

»Das kann ich nicht. Ich habe Ruth mein Wort gegeben.«

»Brechen Sie es.«

Jack schüttelte den Kopf. »Nein. Ein Wort zu brechen, das ich einmal gegeben habe, das kommt für mich nicht in Frage.« Er überlegte einen Moment. »Aber eines könnte ich tun. Sie liefern ihn mir, und ich liefere ihn Ihnen. Was halten Sie davon?«

In Coopers Ton schwang echtes Bedauern. »Das wäre Beihilfe. Dann könnte ich meine Pension in den Wind schreiben.«

Jack lachte leise. »Überlegen Sie's sich«, sagte er und öffnete die Tür. »Es ist mein bestes Angebot.« Der Rauch von Coopers Zigarette folgte ihm in kleinen Wirbeln, als er ausstieg. »Ich brauche lediglich eine Adresse, Tommy. Wenn Sie soweit sind, rufen Sie mich an.« Er schlug die Tür zu und ging in die Dunkelheit davon.

Violet Orloff huschte auf Zehenspitzen ins Schlafzimmer ihres Mannes und sah ihn mit beunruhigt gerunzelter Stirn an. Er lag in einen voluminösen seidenen Morgenrock gehüllt wie ein dicker alter Buddha in den Kissen, in der einen Hand einen Becher Kakao, in der anderen ein Käsebrot und auf den Knien den *Daily Telegraph*, beim Kreuzworträtsel aufgeschlagen.

»Sie weint schon wieder.«

Duncan blinzelte sie über die Ränder seiner Bifokalgläser hinweg an. »Das geht uns nichts an, meine Liebe«, sagte er mit Entschiedenheit.

»Aber ich kann sie *hören*. Sie schluchzt zum Gotterbarmen.«

»Es geht uns nichts an.«

»Ja, aber ich muß dauernd denken, wenn wir was *getan* hätten, als wir Mathilda weinen hörten, dann wäre sie vielleicht noch am Leben. Das setzt mir wirklich furchtbar zu, Duncan.«

Er seufzte. »Ich lehne es ab, mich mit Schuldgefühlen zu belasten, weil Mathildas Grausamkeiten gegen ihre Tochter und ihre Enkelin, ob nun real oder eingebildet, eine von beiden dazu provoziert hat, sie zu töten. Wir hätten damals nichts tun können, um es zu verhindern, und wir können jetzt, wie du mir dauernd vorhältst, nichts tun, um sie zurückzuholen. Wir haben die Polizei auf ein mögliches Motiv hingewiesen. Ich denke, wir sollten es dabei belassen.«

»Aber Duncan«, jammerte Violet, »wenn wir *wissen*, daß es Joanna oder Ruth war, dann müssen wir das der Polizei sagen.«

Er schüttelte den Kopf. »Mach dich nicht lächerlich, Violet. Wir wissen nicht, wer es getan hat, und, offen gesagt, es interessiert uns auch nicht. Logischerweise muß es jemand gewesen sein, der einen Schlüssel hatte, und das weiß die Polizei auch, ohne daß ich es ihr sage. Warum drängst du mich dauernd, mich einzumischen? Das ist ja fast, als wolltest du, daß Joanna und Ruth verhaftet werden.«

»Nicht *beide*. Sie haben es doch nicht gemeinsam getan, oder?« Sie schnitt eine Grimasse, die ihr Gesicht zur Karikatur verunstaltete. »Aber Joanna weint eben *schon* wieder, und ich finde, wir sollten was tun. Mathilda hat immer gesagt, das Haus sei voller Gespenster. Vielleicht geht sie um.«

Duncan starrte sie mit unverhohlener Bestürzung an. »Du bist doch nicht etwa krank?«

»Natürlich bin ich nicht krank«, gab sie ärgerlich zurück. »Aber ich glaube, ich geh jetzt mal rüber und schau nach ihr. Man kann ja nie wissen, vielleicht vertraut sie sich mir an.« Mit einem schelmischen Winken huschte sie wieder hinaus, und kurz darauf hörte er, wie die Haustür geöffnet wurde.

Duncan schüttelte verständnislos den Kopf und machte sich wieder über sein Kreuzworträtsel. Waren das vielleicht die Anfänge der Senilität? Violet war entweder sehr mutig oder sehr töricht, sich um eine emotional gestörte Frau zu kümmern, die ganz unverkennbar ihre Mutter auf den Tod gehaßt hatte. Er konnte sich nur vorstellen, wie Joanna auf die naiven Versicherungen seiner Frau, daß sie mehr wisse, als sie der Polizei gesagt hatte, reagieren würde. Der Gedanke beunruhigte ihn immerhin soweit, daß er sein warmes Bett verließ und in seine Hausschuhe schlüpfte, um ihr die Treppe hinunter zu folgen.

Doch was immer Joanna Lascelles so großen Kummer gemacht hatte, sollte den Orloffs an diesem Abend ein Rätsel bleiben. Auf Violets wiederholtes Läuten öffnete sie nicht, und erst am Sonntag in der Kirche hörten sie gerüchtweise, daß Jack Blakeney zu seiner Frau zurückgekehrt sei und Ruth sich so heftig vor ihrer Mutter und der Rückkehr ins *Cedar House* fürchte, daß sie bei den Blakeneys untergekrochen war. Aus Southcliffe, hieß es, habe man sie wegen des Skandals, der in Kürze um die Familie Lascelles losbrechen würde, ausgeschlossen. Der Klatsch blühte, und aller Verdacht richtete sich diesmal auf Joanna.

Wenn Cooper ehrlich war, konnte er verstehen, warum Dave Hughes auf behütete höhere Töchterchen so anziehend wirkte. Er war ein sympathisch wirkender junger Mann vom Typ »Naturbursche«, groß, gut aussehend, mit schulterlangem dunklen Haar, blitzblauen Augen und einem gewinnenden Lächeln. Nicht im geringsten bedrohlich, dachte man auf den ersten Blick, und erst allmählich zeigten sich in der beengenden Atmosphäre eines Vernehmungsraums der Polizeidienststelle Bournemouth die Zähne hinter dem Lächeln. Was man zu sehen bekam, erkannte Cooper, war eine sehr professionelle Verpackung. Was sich darunter verbarg, blieb abzuwarten.

Chief Inspector Charlie Jones gehörte auch zu denen, bei denen sich das wahre Gesicht hinter einer täuschenden Verpackung versteckte. Es erheiterte Cooper zu sehen, wie sehr Hughes den Mann mit dem traurigen Pekinesengesicht, der ihn so milde und bedauernd betrachtete, unterschätzte. Charlie Jones setzte sich Hughes am Tisch gegenüber und kramte ziemlich hilflos in seiner Aktentasche.

»Ich danke Ihnen, daß Sie gekommen sind«, sagte er. »Ich weiß, Zeit ist Geld. Wir wissen Ihre Hilfsbereitschaft zu schätzen, Mr. Hughes.«

Hughes zuckte liebenswürdig die Achseln. »Wenn ich gewußt hätte, daß ich die Wahl habe, wär ich wahrscheinlich nicht gekommen. Also, worum geht's denn?«

Charlie fischte ein zerknittertes Blatt Papier aus seiner Aktentasche und strich es auf dem Tisch glatt. »Um Miss Ruth Lascelles. Sie sagt, Sie seien Ihr Liebhaber.«

Wieder zuckte Hughes die Achseln. »Klar, ich kenn Ruth. Sie ist siebzehn. Seit wann ist Sex mit Siebzehnjährigen ein Verbrechen?«

»Es ist keins.«

»Worum geht's dann?«

»Diebstahl. Sie hat gestohlen.«

Hughes machte ein angemessen erstauntes Gesicht, sagte aber nichts.

»Wußten Sie, daß sie stahl?«

Er schüttelte den Kopf. »Mir hat sie immer erzählt, daß ihre

Großmutter ihr Geld gibt. Ich hab's ihr geglaubt. Die alte Schachtel ist ja im Geld geschwommen.«

»Ah, Sie wissen also, daß sie tot ist?«

»Klar. Ruth hat mir erzählt, daß sie sich umgebracht hat.«

Charlie Jones blickte auf das Blatt Papier, das er vor sich liegen hatte. »Ruth sagt, Sie haben ihr aufgetragen, silberne Haarbürsten, Schmuck und wertvolle Erstausgaben aus Mrs. Gillespies Bibliothek zu stehlen. Ähnliche Gegenstände also, wie Sie nach Julia Seftons Aussage *ihr* aufgetragen haben, von ihren Eltern zu stehlen. Kleine Stücke, deren Verlust nicht auffallen würde und die sich gut verhökern lassen. Wer hat die Sachen verkauft, Mr. Hughes? Sie oder Ruth?«

»Halten Sie die Luft an, Inspector. Schau ich vielleicht aus wie ein Typ, der sich für eine reiche kleine Nutte, die mich sofort hinhängen würde, wenn man sie erwischt, den Hehler machen würde? Mann, o Mann«, sagte er angewidert, »ein bißchen Köpfchen sollten Sie mir schon zutrauen. Die springen doch nur auf mich an, weil die Idioten, die ihre Eltern gut finden, sie zu Tode langweilen. Und das müßte Ihnen eigentlich ziemlich deutlich sagen, was für Mädchen das sind. Da, wo ich herkomme, nennen wir sie Schlampen. Denen liegt das Klauen genauso im Blut wie das Rumhuren. Wenn Ruth behauptet, ich hätt sie angestiftet, dann lügt sie, um sich selbst aus der Patsche zu helfen. Ist ja auch kinderleicht, oder? Ich bin bloß dreckiger Abschaum, und sie ist Miss Lascelles vom Mädcheninternat Southcliffe. Wer würde mir da schon glauben?«

Charlie Jones lächelte sein bekümmertes Lächeln. »Tja«, sagte er, »um Glauben geht es hier natürlich nicht. Wir wissen beide, daß Sie lügen und Ruth die Wahrheit sagt, aber die Frage ist, ob sie bereit sein wird, vor Gericht zu erscheinen und die *ganze* Wahrheit zu sagen. Sie haben eine schlechte Wahl getroffen, Mr. Hughes. Sie hat nämlich keinen Vater, nur eine Mutter, und Sie wissen wahrscheinlich so gut wie ich, daß Frauen ihren Töchtern gegenüber weit unnachsichtiger sind als Männer. Mrs. Lascelles wird ihre Tochter Ruth nicht beschützen wie Julias Vater das mit seiner Tochter getan hat. Abgesehen von allem anderen mag sie nämlich ihre Tochter nicht. Es wäre vermutlich anders, wenn Mrs. Gillespie noch am Leben wäre; sie hätte die Sache wahrscheinlich vertuscht, um den guten Namen der Familie nicht zu beschmutzen. Aber da sie tot ist, wüßte ich niemanden, der für Ruth in die Bresche springen würde.«

Hughes grinste. »Na, dann los. Stellen Sie das verdorbene kleine Luder doch vor Gericht. Mich läßt das kalt.«

Jetzt zeigte Charlie Jones Erstaunen. »Sie mögen sie nicht?«

»Für eine schnelle Nummer hin und wieder war sie ganz okay, nicht weltbewegend, aber ganz okay. Ich hab's Ihnen doch eben schon gesagt – die laufen mir nur hinterher, weil sie ihren Alten eins auswischen wollen. Was erwarten Sie von mir? Daß ich den Hut ziehe und mich höflich dafür bedanke, daß sie mich rangelassen haben? Das gleiche oder Besseres kann ich jeden Samstag unten im Nachtclub haben.« Er lächelte wieder, ein einnehmendes Draufgängerlächeln, garantiert in der Lage, jedes weibliche Herz zu erobern, an Jones und Cooper jedoch völlig verschwendet. »Ich geb ihnen, was sie wollen, bring sie ein bißchen auf Touren, aber wenn sie mir ihre beschissene Klauerei in die Schuhe schieben wollen, werd ich echt sauer. Stocksauer, wenn Sie's genau wissen wollen. Ihr seid doch alle bescheuert. Eine hübsche Fresse, ein hochgestochener Akzent, eine rührselige Geschichte, und zack! holt ihr euch Dave Hughes und macht ihm die Hölle heiß. Ihr wollt einfach nicht glauben, daß sie Schlampen sind, genau wie die Nutten in der Rotlichtzone.«

Charlie Jones sah ihn nachdenklich an. »Das ist das zweitemal, daß Sie Miss Lascelles als Schlampe bezeichnen. Was ist Ihre Definition einer Schlampe, Mr. Hughes?«

»Die gleiche wie Ihre, nehm ich an.«

»Eine vulgäre, sittenlose Frau, die ihren Körper für Geld verkauft. Ich finde nicht, daß diese Beschreibung auf Miss Lascelles paßt.«

Hughes lachte erheitert. »Eine Schlampe ist eine, die leicht zu haben ist. Ruth konnte es gar nicht schnell genug gehen.«

»Sie haben gesagt, sie sei nichts Weltbewegendes gewesen«, fuhr Charlie Jones unbeirrt fort. »Das ist eine aufschlußreiche Feststellung, finden Sie nicht?«

»Wieso?«

»Sie sagt mehr über Sie als über Ruth. War sie vielleicht gar nicht so begeistert von Ihnen? Mußten Sie sie zwingen? Was haben Sie denn für Präferenzen, an denen sie kein Gefallen hatte?«

»Ich hab nur gemeint, daß ich schon Bessere gehabt hab.«

»Bessere was, Mr. Hughes.«

»Weiber, verdammt noch mal. Frauen, die Erfahrung haben. Die wissen, wie man einen Mann in Fahrt bringt. Mit Ruth zu vögeln war ungefähr so, als hätte man einen Pudding unter sich. Ich mußte die ganze Arbeit tun, und sie hat nur dagelegen und mir erzählt, wie sehr sie mich liebt. So was find ich echt zum Kotzen.«

Charlie Jones runzelte die Stirn. »Warum haben Sie sich dann überhaupt mit ihr abgegeben?«

Hughes lächelte zynisch über die allzu offensichtliche Falle. »Warum nicht? Sie war da, sie war zu haben, und ich war spitz wie Nachbars Lumpi. Wollen Sie mir vielleicht vorwerfen, daß ich was getan hab, was ganz natürlich ist?«

Charlie Jones überlegte einen Moment. »Waren Sie mal im *Cedar House?*«

»Im Haus von der Alten meinen Sie? Nein. Die wär ja total ausgerastet, wenn sie rausgekriegt hätte, mit wem Ruth rumzieht. Ich brauch solche Probleme nicht. Aber die Mädels – sie würden sich wundern. Die Hälfte von ihnen bildet sich ein, ihre Eltern würden mich ans Herz drücken.« Er ahmte die abgehackte Sprechweise der Oberschicht nach. »Mami, Daddy, ich möchte euch meinen neuen Freund Dave vorstellen.« Wieder das jungenhafte Lächeln. »Die sind so vernagelt, daß man's kaum glauben kann.«

»Demnach waren Sie also mit einer ganzen Menge solcher Mädchen zusammen. Das dachten wir uns schon.«

Hughes kippte seinen Stuhl nach hinten, locker, lässig, unglaublich selbstsicher. »Ich gefall ihnen eben, Inspector. Das ist ein Talent von mir. Aber fragen Sie mich nicht, woher ich's hab, das könnt ich Ihnen nämlich nicht sagen. Vielleicht ist es mein irisches Blut.«

»Von der Seite Ihrer Mutter vermutlich.«

»Wie haben Sie das erraten?«

»Sie sind ein Typ aus dem Lehrbuch, Mr. Hughes. Wahrscheinlich der uneheliche Sohn einer Prostituierten, die es für Geld mit allen und jedem trieb, wenn man von Ihrem ausgeprägten Vorurteil gegen Prostituierte ausgeht. Sie haben keine Ahnung, wer Ihr Vater ist, weil er jeder von fünfzig Kerlen sein könnte, die in der Woche Ihrer Zeugung mit Ihrer Mutter eine Nummer geschoben haben. Daher Ihre Verachtung und Ihr Haß auf Frauen und Ihre Unfähigkeit, eine richtige Beziehung aufzubauen. Sie hatten kein männliches Rollenvorbild, von dem Sie hätten lernen oder das Sie hätten nachahmen können. Gibt es Ihnen eigentlich ein Gefühl der Überlegenheit dem armseligen kleinen Unbekannten gegenüber, der dafür bezahlt hat, Ihr Vater zu werden, daß Sie den Spaß umsonst bekommen? Ist es darum so wichtig für Sie?«

Die blauen Augen zogen sich wütend zusammen. »Ich muß mir das nicht anhören.«

»Leider doch. Ihre pathologische Abneigung gegen Frauen interessiert mich nämlich sehr. Sie können von Frauen nicht sprechen, ohne beleidigend zu sein. Das ist nicht normal, Mr. Hughes, und da Sergeant Cooper und ich Ermittlungen über ein ausgesprochen perverses Verbrechen anstellen, läßt Ihre Einstellung mich aufhorchen. Gestatten Sie mir, Ihnen eine Definition einer psychopathischen Persönlichkeitsstörung zu geben.« Er sah wieder auf das Blatt Papier hinunter. »Sie manifestiert sich in schlechter oder überhaupt nicht vorhandener Arbeitsmoral, hartnäckiger Kriminalität, sexueller Promiskuität und aggressivem sexuellen Verhalten. Menschen mit einer solchen Störung sind verantwortungslos und äußerst gefühllos; sie fühlen sich für ihre asozialen Handlungen nicht schuldig, und es fällt ihnen schwer, dauerhafte Beziehungen einzugehen.« Er blickte auf. »Eine recht treffende Beschreibung von Ihnen, finden Sie nicht? Sind Sie schon mal wegen einer derartigen Störung behandelt worden?«

»Bestimmt nicht«, gab er wütend zurück. »Was soll der Mist überhaupt? Seit wann ist Diebstahl ein perverses Verbrechen?«

»Wir sprechen nicht von Diebstahl.«

Hughes' Gesicht verschloß sich plötzlich. »Wovon reden wir dann?«

»Von den Dingen, die Sie mit den Mädchen tun.«

»Versteh ich nicht.«

Charlie Jones beugte sich angriffslustig vor, die Augen stählern. »O doch, Sie verstehen ganz genau, Sie dreckiger kleiner Kinderschänder, Sie. Sie sind pervers, Hughes, und wenn Sie in den Knast wandern und die anderen Insassen rausbekommen, warum Sie sitzen, werden Sie am eigenen Leib erfahren, wie es ist, wenn man die Zielscheibe aggressiven Verhaltens ist. Die werden Sie windelweich prügeln, auf Ihr Essen urinieren und Sie mit dem Rasiermesser bearbeiten, wenn sie Sie allein in der Dusche erwischen. Das ist eine der Absonderlichkeiten des Lebens im Gefängnis. Der gewöhnliche Strafgefangene haßt Sexualtäter, besonders solche, die sich nur an Kinder rantrauen. Alles, was sie selbst getan haben, verblaßt neben dem, was Sie und Leute wie Sie wehrlosen Kindern antun, zur Bedeutungslosigkeit.«

»Ja, verdammt noch mal! Ich hab mit Kindern nichts am Hut. Ich hasse Kinder.«

»Julie Sefton war gerade sechzehn geworden, als Sie sie sich vorgenommen haben. Sie hätte beinahe Ihre Tochter sein können.«

»Das ist doch kein Verbrechen. Ich bin nicht der erste Mann, der mit einem Mädchen geschlafen hat, das seine Tochter sein könnte. Hören Sie doch auf, Inspector!«

»Aber Sie suchen sich immer blutjunge Mädchen. Was macht Sie denn bei den jungen Dingern so an?«

»Ich such sie mir nicht. Sie suchen mich.«

»Haben Sie Angst vor älteren Frauen? Das ist bei Kinderschändern das übliche Muster. Sie müssen es mit Kindern treiben, weil reife Frauen ihnen angst machen.«

»Wie oft muß ich's Ihnen noch sagen? Ich treib's nicht mit Kindern.«

Abrupt wechselte Jones das Thema. »Am Samstag, dem sechsten November, dem Tag, an dem Mrs. Gillespie starb, hat Ruth ihrer Großmutter ein Paar Brillantohrringe gestohlen. Haben Sie Ruth an diesem Tag dorthin gefahren?«

Hughes schien schon verneinen zu wollen, aber dann sagte er achselzuckend: »Sie hat mich drum gebeten.«

»Warum?«

»Warum was?«

»Warum hat sie Sie gebeten, sie hinzufahren? Was wollte sie dort?«

Hughes zog die Mundwinkel abwärts. »Das hat sie mir nicht verraten. Ich war jedenfalls nicht in dem verdammten Haus und ich hatte keine Ahnung, daß sie irgendwelche Ohrringe klauen wollte.«

»Sie hat Sie also in Ihrer Bude angerufen und Sie gebeten, extra nach Southcliffe rauszukommen, sie abzuholen, nach Fontwell zu fahren und wieder zurückzubringen, und hat Ihnen nicht erklärt, warum?«

»Genau.«

»Und das war alles, was Sie getan haben? Sie haben für sie den Chauffeur gespielt und vor dem *Cedar House* gewartet, solange sie drinnen war?«

»Ja.«

»Aber Sie haben uns doch gesagt, daß Sie sie nicht mochten. Sie haben sie sogar verachtet. Warum diese Mühe für jemanden, den man nicht mag?«

»Na ja, für eine kleine Nummer hat sich's gelohnt.«

»Mit einem Pudding?«

Hughes grinste. »Ich war scharf an dem Tag.«

»Sie hat meinem Sergeant erzählt, daß sie mehr als sechs Stunden von der Schule abwesend war. Von Southcliffe nach Fontwell sind es dreißig Meilen, sagen wir also, Sie haben hin und zurück knapp anderthalb Stunden gebraucht. Dann bleiben immer noch viereinhalb Stunden. Wollen Sie mir weismachen, Sie hätten viereinhalb Stunden lang in Fontwell in Ihrem Wagen gesessen und Däumchen gedreht, während Ruth bei ihrer Großmutter war?«

»So lang war's nicht. Wir haben auf der Rückfahrt gehalten und gevögelt.«

»Wo genau haben Sie in Fontwell geparkt?«

»Das weiß ich jetzt nicht mehr. Ich hab immer irgendwo auf sie gewartet.«

Charlie Jones tippte mit der Fingerspitze auf das zerknitterte Blatt Papier. »Der Wirt vom *Three Pigeons* sagt, daß Ihr Wagen an dem Nachmittag auf seinem Vorplatz gestanden hat. Nach zehn Minuten sind Sie weggefahren, aber er hat gesehen, wie Sie an der Kirche angehalten und jemanden mitgenommen haben. Wir müssen annehmen, daß das Ruth war; es sei denn, Sie erzählen mir jetzt, Sie hätten an dem Tag, an dem Mrs. Gillespie starb, noch eine dritte Person nach Fontwell gefahren.«

Hughes' Blick war argwöhnisch. »Es war Ruth.«

»Okay, was haben Sie und Ruth dann viereinhalb Stunden lang getrieben, Mr. Hughes? Gevögelt, wie Sie es formulierten, haben Sie sicher nicht die ganze Zeit. Man braucht keine viereinhalb Stunden, um einen Pudding zu vögeln. Oder vielleicht doch, wenn man an einer psychopathischen Persönlichkeitsstörung leidet. Vielleicht braucht man dann so lang, um ihn hochzukriegen.«

Hughes ließ sich nicht reizen. »Eigentlich hab ich überhaupt keinen Grund, das dumme Luder zu decken. Okay, sie hat mich gebeten, sie nach Southampton zu fahren, zu irgend so einem Schmuckhändler. Ich hab nicht gefragt, warum, ich hab's einfach getan. Aber dafür können Sie mich nicht drankriegen. Ich hab nur den Taxifahrer gemacht. Wenn sie ein Paar Ohrringe geklaut hat und sie dann verkauft hat, weiß ich nichts davon. Ich war nur der Dummkopf, der das Auto hatte.«

»Miss Lascelles behauptet, sie habe Ihnen das Geld gegeben, sobald sie die Ohrringe verkauft hatte. Ihrer Aussage zufolge waren es sechshundertfünfzig Pfund in bar. Sie sagt, Sie hätten sie dann direkt nach Southcliffe zurückgefahren, weil sie rechtzeitig zu einem Physikvortrag wieder da sein mußte.«

Hughes sagte nichts.

»Sie haben von einem Verbrechen profitiert, Mr. Hughes. Das ist strafbar.«

»Ruth lügt. Sie hat mir nie Geld gegeben, und selbst wenn sie's getan hätte, müßten Sie erst mal beweisen, daß ich von dem Diebstahl was gewußt hab. Sie wird Ihnen schon sagen, daß das allein auf ihrem Mist gewachsen ist. Ich geb ja zu, daß sie mir von Zeit zu Zeit unter die Arme gegriffen hat, aber sie hat immer gesagt, es wär ihr Geld, und ich hab's ihr geglaubt. Weshalb hätt ich ihr nicht glauben sollen? Die alte Oma hatte doch Geld wie Heu. Da war's doch logisch anzunehmen, daß Ruth auch nicht gerade knapp bei Kasse war.« Er grinste wieder. »Was ist denn schon dabei, wenn Sie mir ab und zu mal ein bißchen Kohle gegeben hat? Woher hätt ich wissen sollen, daß das dumme Luder alles geklaut hat? Außerdem hat sie mir sowieso was für das Benzin geschuldet, das ich in ihren Ferien verbraucht hab, wo ich sie dauernd rumgefahren hab.«

»Aber an dem fraglichen Tag hat sie Ihnen kein Geld gegeben?«

»Nein, das hab ich doch schon gesagt.«

»Hatten Sie Geld bei sich?«

»Einen Fünfer vielleicht.«

»Wie hieß das Juweliergeschäft in Southampton?« fragte Charlie Jones unvermittelt.

»Weiß ich doch nicht. Ich war da nie drinnen. Da müssen Sie schon Ruth fragen. Sie hat mir nur gesagt, ich soll die und die Straße runterfahren und am Ende anhalten.«

»Wie hieß die Straße?«

»Keine Ahnung. Sie hatte einen Stadtplan und hat mir gesagt, wie ich fahren soll – rechts, links, geradeaus, halt. Das war's. Fragen Sie Ruth doch selbst.«

»Sie weiß den Namen der Straße nicht. Sie sagt, Sie hätten sie hingefahren, ihr gesagt, in welchen Laden sie gehen, nach wem sie fragen und was sie sagen soll.«

»Sie lügt.«

»Das glaube ich nicht, Mr. Hughes.«

»Beweisen Sie's.«

Charlie Jones überlegte schnell. Er zweifelte nicht daran, daß Hughes Behauptung zutraf, er habe weder das *Cedar House* noch das Juweliergeschäft betreten – jedenfalls nicht in Ruths Beisein. Das Raffinierte an der ganzen Masche war, daß er die gestohlenen Waren niemals selbst an den Mann brachte, sondern lediglich die Mädchen samt der Ware zu jemandem hinfuhr, der es tat. Auf die Weise konnte höchstens das betreffende Mädchen ihn belasten, und sie würde es nicht tun, weil sie, aus was für Gründen auch immer, zu große Angst vor ihm hatte.

»Ich *werde* es beweisen, Mr. Hughes. Fangen wir bei der Frage an, was Sie getan haben, nachdem Sie Ruth in die Schule zurückgebracht hatten. Sind Sie in diesen Nachtclub gegangen, von dem Sie vorhin sprachen? Solche Lokale sind im allgemeinen teuer, und Koks und Ecstasy bekommt man auch nicht für einen Pappenstiel. Beides, denke ich, nehmen Sie. Man wird sich an Sie erinnern, besonders wenn Sie mit dem Geld um sich geworfen haben.«

Hughes sah die nächste Falle und kicherte. »Ich hab Ihnen doch schon gesagt, daß ich kein Geld hatte, Inspector. Ich bin eine Weile rumgegurkt und dann heimgefahren.«

»Um welche Zeit war das?«

Er zuckte die Achseln. »Keine Ahnung.«

»Wenn wir also jemanden finden, der uns sagt, daß an dem Abend ein weißer Ford Transit in der Nähe eines Nachtlokals in Bournemouth geparkt war, werden Sie behaupten, das könnte nicht Ihrer gewesen sein, weil Sie nur rumgegurkt sind.«

»Genau.«

Charlie Jones lächelte. Es sah aus wie ein räuberisches Zähnefletschen. »Ich muß Ihnen mitteilen, Mr. Hughes, daß Sie binnen kurzem zur Polizeidienststelle Learmouth verbracht werden, wo man Sie in aller Ausführlichkeit über den Mord an Mrs. Mathilda Gillespie vernehmen wird.« Er schob seine Papiere zusammen und steckte sie ein.

»Scheiße!« sagte Hughes wütend. »Was erzählen Sie mir da für einen Quatsch? Sie haben gesagt, sie hat sich selbst umgebracht.«

»Stimmt nicht. Sie wurde ermordet, und ich habe Anlaß zu der Vermutung, daß Sie an diesem Mord beteiligt waren.«

Hughes sprang auf. »Ich hab Ihnen doch gesagt, daß ich nie in der beschissenen Bude war. Außerdem ist der Wirt mein Alibi. Er hat mich auf seinem Parkplatz gesehen und er hat gesehen, wie ich Ruth abgeholt hab. Wie hätte ich die Alte ermorden können, wenn ich die ganze Zeit in meinem Wagen gehockt hab.«

»Sie wurde nicht um halb drei ermordet. Sie wurde erst am Abend getötet.«

»Am Abend war ich gar nicht dort.«

»Ihr Wagen war aber dort. Der Wirt sagt, Sie seien an dem Abend wiedergekommen, und Sie haben, wie Sie selbst uns soeben gesagt haben, für den Abend des sechsten November kein Alibi. Sie sind rumgegurkt, wissen Sie noch?«

»Ich war hier in Bournemouth, und mein Wagen auch.«

»Beweisen Sie das.« Charlie Jones stand auf. »Solange Sie uns keine Beweise bringen, nehme ich Sie unter Mordverdacht in Gewahrsam.«

»Das geht jetzt echt zu weit. Ich hetz Ihnen meinen Anwalt auf den Hals.«

»Tun Sie das. Ein Anruf ist Ihnen von Learmouth aus gestattet.«

»Weshalb hätt ich die alte Schraube umbringen sollen?«

Charlie Jones zog eine buschige Braue hoch. »Weil Sie dafür bekannt sind, daß Sie Frauen terrorisieren. Diesmal sind Sie eben zu weit gegangen.«

»Ich bring sie nicht um.«

»Was tun Sie dann mit ihnen?«

»Vögeln. Und sie kommen auf ihre Kosten. Ich hab bis jetzt keine Klagen gekriegt.«

»Genau das hat wahrscheinlich der Yorkshire Ripper jedesmal gesagt, wenn er mit Hammer und Meißel im Kofferraum nach Hause kam.«

»Was erlauben Sie sich eigentlich?« rief Hughes und stampfte mit dem Fuß. »Ich hab ja die alte Schachtel nicht mal gekannt. Ich wollte sie gar nicht kennenlernen. Mann, Sie Schwein, wie kann ich jemanden umgebracht haben, den ich nicht mal gekannt hab?«

»Sie wurden doch auch geboren, nicht wahr?«

»Was soll das jetzt wieder heißen?«

»Geburt und Tod, Hughes. Zufallsereignisse. Ihre Mutter kannte Ihren Vater nicht, aber Sie wurden trotzdem geboren. Daß Sie die Frau nicht gekannt haben, ist irrelevant. Sie waren am fraglichen Tag zur Stelle, Sie schickten Mrs. Gillespies Enkelin zu ihr zum Stehlen, und Mrs. Gillespie wußte es. Sie mußten sie mundtot machen, ehe sie mit uns reden konnte.«

»So arbeite ich nicht.«

»Wie arbeiten Sie dann?«

Aber Hughes sagte kein Wort mehr.

Ich habe Joanna und ihr Kind hierher geholt. Ich traute kaum meinen Augen, als ich nach London kam und die Zustände sah. Joanna bemüht sich gar nicht mehr, für ihr Kind zu sorgen oder auch nur auf ein Mindestmaß an Sauberkeit zu achten. Sie ist offensichtlich nicht fähig, allein zu leben. Zwar war mir dieser elende Jude, den sie geheiratet hat, ein Greuel, aber solange er lebte, war doch wenigstens ein gewisser Anschein von Normalität da.

Ich fürchte sehr, daß der Schock über Stevens Tod sie völlig aus dem Gleichgewicht geworfen hat. Heute morgen war sie im Kinderzimmer und hielt ein Kissen über das Bettchen. Ich fragte, was sie da täte, und sie sagte: »Nichts«, aber ich bin sicher, hätte ich das Zimmer nur einige Minuten später betreten, so hätte das Kissen auf dem Gesicht des Kindes gelegen. Das Grauenvolle ist, daß ich mich selbst da stehen sah, wie ein schauriger Reflex in einem verzerrten Spiegel. Der Schock war ungeheuer. Vermutet Joanna etwas? Hat irgend jemand außer Jane eine Ahnung?

Es gibt keine Heilung für den Wahnsinn, der durch Inzucht erzeugt wurde. »Widernatürliche Taten bringen widernatürliche Plagen hervor ...«

13

Am folgenden Morgen, nachdem der letzte Patient gegangen war, marschierte Jane Marriott energisch in Sarahs Sprechzimmer und setzte sich mit Nachdruck in einen Sessel.

Sarah blickte auf. »Sie sehen ja richtig zornig aus«, bemerkte sie, während sie irgendwelche Papiere unterzeichnete.

»Ich bin auch zornig.«

»Worüber denn?«

»Über Sie.«

Sarah verschränkte die Arme. »Was habe ich angestellt?«

»Sie haben Ihr Mitgefühl verloren.« Jane tippte auf ihre Uhr. »Ich weiß, ich habe Ihnen oft die Leviten gelesen, weil Sie sich für Ihre Patienten soviel Zeit genommen haben, aber ich habe Sie dafür bewundert. Jetzt geht plötzlich alles ruckzuck, kaum gehen sie rein, sind sie schon wieder draußen. Die alte Mrs. Henderson hat fast geweint. ›Was hab ich der Frau Doktor denn getan?‹ hat sie mich gefragt. ›Sie hatte kaum ein freundliches Wort für mich übrig.‹ Sie dürfen diesen Wirbel wegen Mathilda nicht so persönlich nehmen, Sarah. Das ist anderen gegenüber nicht fair.« Sie holte tief Luft. »Und sagen Sie mir jetzt nicht, daß ich nur die Sprechstundenhilfe bin und Sie die Ärztin sind. Auch Ärzte sind fehlbar, genau wie wir alle.«

Sarah schob ein paar Papiere auf ihrem Schreibtisch hin und her. »Wollen Sie wissen, was Mrs. Hendersons erste Worte waren, als sie in mein Zimmer kam? ›Jetzt kann man ja unbesorgt wieder zu Ihnen kommen, Frau Doktor, ich mein, wo's doch jetzt klar ist, daß es die Tochter war, diese üble Person.‹ Und sie hat Sie belogen. Ich hatte nicht ein *einziges* freundliches Wort für sie übrig. Ich habe ihr ausnahmsweise die Wahrheit gesagt, daß nämlich ihr einziges Leiden eine chronische Übellaunigkeit ist, die sich augenblicklich beheben ließe, wenn sie mal das Gute in den Menschen sähe, anstatt immer nur nach dem Schlechten zu suchen.« Sie fuchtelte Jane mit dem Bleistift vor der Nase herum. »Ich komme immer mehr zu der Überzeugung, daß Mathilda recht hatte. Dieses Dorf ist einer der unfreundlichsten Orte der Erde, ausschließlich von bösartigen, bigotten Ignoranten bevölkert, die mit ihrem Leben nichts Besseres anzufangen wissen, als über jeden herzuziehen, der ihren banalen und kleinlichen Normen nicht entspricht. Ich habe nicht mein Mitgefühl verloren, sondern meine Scheuklappen.«

Jane nahm Sarah den Bleistift aus der Hand, ehe er sich in eines ihrer Nasenlöcher verirren konnte. »Sie ist eine einsame alte Witwe, die nie aus diesem Dorf herausgekommen ist, und wollte Ihnen auf ihre ungeschickte Art sagen, daß es ihr leid tut, an Ihnen gezweifelt zu haben. Wenn Sie nicht großmütig genug sind, um ihrer Tolpatschigkeit mit Nachsicht zu begegnen, dann sind Sie nicht die Frau, für die ich Sie gehalten habe. Und zu Ihrer Information, sie glaubt jetzt, an einer schweren Krankheit zu leiden, nämlich chronischer Übellaunigkeit, die Sie nicht behandeln wollen. Und sie schreibt das den Kürzungen im Gesundheitswesen zu und der Tatsache, daß sie als alte Frau jetzt als entbehrlich betrachtet wird.«

Sarah seufzte. »Sie war nicht die einzige. Sie platzen alle vor Schadenfreude, weil sie glauben, Joanna hätte es getan, und ich hab was dagegen, daß sie mich und meine Praxis dazu benützen, sie durch den Dreck zu ziehen.« Sie fuhr sich mit den Fingern durch ihr Haar. »So war das nämlich heute, Jane. Sie haben sich aufgeführt wie ein Haufen Kinder, die ihrem neuesten Opfer die Zunge rausstrecken, und wenn Jack sich nicht so dämlich benommen hätte, hätten sie nicht soviel zu klatschen gehabt.«

»Glauben Sie das nur ja nicht«, entgegnete Jane trocken. »Wenn's nichts Konkretes zu klatschen gibt, denken Sie sich eben was aus.«

»Ha! Und Sie werfen mir Zynismus vor!«

»Glauben Sie ja nicht, ich wäre über die Dummheit dieser Leute nicht genauso verärgert wie Sie. Natürlich bin ich das, aber ich erwarte eben nichts andres. Es hat sich nichts geändert, nur weil Mathilda tot ist, und ich muß sagen, ich finde es ziemlich stark von Ihnen, Mrs. Henderson zu beschuldigen, sie sähe immer nur das Schlechte in den Menschen, wenn die schlimmste Vertreterin dieses Typs Ihnen gerade ein kleines Vermögen hinterlassen hat. Mrs. Hendersons Blick auf die Menschen ist ausgesprochen wohlwollend im Vergleich mit Mathildas. *Die* litt wirklich an chronischer Übellaunigkeit.«

»Na schön. Ich hab verstanden. Ich fahre auf dem Heimweg bei Mrs. Henderson vorbei.«

»Ich hoffe, Sie entschuldigen sich auch gleich bei ihr. Vielleicht bin ich überempfindlich, aber sie wirkte wirklich sehr bekümmert, und es ist doch gar nicht Ihre Art, grausam zu sein, Sarah.«

»Ich fühl mich aber grausam«, knurrte sie. »Nur interessehalber – reden Sie mit meinen männlichen Kollegen auch so?«

»Nein.«

»Ich verstehe.«

Jane sagte aufgebracht: »Sie verstehen gar nichts. Ich mag Sie gern. Wenn Ihre Mutter hier wäre, würde sie Ihnen das gleiche sagen. Sie sollten sich von äußeren Ereignissen nicht verbiestern lassen, Sarah. Das können Sie den Mathildas dieser Welt überlassen.«

Sarah verspürte eine plötzliche warme Zuneigung zu dieser älteren Frau, deren Gesicht vor Erschöpfung ganz rot geworden war. Ihre Mutter hätte natürlich nichts dergleichen gesagt, sondern lediglich geringschätzig den Mund verzogen und gesagt, sie habe immer schon gewußt, daß Sarah im Herzen eine negative Person sei. Es brauchte jemanden mit Janes Großherzigkeit, um zu erkennen, daß andere ungeschickt waren oder schwach oder desillusioniert. »Sie verlangen von mir, daß ich meine Prinzipien verrate«, sagte sie sanft.

»Nein, mein Kind, ich verlange, daß Sie zu ihnen stehen.«

»Weshalb sollte ich es Mrs. Henderson nachsehen, daß sie Joanna eine Mörderin nennt. Gegen sie liegt nicht mehr vor als gegen mich vorgelegen hat, und wenn ich mich entschuldige, ist das stillschweigende Zustimmung.«

»Unsinn«, entgegnete Jane energisch. »Es ist reine Höflichkeit einer alten Frau gegenüber. Wie Sie mit Joanna umgehen, ist eine ganz andere Sache. Wenn Sie nicht damit einverstanden sind, wie sie vom Dorf behandelt wird, müssen Sie das öffentlich demonstrieren, damit auch niemand den geringsten Zweifel daran haben kann, wem Ihre Sympathien gelten. Aber lassen Sie Ihren Zorn nicht an der armen Dolly Henderson aus, mein Kind. Man kann von ihr nicht erwarten, daß sie die Dinge so sieht wie Sie und ich. Sie hat nie unsere liberale Erziehung genossen.«

»Gut, ich werde mich entschuldigen.«

»Danke.«

Sarah beugte sich plötzlich vor und drückte Jane einen Kuß auf die Wange.

Die machte ein verdutztes Gesicht. »Wofür war denn das?«

»Ach, ich weiß nicht.« Sarah lächelte. »Vielleicht dafür, daß sie für meine Mutter eingesprungen sind. Ich frage mich manchmal, ob die Ersatzmütter ihren Job nicht besser machen als die echten Mütter. Mathilda ist auch manchmal eingesprungen, wissen Sie. Sie war nicht *nur* chronisch übellaunig. Sie konnte so lieb sein wie Sie, wenn sie wollte.«

»Kümmern Sie sich deshalb um Ruth? Als eine Art Gegenleistung?«

»Finden Sie es nicht in Ordnung?«

Jane seufzte. »Sagen wir, ich finde es etwas provokativ unter den gegebenen Umständen. Was auch immer Ihre Gründe sein mögen, im Dorf gibt es nur eine Interpretation für Ihr Handeln. Es heißt, Joanna werde binnen kurzem wegen des Mordes an ihrer Mutter verhaftet werden, und deshalb sei Ruth zu Ihnen gezogen.«

»Ich hatte keine Ahnung, daß es so schlimm ist.« Sarah runzelte die Stirn. »Mein Gott, die Leute sind wirklich lächerlich. Woher holen sie nur diesen Blödsinn?«

»Sie zählen zwei und zwei zusammen und kommen auf zwanzig.«

»Das Schlimme ist« – sie hielt einen Moment inne –, »daß ich kaum was dagegen tun kann.«

»Aber Sarah, es ist doch nichts weiter nötig als eine Erklärung dafür, warum Ruth bei Ihnen wohnt«, widersprach Jane. »Dann ist den Gerüchten die Spitze abgebrochen. Es wird ja doch wohl eine Erklärung geben.«

Sarah seufzte. »Die Erklärung ist Ruths Sache, und im Augenblick ist sie nicht in der Lage, eine zu geben.«

»Dann erfinden Sie eine«, sagte Jane unumwunden. »Lassen Sie sie Mrs. Henderson wissen, wenn Sie heute nachmittag bei ihr vorbeifahren, und spätestens morgen abend hat sie im ganzen Dorf die Runde gemacht. Feuer muß man mit Feuer bekämpfen, Sarah. Anders geht's nicht.«

Mrs. Henderson war gerührt von Dr. Blakeneys Entschuldigung wegen ihrer schlechten Laune in der Sprechstunde, fand es sehr nobel von ihr, sie extra deswegen aufzusuchen, und zeigte Verständnis dafür, daß man am nächsten Tag etwas daneben war, wenn man sich die ganze Nacht damit um die Ohren geschlagen hatte, sich um eine Siebzehnjährige zu kümmern, die alle Symptome Pfeiffer'schen Drüsenfiebers zeigte. Allerdings verstand sie immer noch nicht ganz, warum Ruth unter diesen Umständen bei Dr. Blakeney und ihrem Mann wohnen mußte. Wäre es nicht angemessener, sie wäre bei ihrer Mutter geblieben? Unbedingt, stimmte Sarah im Brustton der Überzeugung zu, und Ruth wäre es natürlich auch viel lieber gewesen, aber wie Mrs. Henderson wohl wisse, handle es sich beim Pfeiffer'schen Drüsenfieber um eine äußerst schmerzhafte und gefährliche Virusinfektion. Da ein Wiederaufflammen der Krankheit wahrscheinlich sei, wenn die Patientin nicht ordentlich betreut werde, und Ruth ja kurz vor ihrer

Abschlußprüfung stehe, habe Joanna Sarah gebeten, sie bei sich aufzunehmen, damit sie so schnell wie möglich wieder ganz gesund werde. Und unter den gegebenen Umständen, Mrs. Gillespies Testament und so weiter (hier machte Sarah angemessen verlegene Miene), habe sie ja schlecht ablehnen können, nicht wahr?

»Das stimmt, wo Sie doch das ganze Geld geerbt haben«, war Mrs. Hendersons wohlüberlegte Antwort, doch ihre Augen verrieten Verwunderung. »Dann geht Ruth wieder nach Southcliffe, wenn sie gesund ist?«

»Aber ja, wohin denn sonst«, sagte Sarah, ohne rot zu werden. »Wie ich schon sagte, sie steht kurz vor ihrer Abschlußprüfung.«

»Also so was! Da werden ja ganz schöne Lügen erzählt. Aber wer hat denn dann Mrs. Gillespie umgebracht, wenn Sie's nicht waren und die Tochter auch nicht?«

»Das weiß der liebe Gott, Mrs. Henderson.«

»Ja, der wird's wissen. Eine Schande, daß er niemanden ins Vertrauen zieht. Er macht doch nichts als Ärger, indem er's für sich behält.«

»Vielleicht hat sie sich selbst das Leben genommen.«

»Niemals!« erklärte die alte Frau mit Überzeugung. »Das glaub ich nie. Ich kann nicht behaupten, daß ich sie besonders gemocht hab, aber ein Feigling war Mrs. Gillespie nicht.«

Sarah wußte, daß Joanna im Haus war, auch wenn auf ihr Läuten alles still blieb. Sie hatte das starre weiße Gesicht in den dämmerigen Tiefen des Eßzimmers gesehen und auch das flüchtige Aufblitzen des Erkennens, ehe Joanna in den Flur hinausgeschlüpft und verschwunden war. Mehr als die Weigerung zu öffnen, war es dieses blitzartige Erkennen, das Sarah ärgerte. Es ging hier um Ruth, nicht um Mathildas Testament oder Jacks Eskapaden; sie hätte vielleicht noch verstehen können, daß Joanna keine Lust hatte, der Polizei zu öffnen, aber daß sie sich vor der Person verbarrikadierte, von der sie wußte, daß sie ihre Tochter aufgenommen hatte, das konnte sie nicht verzeihen. Mit grimmiger Entschlossenheit machte sie sich auf den Weg um das Haus herum nach hinten. Was war das für eine Frau, die persönliche Feindschaft über die Sorge um das Wohlergehen ihrer Tochter stellte?

Sie sah das Porträt vor sich, an dem Jack arbeitete. Er hatte Joanna in einem dreikantigen Prisma aus Spiegeln eingefangen, durch die ihre Persönlichkeit aufgespalten wurde wie gebrochenes Licht. Es war eine ungewöhnliche Darstellung schillernder Identität, um so mehr als all diese Bilder in einem einzigen Bild aufgingen, das von dem großen, alles umfassenden Spiegel rund um den Rand des Gemäldes zurückgeworfen wurde. Sarah hatte ihn gefragt, wofür dieses eine Bild stand. »Joanna, wie sie gesehen werden möchte. Bewundert, geliebt, schön.«

Sie wies auf die Prismenbilder. »Und die da?«

»Das ist die Joanna, die sie mit Drogen unterdrückt«, erklärte er. »Die häßliche, ungeliebte Frau, die von Mutter, Ehemann und Tochter zurückgewiesen wurde. Alles in ihrem Leben ist Illusion, darum das Spiegelthema.«

»Wie traurig.«

»Werd mir jetzt bloß nicht sentimental, Sarah. Joanna ist die egozentrischste Frau, die ich kenne. Ich vermute, die meisten Süchtigen sind so. Sie sagt, Ruth hätte sie zurückgewiesen. Das ist Quatsch. Joanna hat Ruth zurückgewiesen, weil Ruth jedesmal, wenn sie sie hochnahm, geweint hat. Es war ein Teufelskreis. Je mehr ihr Kind weinte, desto weniger konnte sie es lieben. Sie hat behauptet, Steven hätte sie zurückgewiesen, weil ihre Schwangerschaft ihn abstieß, aber schon im nächsten Satz gab sie zu, daß sie es nicht aushalten konnte, welches Aufheben er um Ruth machte. Ich denke, sie war es, die ihn zurückgewiesen hat.«

»Aber warum? Es muß doch einen Grund dafür geben.«

»Ich vermute, der Grund ist sehr einfach. Der einzige Mensch, den sie liebt oder lieben kann, ist sie selbst, und weil ihr dicker Bauch sie in ihren eigenen Augen wenig attraktiv machte, nahm sie das den beiden Menschen, die dafür verantwortlich waren, übel – ihrem Mann und ihrem Kind. Ich wette, sie war die einzige, die die Schwangerschaft abstoßend fand.«

»Nein, Jack, ganz so einfach sind die Dinge nie. Es könnte etwas sehr Schwerwiegendes dahinterstecken. Unbehandelte postnatale Depression; eine narzißtische Störung. Sogar Schizophrenie. Vielleicht hatte Mathilda recht, und sie ist wirklich labil.«

»Kann schon sein, aber wenn es so ist, dann war das allein Mathildas Schuld. Nach allem, was ich gehört habe, hat sie sich Joanna und ihrem Theater vom ersten Tag an unterworfen.« Er wies auf das Gemälde. »Als ich sagte, daß alles in ihrem Leben Illusion ist, meinte ich, es ist alles unecht. Das hier ist eine Phantasie, die sie einen glauben machen möchte, aber ich bin fast sicher, daß sie selbst nicht an sie glaubt.«

Er legte den Zeigefinger auf das mittlere Dreieck des Prismas, das noch leer war. »Da kommt die wahre Joanna hin, in den einzigen Spiegel, der ihr stilisiertes Bild von sich selbst nicht zurückwerfen kann.«

Sehr durchdacht, sagte sich Sarah, aber war es zutreffend? »Und wie ist die wahre Joanna?«

Er starrte auf das Bild. »Absolut skrupellos, glaube ich«, antwortete er langsam. »Absolut skrupellos, wenn es darum geht, ihren eigenen Willen durchzusetzen.«

Die Küchentür war abgeschlossen, aber der Schlüssel, den Mathilda unter dem dritten Blumentopf rechts versteckt hatte, war noch da. Sarah nahm ihn mit einem unterdrückten Schrei des Triumphs und schob ihn in das Yaleschloß. Erst als sie die Tür geöffnet und den Schlüssel herausgezogen hatte, um ihn auf den Küchentisch zu legen, fragte sie sich, ob jemand der Polizei gesagt hatte, daß es so einfach war, ins Haus zu kommen, wenn man von dem hinterlegten Schlüssel wußte. Sie selbst hatte es nicht erwähnt; sie hatte den Schlüssel bis zu diesem Moment, als ihr Wunsch, ins Haus zu kommen, ihr Gedächtnis auf Trab gebracht hatte, vergessen. Sie hatte ihn nur einmal benützt, vor Monaten, als Matildas Arthritis so schlimm gewesen war, daß sie es nicht geschafft hatte, aus ihrem Sessel aufzustehen und zur Haustür zu kommen.

Vorsichtig legte sie den Schlüssel auf den Tisch und blickte nachdenklich auf ihn hinunter. Die Intuition sagte ihr, daß die Person, die den Schlüssel zuletzt benutzt hatte, Mathilda Gillespie getötet hatte, und es bedurfte keiner geistigen Anstrengung, sich klarzumachen, daß sie eventuelle Fingerabdrücke dieser Person soeben durch ihre eigenen ausgelöscht hatte. »Ach, du lieber Gott«, sagte sie bedrückt.

»Wie können Sie sich unterstehen, ohne Aufforderung in mein Haus zu kommen«, zischte Joanna von der Tür zur Diele her.

Sarah sah sie so grimmig an, daß sie unwillkürlich einen Schritt zurückwich. »Kommen Sie endlich runter von Ihrem hohen Roß und werden Sie vernünftig«, fuhr Sarah sie an. »Wir sitzen alle bis zum Hals in der Scheiße, und Sie tun nichts, als auf Ihrer verdammten Würde zu bestehen.«

»Lassen Sie diese Kraftausdrücke. Ich hasse das. Sie sind ja schlimmer als Ruth. Sie sind keine Dame. Ich verstehe nicht, was meine Mutter an Ihnen fand.«

Sarah holte zornig Luft. »Sie phantasieren, Joanna. Was glauben Sie denn, in welchem Jahrhundert Sie leben? Und was ist eine Dame? Jemand wie Sie, der in seinem ganzen Leben nie einen Finger gerührt hat, dafür aber auch keine Kraftausdrücke gebraucht?« Sie schüttelte den Kopf. »Für mich ist das kein Kriterium. Ich kenne eine wahre Dame. Sie ist siebenundachtzig Jahre alt und arbeitet mit den Obdachlosen in London und flucht wie ein Stallknecht. Machen Sie endlich die Augen auf. Respekt erwirbt man sich durch den Beitrag, den man zum gesellschaftlichen Zusammenleben leistet, nicht durch verbissenes Festhalten an irgendeinem überholten Prinzip weiblicher Reinheit, das an dem Tag aus der Mode kam, als Frauen entdeckten, daß sie nicht zu einem Leben endloser Schwangerschaft und Kindererziehung verdammt sind.«

Joanna kniff die Lippen zusammen. »Wie sind Sie hereingekommen?«

Sarah deutete auf den Tisch »Mit dem Schlüssel, der unter dem Blumentopf lag.«

»Mit welchem Schlüssel?« fragte Joanna ärgerlich.

»Mit dem da, und rühren Sie ihn auf keinen Fall an. Ich bin sicher, daß die Person, die Ihre Mutter getötet hat, ihn benutzt hat. Kann ich mal telefonieren? Ich will die Polizei anrufen.« Sie drängte sich an Joanna vorbei in den Flur. »Und Jack muß ich auch noch anrufen, um ihm zu sagen, daß ich später komme. Haben Sie was dagegen?«

Joanna eilte ihr nach. »Ja, ich habe etwas dagegen. Sie haben kein Recht, hier einzudringen. Das ist mein Haus, und ich will Sie hier nicht sehen.«

»Nein«, entgegnete Sarah kurz und griff gleichzeitig zum Telefon auf dem Tisch im Vestibül, »dem Testament Ihrer Mutter gemäß gehört das *Cedar House* mir.« Sie blätterte in ihrem Büchlein nach Coopers Telefonnummer. »Und Sie sind nur noch hier, weil ich Sie nicht einfach hinauswerfen wollte.« Sie hielt den Hörer an ihr Ohr und wählte die Nummer der Polizeidienststelle Learmouth, ohne Joanna aus den Augen zu lassen. »Aber ich kann nicht anders. Ich sehe keinen Grund, warum ich für Sie mehr Verständnis haben sollte, als Sie für Ihre eigene Tochter haben. – Sergeant Cooper, bitte. Sagen Sie ihm, Dr. Blakeney ist am Apparat, und es ist dringend. Ich bin im *Cedar House* in Fontwell. – Ja, ich warte.« Sie legte ihre Hand über die Sprechmuschel. »Ich möchte, daß Sie mit zu mir kommen und mit Ruth sprechen. Jack und ich bemühen uns nach besten Kräften, aber wir können Sie nicht ersetzen. Sie braucht ihre Mutter.«

Ein kleiner Nerv zuckte an Joannas Mundwinkel. »Ich finde es unerhört, daß Sie sich in Dinge einmischen, die Sie nichts angehen. Ruth ist durchaus in der Lage, für sich selbst zu sorgen.«

»Mein Gott, Sie sind wirklich unglaublich«, sagte Sarah erschüttert. »Ihnen ist alles scheißegal, stimmt's?«

»Das tun Sie absichtlich, Dr. Blakeney.«

»Wenn Sie von meinen Kraftausdrücken sprechen – ja, Sie haben vollkommen recht, ich tu es absichtlich«, erwiderte Sarah. »Ich möchte gern, daß Sie über mich genauso schockiert sind wie ich über Sie. Wo bleibt eigentlich Ihr Verantwortungsgefühl, Sie verfluchtes Miststück? Ruth ist Ihnen nicht aus heiterem Himmel in den Schoß gefallen. Sie und Ihr Mann haben sich verdammt gut amüsiert, als Sie sie zeugten, vergessen Sie das nicht.« Abrupt wandte sie ihre Aufmerksamkeit dem Telefon zu. »Hallo, Sergeant, ja, ich bin im *Cedar House*. Ja, sie ist auch hier. Nein, keine Probleme, aber ich glaube, ich weiß jetzt, wie Mathildas Mörder ins Haus gekommen ist. Hat Ihnen jemand gesagt, daß sie immer einen Schlüssel zur Küchentür hinten unter einem Blumentopf liegen hatte? Ich weiß, aber ich hatte es ganz vergessen.« Sie schnitt ein Gesicht. »Nein, er liegt nicht mehr dort. Er liegt jetzt auf dem Küchentisch. Ich hab ihn benutzt, um hier reinzukommen.« Sie hielt den Hörer von ihrem Ohr weg. »Ich hab's doch nicht mit Absicht getan«, sagte sie kalt. »Sie hätten gleich zu Anfang ein bißchen gründlicher suchen sollen, dann wäre das nicht passiert.« Sie legte den Hörer mit unnötigem Nachdruck auf. »Wir müssen beide hier bleiben, bis die Polizei kommt.«

Joanna verlor plötzlich die Fassung. »Verschwinden Sie aus meinem Haus!« schrie sie. »Ich lasse in meinem Haus nicht in diesem Ton mit mir sprechen.« Sie rannte die Treppe hinauf. »Sie werden schon sehen. Ich beschwere mich bei der Ärztekammer über Sie. Dreck bleibt immer hängen. Ich werde den Leuten sagen, daß Sie zuerst Mr. Sturgis umgebracht haben und dann meine Mutter.«

Sarah folgte ihr, sah sie ins Badezimmer laufen und die Tür zuschlagen. Sie ließ sich auf den Boden hinunter und blieb im Schneidersitz vor dem Bad sitzen. »Wutanfälle und Krämpfe haben vielleicht bei Mathilda gewirkt, aber bei mir wirken sie bestimmt nicht. Gottverdammt noch mal!« brüllte sie plötzlich, den Mund dicht an der Eichentür. »Sie sind eine erwachsene Frau von vierzig Jahren, Sie dumme Gans. Benehmen Sie sich endlich Ihrem Alter entsprechend.«

»Unterstehen Sie sich, so mit mir zu sprechen!«

»Aber Sie machen mich stinksauer, Joanna. Einen Menschen, der nur funktionieren kann, wenn er bis obenhin mit Drogen voll ist, kann ich nur verachten.« Tranquilizer hatte Jack vermutet.

Keine Antwort.

»Sie brauchen Hilfe«, fuhr sie sachlich fort, »und der beste Mann dafür sitzt in London. Er ist ein Psychiater, der sich auf alle Formen von Drogenabhängigkeit spezialisiert hat, aber er nimmt Sie nur, wenn Sie wirklich bereit sind aufzuhören. Wenn Sie interessiert sind, empfehle ich Sie, wenn nicht, schlage ich vor, Sie bereiten sich auf die Konsequenzen vor, die dauernder Drogenmißbrauch für den menschlichen Körper hat, darunter vor allem eine, die Sie ganz bestimmt nicht wollen. Sie werden viel schneller altern als ich, Joanna, weil Ihr Körper ständigen Attacken ausgesetzt ist, meiner hingegen nicht.«

»Verschwinden Sie aus meinem Haus, Dr. Blakeney.« Sie wurde allmählich ruhiger.

»Das kann ich nicht. Ich muß auf Sergeant Cooper warten. Und es ist nicht Ihr Haus, es ist meines. Was nehmen Sie?«

Es blieb sehr lange still. Dann sagte Joanna schließlich: »Valium. Dr. Hendry hat es mir verschrieben, als ich nach Stevens Tod hierher zurückkam. Ich wollte Ruth in ihrem Bett ersticken, da hat meine Mutter ihn angerufen und ihn gebeten, mir etwas zu geben.«

»Warum wollten Sie Ruth ersticken?«

»Es erschien mir als das Vernünftigste. Ich war als Mutter eine ziemliche Niete.«

»Und haben die Tranquilizer geholfen?«

»Ich weiß nicht mehr. Ich war ständig müde. Daran kann ich mich erinnern.«

Sarah glaubte ihr, weil sie Hugh Hendry eine solche Maßnahme zutraute. Klassische Symptome einer schweren postnatalen Depression, und anstatt der armen Frau Antidepressiva zu verschreiben, um ihre Stimmung aufzuhellen, hatte dieser Idiot sie mit Sedativen in einen Zustand völliger Lethargie hineingetrieben. Kein Wunder, daß es ihr so schwerfiel, mit Ruth zurechtzukommen. Eine der tragischen Folgen der postnatalen Depression, wenn sie nicht richtig behandelt wurde, war ja, daß die Mütter große Schwierigkeiten hatten, eine natürliche liebevolle Beziehung zu ihren Kindern herzustellen, die sie als Ursache ihrer plötzlichen Unfähigkeit sahen, das Leben zu meistern. Mein Gott, vieles, was mit dieser Familie geschehen war, ließ sich ganz leicht erklären, wenn die Frauen eine Neigung zu postnataler Depression hatten.

»Ich kann Ihnen helfen«, sagte sie. »Wollen Sie sich von mir helfen lassen?«

»Viele Leute nehmen Valium. Es ist nicht verboten.«

»Und sehr wirksam unter den entsprechenden Umständen und bei sachkundiger Überwachung. Aber Sie bekommen Ihr Valium nicht von einem Arzt, Joanna. Die Probleme der Diazepam-Abhängigkeit sind so gründlich dokumentiert, daß kein verantwortungsbewußter Arzt Ihnen das Medikament weiterhin verschreiben würde. Und das heißt, daß Sie einen privaten Lieferanten haben und die Tabletten eine Menge Geld kosten. Schwarzmarktdrogen sind niemals billig. Lassen Sie mich Ihnen helfen«, sagte sie wieder.

»Sie haben nie in Ihrem Leben Angst gehabt. Was wissen Sie schon, wenn Sie nie Angst gehabt haben.«

»Wovor hatten Sie denn Angst?«

»Ich hatte Angst davor zu schlafen. Jahrelang habe ich mich gefürchtet einzuschlafen.« Sie lachte plötzlich. »Aber jetzt nicht mehr. Sie ist ja tot.«

Draußen läutete es.

Sergeant Cooper war sehr gereizter Stimmung. Die letzten vierundzwanzig Stunden waren ein einziger Frust gewesen, und nicht nur, weil er über das Wochenende hatte arbeiten und auf das Sonntagsessen mit Kindern und Enkelkindern hatte verzichten müssen. Seine Frau, selbst müde und ärgerlich, hatte ihm den unvermeidlichen Vortrag über sein mangelndes familiäres Engagement gehalten. »Du solltest endlich mal mit der Faust auf den Tisch hauen«, sagte sie. »Du bist nicht Eigentum der Polizei, Tommy.«

Sie hatten Hughes über Nacht auf der Dienststelle Learmouth festgehalten, hatten ihn aber gegen Mittag, ohne etwas erreicht zu haben, wieder auf freien Fuß gesetzt. Nachdem er sich am vorangegangenen Nachmittag beharrlich geweigert hatte, auch nur ein Wort zu sagen, war er am Morgen auf seine ursprüngliche Aussage zurückgekommen, daß er ziellos herumgefahren sei, ehe er in seine Wohnung zurückgekehrt sei. Die Zeit seiner Rückkehr gab er mit einundzwanzig Uhr an. Cooper, der Charlie Jones losgeschickt hatte, die jungen Leute zu befragen, die die Wohnung in dem besetzten Haus mit ihm teilten, war wütend und verärgert zurückgekehrt.

»Das ist ein abgekartetes Spiel«, erklärte er dem Chief Inspector. »Das lief wie geschmiert. Ich hab mir jeden einzelnen vorgenommen und mir erzählen lassen, was er am Abend des sechsten November getan hat, und alle hatten sie die gleiche Story parat. Sie hätten in Hughes Zimmer gesessen und ferngesehen, und Punkt neun wäre Hughes reinmarschiert. Er wäre dann die ganze Nacht dagewesen, genau wie sein Wagen, der draußen auf der Straße gestanden hätte. Ich hab Hughes nicht ein einziges Mal erwähnt und durch nichts erkennen lassen, daß ich mich für ihn oder seinen gottverdammten Wagen überhaupt interessiere. Sie haben mir diese Auskünfte ganz von selbst gegeben.«

»Woher konnten Sie aber wissen, daß er zu uns neun Uhr gesagt hatte?«

»Von seinem Anwalt?«

»Sehr unwahrscheinlich. Ich hab den Eindruck, der mag seinen Mandanten genausowenig wie wir.«

»Dann war's vorher ausgemacht. Immer wenn Hughes von der Polizei in die Mangel genommen wird, behauptet er, um neun zu Hause gewesen zu sein.«

»Oder sie sagen die Wahrheit.«

Cooper lachte höhnisch. »Nie im Leben. Das waren ganz abgefeimte Burschen. Wenn die an dem Abend brav vorm Fernseher gesessen haben, freß ich einen Besen. In Wirklichkeit waren sie wahrscheinlich unterwegs und haben alten Frauen die Handtaschen geklaut oder gegnerische Fußballfans verdroschen.«

Charlie Jones ließ sich das eine Weie durch den Kopf gehen. »Es gibt kein Alibi, das auf alle Situationen anwendbar ist«, sagte er schließlich. »Es sei denn, Hughes hat die Gewohnheit, Verbrechen immer nur nach neun Uhr abends zu verüben, und wir wissen, daß das nicht der Fall ist, denn Ruth hat die Ohrringe ihrer Großmutter ja um halb drei Uhr nachmittags gestohlen.«

»Und was wollen Sie damit sagen?« fragte Cooper, als Jones nicht weitersprach. »Daß sie die Wahrheit sagen?« Er schüttelte heftig den Kopf. »Das glaub ich nicht.«

»Ich möchte gern wissen, warum Hughes dieses Alibi nicht schon gestern präsentiert hat. Warum hat er so lange den Mund gehalten, wenn er gewußt hat, daß seine Kumpel ihn unterstützen würden?« Er beantwortete bedächtig seine eigene Frage. »Weil sein Anwalt mir heute morgen die Pistole auf die Brust gesetzt hat und den frühestmöglichen Todeszeitpunkt Mrs. Gillespies wissen wollte. Und das heißt, daß Hughes ihm bereits gesagt hatte, daß er vor neun Uhr abends an nichts zu fürchten hatte.«

»Wie hilft uns das weiter?«

»Gar nicht«, antwortete Jones gut gelaunt. »Aber wenn dieses Alibi vorher ausgemacht war, wie Sie sagten, dann muß er an diesem Abend was andres getrieben haben, wofür er auf jeden Fall ein Alibi haben wollte. Jetzt brauchen wir nur noch rauszukriegen, was es war.« Er griff zum Telefon. »Ich red mal mit dem Kollegen in Bournemouth. Mal sehen, was der für Samstag abend, den sechsten November, an Vorfällen in seinem Buch hat.«

Die Antwort war: nichts.

Jedenfalls nichts, was der Verfahrensweise von David Mark Hughes auch nur im entferntesten entsprochen hätte.

Daher Coopers Gereiztheit.

Er schnalzte ärgerlich mit der Zunge, während er sich den Schlüssel ansah. »Ich hätte Sie für vernünftiger gehalten, Dr. Blakeney.«

Sarah dachte an Jane Marriotts Ermahnung und bewahrte mühsam Geduld. »Tut mir leid.«

»Sie können nur hoffen, daß es uns gelingt, noch andere Fingerabdrücke zu sichern, sonst müßte ich vermuten, daß das hier ein Trick war.«

»Was für ein Trick?«

»Ein Trick, Ihre Fingerabdrücke ganz legitim auf den Schlüssel zu praktizieren.«

Sie wußte schon, worauf er hinaus wollte. »Für den Fall, daß ich ihn benutzt habe, um ins Haus zu kommen und Mathilda zu töten, und dann vergaß, ihn abzuwischen, wie?« fragte sie schnippisch.

»Falsch«, entgegnete er milde. »Ich dachte eigentlich nur an einen guten Samariterdienst für jemand anderen. Wer ist es denn diesmal, den Sie aufgrund Ihrer Intuition für unschuldig befunden haben, Dr. Blakeney?«

»Sehr dankbar sind Sie nicht, Cooper«, sagte sie. »Ich hätte Ihnen von dem Schlüssel nichts zu sagen brauchen. Ich hätte ihn still und leise wieder an seinen Platz legen und den Mund halten können.«

»Kaum. Er ist voller Fingerabdrücke von Ihnen, und irgend jemand hätte ihn früher oder später gefunden.« Er wandte sich Joanna zu. »Haben Sie wirklich nichts von dem Schlüssel gewußt, Mrs. Lascelles?«

»Das habe ich Ihnen doch schon gesagt, Sergeant. Nein. Ich hatte einen Schlüssel zur vorderen Tür.«

Er hatte den Eindruck, daß zwischen ihr und Dr. Blakeney irgendwas vorging. Die Körpersprache war verräterisch. Sie standen so dicht beieinander, daß ihre Arme einander beinahe berührten, aber sie schienen es zu vermeiden, einander anzusehen. Wären sie ein Mann und eine Frau gewesen, hätte er gesagt, er habe sie auf frischer Tat ertappt; so hatte er das Gefühl, daß sie ein gemeinsames Geheimnis hatten. Welcher Art jedoch dieses Geheimnis war und ob es mit Mrs. Gillespies Tod zu tun hatte, war nicht zu sagen.

»Und Ruth?«

Joanna zuckte gleichgültig die Achseln. »Ich habe keine Ahnung, aber ich denke nicht. Sie hat mir nie etwas von dem Schlüssel gesagt, und soviel ich weiß, hat sie immer nur ihren Haustürschlüssel benutzt. Es gibt keinen Grund, den ganzen Weg bis nach hinten zu gehen, wenn man vorn herein kann.« Sie wirkte ehrlich verwundert. »Meine Mutter muß erst kürzlich mit dieser Gewohnheit angefangen haben. Als ich noch hier lebte, hat da jedenfalls nie ein Schlüssel gelegen.«

Er sah Sarah an, die hilflos die Hände ausbreitete. »Ich weiß nur, daß sie bei meinem zweiten oder dritten Besuch hier die Tür nicht aufmachte. Ich bin daraufhin zur Fenstertür gegangen und habe ins Wohnzimmer hineingesehen. Sie saß fest, die Arme. Sie kam aus ihrem Sessel nicht hoch, weil sie an dem Tag so irrsinnige Schmerzen in den Handgelenken hatte. Sie rief mir durch das geschlossene Fenster zu, wo der Schlüssel lag. Vielleicht hatte sie ihn extra für einen solchen Notfall dorthin gelegt. Sie fürchtete immer, ihre Beweglichkeit zu verlieren.«

»Wer wußte noch von dem Schlüssel?«

»Keine Ahnung.«

»Haben Sie jemandem davon erzählt?«

Sarah schüttelte den Kopf. »Ich kann mich nicht erinnern. Kann sein, daß ich es in der Praxis mal erwähnt habe. Aber es ist sowieso ewig her. Sie sprach sehr gut auf die neuen Medikamente an, die ich ihr gegeben habe, und eine solche Situation hat sich nicht wiederholt. Mir fiel der Schlüssel erst wieder ein, als ich heute nachmittag nach hinten kam und die Blumentöpfe sah.«

Cooper zog zwei Plastikbeutel aus seiner Tasche und hob mit dem einen vorsichtig den Schlüssel vom Tisch, um ihn in den anderen hineinfallen zu lassen. »Und warum sind Sie überhaupt hinten herum gekommen, Dr. Blakeney? Wollte Mrs. Lascelles Sie vorn nicht reinlassen?«

Zum erstenmal sah Sarah Joanna an. »Ich weiß nicht, ob sie nicht wollte. Vielleicht hat sie die Klingel nicht gehört.«

»Aber Ihr Anliegen war ja offenbar sehr dringend, sonst wären Sie nicht so entschlossen gewesen, sich Zutritt zu verschaffen. Möchten Sie mir nicht freundlicherweise sagen, worum es sich handelte? Ich vermute, es betrifft Ruth.« Er war zu erfahren, um den Ausdruck der Erleichterung zu übersehen, der auf Joannas Gesicht erschien.

»Richtig«, sagte Sarah freundlich. »Sie kennen meine Ansichten zu Erziehung und Bildung. Wir haben über Ruths weitere Ausbildung gesprochen.«

Sie lügt, dachte Cooper und war erstaunt, mit welcher Leichtigkeit sie es tat. Mit einem stillen Seufzer nahm er sich vor, noch einmal alles, was sie ihm gesagt hatte, genau durchzugehen. Er hatte sie für eine ehrliche, wenn auch naive Frau gehalten, aber der Naive war offenbar er selbst. Alte Narren sind einfach nicht zu retten, dachte er bitter.

Aber der törichte alte Tommy hatte sich eben ein bißchen verliebt.

Wie wahr ist doch das Sprichwort »Rache ist eine Speise, die kalt am besten schmeckt«. Gerade durch das Warten schmeckte sie um so süßer, und ich bedaure nur, daß ich meinen Triumph nicht in die Welt hinausposaunen kann. Nicht einmal James kann ich ihn offenbaren, der der Düpierte ist, es aber nicht weiß.

Heute morgen hörte ich von meiner Bank, daß er meinen Scheck über 12 000 Pfund eingelöst und sich somit automatisch mit der Versicherungsabfindung einverstanden erklärt hat. Ich wußte, daß er das tun würde. Wenn es um Geld geht, ist James in seiner Gier so ungezügelt wie ein Kind. Es rinnt ihm wie Wasser durch die Finger, weil Bargeld in der Hand das einzige ist, was für ihn zählt. Ich wollte, ich wäre eine Fliege an der Wand und könnte sehen, wie er lebt, aber ich kann es mir sowieso denken. Alkohol und Strichjungen.

Ich bin heute um 36 500 Pfund reicher als gestern, und ich freue mich königlich darüber. Der Scheck von der Versicherungsgesellschaft für die Gegenstände, die über Weihnachten, während Joanna und ich in Cheshire waren, aus dem Safe gestohlen wurden, belief sich auf erstaunliche 23 500 Pfund. Der größte Teil davon war für den Brillantschmuck meiner Großmutter. Die Tiara war allein für 5500 Pfund versichert. Ich denke allerdings, sie war einiges mehr wert, ich habe sie ja seit Vaters Tod nicht mehr schätzen lassen. Herrlich, so ein unerwarteter Geldsegen für Schmuckstücke, die ich nie im Leben getragen hätte. Es gibt kaum etwas Häßlicheres als schweren viktorianischen Schmuck.

James' Uhren hingegen sind alles andere als häßlich, wahrscheinlich weil sein Vater sie gekauft hat und nicht James. Ich habe sie bei Sotheby's schätzen lassen und hörte, daß sie mehr als das Doppelte der 12 000 Pfund wert sind, für die sie versichert waren. Nach Zahlung der 12 000 Pfund an James bleiben mir also

11 500 Pfund aus dem Versicherungsscheck und eine gute Geldanlage im Wert von 25 000 Pfund, die ich meinem nichtswürdigen Ehemann rechtsgültig abgekauft habe.

Wie gesagt, Rache ist eine Speise, die kalt am besten schmeckt…

14

Etwas früher am selben Nachmittag wurde ein großgewachsener, distinguiert wirkender Mann in Paul Duggans Büro in Poole geführt. Er gab seinen Namen mit James Gillespie an und legte ruhig seinen Reisepaß und seine Heiratsurkunde zum Beweis vor. In dem Bewußtsein, daß er eine kleinere Bombe hatte platzen lassen, ließ er sich in einem Sessel nieder und betrachtete, die Hände auf dem Griff seines Spazierstocks, Paul Duggan unter buschigen weißen Augenbrauen hervor mit einer Miene der Erheiterung. »Kleiner Schock, wie?« sagte er. Selbst auf der anderen Seite des Schreibtischs war die Whiskyfahne deutlich zu riechen.

Duggan sah sich den Paß genau an und legte ihn dann vor sich auf die Löschunterlage. »Jedenfalls unerwartet«, erwiderte er trocken. »Ich hatte angenommen, Mrs. Gillespie sei Witwe. Sie hat nie von einem noch lebenden Ehemann oder –« er verlieh dem nächsten Wort besondere Betonung – »*geschiedenen* Mann gesprochen.«

»Ehemann«, sagte Gillespie energisch. »Natürlich nicht. Paßte ihr besser, als Witwe zu gelten.«

»Warum haben Sie sich nie scheiden lassen?«

»Keine Notwendigkeit.«

»Dieser Paß ist in Hongkong ausgestellt.«

»Natürlich. War vierzig Jahre da draußen. Bei verschiedenen Banken. Als mir klar wurde, daß ich dort nicht mein Leben beschließen will, bin ich zurückgekommen. Zu unsicher. Peking ist unberechenbar. Nicht das richtige für einen Mann meines Alters.« Er sprach in kurzen, abgehackten Sätzen wie jemand, der es eilig oder für gesellschaftliche Floskeln nichts übrig hat.

»Und warum sind Sie zu mir gekommen?« Duggan beobachtete ihn neugierig. Er war zweifellos ein auffallender Mann mit seinem vollen weißen Haar, dem olivbraunen Teint und den tiefen Falten, die sich um Augen und Mund eingegraben hatten, bei näherem Hinsehen jedoch zeigte sich die Armut, die hinter der scheinbar opulenten Fassade lag. Seine Garderobe war von guter Qualität, aber Zeit und ständiger Gebrauch hatten ihre Spuren hinterlassen, und sowohl der Anzug als auch der Kamelhaarmantel begannen fadenscheinig zu werden.

»Sollte meinen, das wäre klar. Sie ist tot – jetzt will ich mir zurückholen, was mir gehört.«

»Wie haben Sie von Ihrem Tod erfahren?«

»Mittel und Wege«, antwortete Gillespie.

»Woher wissen Sie, daß ich der Testamentsvollstrecker bin?«

»Mittel und Wege«, sagte Gillespie wieder.

Duggan war sehr neugierig. »Und was wollen Sie sich zurückholen?«

James Gillespie nahm eine Brieftasche heraus, entnahm ihr einige gefaltete Blätter sehr dünnen Papiers und breitete sie auf dem Schreibtisch aus. »Das ist eine Bestandsliste des Nachlasses meines Vaters. Das Erbe wurde bei seinem Tod vor siebenundvierzig Jahren zu gleichen Teilen unter seinen drei Kindern geteilt. Mein Anteil waren alle die Gegenstände, die mit JG gekennzeichnet sind. Ich denke, Sie werden feststellen, daß mindestens sieben davon auf Ihrer Bestandsliste von Mathildas Nachlaß erscheinen. Diese Stücke sind nicht ihr Eigentum und waren es nie. Und jetzt möchte ich sie mir, wie ich schon sagte, zurückholen.«

Bedächtig las Duggan die Papiere durch. »Auf welche sieben Stücke genau beziehen Sie sich, Mr. Gillespie?«

Er zog gereizt die buschigen weißen Brauen zusammen. »Machen Sie keine Spielchen mit mir, Mr. Duggan. Ich spreche natürlich von den Uhren – den zwei Thomas Tompions, der Knibbs, der Mahagoni-Uhr aus dem siebzehnten Jahrhundert, der Louis-XVI.-Uhr, der *›pendule d'officier‹* aus dem achtzehnten Jahrhundert und der Kruzifix-Uhr. Mein Vater und mein Großvater waren Sammler.«

Duggan sah ihn scharf an. »Darf ich fragen, wieso Sie so überzeugt sind, daß eines dieser Stücke auf der Bestandsliste von Mrs. Gillespies Nachlaß erscheint?«

»Wollen Sie behaupten, das sei nicht der Fall?«

Duggan wich einer direkten Antwort aus. »Wenn ich Sie recht verstanden habe, waren Sie vierzig Jahre außer Landes. Woher wollen Sie wissen, was sich am Tag des Todes Ihrer Frau in ihrem Besitz befand?«

James Gillespie prustete verächtlich. »Die Uhren waren die einzigen Wertgegenstände, die sie hatte, und sie hat sich eine Menge Umstände gemacht, um sie mir zu stehlen. Sie hätte sie bestimmt nicht verkauft.«

»Wie konnte Ihre Frau sie stehlen, wenn Sie beide noch verheiratet waren?«

»Sie hat sie mir mit einem hinterlistigen Trick abgeluchst, aber es war trotzdem Diebstahl.«

»Ich verstehe leider nicht.«

Gillespie nahm einen Luftpostbrief aus seiner Brieftasche und reichte ihn über den Schreibtisch. »Spricht für sich selbst.«

Duggan entfaltete das Schreiben und las. Als Adresse war das *Cedar House* angegeben, das Datum war der April 1961.

»Lieber James,
es tut mir leid, Dir mitteilen zu müssen, daß bei einem Einbruch in den Weihnachtsfeiertagen eine Reihe von Wertsachen aus dem Haus gestohlen wurden, darunter auch Deine Uhrensammlung. Ich habe heute einen Ausgleichsscheck von der Versicherung erhalten und lege die Abrechnung bei, aus der hervorgeht, daß mir ein Gesamtbetrag von 23 500 Pfund bezahlt wurde. Ich lege ferner einen Scheck über 12 000 Pfund bei, der den Versicherungswert Deiner Uhren deckt. Du hast mir Deine Uhren hinterlassen, um mein Schweigen zu erkaufen, ich zahle Dir die Entschädigung heute nur, weil ich fürchte, Du könntest eines Tages zurückkommen und sie für Dich beanspruchen. Ich könnte mir denken, daß es Dich sehr zornig machen würde zu entdek-

ken, daß ich Dich ein zweitesmal betrogen habe. Ich hoffe, damit erledigt sich jede weitere Korrespondenz zwischen uns.
Mathilda.«

Duggan blickte völlig verwirrt auf. »Ich verstehe immer noch nicht.«

»Sie wurden gar nicht gestohlen.«

»Aber sie hat Ihnen zwölftausend Pfund für sie gegeben. Das war 1961 ein kleines Vermögen.«

»Betrug war es. Sie hat mir vorgemacht, die Uhren seien gestohlen worden, obwohl es gar nicht stimmte. Ich habe das Geld in gutem Glauben angenommen. Ich bin gar nicht auf den Gedanken gekommen, daß sie lügen könnte.« Er klopfte mit seinem Spazierstock zornig auf den Boden. »Es gibt da zwei Möglichkeiten. Erstens, sie hat die Uhren selbst gestohlen und die Versicherung betrogen. Für mich ist das ein Verbrechen. Zweitens, es wurden andere Gegenstände im Wert von dreiundzwanzigtausendfünfhundert gestohlen, und sie nahm die Gelegenheit wahr, mich um die Uhren zu bringen. Das ist genauso ein Verbrechen. Die Uhren waren mein Eigentum.« Er verzog ärgerlich den Mund. »Sie hat ihren Wert genau gekannt und gewußt, daß sie das Wertvollste waren, was sie hatte. Ich war selbst bei Sotheby's. Ist natürlich nur eine grobe Schätzung, da ja lediglich die Beschreibungen aus der Bestandsliste zur Hand waren, aber bei einer Versteigerung würden sie über hunderttausend bringen, wahrscheinlich sogar weit mehr. Ich will sie wiederhaben, Sir.«

Duggan ließ sich das erst einmal durch den Kopf gehen. »Die Situation ist nicht ganz so eindeutig, wie Sie zu glauben scheinen, Mr. Gillespie. Die Beweislast liegt bei Ihnen. Erstens müßten Sie beweisen, daß Ihre Frau Sie vorsätzlich betrogen hat; zweitens müßten Sie beweisen, daß die Uhren im Nachlaß Ihrer Frau eben die sind, die Ihnen von Ihrem Vater vererbt wurden.«

»Sie haben beide Bestandslisten gesehen. Wo sind da noch Zweifel?«

Für den Augenblick ließ Duggan die Frage, woher James Gillespie wußte, daß es eine Bestandsliste von Mathildas Nachlaß gab und was darauf stand, beiseite. Wenn sie erst einmal gestellt wurde, konnten sich alle möglichen unerfreulichen Weiterungen ergeben.

»Es können ähnliche Uhren sein«, erwiderte er. »Und selbst wenn es dieselben Uhren sind, werden Sie beweisen müssen, daß sie sie nicht zu einem späteren Zeitpunkt zurückgekauft hat. Nehmen wir an, die Kollektion wurde gestohlen, und sie hat Ihnen die Entschädigung überwiesen, wie es ihre Pflicht war. Nehmen wir weiter an, daß sie dann versuchte, die Kollektion zu ersetzen, weil sie begonnen hatte, sich für antike Uhren zu interessieren. Sie kann mit ihrem eigenen Geld ähnliche Uhren bei Versteigerungen erworben haben. Daran wäre nichts Verbotenes, und Sie hätten unter diesen Umständen keinerlei Anspruch. Ferner war es Ihre Pflicht als Eigentümer der Uhren, Mr. Gillespie, sich zu vergewissern, daß der Betrag, der Ihnen 1961 bezahlt wurde, eine angemessene und gereche Entschädigung für die Ihnen gehörigen gestohlenen Gegenstände darstellt. Mit der Annahme von zwölftausend Pfund haben Sie das getan, Mr. Gillespie. Sie ließen die Uhren zurück, als sie nach Hongkong gingen, akzeptierten ohne ein Wort des Widerspruchs eine stattliche Entschädigung für sie, und wollen Sie nun plötzlich, nach vierzig Jahren, zurückhaben, weil Sie glauben, daß es sich gelohnt hätte, an ihnen festzuhalten. Ich gebe zu, daß wir uns hier in einer Grauzone befinden, die rechtliche Beratung und Überlegung notwendig macht, aber auf Anhieb würde ich sagen, daß Sie rechtlich keine Chancen haben. Es ist ein alter Spruch, aber er ist wahr: Der Besitzer hat schon halb gewonnen.«

Aber so leicht war Gillespie nicht einzuschüchtern. »Lesen Sie ihre Tagebücher«, knurrte er ärgerlich. »Dann bekommen Sie den Beweis, daß sie mir die Uhren gestohlen hat. Sie konnte es nicht lassen, vor sich selbst mit ihrer Schlauheit zu prahlen. Alles hat sie aufgeschrieben und dann immer wieder gelesen, um sich selbst auf die Schulter zu klopfen. So einen Triumph hätte sie bestimmt nicht unerwähnt gelassen. Lesen Sie die Tagebücher.«

Duggan verzog keine Miene. »Das werde ich tun. Wissen Sie denn, wo sie sie aufbewahrt hat? Das würde mir die Mühe sparen, nach ihnen zu suchen.«

»Auf dem obersten Bord in der Bibliothek. Als Willy Shakespeares Werke markiert.« Er nahm eine Karte aus seiner Brieftasche. »Sie sind Anwalt, Mr. Duggan, ich verlasse mich daher auf Ihre Ehrlichkeit. Das ist meine Adresse. Ich hoffe, innerhalb der nächsten Tage von Ihnen zu hören. Wäre Ihnen dankbar, wenn Sie die Angelegenheit als dringend behandeln würden.« Sich auf seinen Stock stützend, stand er auf.

»Es wäre mir lieber, mit Ihrem Anwalt zu verhandeln, Mr. Gillespie.«

»Ich habe keinen, Sir.« Er sprach mit ergreifender Würde. »Meine Pension erlaubt eine solche Ausgabe nicht. Ich verlasse mich darauf, daß Sie ein Ehrenmann sind. Ein paar davon muß es ja in diesem heruntergekommenen Land noch geben.« Er ging zur Tür. »Vielleicht sind Sie der Meinung, ich hätte Mathilda schlecht behandelt, indem ich sie und das Kind verließ. Lesen Sie die Tagebücher. Sie wird Ihnen selbst erzählen, wie es wirklich war.«

Duggan wartete, bis die Tür sich geschlossen hatte, dann griff er zum Telefon und rief die Polizei im Learmouth an.

Die Neuigkeit von Mathildas Tagebüchern wurde Cooper telefonisch durchgegeben, als er eben das *Cedar House* verlassen wollte. Mit einem Stirnrunzeln legte er nach dem Gespräch den Hörer auf. Sie hatten das Haus von oben bis unten durchsucht, und er war sicher, daß weder in der Bibliothek noch sonstwo handgeschriebene Tagebücher gewesen waren. »Tut mir leid, meine Damen, ich muß Ihre Zeit leider noch etwas länger in Anspruch nehmen. Würden Sie mich bitte begleiten?«

Verwundert folgten ihm Joanna und Sarah durch den Flur in die Bibliothek.

»Was suchen Sie denn?« fragte Joanna, als er vor dem Bücherregal, das die ganze Wand einnahm, stehenblieb und mit zusammengekniffenen Augen zum obersten Bord hinaufspähte.

Er hob den Arm und tippte an das dicke Mahagonibrett. »Sieht eine von Ihnen hier oben vielleicht die gesammelten Werke von William Shakespeare?«

»Ach, die stehen überall verstreut«, antwortete Joanna wegwerfend. »Welche Ausgabe suchen Sie?«

»Die, die eigentlich hier oben auf dem Bord stehen sollte.« Er sah sie an. »Die Tagebücher Ihrer Mutter. Mir wurde gesagt, sie hätte sie hier oben aufbewahrt, als Shakespeares Werke gebunden.«

Joanna sah ehrlich überrascht auf. »Was für Tagebücher?«

»Unseren Informationen zufolge hat sie über ihr ganzes Leben genau Buch geführt.«

»Davon habe ich nie was gehört.«

»Der Informant war ganz sicher.«

Joanna machte eine hilflose Bewegung. »Davon wußte ich nichts.«

»Wer ist denn Ihr Informant?« fragte Sarah neugierig.

Cooper behielt Joanna im Auge, als er antwortete: »James Gillespie«, sagte er. »Mrs. Lascelles' Stiefvater.«

Diesmal war die Überraschung nicht überzeugend. Es blieb Sarah überlassen, das Naheliegende zu erwidern. »Ich dachte, er hätte Mathilda schon vor Jahren verlassen«, sagte sie erstaunt. »Woher will er wissen, ob sie Tagebücher führte? Außerdem sitzt er doch in Hongkong – das hat jedenfalls meine Sprechstundenhilfe mir erzählt.«

»Nicht mehr, Dr. Blakeney. Wie Mrs. Gillespies Anwalt uns mitteilte, lebt er jetzt in Bournemouth.« Er wandte sich an Joanna. »Wir müssen das Haus noch einmal durchsuchen, und es wäre mir lieber, Sie wären dabei.«

»Selbstverständlich, Sergeant. Ich habe nicht vor, das Haus zu verlassen. Es gehört schließlich immer noch mir.«

Sarah sah sie an. »Und was ist mit Ruth? Sie können sie nicht einfach im Stich lassen.«

»Ruth muß lernen, für sich selbst einzustehen, Dr. Blakeney«, erwiderte sie mit einem vielsagenden Achselzucken. »Vielleicht hätten Sie sich die Konsequenzen etwas gründlicher überlegen sollen, ehe Sie meine Mutter zu einer Testamentsänderung überredeten. Sie werden verstehen, daß es mir beim derzeitigen Stand der Dinge ganz unmöglich ist, Ruth zu unterstützen.«

»Was sie braucht, ist emotionale Unterstützung, und die kostet Sie keinen Penny.«

»Ich habe ihr nichts zu sagen, was nicht alles noch schlimmer machen würde.« Die hellen Augen fixierten Sarah mit seltsam starrem Blick. »Ihr wurden mehr Möglichkeiten geboten, als ich jemals bekam, und sie hat sie einfach weggeworfen. Ihnen ist doch wohl klar, daß sie schon vor dieser schmutzigen kleinen Geschichte in der Schule meine Mutter monatelang bestohlen hat.« Ihr Mund verkniff sich unschön. »Sie haben keine Ahnung, wie ärgerlich ich bin, seit Miss Harris mich angerufen und mir den Grund für Ruths Ausschluß erklärt hat. Können Sie sich überhaupt vorstellen, wieviel Geld an die Ausbildung dieses Kindes verschwendet worden ist?«

»Miss Harris hat Ihnen eine sehr einseitige Version davon gegeben, was geschehen ist«, entgegnete Sarah vorsichtig, da sie merkte, daß Cooper neben ihr neugierig die Ohren spitzte. »Sie müssen doch einsehen, daß es nur fair ist, auch Ruth zu hören, ihr wenigstens die Gelegenheit zu geben, Ihnen zu erklären, daß das, was geschehen ist, nicht allein ihre Schuld war.«

»Ich lebe, abgesehen von einigen Unterbrechungen, seit fast achtzehn Jahren mit meiner Tochter zusammen und ich weiß genau, wer schuld ist. Ruth ist einfach nicht in der Lage, die Wahrheit zu sagen. Es wäre ausgesprochen töricht von Ihnen, etwas anderes anzunehmen.« Sie lächelte dünn. »Sie können ihr sagen, daß sie ja weiß, wo ich zu erreichen bin, wenn sie mich brauchen sollte, aber machen Sie ihr bitte auch klar, daß sie, solange diese Erbsache nicht zufriedenstellend geklärt ist, von mir keinerlei finanzielle Unterstützung zu erwarten hat, sei es für ihre weitere Ausbildung, sei es für ihren Lebensunterhalt.«

Diese Frau benutzte Ruth als Druckmittel. Sarah war angewidert, sagte sich dann jedoch, daß Joanna auf ihre Art ebenso verzweifelt war wie Ruth. Sie machte noch einen Versuch. »Um Geld geht es hier nicht, Joanna, es geht einzig und allein darum, daß Ihre Tochter Sie gern sehen möchte. Sie hat zu große Angst, um ins *Cedar House* zu kommen, weil der Mann, der sie zum Stehlen angestiftet hatte, diese Adresse kennt und ihr wiederholt gedroht hat. Bitte, bitte, wollen Sie nicht zu mir kommen und dort mit Ruth sprechen? Sie lügt nicht, aber sie ist tief verstört über alles, was passiert ist, und braucht das beruhigende Gefühl, daß Sie sie nicht zurückweisen. Sie sitzt fast die ganze Zeit am Telefon und hofft auf Ihren Anruf. Ich glaube, Sie haben keine Ahnung, wie sehr sie an Ihnen hängt.«

Joanna zögerte kurz – oder war das nur Wunschdenken von Sarah? »Sie haben sie aufgenommen, Dr. Blakeney. Ich schlage deshalb vor, daß Sie sich um sie kümmern. Ich kann das, was sie getan hat, nicht verzeihen. Ich neige sogar zu dem Verdacht, daß *sie* meine Mutter getötet hat. Zuzutrauen wäre es ihr. Zweifeln Sie daran nur ja nicht.«

Sarah schüttelte ungläubig den Kopf. »Na ja, vielleicht ist es besser so. Das ist das letzte, was Ruth jetzt braucht, daß Sie sie mit Ihrem scheinheiligen Getue belasten. Sie sind doch keinen Deut besser, oder haben Sie vergessen, wie Sie dagestanden haben, als Mathilda Sie gerettet hat?« Sie zuckte die Achseln. »Ich hatte mich entschlossen, die Erbschaft auszuschlagen und Ihnen und Ruth die Chance zu geben, ein Gericht davon zu überzeugen, daß Sie mehr Recht auf das Erbe haben als ein Stall von Eseln. Aber das kommt für mich jetzt nicht mehr in Frage. Sie müssen sich schon mit mir um das Geld streiten, und Sie werden allein antreten müssen, weil ich nämlich die Absicht habe, für Ruth einen Treuhandfonds einzurichten, damit sie auf keinen Fall verliert, ganz gleich, wie der

Streit ausgeht.« Sie ging zur Tür und warf Cooper ein so süßes Lächeln zu, daß sein altes Herz hüpfte wie ein Lämmchen auf der Wiese. »Falls es Sie interessieren sollte, Sergeant, ich bin immer noch der Überzeugung, daß Joanna Mathilda nicht getötet hat. Ob mit oder ohne Arthritis, Mathilda hätte sich schleunigst aus dem Staub gemacht, wenn diese Person ihr auf den Leib gerückt wäre.«

Tja, dachte Cooper, ihr nachblickend, als sie durchs Vestibül stürmte, es steckt also doch eine Menge Leidenschaft in Sarah Blakeney. Aber er wünschte, er wüßte, was Ruth zugestoßen war, das sie und Jack so wütend machte.

Der Name »Cadogan Mansions«, der an hochherrschaftliche Pracht denken ließ, war irreführend. Tatsächlich sah Cooper sich am folgenden Morgen einem funktionell gebauten, mit den Jahren heruntergekommenem Wohnsilo gegenüber. Sechziger-Jahre-Architektur, langweilig, kastenförmig, lieblos, zwischen zwei Vorortvillen gequetscht, mit dem einzigen Ziel gebaut, zusätzlichen Wohnraum zu schaffen, der bei minmalem Kostenaufwand den höchstmöglichen Gewinn abwerfen sollte. Wie anders könnten unsere Städte aussehen, dachte Cooper stets, wenn man die Planer für ihre Sünden bestraft hätte, anstatt sie auch noch zu loben.

Er stieg die schmale Treppe hinauf und läutete bei Wohnung 17. »Mr. James Gillespie?« fragte er den stattlichen alten Herrn, der die Nase zur Tür herausstreckte und ihm schale Whiskydünste ins Gesicht blies. Er zeigte seinen Dienstausweis. »Sergeant Cooper, Kriminalpolizei Learmouth.«

Gillespies Augenbrauen schoben sich unwirsch zusammen. »Und?«

»Darf ich eintreten?«

»Warum?«

»Ich hätte Ihnen gern einige Fragen über Ihre verstorbene Frau gestellt.«

»Warum?«

Cooper sah schon, daß sich dieses Hin und Her endlos hinziehen würde. Er entschied sich für Direktheit. »Ihre Frau ist ermordet worden, Sir, und wir haben Anlaß zu der Annahme, daß Sie sie vor ihrem Tod noch gesprochen haben. Soviel ich weiß, haben Sie mehrere Jahre im Ausland gelebt, ich sollte Sie deshalb vielleicht daran erinnern, daß Sie nach britischem Gesetz verpflichtet sind, uns in jeder Ihnen möglichen Weise bei unseren Nachforschungen behilflich zu sein. Darf ich jetzt hereinkommen?«

»Wenn es sein muß.« Allem Anschein nach völlig ungerührt, führte er Cooper an einem Zimmer mit einem Bett vorbei in einen zweiten Raum, in dem ein abgewetztes Sofa und zwei Kunststoffsessel standen. Sonst waren keine Möbel da, auch keine Teppiche, nur vor dem Fenster hingen dünne Stores, so daß man nicht ganz das Gefühl hatte, direkt auf der Straße zu sitzen.

»Ich erwarte verschiedene Sachen aus Hongkong«, blaffte er. »Müßte eigentlich jeden Tag kommen. Inzwischen muß ich so zurechtkommen. Setzen Sie sich.« Er setzte sich auf das Sofa und versuchte dabei recht ungeschickt, die leere Flasche verschwinden zu lassen, die zu seinen Füßen auf dem Boden lag. Im Zimmer stank es nach Whisky, Urin und ungewaschenem alten Mann. Gillespies Hose war vorn durchnäßt, wie Cooper bemerkte. Er zog sein Heft heraus und konzentrierte seine Aufmerksamkeit taktvoll darauf.

»Sie schienen nicht sehr überrascht zu sein, als ich Ihnen sagte, daß Ihre Frau ermordet wurde, Mr. Gillespie. Wußten Sie das schon.«

»Hab so was gehört.«

»Von wem?«

»Meinem Bruder. Wir haben früher mal in Long Upton gelebt. Er kennt dort noch Leute. Da hört er manches.«

»Wo lebt er jetzt?«

»London.«

»Würden Sie mir seinen Namen und seine Adresse geben?«

Der alte Mann überlegte. »Tja, ist wohl nichts weiter dabei.

Frederick Gillespie, Carisbroke Court, Denby Street, Kensington. Wird Ihnen aber nicht weiterhelfen können. Weiß auch nicht mehr als ich.«

Cooper blätterte in seinem Heft zurück, bis er auf die Adresse Joanna Lascelles' stieß. »Ihre Stieftochter wohnt auch in Kensington. Kennt Ihr Bruder sie?«

»Glaub schon.«

So, so, dachte Cooper. Ein ganzer Fächer interessanter Möglichkeiten öffnete sich vor ihm. »Wie lange sind Sie wieder in England, Mr. Gillespie?«

»Sechs Monate.«

Die verschiedenen Sachen aus Hongkong waren dann also nur Gerede. Solange dauerten auch Transporte um die halbe Welt heute nicht mehr. Der Alte war schlicht mittellos. »Und wohin sind Sie zuerst gegangen? Zu Ihrem Bruder? Oder zu Ihrer Frau?«

»War erst drei Monate in London. Dann bin ich hierher zurück, wo meine Wurzeln sind.«

Frederick wollte einen inkontinenten Säufer auf Dauer nicht im Haus haben. Das war natürlich nur eine Vermutung, aber Cooper war sicher, daß er recht hatte. »Und in dieser Zeit haben Sie Joanna Lascelles gesehen, und die hat Ihnen erzählt, daß Ihre Frau immer noch im *Cedar House* wohnte.« Er sagte es in einem Ton, als wäre es bewiesene Tatsache.

»Nette Frau«, sagte Gillespie. »Hübsch. Wie ihre Mutter.«

»Sie haben Ihre Frau also besucht.«

Gillespie nickte. »Hatte sich nicht verändert. Ungehobelt wie immer.«

»Und da haben Sie die Uhren gesehen. Von denen sie Ihnen geschrieben hatte, sie seien gestohlen worden.«

»Hat Ihnen wohl der Anwalt erzählt?«

»Ich komme eben von Mr. Duggan, ja. Er berichtete uns von Ihrem gestrigen Besuch.« Er sah das erboste Gesicht des alten Mannes. »Ihm blieb nichts anderes übrig, Mr. Gillespie. Die Unterschlagung von Informationen ist ein schweres Vergehen, besonders in einem Mordfall.«

»Ich dachte, es wäre Selbstmord gewesen.«

Cooper ging auf den Einwurf nicht ein. »Was haben Sie getan, als Sie erkannten, daß Ihre Frau Sie belogen hatte?«

Gillespie lachte rauh. »Mein Eigentum zurückverlangt, natürlich. Sie fand das sehr komisch. Behauptete, ich hätte vor dreißig Jahren Geld dafür genommen und kein Recht mehr darauf.« Er dachte zurück. »Ich habe sie manchmal geschlagen, als ich noch mit ihr zusammengelebt habe. Nicht fest. Aber ich mußte ihr angst vor mir machen. War die einzige Möglichkeit, diese böse Zunge zu zähmen.« Er griff sich mit zitternder Hand an seinen Mund. »War nicht stolz darauf. Hab nie wieder eine Frau geschlagen, bis –« Er brach ab.

Cooper blieb ganz ruhig. »Wollen Sie sagen, daß Sie sie geschlagen haben, als sie Ihnen erklärte, Sie könnten Ihr Eigentum nicht zurückhaben?«

»Ich habe ihr eine gelangt, mitten in ihr höhnisches Gesicht.« Er schloß einen Moment die Augen, als bereitete ihm die Erinnerung Schmerzen.«

»Haben Sie sie verletzt?«

Gillespie lächelte unangenehm. »Ich habe sie zum Weinen gebracht.«

»Und weiter?«

»Hab gesagt, ich würde sie anzeigen, und bin gegangen.«

»Wann war das? Können Sie sich erinnern?«

Er schien sich plötzlich der Urinflecken auf seiner Hose bewußt zu werden und schlug verlegen die Beine übereinander. »Als ich ihr die Ohrfeige gegeben habe? Vor zwei, drei Monaten.«

»Sie waren also nicht nur das eine Mal bei ihr?«

Gillespie schüttelte den Kopf. »Noch zweimal.«

»Vor oder nach der Ohrfeige?«

»Nachher. Sie wollte ja nicht, daß ich ihr die Polizei auf den Hals hetze.«

»Ich verstehe nicht ganz.«

»Natürlich nicht. Sie haben sie nicht gekannt. Hinterhältig, das ist das richtige Wort für Mathilda. Hinterhältig und skrupellos. Sie hatte erraten, daß ich knapp bei Kasse war, und kam am nächsten Tag hierher, um was mit mir auszuhandeln. Sie sprach von einer Abfindung. Fünftausend hat sie mir geboten und verlangt, daß ich sie dafür in Frieden lasse.« Er schwieg.

»Und?« hakte Cooper nach, als das Schweigen sich in die Länge zog.

Der Blick der alten Augen wanderte durch das kahle Zimmer. »Ich hab gewußt, daß sie mehr zahlen würde, um einen Skandal zu vermeiden. Ich war zweimal bei ihr und hab ihr klargemacht, in was für einer schwachen Position sie sich befand. Am Tag vor ihrem Tod waren wir bei einer Abfindung von fünfzigtausend angelangt. Aber ich wollte hundert. Und die hätte ich auch bekommen. Sie wußte, daß es nur eine Frage der Zeit war, ehe mich jemand sehen und erkennen würde.«

»Sie haben sie erpreßt?«

Gillespie antwortete mit einem rauhen Lachen. »Mathilda war eine Diebin. Nennen Sie es Erpressung, wenn man versucht, auf dem Verhandlungsweg zurückzubekommen, was einem gestohlen worden ist? Wir haben einander vollkommen verstanden. Und wir wären zu einer Vereinbarung gekommen, wenn sie nicht gestorben wäre.«

Cooper konnte seinen Widerwillen nicht länger im Zaum halten. »Ich habe den Eindruck, Sie wollten alles auf einmal haben, Sir. Sie haben Ihre Frau vor vierzig Jahren verlassen und sich nie wieder um sie und das Kind gekümmert. Sie haben das Geld genommen, das Sie 1961 für Ihre Uhren bekamen und bis auf den letzten Penny ausgegeben. Wahrscheinlich«, sagte er mit einem demonstrativen Blick zu der leeren Flasche, »für Alkohol. Das gleiche haben Sie vermutlich mit dem Geld getan, das Sie verdienten. Und als nichts mehr da war, sind Sie hierher zurückgekehrt und wollten sich von der Frau aushalten lassen, die Sie verlassen hatten. Ich finde, man kann darüber streiten, wer hier der schlimmere Dieb ist. Wenn Ihnen die Uhren so wichtig waren, warum haben Sie sie dann nicht gleich mitgenommen?«

»Das konnte ich mir nicht leisten«, antwortete Gillespie unbewegt. »Mein Geld hat gerade für meine Überfahrt gereicht. Für den Transport der Uhren war nichts mehr übrig.«

»Warum haben Sie nicht eine verkauft, um den Transport der anderen bezahlen zu können?«

»Das hat sie nicht zugelassen.« Er sah Coopers Skepsis. »Sie haben sie nicht gekannt, junger Mann. Sie können sich kein Urteil erlauben.«

»Aber Sie haben doch eben selbst zugegeben, daß Sie sie geschlagen haben, um ihr Angst einzuflößen. Wie konnte sie Sie daran hindern, über Ihr Eigentum zu verfügen, wie Sie es für richtig hielten? Haben Sie sie da nicht geschlagen?«

»Doch, kann schon sein. Aber vielleicht hatte sie sich was anderes einfallen lassen, um mir einen Strich durch die Rechnung zu machen. Sie glauben, ich hätte es als erster mit Erpressung versucht? Sie war lange vor mir Meisterin darin.« Wieder berührte er seine Lippen. Das Zittern seiner Hände war jetzt deutlich stärker. »Wir kamen zu einer Einigung. Das Ziel war im wesentlichen, einen Skandal zu vermeiden. Sie erklärte sich bereit, mich unter der Bedingung nach Hongkong reisen zu lassen, daß wir uns nicht scheiden lassen würden und die Uhren bei ihr blieben. Versicherung auf Gegenseitigkeit, nannte sie es. Solange sie die Uhren hatte, konnte sie sicher sein, daß ich den Mund halten würde. Und solange sie noch mein Eigentum waren, konnte ich ebenso sicher sein, daß *sie* den Mund halten würde. Sie waren schließlich eine Menge Geld wert, auch damals schon.«

Cooper runzelte verwirrt die Stirn. »Warum mußten Sie sich ihr Schweigen erkaufen? Was hätte sie denn über Sie sagen können?«

»Dies und das. Wir führten eine unglückliche Ehe, und wenn man sich damals scheiden lassen wollte, hieß das, vor aller Öffentlichkeit die schmutzige Wäsche zu waschen. Ihr Vater war Parlamentsmitglied, vergessen Sie das nicht.«

Sie erklärte sich bereit, mich nach Hongkong reisen zu lassen ... Eine merkwürdige Formulierung, dachte Cooper. Wie hätte sie ihn daran hindern können? »Hatten Sie sich irgendwie strafbar gemacht, Mr. Gillespie? Waren die Uhren eine Art Gegenleistung dafür, daß Ihre Frau die Polizei aus dem Spiel ließ?«

Er zuckte die Achseln. »Schnee von gestern.«

»Was hatten Sie getan?«

»Schnee von gestern«, wiederholte James Gillespie starrköpfig. »Fragen Sie mich lieber, *warum* Mathilda mein Schweigen erkaufen mußte. Das ist weit interessanter.«

»Warum also?«

»Wegen des Kindes. Ich wußte ja, wer der Vater war.«

Schnee von gestern, dachte Cooper sarkastisch. »Sie haben Mr. Duggan gesagt, daß Ihre Frau Tagebuch geführt hat«, bemerkte er, »und daß diese Bücher, als Shakespeares Werke eingebunden, auf dem obersten Bord in der Bibliothek zu finden seien. Ist das richtig?«

»Absolut.«

»Haben Sie die Tagebücher gesehen, als sie im *Cedar House* waren, oder hat Mrs. Gillespie Ihnen von ihnen erzählt?«

Gillespie kniff die Augen zusammen. »Soll das heißen, daß sie nicht mehr da sind?«

»Würden Sie bitte meine Frage beantworten. Haben Sie sie gesehen oder stützen Sie sich auf etwas, das Ihnen Ihre Frau gesagt hatte?«

»Ich hab sie gesehen. Ich wußte ja, wonach ich schauen mußte. Ich hab ihr die ersten beiden Bände als Hochzeitsgeschenk binden lassen und ihr noch acht unbeschriebene dazugeschenkt.«

»Könnten Sie mir die Bücher beschreiben, Mr. Gillespie?«

»Der Einband aus braunem Kalbsleder. Goldschrift auf dem Rücken. Titel bei Willy Shakespeare entlehnt. Insgesamt zehn Bände.«

»Und das Format?«

»Ungefähr zwanzig mal fünfzehn Zentimeter, und zwei bis drei Zentimeter dick.« Er schüttelte den Kopf. »Sie sind also nicht da. Und ich habe mich auf diese Tagebücher verlassen. Sie beweisen, daß Mathilda es darauf anlegte, mich zu betrügen.«

»Sie haben sie also gelesen?«

»Nein, das ging nicht«, brummte er. »Sie hat mich nie lang genug allein gelassen. Ist dauernd um mich herumgetanzt. Aber die Tagebücher werden es beweisen. Sie hat es aufgeschrieben, genau wie sie alles andere aufgeschrieben hat.«

»Dann können Sie also nicht mit Sicherheit sagen, daß es Tagebücher waren; nur daß auf dem obersten Bord zehn Bände Shakespeare standen, die mit den Tagebüchern Ähnlichkeit hatten, die Sie ihr vor mehr als vierzig Jahren geschenkt hatten.«

Er schob störrisch die Unterlippe vor. »Hab sie gleich beim erstenmal gesehen. Es waren Mathildas Tagebücher – eindeutig.«

Cooper überlegte eine Moment. »Hat Mrs. Lascelles von den Tagebüchern gewußt?«

Gillespie zuckte die Achseln. »Kann ich nicht sagen. Ich hab's ihr nicht erzählt. Wollte ja nicht gleich mein ganzes Pulver verschießen.«

»Aber Sie haben ihr gesagt, daß Sie nicht ihr Vater sind?«

»Jemand mußte es ihr sagen.«

»Warum?«

»Hat sich ja förmlich auf mich gestürzt. Wollte mich gar nicht mehr weglassen. Wirklich traurig. Ich hielt es für unrecht, sie weiterhin an eine so fundamentale Lüge glauben zu lassen.«

»Die arme Frau«, murmelte Cooper mit neuem Mitgefühl. Er fragte sich, ob es jemanden gab, der sie *nicht* zurückgewiesen hatte. »Ich nehme an, Sie haben ihr auch von dem Brief ihres leiblichen Vaters erzählt?«

»Warum nicht? Ich finde, sie hat das gleiche Recht auf das Cavendish-Vermögen wie ihre Mutter.«

»Woher wußten Sie von dem Brief? Er wurde doch erst geschrieben, nachdem Sie nach Hongkong gegangen waren.«

Gillespies Gesicht bekam etwas Verschlagenes. »Man hat so seine Möglichkeiten.« Doch er sah etwas in Coopers Augen, das ihn zu näherer Erklärung veranlaßte. »Gab Gerede im Dorf, als Gerald sich das Leben nahm«, sagte er. »Es hieß, er hätte einen Brief geschrieben, den sein Bruder unterschlagen hatte. Selbstmord« – er schüttelte den Kopf – »war damals eine Schande. William hat es der Familie wegen vertuscht. Ich hatte die Gerüchte damals gehört, darum schlug ich Joanna vor, sie sollte nach dem Brief suchen. War ziemlich klar, was drin stehen würde. Gerald war ein rührseliger Schwachkopf, er hätte sein uneheliches Kind bestimmt erwähnt. Er hätte gar nicht widerstehen können.«

»Und vielleicht haben Sie auch gleich eine Abmachung mit Mrs. Lascelles getroffen. Sie würden vor Gericht bestätigen, wer ihr wirklicher Vater war, und sie würde dafür Ihren Lebensabend finanzieren. War es so?«

Gillespie lachte trocken. »Sie war viel entgegenkommender als ihre Mutter.«

»Warum haben Sie dann Ihre Verhandlungen mit Ihrer Frau überhaupt weitergeführt?«

»Hab von Joannas Chancen nicht viel gehalten. Nicht gegen Mathilda.«

Cooper nickte. »Und da haben Sie Ihre Frau getötet, um die Chancen zu verbessern?«

Gillespie lachte wieder. »Das mußte ja kommen. Nein, das brauchte ich gar nicht. Wenn sie sich nicht selbst das Leben genommen hat, wird's wohl meine Stieftochter mir abgenommen haben. Sie war bitterböse, als sie hörte, daß ihre Mutter es mit ihrem Großonkel getrieben hatte.« Abrupt, als habe er sich endlich entschlossen, sich eines drückenden Geheimnisses zu entledigen, holte er aus einer Ritze zwischen den Sofapolstern eine volle Flasche Whisky hervor, schraubte sie auf und setzte sie an die Lippen. »Möchten Sie auch was?« fragte er kurz und schwenkte die Flasche in Coopers Richtung, ehe er sie wieder ansetzte und mit Riesenschlucken fast bis zur Hälfte trank.

Cooper, der mit Trinkern einige Erfahrung hatte, nachdem er sie jahrelang aus Rinnsteinen aufgelesen hatte, sah ihm verblüfft zu. Gillespie schien Unmengen zu vertragen. Innerhalb von zwei Minuten hatte er eine Alkoholmenge konsumiert, die die meisten zu Boden gestreckt hätte; die einzige Wirkung bei ihm schien zu sein, daß das Zittern seiner Hände nachließ.

»Es fällt uns nicht ganz leicht, ein Motiv für die Ermordung Ihrer Frau zu finden«, sagte Cooper langsam. »Aber Ihres scheint mir überzeugender zu sein als die meisten anderen.«

»Quatsch!« platzte Gillespie heraus, seine Augen jetzt glänzend vom Alkohol. »Für mich war sie lebendig viel mehr wert. Ich hab Ihnen doch gesagt, wir waren am Tag vor ihrem Tod bei fünfzigtausend angelangt.«

»Aber Sie haben sich nicht an Ihre Abmachung gehalten, Mr. Gillespie. Und das hieß, daß Ihre Frau nun jederzeit enthüllen konnte, warum Sie nach Hongkong verschwinden mußten.«

»Schnee von gestern«, sagte er in monotonem Refrain. »Verdammter Schnee von gestern. Heute würde sich kein Mensch mehr für meine kleinen Eskapaden interessieren, aber es gibt eine ganze Menge Leute, die sich für ihre interessieren würden. Ihre Tochter zum Beispiel.« Er hob die Flasche wieder an den Mund und war weg.

Cooper konnte sich nicht erinnern, wann ihn irgend jemand oder irgend etwas zuletzt so angewidert hatte. Er stand auf und knöpfte seine Depression zusammen mit seinem Mantel zu. Am liebsten hätte er mit dieser entsetzlichen Familie nichts mehr zu tun gehabt, er konnte nicht einen versöhnlichen Zug an diesen Leuten finden. Ihre Verderbtheit stank so ekelhaft wie dieses Zimmer. Er bedauerte es von Herzen, an dem Tag, an dem Mathilda Gillespies Leiche gefunden worden war, Dienst gehabt zu haben. Wäre das nicht gewesen, so wäre er der geblieben, für den er sich immer gehalten hatte – ein wahrhaft toleranter Mensch.

Ohne daß Gillespie es merkte, hob er mit den Fingerspitzen vorsichtig die leere Flasche vom Boden auf und nahm sie mit.

Jack sah sich die Adresse an, die Sarah Ruth mit viel Geduld entlockt hatte. »Du sagst, das sei ein besetztes Haus, wie krieg ich ihn da allein raus?«

Sie war damit beschäftigt, einige Tassen unter dem kalten Wasser abzuspülen. »Mir ist die ganze Sache nicht geheuer. Was ist, wenn du für die nächsten sechs Monate im Gipsbett landest?«

»Das kann auch nicht schlimmer sein als das, was ich jetzt durchmache«, antwortete er, zog sich einen Stuhl heraus und setzte sich. »Das Bett im Gästezimmer ist die reinste Folterbank. Ich hab einen total steifen Nacken. Wann schmeißt du Ruth endlich raus und läßt mich wieder an den Platz, der mir zusteht?«

»Wenn du dich entschuldigt hast.«

»Tja«, sagte er bedauernd, »dann bleibt's wohl beim steifen Nacken.«

Sie kniff die Augen zusammen. »Es geht nur um eine Entschuldigung, du Ekel. Das wird dich nicht gleich umbringen. Steifnakkig, das paßt wirklich zu dir.«

Er lächelte anzüglich. »Der Nacken ist nicht das einzige, was steif ist. Du hast keine Ahnung, was du verpaßt, mein Engel.«

Sie warf ihm einen zornigen Blick zu. »Da läßt sich leicht Abhilfe schaffen«, sagte sie und kippte ihm eine Tasse eiskaltes Wasser in den Schoß. »Schade, daß Sally Bennedict nicht das gleiche getan hat.«

Er sprang so heftig auf, daß der Stuhl umfiel. »Mensch, Weib«, brüllte er, »willst du mich unbedingt zum Eunuchen machen?« Er packte sie um die Taille und schwang sie in die Luft. »Du kannst von Glück reden, daß Ruth im Haus ist«, knurrte er, während er sie auf die Seite drehte und ihren Kopf unter das fließende Wasser hielt, »sonst würde ich dir zeigen, wie wirkungslos kaltes Wasser bei einer ausgehungerten Libido ist.«

»Du ersäufst mich«, röchelte sie.

»Geschieht dir ganz recht.« Er stellte sie wieder auf die Füße und drehte den Wasserhahn zu.

»Du wolltest doch immer Leidenschaft«, sagte sie mit triefendem Gesicht. »Gefällt sie dir jetzt etwa nicht?«

Er warf ihr ein Handtuch zu. »Und wie!« erwiderte er lachend. »Das letzte, was ich mir wünsche, ist eine verständnisvolle Frau. Ich hasse Gönnerhaftigkeit.«

Sie schüttelte zornig den Kopf, daß die Wassertropfen flogen. »Wenn mich noch einmal jemand gönnerhaft nennt«, erklärte sie, »werd ich handgreiflich. Ich bemühe mich lediglich um eine gewisse Toleranz den stursten Egoisten gegenüber, die mir je in die Quere gekommen sind. Und das kostet eine Menge Kraft.« Sie rubbelte sich das Haar mit dem Handtuch. »Wenn es auf der ganzen Welt nur Menschen wie mich gäbe, Jack, lebten wir im Paradies.«

»Na, du weißt doch, was man vom Paradies sagt, altes Mädchen. Alles ist himmlisch, bis die gehörnte Viper ihren Kopf unter dem Feigenblatt rausstreckt und die feuchte warme Höhle im Gebüsch entdeckt. Dann bricht die Hölle los.«

Er schlüpfte in seine alte Jacke und nahm eine Taschenlampe aus der Tischschublade.

»Was hast du eigentlich vor?« fragte sie.

»Laß das mal meine Sorge sein. Was du nicht weißt, macht dich nicht heiß.«

»Soll ich mitkommen?«

Er lachte. »Wozu? Damit du ihn wieder zusammenflicken kannst, wenn ich mit ihm fertig bin? Du wärst mir nur ein Klotz am Bein, Weib. Sie würden dich aus der Ärztekammer schmeißen, wenn wir erwischt werden würden, und außerdem muß jemand bei Ruth bleiben.«

»Aber bitte sei vorsichtig«, sagte sie besorgt. »Ich hab dich nämlich trotz allem sehr gern.«

Er berührte mit einem Finger ihre Lippen. »Ich werde vorsichtig sein«, versprach er.

Er zuckelte langsam die Palace Road hinauf. Als er Nummer dreiundzwanzig gefunden hatte und den weißen Ford Transit sah, der vor dem Haus parkte, fuhr er einmal um den Block und hielt dann an einer Stelle, von der er das Haus gut sehen konnte, ohne selbst Aufmerksamkeit zu erregen. Gelbe Laternen erhellten in regelmäßigen Abständen die Straße und ließen die Schatten zwischen ihnen um so dunkler erscheinen. Es war acht Uhr, ein kalter Abend Ende November, die Straße menschenleer. Nur ein- oder zweimal schreckte er beim unerwarteten Erscheinen einer dunkelgekleideten Gestalt auf dem Bürgersteig voll gespannter Aufmerksamkeit in die Höhe. Etwa eine Stunde war verstrichen, als zehn Meter von seinem Auto entfernt ein Hund im Lichtschein sichtbar wurde und in den Abfällen neben einer Mülltonne herumzuschnüffeln begann. Erst nachdem Jack ihn mehrere Minuten beobachtet hatte, erkannte er, daß es gar kein Hund war, sondern ein Stadtfuchs auf Nahrungssuche. So sehr war er auf eine lange Wartezeit vorbereitet und so vertieft in seine Beobachtung des Fuchses, daß er gar nicht bemerkte, wie die Tür von Haus Nummer dreiundzwanzig geöffnet wurde. Erst Stimmengewirr und Gelächter machten ihn aufmerksam. Mit zusammengekniffenen Augen beobachtete er, wie eine Gruppe junger Männer sich hinten in den Lieferwagen drängte, sah, wie die Türen geschlossen wurden und eine Gestalt nach vorn ging.

Unmöglich zu sagen, ob es Hughes war. Ruth hatte ihn als groß, dunkel und gut aussehend beschrieben, aber so wie in der Nacht alle Katzen grau sind, sehen an einem dunklen Winterabend aus einer Entfernung von dreißig Metern alle jungen Männer gleich aus. Jack verließ sich auf Ruths Behauptung, daß der Lieferwagen Hughes gehöre und er ihn immer selbst fahre, und hängte sich an ihn, als er abfuhr.

Der Arzt hat »Herzversagen« als Todesursache in Vaters Totenschein geschrieben. Es fiel mir schwer, keine Miene zu verziehen, als ich es las. Natürlich ist er an Herzversagen gestorben. Wir sterben alle an Herzversagen. Mrs. Spencer, die Haushälterin, war in Tränen aufgelöst, bis ich ihr sagte, ich würde sie weiterbeschäftigen, bis sie eine andere Stellung gefunden hat. Daraufhin erholte sie sich mit erstaunlicher Geschwindigkeit von ihrem Kummer. Die Menschen dieser Klasse kennen keine Loyalität, außer zum Geld.

Vater sah sehr friedlich aus, wie er da in seinem Sessel saß, das Whiskyglas noch in der Hand. »Im Schlaf verschieden«, wie der Arzt sagte. Wie wahr, wie wahr, in jeder Hinsicht. »Er hat mehr getrunken, als gut für ihn war, mein Kind. Ich habe ihn deswegen wiederholt gewarnt.« Er versicherte mir, ich brauche nicht zu fürchten, daß er gelitten habe. Ich gab eine passende Antwort, dachte aber bei mir: Wie schade. Er hätte es verdient gehabt zu leiden. Vaters schlimmstes Übel war seine Undankbarkeit. James hat wirklich Glück gehabt. Hätte ich geahnt, wie leicht es ist, Trinker loszuwerden … genug gesagt.

Leider hat Joanna mich gesehen. Das Unglückskind ist aufgewacht und kam herunter, als ich gerade das Kissen wieder wegnahm. Ich erklärte ihr, Großvater sei krank, und ich wollte ihm das Kissen hinlegen, damit er es bequemer hat. Aber ich habe das ungute Gefühl, daß sie Bescheid weiß. Gestern abend wollte sie partout nicht einschlafen, lag nur da und starrte mich unaufhörlich mit diesem seltsamen Blick an.

Aber was kann ein Kissen für eine Zweijährige schon bedeuten …

15

Eine halbe Stunde später, mitten im besseren Teil der Stadt, hielt der Lieferwagen im Schatten einer feudalen Villa, um ein junges Mädchen mitzunehmen, das dort wartete. Jack sträubten sich die Haare im Nacken, als er sah, wie sie mit kindlichem Eifer auf der Mitfahrerseite vorn in den Wagen kletterte. Er wußte, daß sie sowenig wie Ruth auf die Überraschung gefaßt war, die hinten im Wagen auf sie wartete.

Der Lieferwagen fuhr auf die Küstenstraße hinaus, die nach Southbourne und Hengistbury Head führte, und als der Verkehr sich zu lichten begann, ließ Jack sich etwas zurückfallen. Er spielte eine Möglichkeit nach der anderen durch: Sollte er anhalten, um die Polizei zu alarmieren, und dabei riskieren, den Wagen zu verlieren? Sollte er das Fahrzeug rammen und riskieren, dabei sich und das Mädchen zu verletzen? Sollte er versuchen, der Bande einen Strich durch die Rechnung zu machen, indem er neben ihnen anhielt, wenn sie parkten, und riskieren, daß sie sofort wieder davonfuhren und ihn abhängten? Jeden dieser Pläne verwarf er sogleich als zu unsicher und bedauerte es plötzlich sehr, Sarah nicht mitgenommen zu haben. Nie hatte er sich ihren tröstlichen Beistand so sehnlich gewünscht.

Der Lieferwagen bog auf einen leeren Parkplatz am Meer ein, und mehr aus Instinkt als Überlegung schaltete Jack seine Scheinwerfer aus, nahm den Gang heraus und ließ das Auto im Leerlauf bis zum Bordstein etwa fünfzig Meter hinter dem Lieferwagen rollen. Ein klarer Mond tauchte alles, was nun geschah, in kaltes Licht, aber Jack wußte schon, was er zu erwarten hatte. Ruth hatte ihm Hughes' Vorgehensweise nur allzu plastisch beschrieben. Der Fahrer, ohne Zweifel Hughes, stieß die Tür auf seiner Seite auf und sprang, das Mädchen hinter sich her zerrend, auf den Asphalt hinunter. Es folgte ein kurzes Handgemenge, dann hatte er sie mit beiden Armen fest umklammert und schleppte sie, obwohl sie sich verzweifelt wehrte, zum Heck des Wagens. Er lachte, als er die Tür hinten aufriß und sie wie einen Sack Kartoffeln ins erleuchtete Wageninnere schleuderte. Einen Moment stand das Lichtrechteck in der Dunkelheit, dann knallte Hughes die Türen zu und schlenderte, sich eine Zigarette anzündend, in Richtung zum Meer davon.

Jack konnte später niemals erklären, warum er tat, was er tat. Zurückblickend konnte er sich nur an seine Angst erinnern. Sein Handeln wurde ganz vom Instinkt diktiert. Es war, als verdrängte im Angesicht der Krise ein Urinstinkt alle normale Vernunft. Er war einzig auf das Kind konzentriert. Nur die Notwendigkeit zu helfen zählte, und um das zu tun, sah er nur eine Möglichkeit: Er mußte die Türen des Wagens öffnen und das Mädchen der Gefahr entreißen. Er legte lautlos den ersten Gang ein und fuhr vorsichtig auf den Lieferwagen zu. Die ganze Zeit behielt er Hughes im Auge, um zu sehen, ob der über dem Klatschen der anschlagenden Wellen das Motorengeräusch wahrnehmen würde. Offenbar nicht. Er bückte sich träge, um am Strand ein paar Steine aufzusammeln, die er dann in hohem Bogen zum schwarzen Wasser hinausschleuderte.

Hinter dem Lieferwagen hielt Jack an. Er ließ den Motor laufen, während er seinen Gürtel öffnete, aus den Schlaufen herauszog und ihn um seine Hand wickelte. Die schwere Taschenlampe nahm er in die andere Hand, öffnete leise die Tür und stieg aus. Tief sog er die frische Luft ein, um den dröhnenden Schlag seines Herzens zu beruhigen.

In der Ferne drehte Hughes sich herum, erfaßte mit einem Blick die Situation und rannte los.

Adrenalin hat eine seltsame Wirkung. Während der Körper unter seinem plötzlichen Zustrom übermenschliche Kräfte entwickelt, beobachtet der Geist alles, was geschieht, wie in Zeitlupe. Die Zeit, dieses relative Phänomen, gerät aus den Fugen. Das, von dem Jack später hartnäckig behauptete, es habe mehrere Minuten gedauert, lief in Wirklichkeit innerhalb von Sekunden ab. Er riß die Hecktüren des Lieferwagens auf und schlug, brüllend wie ein gereizter Stier, dem Mann, der ihm am nächsten war, die Taschenlampe auf den Kopf. Das erschrockene weiße Gesicht eines anderen wandte sich ihm zu, und er zog ihm wie mit einer Peitsche eins mit dem Gürtel über, während er gleichzeitig den ersten Mann in den Schwitzkasten nahm und rückwärts aus dem Wagen riß. Dort ließ er ihn los und schwang die Taschenlampe wie eine Sense in einem weiten Bogen herum, traf den Mann, dessen Gesicht er gepeitscht hatte, am Kinn und riß ihn zu Boden. Mit einem Fußtritt beförderte er ihn aus dem Wagen hinaus.

Die drei Männer, die noch drinnen waren – zwei hielten das Mädchen fest, während der dritte mit nacktem Hintern rittlings über ihr lag –, waren vor Schreck wie gelähmt. Sie waren so überrascht von der Gewalt dieses plötzlichen Überfalls, so desorientiert durch Jacks andauerndes Brüllen, daß er sich auf sie stürzen konnte, noch ehe sie recht wußten, wie ihnen geschah. Mit der Hand, um die der Gürtel gewickelt war, packte er den Kerl, der das Mädchen vergewaltigte, bei den Haaren, riß ihm den Kopf in die Höhe und schlug ihm krachend die Taschenlampe ins angstverzerrte Gesicht. Blut brach in einem Strom aus der gebrochenen Nase, und der Junge fiel heulend vor Schmerz auf die Seite.

»Raus!« schrie Jack dem Mädchen zu, das in heller Panik aufsprang. »Ins Auto!« Er ließ den Gürtel zurückschnellen und peitschte ihn durch die Luft in die Augen eines Jungen, der in der Ecke aufstehen wollte. »Ihr miesen kleinen Scheißer!« brüllte er. »Ich bring euch um.« Er rammte dem Verwaltiger seine Stiefel in den nackten Unterleib und stürzte sich wie ein Wahnsinniger auf den einzigen Jungen, den er bisher ungeschoren gelassen hatte. Mit einem Schreckensschrei duckte sich der Junge und hielt die Arme schützend über seinen Kopf.

Vielleicht hatte doch nicht alle Vernunft Jack Blakeney verlassen. Er warf Taschenlampe und Gürtel weg, sprang aus dem Lieferwagen, warf sich, dem Mädchen folgend, in sein Auto und gab Gas, während er gleichzeitig die Tür zuzog. Er sah Hughes zu spät, um ihm auszuweichen, als er über den Asphalt raste, und erwischte ihn mit dem linken Kotflügel. Der Mann wurde in die Luft geschleudert wie ein Bündel Lumpen. Jack war völlig außer Kontrolle, nur von einer rasenden Wut beherrscht, die wie Kanonendonner in seinem Schädel dröhnte. Er riß das Lenkrad herum, wendete den Wagen und raste auf die kauernde Gestalt los. Mit einem lässigen Fingerschnippen schaltete er die Scheinwerfer ein, um in ihrem Licht Hughes' Todesangst einzufangen, als er sich anschickte, ihn zu überrollen.

Er hatte keine Ahnung, was ihn im letzten Moment davon abbrachte. Vielleicht waren es die Schreie des Mädchens. Vielleicht verpuffte seine blinde Wut so plötzlich wie sie aufgeflammt war. Vielleicht triumphierte einfach seine Menschlichkeit. Was auch immer, er brachte den Wagen mit quietschenden Bremsen zum Stillstand, rammte dem Mann die Tür in den Körper und sprang heraus. Er packte Hughes bei seinen langen Haaren und riß ihn in die Höhe. »Hinten rein, Kind«, sagte er zu dem Mädchen. »Schnell!« Sie gehorchte in fliegender Eile und zwängte sich schluchzend zwischen den Sitzen hindurch nach hinten. »So, und jetzt rein mit dir«, sagte er und stieß Hughes das Knie ins Kreuz. »Los jetzt, oder ich brech dir das Genick.«

Hughes glaubte ihm. Er ließ sich widerstandslos bäuchlings über den Sitz schieben und stöhnte, als Jacks Gewicht sich auf seine Beine senkte. Jack legte krachend den Gang ein und brauste wieder los. Die Tür flog krachend zu, als sie gegen einen fliehenden Jungen prallte und ihn zu Boden riß. »Schnall dich an!« rief er dem schreienden Mädchen zu. »Wenn dieses Schwein auch nur eine Bewegung macht, fahr ich mit der Seite, auf der sein Kopf ist, gegen die dickste Mauer, die ich finden kann.« Er schaltete hinauf, lenkte den Wagen auf die Straße hinaus und raste, die Hand auf der Hupe, in die Nacht. Wenn es in dieser beschissenen Welt noch eine Spur von Gerechtigkeit gab, würde jemand die Polizei in Marsch setzen, ehe der Ford Transit ihn einholte.

Es gab noch Gerechtigkeit in dem England, für das Rupert Brooke sein Leben gegeben hatte. Die zuständige Polizeidienststelle erhielt innerhalb von drei Minuten siebzehn Anrufe, zwölf von alleinlebenden älteren Witwen, vier von empörten Männern und einen von einem Kind. Alle meldeten sie das gleiche. Ein paar gemeingefährliche Rowdies lieferten sich in den stillen Straßen ihrer Vorstadt eine Autojagd wie in einem Krimi.

Jacks Wagen und der weiße Transit, der ihm am Auspuff hing, wurden aufgehalten, als sie die Hauptstraße zum Zentrum von Bournemouth hinunterrasten.

Nachts um halb zwölf läutete bei Sarah das Telefon. »Sarah?« rief Jack.

»Hallo«, sagte sie erleichtert. »Du lebst also noch.«

»Ja. Aber sie haben mich verhaftet«, schimpfte er »Das hier ist der einzige Anruf, den ich machen darf. Ich brauche dringend Hilfe.«

»Ich komme sofort. Wo bist du?«

»Diese Schweine wollen mich wegen rücksichtslosen Fahrens und Vergewaltigung verknacken«, rief er wütend, als hätte sie nicht gesprochen. »Lauter Kretins! Sie hören mir überhaupt nicht zu. Sie haben mich mit Hughes und seiner Bande zusammen eingebuchtet. Und das arme Ding, das sie fertiggemacht haben, ist völlig hysterisch und glaubt, ich wäre einer von ihnen. Ich hab ihnen immer wieder gesagt, sie sollen sich mit Cooper in Verbindung setzen, aber diese Idioten hören gar nicht zu.«

»Okay«, sagte sie ruhig, obwohl sie aus seinem beunruhigenden Bericht nicht recht klug wurde, »ich rufe Cooper an. Sag mir jetzt erst mal, wo du bist.«

»In irgendeinem Loch in Bournemouth«, brüllte er. »Die wollen einen Abstrich an meinem Penis machen.«

»Die Adresse, Jack. Ich brauche die Adresse.«

»Wo zum Teufel bin ich hier?« brüllte er jemanden an, der mit ihm im Zimmer war. »Polizeidienststelle Freemont Road«, sagte er zu Sarah. »Du mußt Ruth auch mitbringen«, fügte er bedauernd hinzu. »Ich wollte sie da weiß Gott nicht reinziehen, aber sie ist die einzige, die weiß, was passiert ist. Und bestell Keith auch gleich her. Ich brauche einen Anwalt, dem ich vertrauen kann. Das sind hier lauter beschissene Faschisten. Sie reden von Pädophilenringen und Komplotten und weiß der Himmel was sonst noch.«

»Jetzt beruhig dich erst mal«, sagte sie streng. »Halt den Mund, bis ich da bin. Und laß dich um Gottes willen nicht dazu hinreißen, einen Polizisten zu schlagen.«

»Das hab ich schon getan, verdammt noch mal. Der Kerl hat mich pervers genannt.«

Es war nach zwei, als Sarah, Cooper und Ruth endlich in der Freemont Road eintrafen. Der diensthabende Sergeant von der Dienststelle Learmouth hatte sich strikt geweigert, Cooper anzurufen oder Sarah seine private Telefonnummer zu geben, als sie darum gebeten hatte. »Sergeant Cooper ist nicht im Dienst, Madam«, hatte er gemessenen Tons erklärt. »Wenn Sie ein Problem haben, bin ich gern bereit, Ihnen zu helfen, sonst müssen Sie bis morgen warten, bis er wieder Dienst hat.« Erst als sie zornig höchstpersönlich bei ihm aufkreuzte und ihm mit einer Anfrage im Parlament und einer Klage wegen Pflichtvernachlässigung drohte, hatte er sich dazu bewegen lassen, den Sergeant anzurufen.

Die heftige Reaktion Coopers auf diesen rüden Angriff auf seine sauer verdiente Nachtruhe hatte ihn vollends aus dem Gleichgewicht geworfen. Den Rest seiner Schicht brachte er damit zu, vor sich hin zu schimpfen. Es war doch ganz egal, wie sehr man sich bemühte, man war immer im Unrecht.

Keith, noch empörter als Cooper darüber, Morpheus' sanften Armen entrissen zu werden, wurde ein wenig munterer, als er hörte, daß Jack wegen rücksichtslosen Fahrens und Vergewaltigung verhaftet worden war. »Du meine Güte«, sagte er sarkastisch, »ich hatte keine Ahnung, daß er so aktiv ist. Ich dachte, er zöge die Zuschauerrolle vor.«

»Die Sache ist nicht komisch, Keith«, erklärte Sarah kurz. »Er braucht einen Anwalt. Kannst du nach Bournemouth kommen?«

»Wann?«

»Jetzt natürlich, du Affe. Sie machen wahrscheinlich in diesem Moment schon einen Abstrich bei ihm.«

»Hat er's getan?«

»Was?«

»Die Vergewaltigung«, antwortete Keith geduldig.

»Natürlich nicht«, gab sie wütend zurück. »Jack ist doch kein Vergewaltiger.«

»Dann hat er ja nichts zu fürchten. Der Abstrich wird beweisen, daß er keinen intimen Kontakt mit dem Opfer hatte.«

»Er sagt, sie glauben, daß er einem Pädophilenring angehört. Sie könnten ihn wegen geheimer Verabredung zur Vergewaltigung anklagen, wenn sie ihn wegen der Vergewaltigung selbst nicht drankriegen.« Sie seufzte. »Jedenfalls glaube ich, daß er das gesagt hat. Er war wütend, und es ging alles ein bißchen durcheinander.«

»Was zum Teufel hat er eigentlich angestellt?«

»Das weiß ich noch nicht«, erwiderte sie gereizt. »Setz endlich deinen Hintern in Bewegung und komm her. Du hast im Lauf der Jahre weiß Gott genug an uns verdient, um mal ein Opfer zu bringen.«

»Also, mit Strafsachen hab ich's nicht so, weißt du. Ihr tätet vielleicht besser daran, euch da unten einen Spezialisten zu suchen. Ich könnte dir ein paar Namen nennen.«

»Er will dich haben, Keith. Er sagte, er möchte einen Anwalt, dem er vertrauen kann. Also« – ihre Stimme schwoll an – »würdest du jetzt bitte aufhören, Ausflüchte zu machen, und dich schleunigst in dein Auto setzen. Wir vergeuden hier nur Zeit. Er ist in der Dienststelle in Freemont Road in Bournemouth.«

»Ich komme, so schnell ich kann«, versprach er. »Sag ihm, er soll solange den Mund halten und keine Fragen beantworten.«

Leichter gesagt als getan, dachte Sarah, als man sie und Ruth bat Platz zu nehmen und Cooper in einen Vernehmungsraum führte. Als die Tür geöffnet wurde, hörten sie Jack, der offensichtlich in voller Fahrt war. »Wie oft muß ich es Ihnen noch sagen? Ich habe sie vor einer Vergewaltigung *gerettet*, verdammt noch mal.« Seine Faust krachte auf den Tisch. »Ich weigere mich mit Schwachsinnigen zu reden. Gibt's denn hier in diesem Scheißladen niemanden, der von Intelligenz wenigstens mal gehört hat?« Dann ein Aufschrei der Erleichterung. »Halleluja! Cooper! Wo haben Sie so lange gesteckt, alter Freund?« Die Tür wurde geschlossen.

Sarah lehnte seufzend ihren Kopf an die Wand. »Das Schlimmste bei Jack ist«, sagte sie zu Ruth, »daß er niemals halbe Sachen macht.«

»Er ist nur meinetwegen hier gelandet«, erwiderte Ruth unglücklich. Sie bewegte unablässig die Hände im Schoß, so nervös, daß sie kaum richtig atmen konnte.

Sarah sah sie an. »Ich finde, Sie können stolz auf sich sein. Ihretwegen hat er verhindert, daß einem anderen jungen Mädchen das gleiche geschehen ist wie Ihnen. Das ist doch gut.«

»Aber doch nicht, wenn sie glauben, daß Jack mitgemacht hat.«

»Cooper wird das schon aufklären.«

»Muß ich dann nichts sagen? Ich würde am liebsten gar nichts sagen«, erklärte sie hastig. »Ich hab solche Angst.« Ihre großen dunklen Augen schwammen in Tränen. »Ich will nicht, daß jemand was erfährt« – ihre Stimme zitterte. »Ich schäme mich so.«

Sarah, die starken seelischen Druck hätte ausüben müssen, um sie wenigstens so weit zu bringen, wollte diesen Druck nicht noch verstärken. Ruth befand sich schon jetzt in einem Zustand höchster emotionaler Anspannung. Verzweifelt versuchte sie, die Gleichgültigkeit ihrer Mutter vor sich zu rechtfertigen, weil sie dann ihre eigene Gleichgültigkeit dem in ihr wachsenden Fötus gegenüber rechtfertigen konnte. Aber das gelang ihr natürlich nicht, und ihre Schuldgefühle darüber, daß sie eine Abtreibung wünschte, wurden dadurch nur um so quälender. Die menschliche Psychologie hat keine Logik, dachte Sarah bedrückt. Sie hatte von ihrem Besuch im *Cedar House* nichts gesagt, sondern Ruth lediglich angeboten, sie nach Fontwell zu fahren. »Sie müssen fair sein«, hatte sie gesagt. »Das einzige, was ihre Mutter weiß, ist, daß Sie ausgeschlossen wurden, weil Sie sich heimlich mit Ihrem Freund getroffen haben. Ich bin sicher, Sie wird Verständnis haben, wenn Sie ihr die Wahrheit sagen.« Ruth hatte den Kopf geschüttelt. »Nein«, sagte sie leise. »Sie würde sagen, daß ich es nicht anders verdient habe. Das hat sie über Großmutters Arthritis auch immer gesagt.« Ihr Gesicht verkrampfte sich vor Schmerz. »Ich wollte, Großmutter wäre nicht gestorben. Ich hab sie wirklich liebgehabt, wissen Sie, aber das hat sie nicht gewußt, als sie starb.« Was hätte Sarah darauf sagen sollen? Sie hatte nie Menschen kennengelernt, die so wie diese drei davon besessen waren, sich gegenseitig und sich selbst zu zerstören.

Sie legte Ruth jetzt den Arm um die schmalen Schultern und drückte sie an sich. »Sergeant Cooper macht das schon«, sagte sie beruhigend, »und er zwingt Sie bestimmt nicht, etwas zu sagen, was Sie nicht wollen.« Sie lachte leise. »Dazu ist er viel zu nett und viel zu weich. Darum hat er's auch nie bis zum Inspector gebracht.«

Aber das Gesetz mahlte, wie die Mühlen Gottes, langsam, aber schrecklich klein, und Sarah wußte, wenn einer von ihnen ohne Narben aus dieser Sache hervorgehen sollte, so wäre es ein Wunder.

»Ihnen ist doch klar, Dr. Blakeney, daß wir Sie als Mittäterin vor der Tat belangen könnten«, sagte der Inspector erbost. »Als Sie Ihrem Mann zu Hughes' Adresse verhalfen, wußten Sie, daß er vorhatte, etwas Ungesetzliches zu tun, stimmt das nicht?«

»Darauf würde ich nicht antworten«, sagte Keith.

»Nein, das wußte ich nicht«, entgegnete Sarah beherzt. »Und

was ist überhaupt ungesetzlich daran, eine brutale Vergewaltigung zu verhindern? Seit wann ist es strafbar, einem anderen Menschen zu Hilfe zu kommen?«

»Mir scheint, Sie sehen das falsch, Dr. Blakeney. Wir sprechen hier von versuchtem Mord, schwerer Körperverletzung, Entführung, rücksichtslosem Fahren, tätlichem Angriff auf einen Polizeibeamten. Wir haben es hier alles schwarz auf weiß. Ihr Ehemann ist ein äußerst gefährlicher Mensch, und Sie haben zugelassen, daß er Hughes nachsetzte, obwohl Sie genau wußten, daß er bei einer Konfrontation höchstwahrscheinlich die Beherrschung verlieren würde. Das ist doch, denke ich, eine faire Darstellung des Sachverhalts.«

»Darauf würde ich nicht antworten«, sagte Keith automatisch.

»Nein, das ist es nicht«, sagte sie heftig. »*Hughes* ist der äußerst gefährliche Mensch, nicht mein Mann. Was hätten Sie denn getan, wenn Sie gewußt hätten, daß einem jungen Mädchen eine brutale Vergewaltigung von fünf Zombies drohte, die so entartet und haltlos sind, daß sie alles tun, was ihr sadistischer Anführer ihnen befiehlt?« Ihre Augen blitzten. »Sie brauchen mir gar nicht zu antworten. Ich weiß genau, was Sie getan hätten. Sie hätten sich mit eingekniffenem Schwanz davongemacht, um die Polizei anzurufen, und sich einen Dreck darum geschert, was inzwischen mit dem Kind passiert.«

»Es ist ein strafbares Vergehen, der Polizei Informationen vorzuenthalten. Warum haben Sie uns von Miss Lascelles' Vergewaltigung nichts gesagt?«

»Ich rate dir ernstlich, diese Frage nicht zu beantworten«, sagte Keith müde.

»Weil wir ihr unser Wort gegeben hatten, nichts zu sagen. Was glauben Sie denn, warum mein Mann heute abend losgefahren wäre, wenn wir der Polizei alles hätten sagen können?«

Keith hob abwehrend die Hand, als der Inspector antworten wollte. »Wäre es möglich, das Tonbandgerät auszuschalten, während ich mich mit meiner Mandantin berate?«

Der Inspector musterte ihn einen Moment schweigend, dann sah er auf seine Uhr. »Vernehmung Dr. Blakeney um drei Uhr zweiundvierzig morgens unterbrochen«, sagte er kurz und schaltete den Recorder aus.

»Danke. Also, Sarah, würdest du mir jetzt bitte mal was erklären«, murmelte Keith quengelig. »Warum hast du mich extra aus London hier runterkommen lassen, wenn ihr beide, du und Jack, überhaupt nicht auf mich hört?«

»Ich bin eben wütend, Gott verdammt noch mal. Sie sollten Jack dankbar sein, anstatt ihn zu verurteilen.«

»Der Inspector wird dafür bezahlt, dich wütend zu machen. So bekommt er seine Resultate, und du machst es ihm sehr leicht.«

»Ich verwahre mich gegen diese Bemerkung, Mr. Smollett. Ich werde unter anderem dafür bezahlt, der Wahrheit auf den Grund zu gehen, wenn eine Straftat begangen wurde.«

»Warum hören Sie denn nicht auf mit diesem Quatsch«, sagte Keith liebenswürdig, »und sprechen zur Abwechslung mal eine klare Sprache? Ich bin bestimmt nicht der einzige hier, den diese idiotischen Drohungen tödlich langweilen. Natürlich können Sie Mr. Blakeney unter Anklage stellen, wenn Sie das wollen, aber Sie werden sich zum allgemeinen Gespött machen. Wie viele Leute hätten denn nur mit einem Gürtel und einer Taschenlampe bewaffnet in so einer Situation eingegriffen und das getan, was er getan hat?« Er lächelte schwach. »Wir sind heute eine Nichteinmischungsgesellschaft, wo sich Heldentum auf den Fernsehschirm beschränkt. Erst neulich war da ein Fall, da wurde eine Frau im Beisein mehrerer Taxifahrer, die am Taxistand warteten, von zwei Männern sexuell attackiert, und nicht ein einziger rührte einen Finger, um ihr zu helfen. Im Gegenteil, die Herren haben noch ihre Fenster hochgekurbelt, um die Hilfeschreie nicht hören zu müssen. Soll ich Ihrer Einstellung zu Mr. Blakeney entnehmen, daß Sie solches Verhalten in unserer sogenannten zivilisierten Gesellschaft gutheißen?«

»Selbstjustiz ist genauso gefährlich, Mr. Smollett. Für jeden Fall von Nichteinmischung, den Sie anführen, kann ich einen anführen, bei dem unschuldige Menschen brutal mißhandelt wurden, weil irgendein Trupp aufgebrachter Bürger über Schuld und Unschuld entschied. Soll ich Ihrer Haltung entnehmen, daß Sie diese Art der Lynchjustiz gutheißen?«

Keith gestand die Richtigkeit dieser Entgegnung mit einem Nicken zu. »Natürlich nicht«, antwortete er, »und hätte Mr. Blakeney sich mit einer Privatarmee auf den Weg gemacht, so wäre ich ganz auf Ihrer Seite. Aber er war allein, er stand ganz allein vor einer äußerst schwierigen Entscheidung – entweder sofort zu handeln, um die Vergewaltigung zu verhindern, oder das junge Mädchen seinem Schicksal zu überlassen, während er Hilfe holte.«

»Er wäre überhaupt nicht am Ort gewesen, hätten er und seine Frau nicht bewußt die Informationen über Miss Lascelles unterschlagen. Und Hughes und seine Bande wären nicht in der Lage gewesen, das junge Mädchen, das Mr. Blakeney rettete, solchem Terror auszusetzen, weil sie nämlich bereits unter Anklage der Vergewaltigung von Miss Lascelles hinter Schloß und Riegel gesessen hätten.«

»Aber Miss Lascelles hat Ihnen doch klipp und klar gesagt, daß sie zuviel Angst gehabt hätte, vor der Polizei auszusagen, wenn die Blakeneys weitergegeben hätten, was sie ihnen berichtet hatte. Sie hat Todesangst davor, daß Hughes seine Drohung, sie erneut zu überfallen, sobald er wieder auf freiem Fuß ist, wahrmachen wird, und es gibt selbst jetzt keine Garantie dafür, daß sie – oder das junge Mädchen, das heute abend das Opfer war – den Mut finden wird, vor Gericht eine Aussage zu machen, die zu seiner Verurteilung führt. Meiner Ansicht nach fahren Sie am besten, wenn Sie sich an Jack Blakeney als Zeugen halten. Wenn er bei seiner Aussage bleibt, was er sicher tun wird, wird sein Vorbild Ruth Mut machen, und wenn das andere junge Mädchen und ihre Eltern sehen, was sie ihm schulden, werden auch sie vielleicht den Mut finden, mit der Wahrheit herauszurücken. Wenn Sie hingegen auf Ihren Anschuldigungen gegen Blakeney bestehen, können Sie jede Kooperation von diesen beiden verängstigten jungen Mädchen vergessen. Sie werden durchaus zu Recht daraus schließen, daß die Justiz auf Hughes' Seite ist und nicht auf ihrer.«

Der Inspector schüttelte den Kopf. »Keiner von Ihnen scheint zu begreifen«, sagte er zornig, »daß wir Hughes nur den Rücken stärken, wenn wir Mr. Blakeney nicht belangen. Hughes' Verteidigung wird es sich bestimmt nicht nehmen lassen, vor Gericht auf den Unterschied zwischen der Nachsicht gegenüber der zugestandenen Gewalt eines Mittelklasse-Intellektuellen und der Unnachgiebigkeit gegenüber der *angeblichen* Gewalt eines Arbeitslosen der Unterschicht hinzuweisen. Vergessen Sie nicht, daß Hughes sich nicht einmal in der Nähe des Lieferwagens befand, als die Vergewaltigung stattfand. Jetz sitzt er hier und behauptet, er hätte von allem keine Ahnung gehabt. Der Kerl, der das Mädchen vergewaltigte, als Ihr Mandant in den Lieferwagen eindrang, ist gerade erst fünfzehn, ein Jugendlicher mit anderen Worten, der allenfalls zu einer Jugendstrafe verurteilt werden kann. Der älteste von den Burschen, wenn wir Hughes ausnehmen, ist achtzehn Jahre alt, und man wird sein Alter beim Prozeß berücksichtigen. Im Augenblick stehen sie alle unter Schock und beschuldigen Hughes, der Anstifter gewesen zu sein, aber bis zum Prozeß wird aus der ganzen Sache ein harmloser Jux geworden sein, den das Mädchen angestiftet hat und von dem Hughes keine Ahnung hatte, weil er weggegangen war, um einen Strandspaziergang zu machen. Und das Schlimmste daran ist, daß Mr. Blakeney das vor Gericht bestätigen muß, weil er ihn ja gesehen hat.« Er rieb sich die müden Augen. »Es ist eine verflixte Geschichte. Weiß der Himmel, ob es uns je gelingen wird, eine Verurteilung zu erreichen. Wenn man ihm keinen Vorsatz nachweisen kann, wird Hughes den Gerichtssaal als freier Mann verlassen, das sehe ich jetzt schon. Er hat sich darauf spezialisiert, Jugendliche zu manipulieren, damit sie die Drecksarbeit für ihn machen, während er sich bedeckt hält und das Geld kassiert, und wenn diese Jungen begreifen, wie gering die Strafen sind, die auf sie warten, weil das

Gesetz gegen Jugendliche relativ machtlos ist, werden sie kein Wort mehr gegen ihn sagen. Da bin ich hundertprozentig sicher.«

Es folgte ein langes Schweigen.

Dann räusperte sich Sarah. »Sie vergessen die Mädchen«, sagte sie. »Hat denn ihre Aussage kein Gewicht?«

Der Inspector lächelte schief. »Doch. Wenn sie nicht zuviel Angst haben, um auszusagen; wenn sie im Kreuzverhör nicht zusammenklappen; wenn die Verteidigung ihre Diebereien nicht ausschlachtet, um ihre Glaubwürdigkeit zu erschüttern; wenn sie nicht die Tatsache, daß sie so schnell bereit waren, für Hughes die Beine breitzumachen, bei den Geschworenen in Mißkredit bringt.« Er zuckte die Achseln. »Die Justiz ist so unberechenbar wie das Schicksal, Dr. Blakeney.«

»Dann entlassen Sie ihn doch und waschen Sie Ihre Hände in Unschuld«, sagte sie kalt. »Ich meine, nennen wir doch das Kind beim Namen: Es wird für sie viel leichter sein, Ihre Produktivitätsquote zu erfüllen, wenn Sie Jack unter Anklage stellen, als wenn Sie eine Menge Zeit und Mühe darauf verwenden müssen, diese kleinen Diebinnen zur Räson zu bringen. Vielleicht sollten Sie sich mal fragen, warum keines dieser Mädchen überhaupt das Vertrauen hatte, sich an die Polizei zu wenden.« Sie kniff ärgerlich die Augen zusammen, als sie ihre eigene Frage beantwortete. »Weil sie alles geglaubt haben, was Hughes ihnen erzählt, nämlich daß *er* auf jeden Fall freigesprochen würde, und *sie* selbst sehen müßten, wo sie bleiben. Und er hat die Wahrheit gesagt, obwohl ich das nie geglaubt hätte, wenn ich es nicht von Ihnen selbst gehört hätte.«

»Er wird unter Anklage gestellt werden und hoffentlich auch in Haft bleiben, Dr. Blakeney, aber darauf, was vor Gericht passiert, habe ich keinen Einfluß. Wir können nur unser Bestes tun, um den Weg zu bereiten. Das Resultat können wir leider nicht vorhersagen.« Er seufzte. »Fürs erste werde ich Ihren Mann ohne Anklage auf freien Fuß setzen. Ich werde mich jedoch mit den zuständigen Leuten beraten, und das heißt, daß wir uns vielleicht später entschließen werden, doch gegen ihn vorzugehen. In der Zwischenzeit muß er sich in *Mill House* in Long Upton zur Verfügung halten. Sollte er verreisen wollen, so muß er Sergeant Cooper von seinen Absichten unterrichten. Ist das klar?«

Sie nickte.

»Und noch eins – sollte er sich je wieder auf ein ähnliches Unternehmen einlassen wie das von heute abend, so wird er augenblicklich unter Anklage gestellt. Ist das auch klar?«

Sie nickte wieder.

Das müde Gesicht des Inspectors verzog sich zu einem Lächeln. »Unter uns gesagt, stimme ich mit Mr. Smollett überein. Ihr Mann ist ein tapferer Bursche, Dr. Blakeney, aber ich bin sicher, das wußten Sie schon.«

»O ja«, sagte Sarah loyal und hoffte, daß ihr Gesicht nicht verriet, wie betreten sie war. Solange sie Jack kannte, hatte er immer denselben Standpunkt eingenommen. Alle Männer seien Feiglinge, aber nur einige wenige, wie er selbst zum Beispiel, besäßen den Mut, es zuzugeben. Sie fragte sich langsam, ob es noch andere Seiten seines Charakters gab, die sie so grundfalsch eingeschätzt hatte.

Heute hat Vater mich angerufen, um mir das Untersuchungsergebnis über Geralds Tod mitzuteilen. »Sie haben auf Unglücksfall erkannt, Gott sei Dank, aber ich mußte wirklich alle meine Beziehungen spielen lassen, um das zu erreichen. Dieser verdammte Coroner hätte glatt Selbstmord ins Spiel gebracht, wenn es nach ihm gegangen wäre.« Armer Vater! Er hätte sich nie wieder im Parlament blicken lassen können, wenn sein Bruder sich das Leben genommen hätte. Du lieber Gott! Was haftet dem Selbstmord noch für ein Stigma an, besonders in der Oberschicht. Nichts ist so schlimm wie der Gipfel einer charakterlichen Schwäche, sich selbst das Leben zu nehmen.

Ich bin natürlich entzückt über den Spruch, wenn auch etwas unzufrieden darüber, daß ich mein Licht so ganz unter den Scheffel stellen muß. Der Drang, alles aufzudecken, um auf die eigene Leistung aufmerksam zu machen, ist außerordentlich stark... Aber ich werde natürlich nichts dergleichen tun.

Gerald war Wachs in meinen Händen, als ich ihm befahl, das Kodizile aufzusetzen, weil ich ihm gesagt hatte, er würde wegen Vergewaltigung seiner Nichte ins Zuchthaus wandern, wenn er es nicht täte. »Herr des Himmels, was für Toren diese Sterblichen sind!« Der einzige Zweck des Kodiziles war es, diesen idiotischen Anwalt davon zu überzeugen, daß Gerald Selbstmord verübt hatte, als er entdeckte, wessen Kind Joanna wirklich ist. Als er das geschluckt hatte, hatte er nichts Eiligeres zu tun, als Vater mitzuteilen, daß ein schriftliches Zeugnis über Geralds Inzest existiert, und sie funktionierten beide wie am Schnürchen. Sie machten einen solchen Wirbel darum, sämtliche Hebel in Bewegung zu setzen, um jeden Verdacht zu unterdrücken, Gerald könnte selbst Hand an sich gelegt haben, daß keiner, auch nicht der Coroner, im geringsten zweifelte, daß er genau das getan hatte. Wirklich, sehr amüsant das Ganze. Ich bedaure nur, daß ich Jane da hineinziehen mußte, übermäßige Sorgen bereitet es mir allerdings nicht. Selbst wenn sie einen Verdacht hat, wird sie ihn nicht äußern. Sie kann es sich nicht leisten, aber es hat sowieso niemand danach gefragt, woher Gerald die Barbiturate hatte; und wenn doch, so wird Vater vermutlich behauptet haben, es seien seine gewesen. Er ist die meiste Zeit so betrunken, daß er das wahrscheinlich wirklich glaubt.

Vaters Erleichterung war von kurzer Dauer. Ich sagte ihm, daß ich eine unterzeichnete Kopie des Kodiziles besäße, und er bekam fast einen Schlaganfall. Er nennt es Erpressung. Ich nenne es Lebensversicherung …

16

Zwei Faxe lagen auf Coopers Schreibtisch, als er später an diesem Morgen auf die Dienststelle kam. Das erste war kurz und sachlich:

> Fingerabdrücke auf Yaleschlüssel, Kennz.: TC/H/MG/320 als die Sarah Penelope Blakeneys identifiziert. Übereinstimmung in zweiundzwanzig Punkten. Keine weiteren Fingerabdrücke. Fingerabdrücke auf Flasche, Kennz.: TC/H/MG/321, Übereinstimmung in zehn, bzw. sechzehn und zwölf Punkten mit Abdrücken, die im *Cedar House* auf Schreibtisch (Raum 1) und Karaffe (Raum 1) sichergestellt wurden. Umfassender Bericht folgt.

Das zweite Fax war länger und um einiges interessanter. Nachdem er es gelesen hatte, machte sich Cooper auf die Suche nach Constable Jenkins. Der nämlich hatte, wie er sich erinnerte, in den Tagen nach Mrs. Gillespies Tod den größten Teil der ermüdenden Hausbefragungen erledigt.

»Ich höre, Sie hatten eine Menge um die Ohren«, sagte Charlie Jones und tunkte einen Ingwerkeks in seinen hellen Milchkaffee.

Cooper ließ sich in den Sessel fallen. »Hughes meinen Sie.«

»Ich fahr in einer halben Stunde runter, um ihn mir noch mal vorzuknöpfen. Wollen Sie mitkommen?«

»Nein danke. Ich hab mehr als genug von Dave Hughes und seinen Freunden, diesem Pack. Warten Sie, bis Sie sie sehen, Charlie. Kinder! Fünfzehnjährige, die aussehen wie fünfundzwanzig und die geistige Reife von Achtjährigen. Mir macht das richtig angst. Wenn die Gesellschaft nicht etwas für ihre Bildung tut und dafür sorgt, daß die Hirne den Körpern entsprechend wachsen, haben wir keine Chance zu überleben. Und das Schlimmste daran ist, daß es nicht nur bei uns so ist. Ich hab neulich einen Zehnjährigen in der Glotze gesehen, der zu irgendeinem Rebellenheer in Somalia gehörte und mit einer Maschinenpistole rumrannte. Ich habe Kinder in Irland gesehen, die auf jeden, der nicht auf ihrer Seite steht, mit Steinen schmeißen, weil sie von ihren intoleranten Eltern dazu aufgehetzt worden sind, halbwüchsige Palästinenser in Gesichtsmasken, die von Waffen nur so strotzen, junge Schwarze in Südafrika, die sich gegenseitig umbringen, weil die weiße Polizei das für einen großartigen Weg hält, sie loszuwerden, und serbische Jungen, die angestachelt werden, Moslemmädchen zu vergewaltigen, wie ihre Väter das tun. Es ist der totale Wahnsinn. Wir verderben unsere Kinder auf eigene Verantwortung, und wir machen es bei Gott ganz hervorragend.«

Charlie betrachtete ihn teilnahmsvoll. »Die vergangene Nacht scheint Sie ja richtig mitgenommen zu haben.«

»Von wegen *in vino veritas*«, sagte Cooper bitter. »Für mich heißt es *in insomnia veritas*. Ich wache manchmal in den frühen Morgenstunden auf und sehe die Welt, wie sie wirklich ist. Ein einziges Tollhaus, in dem auf der einen Seite religiöse Fanatiker die Seele vergiften, auf der anderen machtgierige Politiker den Geist vergiften, während in der Mitte die ungewissen, intoleranten Massen nach Blut brüllen, weil sie zu ungebildet sind, um etwas anderes zu tun.«

»Haltet die Welt an, ich möchte aussteigen, wie?«

»So ungefähr, ja.«

»Gibt es denn gar nichts Positives, Tommy?«

Cooper lachte. »Doch, doch, solang mich niemand an Hughes erinnert.« Er schob das erste Fax über den Schreibtisch. »Gillespie hat das Wohnzimmer offensichtlich nicht verlassen, und der Schlüssel ist eine Sackgasse.«

Jones war enttäuscht. »Wir brauchen was Konkretes, und zwar schnell. Ich werde bereits gedrängt, diese Sache fallenzulassen und mich auf etwas zu konzentrieren, wobei Ergebnisse zu erwarten sind. Die übereinstimmende Meinung ist, daß wir, selbst wenn wir nachweisen können, daß es Mord war, große Schwierigkeiten haben werden, eine Strafverfolgung in Gang zu bringen.«

»Irgendwie kommt mir das bekannt vor«, sagte Cooper sauer. »Wenn das so weitergeht, können wir ja gleich einpacken und die Anarchisten ranlassen.«

»Was ist mit den Tagebüchern? Gibt's da was Neues?«

»Im Grunde nicht. Die Durchsuchung hat nichts gebracht, aber das wußte ich schon vorher. Ich hab bei der ersten Durchsuchung im *Cedar House* jedes Buch in der Bibliothek umgedreht.« Er runzelte die Stirn. »Ich hab gestern nacht noch mit Jack und Ruth gesprochen, aber sie behaupten ebenfalls, nichts zu wissen. Jack erinnert sich allerdings, daß Mrs. Gillespie einmal ziemlich verärgert war, weil, wie sie sagte, sich jemand an ihren Büchern zu schaffen gemacht habe.« Er legte einen Finger auf seinen Mund. »Ich weiß, es ist rein hypothetisch, aber wenn wir annehmen, daß die Tagebücher tatsächlich existieren und jemand nach ihnen suchte, dann wäre damit wenigstens geklärt, wieso sich jemand an den Büchern zu schaffen gemacht hatte.«

Charlie prustete verächtlich. »Das ist wirklich verdammt hypothetisch«, stimmte er zu, »und überhaupt nicht zu beweisen.«

»Ja, aber wenn die Person, die die Tagebücher suchte, sie gefunden hat, dann wäre damit erklärt, warum sie verschwunden sind.« Als er Charlie Jones' verwirrte Miene sah, erläuterte er geduldig: »Weil sie uns sagen könnten, wer Mathilda Gillespie ermordet hat und warum.«

Charlie Jones schüttelte den Kopf. »Sie greifen nach Strohhalmen. Erst müssen Sie mich überzeugen, daß die Bücher existierten.«

»Weshalb sollte James Gillespie lügen?«

»Weil er ein Säufer ist«, sagte Charlie Jones. »Ein besserer Grund ist gar nicht nötig.«

»Warum war Mathilda Gillespie dann verärgert darüber, daß sich jemand an ihren Büchern zu schaffen gemacht hat? Erklären Sie mir das, oder wollen Sie unterstellen, daß auch Jack lügt?«

Mit einem geheimen Seufzer registrierte Jones, daß er nun schon zum zweitenmal von ›Jack‹ sprach. Wann würde der alberne Kerl begreifen, daß nur seine Unfähigkeit, Distanz zu halten, ihm seine Aufstiegschancen verdarb? *Unprofessionell. Kann nicht objektiv bleiben*, hatte Jones' Vorgänger in Coopers letzte Beurteilung geschrieben. »Aber sie muß doch geahnt haben, wer es war«, sagte er. »Der Kreis ist begrenzt. Warum hat sie sich den Betreffenden nicht vorgeknöpft?«

»Vielleicht hat sie es getan. Vielleicht ist sie deshalb getötet worden.« Cooper tippte mit dem Zeigefinger auf das Fax. »Der Schlüssel kompliziert die Sache allerdings. Wenn der Mörder von seinem Vorhandensein wußte, kann er ohne ihr Wissen das Haus betreten haben. Damit erweitert sich der Kreis beträchtlich.«

»Haben Sie daran gedacht, daß Gillespie unser Mann sein könnte und die Tagebücher vielleicht nur erwähnte, weil er glaubte, ihre Existenz sei sowieso bekannt?«

»Ja, das hab ich mir auch überlegt. Aber weshalb sollte er sie verschwinden lassen und so tun, als wüßte er nichts davon, wenn er davon überzeugt ist, sie würden den Schwindel mit den Uhren beweisen?«

»Doppelter Bluff. Er las sie, entdeckte, daß sie genau das Gegenteil beweisen, und vernichtete sie, um seinen Anspruch aufrechterhalten zu können. Dann hat er sie umgebracht, um sein Glück bei Mrs. Lascelles zu versuchen, die er für die Erbin hielt.«

Cooper schüttelte den Kopf. »Das ist sicher eine Möglichkeit, aber ich halte nicht viel davon. Nehmen wir an, er hat die Tagebücher tatsächlich verschwinden lassen, weil er wußte, daß sie alle seine Chancen auf einen Haufen Bargeld zunichte machen würden. Wie konnte er sicher sein, daß nicht jemand anders sie schon vor ihm gelesen hatte? Nein, da gibt's mir zu viele Fragezeichen, Charlie.«

»Die ganze Geschichte steckt doch voller Fragezeichen«, entgegnete Jones trocken. »Haben die Tagebücher existiert? Hat der Sucher von ihrer Existenz gewußt? Haben sie etwas Belastendes enthalten? Hat er oder sie von dem Schlüssel gewußt?« Er brach ab und tauchte nachdenklich seinen Keks in den Kaffee. »Es gibt da zwei Punkte, die ich nicht verstehe. Warum hat Mrs. Gillespie ihr ganzes Vermögen Dr. Blakeney hinterlassen, und warum hat der Mörder ihr die Schandmaske auf den Kopf gesetzt und sie mit Brennesseln und Maßliebchen geschmückt? Wenn ich die Antwort auf diese beiden Fragen wüßte, könnte ich Ihnen wahrscheinlich sagen, wer sie getötet hat. So aber neige ich dazu, mich mit der Selbstmordtheorie zufriedenzugeben.«

»Ich glaube, ich weiß, warum sie ihr Vermögen Dr. Blakeney hinterlassen hat.«

»Warum?«

»Ich denke, sie hat es mit Pontius Pilatus gehalten. Sie selbst hatte bei der Erziehung ihrer Tochter und ihrer Enkelin völlig versagt und wußte, daß die beiden sich vor lauter Neid und Eifersucht gegenseitig vernichten würden, wenn sie ihnen das Geld hinterließ, also schob sie den Schwarzen Peter dem einzigen Menschen zu, den sie je respektiert hat, nämlich Dr. Blakeney. Ich glaube, sie hoffte, Sarah Blakeney würde gelingen, was ihr nicht gelungen war.«

»Sentimentales Geschwätz«, sagte der Inspector liebenswürdig. »Und das kommt daher, daß Sie von der Wirkung, die Sie sehen, auf die Ursache schließen, die Ihrer Meinung nach ein normaler Mensch hätte erreichen wollen. Versuchen Sie es doch mal andersherum. Sie war eine gehässige, hinterhältige und bösartige alte Frau, die sich nicht nur mit Hilfe von Erpressung und Versicherungsschwindel ein Vermögen sicherte, sondern praktisch ihr Leben lang jeden, der mit ihr zu tun hatte, verabscheute und verachtete. Weshalb hat sie plötzlich, nachdem sie sechzig Jahre lang nichts als Unfrieden gestiftet hatte, einer netten, sympathischen Fremden ein Vermögen vermacht? Bestimmt nicht, um Harmonie zu stiften.« Jones kniff nachdenklich die Augen zusammen. »Ich könnte mir noch vorstellen, daß die Schandmaske als ein Symbol dafür gemeint war, daß diese böse Zunge nun für immer gezähmt sei, aber ich glaube nicht daran, daß bei dieser Frau, als sie ihr Testament machte, plötzlich ein totaler Sinneswandel eintrat.«

»Sie dürfen nicht vergessen, wie die Blakeneys die Frau sehen, Charlie. Ihnen zufolge war sie weit angenehmer und sympathischer als alle anderen ihr zugestehen wollten. Ich vermute, sie haben ihr ganz einfach Raum zum Atmen gelassen, nichts von ihr verlangt, und da kam die wahre Mathilda Gillespie zum Vorschein.« Er machte eine Pause, um sich kurz zu sammeln. »Denken Sie mal über folgendes nach: Wir haben uns doch vor allem wegen Ophelias ›Nesseln, Maßlieb, Kuckucksblumen‹ mit der Symbolik der Schandmaske aufgehalten, vielleicht sollten wir sie einmal ganz nüchtern betrachten. Diese Dinger wurden benutzt, um Frauen zum Schweigen zu bringen, und vielleicht war genau das der Grund, warum sie sie aufhatte. Der Mörder wollte verhindern, daß sie schrie und womöglich die Nachbarn alarmierte. Darum setzte er ihr die Maske auf. Die Blumen hat er später nur hineingesteckt, um ihr eine mystische, aber völlig irreführende Bedeutung zu geben.«

Jones machte ein skeptisches Gesicht. »Aber sie muß die Schlaftabletten vorher genommen haben, sonst hätte sie sich gewehrt, als ihr die Schandmaske aufgesetzt wurde, und wir hätten Kratzer in ihrem Gesicht gefunden. Wenn sie aber so stark betäubt war, daß sie sich nicht einmal wehrte, wozu dann die Maske?«

»Nehmen Sie an, Sie wollen eine Frau töten und einen Selbstmord vortäuschen. Da die Nachbarn unangenehm nahe sind, brauchen Sie ein Mittel, um Ihr Opfer ruhig zu halten, falls die Schlaftabletten nicht die von Ihnen erhoffte Wirkung haben sollten. Eine Art Rückversicherung mit anderen Worten. Klebeband oder Pflaster können Sie nicht verwenden, weil das Spuren auf der Haut hinterläßt, und Sie sind clever genug, keinen Knebel zu benutzen, weil da ja bei der Obduktion Fasern im Mund gefunden werden könnten. Sie greifen also zu etwas, das nach vollbrachter Tat nicht entfernt zu werden braucht und für das Opfer seine eigene Bedeutung hat, und hoffen, daß die Polizei es als ein makabres Zeichen der Selbstbestrafung akzeptieren wird. Dann befördern Sie sie in die Badewanne, schneiden ihr, indem Sie Ihre Hände über die des Opfers legen, die Pulsadern auf, lassen das Messer fallen und überlassen sie ihrem Schicksal in der Gewißheit, daß die Schandmaske sie am Schreien hindern wird, sollte sie tatsächlich noch einmal zu Bewußtsein kommen.«

Jones nickte. »Klingt ganz plausibel, aber warum überhaupt das Theater mit der Badewanne und dem Stanley-Messer? Warum sie nicht einfach mit den Schlaftabletten vergiften?«

»Vermutlich, weil nicht genug Tabletten da waren. Aber selbst wenn, wäre es eine riskante Sache. Es hätte zum Beispiel sein können, daß Ruth am nächsten Morgen gekommen wäre und die alte Frau noch lebend vorgefunden hätte. Dann hätte man ihr vielleicht den Magen auspumpen und sie wiederbeleben können. Und wenn wirklich Ophelias Tod im Wasser das Vorbild zu der Inszenierung war, dann mußte die Badewanne sein.« Er lächelte verlegen. »Ich hab das Stück inzwischen gelesen, weil ich sehen wollte, ob es da noch Hinweise gibt. Das ist vielleicht blutrünstig. Am Ende sind alle tot.«

»Und haben Sie Hinweise gefunden?«

»Nein.«

»Das wundert mich nicht. Es ist vor vierhundert Jahren geschrieben worden.« Jones klopfte sich mit seinem Bleistift gegen die Zähne. »Für mich ändert das an den Grundtatsachen sowieso nichts. Wir sprechen auch hier von einer Person, die Mathilda Gillespie sehr gut kannte, und das haben wir ja von Anfang an vermutet. An neuen Informationen haben wir lediglich die Entdeckung des Schlüssels und die verschwundenen Tagebücher. Ich gebe zu, der Schlüssel kann bedeuten, daß der Mörder ungebeten ins Haus kam, aber es muß dennoch jemand gewesen sein, der ihr sehr nahe stand, sonst hätte sie bestimmt geschrien. Außerdem gibt's da so viele Einzelheiten, die auf intime Bekanntschaft schließen lassen – das Stanley-Messer, die Schlaftabletten, ihre Leidenschaft für Shakespeare, die Schandmaske. Der Mörder wußte wahrscheinlich sogar, daß es in ihrem Garten Brennesseln und Maßliebchen gab, und kannte sich so gut aus, daß er sie sogar im Dunkeln fand. Wenn es aber jemand war, der ihr *derart* nahe stand, dann kommen eigentlich nur die Blakeney, die beiden Lascelles oder Mr. und Mrs. Spede in Frage.«

Cooper nahm das zweite Fax aus seinem Heft und breitete es auf dem Schreibtisch aus. »Dank unserer Fingerabdruckaktion konnte das Labor die Abdrücke von vier Personen identifizieren, die wir im *Cedar House* gefunden haben – außer denen von Mrs. Gillespie selbst, Mrs. Spede, den Blakeneys, Mrs. und Miss Lascelles und James Gillespie. Ich hatte das Labor um schnelle Arbeit gebeten, deswegen müssen diese Resultate auf jeden Fall noch einmal überprüft werden, aber im Moment haben wir folgendes.« Er zog seinen Finger langsam das Blatt hinunter. »Pfarrer Matthews, Abdruck am Spiegel im Vestibül, Übereinstimmung in zehn Punkten; Mrs. Orloff, Abdruck auf der Arbeitsplatte in der Küche, Übereinstimmung in sechzehn Punkten, und an der Küchentür, Übereinstimmung in vierzehn Punkten; Mrs. Spencer, Abdruck an der Eingangstür, Übereinstimmung in zwölf Punkten; und schließlich Mrs. Jane Marriott, zwei Abdrücke am Schreibtisch in der Bibliothek und einer am Treppenpfosten im Flur, Übereinstimmung in achtzehn Punkten.« Er sah auf. »Mrs. Orloff ist die Nachbarin. Mrs. Spencer führt das Lebensmittelgeschäft, und Mrs. Marriott ist die Sprechstundenhilfe in der Arztpraxis in Fontwell. Das Interessante an der Sache ist, daß Pfarrer Matthews, Mrs. Orloff und Mrs. Spencer sofort zugegeben haben, daß sie in der Woche vor Mrs. Gillespies Tod im Haus waren. Aber Mrs. Marriott nicht. Jenkins, der mit ihr gesprochen hat, als er die einzelnen Häuser abklapperte, sagte, sie habe behauptet, seit Jahren nicht mehr im *Cedar House* gewesen zu sein.«

Jack wartete, bis Sarah zur Arbeit gefahren war, dann schwang er sich ohne Rücksicht auf die Auflagen, die ihm die Polizei von Bournemouth gemacht hatte, auf das alte Fahrrad, das Geoffrey

Freelings Angehörige in der Garage stehengelassen hatten, und machte sich auf die Fahrt nach Fontwell. Sein Wagen stand noch auf dem Abstellplatz in der Freemont Road, und es sah ganz danach aus, als würde er ihn frühestens wiederbekommen, wenn entschieden war, ob man ihm ein Strafverfahren anhängen würde oder nicht. Sie behaupteten, der Wagen sei ein Beweisstück, er jedoch hatte den Verdacht, daß Keith hinter dieser Maßnahme steckte. Sie können von Dr. Blakeney doch nicht erwarten, daß sie für Sie auf ihren Mann aufpaßt, am besten nehmen Sie Jack den Wagen weg, dann bleibt er vielleicht, wo er ist. In diesem Fall begrüßte er Smolletts beharrliche Schwäche für seine Frau.

Ruth schlief, von den seelischen und körperlichen Strapazen der vergangenen Nacht erschöpft, den Schlaf des Gerechten, aber er hatte ihr für den Fall, daß sie doch aufwachen sollte, einen Zettel auf den Küchentisch gelegt. »Keine Angst, Hughes kann Ihnen jetzt nichts mehr anhaben, aber machen Sie trotzdem keinem die Tür auf. Bin bald wieder da, herzlichst Jack.«

»Mrs. Marriott?« Cooper trat in der leeren Praxis an den Empfangstisch und zeigte seinen Dienstausweis. »Sergeant Cooper, Kriminalpolizei Learmouth.«

Jane lächelte automatisch. »Was kann ich für Sie tun, Sergeant?«

»Ich würde mich gern einmal mit Ihnen unterhalten, unter vier Augen, wenn das möglich ist.«

»Im Moment sind wir hier völlig ungestört«, erwiderte sie. »Ich muß höchstens mal ans Telefon. Möchten Sie eine Tasse Kaffee?«

»Danke, gern. Mit Milch und zwei Stück Zucker bitte.«

Sie setzte das Wasser auf.

»Unsere Untersuchung der Fingerabdrücke hat einige interessante Ergebnisse erbracht«, begann Cooper. »Sie zeigen, daß eine Reihe von Leuten Mrs. Gillespie vor ihrem Tod noch besucht haben. Sie zum Beispiel.«

Jane schien plötzlich zu erstarren. »Ich hatte gehofft, Sie würden nicht dahinterkommen«, bekannte sie nach einem kurzen Schweigen. »Als Sie dann von uns allen die Fingerabdrücke haben wollten, wußte ich nicht, was ich tun sollte. Ob ich zugeben sollte, daß ich bei der Vernehmung gelogen habe, oder ob ich in der Hoffnung, nichts berührt zu haben, einfach abwarten sollte.«

»Warum wollten Sie denn nicht, daß wir von Ihrem Besuch bei Mrs. Gillespie erfahren?«

»Weil Sie mich nach dem Grund meines Besuches gefragt hätten.«

Er nickte. »Und was war der Grund?«

Sie nahm zwei Kaffeetassen und goß Wasser ein. »Es hatte mit Mathildas Tod nichts zu tun, Sergeant. Es war eine sehr persönliche Angelegenheit.«

»Das reicht mir als Antwort leider nicht, Mrs. Marriott.«

Sie schob ihm eine Tasse über den Tisch und stellte die Zuckerdose daneben. »Nehmen Sie mich fest, wenn ich mich weigere, Ihnen Auskunft zu geben?«

Er lachte gutmütig. »Nicht sofort.«

»Wann?«

Er wich der Frage aus. »Wären Sie bereit, sich auf mein Wort zu verlassen, wenn ich Ihnen sage, daß dieses Gespräch unter uns bleibt, wenn das, was Sie mir berichten, mit Mrs. Gillespies Tod tatsächlich nichts zu tun hat?« Er sah ihr direkt in die Augen. »Sie haben keine Ahnung, was Ihnen von der Presse blüht, wenn ich Sie zur Vernehmung auf die Dienststelle mitnehmen muß. Wenn die Pressefritzen Sie erst einmal am Schlafittchen haben, lassen sie so leicht nicht wieder los.«

Janes schlichtes rundes Gesicht zeigte Niedergeschlagenheit. »Wie Mathilda das schmecken würde, wenn sie noch am Leben wäre«, sagte sie. »Unruhe stiften war ihr liebster Zeitvertreib.«

»Sie haben sie also gut gekannt.«

»Nur allzu gut.«

»Und Sie haben sie nicht gemocht?«

»Ich konnte sie nicht ausstehen. Ich habe mir immer die größte

Mühe gegeben, ihr aus dem Weg zu gehen, aber nachdem ich hier zu arbeiten angefangen hatte, war das nicht gerade einfach.«

»Und trotzdem haben Sie sie besucht?«

»Weil ich mußte. An dem Tag vor ihrem Tod hab ich James bei ihr aus dem Haus kommen sehen.« Sie drückte eine Hand auf ihre Brust. »Es war ein solcher Schock! Ich dachte, er wäre noch in Hongkong.« Sie schwieg.

»Erzählen Sie es mir«, drängte Cooper behutsam.

»Sie würden es nicht verstehen«, entgegnete Jane mit Überzeugung. »Sie haben ja Mathilda nicht gekannt.«

Jack war äußerst schlechter Laune, als er endlich das *Cedar House* erreichte. Er war seit Jahren nicht mehr Fahrrad gefahren und hatte sich auf dem alten Ding, das längst auf den Schrottplatz gehört hätte, bei dieser Viermeilentour über holprige Feldwege wundgeriebene Hoden und zitternde Oberschenkel geholt. Er lehnte das Rad an einen Baum auf der benachbarten Wohnanlage, sprang über den Zaun und lief durch den Garten zum Küchenfenster. Er wollte sein Kommen nicht ankündigen, darum mied er den Kiesweg und die Haustürglocke.

Er klopfte leicht, aber beharrlich, an die Fensterscheibe, und nach ein, zwei Minuten erschien Joanna an der Tür zwischen Küche und Flur. »Was wollen Sie?«

Er las ihr die Worte von den Lippen ab und wies zur Hintertür. »Lassen Sie mich rein«, sagte er lautlos, die Worte deutlich mit dem Mund formend.

Janes Augen verengten sich ein wenig, als sie zurückblickte. »Wissen Sie, man kann Mathilda nicht nach dem beurteilen, was die Leute heute über sie sagen. Sie haben vergessen, wie schön sie als junge Frau war, wie geistreich, und wie viele Männer sie umworben haben. Sie war das begehrenswerteste Mädchen in der ganzen Gegend – ihr Vater war Parlamentsmitglied, ihr Onkel war reich –« sie zuckte die Achseln. »Sie hätte jeden heiraten können.«

»Warum hat sie das dann nicht getan?«

»Damals glaubten alle, sie hätte es auf etwas Besonderes abgesehen, einen Titel oder einen großen Besitz, aber ich hatte immer den Verdacht, daß was anderes dahintersteckte. Ich hab sie oft auf Festen beobachtet, und mir wurde damals schon klar, daß es ihr zwar Spaß machte, zu flirten und im Mittelpunkt zu stehen, daß sie aber Berührungen von Männern nicht ertragen konnte.«

»Weiter«, drängte Cooper nach einer kleinen Pause.

»Erst zehn Jahre später, als mein Mann und ich James in Hongkong trafen und er uns die Wahrheit über Joannes Familie sagte, habe ich begriffen, warum das so war.« Sie seufzte. »Das heißt, was damals geschehen ist, weiß ich bis heute nicht, weil Kindesmißbrauch und Inzest damals natürlich absolute Tabuthemen waren. James war der Überzeugung, sie hätte Gerald ermutigt, aber das habe ich nie geglaubt. In dieser einen Hinsicht hat sie mir immer leid getan. Diese Geschichte hat sie meiner Meinung nach emotional verkrüppelt.«

»Sie wissen also schon sehr lange, daß Mrs. Lascelles nicht James Gillespies Tochter ist?«

»Ja.«

»Wußte Mrs. Gillespie, daß Sie die Wahrheit wußten?«

»O ja.«

»Beunruhigte sie das nicht?«

»Sie wußte, daß ich es keinem Menschen sagen würde.«

»Wie konnte sie das wissen?«

»Sie wußte es eben«, antwortete Jane kurz.

Wie hatte James Gillespie es genannt? Versicherung auf Gegenseitigkeit.

Noch während die Hintertür langsam hinter ihm zufiel, umfaßte Jack mit seiner großen Hand ohne jede Vorwarnung Joannas Hals und schob sie durch die Küche in den Flur hinaus. »Hat Sie das, was mit Mathilda passiert ist, eigentlich überhaupt nichts gelehrt, Sie dumme Gans?« zischte er wütend.

Cooper nahm eine Zigarette heraus, erinnerte sich, wo er sich befand, und schob sie wieder in die Packung. »Waren Sie selbst mit Mr. Gillespie befreundet oder war es Ihr Mann?« fragte er Jane.

»Paul und James waren zusammen im Krieg, aber ich kannte ihn auch sehr lange.«

»Warum war es für Sie so ein Schock, ihn an jenem Tag aus dem *Cedar House* kommen zu sehen?«

»Ich hatte immer gehofft, er sei tot.« Sie seufzte. »Ich weiß, Sie haben mit ihm gesprochen. Sarah hat es mir erzählt. Hat er Ihnen etwas gesagt?«

»Worüber, Mrs. Marriott?«

Sie lächelte müde. »Das wüßten Sie schon, wenn er es Ihnen gesagt hätte, Sergeant.«

»Dann wird er es mir wohl nicht gesagt haben«, sagte Cooper. »Aber da Sie offenbar fürchten, daß er es tun wird, wäre es vielleicht besser, wenn Sie selbst gleich reinen Tisch machen. Ich vermute, es handelt sich um etwas, von dem nur Sie, er und Mathilda Gillespie wußten. Sie waren sicher, daß Mrs. Gillespie nichts sagen würde, weil Sie dann die Wahrheit über Joannas Vater hätten aufdecken können, aber bei Mr. Gillespie liegt die Sache anders. Sie haben kein Druckmittel gegen ihn, deshalb waren Sie auch so erschrocken, ihn wieder hier zu sehen und suchten Mrs. Gillespie auf, um herauszufinden, ob er die Katze aus dem Sack lassen würde. Habe ich recht?«

Joanna zeigte nur den leisesten Anflug von Beunruhigung, ehe sie sich lässig an die Wand lehnte und ihn triumphierend in die Augen sah. »Ich wußte, Sie würden zurückkommen.«

Er sagte nichts, sah ihr nur forschend in das schöne Gesicht und staunte wieder über seine makellose Vollkommenheit. Es war das Gesicht der Madonna von Michelangelos Pietà, das Gesicht einer Mutter, die in stille Betrachtung des Körpers ihres geliebten Sohns vertieft ist, ein Bild von solcher Reinheit, daß es ihm die Tränen in die Augen getrieben hatte, als er es zum erstenmal gesehen hatte. Jahrelang hatte er sich über die Frau Gedanken gemacht, die der Madonna ihr Gesicht gegeben hatte. Hatte es sie wirklich gegeben? Oder war sie ein Produkt von Michelangelos Phantasie? Bis er Joanna begegnet war, hatte er geglaubt, sie müsse im Auge ihres Schöpfers existiert haben, weil nur ein Künstler etwas so unermeßlich Schönes hätte schaffen können. Jetzt sah er dieses Gesicht vor sich und wußte, daß seine Erschaffung so sehr dem blinden Zufall zu verdanken war wie die seiner eigenen Person. Er schloß die Augen, um die erneut aufwallenden Tränen zu unterdrücken.

Jane nickte bedrückt. »James hat mich fünf Jahre lang erpreßt, nachdem wir ihn in Hongkong getroffen hatten. Insgesamt habe ich ihm über zehntausend Pfund bezahlt, das ganze Geld, das meine Mutter mir hinterlassen hatte.« Ihre Stimme zitterte. »Er hat erst aufgehört, als ich ihm Kopien meiner Bankauszüge schickte, die bewiesen, daß ich nichts mehr hatte, was ich ihm geben konnte. Aber er hat mich gewarnt, daß er zurückkommen würde.« Sie schwieg einen Moment, bemüht, nicht die Fassung zu verlieren. »Ich habe nie wieder von ihm gehört, bis zu diesem schrecklichen Tag, als ich ihn aus Mathildas Haus kommen sah.«

Cooper sah sie voll Mitgefühl an, doch sie hielt den Kopf gesenkt. Er konnte nur annehmen, daß sie mit James ein Verhältnis gehabt hatte und Mathilda Gillespie dahintergekommen war, warum aber war es so schwer, das nach all diesen Jahren zu beichten? »Jeder hat irgendwo ein Skelett im Schrank, Mrs. Marriott. Ich werde heute noch rot, wenn ich an die denke, die bei mir im Schrank liegen. Aber glauben Sie denn wirklich, Ihr Mann würde Ihnen nach mehr als dreißig Jahren so etwas noch nachtragen?«

»O ja«, antwortete sie aufrichtig. »Sehen Sie, Paul wollte immer Kinder haben, und ich konnte keine bekommen.«

Cooper wartete darauf, daß sie fortfahren würde. Als sie es nicht tat, fragte er vorsichtig: »Was hatten denn Kinder damit zu tun?«

»Paul hatte ein Verhältnis mit Mathilda, und Mathilda wurde

schwanger. Deswegen ist James nach Hongkong gegangen. Er sagte, das hätte das Faß zum Überlaufen gebracht, mit Geralds Bastard wäre er vielleicht noch zurechtgekommen, aber nicht auch noch mit Pauls Kind der Liebe.«

Cooper war sprachlos. »Und damit hat James Sie erpreßt?« Aber nein, das ergab ja überhaupt keinen Sinn. Den Erpresser bezahlte der treulose Ehemann, aber doch nicht die betrogene Ehefrau.

»Nicht mit der Affäre«, erklärte Jane. »Über die wußte ich Bescheid. Paul hat mir selbst alles erzählt, nachdem er gekündigt hatte. Er war Sir Williams Mitarbeiter und wohnte immer bei James und Mathilda, wenn er in London zu tun hatte. Ich glaube nicht, daß hinter dieser Geschichte mehr steckte als eine flüchtige Verliebtheit. Von beiden Seiten. Sie langweilte sich als Hausfrau und Mutter eines kleinen Kindes, und er...« Sie seufzte. »Er fühlte sich von ihrer Aufmerksamkeit geschmeichelt. Mathilda war wirklich eine faszinierende Frau, und das lag nicht nur an ihrer Schönheit. Sie hatte etwas an sich, das die Männer wie magisch anzog. Ich glaube, es war ihre Distanziertheit, die Abneigung gegen körperliche Berührung. Männer sahen das als eine Herausforderung, und als sie Paul gegenüber ihre Abwehr sinken ließ, war er ihr verfallen.« Sie lächelte ein wenig. »Und ich konnte es verstehen, glauben Sie mir. Sie werden es vielleicht merkwürdig finden, aber es gab einmal eine Zeit – als wir jung waren –, da war ich beinahe so verliebt in sie wie er. Sie war alles, was ich immer sein wollte.« Ihre Augen wurden feucht. »Nun, Sie müßten eigentlich wissen, wie anziehend sie sein konnte. Sarah hat sich ja auch in sie verliebt, genau wie ich damals.«

»Zeigen Sie mir, wie sehr Sie mich lieben, Jack.« Joannas Stimme, leise und kehlig, war eine Liebkosung.

Sachte strich er mit den Fingern über ihren weißen Hals. Wie konnte ein Mensch, der so häßlich war, so schön sein? Sie war ein Hohn auf das Wunder der Schöpfung. Er hob die andere Hand zu dem hellen, glänzenden Haar, wickelte sich die Strähnen mit einer schnellen, heftigen Bewegung um die Hand und riß ihren Kopf nach hinten, ohne seine Finger von ihrem Hals zu lassen. »So sehr liebe ich Sie«, sagte er leise.

»Sie tun mir weh.« Diesmal hatte ihre Stimme einen schrillen Ton der Beunruhigung.

Er faßte ihr Haar fester. »Es gefällt mir, Ihnen weh zu tun, Joanna.« Seine Stimme hallte im leeren Vestibül wider.

»Ich verstehe Sie nicht!« rief sie. Ihre Stimme war heiser unter dem Druck seiner Finger auf ihrem Kehlkopf. »Was wollen Sie von mir?« Sie sah etwas in seinen Augen, das ihr angst machte. »O Gott! *Sie* haben meine Mutter getötet.« Sie öffnete ihren Mund, um zu schreien, brachte aber nur einen unartikulierten, erstickten Laut hervor, als der Druck auf ihre Kehle sich verstärkte.

»Es tut mir leid, wenn ich schwer von Begriff war«, sagte Cooper in entschuldigendem Ton, »aber ich verstehe nicht ganz, wie James Gillespie Sie dazu bringen konnte, ihm mehr als zehntausend Pfund zu bezahlen. Wenn Sie bereits von der Affäre Ihres Mannes wußten –« Er brach ab. »Es hat ja wohl mit der Schwangerschaft zu tun? Wußten Sie davon nichts?«

Sie preßte die Lippen aufeinander, um nicht in Tränen auszubrechen. »Doch, ich wußte davon. Aber Paul wußte nichts davon und hat auch nie davon erfahren.« Wieder seufzte sie tief. »Es ist furchtbar. Ich habe es solange verheimlicht. Immer wieder wollte ich es ihm sagen, aber nie war der richtige Zeitpunkt. Ähnlich wie bei der Lüge, die ich Ihrem Constable erzählt habe. Wann ist der richtige Moment, um reinen Tisch zu machen?« Ihr Gesicht verriet Verzweiflung. »Vater werden – das war das einzige, was er sich sein Leben lang gewünscht hat. Ich habe darum gebetet, daß ich schwanger werden würde, aber es hat nichts geholfen...«

Cooper legte tröstend seine große Hand auf die ihre. Er war völlig ratlos, wollte sie aber auch nicht zu sehr bedrängen, weil er fürchtete, daß sie dann überhaupt nichts mehr sagen würde.

»Wieso wußten Sie von der Schwangerschaft, wenn Ihr Mann davon keine Ahnung hatte?«

»Mathilda hat es mir gesagt. Sie hat mich angerufen und gebeten, nach London zu kommen. Sie sagte, wenn ich nicht käme, würde sie dafür sorgen, daß ganz Fontwell von ihrer Affäre mit Paul erfährt. Er hatte ihr Briefe geschrieben, und sie sagte, sie würde sie an die Öffentlichkeit bringen, wenn ich nicht täte, was sie von mir verlangte.«

»Und was verlangte sie von Ihnen?«

Es dauerte einen Moment, ehe sie weitersprechen konnte. »Sie verlangte von mir, ihr zu helfen, das Kind gleich nach der Geburt zu töten.«

»Mein Gott!« sagte Cooper entsetzt. Und Jane Marriott mußte es getan haben, sonst hätte James Gillespie sie nicht erpressen können.

Draußen auf dem Kies knirschten Schritte, dann läutete es. »Joanna!« rief Violet mit schriller, nervöser Stimme. »Joanna! Alles in Ordnung, Kind? Ich dachte, ich hätte was *gehört.*« Als sie keine Antwort erhielt, rief sie von neuem. »Ist jemand bei dir? Bitte antworte mir!« Ihre Stimme wurde noch schriller. »Duncan! Duncan!« rief sie. »Ich hab doch gewußt, daß da was nicht stimmt. Du mußt die Polizei rufen. Ich gehe Hilfe holen.« Sie hörten sie zum Tor laufen.

Jack blickte Joanna in das angespannte und gequälte Gesicht, dann drückte er sie mit überraschender Behutsamkeit in den nächsten Sessel. »Sie verdienen es nicht, aber Sie hatten mehr Glück als Ihre Mutter«, war alles, was er sagte, ehe er in Richtung zur Küche und zur Hintertür davonging.

Joanna Lascelles schrie immer noch, als Duncan Orloff in höchster Panik mit einem Vorschlaghammer die Haustür sprengte, um sich dem zu stellen, was ihn im *Cedar House* erwartete.

»Und haben Sie ihr geholfen?« fragte Cooper mit einer Ruhe, die seinen wahren Gefühlen widersprach.

Sie sah ihn verzweifelt an. »Ich weiß es nicht – ich weiß nicht, was sie tat – ich kann nur raten.« Sie schluchzte trocken. »Sie hat nichts Direktes gesagt. Sie hat mich nur gebeten, aus der Praxis meines Vaters Schlaftabletten zu stehlen – Barbiturate. Sie behauptete, sie wolle sie für sich haben, weil sie nicht schlafen konnte. Ich hoffte – ich dachte – sie wollte sich umbringen – und ich war froh darüber. Zu dieser Zeit habe ich sie schon gehaßt.«

»Sie haben ihr also die Tabletten besorgt?«

»Ja.«

»Aber sie hat sich nicht umgebracht?«

»Nein.«

»Aber Sie haben doch eben gesagt, sie habe verlangt, daß Sie ihr helfen, das Kind zu töten.«

»Das habe ich auch zehn Jahre später geglaubt.« Die lange zurückgehaltenen Tränen quollen unter ihren geschlossenen Lidern hervor. »Sie hatte doch nur Joanna. Es war, als hätte das andere Kind nie existiert. Und ich glaubte, es hätte nie existiert.« Sie hielt sich mit zitternder Hand den Kopf. »Ich glaubte, ich hätte ihr geholfen, es zu töten – und als wir dann in Hongkong waren, fragte James mich mehrmals, wie Gerald sich mit Barbituraten das Leben nehmen konnte, wenn sich doch jeder Arzt geweigert hätte, ihm so etwas zu verschreiben. In dem Moment wurde mir klar, daß sie von Anfang an vorgehabt hatte, Gerald zu töten, und ich ihr das Mittel dazu geliefert hatte.« Sie zog ein Taschentuch heraus und putzte sich die Nase. »Ich war so entsetzt, daß James sofort erriet, was ich getan hatte. Ich glaube allerdings, er hat es immer gewußt. In vieler Hinsicht waren er und Mathilda sich sehr ähnlich.«

Cooper schwamm der Kopf. Es gab da so viele ungelöste Fragen. »Weshalb hätte sich jeder Arzt geweigert, Gerald Cavendish Barbiturate zu verschreiben? Ich habe mir den Bericht des Coroners angesehen. Es bestand nie ein Verdacht auf Mord, es ging immer nur darum, ob es ein Unglücksfall oder Selbstmord war.«

»Gerald war...« Jane suchte nach dem passenden Wort, »schwachsinnig, würde man wohl sagen, wie die Spedes, geistig zurückgeblieben. Deshalb hatte er ja keine Verfügungsgewalt über das Vermögen, es sollte für William bewahrt werden. Mathildas Großvater hatte Angst, Gerald würde es an den Nächstbesten verschenken. Aber ich habe eigentlich nie verstanden, wie es zwischen ihm und Mathilda zu intimen Beziehungen kam. Er war ein bedauernswerter Mensch. Ich habe immer angenommen, ihr Vater habe sie dazu gezwungen, um dadurch irgendwie sein Erbe zu schützen, aber James sagte, das Ganze sei Mathildas Idee gewesen. Ich glaube das nicht. James hat sie so gehaßt, daß er ihr alles nachgesagt hätte, um sie schlechtzumachen.«

Cooper schüttelte verwirrt den Kopf. Wie ereignislos sein eigenes Leben war im Vergleich zu den Qualen, die diese grauhaarige mütterliche Frau, die so harmlos aussah, durchgemacht hatte. »Warum haben Sie James Gillespie überhaupt in Hongkong besucht, wenn Ihr Mann eine Affäre mit seiner Frau gehabt hatte? Ich kann mir nicht vorstellen, daß da noch eine Freundschaft bestanden hat.«

»Wir haben ihn nicht besucht. Wir hatten keine Ahnung, daß James nach Hongkong gegangen war. Mathilda hat es uns nie erzählt – weshalb hätte sie es auch tun sollen? –, und wir sind nach dieser Affäre zwischen Paul und Mathilda von hier weg nach Southampton gezogen. Ich wurde Lehrerin, und Paul hat für eine Schiffahrtsgesellschaft gearbeitet. Wir hatten das alles hinter uns gelassen. Aber dann mußte Paul geschäftlich nach Hongkong und hat mich mitgenommen.« Sie schüttelte den Kopf bei der Erinnerung. »Und praktisch der erste, der uns über den Weg lief, als wir ankamen, war James Gillespie. Die englische Kolonie war so klein« – sie hob mit einer hilflosen Geste die Hände –, »daß eine Begegnung unvermeidlich war. Hätten wir auch nur die geringste Ahnung gehabt, daß er dort lebte, wären wir niemals dorthin gereist. Das Schicksal kann sehr grausam sein, Sergeant.«

Dem konnte er nicht widersprechen. »Aber warum sind Sie

hierher zurückgekommen, Mrs. Marriott, wenn Sie wußten, daß Mrs. Gillespie hier lebte? Haben Sie damit das Schicksal nicht ein zweitesmal herausgefordert?«

»Doch«, antwortete sie einfach, »aber was hätte ich tun sollen? Paul weiß von alledem nichts, Sergeant, und er stirbt – langsam – an einem Emphysem. Wir hatten unser Haus hier behalten – es war das Haus seiner Eltern, und er hing zu sehr an ihm, um es zu verkaufen, darum haben wir es damals vermietet –, und vor fünf Jahren, als er aus gesundheitlichen Gründen in den Ruhestand ging, bat er mich, mit ihm hierher zurückzukehren.« Wieder wurden ihre Augen feucht. »Er sagte, wegen Mathilda brauchte ich mir keine Sorgen zu machen, das einzige, was er je für sie empfunden habe, sei Mitleid gewesen. Geliebt habe er immer nur mich. Wie konnte ich ihm da sagen, was tatsächlich geschehen war? Ich glaubte ja immer noch, sein Kind wäre tot.« Sie drückte sich das Taschentuch an die Augen. »Erst als ich zu Mathilda ins *Cedar House* ging und sie nach James fragte, sagte sie mir, daß sie das Kind damals zur Adoption freigegeben habe.« Sie vergrub ihr Gesicht in den Händen. »Es war ein Junge, und er lebt heute noch irgendwo in England.«

Cooper verfiel einen Moment in grüblerisches Nachdenken über die traurige Ironie des Schicksals. War es die Vorsehung, Gott oder der Zufall, die manche Frauen fruchtbar machten und andere unfruchtbar? Mit tiefem Widerstreben führte er sie in dem Bewußtsein, wie gering die Chance war, daß das, was sie ihm berichtet hatte, geheim bleiben würde, zu dem Tag zurück, an dem Mathilda gestorben war.

Ich bin schon wieder schwanger, ekelhaft, widerlich. Kaum sechs Monate, nachdem ich den Bastard zur Welt gebracht habe, bin ich schon mit dem nächsten schwanger. Vielleicht wird James, wenn er in seinem Suff tobt wie ein Verrückter, wenigstens ein Gutes bewirken und bei mir eine Fehlgeburt verursachen. Er weint und wütet abwechselnd, schreit mir die wüstesten Beschimpfungen ins Gesicht, als legte er es darauf an, meine »Hurenhaftigkeit« durch das ganze Haus zu trompeten. Und weswegen das alles? Wegen einer flüchtigen, lustlosen Affäre mit Paul Marriott, dessen täppische, zaghafte Fummeleien kaum zu ertragen waren. Aber warum dann, Mathilda?

Weil es Tage gibt, da »tränk' ich wohl heiß Blut und töte Dinge, die der bittre Tag mit Schaudern säh'.« Pauls Tugendhaftigkeit ärgerte mich. Er sprach von der »lieben Jane«, als sei sie ihm wichtig. Die meiste Zeit denke ich an den Tod – den Tod des Kindes, James' Tod, Geralds Tod, Vaters Tod. Es ist nun mal eine so endgültige Lösung. Vater denkt sich alles mögliche aus, um mich in London zu halten. Er hat mir gesagt, Gerald habe geschworen, Grace zu heiraten, wenn ich zurückkehren sollte. Das Schlimmste ist, daß ich ihm glaube. Gerald hat jetzt schreckliche Angst vor mir.

Ich habe einen Privatdetektiv beauftragt, Fotos von James zu machen. Und was für Fotos ich da bekommen habe! »Es sind der Iltis nicht und nicht die witz'ge Stute so ungestüm in ihrer Brunst.«

Und dazu noch in einer öffentlichen Bedürfnisanstalt. Um ehrlich zu sein, ich freue mich darauf, sie ihm zu zeigen. Was ich getan habe, war bloß eine Sünde. Was James tut, ist ein Verbrechen. Von Scheidung wird nicht mehr die Rede sein, das steht fest, und er wird ohne ein Wort der Widerrede nach Hongkong gehen. Ihm liegt so wenig daran wie mir, daß seine sexuellen Aktivitäten bekannt werden.

Wirklich, Mathilda, du mußt lernen, Erpressung zu lohnenderer Wirkung bei Gerald und Vater anzuwenden ...

17

Hughes, der in der vergangenen Nacht kaum geschlafen hatte und von nagenden Zweifeln am Gehorsam der Jugendlichen, die er so gut im Griff gehabt hatte, gequält wurde, war recht kleinlaut, als er in einem der Vernehmungsräume der Polizeidienststelle Freemont Road Chief Inspector Charlie Jones gegenüber Platz nahm. Er war wie Cooper pessimistischer Stimmung. »Sie sind wohl hergekommen, weil Sie mir den Mord an der alten Schachtel anhängen wollen«, sagte er finster. »Ihr seid doch alle gleich.«

»Na ja«, sagte Charlie mit seiner üblichen Trauermiene, »es bessert die Statistik auf. Bei der Polizei wird heute nach geschäftlichen Grundsätzen gearbeitet, junger Mann, und Produktivität ist wichtig.«

»So ein Scheiß.«

»Da sind unsere Kunden anderer Meinung.«

»Welche Kunden?«

»Die gesetzestreuen britischen Bürger, die für unsere Dienste auf dem Weg über die Steuern stattliche Summen bezahlen. Die Geschäftsgrundsätze verlangen, daß wir zunächst unsere Zielgruppe identifizieren, dann ihre Bedürfnisse feststellen und schließlich in angemessener und zufriedenstellender Weise auf sie eingehen. Sie, junger Mann, repräsentieren bereits einen hübschen Gewinn in der Bilanz. Vergewaltigung, Verabredung zur Vergewaltigung, Gewaltanwendung, sexuelle Nötigung, Diebstahl, Verabredung zum Diebstahl, Verabredung zur Rechtsbeugung« – mit einem breiten Lächeln brach er ab –, »womit ich bei dem Mord an Mrs. Gillespie angelangt wäre.«

»Ich hab's ja gewußt«, sagte Hughes wütend. »Ich hab gleich gewußt, daß Sie mir das unterjubeln wollen. Mann o Mann! Ich sag kein Wort mehr, bis mein Anwalt hier ist.«

»Wer hat was davon gesagt, daß Ihnen etwas untergejubelt werden soll?« fragte Charlie Jones. »Das einzige, was ich will, ist ein wenig Kooperation.«

Hughes musterte ihn argwöhnisch. »Und was krieg ich dafür?«

»Nichts.«

»Dann läuft auch nichts.«

Charlie Jones' Augen verengten sich zu schmalen Schlitzen. »Sie hätten mich fragen sollen, junger Mann, was Sie bekommen, wenn Sie nicht mit uns zusammenarbeiten. Ich werd's Ihnen gleich sagen. Sie bekommen mein Wort darauf, daß ich nicht rasten und ruhen werde, bis ich erreicht habe, daß Sie wegen Entführung und Vergewaltigung eines Kindes verurteilt und eingelocht werden.«

»Ich vergreif mich nicht an Kindern«, sagte Hughes höhnisch. »Hab ich noch nie getan. Werd ich auch nie tun. Und eine Vergewaltigung können Sie mir auch nicht anhängen. Ich hab in meinem Leben noch nie ein Mädchen vergewaltigt. Das hatte ich nie nötig. Was die anderen getan haben, ist ihre Sache. Ich hatte keine Ahnung, was da lief.«

»Wenn ein erwachsener Mann mit einem dreizehnjährigen Mädchen schläft, ist das ein Notzuchtverbrechen. Sie ist minderjährig und folglich zu jung, um zu dem, was mit ihr gemacht wird, ihr Einverständnis zu geben.«

»Ich hab nie mit einer Dreizehnjährigen geschlafen.«

»Aber sicher haben Sie das, und ich werde es beweisen. Ich werde jeden Mann unter mir bis zum Umfallen schuften lassen, um nur ein einziges Mädchen aufzustöbern, das noch unberührt war, bevor Sie mit ihm schliefen, und das Ihnen nicht sein wahres Alter genannt hat.« Er lächelte grimmig, als er den ersten Schatten von Zweifel auf Hughes' Gesicht sah. »Eine ist nämlich bestimmt darunter, junger Mann. Es ist immer eine darunter. Das ist so eine Eigenheit der weiblichen Psychologie. Mit dreizehn wollen sie einen glauben machen, daß sie sechzehn sind, und schaffen das auch. Mit vierzig wollen sie einen glauben machen, sie seien dreißig, und bei Gott, auch das schaffen sie. Eines kann man nämlich von den Frauen mit Sicherheit sagen, ihr Aussehen entspricht nie ihrem Alter.«

Hughes kratzte sich nervös am unrasierten Kinn. »Was wollen sie denn von mir?«

»Ich möchte von Ihnen alles hören, was Sie über das *Cedar House* und die Leute wissen, die da ein und aus gehen.«

»Kein Problem. Gar nichts weiß ich. Ich war nie drinnen. Ich hab die Alte nie getroffen.«

»Kommen Sie, Dave, Sie sind doch ein Profi. Sie haben monatelang draußen in Ihrem Lieferwagen rumgesessen und gewartet, während Ruth drinnen für sie geklaut hat. Sie haben uns selbst gesagt, daß Sie den Chauffeur für sie gespielt haben, erinnern Sie sich? In den Ferien haben Sie sie jeden Tag abgeholt, um mit ihr rumzugondeln. Woher hat sie denn gewußt, daß Sie da waren, wenn Sie ihr kein Zeichen geben konnten? Versuchen Sie bloß nicht, mir weiszumachen, daß Sie nicht nahe genug waren, um das Kommen und Gehen in diesem Haus zu beobachten.«

Hughes zuckte die Achseln. »Okay, ich hab ab und zu mal jemanden gesehen, aber wenn ich nicht weiß, wer die Leute waren, was haben Sie dann davon?«

»Haben Sie das Haus auch mal von hinten beobachtet?«

Hughes überlegte. »Kann schon sein«, sagte er dann vorsichtig.

»Von wo aus?«

»Wenn Sie vorhaben, das gegen mich zu verwenden, will ich meinen Anwalt hierhaben.«

»Sie sind hier nicht in der Position, um Forderungen zu stellen«, entgegnete Charlie Jones ungeduldig. »Von wo aus haben Sie das Haus beobachtet? Von draußen oder vom Garten aus?«

»Ich hab den Wagen manchmal in der Wohnanlage nebenan geparkt. Ruth hat gemeint, das sei unauffälliger, weil da lauter Yuppies wohnen. Da fahren die Frauen morgens mit ihren Männern zur Arbeit, und am Tag ist niemand da«, erklärte er entgegenkommend. »Hinter dem Gartenzaun vom *Cedar House* ist ein ziemlich großes Stück unbebautes Land, von da kann man leicht rüberklettern und sich unter den Bäumen verstecken.«

Der Inspector nahm eine Generalstabskarte aus seiner Aktentasche. »Sie meinen *Cedar Estate*?« Er tippte mit dem Zeigefinger auf die Karte.

Hughes schniefte. »Wahrscheinlich. Ruth hat gesagt, der Grund hat mal zum Haus gehört, eh die Alte ihn verkauft hat, weil sie Geld gebraucht hat. Die hätte den Rest auch gleich abstoßen sollen. Was will sie denn mit so einem Riesengarten, wo's genug Leute gibt, die auf der Straße leben müssen? Na ja, das war eine geizige alte Schachtel«, sagte er unvorsichtig. »So ein verdammter Haufen Kohle, und keiner hat was davon zu sehen gekriegt. Stimmt's eigentlich, daß sie alles ihrer Ärztin vermacht hat, oder hat Ruth mir das nur erzählt?«

Charlie sah ihn kalt an. »Das geht Sie nichts an, junger Mann, aber eines kann ich Ihnen sagen: Ruth hat nicht einen Penny bekommen, und daran sind Sie schuld. Ihre Großmutter wollte nichts mehr von ihr wissen, als sie anfing zu stehlen. Wären Sie nicht gewesen, dann hätte sie jetzt das Haus.«

Hughes war ungerührt. »Dann hätt sie eben nicht so schnell die Beine breitmachen sollen.«

Charlie mußte an sich halten, ihn nicht zu schlagen, und blickte wieder auf die Karte hinunter. »Haben Sie mal jemanden durch die Hintertür ins Haus gehen sehen?«

»Die Putzfrau hat ab und zu die Treppe gekehrt. Ich hab die Frau von nebenan gesehen, die in ihrem Garten rumgemacht hat, und ihren Alten, wenn er auf der Terrasse in der Sonne gelegen hat.«

»Ich meine Fremde. Jemanden, den Sie nicht erwartet hätten.«

»*Gesehen* hab ich nie jemanden.«

»Aber gehört vielleicht?«

»Kann schon sein.«

»Wo waren Sie da? Was haben Sie gehört?«

»Ich hab einmal beobachtet, wie die Alte mit ihrem Auto weggefahren ist. Da hab ich mir gedacht, schaust mal durch die Fenster, was es da drinnen alles so gibt.«

»War Ruth bei Ihnen?«

Er schüttelte den Kopf. »Die war in der Schule.«

»Sie wollte wohl nicht mitmachen, da mußten Sie selbst ausbaldowern, was es in dem Haus zu stehlen gab.«

Hughes antwortete nicht.

»Okay, was war an dem Tag?«

»Ich hab gehört, wie die Alte auf dem Weg nach hinten kam, da hab ich mich schnell hinter dem Kohlenschuppen neben der Küchentür versteckt.«

»Weiter.«

»Aber es war gar nicht die Alte. Es war irgendein anderer Kerl, der da rumschnüffelte.«

»Ein Mann?«

»Ja. Ein alter Mann. Erst hat er an die Hintertür geklopft und gewartet, dann hat er aufgesperrt und ist reingegangen.« Hughes schnitt ein Gesicht. »Da bin ich abgehauen.« Er sah den Triumph in Jones' Gesicht. »War's das, was Sie wollten?«

»Möglich. Hatte der Mann den Schlüssel in der Hand?«

»Das habe ich nicht gesehen.«

»Haben Sie noch was gehört?«

»Das Klopfen.«

»Sonst noch was?«

»Ich hab gehört, wie ein Stein weggeschoben wurde, nachdem er angeklopft hatte.«

Der Blumentopf. »Woher wissen Sie, daß es ein Mann war, wenn Sie nichts gesehen haben?«

»Weil er gerufen hat. ›Jenny, Ruth, Mathilda, ist einer da?‹ War eindeutig ein Mann.«

»Beschreiben Sie seine Stimme.«

»Vornehm.» «

»Alt? Jung? Kräftig? Schwach? Hat er gesprochen als wäre er betrunken? Oder nüchtern? Na los, geben sie sich ein bißchen

Mühe, junger Mann. Was für einen Eindruck hatten Sie von ihm?«

»Hab ich Ihnen doch schon gesagt. Ich glaub, er war alt. Drum hab ich ja gedacht, *sie* käme zurück. Er hatte ein Tempo drauf wie eine Schnecke, und beim Reden hat er gekeucht, als hätte er's auf der Lunge. Oder als wär er total außer Form.« Er überlegte einen Moment. »Kann aber auch sein, daß er blau war«, fügte er hinzu. »Er kriegte die Worte kaum raus.«

»Sind Sie danach nach vorn gegangen?«

Hughes schüttelte den Kopf. »Ich bin über den Zaun gesprungen und zum Wagen zurückgelaufen.«

»Sie wissen also nicht, ob er mit dem Auto gekommen war?«

»Nein.« Ein schwer zu deutender Ausdruck – *Unschlüssigkeit?* – flog über sein Gesicht.

»Na!« hakte Jones nach.

»Beschwören kann ich's nicht.«

»Was denn?«

»Ich mein, als ich da hinterm Haus war, hab ich natürlich gehorcht, weil ich nicht überrascht werden wollte. Der Kerl hat mir einen ganz schönen Schrecken eingejagt, als ich ihn plötzlich kommen hörte. Drum glaub ich, ich hätt's gehört, wenn er mit dem Auto gekommen wäre. Der Kies vorn in der Auffahrt macht ja einen Höllenlärm.«

»Und wann war das alles?«

»Mitte September ungefähr.«

»Okay. Sonst noch was?«

»Ja.« Er betastete vorsichtig seine Schulter, die von Jacks Wagentür einen gewaltigen Schlag abbekommen hatte. »Wenn Sie wissen wollen, wer die alte Schachtel umgebracht hat, dann sollten Sie mal mit dem Mistkerl reden, der mir gestern abend den Arm ausgerenkt hat. Ich hab ihn sofort erkannt, wie ich sein Gesicht im Licht gesehen hab. Der ist dauernd um sie rumgeschlichen. Er ist in dem Haus ein und aus gegangen, als ob's ihm gehört, aber er hat immer drauf geachtet, daß Ruth nicht da war, wenn er gekommen ist. Ich hab ihn zwei- oder dreimal oben bei der Kirche gesehen, wo er gewartet hat, bis die Luft rein war. Für den sollten Sie sich mal interessieren, wenn's stimmt, was Ruth mir gesagt hat, daß bei der Alten die Pulsadern mit einem Stanley-Messer aufgeschnitten waren.«

Charlie Jones runzelte die Stirn. »Warum sagen Sie das?«

»Wie er gewartet hat, hat er einen von den Grabsteinen saubergemacht. Er hat den Dreck aus den Wörtern gekratzt, die draufgeschrieben waren. Jedesmal, wenn ich ihn gesehen hab. Der Stein hat es ihm echt angetan.« Er machte ein selbstzufriedenes Gesicht. »Und er hat mit einem Stanley-Messer dran rumgekratzt. Ich bin dann mal hingegangen und hab die Inschrift gelesen... ›Verdient ich Verachtung gar so tief, vom Schöpfer, der mich ins Leben rief? Du hast mich gemacht, gabst mir von dir, drum stirbt ein Teil von dir mit mir.‹ War irgendein Kerl namens Fitzgibbon, der 1833 krepiert ist. Ich hab mir gedacht, daß ich den Spruch selber nehme, wenn's mal soweit ist. Der trifft doch den Nagel irgendwie auf den Kopf, finden Sie nicht?«

»Da werden Sie leider Pech haben. Heutzutage werden Grabinschriften zensiert. Die Kirche nimmt sich heutzutage, wo die Gemeinden immer kleiner werden, sehr ernst.« Er stand auf. »Schade eigentlich. Humor hat noch niemandem geschadet.«

»Also, jetzt interessiert der Kerl Sie wohl, was?«

»Er hat mich immer interessiert.« Charlie Jones lächelte düster. »Mrs. Gillespies Tod war sehr kunstvoll inszeniert.«

Cooper fand den Inspector im *Dog and Bottle* in Learmouth bei einem Glas Bier und einem Käse-Zwiebel-Sandwich. Seufzend ließ er sich auf den Stuhl neben ihm fallen.

»Na, machen die Füße wieder Beschwerden?« fragte Charlie Jones teilnahmsvoll mit vollem Mund.

»Es würde mir ja gar nicht so viel ausmachen«, brummte Cooper »wenn ich innerlich im gleichen Tempo altern würde wie äußerlich. Wenn ich mich wie sechsundfünfzig fühlen würde,

würde es mich wahrscheinlich gar nicht stören.« Er rieb sich die Waden, um den Kreislauf anzuregen. »Ich hab meiner Frau versprochen, daß wir wieder zu tanzen anfangen, wenn ich pensioniert bin, aber wenn das so weitergeht, werden wir mit Krücken rumhüpfen.«

Jones grinste. »Es stimmt also nicht, was immer gesagt wird: Man ist so alt wie man sich fühlt?«

»Überhaupt nicht. Man ist so alt wie sein Körper. Ich fühl mich bestimmt immer noch wie achtzehn, wenn ich als Neunzigjähriger im Lehnstuhl hänge, und ich werd auch dann nicht für England Fußball spielen können. Mein sehnlichster Wunsch war immer, ein zweiter Stanley Matthews zu werden«, sagte er wehmütig. »Mein Vater hat mich 1953 zu meinem sechzehnten Geburtstag zum Endspiel um die Meisterschaft mitgenommen, wo er mit Blackpool gewonnen hat. Der machte mit dem Ball, was er wollte. Ich hab's nie vergessen.«

»Ich wollte immer Tom Kelly sein«, sagte Charlie Jones.

»Wer ist denn das?«

Jones lachte und wischte sich die Finger an seiner Serviette ab. »Der Fotograf, der Marilyn Monroe zu Aktfotos überredet hat. Stellen Sie sich das mal vor! Marilyn Monroe vollkommen nackt und Sie hinter der Kamera. Das wär was gewesen!«

»Wir haben eben den falschen Beruf, Charlie. Da gibt's nichts zu schwärmen.«

»Mrs. Marriott hat also Ihre Stimmung auch nicht gebessert?«

»Nein.« Er seufzte wieder. »Ich hab ihr versprochen, wir würden von dem, was sie mir erzählt hat, keinen Gebrauch machen, wenn es nicht unbedingt sein muß, aber so, wie es im Augenblick aussieht, wird es sich wohl nicht vermeiden lassen. Wenn das für den Fall keine Bedeutung hat, bin ich der Kaiser von China. Erstens, Joanna Lascelles war nicht Mrs. Gillespies einziges Kind. Dreizehn oder vierzehn Monate später hat sie nämlich von Mrs. Marriotts Ehemann noch eins bekommen.« Er klärte Charlie kurz über die Zusammenhänge auf. »Mrs. Marriott glaubte, Mrs. Gillespie hätte das Kind gleich nach der Geburt getötet, aber am Morgen des sechsten November hat Mrs. Gillespie ihr gesagt, das Kind sei ein Junge gewesen, und sie habe es gleich nach der Geburt zur Adoption freigegeben.«

Charlie beugte sich gespannt vor. »Weiß sie, was aus dem Kind geworden ist?«

Cooper schüttelte den Kopf. »Die beiden hatten anscheinend einen Riesenkrach, und Mrs. Gillespie hat ihr diese kleine Information nachgeschrien, als sie die Tür hinter ihr zuschlug. Mrs. Marriott meint, Mathilda Gillespie habe sie verletzen wollen, es sei deshalb gut möglich, daß es gar nicht wahr sei.«

»Okay. Weiter.«

»Zweitens – und das ist ein echter Hammer – hat Mrs. Marriott aus der Praxis ihres Vaters Schlaftabletten gestohlen, mit denen, wie sie sagt, Mathilda Gillespie Gerald Cavendish ermordet hat.« Er wiederholte im einzelnen, was Jane ihm erzählt hatte, und schüttelte jedesmal den Kopf, wenn er auf James Gillespie zu sprechen kam. »Das ist wirklich ein übler Bursche, der, soweit ich beurteilen kann, jeden erpreßt. Die arme Frau hat Todesangst, er könnte publik machen, was er weiß.«

»Geschieht ihr ganz recht«, sagte Charlie hartherzig. »Was sind das doch alles für korrupte Leute, und da behauptet man immer, das Land ginge erst in letzter Zeit in die Binsen. Sie war also am Morgen des Mordtags bei Mrs. Gillespie. Was hat Mrs. Gillespie ihr denn sonst noch erzählt?«

»Des Mordtags?« wiederholte Cooper mit einem Anflug von Ironie. »Sollten Sie sich nun doch meiner Meinung angeschlossen haben?«

»Machen Sie weiter, Sie alter Schurke«, sagte Jones ungeduldig. »Ich sitze hier wie auf Kohlen.«

»Anfangs war Mrs. Gillespie anscheinend sehr kühl und beherrscht. Sie erklärte Mrs. Marriott, sie habe über die Sache keine Kontrolle mehr und sie sei nicht bereit, James Gillespies Forderungen zu erfüllen. Es sei ihr inzwischen völlig gleichgültig, was die

Leute von ihr dächten oder sagten. Es habe nie auch nur den geringsten Zweifel an Gerald Cavendishs Selbstmord gegeben, und wenn Mrs. Marriott jetzt bekennen wolle, daß sie ihrem Vater Schlafmittel gestohlen habe, so sei das ihre Sache. Sie jedenfalls – Mrs. Gillespie, meine ich – würde bestreiten, irgend etwas darüber zu wissen.« Er klappte sein Heft auf. »›Ich bin ein Mensch, an dem man mehr gesündigt, als er sündigte‹, hat sie gesagt und Mrs. Marriott erklärt, was das Kind anginge, so würde erst mal alles noch viel schlimmer werden. Sie sagte Mrs. Marriott, es sei töricht von ihr gewesen, ihrem Mann nie etwas von dem Kind zu sagen. Danach kam es zu einer heftigen Auseinandersetzung, bei der Mrs. Marriott Mrs. Gillespie beschuldigte, das Leben aller Menschen zerstört zu haben, mit denen sie je in Berührung gekommen sei. Daraufhin habe Mrs. Gillespie ihr mit den Worten die Tür gewiesen: ›James hat meine privaten Aufzeichnungen gelesen und weiß, wo das Kind ist. Es ist völlig sinnlos, die Geschichte noch länger zu verschweigen.‹ Dann sagte sie Mrs. Marriott noch, daß es ein Junge gewesen sei und sie das Kind zur Adoption freigegeben habe.« Er klappte sein Heft wieder zu. »Ich wette, die ›privaten Aufzeichnungen‹ waren die Tagebücher, und als sie sagte, was das Kind anginge würde alles noch schlimmer werden, meinte sie wohl, daß sie sich entschlossen hatte, ihr uneheliches Kind anzuerkennen und James Gillespie einen Strich durch seine Rechnung zu machen.« Er rieb sich müde das Kinn. »Leider hilft uns das auch nicht viel weiter. Wir waren ja vorher schon zu dem Schluß gekommen, daß die Person, die die Tagebücher gelesen hat, sie auch gestohlen und Mrs. Gillespie getötet hat. Ich bin immer noch der Meinung, daß James Gillespie uns nicht auf die Tagebücher aufmerksam gemacht hätte, wenn er der Schuldige ist. Da stimmt psychologisch einfach nicht. Und was für einen Grund hätte er denn gehabt, sie zu töten? Sie war ihm doch lebend, als Zielscheibe seiner Erpressungsversuche, viel nützlicher. Die Geschichte mit dem Kind war bestimmt nicht das einzige Druckmittel, das er gegen sie in der Hand hatte; er wußte auch von dem Mord an ihrem Onkel.«

»Aber den hätte er ihr wahrscheinlich nie nachweisen können, jedenfalls nicht nach so langer Zeit, und Sie stellen mir zu viele Vermutungen an«, sagte Charlie Jones bedächtig. »›Ich bin ein Mensch, an dem man mehr gesündigt, als er sündigte‹«, sprach er nach. »Das ist aus dem *Lear*.«

»Und?«

»König Lear wurde verrückt und irrte mit Blumen und Kränzen geschmückt auf den Feldern von Dover umher, weil seine Töchter ihm sein Königreich und sein Ansehen geraubt hatten.«

Cooper stöhnte. »Ich dachte, Ophelia hätte den Kranz getragen.«

»Sie trug ein ›Laubgewinde‹«, korrigierte Jones pedantisch. »Die Kränze hat Lear getragen.« Er dachte an die Inschrift auf dem Grabstein in Fontwell. »Weiß Gott, Tommy, die Symmetrie ist erstaunlich. Jack Blakeney hat ein Stanley-Messer benützt, um Grabinschriften in Fontwell zu säubern.«

Cooper warf ihm einen argwöhnischen Blick zu. »Wieviel Bier haben Sie schon intus?«

Charlie Jones beugte sich wieder vor und starrte Cooper mit scharfem Blick ins Gesicht. »Ich hab den *König Lear* in der Schule durchgenommen. Ein phantastisches Stück. Da geht's um das Wesen der Liebe, den Mißbrauch von Macht und die Schwachheit der Menschen.«

»Genau wie im *Hamlet*«, sagte Cooper sauer. »Und im *Othello* auch.«

»Natürlich. Lauter Tragödien, die unweigerlich mit dem Tod enden mußten. König Lears Fehler war es, daß er das Wesen der Liebe verkannte. Er gab Worten mehr Gewicht als Taten und vergab sein Königreich an die beiden Töchter, Goneril und Regan, von denen er glaubte, sie liebten ihn, die ihn aber in Wirklichkeit verachteten. Er war ein müder alter Mann, der die Last der Staatsgeschäfte ablegen wollte, um den Rest seines Lebens in Frieden und Beschaulichkeit zu verbringen. Aber er war auch über die Maßen arrogant und achtete keine andere Meinung als seine eigene. Mit seiner irrigen Überzeugung, er wüßte, was Liebe ist, legte er die Saat zur Vernichtung seiner Familie.« Charlie Jones lachte. »Nicht schlecht, was? Praktisch Wort für Wort aus einem Aufsatz, den ich in der sechsten Klasse geschrieben habe. Und damals hab ich das Stück gehaßt wie die Pest. Ich hab dreißig Jahre gebraucht, um es schätzen zu lernen.«

»Auf den *König Lear* bin ich vor ein paar Tagen schon gekommen«, bemerkte Cooper, »aber ich seh die Verbindung immer noch nicht. Wenn sie ihr Vermögen zwischen Mrs. Lascelles und Miss Lascelles geteilt hätte, wäre eine Parallele dagewesen.«

»Sie übersehen den entscheidenden Punkt, Tommy. *König Lear* war das tragischste aller Stücke von Shakespeare, und Mrs. Gillespie hat ihren Shakespeare gekannt. Für sie war doch alles, was er geschrieben hatte, das Evangelium. Sie haben vergessen, daß es noch eine dritte Tochter gab, die mit leeren Händen fortgeschickt wurde.« Er sprang auf. »Ich möchte Jack Blakeney in einer halben Stunde auf der Dienststelle haben. Seien Sie nett und holen Sie ihn. Sagen Sie ihm, Ihr Chef möchte sich mit ihm über Mrs. Gillespies unehelichen Sohn unterhalten.«

Beide wußten nicht, daß Jack Blakeney bereits eine halbe Stunde vorher verhaftet worden war, nach einem Anruf der Orloffs bei der Polizei und Joanna Lascelles' hysterischen Beteuerungen, daß er nicht nur versucht habe, sie zu töten, sondern auch zugegeben habe, ihre Mutter getötet zu haben.

Der Inspector erfuhr davon, als er vom Mittagessen zurückkam. Cooper wurde über Funk informiert und angewiesen, auf der Stelle zum Revier zurückzukehren. Er nahm sich jedoch eine Auszeit, fuhr auf einen verlassenen Feldweg und blieb dort fünf Minuten lang in tiefer Depression sitzen. Seine Hände zitterten so stark, daß er gar nicht hätte fahren können. Mit der schrecklichen Gewißheit der Niederlage erkannte er, daß seine Zeit um war. Er hatte verloren, was auch immer ihn zu einem guten Polizeibeamten gemacht hatte. Oh, er hatte immer gewußt, was seine Vorgesetzten über ihn sagten, aber er hatte auch gewußt, daß sie sich täuschten. Seine Stärke lag in seiner Fähigkeit, die Menschen, mit denen er zu tun hatte, richtig zu beurteilen, und ganz gleich, was andere dagegen sagten, er hatte im allgemeinen recht. Niemals jedoch hatte er sich von seinen Sympathien für einen Straftäter und seine Angehörigen daran hindern lassen, seine Pflicht zu tun. Und niemals hatte er sich von seiner harten Arbeit sein menschliches Verständnis rauben lassen oder die Toleranz, die seiner ganz privaten Meinung nach das einzige war, was den Menschen über das Tier erhob.

Tief bedrückt ließ er den Motor an und machte sich auf den Weg nach Learmouth. Er hatte beide Blakeneys falsch eingeschätzt. Und, was schlimmer war, er konnte Charlie Jones' Höhenflügen in bezug auf *König Lear* so wenig folgen, wie er die erstaunliche Symmetrie erkennen konnte, die sich angeblich hinter Grabinschriften und Stanley-Messern verbarg. Hatte nicht Mr. Spede ihm gesagt, daß das Stanley-Messer, das im Bad gelegen hatte, aus der Küchenschublade stammte? Den Blumenkranz meinte er zu verstehen. Wer auch immer Mrs. Gillespie mit Nesseln und Maßliebchen geschmückt hatte, hatte die symbolische Verbindung zwischen ihr und König Lear im Auge gehabt. Wieso aber hatten sie sich dann von Ophelia in die Irre führen lassen?

Laubgewinde, erinnerte er sich, und erinnerte sich auch, daß Dr. Blakeney sie im Badezimmer darauf aufmerksam gemacht hatte.

Eine tiefe Niedergeschlagenheit drückte ihm fast das Herz ab. Armer Tommy Cooper. Er war eben doch nichts weiter als ein alberner alter Mann, der sich Phantasien über eine Frau hingab, die jung genug war, seine Tochter zu sein.

Eine Stunde später setzte sich Charlie Jones Jack Blakeney gegenüber, schaltete das Aufnahmegerät ein und gab Datum, Uhrzeit und die Namen der Anwesenden an. Er rieb sich die Hände, als machte er sich zum Kampf bereit. »Also, Mr. Blakeney, ich habe mich schon auf dieses Gespräch gefreut.« Er warf einen strahlenden Blick zu Cooper hinüber, der an der Wand saß und zu Boden blickte »Der Sergeant hat mir mit allem, was er mir über Sie erzählt hat, so richtig den Mund wäßrig gemacht, ganz zu schweigen von den Berichten über Ihr Scharmützel mit der Polizei in Bournemouth und diese letzte kleine Eskapade im *Cedar House*.«

Jack faltete seine Hände hinter seinem Kopf und lächelte mit blitzenden Zähnen. »Dann kann ich nur hoffen, daß Sie keine Enttäuschung erleben werden, Inspector.«

»Ganz sicher nicht.« Er legte die Fingerspitzen seiner geschlossenen Hände aneinander, so daß sie auf dem Tisch vor ihm ein kleines Spitzdach bildeten. »Wir wollen die Geschichte mit Mrs. Lascelles und den Zwischenfall in Bournemouth zunächst einmal beiseite lassen. Ich interessiere mich nämlich mehr für Ihre Beziehung zu Mrs. Gillespie.« Er wirkte sehr selbstgefällig. »Ich habe die Bedeutung des Blumenschmucks, den sie in der Badewanne trug, entschlüsselt. Nicht Ophelia, sondern König Lear. Ich habe es eben nachgeschlagen. Vierter Akt, vierter Auftritt, wo Cordelia von ihm sagt ›bekränzt mit wilden Erdrauch, Windenranken, mit Kletten, Schierling, Nesseln, Kuckucksblumen‹. Und dann im sechsten Auftritt eine Regieanweisung. ›Lear tritt auf, phantastisch mit Blumen und Kränzen geschmückt‹. Nun, habe ich recht, Mr. Blakeney?«

»Kann sein, ich fand Ophelia auch unwahrscheinlich. Ich habe gleich auf Lear getippt, als Sarah mir das Bild beschrieben hat.«

»Und Lear ergibt eindeutig mehr Sinn.«

Jack zog auf irritierende Weise eine Augenbraue hoch. »Tatsächlich?«

»O ja.« Wieder rieb er sich die Hände, diesmal vor froher Erwartung. »Wenn ich mich recht erinnere, ist die Handlung folgende: Lear hatte zwei böse Töchter, Goneril und Regan, und eine ihn liebende Tochter, Cordelia. Cordelia verstieß er, weil sie sich weigerte, ihm mit leeren Worten zu schmeicheln; Gordelia und Regan belohnte er, weil sie ihm Liebe vortäuschten, um einen

Anteil seines Reichtums zu bekommen. Setzen Sie nun für Goneril und Regan Joanna und Ruth Lascelles ein; für Cordelia den Sohn, den Mrs. Gillespie damals zur Adoption freigab, den sie also verstieß und der auch nie einen Penny von ihr erhielt.« Er sah Jack direkt in die Augen. »Im Stück kehrte Cordelia zurück, um ihren Vater vor den Grausamkeiten ihrer Schwestern zu retten, und ich glaube, genauso hat es sich im wirklichen Leben abgespielt, wenn auch natürlich nur rein bildlich gesprochen. Weder Joanna noch Ruth waren grausam zu Mrs. Gillespie, sie waren ihr lediglich eine schreckliche Enttäuschung.« Er klopfte seine beiden Zeigefinger gegeneinander. »Cordelia, der uneheliche Sohn, den Mathilda längst aufgegeben hatte, kehrt auf wunderbare Weise zurück, um ihr vor Augen zu führen, daß es auch für sie noch Liebe gibt, daß sie nicht so verbittert ist, wie sie glaubte, und daß sie wenigstens einen Menschen hervorgebracht hat, der Eigenschaften hat, auf die man stolz sein kann. Wie finden Sie das, Mr. Blakeney?«

»Phantasievoll.«

Charlie Jones lachte leise. »Die einzige Frage ist, wer ist Cordelia?«

Jack antwortete nicht.

»Und kam er hierher, weil er auf der Suche nach seiner Muter war, oder verschlug ihn der Zufall hierher. Wer hat wohl wen erkannt?«

Wieder blieb Jack stumm, und Charlie Jones zog unwirsch die Brauen zusammen. »Sie müssen meine Frage nicht beantworten, Mr. Blakeney, aber Sie sollten besser nicht vergessen, daß ich hier Ermittlungen über einen Mord und einen Mordversuch anstelle. Schweigen wird Ihnen nicht helfen.«

Jack zuckte die Achseln, allem Anschein nach völlig ungerührt von den Drohungen. »Selbst wenn etwas an Ihren Spekulationen dran sein sollte, was hat das mit Mathilda Gillespies Tod zu tun?«

»Dave Hughes hat mir heute was Interessantes erzählt. Er hat Sie gesehen, wie Sie einen Grabstein im Friedhof von Fontwell säuberten. Er behauptet, Sie seien von der Inschrift offensichtlich so fasziniert gewesen, daß er hinterher selbst hinging und sie nachlas. Wissen Sie noch, wie die Inschrift lautete?«

»›George Fitzgibbon, 1789 – 1833. Verdient ich Verachtung gar so tief, vom Schöpfer, der mich ins Leben rief? Du hast mich gemacht, gabst mir von dir, drum stirbt ein Teil von dir mit mir.‹ Ich habe in den Gemeindebüchern nachgeschlagen. Er starb an Syphilis, weil er ein loses Leben geführt hatte. Maria, seine unglückliche Frau, starb vier Jahre später an der gleichen Krankheit und wurde neben George begraben, aber sie bekam keinen Grabstein, weil ihre Kinder sich weigerten, dafür zu bezahlen. Statt dessen hab ich in den Büchern einen Nachruf gefunden, und der ist noch besser. ›George war lüstern, böse und gemein, gab mir die Pest, der Teufel hol das Schwein.‹ Kurz und sachlich. Dagegen war der von George die reine Heuchelei.«

»Kommt ganz darauf an, wen George als seinen Schöpfer betrachtet hat«, sagte Charlie Jones. »Vielleicht war es seine Mutter, die er mit sich in die Hölle nehmen wollte.«

»Wer hat Ihnen erzählt, daß Mathilda einen unehelichen Sohn hatte?« entgegnete Jack. »Ich hoffe, Ihre Quelle war zuverlässig, sonst ist Ihre ganze schöne Konstruktion auf Sand gebaut.«

Jones fing Coopers Blick auf, ignorierte jedoch das warnende Stirnrunzeln. Wie Cooper gesagt hatte, bestand kaum eine Möglichkeit, Jane Marriotts vertrauliche Informationen geheimzuhalten. »Wir wissen es von Mrs. Jane Marriott, deren Ehemann der Vater des Jungen war.«

»Ah, eine *sehr* zuverlässige Quelle also.« Er sah den Schimmer der Erregung im Auge des Inspectors und lächelte mit echter Erheiterung. »Mathilda Gillespie war nicht meine Mutter, Inspector. Ich wäre hingerissen gewesen, wenn sie es gewesen wäre. Ich hab die Frau geliebt.«

Charlie Jones zuckte die Achseln. »Dann hat Mrs. Gillespie gelogen, als sie sagte, das Kind sei ein Sohn gewesen. Dann ist eben Ihre Frau Cordelia. Einer von Ihnen beiden muß es sein, sonst hätte sie nicht dieses Testament gemacht. Sie wollte Lears Fehler nicht wiederholen und ihr Vermögen den nichtswürdigen Töchtern hinterlassen.«

Jack schien wieder sprechen zu wollen, dann jedoch zuckte er die Achseln. »Ich vermute, Mathilda hat Jane Marriott gesagt, es sei ein Junge, weil sie sie damit ärgern wollte. Sie nannte sie nie bei ihrem Namen, sondern sprach immer nur von dieser ›spießigen Person in der Praxis‹. Es war grausam von ihr, aber Mathilda war eben häufig grausam. Sie war eine zutiefst unglückliche Frau.« Er machte eine Pause, um seine Gedanken zu ordnen.

»Sie erzählte mir von ihrer Affäre mit Paul, nachdem ich ihr Porträt fertig hatte. Sie sagte, in dem Gemälde fehle etwas, die Schuldgefühle nämlich. Sie war gepeinigt von Schuldgefühlen – weil sie das Kind weggegeben hatte, weil sie nicht fähig gewesen war, die Situation zu meistern, weil sie Joannas Tränen die Schuld an ihrem Entschluß gab, das Kind wegzugeben, letztlich, vermute ich, weil sie nicht fähig war zu lieben.« Wieder schwieg er einen Moment. »Dann erschien wie aus heiterem Himmel Sarah, und Mathilda erkannte sie.« Er sah die Ungläubigkeit in Charlie Jones' Gesicht. »Nicht sofort und nicht als das Kind, das sie weggegeben hatte. Es ging ganz allmählich, im Lauf der Monate. Es gab so viele Übereinstimmungen. Sarah hatte das richtige Alter, sie hatte am selben Tag Geburtstag wie das weggegebene Kind, ihre Eltern hatten im selben Teil Londons gelebt, in dem Mathilda ihre Wohnung hatte. Vor allem aber glaubte sie bei Sarah Eigenheiten zu entdecken, die auch Joanna auszeichneten. Sie sagte, sie hätten das gleiche Lächeln, die gleiche Art, den Kopf zu neigen, die gleiche Art, einen unverwandt anzusehen, wenn man sprach. Und Sarah nahm Mathilda von Anfang an so, wie sie da war, wie sie das ja mit jedem tut, und zum erstenmal seit Jahren fühlte Mathilda sich gewürdigt. Das alles zusammen ergab natürlich einen berauschenden Cocktail. Mathilda war so überzeugt, ihre verloren geglaubte Tochter wiedergefunden zu haben, daß sie an mich herantrat und mir den Auftrag gab, ihr Porträt zu malen.« Er lächelte mit leichter Ironie. »Ich glaubte, meine Kunst würde endlich anerkannt, aber sie suchte natürlich nur nach einem Vorwand, um von dem einzigen Menschen am Ort, der Sarah intim kannte, mehr über sie zu erfahren.«

»Aber das wußten Sie nicht, während Sie sie malten?«

»Nein. Es wunderte mich allerdings, daß sie sich so eingehend für uns beide interessierte. Sie wollte wissen, was für Menschen unsere Eltern waren, woher sie stammten, ob wir Geschwister hätten, ob ich mich mit meinen Schwiegereltern verstünde. Mit anderen Worten, sie beschränkte ihre Fragen nicht nur auf Sarah. Hätte sie es getan, so hätte ich vielleicht Verdacht geschöpft. So aber war ich wie vor den Kopf geschlagen, als sie mir schließlich sagte, Sarah sei ihr verlorenes Kind.« Er zuckte hilflos die Achseln. »Ich wußte, daß sie es nicht sein konnte, denn Sarah war nicht adoptiert worden.«

»Aber das war doch sicher das erste, wonach Mrs. Gillespie Sie fragte?«

»Direkt nicht, nein. So direkte Fragen hat sie nie gestellt.« Angesichts der Skepsis des Inspectors zuckte er wiederum die Achseln. »Sie vergessen, daß von diesem Kind kein Mensch in Fontwell wußte, außer Jane Marriott, und Mathilda war viel zu stolz, um sich vor dem Dorf die Blöße zu geben. Sie wollte eine private Aussöhnung, keine öffentliche. Am weitesten wagte sie sich vor, als sie mich einmal fragte, ob Sarah zu ihrer Mutter eine gute Beziehung hätte. Ich sagte nein, die beiden hätten nichts gemeinsam. Ich kann mich sogar noch an den Wortlaut meiner Antwort erinnern. Ich sagte: ›Ich hab mich oft gefragt, ob Sarah adoptiert sei, weil sie und ihre Mutter in Wesen und Aussehen so unterschiedlich sind.‹ Ich meinte das mehr als Scherz, aber Mathilda baute Luftschlösser darauf. Ähnlich wie Sie das jetzt tun, Inspector.«

»Aber sie war doch schon überzeugt, ehe Sie mit ihrem Porträt begannen, Mr. Blakeney. Wenn ich mich recht erinnere, hat sie schon im August mit Mr. Duggan über das Testament gesprochen.«

»Es war wie ein Glaube«, sagte Jack. »Anders kann ich es nicht erklären. Sie mußte an dem Kind Wiedergutmachung leisten, das von ihr nichts bekommen hatte, und Sarah mußte dieses Kind sein. Daß die Übereinstimmung von Alter, Geburtstag und einigen äußeren Merkmalen reiner Zufall war, spielte überhaupt keine Rolle. Mathilda war bereits fest davon überzeugt, daß Sarah ihr verlorenes Kind sei, und von mir wollte sie nur noch die Bestätigung.« Er fuhr sich mit den Fingern durch sein Haar. »Wenn ich es gewußt hätte, hätte ich sie aufgeklärt, aber ich hatte keine Ahnung, und so habe ich sie, ohne es zu wollen, nur noch in ihrem Glauben bestärkt.«

»Weiß Ihre Frau etwas von alledem?«

»Nein. Das wollte Mathilda nicht. Ich mußte ihr versprechen, alles für mich zu behalten – sie hatte Angst, daß Sarah sie dann plötzlich nicht mehr mögen würde, sie vielleicht sogar völlig meiden würde – und ich dachte bei mir, Gott sei Dank, auf diese Weise wird keinem weh getan.« Er strich sich mit einer Hand über das Gesicht. »Verstehen Sie, ich wußte nicht, was ich tun sollte, und ich brauchte Zeit, um mir zu überlegen, wie ich Mathilda möglichst schonend die Wahrheit beibringen könnte. Wenn ich ihr gleich ganz rücksichtslos gesagt hätte, daß sie sich täuschte, wäre das so gewesen, als hätte man ihr das Kind von neuem weggenommen.«

»Wann war das alles, Mr. Blakeney?« fragte Charlie.

»Ungefähr zwei Wochen vor ihrem Tod.«

»Warum hat sie sich Ihnen anvertraut, wenn sie es doch unbedingt geheimhalten wollte?«

Jack antwortete nicht sofort. »Das Porträt war schuld«, sagte er schließlich. »Ich nahm es mit zu ihr, um es ihr zu zeigen. Ich hatte noch einiges daran zu arbeiten, aber ich wollte ihre Reaktion sehen, um die auch in das Bild integrieren zu können. Ich habe in der Vergangenheit die erstaunlichsten Reaktionen erlebt: Ärger, Schock, verletzte Eitelkeit, Empörung, Enttäuschung. Ich zeichne sie stets unter meiner Unterschrift auf, damit jeder, der den Code versteht, erkennen kann, was das Modell von meiner Auffassung seiner Persönlichkeit gehalten hat. Es ist eine Art visueller Scherz. Mathildas Reaktion war Erschütterung und Schmerz. Ich habe nie jemanden so aufgewühlt gesehen.«

»Es hat ihr nicht gefallen?« meinte Charlie Jones.

»Im Gegenteil. Sie hat um die Frau geweint, die sie hätte sein können.« Sein Blick umwölkte sich in der Rückschau. »Sie sagte, ich sei der erste Mensch, der ihr je Mitgefühl entgegengebracht habe.«

»Das verstehe ich nicht.«

Jack sah zu Cooper hinüber, der immer noch den Kopf gesenkt hielt. »Aber Tommy versteht es«, sagte er. »Richtig, alter Freund?«

Es blieb einen Moment still, dann hob Cooper den Kopf. »Das Gold im Herzen des Bildes«, murmelte er. »Das war Mathilda Gillespie, wie sie zu Anfang war, eh die Ereignisse sie in ihre Gewalt bekamen und zerstörten.«

Jacks dunkle Augen richteten sich voll Wärme auf ihn. »Verdammt noch mal, Tommy«, sagte er, »wieso bin ich der einzige, der Ihre Qualitäten zu würdigen weiß? Entgeht Ihnen eigentlich gar nichts?«

Als ich Vater sagte, daß ich schwanger bin, wurde er ohnmächtig. Eine beispiellose Demonstration erbärmlicher Feigheit. Gerald hingegen freute sich richtig. »Ist es von mir, Matty?« fragte er. Vielleicht hätte ich pikiert sein sollen, aber ich war es nicht. Ich fand seine Freude an seiner Leistung eher rührend.

Vater ist natürlich ganz für eine Abtreibung, und nicht nur wegen des möglichen Skandals. Er meint, das Kind wird schwachsinnig werden wie Gerald. Ich habe abgelehnt. Nichts wird mich dazu bringen, zu irgendeiner Engelmacherin zu gehen, und mehr hat Vater mir nicht zu bieten. Er sagt, er kenne jemanden in London, der es gegen ein kleines Entgelt machen wird, aber ich traue ihm nicht über den Weg und werde mein Leben ganz bestimmt nicht irgendeiner Pfuscherin mit Stricknadeln und Gin anvertrauen. Im übrigen wird das Kind, wenn es wirklich so schwere Schäden haben sollte, wie Vater befürchtet, sowieso nicht lange am Leben bleiben. Gerald ist uns bestimmt nur deshalb so lange erhalten geblieben, weil seine alberne Mutter sich jahrelang aufopferungsvoll um ihn gekümmert hat.

Aber es gibt immer einen Silberstreif am Horizont. Gerald war nie umgänglicher und gefügiger als jetzt. Das Wissen, daß ich sein Kind erwarte, hat alle Erinnerungen an Grace bei ihm ausgelöscht. Natürlich werde ich jetzt heiraten müssen, um dem Kind einen Namen zu geben, aber James Gillespie ist ja unermüdlich in seinen Annäherungsversuchen und wird mich auf der Stelle heiraten, wenn ich einverstanden bin. Vater behauptet, James sei homosexuell und brauche eine Frau, um sich den Anschein der Ehrbarkeit zu geben, aber da ich aus demselben Grund einen Ehemann brauche, werde ich ihn die paar Monate bis zur Geburt des Kindes sicherlich ertragen können.

Ich habe Vater geraten, gute Miene zum bösen Spiel zu machen, wozu er natürlich überhaupt nicht fähig ist, und mir und James seine Wohnung in London zu überlassen. Wenn das Kind geboren ist, werde ich wieder nach Hause gehen. Vater kann an den seltenen – jetzt sehr seltenen Tagen –, an denen er nüchtern genug ist, um sich im Parlament sehen zu lassen, in seinem Club wohnen. Heute abend hatte er wieder einmal das heulende Elend und sagte, ich sei abartig. Er behauptete, er hätte nie etwas anderes von mir verlangt, als daß ich nett zu Gerald bin und ihn bei Laune halte.

Aber es war Grace, nicht ich, die Gerald mit Sex bekannt gemacht hat, und das weiß Vater auch ganz genau. Und wie hätte ich denn einen sexuell aktiven Schwachsinnigen bei Laune halten sollen? Indem ich mit ihm Bridge spiele? Oder über Plato diskutiere? Lieber Gott, wie ich die Männer verachte! Vielleicht bin ich wirklich abartig …

18

Charlie Jones trommelte ungeduldig mit den Fingern auf den Tisch. »Sie haben dem Sergeant gesagt, Sie seien an dem Abend, an dem Mrs. Gillespie ermordet wurde, bei einer Schauspielerin in Stratford gewesen. Das stimmt aber nicht. Wir haben es überprüft. Miss Bennedict hat uns gesagt« – er warf einen Blick auf ein Blatt Papier, das er vor sich liegen hatte –, »sie hätte Sie zum Teufel geschickt, wenn Sie es gewagt hätten, ihr noch einmal unter die Augen zu kommen.«

»Das ist richtig.« Er lächelte liebenswürdig. »Ihr hat das Porträt, das ich von ihr gemacht habe, nicht gefallen. Seitdem bin ich bei ihr unten durch.«

»Warum haben Sie die Frau dann als Alibi angegeben?«

»Weil ich Sarah bereits gesagt hatte, ich sei bei ihr gewesen, und sie war dabei, als der Sergeant mich fragte.«

Charlie Jones runzelte die Stirn, hakte aber nicht nach. »Wo waren Sie dann, wenn Sie nicht in Stratford waren?«

»In Cheltenham.« Er faltete seine Hände im Nacken und blickte zur Decke hinauf.

»Können Sie das beweisen?«

»Ja.« Er nannte eine Telefonnummer. »Das ist das Haus von Sarahs Eltern. Ihr Vater wird bestätigen, daß ich von Freitagabend sechs Uhr bis Sonntagmittag dort war.« Er richtete seinen Blick träge auf den Inspector. »Er ist Friedensrichter. Sie können also ziemlich sicher sein, daß er Sie nicht belügt.«

»Was haben Sie dort getan?«

»Ich bin auf gut Glück hingefahren, weil ich hoffte, er hätte irgend etwas, das ich Mathilda zeigen könnte, um zu beweisen, daß Sarah nicht ihre Tochter war. Ich wußte, daß ich offen mit ihm sprechen konnte, ohne fürchten zu müssen, daß Sarah davon erfahren würde. Wenn ich ihre Mutter darauf angesprochen hätte, dann hätte die sich sofort ans Telefon gehängt und Sarah alles erzählt. Damit wäre die Katze aus dem Sack gewesen, und Sarah hätte zu wissen verlangt, wozu ich Beweise brauche, daß sie nicht adoptiert ist. Und sie hätte natürlich auch zu wissen verlangt, was ich von ihrem Vater wollte, wenn ich ihr gesagt hätte, daß ich bei ihm war. Darum habe ich ihr einfach erzählt, ich sei bei Sally gewesen.« Er lächelte ironisch. »Es war sicher nicht das Klügste, was ich je getan habe.«

»Und konnte ihr Vater Ihnen einen Beweis geben?« fragte Charlie Jones.

»Nein. Er sagte, ich solle mit ihrer Mutter sprechen. Ich hatte eigentlich vor, am folgenden Wochenende in den sauren Apfel zu beißen und noch einmal nach Cheltenham zu fahren, aber am Montag war Mathilda schon tot, und es spielte keine Rolle mehr.«

»Und Sie haben Ihrer Frau noch immer nichts gesagt?«

»Nein.«

»Warum nicht?«

»Weil ich es Mathilda versprochen habe«, antwortete er ruhig. »Wenn sie gewollt hätte, daß Sarah erfährt, was sie glaubte, hätte sie ihr das auf dem Video selbst gesagt.«

»Was glauben Sie, warum sie es nicht getan hat?«

Jack zuckte die Achseln. »Weil sie eben nicht wollte, daß sie es erfährt, vermute ich. Sie hatte zu viele Geheimnisse, von denen sie fürchtete, sie würden ans Licht kommen, wenn sie sich öffentlich zu Sarah bekannte – und seien wir doch mal ehrlich, sie hatte recht damit. Schauen Sie sich doch an, was Tommy bereits alles ausgegraben hat.«

»Das wäre so oder so alles ans Licht gekommen. Es war doch klar, daß die Leute Fragen stellen würden, sobald sie hörten, daß sie ihr ganzes Vermögen ihrer Ärztin hinterlassen hatte.«

»Aber sie hat bestimmt nicht erwartet, daß die Polizei diese Fragen stellen würde. Sie wußte ja nicht, daß sie ermordet werden würde. Und nach dem, was Sarah mir über das Video erzählt hat,

hat sie sich größte Mühe gegeben, Joanna und Ruth von einer Anfechtung des Testaments abzuschrecken. Sie hat so viele Andeutungen über ihren Lebenswandel eingestreut, daß Sarahs Anwalt sie mühelos niederbügeln könnte, wenn es zu einem Prozeß kommen sollte.« Wieder zuckte er die Achseln. »Die beiden glauben jetzt nur deshalb, sie könnten das Testament erfolgreich anfechten, weil Mathilda ermordet wurde. Dagegen verblaßt doch alles, was sie getan haben.«

Hinter ihm wurde Cooper plötzlich lebendig. »Aber das Video ist voller Lügen, besonders was ihren Onkel und ihren Ehemann angeht. Mrs. Gillespie läßt darin durchblicken, daß sie das Opfer beider war, Mrs. Marriott erzählte aber eine ganz andere Geschichte. Sie beschreibt eine Frau, die skrupellos genug war, um zu Erpressung und Mord zu greifen, wenn es in ihre Pläne paßte. Was ist also wahr?«

Jack drehte sich nach ihm um. »Das weiß ich auch nicht. Beides wahrscheinlich. Sie wäre nicht das erste Opfer, das zurückgeschlagen hat.«

»Was ist mit ihrem Onkel? War der wirklich schwachsinnig? Sie schildert ihn in dem Video als einen gewalttätigen Trinker, der sie vergewaltigt hat, als sie gerade dreizehn Jahre alt war. Mrs. Marriott hingegen behauptet, er sei eher mitleiderregend gewesen. Erklären Sie den Gegensatz.«

»Das kann ich nicht. Mathilda hat mit mir nie darüber gesprochen. Ich weiß nur, daß sie unter ihrer Unfähigkeit zu lieben schwer gelitten hat, und als ich ihr das Porträt zeigte, in dem die Schandmaske als Symbol für diesen tiefen Schmerz steht, brach sie in Tränen aus und sagte, ich sei der erste Mensch, der ihr je Mitgefühl gezeigt habe. Meiner Meinung nach wollte sie damit sagen, daß ich der erste war, der sie je als Opfer gesehen hat, aber vielleicht habe ich mich da getäuscht. Sie müssen sich Ihre eigene Meinung bilden.«

»Das wäre nicht nötig, wenn wir ihre Tagebücher finden könnten«, sagte Cooper.

Jack sagte nichts, und in der Stille des Raums war nur das Surren des Recorders zu hören. Charlie Jones, der mit der zuversichtlichen Erwartung in diese Vernehmung gegangen war, daß Jack Blakeney die kommende Nacht in der Zelle verbringen würde, fühlte sich von derselben Ambivalenz gelähmt, die Cooper diesem Mann gegenüber von Anfang an empfunden hatte.

»Warum haben Sie heute morgen zu Mrs. Lascelles gesagt, Sie hätten ihre Mutter ermordet, obwohl Sie für die fragliche Nacht ein Alibi hatten?« fragte er schließlich, in den Papieren blätternd, die vor ihm lagen.

»Das habe ich nicht gesagt.«

»In diesem Bericht behauptet sie aber das Gegenteil.«

»Ich habe es aber nicht gesagt.«

»Sie behauptet, Sie hätten es gesagt.«

»Sie behauptet das, was sie glaubt. Das ist etwas ganz anderes.«

Jones überlegte einen Moment. Er hatte das unangenehme Gefühl, daß er auf seine nächste Frage eine ähnlich unklare Antwort bekommen würde, stellte sie aber trotzdem. »Warum wollten Sie Mrs. Lascelles ermorden?«

»Das wollte ich nicht.«

»Ich zitiere: ›Jack Blakeney drängte mich an die Wand und würgte mich. Wenn Violet nicht dazwischengekommen wäre, hätte er mich umgebracht.‹ Lügt sie?«

»Nein. Sie erzählt Ihnen das, was sie glaubt.«

»Aber es entspricht nicht der Wahrheit.«

»Nein.«

»Sie wollten sie nicht erdrosseln?«

»Nein.«

»Aus diesem Bericht geht aber hervor, daß sie Würgemale am Hals hatte, als eines unserer Fahrzeuge im *Cedar House* eintraf, Mr. Blakeney. Folglich muß jemand versucht haben, sie zu erwürgen, und sie behauptet, dieser Jemand seien Sie gewesen.« Er hielt inne, um Jack zu einer Erwiderung Gelegenheit zu geben.

Als der nicht reagierte, versuchte er es anders. »Waren Sie heute morgen gegen zehn Uhr dreißig im *Cedar House*?«

»Ja.«

»Haben Sie Mrs. Joanna Lascelles die Hände um den Hals gelegt?«

»Ja.«

»Hatte sie also Grund zu glauben, daß Sie sie erwürgen wollten?«

»Ja.«

»Wollten Sie sie erwürgen?«

»Nein.«

»Dann erklären Sie mir das. Was zum Teufel war der Zweck der Übung?«

»Ich wollte Ihnen und Ihren Leuten demonstrieren, daß Sie wieder einmal auf dem Holzweg waren. Ich weiß, was ich getan habe, war nicht gerade vernünftig, und ich hätte es auch gar nicht getan, wenn mich dieser Trottel von einem Inspector gestern nacht nicht so wütend gemacht hätte.« Seine Augen verengten sich zornig bei der Erinnerung. »Um mich persönlich geht's mir gar nicht, im Gegenteil, ich hoffe, er hängt mir ein Strafverfahren an und beschert mir einen großen Auftritt vor Gericht. Mir geht es um Sarah und mir geht es im Moment ganz besonders um Ruth. Er hat sie beide unmöglich behandelt, und das hat mir nun wirklich gereicht. Joanna ist nicht mehr zu helfen, fürchte ich, ihrer Tochter hingegen schon, und ich möchte, daß das arme Kind endlich aufatmen und diese ganze schreckliche Geschichte hinter sich lassen kann.« Zornig holte er tief Luft. »Darum hab ich mich gestern abend hingesetzt und hab getan, was Sie hätten tun sollen: Ich habe solange überlegt, bis ich raushatte, wer Mathilda getötet hat und warum. Und glauben Sie mir, es war nicht schwierig.«

Charlie glaubte ihm tatsächlich. Es erging ihm wie Cooper, er begann diesen Mann unwiderstehlich zu finden. »Mrs. Lascelles«, sagte er mit Überzeugung. »Sie war immer die erste auf der Liste.«

»Nein, darüber habe ich mir heute morgen Gewißheit verschafft. Ich stimme Ihnen zu, es wäre ihr durchaus zuzutrauen. Sie hat eine Persönlichkeit wie ihre Mutter, und wenn Mathilda morden konnte, um sich zu holen, was sie wollte, dann könnte das Joanna sicher auch. Man wächst nicht in einer völlig gestörten Atmosphäre auf und geht am Ende unbeschadet daraus hervor. Aber Joannas Beziehung zu Mathilda war sehr ambivalent. Ich glaube, daß die beiden einander trotz allem recht gern hatten. Vielleicht basiert diese Zuneigung ganz einfach auf gegenseitigem Verständnis, so wie man den Teufel, den man kennt, akzeptabler findet als den, den man nicht kennt.«

»Gut, meinetwegen«, sagte Charlie Jones geduldig. »Wer hat dann also Mrs. Gillespie getötet?«

»Ich kann es nicht beweisen, das ist Ihre Aufgabe. Ich kann nur Schritt für Schritt die Überlegungen mit Ihnen durchgehen, die ich gestern abend angestellt habe.« Er wartete einen Moment, um seine Gedanken zu ordnen. »Sie haben sich ausschließlich auf Sarah, mich, Joanna und Ruth konzentriert«, sagte er, »und das allein wegen des Testaments. Das war natürlich unter den Umständen durchaus vernünftig – wenn Sie uns aber aus der Gleichung herausnehmen, ändern sich die Wahrscheinlichkeiten. Nehmen wir also an, sie wurde nicht ihres Geldes wegen getötet, und machen wir von da weiter. Okay, ich glaube auch nicht, daß sie in einem Anfall von Wut getötet wurde. Wut ist eine heftige, wilde Emotion, und ihre Ermordung war zu genau geplant, bis ins Detail überlegt. Die ganze Inszenierung war viel zu symbolisch. Es ist schon möglich, daß der Mörder wütend auf sie war, aber er hat nicht aus einem plötzlichen Impuls heraus gehandelt.« Er warf einen Blick auf Jones, der nickte. »Was bleibt uns da noch? Haß? Natürlich gab es eine Menge Leute, die sie nicht mochten, aber wenn bis jetzt keiner daran gedacht hatte, sie zu töten, warum dann plötzlich an diesem Abend? Eifersucht? Er schüttelte den Kopf. »Worauf hätte man bei ihr eifersüchtig sein können? Sie hat ja praktisch ein Einsiedlerleben geführt, und ich kann mir nicht vorstellen, daß Jane Marriott ihre Eifersucht jahrelang verdrängt hat, bis sie sich an diesem Abend plötzlich gewaltsam Bahn brach. Es mag eine Binsenwahrheit sein, aber Mathilda muß ermordet worden sein, weil jemand sie aus dem Weg haben wollte.«

Jones hatte Mühe, nicht sarkastisch zu werden. »Ich denke, dem können wir zustimmen«, sagte er.

Jack starrte ihn einen Moment an. »Ja, aber *warum*? Warum wollte jemand sie aus dem Weg haben? Was hat sie getan oder was wollte sie tun, daß sie deswegen getötet werden mußte? Das ist die Frage, die Sie nie gestellt haben, oder jedenfalls immer nur in direktem Zusammenhang mit dem Testament.«

»Ja, weil es mir nicht so leicht fällt wie Ihnen offenbar, das Testament einfach zu ignorieren.«

»Aber es ist doch nichts weiter als ein Testament. Tausende von Menschen machen jede Woche ein Testament und Tausende von Menschen sterben jede Woche. Die Tatsache, daß Mathildas letztwillige Verfügung ungewöhnlich drastisch war, verliert alle Relevanz, wenn Sie Joanna, Ruth, Sarah und mich von ihrem Tod freisprechen. Niemand sonst wird von ihrer Entscheidung hinsichtlich ihres Vermögens direkt berührt.«

Cooper räusperte sich. »Das ist eine gute Überlegung, Charlie.«

»Na schön«, sagte er. »Warum *wurde* sie dann getötet?«

»Das weiß ich nicht.«

Charlie Jones verdrehte die Augen zum Himmel. »Herr, gib mir Kraft!« stöhnte er.

Cooper lachte leise vor sich hin. »Machen Sie weiter, Jack, ehe der arme Mann einen Schlaganfall bekommt«, sagte er. »Uns allen geht bei diesem Fall allmählich die Geduld aus. Nehmen wir also an, daß das Testament nicht das Motiv war, und daß weder die beiden Lascelles noch Sie und Ihre Frau die Hand im Spiel hatten. Wo stehen wir dann?«

»Dann stehen wir vor der Tatsache, daß Mathilda die Schandmaske aufhatte. Warum? Und warum war sie mit Blumen geschmückt? Das war es doch, was Sie zu der Überzeugung gebracht hat, daß es kein Selbstmord gewesen sein kann, richtig?«

Cooper nickte.

»Dann kann die logische Folgerung nur sein, daß der Mörder nie einen Selbstmord vortäuschen wollte. Ich meine, wir sprechen doch hier nicht von einem Dummkopf; wir sprechen vielmehr von Finesse und sorgfältiger Planung. Ich vermute, jemand wußte, daß Mathilda Sarah für ihre Tochter hielt; daß sowohl Mathilda und Joanna in ihrer Kindheit mit der Schandmaske zur Räson gebracht wurden; daß Joanna Floristin ist; und daß Mathilda Sarah manchmal ihre ›kleine Schandmaske‹ nannte. Und darum hat man Mathilda das furchtbare Ding aufgesetzt und die Parallelen zu *König Lear* geschaffen. Wenn man dann noch bedenkt, daß Ruth an dem fraglichen Tag im Haus war, kann man doch nur zu dem Schluß gelangen, daß es das Ziel des Mörders gewesen sein muß, die Aufmerksamkeit der Polizei auf Sarah, Joanna und Ruth zu lenken – mit anderen Worten, Lears drei Töchter. Und genauso ist es gekommen, auch wenn erst das Testament Ihre Überlegungen in diese Bahnen gelenkt hat, da Sie ja beim Anblick der Leiche zunächst an Ophelia dachten. Sie dürfen nicht vergessen, daß Mathilda keinem Menschen etwas von ihrem Testament gesagt hat. Alle glaubten, Joanna und Ruth würden das Vermögen unter sich aufteilen. Die Möglichkeit, daß Sarah als lang verlorene Tochter auftreten und Ansprüche erheben würde, stand zur Zeit von Mathildas Ermordung noch in den Sternen; als es dann tatsächlich geschah, war das für den Mörder eine Art Bonus.«

Charlie Jones runzelte die Stirn. »Ich verstehe immer noch nicht. Hätten wir eine von ihnen verhaften sollen? Und welche? Ich meine, sollte Ihre Frau durch die Schandmaske belastet werden oder Joanna durch die Blumen, oder Ruth, weil sie im Haus gewesen war?«

Jack zuckte die Achseln. »Ich würde sagen, genau das ist der springende Punkt. Es spielt keine Rolle, solange diese drei Ihre ganze Aufmerksamkeit fesseln.«

»Aber warum denn nur?»« rief Charlie Jones aufgebracht.

Jack blickte hilflos von ihm zu Cooper. »Für mich gibt es da nur einen Grund, aber vielleicht bin ich total auf dem falschen Dampfer. Verdammt noch mal!« rief er heftig. »Ich bin kein Experte.«

»Verwirrung«, sagte Cooper beherzt, ein Mann, auf den man sich immer verlassen konnte. »Der Mörder wollte Mrs. Gillespie aus dem Weg haben und Verwirrung stiften. Und warum wollte er Verwirrung stiften? Weil er wußte, daß die Dinge nicht ihren normalen Verlauf nehmen konnten, solange das Durcheinander um Mrs. Gillespies Tod ungeklärt war.«

Jack nickte. »Klingt logisch.«

Diesmal war es Charlie Jones, der Coopers Höhenflügen nicht folgen konnte. »Von was für einem normalen Verlauf sprechen Sie?«

»Von dem normalen Verlauf, den die Dinge nach einem Todesfall nehmen«, antwortete er gewichtig. »Mit anderen Worten, von der Erbauseinandersetzung. Da wollte jemand Sand ins Getriebe bringen, um die Nachlaßregelung zu verzögern.« Er überlegte einen Moment. »Nehmen wir an, sie hatte irgend etwas vor, das jemandem nicht behagte; also hinderte er sie daran, es durchzuführen. Nehmen wir weiter an, daß das, was sie vorhatte, von den Erben unverzüglich hätte weiterverfolgt werden können. Was bleibt einem da anderes übrig, als sich etwas einfallen zu lassen, um auch das zu verhindern. Man sorgt dafür, daß die voraussichtlichen Erben in Mordverdacht geraten, bringt damit den ganzen Prozeß zum Stillstand. Na, wie klingt das?«

»Kompliziert«, sagte Charlie Jones bissig.

»Aber zunächst einmal ging es darum, Mathilda zu stoppen«, sagte Jack. »Der Rest war ein phantasievolles Experiment, von dem nicht klar war, ob es klappen würde oder nicht. Ein spekulatives Unternehmen, das mit etwas Glück das gewünschte Resultat liefern würde.«

»Aber damit stehen wir doch wieder am Ausgangspunkt«, sagte Cooper bedächtig. »Der Mörder hat sie gut gekannt, und wenn wir von den vier absehen, die sie am besten kannten, bleiben uns« – er drückte in tiefer Konzentration die Finger auf seine Augen –

»Mr. und Mrs. Spede, Mr. und Mrs. Marriott und James Gillespie.«

»Da hätte ich Ihnen aber mehr zugetraut, Cooper«, rief Jack ungeduldig. »Die einfältigen Spedes wären nie im Leben auf die Idee mit der Lear-Symbolik gekommen; Paul und Jane Marriott haben Mathilda Gillespie jahrelang gemieden wie die Pest, sie hätten sich also bestimmt nicht im Haus ausgekannt und schon gar nicht gewußt, wo sie das Stanley-Messer aufbewahrte; und James Gillespie scheint mir, nach dem, was Duggan zu Sarah gesagt hat, nicht im geringsten erpicht darauf, die Nachlaßregelung zu verzögern, im Gegenteil, er versucht, sie voranzutreiben, um Ansprüche auf seine Uhren geltend machen zu können.«

»Aber es gibt doch sonst niemanden.«

»Doch, und ich habe es erst heute morgen bewiesen.« Er schlug mit der Faust auf den Tisch. »Die Tatsache, daß Ruth in die Geschichte hineingezogen wurde, hätte Sie aufmerksam machen müssen. Jemand wußte, daß sie am Mordtag im Haus war und daher in Verdacht gebracht werden konnte. Sie laufen ständig im Kreis herum, seit Sie davon wissen, aber Sarah hat mir erzählt, daß Sie von Ruths Anwesenheit im Haus erst durch einen anonymen Brief erfahren haben. Also, wer hat den Brief geschrieben?« Wieder schlug er auf den Tisch, als er Coopers verständnisloses Gesicht sah. »Wer hat heute morgen Joanna retten wollen?«

Violet Orloff öffnete die Tür ihres Hauses und starrte auf das in Klarsichtfolie eingehüllte Blatt Papier, das Sergeant Cooper ihr unter die Nase hielt. Er drehte es herum und las den Text laut vor. »›Ruth Lascelles war an dem Tag, an dem Mrs. Gillespie gestorben ist, im *Cedar House*. Sie hat ein Paar Ohrringe gestohlen. Joanna weiß davon. Joanna Lascelles ist in London Prostituierte. Fragen Sie sie, wofür sie ihr Geld ausgibt. Fragen Sie sie, warum sie ihre Tochter umbringen wollte. Fragen Sie sie, warum Mrs. Gillespie sie für verrückt gehalten hat.‹ Gehe ich recht in der Annahme, daß Sie das geschrieben haben, Mrs. Orloff?« fragte er freundlich.

»Duncan hat es geschrieben, aber wir wollten nur *helfen*«, erklärte sie hastig, während sie von ihm zu Charlie Jones blickte, der hochgewachsen hinter ihm stand, den Kragen seiner dicken Lammfelljacke hochgeschlagen bis zum traurig dreinblickenden Gesicht. Nichts Feindseliges ging von den beiden Männern aus, und das machte ihr Mut. »Ich weiß, wir hätten wahrscheinlich persönlich bei Ihnen vorbeikommen sollen, aber das ist so *schwierig*.« Mit einer vagen Geste wies sie zum anderen Teil des Hauses. »Wir sind doch schließlich Nachbarn, und Duncan haßt jede Unannehmlichkeit.« Sie lächelte zaghaft. »Aber wenn ein Mord geschehen ist – ich meine, man kann ja nicht erwarten, daß die Polizei ihn aufklärt, wenn die Leute, die etwas wissen, es nicht sagen. Irgendwie erschien es uns einfach *taktvoller*, uns nicht persönlich einzumischen. Das verstehen Sie doch?«

»Absolut«, antwortete Charlie Jones mit einem ermutigenden Lächeln. »Und wir sind Ihnen sehr dankbar für die Mühe, die Sie sich gemacht haben.«

»Ach, dann ist es in Ordnung. Ich hab Duncan *gleich* gesagt, daß es wichtig ist.«

»War er denn nicht Ihrer Meinung?«

Sie warf einen vorsichtigen Blick über ihre Schulter nach rückwärts, dann zog sie die Tür bis auf einen kleinen Spalt hinter sich zu. »Ganz *so* würde ich es nicht sagen«, entgegnete sie. »Er ist so träge geworden, seit wir hierhergezogen sind, rührt sich kaum vom Fleck, möchte sich durch nichts in seinen täglichen Gewohnheiten stören lassen, kann Scherereien, wie er es nennt, nicht ertragen. Er sagt, er habe sich einen friedlichen Lebensabend verdient und möchte ihn nicht durch einen Haufen Ärger *gestört* sehen. Er ist natürlich körperlich überhaupt nicht fit, was auch nicht gerade von Vorteil ist, aber ich kann mich einfach des Gefühls nicht erwehren, daß es ungesund ist, so« – sie mühte sich um das rechte Wort –, »so wenig *unternehmungslustig* zu sein.«

»Da müssen ihm ja die Ereignisse nach Mrs. Gillespies Tod, ich meine, erst die Polizei im Haus, dann die Rückkehr von Mrs. Lascelles und ihrer Tochter, wirklich lästig gewesen sein.«

»*Angenehm* hat er es nicht gefunden«, gab sie zu, »aber ihm war wenigstens klar, daß nichts daran zu ändern war. Reg dich nicht so auf, hat er immer zu mir gesagt. Ein bißchen Geduld, und die ganze Sache ist ausgestanden.«

»Aber ich kann mir denken«, sagte Cooper, »daß die Ungewißheit darüber, was nun, nach Mrs. Gillespies Tod, aus dem *Cedar House* wird, sehr beunruhigend ist. Es wird wohl verkauft werden, aber Sie haben überhaupt keinen Einfluß darauf, an wen.«

»Genau das habe *ich* auch gesagt. Duncan würde wahnsinnig werden, wenn plötzlich nebenan ein Haufen schreiender Kinder herumspringt.« Sie senkte ihre Stimme. »Ich weiß, daß es sich nicht gehört, sich über das Mißgeschick anderer zu freuen, aber ich muß zugeben, für uns ist es eine Erleichterung zu wissen, daß Joanna und Dr. Blakeney sich wegen des Testaments in den Haaren liegen. Sie gehen deswegen vor Gericht, wissen Sie, und so eine Geschichte braucht Jahre, hat Duncan gesagt.«

»Und inzwischen steht das Haus leer?«

»Genau.«

»Es steht also fest, daß Mrs. Lascelles vorhat, das Testament anzufechten?«

»O ja.«

»Das hat sie Ihnen gesagt?«

Sie machte ein schuldbewußtes Gesicht. »Ich hab sie und die Ärztin im Wohnzimmer reden hören. Ich lausche sonst nicht, aber…« Sie ließ den Rest unausgesprochen.

»Sie sind beunruhigt und Sie wollten wissen, wie es weitergehen soll«, schlug Charlie Jones vor.

»*Genau*«, sagte sie wieder »Jemand muß sich darum kümmern. Wenn es Duncan überlassen wäre, würden wir erst erfahren, was für Nachbarn wir haben, wenn sie schon eingezogen sind.«

»Über Mrs. Gillespie haben Sie ja sicher eine Menge gewußt.«

Violet kniff mißbilligend die Lippen zusammen. »Nicht, weil

wir es so wollten. Ich glaube, sie war sich nie bewußt, wie *durchdringend* ihre Stimme war. Sehr *schrill*, wissen Sie, und sie war so überzeugt von der Wichtigkeit ihrer eigenen Meinung. Ich hab eigentlich nie richtig hingehört, um ehrlich zu sein, aber Duncan fand sie manchmal amüsant, besonders wenn sie am Telefon so ekelhaft war, was häufig vorkam. Sie hat die Leute wegen der *kleinsten* Kleinigkeiten niedergemacht, und sie hat sich anscheinend eingebildet, sie könnten sie nicht hören, wenn sie nicht schrie und brüllte. Sie war wirklich eine sehr alberne Person.«

Charlie Jones nickte, als sei das auch seine Meinung. »Dann wundert es mich aber, daß Sie an dem Abend, an dem Mrs. Gillespie gestorben ist, nichts gehört haben. Sie muß doch mit ihrem Mörder gesprochen haben.«

Violets Gesicht lief rot an. »Nein, kein Wort. Duncan hat nicht das kleinste Geräusch gehört.«

Er tat so, als bemerkte er ihre Verlegenheit nicht. »Und Sie, Mrs. Orloff? Haben Sie etwas gehört?«

»Ach Gott, wissen Sie«, erklärte sie mit Jammerstimme, »ich trinke abends ganz gern mal einen Schluck Whisky. Das ist ja wohl kein *Verbrechen*, auch wenn Duncan immer so tut, als wär's eins. Er ist Abstinenzler und ist absolut dagegen, aber ich sage immer, was kann es denn schon schaden? Mathilda hat es jahrelang so gehalten – es ist unnatürlich, nichts zu trinken, sagte sie immer – und sie hat weit mehr getrunken als ich.« Wieder senkte sie ihre Stimme. »Ich meine, ich bin ja keine *Alkoholikerin.*«

»Du meine *Güte*, nein«, sagte Charlie Jones herzlich, ihre Art, einzelne Wörter zu betonen, übernehmend. »Wenn ich nicht jeden Abend noch einen Schlaftrunk nehmen würde, um gut schlafen zu können, wäre ich am nächsten Morgen jedesmal ein Nervenbündel.«

»Genau«, kam der Refrain. »Aber ich muß zugeben, daß ich manchmal vor dem Fernseher einschlafe, und das ist mir natürlich auch an dem Abend passiert, an dem Mathilda starb. Es war natürlich nicht weiter verwunderlich. Ich war den ganzen Tag bei meiner Schwester in Poole, und solche Ausflüge finde ich inzwischen doch recht anstrengend. Ich bin eben nicht mehr so jung, wie ich einmal war. Aber, um ehrlich zu sein, seitdem mache ich mir Gedanken, ob Mathilda nicht vielleicht um Hilfe gerufen hat. Duncan *schwört*, daß sie es nicht getan hat, aber, wissen Sie, er ist so sehr gegen jegliche Einmischung, daß er sich wahrscheinlich eingeredet hätte, Mathilda wollte ihn nur ärgern.«

»Haben Sie eine Ahnung, wann genau Sie eingeschlafen sind?« fragte Cooper und schien sich dabei mehr für den Zustand seiner Schuhe zu interessieren als für ihre Antwort.

»*Sehr* früh«, gestand sie flüsternd. »Wir hatten gerade gegessen und uns hingesetzt, um uns *Blind Date* anzuschauen, und plötzlich merkte ich, daß Duncan mich schüttelte und er sagte, ich hätte geschnarcht, und das ginge ihm auf die Nerven, weil er sich *Match of the Day* ansehen wollte. Mein Gott, war ich an dem Tag müde. Ich bin gleich zu Bett gegangen und hab bis zum nächsten Morgen wie ein *Murmeltier* geschlafen, aber seitdem verfolgt mich das Gefühl, daß ich der armen Mathilda vielleicht igendwie hätte helfen können, wenn ich nur wach geblieben wäre.«

Und das traf natürlich zu.

Charlie wies zur Tür. »Können wir jetzt einmal mit Ihrem Mann sprechen, Mrs. Orloff?«

»Ist das wirklich nötig? Er kann Ihnen sicher gar nichts sagen, und es wird ihm nur für den Rest des Tages die Laune verderben.«

»Leider läßt es sich nicht vermeiden.« Mit bedauernswerter Miene zog er ein Formular aus der Tasche. »Wir haben außerdem einen Durchsuchungsbefehl für Ihr Haus, aber ich versichere Ihnen, wir werden äußerst vorsichtig zu Werke gehen.« Er rief: »Bailey! Jenkins! Watts! Kommen Sie! Es geht los.«

Einigermaßen verwirrt über diese unerwartete Wendung der Ereignisse, wich Violet demütig zurück, um Jones, Cooper und die drei Beamten ins Haus zu lassen. Wie eine arme Sünderin schlich sie hinter ihnen in die Küche.

Duncan fixierte mit kleinen Augen die beiden Polizeibeamten, die in das überladene Wohnzimmer traten, sonst jedoch zeigte er bemerkenswert wenig Betroffenheit über diese plötzliche Störung seiner Privatsphäre. »Sie verzeihen, wenn ich nicht aufstehe«, sagte er höflich, »aber in meinem Alter ist man nicht mehr der Beweglichste.« Er wies einladend zu einem kleinen zweisitzigen Sofa. Sie lehnten gleichermaßen höflich ab, da sie fürchteten, es würde unter der Belastung zusammenbrechen. »Sergeant Cooper kenne ich schon, aber Sie sind mir unbekannt, Sir«, sagte er, während er Charlie Jones mit Interesse musterte.

»Chief Inspector Jones.«

»Guten Tag.«

Charlie Jones neigte grüßend den Kopf. Zweifel überkamen ihn, als er den dicken Mann in dem übergroßen Sessel betrachtete, dem der voluminöse Bauch über die Schenkel hing wie die Füllung aus einer geplatzten Wurst. Konnte dieser unförmige Koloß wirklich den Mord an Mathilda Gillespie samt dem kunstvollen Blumenarrangement bewerkstelligt haben? Konnte er sich überhaupt aus diesem Zimmer entfernt haben, ohne seine Frau zu wecken? Er horchte auf die flachen, keuchenden Atemzüge, jeder einzelne ein Kampf gegen den erstickenden Druck von Fleisch und Fett, und erinnerte sich an Hughes' Beschreibung des Mannes, der mit dem Schlüssel zur Hintertür ins Haus eingedrungen war. *Er hat gekeucht, als hätte er's auf der Lunge.* »War Mrs. Gillespie eigentlich klar, daß Sie von dem Schlüssel unter dem Blumentopf wußten?« fragte er unvermittelt.

Duncan sah ihn überrascht an. »Ich verstehe Sie nicht, Inspector.«

»Das macht nichts. Wir haben einen Zeugen, der Sie identifizieren kann. Er hat beobachtet, wie Sie an einem Morgen im September mit dem Schlüssel ins Haus eingedrungen sind.«

Doch Duncan lächelte nur und schüttelte den Kopf, daß seine Hängebacken schwabbelten. »In welches Haus soll ich eingedrungen sein?« Aus dem obersten Stockwerk kamen Geräusche, als würden Möbelstücke hin und her geschoben, und Duncan hob den Blick zur Decke. »Was soll das eigentlich alles?«

Charlie Jones zog den Durchsuchungsbefehl heraus und reichte ihn ihm. »Wir durchsuchen ihr Haus nach Mrs. Gillespies Tagebüchern, von denen allerdings, wie ich fürchte, nur noch Überreste vorhanden sein werden. Wir haben Grund zu der Vermutung, daß Sie sie aus der Bibliothek des *Cedar House* entwendet haben.«

»Was für eine Idee!«

»Bestreiten Sie es?«

Er lachte kurz. »Mein lieber Mann, natürlich bestreite ich das. Ich habe ja nicht einmal gewußt, daß sie Tagebuch geführt hat.«

Charlie Jones wechselte das Thema. »Warum haben Sie am Montag nach dem Mord meinem Sergeant nicht gesagt, daß Miss Ruth Lascelles am fraglichen Nachmittag im Haus ihrer Großmutter gewesen war? Warum haben Sie ihm nicht gesagt, daß Mrs. Jane Marriott am Morgen des Samstag eine heftige Auseinandersetzung mit ihr hatte?«

»Wie hätte ich ihm denn etwas sagen können, von dem ich selbst nichts wußte?«

»Wenn Sie hier im Haus waren, Mr. Orloff, hätten Sie es gar nicht überhören können. Jane Marriott bezeichnete ihre Auseinandersetzung mit Mrs. Gillespie als einen Riesenkrach, und Ruth sagt, sie habe am Nachmittag geläutet, weil sie ihren Schlüssel in der Schule vergessen hatte.«

»Aber ich war ja nicht hier, Inspector«, entgegnete er freundlich. »Ich habe, während meine Frau in Poole war, einen langen Spaziergang gemacht.«

Von der Tür her war ein erstickter Aufschrei zu hören. »Aber Duncan!« rief Violet. »Wie kannst du nur solche Lügen erzählen! Du machst *nie* Spaziergänge.« Wie ein kleines Schiff unter vollen Segeln stürmte sie ins Zimmer. »Und glaub ja nicht, ich weiß nicht, *warum* du lügst. Es ist dir einfach zuviel Mühe, der Polizei bei ihren Ermittlungen zu helfen, genau wie dir alles andere zuviel Mühe ist. *Natürlich* war er hier, und *natürlich* wird er Jane und

Ruth gehört haben. Wir haben Ruth *immer* gehört, wenn sie da war. Sie und ihre Großmuter konnten ja nicht zusammen in einem Raum sein, ohne zu streiten. Und mit ihrer Mutter war es genauso. Immer gab es Streit. Aber man kann's ihr ja auch im Grunde nicht verübeln. Sie braucht Liebe, das arme Kind, und weder Mathilda noch Joanna waren zu einer solchen Regung überhaupt fähig. Die einzigen Leute, für die Mathilda etwas übrig hatte, waren die Blakeneys, Sie wissen schon, der Maler und seine Frau, mit *ihnen* hat sie oft gelacht, und ich glaube, sie hat sich für *ihn* sogar ausgezogen. Ich hab sie selbst in ihrem Schlafzimmer gehört, richtig kokett und neckisch. ›Nicht schlecht für eine alte Frau‹ sagte sie zum Beispiel. Und dann einmal: ›Ich war früher einmal eine schöne Frau, wissen Sie. Die Männer haben mich umworben.‹ Und das stimmt, es war wirklich so. Sogar Duncan hat sie geliebt, als wir alle noch viel jünger waren. Heute bestreitet er es natürlich, aber ich hab's immer gewußt. Wir Mädchen wußten alle, daß wir nur zweite Wahl waren. Mathilda spielte immer die Unnahbare, verstehen Sie, und das war für die Männer eine Herausforderung.« Sie legte eine Pause ein, um Atem zu holen, und Cooper, der neben ihr stand, roch den Whisky auf ihren Lippen. Er verspürte einen Moment Mitleid mit dieser kleinen Frau, die sich nie hatte entfalten können, weil sie immer im Schatten von Mathilda Gillespie gelebt hatte.

»Aber das spielt heute *keine* Rolle mehr«, fuhr sie fort. »Er hat schon vor Jahren das Interesse an ihr verloren. Man kann auf die Dauer keinen Menschen lieben, der ständig unverschämt ist, und Mathilda war immer unverschämt. Sie fand das komisch. Sie sagte mit Vorliebe die schrecklichsten Dinge und *lachte* dann. Ich will nicht behaupten, daß wir einander nahestanden, aber sie hat mir doch leid getan. Sie hätte etwas aus ihrem Leben machen sollen, aber sie hat es nicht getan, und das hat sie verbittert.«

Sie richtete einen strengen Blick auf ihren Mann. »Ich weiß, daß sie dich immer *geneckt* hat, Duncan, und dich Ochsenfrosch nannte, aber das ist doch kein Grund, nicht bei der Suche nach ihrem Mörder zu helfen. Mord ist unverzeihlich. Und ich finde es *besonders* unverzeihlich, daß man ihr diese schreckliche Schandmaske aufgesetzt hat. Du warst doch selbst ganz außer dir, als sie sie dir aufgesetzt hat.« Sie drehte sich nach Charlie Jones um. »Das war auch so einer ihrer fürchterlichen Scherze. Sie sagte, Duncan würde nur abnehmen, wenn man ihm die *Zunge* lähmt, und eines Tages, als er im Garten schlief, hat sie sich angeschlichen und ihm dieses grausige rostige Ding über den Kopf gestülpt. Er war *zu Tode* erschrocken.« Sie brach ab und schwieg.

Nach einer längeren Pause sagte Charlie Jones: »Ich vermute, so haben auch Sie ihr die Schandmaske aufgesetzt. Als sie schon schlief. Aber es würde mich interessieren, wie es Ihnen gelungen ist, ihr das Schlafmittel zu geben. Nach Schätzung des Pathologen waren es vier oder fünf Tabletten, und diese Menge hätte sie niemals selbst genommen.«

Duncans Blick verweilte kurz auf dem entsetzten Gesicht seiner Frau, ehe er zu Cooper wanderte. »Alte Frauen haben zwei Dinge gemeinsam«, erklärte er mit einem dünnen Lächeln. »Sie trinken zuviel und sie reden zuviel. Mathilda Gillespie hätte Ihnen gefallen, Sergeant, sie war eine sehr amüsante Frau, wenn auch die Erinnerung an sie weit attraktiver war als die reale Person. Die Rückkehr hierher war eine Enttäuschung. Das Alter bietet wenig zur Entschädigung, wie ich Ihnen, glaube ich, schon einmal gesagt habe.« Sein freundliches Gesicht strahlte. »Insgesamt ziehe ich männliche Gesellschaft vor. Männer sind doch weit berechenbarer.«

»Schön für ihn«, bemerkte Cooper, als er an diesem Abend mit den Blakeneys in der Küche des *Mill House* saß, »da er wahrscheinlich den Rest seines Lebens im Zuchthaus verbringen wird.«

»Immer vorausgesetzt, Sie können beweisen, daß er es getan hat«, entgegnete Jack. »Was passiert, wenn er kein Geständnis ablegt? Dann haben Sie doch nichts als Indizienbeweise, und seine Verteidigung wird bestimmt alles versuchen, um die Geschworenen davon zu überzeugen, daß Mathilda Selbstmord begangen hat. Sie wissen ja nicht einmal, warum er es getan hat, nicht wahr?«

»Noch nicht.«

»Weiß es denn Violet nicht?« fragte Sarah.

Cooper schüttelte den Kopf. Er sah wieder die unglückliche Frau vor sich, die händeringend immer wieder beteuerte, daß es sich um ein Mißverständnis handeln müsse, und im *Wing Cottage* zurückgeblieben war. »Sie behauptet, sie hätte keine Ahnung.«

»Und die Tagebücher haben Sie nicht gefunden?«

»Das haben wir im Grunde nie erwartet. Es war klar, daß er sie längst vernichtet hatte.«

»Aber es ist ja noch so vieles ungeklärt«, sagte Sarah frustriert. »Wie hat er sie dazu gebracht, die Schlaftabletten zu nehmen? Warum hat er es getan? Warum ist Violet nicht aufgewacht? Warum hat er Ihnen nicht gesagt, daß Ruth im Haus war, wenn er sie belasten wollte? Und dann noch etwas, das ich überhaupt nicht verstehe – warum hatte Jane an dem Tag mit Mathilda eine Auseinandersetzung?«

Cooper warf Jack einen raschen Blick zu, dann nahm er seine Zigaretten heraus. »Man kann immerhin gewisse Vermutungen anstellen«, erwiderte er, steckte sich eine Zigarette zwischen die Lippen und zündete sie an. »Sowohl Mathilda als auch Violet tranken abends gern was, und sie tranken beide Whisky. Ich vermute fast, daß Mathilda Violet dazu gebracht hat, es gewissermaßen trotz Duncans Mißbilligung für durchaus respektabel erklärt hat. Jedenfalls hatte Violet zweifellos die Angewohnheit, in ihrem Sessel einzunicken. Am Abend von Mathildas Tod schlief Violet während der Sendung *Blind Date* ein, die ungefähr um halb sieben anfängt, und wachte irgendwann nach zehn kurz auf, als Duncan sie schüttelte und ihr erklärte, sie habe geschnarcht. Daraufhin ging sie nach oben in ihr Bett und schlief bis zum Morgen den Schlaf des Gerechten.« Er stäubte Asche von seiner Zigarette in seine geöffnete Hand. »Ein kleines Nickerchen war das bestimmt nicht. Das war ein Tiefschlaf, der durch Barbiturate herbeigeführt worden war. Deshalb konnte Duncan auch das Zimmer verlassen, ohne daß sie es hörte. Ich denke mir, er begrüßte Violet bei ihrer Heimkehr nach einem anstrengenden Tag in Poole mit einem steifen Whisky, in den er ein Schlafmittel gemischt hatte. Er wartete, bis sie eingeschlafen war, dann ging er nach nebenan und verabreichte Mathilda das gleiche Gebräu. Sie hatte den Alkohol in der Küche stehen. Da brauchte er ja nur zu sagen: Bleib sitzen. Heute werde ich dir was machen und dir einen Drink mixen.«

»Aber woher hatte er denn die Schlaftabletten? Er gehört zu meinen Patienten, und ich habe weder ihm noch Violet je Schlafmittel verschrieben.«

»Vermutlich hat er die genommen, die Sie Mrs. Gillespie verschrieben hatten.«

Sarah war nicht überzeugt. »Aber wann soll er sich die denn geholt haben? Sie hätte es doch gemerkt, wenn welche gefehlt hätten.«

»Wenn sie es gemerkt hat«, sagte er trocken, »hat sie wahrscheinlich angenommen, ihre eigene Tochter wäre die Diebin. Ich könnte mir vorstellen, daß Mrs. Lascelles jahrelang den Apothekerschrank ihrer Mutter geplündert hat.«

Jack sah ihn nachdenklich an. »Wer hat Ihnen gesagt, daß sie drogenabhängig ist?«

»Sie selbst waren das, Jack. Aber bis wir gestern das Haus nach den Tagebüchern durchsuchten, war ich nicht sicher, was sie eigentlich nimmt. Sie ist nicht sehr geschickt im Verstecken. Sie kann von Glück reden, daß sie es bisher nicht mit der Polizei zu tun bekommen hat. Das wird sich jetzt natürlich ändern, wo die Geldquelle versiegt ist.«

»Ich habe Ihnen kein Wort gesagt.«

Cooper grinste. »Sie haben mir alles gesagt, was Sie über Mrs. Lascelles wissen, sogar daß Sie persönlich sie verachten. Ich habe mir Ihr Porträt genau angesehen, während wir uns über Othello und Jago unterhielten, und aus jedem Detail blickte mir eine schwache und völlig zersplitterte Persönlichkeit entgegen, die in ihrer Existenz« – mit den Händen zeichnete er einen Rahmen in die Luft – »ganz auf Stimulanz von außen angewiesen ist. Ich habe die blassen Farben und die verzerrten Formen von Joannas Porträt mit der Kraft von Mathildas und Sarahs verglichen und gesehen, daß Sie eine Frau ohne Substanz gemalt haben. Die einzige Realität, die Sie wahrnehmen, ist eine reflektierte Realität, mit anderen Worten, eine Persönlichkeit, die sich nur künstlich äußern kann. Also Drogen oder Alkohol, dachte ich mir.«

»Sie lügen wie gedruckt«, beschuldigte Jack ihn grob. »Smollett, dieser Mistkerl, hat es Ihnen gesagt. Verdammt noch mal, Cooper, nicht einmal ich habe das alles gesehen, und ich habe schließlich das Bild gemalt.«

Cooper lachte glucksend. »Es ist alles da, mein Freund, glauben Sie mir. Mr. Smollett hat mir kein Wort gesagt.« Sein Gesicht wurde ernst. »Aber Sie hatten kein Recht, Sie beide hatten kein Recht, diese Informationen zurückzuhalten. Wir haben es schließlich mit einem Mordfall zu tun.« Er sah Sarah an. »Und Sie hätten sie neulich nachmittag keinesfalls darauf ansprechen sollen, Dr. Blakeney, wenn ich das mal sagen darf. Solche Menschen sind unberechenbar, und Sie waren allein mit ihr im Haus.«

»Sie nimmt kein LSD, Cooper, sie nimmt Valium. Aber woher wissen Sie überhaupt, daß ich sie darauf angesprochen habe?«

»Weil ich Polizeibeamter bin, Dr. Blakeney, und Sie reichlich schuldbewußt aussahen. Wie kommen Sie darauf, daß sie nur Valium nimmt?«

»Das hat sie mir gesagt.«

Cooper verdrehte seine Augen zum Himmel. »Eines Tages werden Sie hoffentlich lernen, nicht so leichtgläubig zu sein, Dr. Blakeney.«

»Ja, was nimmt sie denn dann?« fragte Jack. »Ich habe auch auf Tranquilizer getippt. Sie spritzt jedenfalls nicht. Ich habe mehrere Aktzeichnungen von ihr gemacht, und sie hatte am ganzen Körper nicht ein einziges Mal.«

»Das kommt ganz darauf an, wo Sie danach gesucht haben. Sie hat Geld genug, um auf Hygiene zu achten. Probleme gibt es, wenn man schmutzige Nadeln in schmutzigen Toiletten benutzen muß. Wo haben Sie überhaupt nachgesehen? An Armen und Beinen?« Jack nickte. »Die Venen im Schambereich?«

»Nein«, gab er zu. »Ich hatte sowieso schon genug Schwierigkeiten mit ihr, da wollte ich sie nicht noch ermutigen, indem ich auf das verdammte Ding starre.«

Cooper nickte. »Ich habe unter den Dielenbrettern in ihrem Zimmer eine halbe Apotheke gefunden. Tranquilizer, Barbiturate, Amphetamine und beträchtliche Mengen von Heroin und Spritzen. Meiner Ansicht nach ist sie schon seit Jahren süchtig. Allein mit dem Geld, das sie regelmäßig von ihrer Mutter bekommen hat, hätte sie das, was sie da auf Lager hatte, nicht bezahlen können. Und auch nicht mit ihrem Einkommen als Floristin. Ich denke, der anonyme Brief von Duncan und Violet Orloff hat es klar gesagt. Joanna ist ein hochklassiges Callgirl und verdient sich mit Prostitution das Geld für ihre Sucht, die vermutlich angefangen hat, als sie Steven Lascelles heiratete.«

»Aber sie sieht so« – Sarah suchte nach dem treffenden Wort – »unbefleckt aus.«

»Nicht mehr lange«, sagte Cooper zynisch. »Sie wird bald feststellen, wie es ist, in der realen Welt zu leben, wo es keine Mathilda gibt, die dafür sorgt, daß das Portemonnaie gefüllt ist. Wenn die Lage verzweifelt wird, fängt man an, nachlässig zu werden.« Er tätschelte Sarah die Hand. »Vergeuden Sie Ihr Mitgefühl nicht an sie. Sie hat ihr Leben lang nur genommen, und jetzt hat ihre Mutter sie, wenn auch ziemlich spät, gezwungen, dieser Tatsache ins Auge zu sehen.«

Es ist wirklich absurd, Gerald hat plötzlich ein Gewissen bekommen. »Nicht mehr, Matty, bitte«, sagte er und brach in Tränen aus. »Wir kommen in die Hölle für das, was wir getan haben.« Die Undankbarkeit des Mannes ist unglaublich. Bildet er sich etwa ein, es macht mir Vergnügen, von einem sabbernden Schwachsinnigen betatscht zu werden? Da steckt natürlich Vater dahinter. Er hat gestern völlig die Beherrschung verloren und angefangen, Gerald zu beschimpfen. Jetzt will Gerald wieder zurück zu dem Flittchen, das ihn das erstemal verführt hat, und diesmal, sagt er, wird er sie heiraten. »Grace will Gerry ein Kind schenken, Matty«, babbelte er mir vor, »und Gerry möchte ein Kind.« Warum nur war mein Großvater so unerhört dumm? Es wäre doch viel vernünftiger gewesen, die Peinlichkeit, Gerald in eine Anstalt zu geben, auf sich zu nehmen, als alle Welt glauben zu machen, er sei normal.

Ich bin zu Vater gegangen, der betrunken wie immer in der Bibliothek saß, und habe ihm klipp und klar gesagt, daß Gerald nicht mehr mitspielt. »Du bist ein solcher Idiot!« habe ich ihn angeschrien. »Grace wird sich kein zweitesmal kaufen lassen. Glaub ja nicht, sie hätte inzwischen nicht begriffen, daß sie mehr herausholen kann, wenn sie Gerald heiratet, als wenn sie deine Schmiergelder nimmt.« Vater zog den Schwanz ein, wie er das immer tut. »Es ist nicht meine Schuld«, jammerte er, »es ist die Schuld deines Großvaters. Er hätte mich in seinem Testament namentlich erwähnen sollen, anstatt von Geralds nächsten männlichen Verwandten zu sprechen.« Ich hätte ihn umbringen können. Immer dasselbe alte Lied, nie ist es seine Schuld, immer die der anderen. Aber in einer Hinsicht hat er recht. Warum hat mein Großvater einen Treuhandfonds angelegt, um zu verhindern, daß sein schwachsinniger Erstgeborener sein ganzes Vermögen ver-

geudet, ohne ganz klar zu sagen, daß hinterher mein Vater erben soll? Wieso ist er nie auf den Gedanken gekommen, daß Gerald die Testamentsbedingungen wie ein Papagei jedem raffinierten kleinen Luder herunterplappern würde, das sich dafür interessierte? Grace ist mittlerweile bestimmt dahintergekommen, daß es sich lohnt, Gerald zu heiraten, nur um einen Sohn zu produzieren, der einmal alles erben wird. Vermutlich hatte mein Großvater keine Ahnung, daß Schwachsinnige so vom Sex besessen sein können und daß sie fähig sind, Kinder zu zeugen.

Ich habe Vater den ganzen Abend die Schandmaske tragen lassen und er hat versprochen, in Zukunft den Mund zu halten. Gerald hockte natürlich in der Ecke und wimmerte, weil er Angst hatte, daß ich sie ihm auch aufsetzen würde. Aber ich hab ihm versprochen, wenn wir nichts mehr davon hören würden, daß er mit Grace zusammenleben wolle, würde ich nett zu ihm sein. Jetzt ist er wieder ganz gefügig.

Wie merkwürdig, daß diese beiden, deren Verstand nicht einmal für einen reicht, das Erniedrigende an der Schandmaske erkennen können, während Duncan, der immerhin eine gewisse Intelligenz besitzt, durch sie in die größte Erregung gerät. Einfach widerlich. Für Gerald und Vater ist sie die notwendige Strafe für die Sünden, die sie gerne begehen wollen. Für Duncan ist sie ein Fetisch, der seine Lust entfacht. Man braucht sie ihm nur aufzusetzen, und schon ist er in höchster Erregung. Aber was ist er doch für ein feiger Wurm. Er fleht mich auf Knien an, ihn zu heiraten, und läßt gleichzeitig Violet und ihre Eltern alle Vorbereitungen für die Hochzeit treffen. Er will keinesfalls riskieren, ihre lumpige Mitgift zu verlieren, solange er nicht sicher ist, daß er meine bekommt.

Ich könnte niemals einen Mann heiraten, der seine Lust aus seiner eigenen Erniedrigung bezieht, denn dann bliebe ja für mich kein Vergnügen mehr. Ich kann sie nur lieben, wenn sie kriechen. Dennoch, es ist seltsam, wie viele Männer Grausamkeit attraktiv finden. Wie Hunde lecken sie die Hand, die sie schlägt. Arme Violet. Ich habe Duncans Hirn mit Phantasien gefüllt, die sie niemals befriedigen kann. Tja, das ist doch ein sehr erheiternder Gedanke. Ich könnte es wirklich nicht ertragen, die beiden glücklich zu sehen. Aber ich kann es ja überhaupt nicht ertragen, andere glücklich zu sehen …

19

Sarah goß ihnen Wein nach und betrachtete die leere Flasche mit einem wehmütigen Blick. »Gott sei Dank ist mein Gift nicht verboten«, murmelte sie. »Ich weiß nur zu gut, daß ich ein äußeres Stimulans brauche, um mit den Widrigkeiten des Lebens fertig zu werden. Haben Sie ihr das Heroin abgenommen, Cooper? Wenn ja, dann ist sie jetzt bestimmt in einem verzweifelten Zustand.«

»Nein«, antwortete er, »aber Sie können das für sich behalten.«

»Sie sind ein sehr gütiger Mensch«, sagte sie.

»Ich bin Realist«, korrigierte er sie. »Hätte Joanna ihre Mutter ermordet, dann wäre ich in einer stärkeren Position gewesen, wenn ich mein Wissen zunächst für mich behalten hätte und erst im kritischen Moment damit herausgerückt wäre. Sie wäre bei einem polizeilichen Verhör sehr angreifbar gewesen, wenn wir sie gleichzeitig mit Drogenbesitz und Mord hätten belangen können.«

»Sie sind ein so schlechter Lügner«, sagte Sarah liebevoll. »Ich weiß, Sie werden sie gar nicht belangen. Werden Sie ihr überhaupt sagen, daß Sie es wissen?«

Doch Cooper wich der Frage aus. »Wir sprachen darüber, wie Duncan Mathilda Gillespie ermordet hat«, sagte er. »Also, wo waren wir stehengeblieben?«

»An der Stelle, wo Mathilda äußerst mißtrauisch wurde, als er ungebeten durch die Hintertür kam und ihr anbot, ihren Whisky nachzufüllen«, sagte Sarah trocken.

»Ach, ja, stimmt. Nein, auf dem Weg wird er nicht ins Haus gekommen sein. Er hat sicher vorn geläutet. Er brauchte ja nichts zu fürchten. Violet lag in ihrem Sessel vor dem Fernseher und schlief, sie hätte nichts gehört, und ich bin überzeugt, er hatte einen sehr triftigen Grund, abends um sieben bei Mathilda anzuklopfen. Er wußte ja eine Menge über sie, da hatte er gewiß einen Vorwand parat. Und sie hätte schon an Verfolgunswahn leiden müssen, um einen Nachbarn, den sie fast jeden Tag sah, nicht reinzulassen.« Geistesabwesend stäubte er wieder Asche von seiner Zigarette in seine offene Hand, drehte sie dann um und ließ die Asche zu Boden fallen. »Nachdem er ihr den Whisky gegeben und sich vergewissert hatte, daß sie ihn auch trank, entschuldigte er sich und ging wieder. Er ist ein vorsichtiger Mensch und er wußte nicht, wie wirksam das Schlafmittel sein würde. Außerdem mußte er sich überzeugen, daß Violet wirklich im Tiefschlaf war und das Läuten der Glocke nebenan nicht gehört hatte. Wenn er sie halbwach vorgefunden hätte, hätte er vermutlich seinen Plan als zu gefährlich aufgegeben. Im übrigen wollte er natürlich sichergehen, daß Mathilda wirklich betäubt war, ehe er ihr die Schandmaske aufsetzte.

Danach wird alles wie am Schnürchen gelaufen sein. Er schaute nach Violet, zog Handschuhe an, sammelte im Garten die passenden Pflanzen – das hat er sicher nicht bei Tageslicht getan, denn da hätte ihn ja jemand beobachten und später, als die Geschichte mit dem Blumenarrangement auf Mathildas Kopf bekannt wurde, die richtigen Schlüsse ziehen können. Als er die Pflanzen hatte, ging er wieder ins Haus, diesmal durch die Hintertür, holte aus der Küchenschublade das Stanley-Messer, vergewisserte sich, daß Mathilda schlief, brachte die Pflanzen, das Messer und die Schandmaske nach oben und legte sie dort auf den Toilettentisch. Dann ließ er die Badewanne einlaufen und ging wieder hinunter, um Mathilda zu holen. Er brauchte sie ja nur bis zum Lift zu tragen, sie nach oben zu befördern und auszuziehen.

Wir glauben, das alles spielte sich etwa um halb zehn Uhr ab, worüber der Pathologe übrigens sehr erfreut war. Er war immer mehr für früher als für später, da ja Mathilda nicht sofort tot gewesen sein wird.« Er hielt einen Moment inne, um den roten Faden wieder zu finden. »Also, nachdem er sie ausgezogen hatte, legte er sie in die gefüllte Wanne, setzte ihr die Schandmaske auf, schnitt ihr die Pulsadern auf und steckte dann die Brennesseln und die Maßliebchen in den Stirnreif. Wahrscheinlich benützte er den Schwamm, um den Spalt zu stopfen. Dann brauchte er nur noch das Whiskyglas neben das leere Tablettenfläschchen zu stellen, die Tagebücher zu entfernen, den Schlüssel abzuwischen und wieder an seinen Platz zu legen, ehe er zu Violet und dem Fernseher zurückkehrte. Er hat der armen Frau zweifellos am nächsten Morgen die schlimmsten Vorwürfe gemacht, daß sie sich bis zur Besinnungslosigkeit betrunken habe, sonst hätte sie uns vielleicht schon früher gesagt, daß sie geschlafen hat, anstatt sich Duncans Aussage anzuschließen, daß von nebenan nichts zu hören gewesen sei.« Er strich sich über das Kinn. »Sie ist eine Frau, die sehr leicht zu beeinflussen ist. Sie ist offenbar überhaupt nicht auf den Gedanken gekommen, daß er Mathilda ermordet haben könnte. Ich glaube, sie hat ihn veranlaßt, uns diesen anonymen Brief zu schreiben, weil sie Mathilda gegenüber ein so schlechtes Gewissen hatte.« Er warf einen Blick auf Jack. »Sie hörte sie weinen, als sie damals bei ihr waren, um ihr das Bild zu zeigen, und sie ist überzeugt, daß sie den Mord hätte verhindern können, wenn sie nur damals gleich mit ihr gesprochen hätte.«

Er sah den Ausdruck verwunderter Frage auf Sarahs Gesicht und fuhr eilig zu sprechen fort. »Daß Ruth und Jane an dem fraglichen Tag im *Cedar House* waren, wollte Duncan uns deshalb nicht sagen, weil er uns auf keinen Fall darauf aufmerksam machen wollte, wieviel man durch die Wände hören konnte. Aber Violet lieferte ihm die perfekte Gelegenheit, Ruth zu belasten, als sie einen Streit zwischen Joanna und Ruth drüben im Vestibül hörte. Sie fragte Duncan, ob man das nicht melden sollte. Er verbot ihr zwar, persönlich zu uns zu kommen, um Unannehmlichkeiten zu vermeiden, wie er es formulierte, aber gegen einen anonymen Brief hatte er nichts einzuwenden. Er schrieb ihn gleich selbst und zog Handschuhe dazu an, um zu verhindern, daß wir ihn mittels der Fingerabdrücke aufspüren würden. Violet fand das *sehr* aufregend«, schloß er ironisch.

»Merkwürdig, daß Mathilda nie etwas davon gesagt hat, daß sie sie nebenan gehört hat«, warf Jack ein. »So was hätte sie verrückt gemacht.«

»Mrs. Orloff hat uns erzählt, daß sie immer sehr klar und artikuliert sprach. Vielleicht war sie ein wenig schwerhörig, und wenn sie selbst nie etwas von nebenan gehört hat, ist sie natürlich nicht auf den Gedanken gekommen, daß die Orloffs sie hören konnten. Im übrigen vermute ich, daß die Orloffs sich bemühten, leise zu sein, sobald sie merkten, wie hellhörig das Haus war. Es ist interessant, sie zu beobachten. Er flüstert beinahe, wenn er spricht, und wenn sie laut wird, sieht er sie nur mit einem Stirnrunzeln an, und sie senkt sofort die Stimme.«

»Wahrscheinlich hat er auf diese Weise auch von dem Schlüssel erfahren«, sagte Sarah langsam. »Als Mathilda mir damals sagte, wo er liegt, muß er das gehört haben.«

Cooper nickte.

»Aber woher wußte er von den Tagebüchern?«

»Wie Violet uns erzählte, hat Mathilda häufig Selbstgespräche gehalten, wenn kein Mensch im Haus war. Ich vermute, sie hat laut aus den Tagebüchern gelesen. Sonst wird er vielleicht durch Zufall auf sie gestoßen sein, als er irgend etwas anderes suchte.« Er runzelte die Stirn. »*Er* wird es uns nicht sagen, das steht fest. Im Augenblick sitzt er da, leugnet alles und sagt, wir sollten ihm nur einen guten Grund nennen, weshalb er plötzlich eine Frau töten sollte, die er seit fünfzig Jahren kannte und mit der er in all dieser Zeit kaum ein böses Wort gewechselt hat. Und Violet unterstützt ihn dabei. Sie behauptet, ihr Mann sei viel zu träge, um sich ärgern zu lassen oder andere zu ärgern, Mathilda habe daher ihre Versuche, ihn zu provozieren, sehr schnell aufgegeben.«

»Er hat Sie ganz schön in der Klemme«, bemerkte Jack mit widerwilliger Bewunderung. »›Versuchte Verzögerung der Nachlaßregelung‹, wird wohl als Mordmotiv kaum jemanden überzeugen. Selbst wenn die Staatsanwaltschaft mitmachen sollte, kann ich mir nicht vorstellen, daß die Geschworenen das akzeptieren.

Haben Sie denn wirklich keine Ahnung, warum er ihren Tod wollte? Violet muß doch etwas wissen.«

»Sie ist im Augenblick völlig verstört. Der Chief Inspector hofft, ein wenig freundliche Fürsorge von einer teilnahmsvollen Polizeibeamtin wird ihrem Gedächtnis ein bißchen nachhelfen, aber wenn Sie meine Meinung hören wollen – ich glaube, daß sie wirklich ehrlich ist, wenn sie sagt, daß sie nichts weiß. Sie ist schon eine merkwürdige Frau. Die meiste Zeit scheint sie in ihrer eigenen kleinen Welt zu leben, redet wie ein Wasserfall, aber hört niemals zu. Ich nehme an, das meiste, was drüben im *Cedar House* vorging, war für sie nichts weiter als Geräuschkulisse.« Er blickte von einem zum anderen. »Genau wegen dieser Schwierigkeiten bin ich hergekommen. Ich muß mit Ruth sprechen. Sie erwähnte, daß ihre Großmutter ihr kurz vor ihrem Tod geschrieben hat, und ich dachte mir, daß der Brief vielleicht etwas enthält, was uns weiterhelfen kann.«

»Wenn es sich um denselben Brief handelt, von dem sie mir erzählt hat, dann hat sie ihn zerrissen«, bemerkte Sarah.

»Aber sie wird sich trotzdem daran erinnern, was darin stand. Ich muß wirklich mit ihr sprechen.«

Sarah schüttelte entschieden den Kopf. »Jetzt nicht, Cooper. Nach allem, was gestern nacht passiert ist, und dann auch noch Jacks Festnahme heute mittag, hat sie nur noch Angst vor der Polizei. Okay, ich weiß, daß Sie nichts dafür können, aber Sie müssen ihr einfach ein bißchen Verständnis entgegenbringen.«

»Es geht nicht anders«, entgegnete er. »Ich habe wirklich keine Wahl. Wir können Duncan Orloff ohne konkrete Beweise nicht unbegrenzt festhalten, und wenn er erst wieder auf freiem Fuß ist, kann ihn nichts daran hindern, mögliche Indizien, die wir übersehen haben, verschwinden zu lassen.«

Seufzend legte sie ihre Hand auf die seine. »Ich werde Ihnen jetzt etwas sagen, was ich Ihnen genau genommen nicht sagen dürfte, weil es Ruths Geheimnis ist und nicht meines, aber ich habe rückhaltloses Vertrauen zu Ihnen, Cooper.« Sie drückte seine Hand einmal kurz, ehe sie sie losließ und mit einem liebevollen Blick zu Jack dessen Hand ergriff. »Was glauben Sie denn, warum dieser verrückte Kerl gestern abend da draußen rumgetobt hat wie der Elefant im Porzellanladen? Er behauptet, was er getan hat, sei völlig vernünftig und rational. Sie und ich wissen, daß das nicht zutrifft. Er hat plötzlich, wenn auch reichlich spät, entdeckt, daß er sehr starke väterliche Gefühle hat, die er, großmütig wie er nun mal ist, nicht allein auf seine eigenen Kinder beschränken möchte. Er versuchte bei Ruth Vaterstelle zu vertreten, weil er sie spüren lassen möchte, daß es in dieser üblen Welt einen Menschen gibt, der sie liebt.«

Jack hob ihre Finger an seine Lippen. »Zwei Menschen«, korrigierte er sie.

Sie erwiderte kurz seinen Blick. »Gut, zwei Menschen«, stimmte sie zu. Dann richtete sie ihre Aufmerksamkeit wieder auf Cooper. »Ruth ist im Augenblick seelisch so angegriffen, daß ich nicht garantieren kann, daß sie sich nicht wie Joanna und wahrscheinlich auch Mathilda aus der Realität zurückziehen wird, wenn sie noch stärker belastet wird. Es ist beinahe so, als gäbe es in dieser Familie ein Selbstzerstörungsgen, das diesen Rückzug bewirkt.« Sie schüttelte den Kopf. »Aber wie dem auch sei, Ruth wird diesen Weg nicht gehen, wenn Jack und ich es verhindern können. Sie ist schwanger, Cooper. Ich weiß, man sieht es ihr nicht an, aber sie steht kurz vor dem Zeitpunkt, zu dem noch ein legaler Schwangerschaftsabbruch möglich ist. Wenn sie sich also nicht sehr schnell entschließt, die Schwangerschaft abzubrechen, wird sie das Kind austragen müssen. Jack wollte ihr den Frieden und die Ruhe verschaffen, die sie braucht, um zu einer Entscheidung zu kommen, weil sie dazu bisher überhaupt keine Chance hatte.«

Cooper nahm das alles mit ernstem Schweigen auf. »Und helfen Sie ihr bei dieser Entscheidung?« fragte er schließlich.

»Ich habe sie über alle Möglichkeiten aufgeklärt, aber ich möchte ihr nicht zu diesem oder jenem raten. Das wäre die Aufgabe ihrer Mutter, aber Joanna weiß nicht einmal von der Vergewaltigung, geschweige denn von der Schwangerschaft.«

»Hmm«, machte Cooper und schob in tiefer Nachdenklichkeit die Unterlippe vor. »Nun, ich möchte dem armen Kind gewiß nicht zusätzliche Schwierigkeiten machen«, erklärte er dann. »Ihre Großmutter würde gewiß nicht Gerechtigkeit in eigener Sache über das Wohl ihrer Enkelin stellen wollen. Sonst hätte sie zu ihren Lebzeiten Ruth ja wegen der Diebstähle angezeigt.« Er stand auf und machte sich zum Gehen bereit. »Aber – verzeihen Sie meine Offenheit, Dr. Blakeney – ich finde, Sie müssen Ihre Pflichten als Ersatzmutter weit ernster nehmen. Es reicht nicht, ihr einen Haufen Informationen zu geben und die Entscheidung dann ihr allein zu überlassen. Sie sollten ihr ganz klarmachen, daß Ihrer Meinung nach ein Schwangerschaftsabbruch für sie das Beste ist. Sie wird vielleicht schimpfen und toben und Ihnen vorwerfen, daß Sie sie nicht lieben und sich einen Dreck um ihre Gefühle scheren, aber elterliche Fürsorge hat nichts damit zu tun, daß man sich selbstgefällig auf die Schulter klopft, weil man so verständnisvoll und liberal ist. Elterliche Fürsorge bedeutet Führung und Erziehung, um dem Kind, das man liebt, zu helfen ein Mensch zu werden, den man respektieren kann.« Mit einem freundlichen Nicken zum Abschied ging er zur Tür und blieb abrupt stehen, als er draußen im Flur Ruth erblickte.

»Ich hab gelauscht«, sagte sie, das blasse Gesicht tränenfeucht. »Es tut mir leid. Ich wollte es nicht.«

»Ist ja gut, ist ja schon gut«, sagte Cooper, ein wenig barsch in seiner Verlegenheit, und zog ein großes weißes Taschentuch heraus, das er ihr gab. »Ich bin derjenige, der sich entschuldigen müßte. Ich hatte kein Recht, mich einzumischen.«

Sie begann von neuem zu weinen. »Ich nehme Ihnen nicht übel, was Sie gesagt haben. Ich hab gedacht – wenn nur –, Sie haben doch einmal gesagt, Sie wünschten, Ihre Kinder hätten meine Chancen gehabt – erinnern Sie sich?«

Er nickte. Das habe ich wirklich gesagt, dachte er bekümmert.

»Also, ich hab eben gedacht – ich wollte« – sie lächelte durch Tränen –, »ich wollte, ich hätte die gleichen Chancen gehabt wie *Ihre* Kinder. Sie müssen Ihnen sehr dankbar sein, Sergeant Cooper.« Sie zog einen Brief aus ihrer Tasche und reichte ihn ihm. »Das ist der Brief von meiner Großmutter«, sagte sie. »Ich habe ihn nicht weggeworfen, aber ich konnte ihn Ihnen nicht zeigen, weil sie darin über mein Stehlen schreibt.« Eine Träne tropfte auf ihre Hand. »Ich hab sie wirklich liebgehabt, wissen Sie, aber sie hat es nicht gewußt, als sie gestorben ist, und das ist fast schlimmer als alles andere.«

»Ja«, sagte er mitfühlend, »das kann ich mir vorstellen, weil Sie es nicht wiedergutmachen können.«

»Nein, niemals.«

»Nun, ob niemals – das kann man so nicht sagen. Wir alle können in unserem Leben aus unseren Fehlern lernen und uns bemühen, sie nicht zu wiederholen. Keiner von ist ist unfehlbar, Ruth, aber wir schulden es uns selbst und den anderen, nach unserem besten Wissen und Gewissen zu handeln. Wie sollte sonst die Menschheit je besser werden?«

Sie preßte ihren Mund zusammen, um die Tränen zurückzuhalten. »Und nach Ihrem Wissen wäre ein Schwangerschaftsabbruch für mich das Beste?«

»Ja«, sagte er absolut aufrichtig. »Ich glaube, das wäre das Beste für Sie.« Er legte ihr die Hand auf die Schulter. »Im Augenblick sind Sie noch nicht alt genug und auch nicht widerstandsfähig genug, um einem Kind Mutter und Vater zu sein, und Sie sind viel zu sehr von Schuldgefühlen über Ihren vermeintlichen Verrat an Ihrer Großmutter gequält, um dieses Kind wegzugeben.« Er lächelte scheu. »Ich erwarte gewiß nicht, daß Sie mit mir einer Meinung sind, und schon gar nicht werde ich Ihnen den Rücken kehren, wenn Sie sich entschließen sollten, Ihr Kind zur Welt zu bringen. Dr. Blakeney hat ganz recht, wenn sie sagt, daß es einzig Ihre Entscheidung ist. Aber ich würde mir wünschen, Sie würden erst einmal ein bißchen leben und einen Mann finden, den Sie lieben können und der Sie ebenfalls liebt, ehe Sie ein Kind in die Welt setzen. Dann nämlich werden Ihre Kinder erwünscht sein, und Sie können ihnen die Mutter sein, die Sie gern sein möchten.«

Sie wollte ihm danken, aber sie brachte kein einziges Wort heraus. Also nahm Cooper sie in die Arme und drückte sie an sich. Hinter ihnen sah Sarah Jack mit Tränen in den Augen an. »Erinnere mich daran«, flüsterte sie, »wenn ich zu selbstgefällig werde. Ich habe eben erst gelernt, wie wenig ich in Wirklichkeit weiß.«

»Meine liebe Ruth (hatte Mathilda geschrieben), Deine Mutter und ich haben uns wegen eines Briefes zerstritten, den mein Onkel Gerald Cavendish kurz vor seinem Tod schrieb und mit dem er Joanna zu seiner Erbin einsetzte. Sie hat gedroht, mit diesem Brief vor Gericht zu gehen, weil sie überzeugt ist, daß sie damit das Testament meines Vaters anfechten kann. Sie wird damit keinen Erfolg haben, aber es ist mir nicht gelungen, sie davon zu überzeugen. Sie ist verständlicherweise verärgert und möchte mich bestrafen. Mir ist klargeworden, daß es in dieser Familie zuviel Geheimniskrämerei gegeben hat, deshalb schreibe ich Dir jetzt, um Dir mitzuteilen, was sie schon weiß. Ich möchte nicht, daß Du es von ihr erfahren mußt, denn sie wird sicher nicht sanft mit Dir umgehen. James Gillespie ist nicht der Vater Deiner Mutter. Gerald Cavendish war ihr Vater. Ich weiß, das wird ein Schock für Dich sein, aber Du solltest tun, was ich all die Jahre getan habe, es nämlich als etwas sehen, das geschehen ist und das man nicht bedauern sollte. Es wird Dir vielleicht schwerfallen, es zu glauben, aber ich habe Deine Mutter trotz allem immer liebgehabt, gerade so wie ich Dich liebhabe.

Ich stehe jetzt vor einer schwierigen Wahl. Ich weiß, mein Kind, daß Du mich schon seit einigen Monaten bestiehlst. Ich weiß auch, daß Deine Mutter sich aus dem wirklichen Leben zurückgezogen hat in eine Scheinwelt der Drogenabhängigkeit und der unverbindlichen Beziehungen, die ihr die Illusion vermitteln, sie werde geliebt, ohne Verantwortung übernehmen zu müssen. Ihr laßt Euch beide von Männern mißbrauchen, und ich finde das angesichts meiner eigenen

Geschichte zutiefst entmutigend. Ich weiß, ich habe versagt, und habe deshalb beschlossen, Euch beiden die Freiheit zu geben, Eure eigenen Entscheidungen über Eure Zukunft zu treffen.

Ich habe die Absicht, Dir und Deiner Mutter an Deinem achtzehnten Geburtstag eine beträchtliche Summe Geld zu übertragen, die im Verhältnis zwei zu eins aufgeteilt werden soll, wobei Deine Mutter das Doppelte Deines Anteils erhalten wird. Vielleicht hätte ich das schon vor langer Zeit tun sollen, aber es fiel mir schwer aufzugeben, wofür ich im Namen der Cavendishs so hart gearbeitet hatte. Heute erkenne ich, daß ein Name nichts ist, wenn nicht die Menschen, die ihn tragen, sich hervorheben, denn nicht der Zufall unserer Geburt macht uns groß, sondern unser Handeln. Indem ich Dir und Deiner Mutter die Möglichkeit gebe, Euer Leben nach eigener Wahl zu führen, hoffe ich, Euch die Chance zu geben, Euch zu bewähren, genau wie das andere – weniger Glückliche – schon getan haben.

Nur noch eines zum Schluß: Sollte mir etwas zustoßen, und solltest Du eine Freundin brauchen, dann wende Dich an Dr. Sarah Blakeney, meine Ärztin, die Dir nur gut raten wird, ganz gleich, in was für einer Situation Du Dich befindest.

In Liebe, Deine Großmutter.

Cooper legte den Brief vor Chief Inspector Charlie Jones auf den Schreibtisch. »Seitdem ich den Brief gelesen habe, frage ich mich, woher sie das Geld nehmen wollte, um Mrs. Lascelles und Ruth diese Pauschalsumme zu geben, wenn sie doch Dr. Blakeney bereits zu ihrer Erbin eingesetzt hatte.«

Charlie Jones überflog rasch das Geschriebene. »Und – haben Sie eine Antwort gefunden?«

»Ich vermute, sie ist in dem Video zu finden. Wir hätten nur wissen müssen, worauf wir achten müssen. Erinnern Sie sich an die Stelle gegen Ende, als sie Ruth direkt ansprach und erwähnte, daß sie die Absicht hatte, ihr das Haus zu überlassen, ehe Ruths Verhalten in den letzten sechs Monaten sie zu einer Sinnesänderung veranlaßt hatte? Gut, unmittelbar danach sagte sie ungefähr folgendes: ›Du hättest die Wahl gehabt, entweder zu verkaufen oder weiterhin hier zu leben. Aber du hättest das Haus sicher verkauft, weil es nach Genehmigung der Anlage viel von seinem Charme verloren hätte.‹ Erinnern Sie sich?«

Charlie Jones nickte.

»Ich nahm damals an, die Worte ›nach Genehmigung der Anlage‹ bezogen sich auf irgendeine Geldanlage und habe nicht weiter auf sie geachtet.«

»Und?«

»Ich glaube jetzt, daß sie von einer Wohnanlage sprach. Sie hatte wohl die Absicht, den Garten zu verkaufen, weil dort eine Wohnsiedlung erstellt werden sollte. Wie sonst hätte sie den Pauschalbetrag für Joanna und Ruth Lascelles aufbringen und dennoch das Haus samt allem Inventar Dr. Blakeney hinterlassen können? Und jetzt stellen Sie sich mal vor, wie das auf Duncan Orloff gewirkt haben muß. Ein Mann, der nicht einmal die Vorstellung von ein paar schreienden Kindern im Nachbargarten ertragen kann, hätte wohl kaum ruhig zugesehen, wie sein Garten in eine Riesenbaugrube verwandelt wird.«

»Beweisen Sie es«, sagte Duncan Orloff ungerührt. »Nennen Sie mir den Bauunternehmer. Erklären Sie mir, wieso keine Korrespondenz mit dieser geheimnisvollen Baufirma existiert. Du meine Güte, guter Mann, sie hätte nicht einmal die Baugenehmigung für ein solches Projekt bekommen. Die Zeiten, wo alles zubetoniert wurde, sind längst vorbei. Jetzt versucht man die Grünflächen so weit wie möglich zu erhalten oder wiederherzustellen. Heutzutage kann man mit der Ökologie Stimmen fangen, aber bestimmt nicht mit spekulativem Vandalismus.«

Und das alles, dachte Charlie Jones niedergeschlagen, ist nur allzu wahr. Es blieb Cooper überlassen, da mit einer Prise gesundem Menschenverstand einzuspringen.

Am folgenden Morgen präsentierte er sich nach längeren Besprechungen mit der örtlichen Baubehörde bei der Firma Howard & Sons, Bauunternehmen in Learmouth seit 1972. Eine ältere Sekretärin, die über das unerwartete Erscheinen eines Kriminalbeamten vor Neugier fast platzte, führte ihn mit einer gewissen Feierlichkeit in das Büro von Mr. Howard senior.

Mr. Howard, ein korpulenter älterer Mann mit schütterem grauen Haar, blickte stirnrunzelnd von einem Stapel Pläne auf. »Ja, Sergeant? Was kann ich für Sie tun?«

»Wenn ich recht unterrichtet bin, hat Ihr Unternehmen die *Cedar-Estate*-Anlage in Fontwell gebaut. Das war vor zehn Jahren. Erinnern Sie sich?«

»Natürlich«, blaffte Howard. »Warum? Gibt es Beschwerden?«

»Soviel ich weiß, nicht«, antwortete Cooper freundlich.

Howard wies auf einen Sessel. »Setzen Sie sich. Heutzutage kann man nie wissen. Da wird mit harten Bandagen gekämpft, Rechtsstreitigkeiten sind an der Tagesordnung, und die einzigen Leute, die davon profitieren, sind die Anwälte. Erst heute morgen hab ich einen Brief von so einem Knauser bekommen, der sich weigert zu zahlen. Er behauptet, wir hätten den Vertrag nicht erfüllt, weil wir eine Steckdose weniger eingebaut haben als im Plan vorgesehen war. Es ist wirklich zum Heulen.« Er zog zornig seine Augenbrauen zusammen. »Also, wieso interessieren Sie sich für *Cedar Estate*?«

»Sie haben den Grund damals Mrs. Mathilda Gillespie aus Fontwell abgekauft.«

»Das ist richtig. Das ist auch so eine alte Geldschneiderin. Ich hab viel mehr für den Grund bezahlt, als ich hätte zahlen sollen.«

»*War*«, korrigierte Cooper. »Sie ist tot.«

Howard sah ihn mit plötzlichem Interesse an. »Ach was? Nun ja«, murmelte er ohne Bedauern, »früher oder später erwischt's uns alle.«

»In ihrem Fall war es eher früher. Sie ist ermordet worden.«

Darauf trat ein kurzes Schweigen ein. »Und was hat das mit *Cedar Estate* zu tun?«

»Wir haben Schwierigkeiten, ein Motiv nachzuweisen. Ein Gedanke, der sich anbietet«, erklärte er etwas schwerfällig, »ist, daß sie vorhatte, ihre erfolgreichen Geschäftsbeziehungen mit Ihnen fortzusetzen und Ihnen den Rest des Gartens zur Erstellung einer weiteren Wohnanlage zu verkaufen. Den Gesprächen, die ich mit der Planungsbehörde geführt habe, entnehme ich, daß von Anfang an eine Art zweite Phase geplant war. Damit hätte sie sich aber bei gewissen Leuten äußerst unbeliebt gemacht, so daß wir es für möglich halten, daß hier das Motiv zu ihrer Ermordung liegt.« Das Aufblitzen des Interesses in den scharfen alten Augen des anderen war ihm nicht entgangen. »Haben Sie in letzter Zeit darüber mit Mrs. Gillespie verhandelt, Mr. Howard?«

»Nur mit negativen Ergebnissen.«

Cooper runzelte die Stirn. »Könnten Sie mir das näher erklären?«

»Sie ist an uns herangetreten. Wir haben ihr ein Angebot gemacht. Sie hat es abgelehnt.« Er knurrte verärgert. »Ich sagte ja schon, sie war eine rechte Geldschneiderin. Sie wollte viel mehr für den Grund, als er wert war. Der Immobilienmarkt liegt zur Zeit am Boden, und die Preise sind im Keller. Ich fände es ja noch gar nicht so schlimm, wenn sie nicht überhaupt erst durch uns die Möglichkeit gehabt hätte, günstig zu verkaufen.« Er sah Cooper so wütend an, als wäre der an Mathilda Gillespies Ablehnung schuld. »Wir haben vor zehn Jahren die Baugenehmigung für das gesamte Gartengrundstück erwirkt, deshalb haben wir auch an der Südostgrenze den Zugang freigelassen. Der Originalvertrag sah für uns ein erstes Anrecht zur Durchführung des zweiten Bauabschnitts vor, falls sie sich für den Verkauf entschließen sollte. Und da hatte sie die Stirn, unser Angebot abzulehnen.«

»Wann war das? Erinnern Sie sich?«

»Sie meinen, wann sie unseren Vorschlag abgelehnt hat? Am fünften November, dem Feuerwerkstag.« Er lachte plötzlich. »Ich hab ihr gesagt, sie soll sich eine Rakete in den Hintern schieben, daraufhin hat sie aufgelegt. Hat mich gewundert, sonst hatte sie nämlich auf alles eine Erwiderung, und ich war nie wählerisch mit meinen Worten.«

»Sie waren persönlich bei ihr?«

»Wir haben telefoniert. Aber es war ihr schon ernst mit der Ablehnung, sie hat sie ein paar Tage später schriftlich bestätigt. Sie behauptete, sie hätte es nicht eilig und könnte es sich leisten zu warten, bis die Preise wieder steigen. Der Brief liegt zusammen mit einer Kopie unseres Angebots in den Akten.« Neues Interesse blitzte in seinen Augen auf. »Aber wenn sie tot ist, sind vielleicht ihre Erben interessiert, wie? Es ist ein faires Angebot. Ein besseres bekommen sie bestimmt nicht.«

»Es gibt da Erbstreitigkeiten«, erklärte Cooper. »Es wird wohl eine Weile dauern, ehe eindeutig feststeht, wem das Grundstück gehört. Darf ich ihren Brief mal sehen?«

»Sicher, warum nicht.« Er drückte auf seine Sprechanlage und verlangte die Akte Gillespie. »Wer hat sie überhaupt umgebracht?«

»Bis jetzt wurde noch keine Anklage erhoben.«

»Ja, es heißt ja, daß bei solchen Baustreitigkeiten die übelsten Instinkte wach werden. Aber ein Mord ist doch schon ein bißchen extrem.«

»Jeder Mord ist extrem«, sagte Cooper.

»Ein paar Häuser mehr oder weniger. Das ist doch kaum ein Motiv.«

»Die Menschen fürchten das Unerwartete«, entgegnete Cooper phlegmatisch. »Manchmal denke ich, daß das die Wurzel aller Morde ist.« Er sah zur Tür, als die Sekretärin mit einem orangefarbenen Hefter hereinkam.

Howard öffnete die Akte und nahm das oberste Blatt heraus. »Bitte.« Er reichte es Cooper über den Tisch.

Cooper sah es aufmerksam an. Der Brief war vom Sonntag, den sechsten November datiert und mit Maschine geschrieben. Es war, wie Howard gesagt hatte, eine Bestätigung ihrer Entscheidung, mit dem nächsten Bauabschnitt zu warten, bis die Preise wieder in die Höhe gingen. »Wann, sagten Sie, haben Sie das bekommen?«

»Zwei Tage nach dem Anruf.«

»Das wäre ein Sonntag gewesen.«

»Dann am Montag oder vielleicht auch am Dienstag.«

»Hat sie ihre Briefe immer mit Maschine geschrieben?«

»Soweit ich mich erinnere, nie.« Er blätterte in der Akte. »Nein, immer mit der Hand. Eine Schrift wie gestochen.«

Cooper dachte an ihren Brief an Ruth. Auch der war mit der Hand geschrieben gewesen. »Haben Sie andere Briefe von ihr da? Ich würde gern die Unterschriften vergleichen.«

Howard befeuchtete einen Finger und blätterte die Akte durch, um ihr mehrere Schreiben zu entnehmen. »Glauben Sie, daß jemand anders den Brief geschrieben hat?«

»Das ist jedenfalls eine Möglichkeit. Es gibt keine Schreibmaschine in ihrem Haus, und sie war am Samstag abend schon tot. Wann hätte sie den Brief schreiben lassen sollen?« Er legte die Blätter nebeneinander auf den Schreibtisch und musterte mit zusammengekniffenen Augen die Unterschriften. »Ja, ja«, sagte er mit Befriedigung, »man kann eben nicht raffiniert genug planen ... Ich danke Ihnen für Ihre Hilfe, Mr. Howard. Darf ich diese Briefe mitnehmen?«

»Dann brauch ich aber Fotokopien für meine Akten.« Er zeigte unverhohlen seine Neugier. »Mir ist überhaupt nicht der Gedanke gekommen, daß da was nicht in Ordnung sein könnte. Was stimmt denn nicht?«

Cooper deutete mit dem Finger auf die Unterschrift unter dem getippten Brief. »Hier, er hat seine ›i‹s mit Pünktchen versehen« – er zeigte auf die anderen Unterschriften – »sie hat das nie getan. Sein ›M‹ ist zu gerade, und das ›G‹ ist mit dem nachfolgenden ›i‹ verbunden.« Er lachte zufrieden. »Da werden sich die Experten freuen. Eine ziemlich schlampige Nachahmung alles in allem.«

»Ist wohl ein bißchen dumm?«

»Arrogant, würde ich sagen. Auch das Fälschen einer Handschrift ist eine Kunst. Man muß Jahre üben, um wirklich gut zu sein.«

»Ich lasse gerade bei den Orloffs einen Container voll alter Asche durchsieben«, berichtete Charlie Jones Cooper, als dieser auf die Dienststelle zurückkehrte. »Die Leuten haben mir gemeldet, daß sie die Tagebücher gefunden haben. Oder, genauer gesagt, was noch von ihnen übrig ist. Es sind nur ein paar Papierfetzen, dafür haben wir aber mehrere recht große Stücke des Kalbsledereinbands. Sie sind jetzt noch bei der Suche. Sie hoffen, wenigstens ein Fetzchen zu finden, auf dem ihre Schrift noch zu erkennen ist.« Er rieb sich erwartungsfroh die Hände.

»Dann sollen sie gleich auch mal nach Überresten von getippten Briefen suchen, am besten mit dem Briefkopf von Howard & Sons«, sagte Cooper, während er sein Bündel Briefe herauszog. »Die Firma hat Mathilda Gillespie am ersten November ein Angebot für ihr Grundstück gemacht, aber wir haben keine Spur davon gefunden, als wir ihre Papiere durchgesehen haben. Wahrscheinlich hat Orloff gleich die ganze Akte mitgehen lassen. Howard senior hat stapelweise Korrespondenzen über *Cedar Estate*, aber im Haus haben wir nicht einen einzigen Brief zu dieser Sache gefunden. Sonst wären wir dem guten Orloff vielleicht früher auf die Schliche gekommen.«

»Schuld daran ist allein Mathilda Gillespie selbst. Sie hat vermutlich gelernt, daß sie keinem Menschen trauen kann, und das ist der Grund, weshalb sie immer alles für sich behalten hat. Sie hat es ja in ihrem Brief an Ruth geschrieben, ›es hat in dieser Familie so viel Geheimniskrämerei gegeben‹. Wenn sie wengistens ihrem Anwalt etwas von ihren Plänen gesagt hätte, wäre sie jetzt vielleicht noch am Leben.«

»Trotzdem – wir haben nicht die richtigen Fragen gestellt, Charlie.«

Charlie Jones lachte trocken. »Wenn die Lösung zweiundvierzig lautet, wie lautet dann die Frage wirklich? Lesen Sie *Per Anhalter durch die Galaxis*, guter Freund. Es ist schwieriger, die richtige Frage zu stellen, als die Antwort zu finden. Lassen Sie sich darüber mal keine grauen Haare wachsen.«

Cooper, der sich etwas verspätet um eine Verbesserung seiner Lektüre bemühte, zog sein Heft heraus und schrieb sich den Titel auf. Er konnte nur hoffen, daß dieses Werk leichter verdaulich war als der *Othello*, den er im Moment gerade durchackerte. Er steckte seinen Bleistift wieder ein und berichtete Charlie von seinem Gespräch mit dem Bauunternehmer.

»Das erstemal hat es sechs Wochen harte Verhandlungen gebraucht, ehe Howard und Mathilda Gillespie sich auf einen Preis einigen konnten. Sie hat am Telefon anscheinend ständig gefeilscht und jedes Angebot abgelehnt, bis er ihr eines machte, das sie akzeptieren konnte. Arme alte Seele«, sagte er mit echtem Bedauern. »Orloff muß geglaubt haben, er hätte das große Los gezogen, als er hörte, daß sie beim zweitenmal genauso vorging. Sie hat es ihm leichtgemacht.« Er tippte auf den maschinegeschriebenen Brief. »Er braucht sie nur aus dem Weg zu räumen und am nächsten Tag diesen Brief abzuschicken. Howard behauptet, er und seine Söhne hatten sofort das Interesse verloren, weil er bereits vorher mehrmals klargemacht hatte, daß er ihr aufgrund der Rezession auf dem Immobilienmarkt nicht mehr bieten könnte.«

Charlie Jones nahm den Brief zur Hand und sah ihn sich an. »Bei den Orloffs im Wohnzimmer stand eine Reiseschreibmaschine auf dem Schreibtisch«, erinnerte er sich. »Lassen wir doch von den Leuten, die schon draußen sind, einen raschen Vergleich machen. Er hat sich ganz darauf konzentriert, ihre Unterschrift nachzumachen, und darüber vergessen, daß auch Schreibmaschinen eine charakteristische Schrift haben.«

»So leicht hat er es uns bestimmt nicht gemacht.«

Aber das hatte er doch getan.

»Duncan Jeremiah Orloff... angeklagt wegen Mordes verübt an Mathilda Beryl Gillespie... am Samstag, dem sechsten November...« Der diensthabende Beamte leierte mit monotoner Stimme seinen Text herunter. Cooper, der die Formel auswendig kannte, hörte nur mit halbem Ohr zu. Seine Gedanken wanderten zu einer alten Frau, der man ihre letzten Jahre geraubt hatte, und zu dem rostigen Eisengestell, das ihren Kopf umschlossen hatte. Er bedauerte es tief, sie nie gekannt zu haben. Ganz gleich, welche Sünden sie begangen hatte, es wäre, meinte er, ein Privileg gewesen.

»...eine Kaution wegen der Schwere der Vorwürfe, die gegen Sie erhoben werden, abgelehnt. Das Gericht verfügt eine unverzügliche Überstellung in die Strafanstalt...«

Er richtete seinen Blick erst auf Duncan Orloff, als dieser sich mit kleinen feisten Händen auf die Brust schlug und in Tränen ausbrach. Es sei nicht seine Schuld gewesen, jammerte er, es sei allein Mathildas Schuld gewesen. Mathilda sei an allem schuld. Er sei ein kranker Mann. Was Violet denn nun ohne ihn anfangen solle.

»Dickerchens Zusammenbruch«, murmelte der diensthabende Beamte zu Cooper gewandt.

Coopers sonst so freundliches Gesicht war finster. »Bei Gott, sie hat was Besseres verdient als Sie«, blaffte er Orloff an. »Der Mann, der sie getötet hat, hätte wenigstens mutig sein sollen, nicht ein Feigling wie Sie. Was hat Ihnen das Recht gegeben, Gott zu spielen und ihr das Leben zu nehmen?«

»Ein mutiger Mann hätte es nicht nötig gehabt, sie zu töten, Sergeant Cooper.« Er richtete seinen gequälten Blick auf den Sergeant. »Um Mathilda zu töten, war nicht Mut nötig, sondern Angst.«

»Angst vor ein paar Häusern in Ihrem Garten, Mr. Orloff?«

Duncan Orloff schüttelte den Kopf. »Ich bin der, der ich bin« – er drückte seine zitternden Hände vor sein Gesicht – »und sie hat mich zu dem gemacht. Ich habe während meiner ganzen Ehe die Frau verschmäht, die ich geheiratet habe, um in Phantasien mit der zu leben, die ich nicht geheiratet habe, und man kann nicht vierzig Jahre lang in der Hölle leben, ohne Schaden zu nehmen.«

»Sind Sie deshalb nach Fontwell zurückgekommen, um Ihre Phantasien neu zu beleben?«

»Man kann sie nicht kontrollieren, Sergeant. Man wird von ihnen kontrolliert.« Er schwieg.

»Aber Sie sind vor fünf Jahren hierher zurückgekehrt, Mr. Orloff.«

»Ich habe nichts von ihr verlangt. Ein paar gemeinsame Erinnerungen vielleicht. Frieden. Nach vierzig Jahren habe ich nur sehr wenig erwartet.«

Cooper musterte ihn neugierig. »Sie sagten eben, Sie hätten sie aus Angst getötet. Ging es darum in Ihren Phantasien? Solche Angst vor ihr zu haben, daß Sie es fertigbringen konnten, sie zu töten?«

»Es ging um körperliche Liebe«, flüsterte er.

»Zu Mathilda?«

»Natürlich.« Er ließ seine Tränen in seine offenen Hände fließen. »Ich habe Violet nie angerührt. Ich konnte es nicht.«

Guter Gott, dachte Cooper angewidert, hatte dieser Mensch denn keinen Funken Mitleid für seine Frau übrig gehabt? »Sie konnten es nicht oder Sie wollten es nicht, Mr. Orloff? Da ist ein Unterschied.«

»Ich konnte es nicht.« Seine Stimme war kaum hörbar. »Mathilda hat gewisse Dinge getan« – er zitterte am ganzen Körper wie ein Besessener –, »die Violet als« – seine Stimme brach – »als anstößig empfand. Es war für uns beide weniger unangenehm, wenn ich für das bezahlte, was ich wollte.«

Über Duncan Orloffs Kopf hinweg sah Cooper den diensthabenden Beamten an und lachte zynisch. »Ach, darauf wollen Sie also Ihre Verteidigung aufbauen? Daß Sie Mathilda Gillespie ermordet haben, weil sie Ihnen Geschmack an etwas beigebracht hatte, das nur Prostituierte liefern konnten?«

Duncan Orloff seufzte mit zitternden feuchten Lippen. »Sie

hatten nie Grund, vor ihr Angst zu haben, Sergeant. Sie hatte keine Macht über Sie, weil sie Ihre Geheimnisse nicht wußte.« Mit tränennassen Augen sah Orloff ihn an. »Als wir *Wing Cottage* kauften, entdeckte unser Anwalt natürlich, daß für den restlichen Grund und Boden, der noch zum *Cedar House* gehörte, bereits eine vorläufige Baugenehmigung vorlag. Wir haben das Haus trotzdem gekauft, weil Mathilda in den Vertrag eine Klausel einfügen ließ, die uns bei jeder zukünftigen Entscheidung ein Vetorecht einräumte.« Er lachte tonlos. »Ich gebe mir ganz allein die Schuld, denn ich kannte sie ja ungleich besser als Violet. Die Klausel war das Papier nicht wert, auf der sie geschrieben war.« In dem Bemühen, seine Fassung zu bewahren, preßte er kurz die Lippen aufeinander. »Sie mußte mich von ihren Verhandlungen mit Howard unterrichten, weil sie für das Bauvorhaben meine Unterschrift gebraucht hätte. Als ich ihr aber sagte, daß Violet und ich mit dem Projekt nicht einverstanden seien, weil uns der Abstand der Häuser zu unserem Haus nicht groß genug sei, lachte sie mich aus. ›Mach dich nicht lächerlich, Duncan. Hast du vergessen, was ich alles über dich weiß?‹«

Als er schwieg, hakte Cooper nach. »Sie wollte Sie mit Erpressung zur Unterschrift zwingen?«

»Natürlich.« Er drückte seine feuchten Hände auf seine Brust. »Wir waren im Wohnzimmer. Sie ging ein paar Minuten hinaus, um aus der Bibliothek ein Buch zu holen, und als sie zurückkam, las sie mir Auszüge daraus vor.« Er begann mit zunehmender Erregung zu keuchen. »Es war eines ihrer Tagebücher – voller Lügen und Obszönitäten – und nicht nur über mich – auch über Violet – intime Einzelheiten, die Violet ihr im Schwips erzählt hatte. ›Soll ich das fotokopieren, Duncan, und durchs Dorf gehen lassen?‹ fragte sie mich. ›Soll ganz Fontwell erfahren, daß Violet immer noch unberührt ist, weil du in eurer Hochzeitsnacht solche abscheulichen Dinge von ihr verlangt hast, daß sie sich im Badezimmer einschließen mußte?‹« Er geriet einen Moment ins Stokken. Dann fuhr er fort: »Sie amüsierte sich köstlich – sie konnte das Buch gar nicht mehr aus der Hand legen. Sie las mir Aufzeichnungen über die Marriotts vor, über den Pfarrer, über die armen Spedes – über jeden.« Wieder schwieg er.

»Und da sind Sie später heimlich ins Haus gegangen, um die anderen zu lesen?« fragte Cooper.

Duncan Orloff zuckte hiflos die Achseln. »Ich war völlig verzweifelt. Ich hoffte, ich würde etwas finden, das ich gegten *sie* verwenden könnte. Ich bezweifelte, daß die früheren etwas enthalten würden, was mir nützen konnte, schon deshalb, weil ich, um sie damit zu konfrontieren, davon unabhängig objektive Beweise hätte finden müssen. Die späteren waren abgesehen von Bemerkungen über Joannas Drogensucht, Ruths Diebstähle und ihre Überzeugung, Sarah Blakeney sei das außereheliche Kind, das sie von Paul Marriott hatte, lediglich ein Katalog ihrer Abneigung und ihres Hasses. Sie waren das Produkt eines kranken Geistes, und für sie ein Mittel, denke ich, ihr Gift loszuwerden. Wenn es ihr nicht möglich gewesen wäre, sich schriftlich zu äußern –« er schüttelte den Kopf. »Sie war wirklich wahnsinnig.«

»Aber Mord, Mr. Orloff«, sagte Cooper mit Nachdruck. »Das war doch eine extreme Lösung. Sie hätten das, was Sie über ihre Tochter und ihre Enkelin wußten, gegen sie verwenden können. Sie war eine stolze Frau. Sie hätte bestimmt nicht gewollt, daß diese Geschichten publik werden.«

Wieder hob Orloff den Blick und sah ihn an. »Ich hatte nie vor, sie zu töten, jedenfalls nicht bis zu dem Samstagmorgen, als Jane Marriott sie besuchte. Ich wollte ihr damit drohen, das, was ich wußte, Dr. Blakeney mitzuteilen. Aber wie ich Ihnen schon sagte, es war die Angst, die sie getötet hat. Ein mutiger Mann hätte gesagt: ›Dann mach es doch publik, verdammt noch mal, und geh zum Teufel.‹«

Cooper konnte ihm nicht mehr folgen. »Ich verstehe nicht.«

»Sie sagte zu Jane Marriott, ehe irgend etwas sich bessern würde, würde erst einmal alles noch viel schlimmer werden, weil sie wisse, daß James ihre persönlichen Papiere gelesen hatte – ihr kam gar nicht der Gedanke, daß ich es gewesen sein könnte. Und danach sagte sie, sie habe nicht die Absicht, noch länger zu schweigen.« Er faltete die Hände. »Da bin ich natürlich rübergegangen, sobald Jane weg war, und habe sie gefragt, was sie damit gemeint habe, als sie sagte, sie habe nicht die Absicht, noch länger zu schweigen.« Sein Gesicht war grau vor Erschöpfung. »Sie nahm die Schandmaske und hielt sie mir höhnisch vors Gesicht. ›Mathilda Cavendish und Mathilda Gillespie haben ihre Tagebücher nicht zum Spaß geschrieben, Duncan. Sie haben alles aufgeschrieben, um sich eines Tages rächen zu können. Sie werden sich den Mund nicht stopfen lassen. Dafür werde ich sorgen.‹« Er machte eine kurze Pause. »Sie war wirklich wahnsinnig«, sagte er wieder, »und sie hat es auch gewußt. Als ich sagte, ich würde ihr einen Arzt holen, lachte sie mich aus und zitierte *Macbeth*. ›Sie bedarf des Beicht'gers mehr noch als des Arztes.‹« Er hob wie kapitulierend die Hände. »Und ich dachte, daß wir alle, die wir durch ihre Tagebücher vernichtet werden würden, das Beicht'gers mehr bedurften als des Arztes, und da entschloß ich mich, an diesem schrecklichen Nachmittag – Gott zu spielen.«

Cooper war höchst skeptisch. »Aber Sie müssen das alles im voraus geplant haben, denn Sie haben ja schon vorher die Schlaftabletten gestohlen.«

Er seufzte. »Die waren für mich – oder Violet – oder uns beide.«

»Und warum haben Sie es sich dann doch anders überlegt?«

»Sergeant, ich bin, wie Sie richtig sagen, ein Feigling, und mir wurde klar, daß ich die Tagebücher nicht vernichten konnte, ohne auch sie zu vernichten. *Sie* war das Gift, die Tagebücher waren nur seine äußere Manifestation. Wenigstens habe ich den anderen dazu verholfen, ihre Würde zu bewahren.«

Cooper dachte an die, die ihm am Herzen lagen, Jack und Sarah, Jane und Paul Marriott; vor allem Ruth.

»Aber nur wenn Sie sich schuldig bekennen, Mr. Orloff, sonst wird das alles vor Gericht ans Licht kommen.«

»Ja. Das zumindest schulde ich Violet«, sagte er.

Es ist schließlich ganz einfach, einen Mann zu manipulieren, wenn er nichts weiter will als etwas so Wertloses wie Liebe. Liebe ist leicht zu geben, wenn nur in den Körper eingedrungen wird, aber nicht in den Geist. Mein Geist kann allem standhalten. Ich bin Mathilda Cavendish, und was kümmert es Mathilda, wenn alles, was sie fühlt, Verachtung ist?

Der Mensch, der stolze Mensch,
In kleine, kurze Majestät gekleidet,
Vergessend, was am mindsten zu bezweifeln,
Sein gläsernes Element, wie zornge Affen
Spielt solchen Wahnsinn gaukelnd vor dem Himmel,
Daß Engel weinen.

Wenn Engel weinen, hat Mathilda keine Spur davon gesehen. Sie weinen nicht für mich …

20

Jane Marriott legte den Hörer auf und griff sich mit zitternder Hand an den Mund. Sie ging ins Wohnzimmer, wo ihr kranker Mann in der Wintersonne, die durch das Fenster strömte, auf dem Sofa lag. Sie setzte sich neben ihn und nahm seine Hand. »Eben war Sergeant Cooper am Telefon«, sagte sie. »Man hat James Gillespie heute morgen tot in seiner Wohnung gefunden. Wahrscheinlich Herzinfarkt.«

Paul sagte kein Wort, starrte nur in den Garten hinaus.

»Er hat gesagt, wir brauchen keine Angst mehr zu haben, niemand wird je etwas erfahren. Er hat auch gesagt« – sie hielt kurz inne –, »daß das Kind ein Mädchen war. Mathilda hat gelogen, als sie sagte, es wäre ein Junge.« Sie hatte Paul nach dem Gespräch mit Sergeant Cooper in der Praxis alles erzählt.

Eine Träne quoll aus seinem Auge. »Es tut mir so leid.«

»Um James?«

»Um – alles. Wenn ich gewußt hätte –« Er schwieg.

»Hätte das etwas geändert, Paul?«

»Wir hätten uns die Last teilen können. Du hättest sie nicht allein tragen müssen.«

»Es hätte mich vernichtet«, sagte sie aufrichtig. »Ich wäre nicht damit fertig geworden, daß du von dem Kind weißt.« Sie sah ihm forschend ins Gesicht. »Mit der Zeit hätte Mathilda in deinen Augen gewonnen, und ich verloren.«

»Nein.« Seine blaugeäderte Hand umschloß die ihre. »Die Geschichte mit ihr war in jeder Hinsicht nur ein flüchtiger Wahnsinn. Selbst wenn ich von dem Kind gewußt hätte, hätte es nichts geändert. Ich habe immer nur dich geliebt.« Seine Augen wurden feucht. »Im übrigen glaube ich, daß dein erster Instinkt richtig war, Jane, und Mathilda das Kind getötet hätte. Ihren Worten kann man keinen Glauben schenken. Sie hat viel häufiger gelogen als die Wahrheit gesagt.«

»Nur daß sie ihr Vermögen Sarah hinterlassen hat«, entgegnete Jane, »und Sergeant Cooper sagte, das Kind sei ein Mädchen gewesen. Wenn nun Sarah –?« Sie brach ab und drückte ihm ermutigend die Hand. »Es ist nie zu spät, Paul. Was meinst du, würde es schaden, ein paar taktvolle Fragen zu stellen?«

Er wandte seinen Blick von ihrem fragenden Gesicht und dachte, Coopers Fußstapfen folgend, flüchtig über die Launenhaftigkeit des Schicksals nach. Sein Leben lang hatte er geglaubt, kinderlos zu sein, und jetzt, da er siebzig war, sagte ihm Jane, er sei Vater. Aber wessen Vater? Vater eines Sohns? Einer Tochter? Oder hatte Mathilda auch hier gelogen, wie sie so oft gelogen hatte? Für ihn selbst spielte es kaum eine Rolle – er hätte sich längst mit seiner Kinderlosigkeit abgefunden –, über Janes Leben jedoch würde Mathilda immer einen langen, bösen Schatten werfen. Es gab keine Garantie dafür, daß das Kind, wenn es überhaupt existierte, sich über das plötzliche Eindringen leiblicher Eltern in sein Leben freuen würde. Er hätte es nicht ertragen können, Janes Hoffnungen in dieser Hinsicht so zerstört zu sehen, wie ihre Hoffnung auf seine Treue zerstört worden war. War es letztendlich nicht besser, in einer Illusion von Glück und Zufriedenheit zu leben, statt in der schrecklichen Gewißheit verratenen Vertrauens?

»Du mußt mir versprechen, daß du niemals etwas sagen wirst.« Er neigte seinen Kopf nach hinten und rang um Atem. »Wenn ich ihr Vater bin, dann hat Mathilda es ihr nie gesagt, sonst wäre sie gewiß aus eigenem Antrieb hierhergekommen. Sie hat schon einen Vater, der sie liebt und der sie großartig aufgezogen hat. Zwing sie nicht, zwischen uns zu wählen. Zurückweisung tut so weh.«

Jane strich ihm das schüttere Haar aus der Stirn. »Vielleicht ist es wirklich am besten, wenn manche Geheimnisse nie gelüftet werden. Wollen wir das hier miteinander teilen und ab und zu ein bißchen träumen?« Sie war eine kluge und großherzige Frau, die ganz beiläufig anerkannte, daß eben Mathildas Verrat ihr Einblicke in sich selbst und in Paul gestattete, die sie vorher nicht gehabt hatte. Letztendlich, dachte sie, gab es jetzt weniger zu betrauern als zu feiern.

Joanna saß dort, wo ihre Mutter immer gesessen hatte, in dem hartlehnigen Sessel neben der Fenstertür. Sie neigte leicht den Kopf zur Seite, um Sergeant Cooper anzusehen. »Weiß Dr. Blakeney von diesem Gespräch?«

Er schüttelte den Kopf. »Nein. Ich hoffe vielmehr, daß Sie den ersten Schritt tun werden und ihr anbieten, von einer Anfechtungsklage gegen das Testament abzusehen, wenn sie sich bereit erklärt, die Absichten Ihrer Mutter, wie sie sie in ihrem Brief an Ruth dargelegt hat, zu erfüllen. Ein bißchen Öl auf stürmische Wogen wäre nicht schlecht, Mrs. Lascelles, und es ist im Interesse aller, daß Sie diese traurige Angelegenheit hinter sich lassen und nach London zurückkehren, wohin Sie gehören.«

»Es ist auf jeden Fall in Dr. Blakeneys Interesse. In meinem nicht.«

»Ich dachte mehr an Ihre Tochter. Sie ist noch sehr jung, und der Tod ihrer Großmutter hat sie weit mehr erschüttert, als Ihnen klar zu sein scheint. Es wäre« – er suchte nach einem Wort – »hilfreich, wenn Sie eine freundschaftliche Regelung suchten, statt einer langen und schmerzhaften Auseinandersetzung. Anwälte haben eine unangenehme Art, Dinge ans Licht zu fördern, die besser begraben bleiben sollten.«

Sie stand auf. »Ich habe wirklich keine Lust, das weiter mit Ihnen zu diskutieren, Sergeant. Es geht Sie nichts an.« Die hellen Augen bekamen einen häßlichen harten Blick. »Sie haben sich von den Blakeneys genauso einwickeln lassen wie meine Mutter, und schon aus diesem Grund werde ich nicht freundschaftlich mit ihnen verhandeln. Es ist mir immer noch unbegreiflich, daß Sie Jack Blakeneys Angriffe auf mich und Ruths Diebstähle ungeahndet lassen wollen, und ich werde dafür sorgen, daß mein Anwalt

Ihren Chief Constable darauf aufmerksam machen wird. Mir ist völlig klar, daß Dr. Blakeney mit der tatkräftigen Unterstützung meiner Tochter ihren Mann und Sie dazu benutzt, Druck auf mich auszuüben, damit ich dieses Haus verlasse und sie es in Besitz nehmen kann. Diese Genugtuung werde ich ihr nicht geben. Je länger ich bleibe, desto stärker ist meine Position.«

Cooper lachte freundlich. »Haben Sie denn überhaupt einen Anwalt, Mrs. Lascelles? Ich hoffe nicht, denn Sie vergeuden Ihr Geld, wenn er Ihnen solche Ratschläge gibt.« Er wies auf den Sessel. »Setzen Sie sich«, befahl er, »und danken Sie Ihrer Tochter und den Blakeneys dafür, daß ich Sie nicht wegen des Besitzes von Heroin verhafte. Ich würde es liebend gern tun, das können Sie mir glauben, aber wie ich schon sagte, es ist im Interesse aller, auch Ihrem eigenen, wenn Sie aus Dorset verschwinden. Von Rechts wegen sollte ich meine Kenntnisse an die Londoner Polizei weitergeben, aber das werde ich nicht tun. Man wird dort schnell genug herausfinden, was los ist, weil Sie selbst mit der Summe, die Dr. Blakeney Ihnen bezahlen wird, auf die Dauer nicht zurechtkommen werden. Es gibt keine monatlichen Schecks mehr, Mrs. Lascelles, weil niemand mehr da ist, den man terrorisieren kann. Was haben Sie getan, um Ihre Mutter zum Zahlen zu zwingen?«

Sie starrte aus dem Fenster. Es dauerte lange, ehe sie antwortete. »Ich brauchte nichts zu tun. Es reichte, daß ich ihre Tochter war. Sie dachte, ich wäre wie sie, und darum hatte sie Angst vor mir.«

»Das verstehe ich nicht.«

Sie drehte den Kopf und fixierte ihn mit ihrem seltsam durchdringenden Blick. »Ich habe gesehen, wie sie ihren Vater ermordet hat. Sie hatte Todesangst, ich würde das gleiche mit ihr tun.«

»Hätten Sie es getan?«

Sie lächelte plötzlich, und ihre Schönheit bestürzte ihn. »Ich bin wie Hamlet, Sergeant, ›Ich bin nur toll bei Nordnordwest‹. Sie werden es wahrscheinlich nicht glauben, aber ich hatte immer viel größere Angst, daß sie mich töten würde. In letzter Zeit habe ich sehr gut geschlafen.«

»Werden Sie nach London zurückkehren?«

Sie zuckte die Achseln. »Natürlich. ›Wenn ein Mensch Londons müde ist, ist er lebensmüde‹. Haben Sie mal Samuel Johnson gelesen, Sergeant? Er war weit geistreicher als Shakespeare.«

»Ich werde es tun, Mrs. Lascelles.«

Sie wandte sich wieder dem Fenster zu und dem schönen Ausblick auf die libanesische Zeder, die den Garten beherrschte. »Ich nehme an, wenn ich gegen Dr. Blakeney klage, werden Sie an die Londoner Polizei weitergeben, was Sie über mich wissen.«

»Das werde ich wohl leider tun.«

Sie lachte leise. »Meine Mutter war eine meisterhafte Erpresserin. Schade, daß Sie sie nie kennengelernt haben. Werden sich die Blakeneys um Ruth kümmern, Sergeant? Ich möchte nicht, daß sie Hunger leidet.«

Und näher, dachte Cooper, würde sie wohl einem Ausdruck von Zuneigung zu ihrer Tochter nie kommen. »Sie haben auf jeden Fall vor, sie vorläufig bei sich zu behalten«, antwortete er ihr.

(»Ruth braucht unsere ganze emotionale Unterstützung«, hatte Sarah gesagt, »auch Ihre, Cooper, um den Schwangerschaftsabbruch und den Prozeß gegen David Hughes einigermaßen heil zu überstehen.« – »Und wenn Hughes freigesprochen wird?« fragte Cooper. »Er wird nicht freigesprochen werden«, sagte Sarah bestimmt. »Es haben sich noch drei Mädchen bereit erklärt, gegen ihn auszusagen. Frauen haben eine Menge Mut, wissen Sie, wenn man ihnen nicht gerade ein Messer an die Kehle setzt.«)

»Und auf lange Sicht?« fragte Joanna.

»Vorausgesetzt, daß das Testament nicht angefochten wird, wird Dr. Blakeney dann, wenn sie Ihnen das Geld überschreibt, das Ihre Mutter Ihnen zugedacht hatte, einen Treuhandfonds für Ruth einrichten.«

»Hat sie vor, den Garten zu verkaufen, um das zu tun?«

»Das weiß ich nicht. Sie sagte heute morgen zu mir, daß das *Cedar House* sich gut als Pflegeheim eignen würde.«

»Mutter würde sich im Grab umdrehen«, sagte Joanna wütend, »wenn sie wüßte, daß die alten Weiber von Fontwell hier auf ihre Kosten gepflegt werden sollen. Sie konnte sie nicht ausstehen.«

Cooper lächelte vor sich hin. Herrlich, diese Ironie, besonders da die erste Heiminsassin wahrscheinlich die arme, völlig verwirrte Violett Orloff sein würde.

Jack beobachtete Sarah aus dem Augenwinkel, während er vor seiner Staffelei saß und letzte Hand an Joannas Porträt legte. Die Stirn an das kühle Glas der Fensterscheibe gedrückt, blickte sie zum bewaldeten Horizont hinaus.

»Einen Penny für deine Gedanken«, sagte er schließlich.

»Wie bitte?« Sie drehte sich nach ihm um.

»Woran hast du gedacht?«

»Ach, nichts –« Sie schüttelte den Kopf. »Gar nichts eigentlich.«

»An Kinder?« fragte er ohne den üblichen Anflug von Ironie.

Sie trat in die Mitte des Raums und betrachtete das Porträt Mathildas. »Ja, okay, du hast recht, aber du brauchst keine Angst zu haben. Ich habe nicht mit Sehnsucht daran gedacht. Im Gegenteil, ich hab gedacht, daß du von Anfang an recht gehabt hast, und Kinder doch eine ziemliche Last sind. Sie machen einem nichts als Kopfzerbrechen und Kummer, und das möchte ich mir eigentlich lieber ersparen.«

»Schade«, murmelte er, während er seinen Pinsel in Terpentin tauchte und dann auf Kreppapier abwischte, »ich hab gerade angefangen, mich an die Vorstellung zu gewöhnen.«

Sie bemühte sich, einen leichten Ton beizubehalten. »Die meisten deiner Scherze kann ich ganz gut vertragen, Jack, aber nicht, wenn es um Kinder geht. Sally Bennedict hat jegliche Glaubwürdigkeit, die du in dieser Hinsicht vielleicht besessen hast, an dem Tag zerstört, an dem sie deinen kleinen Fehltritt beseitigt hat.«

Sein Gesicht wurde sehr nachdenklich. »Nur interessehalber, genieße ich hier eine Sonderstellung, weil ich ein Mann bin, oder hast du vor, auch Ruth auf diesen Trip zu schicken?«

»Das ist doch was ganz anderes.«

»Findest du? Das sehe ich nicht so.«

»Ruth hat schließlich nicht ihren Ehemann hintergangen«, murmelte sie mit zusammengebissenen Zähnen.

»Dann sprechen wir aber nicht über Kinder, Sarah, oder darüber, ob ich das Recht habe, meine Meinung zu ändern, sondern wir sprechen von Untreue. Das sind zwei ganz verschiedene Dinge.«

»Für dich vielleicht. Für mich nicht. Bindung ist Bindung, ob man sich nun an einen Menschen bindet oder an eine Überzeugung. Wieso hast du dir überhaupt nichts dabei gedacht, deine Geliebte zu schwängern, während du bei deiner eigenen Frau immer auf Verhütung bedacht warst?« Zwei rote Flecken brannten auf ihren Wangen, und sie wandte sich abrupt ab. »Ach, vergessen wir's. Ich möchte nicht mehr drüber reden.«

»Warum nicht?« entgegnete er. »Ich finde das sehr interessant.« Er faltete die Hände hinter seinem Kopf und lächelte amüsiert. »Du hast mir in den letzten zwölf Monaten das Leben ganz schön zur Hölle gemacht. Reißt mich ohne Vorwarnung, ohne daß irgend etwas zwischen uns besprochen worden wäre, aus London raus und verpflanzt mich hier mitten in die Prärie, etwa nach dem Motto, ›friß oder stirb, Jack, du bist ja bloß mein beschissener Ehemann‹.« Seine Augen wurden schmal. »Ich mußte mit ansehen, wie Cock Robin Hewitt hier in meiner Küche rumstolzierte, dir schöne Augen machte, und mich wie den letzten Dreck behandelte. Ich hab mir lächelnd angehört, wie geistige Zwerge meine Arbeit runtergeputzt haben, weil ich ja bloß der Penner bin, dem nichts lieber ist, als sich von seiner Frau aushalten zu lassen. Und zu allem Überfluß mußte ich auch noch Keith Smolletts Vorträge über deine Tugendhaftigkeit über mich ergehen lassen. In dieser ganzen Zeit hat nur ein einziger Mensch mich wie ein menschliches Wesen behandelt – und das war Mathilda. Wäre sie nicht gewesen, ich wäre im September gegangen und hätte dich im Saft deiner Selbstgerechtigkeit schmoren lassen.«

Sie wandte ihm noch immer den Rücken zu. »Warum hast du es nicht getan?«

»Weil ich, was sie mir immer wieder vor Augen hielt, dein Mann bin. Herrgott noch mal, Sarah, weshalb hätte ich dich denn heiraten sollen, wenn ich nicht geglaubt hätte, daß unsere Beziehung etwas Besonderes ist? Ich mußte dich nicht heiraten. Niemand hat mir die Pistole auf die Brust gesetzt. Ich wollte es.«

»Aber warum –?« Sie brach ab.

»Warum ich Sally geschwängert habe, meinst du? Das war ich nicht. Ich habe mit diesem schrecklichen kleinen Luder nicht mal geschlafen. Ich habe ihr Porträt gemalt, weil sie glaubte, ich würde ganz groß rauskommen, nachdem der Bond-Street-Mensch mir das erste und einzige Bild abgekauft hatte.« Er lachte ohne Erheiterung. »Sie hat gehofft, über mich Karriere machen zu können, wie sie immer versucht, über den Ruhm anderer Karriere zu machen. Genauso hab ich sie natürlich gemalt – eine faule Schmarotzerin, die sich einbildet, ihr müßte alles in den Schoß fallen. Seitdem haßt sie mich wie die Pest. Wenn du mir gesagt hättest, daß sie behauptete, ich wäre der Vater ihres ungewollten Kindes, hätte ich dich sofort aufgeklärt, aber du hast mir nicht genug vertraut, um mit mir darüber zu sprechen.« Seine Stimme wurde hart. »Aber dafür hast du ihr vertraut, und dabei hast du das verdammte Weib nicht mal gemocht.«

»Sie war sehr glaubhaft.«

»Natürlich war sie glaubhaft!« brüllte er. »Sie ist Schauspielerin! Wann machst du endlich deine Augen auf, Sarah, und siehst die Menschen, wie sie sind, mit ihren Schattenseiten, ihren guten Seiten, ihren Stärken und ihren Schwächen? Verdammt noch mal, du hättest deiner Wut oder was auch immer freien Lauf lassen sollen! Du hättest mir die Augen auskratzen, mir die Eier abschneiden, weiß der Himmel was tun sollen, wenn du wirklich geglaubt hast, ich hätte dich hintergangen.« Seine Stimme wurde wieder weicher. »Liebst du mich denn nicht genug, um mich zu hassen, Sarah?«

»Du Mistkerl, Blakeney!« Sie drehte sich herum und starrte ihn mit blitzenden Augen an. »Du hast keine Ahnung, wie unglücklich ich gewesen bin.«

»Und du hast die Stirn, mich zu beschuldigen, ich sei egozentrisch! Meinst du, ich wäre nicht unglücklich gewesen?«

»Dem ist leicht abzuhelfen«, sagte sie.

»Ist es nicht, verdammt noch mal.«

»Ist es doch, verdammt noch mal.«

»Wie denn?«

»Eine kleine Massage zur Lockerung, und dann ein Kuß, und alles ist wieder gut.«

»Aha«, sagte er nachdenklich. »Na, das ist ja immerhin ein Anfang. Aber vergiß nicht, daß das Leiden chronisch ist und wiederholte Zuwendung braucht. Ich möchte keinen Rückfall erleben.«

»Aber umsonst kriegst du's nicht.«

Er musterte sie mit halbgeschlossenen Augen. »Dachte ich mir doch gleich, daß das zu schön ist, um wahr zu sein.« Er griff in seine Tasche. »Wieviel?«

Sie gab ihm einen leichten Puff. »Ich will nur Informationen. Warum hatte Mathilda an dem Morgen des Tages, an dem sie gestorben ist, Streit mit Jane Marriott? Warum hat Mathilda geweint, als du ihr ihr Porträt gezeigt hast? Und warum hat Mathilda mir ihr Geld hinterlassen? Ich weiß, das hängt alles zusammen, Jack, und ich weiß auch, daß Cooper die Antwort weiß. Ich hab's ihm angesehen gestern abend.«

»Und wenn ich nicht antworte, krieg ich wohl keine Massage?«

»Bestimmt nicht. Dann werde ich sie Cooper anbieten. Einer von euch muß schließlich reden.«

»Du würdest den armen Kerl umbringen. Der bekommt ja schon Krämpfe, wenn du nur seine Hand berührst.« Er zog sie auf seinen Schoß hinunter. »Es wird nichts leichter machen, wenn ich's dir erzähle«, warnte er. »Im Gegenteil, es wird alles noch schwerer machen. Ich kenne dich zu gut.« Alle Schuldgefühle, die sie jetzt vielleicht hatte, würden nichts sein im Vergleich zu den Qualen über die Frage, ob sie nicht unwissentlich Mathilda glauben gemacht hatte, sie sei adoptiert. Und wie würde sich die Wahrheit auf ihre Beziehung zu Jane Marriott auswirken? So wie er Sarah kannte, würde sie sich verpflichtet fühlen, Jane reinen Wein einzuschenken, und die arme Frau mit einem Übermaß an Ehrlichkeit vertreiben. »Ich habe Mathilda ein Versprechen gegeben, Sarah. Ich möchte es wirklich nicht brechen.«

»Du hast es schon gebrochen, als du mit Cooper gesprochen hast«, entgegnete sie.

»Ich weiß, und ich bin darüber genausowenig glücklich wie über meinen Wortbruch Ruth gegenüber.« Er seufzte. »Aber ich hatte wirklich keine Wahl. Er und der Inspector waren überzeugt, das Testament sei das Motiv für den Mord an Mathilda gewesen, und ich mußte ihnen erklären, warum sie es so gemacht hatte.«

Sarah starrte auf Mathildas Porträt. »Sie hat es so gemacht, weil sie sich damit Unsterblichkeit erkaufen wollte und nicht daran glaubte, daß Joanna oder Ruth ihr das ermöglichen würden. Die beiden hätten das Geld vergeudet, während sie bei mir davon überzeugt war, daß ich es ›in ihrem Andenken für eine lohnende Aufgabe verwenden würde‹.« Jack hörte die Bitterkeit in ihrem Ton. »Sie kannte mich gut genug, um zu wissen, daß ich das Geld nicht für mich selbst ausgeben würde, zumal ich überzeugt war, kein Recht darauf zu haben.«

»So zynisch war sie nicht, Sarah. Sie hat aus ihrer Zuneigung zu dir nie ein Geheimnis gemacht.«

Doch Sarah war immer noch in den Anblick des Porträts vertieft. »Du hast mir immer noch nicht erklärt«, sagte sie plötzlich, »warum du an dem Wochenende bei Sally warst.« Sie drehte den Kopf und sah ihn an. »Aber das war eine Lüge, nicht wahr? Du warst woanders.« Sie legte ihre Hände auf seine Schultern. »Wo warst du, Jack?« Sie schüttelte ihn, als er nicht antwortete. »Es hatte mit Mathildas Weinen zu tun und vermutlich auch mit ihrem Testament, obwohl du das zu dem Zeitpunkt noch nicht wußtest.« Er fühlte förmlich, wie ihre Gedanken arbeiteten. »Deshalb mußtest du an dem Wochenende weg, ohne mich wissen zu lassen, wohin.«Sie sah ihm forschend ins Gesicht. »Aber sie hätte doch gut und gern noch zwanzig Jahre leben können, wieso hat sie dir dann schon jetzt etwas gesagt, das erst nach ihrem Tod Bedeutung gewonnen hätte?«

»Sie hatte nicht die Absicht, es mir zu sagen. Und ich habe mir das, was sie zu sagen hatte, auch nur sehr widerwillig angehört.« Er seufzte. Früher oder später würde Sarah erfahren, daß er bei ihrem Vater gewesen war, und auch, warum er dort gewesen war. »Ungefähr ein Jahr nach Joannas Geburt bekam sie ein zweites Kind von Paul Marriott, eine Tochter, die sie zur Adoption freigab. Aus allen möglichen Gründen redete sie sich ein, du wärst ihre verlorene Tochter, und sagte mir, sie habe ihr Testament zu deinen Gunsten geändert.« Er lächelte schief. »Ich war so entsetzt, daß ich im ersten Moment völlig ratlos war. Sollte ich den Mund halten und dich einfach unberechtigt erben lassen? Oder sollte ich ihr die Wahrheit sagen und ihre Illusionen zerstören? Ich beschloß, erst einmal abzuwarten, und fuhr zu deinem Vater, um ihn zu fragen, ob er irgendein Papier hätte, das ich ihr zeigen könnte.« Er schüttelte mit ironischer Miene den Kopf. »Aber als ich zurückkam, war Mathilda tot, die Polizei suchte krampfhaft nach einem Mordmotiv, und ich war der einzige, der wußte, daß Mathilda dir ein Vermögen hinterlassen hatte. Es war der reinste Alptraum. Ich sah nur, daß wir beide als Mörder verhaftet werden würden, wenn ich nicht den Mund hielt. Wir konnten nicht beweisen, daß ich dir nichts von dem Testament gesagt hatte, und du hattest kein Alibi.« Er lachte leise. »Dann hast du mich aus heiterem Himmel rausgeschmissen, und ich hielt es für das beste, zu gehen und dich in dem Glauben zu lassen, ich sei nichts weiter als ein mieser Hund. Du warst so verletzt und wütend, daß du ausnahmsweise einmal gar nicht versucht hast, deine Emotionen zu verbergen, und Cooper eine kräftige Dosis nackter Ehrlichkeit eingeflößt bekam. Du hast alle deine Gefühle vor ihm bloßgelegt, vom

Schock über das Testament bis zu deiner völligen Bestürzung darüber, daß ich Mathildas Porträt hatte malen können, ohne daß du etwas davon wußtest.« Er lachte wieder. »Du hast uns beide rausgehauen, ohne zu wissen, was du tatest.«

»Vielen Dank«, sagte sie kurz. »Und was wäre geschehen, wenn ich über deinen Auszug überglücklich gewesen wäre?«

Er lächelte verschmitzt. »Dagegen hab ich mich gleich rückversichert, indem ich bei Joanna einzog. Sie sieht besser aus als du, da mußtest du ja eifersüchtig werden.«

»Quatsch.« Sie erklärte nicht, ob ihre Verachtung Joannas Aussehen oder der Eifersucht galt. »Hat Mathilda Jane gesagt, daß sie ein Kind von Paul hatte? Was war der Grund für die Auseinandersetzung?«

Er nickte. »Aber ihr sagte sie, es sei ein Junge gewesen.«

Sarah seufzte. »Dann war es wahrscheinlich überhaupt nicht wahr. Das Kind kann genauso ein Produkt ihrer Phantasie gewesen sein, wie es der Selbstmord ihres Onkels war.« Sie zuckte die Achseln. »Oder sie hat es abtreiben lassen oder das arme kleine Ding nach der Geburt getötet. Ich glaube, es paßte ihr einfach in den Kram, das Mädchen wiederaufleben zu lassen, um eine Erbin zu produzieren, die von so starken Schuldgefühlen gequält wurde, daß sie sie auch nach ihrem Tod noch gängeln konnte.« Sie wandte sich wieder dem Porträt zu. »Sie hat uns alle auf diese oder jene Weise gebraucht und mißbraucht, und ich weiß nicht, ob ich noch weiter von ihr manipuliert werden möchte. Was soll ich Jane und Paul sagen, wenn sie mich fragen, warum sie mir ihr Geld hinterlassen hat?«

»Nichts«, sagte er schlicht. »Es ist ja nicht dein Geheimnis, Sarah, es ist meines. Duncan hat dir wenigstens einen guten Dienst erwiesen, indem er ihre Tagebücher vernichtet hat. So hast du die Freiheit, ihr ein Monument nach deinem eigenen Belieben zu schaffen. In zehn Jahren wird man sie in Fontwell nur noch als großzügige Wohltäterin ansehen, weil es keinen gegenteiligen Beweis geben wird.« Er umschloß ihr Gesicht mit seinen Händen.

»Laß sie jetzt nicht im Stich, Liebes. Ganz gleich, was für Motive sie hatte und was sie getan hat, sie hat dir die Tilgung ihrer Schuld anvertraut.«

»Sie hätte sie dir anvertrauen sollen, Jack. Ich glaube, sie hat dich mehr geliebt als jeden anderen Menschen in ihrem Leben.« Ihre Augen wurden feucht. »Verdient sie es denn, daß die Menschen gut von ihr denken?«

Er strich ihr mit den Fingerspitzen die Tränen von den Wimpern. »Sie verdient ein wenig Mitleid, Sarah. Am Ende ist das das einzige, was jeder von uns verdient.«

Dies ist das Tagebuch von Mathilda Beryl Cavendish. Dies ist meine Geschichte, die die Menschen lesen sollten, wenn ich einmal tot bin. Wenn es jemand findet, soll er es zur Polizei bringen und dafür sorgen, daß Vater gehängt wird. Er hat mich heute gezwungen, etwas Böses zu tun, und als ich geagt habe, ich würde es dem Pfarrer sagen, hat er mich mit der Schandmaske auf dem Kopf in den Schrank gesperrt. ICH HAB GEBLUTET. *Er weint dauernd und behauptet, es wäre nur Mutters Schuld, weil sie gestorben ist. Ich glaube auch, daß es Mutters Schuld ist.*

Gestern war mein Geburtstag. Vater hat gesagt, ich wäre jetzt alt genug, und Mutter hätte nichts dagegen. Sie hätte immer gewußt, was Männer brauchen. Ich darf KEINEM MENSCHEN *was sagen, sonst setzt er mir die Schandmaske auf.* IMMER WIEDER, IMMER WIEDER.

Niemals hätte Mutter solche Dinge tun sollen, dann würde Vater sie mir jetzt nicht antun. Ich bin doch erst zehn Jahre alt.

ICH HASSE SIE. ICH HASSE SIE. ICH HASSE SIE...

MINETTE WALTERS

Die Bildhauerin

Roman

Aus dem Englischen von Mechthild Sandberg-Ciletti
416 Seiten · Gebunden

Olive Martin sitzt wegen eines grausamen Verbrechens im Gefängnis: Sie hat zugegeben, ihre Mutter und ihre jüngere Schwester ermordet und dann zerstückelt zu haben. Unter ihren Mitgefangenen ist Olive wegen ihrer Ausbrüche gefürchtet, und ihre Beschäftigung mit Knetpuppen, in die sie Nadeln sticht, hat ihr den Beinamen »Die Bildhauerin« eingetragen. Rosalind Leigh ist also gewarnt, als sie das Gefängnis betritt, um Olive zu treffen. Die Journalistin soll die Hintergründe des Falles ausleuchten. Schnell erkennt sie, daß es noch eine tiefere Wahrheit gibt als die in Geständnis und Urteil festgeschriebene. Zusammen mit der Bildhauerin tritt Rosalind eine gefährliche Reise an in eine Welt voller versteckter Leidenschaften und offenem Haß, schreiender Ungerechtigkeit und dunkler Geheimnisse...

Ausgezeichnet mit dem Edgar-Allan-Poe-Preis
als bester Kriminalroman des Jahres

JOY FIELDING

Flieh, wenn du kannst

Roman

Aus dem Amerikanischen von Mechthild Sandberg-Ciletti
416 Seiten · Gebunden

Ein Anruf am frühen Morgen verändert Bonnie Wheelers wohlgeordnetes Leben: Joan, die Ex-Frau ihres Mannes, warnt Bonnie vor einer geheimnisvollen Gefahr, in der sie und ihre kleine Tochter schweben sollen. Sie will Bonnie bei einem persönlichen Treffen alles erklären, aber als diese am vereinbarten Ort erscheint, findet sie Joan ermordet vor. Bonnie glaubt schon an eine teuflische Falle, denn für die Polizei ist sie natürlich die erste Tatverdächtige. Dann aber stellt sich heraus, daß Joans Warnungen nicht aus der Luft gegriffen waren. Bonnie beginnt an allem zu zweifeln, was ihr Leben bisher ausmachte: an Ehemann, Freunden, ja sogar an ihrer eigenen Vergangenheit. Doch ihr Alptraum hat gerade erst begonnen…

»Wahrlich meisterhaft spielt Joy Fielding
mit unseren geheimen Erwartungen
und tiefsten Ängsten.«

THE WASHINGTON POST

GOLDMANN VERLAG

JANET EVANOVICH

Einmal ist keinmal

Roman

Aus dem Amerikanischen von Regina Rawlinson
288 Seiten · Gebunden

Stephanie Plum ist jung, selbstbewußt und voller hochfliegender Pläne. Doch als sie ihren Job in einem Kaufhaus verliert, ist sie zunächst einmal pleite. Sie sieht nur eine Chance, wieder an Geld zu kommen: Wenn sie einen gewissen Joe Morelli findet, ist sie um 10 000 Dollar reicher. Ein Auftrag mit Tücken, denn Joe steht nicht nur unter Mordverdacht, sondern ist für Stephanie alles andere als ein Unbekannter. Ihre gemeinsame Geschichte reicht bis in die Kindheit zurück, und eigentlich wollte Stephanie die Finger von ihm lassen. Doch was sind gute Vorsätze gegen die Macht der Gefühle?

»Ich liebe dieses Buch. Man kann einfach nicht genug davon bekommen.«

LIZA CODY

»Wer kann dieser Frau schon widerstehen?«

NEW YORK TIMES BOOK REVIEW

»Das reine Lesevergnügen.«

USA TODAY